이온 티히의 우주 일지

Dzienniki gwiazdowe

이욘 티히의 우주 일지
Dzienniki gwiazdowe

스타니스와프 렘
Stanisław Lem

이지원 옮김

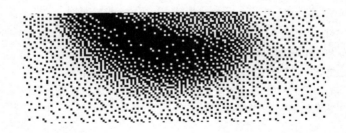

민음사

일러두기

— 본문의 '편집자 주'는 『이욘 티히의 우주 일지』를 엮은 작품 속
  편집자들의 것이고, 나머지 각주는 전부 '옮긴이 주'이다.

— 원문의 폴란드어를 활용한 언어유희는 문맥에 맞게 의미를 살리거나
  발음을 살려서 번역하였다.

차례

서론

독자들에게 이욘 티히의 『우주 일지』 중 일부를 골라 소개하면서, 출판사는 전 은하계에 걸쳐 알려진 이 여행가의 미덕을 묘사하는 데 잉크를 낭비하지는 않을 생각이다. 저명한 우주여행가, 먼 은하계 여행선의 선장, 운석과 행성의 사냥꾼, 지치지 않는 열정의 연구자이며 8만 3개에 이르는 지구 유사 행성의 발견자, 큰곰자리와 작은곰자리 대학교의 명예 박사, 작은 행성 보호 단체 및 유수 단체의 회원이며 은하수 및 성운 훈장 수훈자인 이욘 티히는 이 일지를 통해 그 이름 만으로도 독자들에게 카를 프리드리히 뮌하우젠이나 파베우 마스워보이니크, 레무엘 걸리버, 또는 알코프리바스 같은 과거 용사들과 동급으로 여겨질 것이기 때문이다.

『우주 일지』 전체는 4절판으로 부록(우주 사전 및 간략한 보기), 모든 여행의 지도와 함께 87권에 이르며, 현재 우주여행학자와 행성학자 들이 편집하고 있으나 워낙 어려운 작업이라 당장 출간되기는 어려울 것이다. 그러나 이욘 티히의 위대한 발견들을 일반 독자들에게 선보이지 않는 일은 옳지 않다는 생각 아래, 출판사는 『우주 일지』 중 아주 작은 일부분을 골라서 각주와 설명, 의견이나 우주 용어 사전을 붙이지 않은, 작업 이전의 상태로 출간하려 한다.

이욘 티히의 『우주 일지』 출간에는 누구의 도움도 없었다. 출간을 방해한 자들에 대해서는, 지면을 너무 많이 차지하므로 굳이 열거하지 않겠다.

포말하우트 대학교
우주동물비교학 교수
아스트랄 스테르누 타란토가

포말하우트, 진동파 6.18

이욘 티히의 저작 중 이 판본은 완벽하거나 결정적이지는 않지만 지금까지의 판본과 비교하면 진일보한 것이다. 특히 이제껏 알려지지 않은 두 여행인 여덟 번째와 스물여덟 번째↓ 여행에 대한 기록이 추가되었다. 특히 스물여덟 번째 여행은 티히와 티히 가족의 전기에 새로운 정보를 추가한다는 점에서 역사학자들뿐 아니라 물리학자들에게도 관심을 끌 만한데, 예전부터 내가 감지하고 있던 속도에 따른 가족 연계성↓2에 기인한다고 할 수 있다.

→　(편집자 주) E. M. 시안코, 『이욘 티히의 왼쪽 서랍에서 발견한 것들 ― 이욘 티히의 미발표 저작 원고』, I, 티히아나 시리즈, 16권, 1193쪽 이하 참조.

→2　(편집자 주) O. J. 버버리스, 『가족 여행에서의 친근감의 속도 역할』, II, 티히아나 시리즈, 17권, 232쪽 이하; R. Z. 헴프, 『친척과 상대성』(브라질: 제록스), 482~512쪽을 참조할 것.

여덟 번째 여행에 관해서는, 티히 연구자들과 정신분석학자들은 이 원고가 출간되기 전에 이미 이온 티히의 꿈속에 나타난 모든 사실을 확인했다.↓ 관심 있는 독자라면 호프스토서 교수가 쓴 논문의 아이작 뉴턴이나 보르지아 가문 등 다른 유명인들의 꿈이 티히의 몽상에 끼친 영향 또는 그 반대의 영향을 찾아서 읽어 봐도 좋을 것이다.

이 판본은 결국 위작으로 판명된 티히의 스물여섯 번째 여행을 제외했다. 이 사실은 우리 연구소의 직원 일동이 문서 전자 비교 분석↓2을 통해 밝혀냈다. 개인적으로 이 스물여섯 번째 여행기에 대해서는, 그 안에 등장하는 실수들, 예컨대 '맙소사'를 '맘소사'라고 쓴 점이나, 후룩후룩족과 쩝쩝족, 학명이 플레그무스 인바리아빌리스 호프스토세리인 하체족이 등장하는 부분을 보고 전부터 위작이라 생각하고 있었다. 이 판본의 첫 번째 부분은 원작의 여행 순서를 그대로 기록하고 있으며, 두 번째 부분은 여러 계기로 쓰인 글들과 갖가지 회상록을 포함한다.

최근 티히 저작의 신빙성을 의심하는 의견들이 제기되고 있다. 언론에 따르면, 그러니까 티히는 누군가의 도움을

→ (편집자 주) S. 호프스토서 박사, 『이온 티히 꿈에서의 부인할 수 없는 인식론』(ed)., 티히아나 시리즈, 6권 67쪽 이하 참조.

→2 (편집자 주) E. M. 시안코·A. 헤이시드·W. U. 카화마라이비소바, 『이온 티히 텍스트에서의 언어학적 베타 스펙트럼 빈도 분석』, III, 티히아나 시리즈 18권.

받아서 글을 썼다, 아니, 사실 티히라는 사람 자체가 존재하지 않았고 티히의 작품이란 '렘'이라 일컬어지는 기계가 만들었다는 것이다. 어떤 극단적인 주장에서는 '렘'을 사람이라고까지 한다. 우주여행학의 기본을 아는 사람이라면 누구나 '렘(LEM)'이란 Lunar Excursion Module, 그러니까 (달에 처음 착륙했던) 미국 아폴로 계획의 달 탐사 모듈의 약자임을 알 것이다. 이욘 티히는 작가로도, 여행가로도 그 자체만으로도 훌륭하다. 그러나 말이 나왔으니 이 황당한 의견들에 대해서는 못을 박아 두고 싶다. 특히 '렘'에는 실제로 작은 (전자)두뇌가 장착되어 있으나 그 두뇌는 운항이라는 제한적인 목적을 위해서만 쓰이며, 단 한 줄도 제대로 된 문장을 쓸 수 없다는 사실이다. 또 다른 '렘'이 있는지는 전혀 알려진 바가 없다. 『전자 기계 대사전』(뉴욕: 노트로닉스, 1966~1969)도, 『우주 대백과사전』(런던, 1979)도 언급하고 있지 않다. 그러므로 진지하게 자신들의 임무를 수행하고, 이욘 티히의 대작을 출간하고자 몇 년 전부터 힘썼으며 앞으로 그러한 노력을 요구하는 티히학 학자들의 활동을 방해하지 않기 위해서라도 이러한 주장은 사라져야 할 것이다.

아스트랄 스테르누 타란토가 교수

∧∧

이욘 티히의 우주 일지

포말하우트 대학교
우주동물비교학 연구실
이욘 티히 저작 출판 위원회 대표,
티히학 연구소 학술 자문 그리고
계간지 《티히아나》 편집진 일동과 함께

일곱 번째 여행

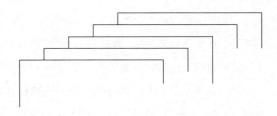

4월 2일 월요일, 베텔게우스 근처로 날아왔을 때 생긴 일이었다. 리마콩만 한 운석이 외피를 뚫고 운전 제어 장치와 조종간 일부에 부딪쳤다. 그 결과 로켓은 조종 능력을 상실하고 말았다. 나는 우주복을 입고 로켓 바깥으로 나가서 고쳐 보려 했지만, 예비로 챙겨 온 보조 조종간을 끼우는 데에는 다른 사람의 도움이 필요함을 깨달았다. 이 로켓을 만든 사람들은 비이성적이게도, 누군가 스패너로 나사 머리를 잡고 있는 동안 다른 사람이 너트를 돌려야 하도록 설계해 놓았다. 처음에는 이 사실에 대해서 별 신경을 쓰지 않았지만 결국 너트를 발로 붙들고 손으로 스패너를 돌리느라 몇 시간을 허비하고 말았다. 그런데 점심시간이 지나도록 아무런 성과도 없었다. 한 번은 거의 성공할 뻔하다, 스패너가 발아래에서 튀어 오르며 우주 공간으로 사라지고 말았다. 아무것도 고치지 못했을 뿐 아니라 귀중한 연장만 잃어버렸고, 별들을 배경으로 점점 작게 사라져 가는 스패너를 하릴없이 바라볼 따름이었다.

시간이 좀 지나자 스패너는 길쭉한 반원을 그리며 로켓 주위를 스푸트니크처럼 회전하기 시작했지만, 잡힐 만한 거리로는 절대 근접하지 않았다. 그래서 나는 로켓 안으로 들어가서 초라한 끼니를 때우며, 이 황당한 상황에서 어떻게 탈피할 수 있을지 생각했다. 망할 운석으로 제어 기기에 손상을 입은 로켓은 점점 더 빨리 달리고 있었다. 다행히 항로 중에는 천체가 거의 없었지만, 이렇게 끝없이 눈먼 여행을 계속할 수도 없는 노릇이었다. 한동안 나는 화를 참았지만, 점심 식사를 마치고 설거지를 하려다가 무리하게 달궈진 핵 오븐이 일요일에 먹으려고 특별히 아껴 둔 가장 좋은 쇠고기 안심을 망쳐 버렸음을 발견하고 잠시 평정심을 잃었다. 그래서 아는 한 가장 심한 욕설을 내뱉으며 식기 세트 중 일부를 깨 버리고 말았는데, 이는 잠깐의 안정을 제공했으나 이성적인 행동은 아니었다. 게다가 로켓 밖으로 던져 버린 쇠고기 조각이 멀리 날아가다 로켓 주위를 떠나지 않고 또다시 인공위성처럼 규칙적으로 돌며 11분 4초마다 짧은 일식 현상을 일으켰다. 신경을 다스리고자 나는 저녁까지 쇠고기의 움직임 요소와 잃어버린 스패너의 회전에 의한 섭동을 계산해 보았다. 내 계산에 따르면, 앞으로 600만 년 동안 쇠고기 조각은 로켓 근처를 둥글게 회전하다가 스패너를 추월하게 될 것이었다. 계산으로 지친 나는 결국 자려고 누웠다. 한밤중에 누군가가 나의 어깨를 마구 흔들어 댔다. 눈을 뜨자 침대 위로 몸을 굽힌 사람이 보였는데, 그 얼굴은 이상하게도 누군지 모르겠지만 낯이 익었다.

"일어나," 그 인물이 말했다. "그리고 스패너를 가져와, 위로 올라가서 조종 나사를 돌려 보자."

"첫째로, 당신은 저에게 반말을 쓸 만큼 서로 잘 아는 사이가 아닌 것 같군요." 나는 반대 의견을 표명했다. "그리고 두 번째로, 저는 당신이 존재하지 않는다는 사실을 정확히 알고 있습니다. 난 이 로켓에 혼자 있고, 지금 지구에서 송아지행성으로 여행한 지 이미 2년째라고요. 그러니 당신은 꿈일 뿐인 거죠."

하지만 그는 연신 나를 흔들며, 빨리 도구를 가지고 자기와 위로 올라가자고 되풀이할 뿐이었다.

"말도 안 돼." 나는 약간 화가 나서 말했다. 왜냐하면 싸움을 하다가 잠에서 깰까 봐 걱정되었기 때문이었다. 이렇게 갑자기 잠에서 깨어나면 다시 잠들기가 얼마나 힘든지 나는 경험으로 알고 있었다. "아무 데도 안 갑니다. 그래 봤자 아무 소용없으니까. 꿈속에서 나사를 돌려 봤자 현재 상황은 바뀌지 않습니다. 날 가만히 놔두고 어디로 흘러가 버리시든지, 다른 방법으로 사라지시든지 하세요, 지금 잠에서 깰 수는 없으니까요."

"하지만 넌 자고 있는 게 아니야, 내 명예를 걸고 말하건대!" 고집 센 환영이 외쳤다. "날 못 알아보는 거야? 봐!"

이렇게 말하며 그는 손가락으로 왼쪽 뺨에 있는 작은 콩만 한 사마귀 두 개를 건드렸다. 나는 반사적으로 얼굴을 만졌다. 왜냐하면 나에게도 그 자리에 똑같은 사마귀가 있었기 때문이었다. 그 순간 나는 왜 이 환영이 누군가 아는 사람처럼 보였는지 깨달았다. 그는 마치 물방울 하나가 다른 하나와 똑닮은 것처럼 나랑 비슷하게 생겼던 것이다.

"날 좀 가만 놔둬!" 나는 잠에서 깨지 않으려고 안간힘을 쓰며 눈을 질끈 감고 외쳤다. "만약 네가 나라면, 그럼 서로 반말 정도는 해도 되겠지. 하지만 그게 네가 존재한다는 증거는 아니야!"

그리고 나는 옆으로 돌아누워 머리끝까지 담요를 뒤집어썼다. 그는 무언가 바보짓에 대해서 떠들어 댔지만 내가 아무런 반응을 보이지 않자 결국 소리를 질러 댔다. "후회하게 될 거다, 이 멍청아! 이게 꿈이 아님을 너무 늦게 깨닫게 될 거라고!"

　　그러나 나는 꿈쩍도 하지 않았다. 아침에 눈을 뜨자마자 나는 간밤의 이 개인적인 사건을 떠올렸다. 나는 이불 위에 앉아 인간의 머릿속에서 얼마나 희한한 장난질이 행해지는지 생각했다. 우주선에 아무런 동반자도 없는 상태이므로, 이를테면 필요를 충족시키고자 꿈속의 바람으로 어쨌든 내가 두 명이 된 것은 아닌가.

　　아침 식사 후, 나는 로켓이 밤새 더 빨라졌다는 결론을 내리고 이 치명적인 상황에 대한 조언을 얻고자 우주선의 도서관을 뒤지기 시작했다. 그러나 헛수고였다. 식탁 위에 별 지도를 펼치고, 얼마 멀지 않은 베텔게우스의 빛이 몇 분마다 로켓 주위를 도는 쇠고기 조각에 가려지는 와중에, 나는 지금 근처에 혹시 도움을 기대할 수 있는 어떤 우주 문명이 있는지 찾아보았다. 하지만 이곳은 진짜 오지이며 중력의 회오리바람이 147개나 일어나는 아주 위험한 곳으로, 대부분의 우주선들이 피해 가는 장소였다. 한편 그 회오리바람을 설명하는 천체물리학 이론은 여섯 개나 되었는데, 저마다 주장이 달랐다.

　　항법 달력은 회오리바람 사이를 지나가면서 야기될 수 있는 수많은 상대적 효과를 고려하여 경고해 주었는데, 특히 빠른 속도로 통과하는 일이 위험하다고 했다.

내가 할 수 있는 일이란 거의 없었다. 내가 계산한 바에 따르면 11시경에 첫 번째 회오리바람 끝으로 들어가게 될 터였다. 일단 빈속으로 위험을 마주하기는 좀 아닌 것 같아서 아침 식사를 서둘렀다. 마지막 접시를 다 닦아 놓기도 전에 로켓은 갑자기 이리저리 흔들리기 시작했고, 고정해 놓지 않은 물건들이 벽에서 벽으로 우박처럼 떨어지는 사태에 이르렀다. 나는 겨우 소파까지 기어갔는데, 소파에 몸을 묶자 로켓이 더 심하게 흔들렸다. 그런 와중에 연한 보랏빛 안개가 우주선 반대편에 깔리며 싱크대와 조리대 사이에 서서 프라이팬 위로 오믈렛 반죽을 붓고 있는 희미한 인간의 형체가 나타났다. 이 형체는 나를 연구하듯, 그러나 전혀 놀랍지 않다는 듯이 바라보다가는 흔들리며 사라졌다. 나는 눈을 비볐다. 당연히 혼자였기 때문에, 이 현상을 잠시의 환각으로 여기기로 했다.

　　계속 소파 위에 앉아, 아니 사실은 소파와 함께 쿵쿵 흔들리며, 나는 갑자기 번뜩, 이것이 전혀 환각이 아니라는 사실을 깨달았다. 두꺼운 『상대성 이론 총론』 책이 소파 근처로 날아왔을 때 잡으려고 네 번 시도한 끝에 결국 성공했다. 이런 조건에서 이렇게 큰 책을 넘겨 보기란 역시 쉽지 않았다. 우주선은 엄청난 힘으로 흔들렸기에 마치 술 취한 것 같았다. 나는 가까스로 필요한 단락을 찾아냈다. 거기에는 시간의 매듭이라고 불리는 현상에 대해 쓰여 있었는데, 거대한 힘이 작용하는 중력장에서 시간의 방향은 휠 수 있고, 이는 시간의 흐름까지 되돌릴 수 있어서 현재의 이중화라고 불리는 현상을 일으킨다고 한다. 지금 내가 지나가고 있는 회오리바람은 사실 가장 센 것도 아니었다. 만약 우주선의 머리를 조금이라도 은하계 극점 방향으로 돌릴 수만 있다면, 보르텍스 그라비티우수스 핀켄바히아라고 불리는, 현재의 이중화, 아니 삼중화까지 여러 차례 관찰된 지역에 닿을 수 있었으리라.

조종간은 거의 움직일 수 없었다. 그러나 나는 엔진 룸에서 오랫동안 기계와 씨름한 끝에, 로켓을 은하계 극점으로 약간 돌리는 데 성공했다. 거의 몇 시간이나 걸렸다. 그런데 결과는 예상 밖이었다. 우주선은 12시쯤 회오리바람의 한가운데에 다다랐고, 꿀럭거리며 이음새마다 비명 소리를 내는 바람에 나는 로켓이 부서지지나 않을까 염려했지만, 고난스러운 와중에도 망가지지 않고 빠져나왔다. 그리고 다시 한번 우주의 침묵에 감싸였을 때, 엔진 룸을 나온 나는 침대 위에서 쿨쿨 자고 있는 스스로의 모습을 바라보았다. 나는 바로, 이것이 어제 나의 모습임을, 월요일 밤의 나라는 사실을 깨달았다. 이 개인적 현상의 철학적 면모를 숙고하지 않은 채 나는 곧장 잠자는 자의 어깨를 뒤흔들며, 빨리 일어나라고 소리를 질렀다. 그러니까 그의 월요일 존재가 나의 화요일 존재 안에서 얼마나 지속될지 알 수 없었으므로, 최대한 빨리 조종간을 고치러 밖으로 나가야만 했다.

　　그러나 잠자던 자는 한쪽 눈만 뜬 채, 자기에게 반말을 하지 말라며, 또한 내가 그의 꿈에 나오는 환상이라고 했다. 참을성을 잃은 나는 그를 흔들어 보았으나 아무 소용이 없었고, 그를 완력으로 침대에서 끌어내 보려고도 했으나 역부족이었다. 나는 그에게 꿈을 꾸고 있는 것이 아니라고 고집스럽게 되풀이했지만, 그는 나에게 논리적으로 자기는 아무 데도 가지 않겠다, 왜냐하면 꿈속에서 나사를 돌려 봤자 현실의 상황은 바뀌지 않는다고 설명했다. 나는 명예를 걸고 그가 틀렸다고 맹세한 뒤, 알고 있는 모든 욕을 돌려 가며 퍼붓고 사마귀까지 가리켜 보여 줬는데도 끝내 그를 설득할 수 없었다. 그는 내게서 등을 돌리더니 코를 골며 잠에 빠졌다.

　　나는 소파에 앉아서 냉정히 이 상황을 생각해 보기로 했다. 이미 두 번 겪은 것이다. 한 번은 자는 사람으로서 월요일에, 그리고 지금은 아무 소용없이 그를 깨우는 사람으로서 화요일에. 월요일의 나는 이중화의 실재성을 믿지 않았으나, 화요일의 나는 이미 이 사실을 알고 있었다. 평범하기 짝이 없는 시간의 매듭이었다. 그럼, 조종간을 고치기 위해서는 무엇을 해야 할까? 월요일의 나는 계속 잤고, 즉 그날 밤엔

다음 날 아침까지 푹 잤음을 기억했기 때문에 나는 그를 깨우기란 아무 소용이 없음을 이해했다. 지도에 따르면 앞으로도 많은 중력 회오리바람이 있을 것이므로, 앞으로 며칠 동안 일어날 이중화를 기대해 볼 수도 있었다. 나는 스스로에게 편지를 써서 베개에 핀으로 꽂아 놓음으로써 월요일의 내가 잠에서 깨자마자 꿈이라고 생각했던 것이 실재임을 깨닫게 하고 싶었다.

하지만 펜을 잡고 책상에 앉자마자 엔진에서 쿵쾅거리는 소리가 나는 바람에 나는 얼른 그쪽으로 달려가서 새벽까지 달궈진 핵 오븐에 물을 부었다. 이때 월요일의 내가 쩝쩝 소리를 내며 달게 자고 있으므로, 나는 상당히 화가 났다. 단 한숨도 눈을 붙이지 못하고 배고프고 지친 채로 아침을 먹고자 접시를 문질러 닦으려는 찰나, 바로 로켓이 또다시 중력 회오리바람에 휘말렸다. 나는 월요일의 내가 소파에 몸을 묶은 채, 화요일의 내가 오믈렛을 만드는 모습을 보고 깜짝 놀라는 광경을 보았다. 그런 뒤 나는 충격에 빠져 중심을 잃었고, 눈앞이 캄캄해지며 쓰러지고 말았다. 바닥에서 정신을 차렸을 때에는, 깨진 도자기 사이에 누워 있었는데 얼굴 바로 앞에 사람의 다리가 보였다.

"일어나!" 그는 나를 일으켜 세우며 말했다. "다친 덴 없어?"

"없어." 나는 머리가 빙빙 도는 것 같아서 양손으로 바닥을 붙들었다. "넌 무슨 요일에서 온 거야?"

"수요일." 그가 대답했다. "빨리 나가서 조종간을 고치자고, 시간이 없어!"

"월요일은 어디 갔어?" 나는 물었다.

"없는 걸 보니, 네가 월요일인 거 같은데."

"어떻게 내가?"

"왜냐하면 월요일은 월요일 밤에서 화요일로 넘어갈 때 생겨나는 거야, 그리고 계속 그런 식으로."

"이해가 안 돼!"

"괜찮아, 처음엔 좀 낯설어서 그래. 하지만 빨리 와, 시간이 없다니까!"

"잠깐만." 나는 바닥에서 움직이지 않은 채 대답했다.

"오늘은 화요일이야. 만약 네가 수요일이면, 그러면 수요일까지 조종간이 고쳐지지 않은 거라면, 수리에 무언가 문제가 있는 게 아닌지? 그렇지 않다면 수요일의 네가 화요일의 나에게 같이 고치자고 하지 않을 거 아니야? 그러니 아예 밖으로 나가는 위험을 무릅쓰지 않으면 어떨까?"

"말도 안 되는 소리!" 그는 소리를 질렀다. "인간아! 난 수요일이고, 넌 화요일이잖아, 그러니까 이 로켓에 대해 말하자면, 내 생각엔, 그러니까 내 생각에는 얼룩덜룩한 거지,

군데군데 화요일이기도 하고 수요일이기도 하고, 어쩌면 어딘가는 목요일일 수도 있다고. 회오리바람을 지나오는 동안 시간이 마구 흔들린 거야. 하지만 우리가 두 명이고, 그 덕에 조종간을 고칠 수 있다면, 이랬건 저랬건 뭐가 어때?"

"아니, 그건 말이 안 돼!" 나는 고집을 부렸다. "만약 수요일에, 이미 네가 있다면, 그러니까 화요일 동안 살아남았다면, 내가 다시 말하지만 수요일에 조종간이 고쳐지지 않았다면, 그 말은 화요일에도 고쳐지지 않았다는 거고, 지금은 화요일이니까, 그러니 우리가 곧 조종간을 고쳐 놓더라도 너에게 그 시점은 과거가 될 거고, 더 이상 고칠 것이 없어지고 말 거야. 그 대신……."

"그 대신은 무슨 대신이야, 이 당나귀처럼 고집만 센 놈아!" 그가 화를 냈다. "이 바보짓을 후회하게 될 거다! 단 하나의 위안은, 지금 내가 화난 것만큼 너도 바보같이 고집만 피운 일에 분개하게 될걸, 수요일이 되면 말이야!"

"오, 그러지 뭐." 나는 소리쳤다. "그 말은 이제 수요일이 되면, 나는 네가 되어서 지금 네가 하는 것처럼 화요일의 나를 설득하게 된다는 거야? 하지만 모두 반대라는 거지, 그러니까 넌 내가 되고, 난 네가 되고? 알았어! 바로 그게 시간의 매듭이군, 잠깐, 기다려! 지금 갈게, 이제 알았어……."

하지만 내가 바닥에서 일어나기 전에 우리는 또다시 회

오리바람에 휘말렸고 천장에서 엄청나게 육중한 무언가가 우리 위로 떨어졌다.

끔찍한 요동과 충돌은 화요일에서 수요일로 넘어가는 밤새 그치지 않았다. 좀 안정되었을 때, 우주선 안을 날아다니는 『상대성 이론 총론』에 머리를 너무 세게 맞아서 나는 정신을 잃고 말았다. 눈을 뜨자 그릇 조각들과 그 속에 뻗어 있는 사람이 보였다. 나는 바로 벌떡 일어나서 그를 일으켜 세우며 소리쳤다.

"일어나! 다친 덴 없어?"

"없어." 그가 눈을 뜨며 대답했다. "넌 무슨 요일에서 온 거야?"

"수요일." 내가 대답했다. "빨리 나가서 조종간을 고치자고, 시간이 없어!"

"월요일은 어디 갔어?" 그가 물었다.

"없는 걸 보니, 네가 월요일인 거 같은데."

"어떻게 내가?"

"왜냐하면 월요일은 월요일 밤에서 화요일로 넘어갈 때 생겨나는 거야, 그리고 계속 그런 식으로."

"이해가 안 돼!"

"괜찮아, 처음엔 좀 낯설어서 그래. 하지만 빨리 와, 시간이 없다니까!"

이렇게 말하며 나는 도구 뒤쪽을 바라보았다.

"잠깐만," 그는 천천히, 손가락조차 움직이지 않은 채 말했다. "오늘은 화요일이야. 만약 네가 수요일이면, 그러면 수요일까지 조종간이 고쳐지지 않은 거라면, 수리에 무언가 문제가 있는 게 아닌지? 그렇지 않다면 수요일의 네가 화요일의 나에게 같이 고치자고 하지 않을 거 아니야? 그러니 아예 밖으로 나가는 위험을 무릅쓰지 않으면 어떨까?"

"말도 안 되는 소리!" 나는 정말로 화가 머리끝까지 치밀어서 소리를 질렀다. "인간아! 난 수요일이고, 넌 화요일이잖아……."

그러고는 서로 뒤바뀐 역할에서 우리는 또 싸움을 시작했는데, 그야말로 돌아 버릴 만큼 화나는 점은 그에겐 여전히 나와 같이 조종간을 고칠 생각이 없었고, 내가 아무리 그를 고집 센 당나귀라고 불러도 소용없었다는 것이었다. 그리고 마침내 그를 설득하자마자 바로 다음 중력 회오리바람에 휘말렸다. 식은땀이 쏟아졌다. 왜냐하면 우리가 이렇게 시간의 매듭을 영원히 되풀이하리라고 생각했기 때문이었다. 그러나 다행히도 그렇게 되지는 않았다. 속도가 조금 잠잠해지고 자리에서 일어나기가 가능해졌을 때, 나는 우주선에 다시 혼자였다. 그러니까 지엽적으로 화요일이었던 나는 싱크대 근처에 서 있다가 사라져서 이제는 돌아올 수 없는 과거가 된 듯했다. 나는 얼른 지도 앞에 앉아 로켓을 몰고 들어갈 수 있는, 또다시 시간을 휘게 함으로써 수리를 도와줄 사람을 제공해 줄 만한 정직한 회오리바람을 찾아보았다.

그나마 희망적으로 보이는 회오리바람 하나를 발견하고, 나는 엄청 힘겹게 엔진을 돌려서 로켓이 회오리바람 한가운데를 지나가도록 했다. 지도 정보에 따르면 이 회오리바람의 구조는 상당히 독특했다. 양옆에 두 개의 중심이 있었던 것이다. 하지만 나는 너무 절망적이었으므로 이러한 비정상적 형태에 신경 쓸 여유가 없었다.

몇 시간 동안이나 엔진 룸 안에서 난리를 친 결과, 손은 완전히 더러워졌다. 나는 회오리바람 속에 들어가려면 아직 꽤 시간이 남았음을 알았기에 손을 씻으러 갔다. 욕실 문은 닫혀 있었다. 안에서는 누군가 목을 헹구는 듯한 소리가 들려왔다.

"누구세요?" 나는 놀라서 소리쳤다.

"나." 안에서 목소리가 대답했다.

"또 나라니, 무슨 소리야?"

"이온 티히."

"어느 날인데?"

"금요일. 왜?"

"손 씻으려고……." 나는 기계적으로 대답하면서, 동시에 골똘히 생각했다. 수요일 밤이었는데, 이자는 금요일에서 왔다고? 그렇다면 이제 들어가야 할 중력의 회오리바람이 금요일을 수요일로 비튼 걸까…… 하지만 그 회오리바람 속에서 무슨 일이 더 일어났을지까지는 도저히 상상할 수 없었다. 그럼 목요일은 어디로 갔는지 특히나 의문이었다. 이러는 동안 금요일은 내가 끈질기게 문을 두드리는데도 끝내 욕실로 들여보내 주지 않은 채 그 안에서 뭉개는 중이었다.

"목 좀 그만 헹궈!" 나는 드디어 참을성을 잃고 소리를 질렀다. "인간아! 지금 한시가 소중한 때라고, 당장 나와! 조종간을 고쳐야 해!"

"그 일엔 내가 필요 없어." 문 뒤에서 태평한 목소리가 대꾸했다. "어딘가에 목요일이 있을 거야, 걔랑 같이 가……."

"무슨 목요일이야? 그건 불가능해……."

"불가능한지 아닌지는 아마 내가 알고 있을걸, 왜냐하면 난 이미 금요일에 있으니까. 그 말인즉 난 너의 수요일도 겪었고, 그의 목요일도 겪었으니까……."

나는 약간 현기증을 느끼며 문에서 물러났다. 안 그래도 우주선 안에서 무슨 소리가 들려왔기 때문이었다. 어떤 사람이 침대 밑에서 연장 상자를 꺼내고 있었다.

"네가 목요일이야?" 나는 방 안으로 들어서며 외쳤다.

"당연하지." 그는 대답했다. "당연하다고…… 도와줘."

"그럼 이제 우리가 조종간을 고칠 수 있는 거야?" 나는 함께 침대 밑의 무거운 연장 상자를 끌어당기며 그에게 물었다.

"나도 몰라. 목요일에는 안 고쳐져 있었어, 금요일에게 물어보라고."

그렇지, 미처 이 생각을 못 하다니! 나는 얼른 욕실 문 앞으로 달려갔다.

"어이, 금요일! 조종간은 이미 고쳐진 거야?"

"금요일에는 아니야." 대답이 들려왔다.

"왜 아닌데?"

"왜냐하면," 금요일은 말하면서 문을 열었다. 머리는 수건으로 싸맨 채였고, 이마에는 납작한 칼을 평평하게 대고 있었는데, 이런 방법으로 달걀 크기의 큰 혹이 더 부풀어 오르는 것을 막고 있는 듯했다. 목요일은 연장을 꺼내서 가지고 나오더니 내 옆에 서서 머리가 깨진, 그리고 다른 한 손으로 찬장에 두통약 병을 내려놓는 금요일을 차분히 관찰하고 있었다.

"어쩌다 그렇게 된 거야?" 나는 동정심을 가지고 물었다.

"어쩌다가 아니라, 누가가 문제지." 그는 대답했다. "일요일이 그런 거야."

"일요일? 그게 무슨 소리야? 그럴 순 없어!" 나는 외쳤다.

"이야기가 길어……."

"다 상관없어! 다 같이 밖으로 뛰어나가자고, 고칠 수 있을지도 몰라!" 목요일이 나에게 부탁했다.

"하지만 로켓은 곧 회오리바람 속으로 들어갈 거야." 내가 반대했다. "그런 충격을 받는다면 우리 모두 허공에 떨어져서 죽을지도 몰라."

"바보 같은 소리 마." 목요일이 대답했다. "금요일이 살아 있으니까, 우리한테는 아무 일도 없을 거야. 오늘은 목요일이잖아."

"수요일이야." 내가 말했다.

"수요일로 하든지, 다 상관없어. 어쨌든 금요일에는 나도 살아 있고, 너도 마찬가지야."

"하지만 우리는 그냥 둘로 보이는 것뿐이야." 내가 말했다. "사실 나는 한 명인데, 단지 요일에 따라……."

"알았어, 알았다고, 입구를 좀 열어 봐."

하지만 여기서 우리에게는 진공 우주복이 단 한 벌밖에 없다는 사실이 밝혀졌다. 즉 로켓 바깥으로 두 명이 함께 나갈 수 없으므로 조종간을 고치는 계획 또한 허사였다.

"젠장, 악마에게나 잡혀 가라고!" 나는 연장이 든 가방을 밀치며 분노에 휩싸인 채 소리쳤다. "처음부터 우주복을 입고, 등짝에서 벗질 말았어야 했어! 미처 거기까지 생각 못 했지만, 넌 목요일이니까 기억했어야지!"

"우주복은 금요일이 나한테서 가져갔다고." 목요일이 대답했다.

"언제? 도대체 왜?"

"음, 설명할 필요가 있나?" 목요일은 어깨를 으쓱하더니 다시 몸을 돌려서 방으로 들어갔다. 금요일은 방 안에 없었다. 나는 욕실을 들여다보았으나 거기도 비어 있었다.

"금요일은 어디로 갔어?" 난 의아해하며 돌아와서는 물었다. 목요일은 체계적으로 칼을 이용해서 달걀을 깨트린 다음, 지글지글 끓는 기름에 내용물을 흘려 넣고 있었다.

"토요일 근처에 있을 거야." 목요일은 달걀을 얼른 휘저으며 태평하게 대답했다.

"아이고, 미안하지만 말이지." 내가 이의를 제기했다. "넌 수요일에 이미 네 몫을 먹었잖아, 두 번이나 수요일 저녁을 먹을 순 없어!"

"여기 식량은 네 것이기도 하지만 내 것이기도 해." 목요일은 차분하게 스크램블드에그의 탄 부분을 칼로 도려내면서 말했다. "내가 너고, 네가 나니까, 이러나저러나 상관없지 않겠어?"

"무슨 궤변이야! 버터 좀 그만 집어넣어! 미쳤어! 그렇게 많은 사람을 먹일 만큼의 식량은 없다고!"

그때 목요일은 손에 쥔 프라이팬을 떨어뜨렸고, 나 또한 벽으로 날아가 부딪쳤다. 우리는 또다시 회오리바람에 휘말린 것이었다. 우주선은 거듭 열병에라도 걸린 듯 떨리기 시작했고, 나는 한 가지 생각밖에 없었다. 우주복이 걸린 복도로 나가서 우주복을 입는 것. 나의 추론에 따르면 이제 수요일은 지나가고 목요일이 올 테고, 수요일의 나는 목요일이 되어서 우주복을 입고 있을 테니, 만약 지금 굳게 다짐한 대로 쭉 우주복을 벗지만 않는다면, 금요일에도 입고 있으리라. 그러므로 목요일의 나는 금요일의 나와 마찬가지로 우주복을 입고 있을 테니, 하나의 현재에서 만난다면 결국 문제의 조종간을 고칠 수 있을 것이다. 흔들림이 점점 심해져서 잠시 정신을 잃었다가 다시 눈을 뜬 나는 십몇 분 전에 그랬듯, 왼쪽이 아니라 목요일의 오른손 옆에 누워 있음을 깨달았다. '우주복 착용' 계획을 머릿속으로 세우기란 쉬웠지만, 현실로 옮기기는 어려웠다. 왜냐하면 중력이 더욱 거세져서 움직이기조차 힘들었기 때문이었다. 중력이 조금 약해진 틈을 타 나는 복도로 통하는 문 쪽으로, 마루에서 단 몇 밀리미터 움직일 수 있었다. 그러면서 나는 목요일도 나처럼 문을 향해 아주 조금씩 복도 쪽으로 기어가고 있는 모습을 보았다. 결국 한 시간쯤 지난 뒤, 이미 회오리바람이 최고조에 이르렀을 무렵, 우리는 바닥에 완전히 엎어진 상태로 문지방 앞에서 만났다. 나는 문고리를 잡으려고 애써 봤자 괜한 짓이 아닌가, 하는 생각이 들었다. 목요일이 문을 열도록 놔두자고. 하지만 동시에 온갖 생각들이 떠오르면서, 바로 그런 사실들로 유추해 볼 때, 그가 아니라 내가 목요일이 된 것 같았다.

"넌 어느 요일에서 왔지?" 나는 확실히 하고자 물었다. 뺨은 바닥에 닿아서 완전히 눌려 있었고, 겨우 가까이서 그의 눈을 볼 수 있었다. 그는 힘겹게 입을 열었다.

"목……요일." 애써 대꾸하는 모양이었다. 이상한 일이었다. 그러면 이 모든 상황에도 불구하고, 그는 아직 수요일이었단 말인가? 최근에 겪은 일을 되새기며 나는 그럴 리 없다고 생각했다. 그러니 그는 이미 금요일이리라. 왜냐하면 이전까지 항상 나보다 하루 앞선 상태였으니, 지금도 그렇지 않을까. 나는 그가 문을 열 때까지 기다렸다 하지만 그도 나에게 똑같은 행동을 기대하는 것 같았다. 중력은 눈에 띄게 약해졌고, 나는 일어나서 복도로 달렸다. 우주복을 붙잡았을 때, 그가 다리를 걸더니 내 손에서 우주복을 낚아챘고, 나는 바닥에 뒹굴고 말았다.

"이 나쁜 놈아! 돼지 같은 놈!" 나는 소리를 질렀다. "자기 자신을 공격하다니, 이런 비열한 짓이!"

하지만 그는 내 욕지거리를 무시한 채 아무 말 없이 우주복을 입었다. 이건 정말 염치없는 행동이었다. 그러나 갑자기 무언가 기묘한 힘이, 그를 우주복 속에서 밀쳐 냈다. 누군가 이미 우주복 안에 있었던 것이었다. 그 순간 나는 정신을 차리지 못했다. 도대체 누가 누군지 알 수 없었기 때문이었다.

"너, 수요일!" 우주복 속에 앉아 있던 자가 외쳤다. "목요일을 놓지 마! 나를 도와 달라고!"

목요일은 지금 우주복을 빼앗으려고 했다.

"우주복 내놔!" 목요일은 힘을 쓰며 외쳤다.

"저리 가! 도대체 왜 이래! 지금 우주복을 입어야 하는 건 네가 아니라 나야, 그걸 몰라?" 그는 소리를 질렀다.

"도대체 그 이유가 뭔지 궁금하군!"

"왜냐하면, 이 바보야, 내가 너보다 토요일에 더 가깝기 때문이야! 그리고 토요일에는 이미 우리 둘 다 우주복을 입고 있을 수 있다고!"

"그건 말도 안 돼!" 나는 그들 싸움에 끼어들었다. "최선의 경우, 토요일에 너 혼자 우주복을 입고 있겠지, 최후의 멍청이처럼, 하지만 아무것도 하지 못할 거야. 나한테 우주복을 줘. 내가 지금 우주복을 입는다면, 넌 금요일이니까 금요일에도 우주복을 입고 있을 거고, 난 토요일이 될 테니 토요일에도 우주복을 입고 있을 거야, 그러면 우린 둘이고, 우주복도 두 벌이고…… 목요일, 도와줘!"

"그만둬!" 내가 완력으로 우주복을 빼앗자 금요일이 말했다. "일단, 지금 목요일이라고 부를 만한 사람은 없어, 이미 12시가 지나서 이제 네가 바로 목요일인 거야. 그리고 우주복은 내가 입는 편이 더 나아, 넌 입어 봤자라고."

"왜? 내가 오늘 우주복을 입으면, 내가 계속 입고 있을 거고, 내일도 마찬가지일 텐데."

"그건 네 생각이지…… 난 이미 너였다고, 목요일에, 아니 목요일은 벌써 지났으니까 내가 잘 알고 있다고."

"떠드는 짓은 이제 그만. 우주복 당장 내려놔!" 나는 소리를 질렀다. 하지만 그는 용케 내게서 빠져나갔고, 나는 쫓아가기 시작했다. 처음에는 엔진 룸으로, 그러고는 방 안으로 들어갔다. 중요한 사실은, 어찌 되었든 이제 우리 두 명밖에 없다는 점이었다. 마침내 나는, 우리가 연장을 들고 있을 때 왜 목요일이 금요일더러 자기 우주복을 가져갔다고 말했는지 이해할 수 있었다. 그러니까 그동안 내가 목요일이 된 거고, 금요일은 목요일이 된 내게서 우주복을 가져간 것이었다. 하지만 이렇게 쉽게 포기할 수는 없어, 기다려 봐, 내가 해결해 볼게, 나는 복도를 뛰어가며 생각했다. 복도에서 엔진 룸으로 향하며 나는 핵 오븐 내부를 뒤집을 때 사용하는 두꺼운 불쏘시개가 바닥에 놓여 있음을 발견하고 움켜쥐었다. 이렇게 무장하고 나는 방 안으로 뛰어갔다. 그자는 이미 우주복을 입고 있었지만, 아직 헬멧을 쓰지 못한 채였다.

"우주복 벗어!" 나는 불쏘시개를 그의 얼굴에 대고 위협했다.

"절대 안 돼."

"빨리 벗어!"

나는 잠깐 동안, 그를 때려야 하나, 하고 생각했다. 그는 앞서 만난 금요일처럼 눈에 멍도 없었고, 이마도 말짱해서 이게 뭐지, 하고 잠시 고민했지만 갑자기 이렇게 해야만 한다는 생각이 들었다. 그 금요일은 지금 분명 토요일이 되었을 테고, 어쩌면 근처 어딘가에서 금요일 대신 일요일이 오고 있을지도 몰랐다. 그러니까 지금 우주복을 입고 있는 자는, 얼마 전까지 목요일이었지만 자정이 지나면서 다시 요일이 바뀌었으니, 이제 왜곡된 시간의 매듭으로 '얻어맞기 전의 금요일'이 '얻어맞은 금요일' 앞에 서는 시점까지 거의 다다른 것이었다. 하지만 좀 전에 말하기를, 자기를 때린 자는 일요일이라고 했는데, 지금 일요일은 보이지도 않았다. 방 안에 서 있는 것은 나와 그뿐이었다. 돌연 내 머릿속에서 환한 빛과 함께 교활한 계획이 떠올랐다.

"우주복 벗어!" 나는 무섭게 외쳤다.

"목요일, 비켜!" 그가 외쳤다.

39

"난 목요일이 아니야! 일요일이라고!" 이렇게 고함을 지른 뒤 나는 공격에 나섰다. 그는 나를 걷어차려고 했지만, 우주복의 신발 부분이 너무 무거웠으므로 다리를 올리기도 전에 내가 벌써 불쏘시개로 머리를 내려쳤다. 잘 알겠지만, 적당히만 내려쳤다. 나도 이 상황에 꽤 익숙해졌는지, 내가 목요일에서 금요일이 되면 바로 내가 이 일격을 받으리라는 사실을 알았고, 내 머리를 내가 깨자고 이런 짓을 하는 것은 아니었기 때문이었다. 금요일이 바닥에 쓰러진 채 머리를 붙잡고 신음 소리를 내는 동안, 나는 인정사정없이 그로부터 우주복을 벗겨 냈다. 그는 비틀비틀 욕실 쪽으로 걸어가면서 중얼중얼했다. "솜이 어디 있더라…… 두통약은……." 나는 투쟁 끝에 얻어 낸 우주복을 입으며, 침대 밑에 사람의 다리가 튀어나와 있음을 보았다. 나는 무릎을 꿇고 살펴보았다. 어떤 자가 침대 밑에 누운 채 내가 우주에서 힘들 때 섭취하려고 트렁크 안에 특별히 남겨 놓은 밀크 초콜릿을 먹으며, 쩝쩝 소리를 내지 않고자 애쓰고 있었다. 이 악당은 서두르느라 은박지째로 초콜릿을 먹고 있었는데, 입술에 붙은 은박지가 빛나고 있었다.

"그 초콜릿 가만 놔둬!" 나는 그의 다리를 잡아당기며 외쳤다. "넌 누구야? 목요일이야?" 나는 갑자기 불안한 마음에 목소리가 작아졌다. 이미 내가 어쩌면 금요일이 되었을지도 모른다는 생각이 들면서, 좀 전에 내가 금요일에게 가했던 일격을 당한 상태일 수도 있겠다고 깨달았기 때문이었다.

"난 일요일이야." 그는 입에 초콜릿을 가득 물고는 트림을 하며 말했다. 헷갈리는 상황이었다. 이자가 거짓말을 한다면 아무 의미도 없지만, 이게 사실이라면 머리에 혹이 나는 상황을 피할 수 없으리라. 왜냐하면 바로 일요일이 금요일을 때렸다고, 방금 전에 금요일이 나한테 말했으므로, 내가 일요일인 척하고 그를 때리지 않았던가. 그러나 만약 이것이 거짓말이더라도 그는 일요일이고, 그 말은 어쨌든 나보다 늦은 요일이라는 뜻이며 그러므로 내가 기억하는 것은 다 알고 있을 테니, 이미 내가 금요일에게 거짓말한 사실도 알고 있을 터다. 그러니까 나에게 전략적 속임수였던 것도 그에게는 그냥 이용할 수 있는 과거의 회상일 따름이리라. 뭘 해야 할지 알 수 없어서 이렇게 주저하는 사이, 그는 초콜릿을 다 먹은 뒤 침대 밑에서 기어 나왔다.

"만약 네가 일요일이라면, 우주복은 어디 있는 거야?" 나는 갑자기 생각이 나서 물었다.

"곧 입을 거야." 그가 태평하게 말하는데, 돌연 그의 손에 들린 불쏘시개가 보였다……. 그리고 또 내가 본 것은, 수십 개의 초신성 행성이 폭발하는 듯한 강력한 빛이었다. 그러고는 바로 정신을 잃었다. 내가 정신을 차렸을 때 욕실 바닥에 앉아 있었고, 누군가 문을 두드리고 있었다. 내가 멍든 부위와 혹에 붕대를 감는 내내, 바깥에서는 쉴 새 없이 문을 두드렸다. 나는 잠시 그에게 혹이 난 머리를 보여 주었다. 그는 목요일과 함께 연장을 가지러 갔다가, 또 뛰어다니더니, 우주복을 빼앗느라 싸움을 벌였다. 이 모든 것을 겪은 뒤, 혹시 트렁크 안에 초콜릿이라도 없는지 살펴보려고 토요일 아침, 침대 밑으로 기어 들어간 것이었다.

셔츠 더미 밑에서 발견한 마지막 초콜릿 조각을 다 먹었을 때 누군가 내 다리를 잡아당겼다. 이미 나는 누구인지 알았지만, 혹시 몰라서 불쏘시개로 머리를 내려친 다음 우주복을 벗겨 내서 이제 입으려는 순간, 또다시 로켓이 회오리바람에 휘말렸다.

내가 다시 정신을 차렸을 때, 방 안은 사람들로 가득 차 있었다. 거의 움직일 수 없는 수준이었다. 이들은 모두 나였는데, 각자 다른 날짜의, 다른 주의, 다른 달의, 아니 한 명은 무려 작년의 나인 것 같았다. 이 중 상당수가 머리는 깨지고 눈에 멍이 들었고, 또 다섯 명은 우주복을 입고 있었다. 하지만 고장 난 조종간을 고치려고 우주선 밖으로 나가는 대신, 다들 벽에 기대서 흥정을 하고 논쟁을 벌이며 싸움질만 계속하고 있었다. 싸움의 내용은 누가 누구를 언제 때렸나 하는

▽ ⊖

것이었다. 상황은 자꾸 더 복잡해졌다. 첫째, 급기야 '오전의 나'와 '오후의 나'까지 나타나기 시작한 탓에 나는 앞으로 분 단위와 초 단위까지 나타나지 않을까, 걱정이 되었다. 둘째로는 대부분 아무렇지도 않게 거짓말을 해 대는 통에, 각각의 나였던 목요일, 금요일, 수요일이 등장하는 삼각 사건에서, 여전히 내가 누구를 때렸는지 그리고 누가 나를 때렸는지 알 수 없었다. 아무래도 내가 금요일에게 일요일이라고 거짓말을 한 일 때문에, 결국 달력으로 계산해 보았을 때 한 대 더 맞게 된 것 같았다. 하지만 이런 불쾌한 추억은 다시 떠올리지 않는 편이 좋겠다. 일주일 내내 스스로를 때린 것 말고는 한 일이 없다는 사실이 인간으로서 자랑스러워할 점은 못 되니까.

이러는 동안에도 싸움은 계속되었다. 이 아무 소용도 없고, 시간 낭비이기만 한 광경을 바라보고 있노라니 절망적이었다. 로켓은 연신 속도를 더해 가며 회오리바람에 휘말렸다. 결국 우주복을 입은 자들과 안 입은 자들이 서로 싸우기 시작했다. 이 혼돈 속에서 나는 조금이라도 질서를 잡고자 초인적인 노력을 기울인 끝에 무언가 회의 같은 것을 소집할 수 있었다. 그러고는 '작년의 나'가 최고 연장자로서 박수를 받으며 의장으로 선출되었다.

우리는 선거감시위원회, 선출위원회, 자유의결위원회를

뽑아서 '지난달의 나' 네 명을 위원으로 위촉했다. 그러는 동안 또 좋지 않은 회오리바람에 휘말려서 인원은 반으로 감소했고, 비밀 투표의 정족수가 모자라는 바람에 조종간을 고치기 위한 후보자를 뽑으려면 회칙을 개정해야만 했다. 지도에 따르면 또 다른 회오리바람들이 다가왔는데, 이러다간 지금까지 이룩해 놓은 것들이 전부 허사가 될 지경이었다. 이미 선출된 후보자들은 사라지고, 또다시 화요일과 금요일이 머리에 수건을 감은 채 나타나서는 불쾌한 소동을 벌였다. 아주 거센 회오리바람을 통과하자 방 안과 복도에는 거의 서 있을 자리가 없었다. 뚜껑을 열고 우주선 밖으로 나가기란 아예 불가능했다. 최악인 점은, 이제 시간이 밀려 나가는 속도가 점점 더해져서 희끗희끗한 머리카락의 인물들과 짧게 자른 머리의 아이들 모습까지 보였다. '어린 시절의 나'까지 나타난 것이다.

나는 급기야 스스로가 아직도 일요일인지, 아니면 이미 월요일인지 알 수 없었다. 뭐 이러나저러나 아무 의미도 없었다. 아이들은 사람이 많아서 숨이 막힌다며 울고, 위원장인 작년의 티히는 쓸데없이 초콜릿을 찾으려고 침대 밑으로 들어가는 수요일에게 손가락질을 했다가 다리를 물려서는 성난 재단사처럼 욕설을 내뱉었다. 나는 이러다가 결말이 좋지 않으리라고 예감했다. 급기야 회색 수염이 난 사람들마저 보이기 시작했으니까. 142번째와 143번째 회오리바람을 지나는 사이에 나는 출석부를 돌렸으나, 결과적으로 상당수가 거짓말을 하고 있다는 사실만 알아냈다. 소음과 소란이 너무 심해서 목청껏 소리를 지르지 않으면 의사소통은 불가능했다. 갑자기 작년의 티히 중 하나가 잠시 굉장히 그럴싸한 아이디어를 제시했는데, 이른바 우리 중 가장 나이 많은 이가 자기 인생을 회고해 보는 것이었다. 그러면 누가 조종간을 고칠 수 있는지 알 수 있으리라. 마침내 가장 나이 많은 이가 자신의 경험 속에 각각의 날, 달, 해에서 온 모든 사람들을 집어넣었다. 우리가 이런 부탁을 하고자 은발 노인에게 다가갔을 때, 그는 벽 모서리에 붙은 채 약간 몸을 떨었다. 우리 질문에 자기 아이들과 손자들 얘기를 길게 늘어놓고는, 90살 인생 동안 경험한 우주여행의 추억을 장황하게 들려주기 시작했다. 지금 일어나는, 정작 우리에게 유일하게 중요한 이 사건에 대해서는, 건망증과 흥분 탓에 노인은 전혀 기억하지 못했다. 그러나 자신감에 가득 차서 그 사실을 절대 인정하지 않은 채 계속 말을 돌리며, 고집스럽게 자기가 얼마나 중요한 사람들을 많이 아는지, 훈장은 얼마나 받았는지, 그리고 손자들이 어떤지에 대해서 자꾸 이야기를 늘어놓았다. 결국 우리는 그에게 소리를 지르며 조용히 하라고 다그칠 수밖에 없었다. 그 후 두 차례의 회오리바람은 인원수를 상당히 감소시켰으며, 세 번째 회오리바람에 자리가 넉넉해졌을 뿐 아니라 우주복을 입은 자들 모두가 사라졌다. 남은 것은 텅 빈 우주복 하나뿐이었는데, 위원회는 우주복을 복도에 걸어 놓고 회의를 시작했다. 이 귀중한 우주복을 누가 차지하느냐에 대해서 새롭게 싸움이 일어났고, 또 새로운 회오리바람이 휘몰아친 뒤 갑자기 고요해졌다. 나는 눈이 퉁퉁 부은 채 갑자기 기이하게 휑해진 방에서, 부서진 기계 조각과 찢어진 옷 조각, 페이지가 너덜거리는 책들 사이, 바닥에 앉아 있었다. 그리고 바닥은 투표 용지로 뒤덮여 있었다. 지도에 따르면, 이미 나는 회오리바람 지역을 모두 지나온 것이었다. 이제 이중화를 기대할 수 없고, 그러므로 고장을 수리할 수도 없어서 나는 무력감과 절망에 휩싸였다. 한 시간쯤 지난 뒤 복도를 살펴보았을 때, 놀랍게도 우주복이 사라졌음을 발견했다. 그때 희미하게, 마지막 회오리바람 직전에 작은 애들 둘이 몰래 복도로 나가던 모습을 기억해 냈다. 그럼 둘이 우주복 한 벌 속에 들어간 걸까? 돌연 나는 조종간으로 뛰어갔다. 된다! 그러니까 우리들이 쓸데없는 논쟁을 벌이는 동안, 그 두 아이들이 고장을 수리한 것이다. 내 생각에 한 명은 우주복의 팔 부분에 손을 집어넣고, 다른 한 명은 발 부분에 손을 집어넣은 채 움직인 것 같았다. 그렇게 몸의 균형을 잡고는 조종간 양쪽에서 스패너를 돌릴 수 있었던

▽ ▽

것이다. 빈 우주복은 외부로 나가는 뚜껑 뒤에 자리한 감압실에서 발견됐다. 나는 성실한 두 아이들에게 헤아릴 수 없는 감사의 마음을 느끼며, 마치 성스러운 유품처럼 우주복을 로켓 안으로 가지고 들어왔다. 그 아이들이 옛날의 나였던 것이다! 이렇게 나의 모험 중 가장 개인적이었던 사건은 종결되었다. 두 아이로 나타나서 내게 지성과 용기를 보여 준 '나' 덕분에 나는 목적지까지 아무런 사고 없이 도착했다.

　　훗날 사람들은 내가 이 이야기를 지어냈다고 말하며, 오랜 우주여행 동안 지구에서 몰래 가져온 알코올에 의존한다는 둥 악의 섞인 헛소문을 퍼뜨렸다. 이 주제에 대해서 얼마나 많은 소문이 돌았는지는 신만이 알 지경이다. 그러나 사람들은 원래 그렇다. 내가 여기에 털어놓은 신빙성 있는 사실보다 가장 말도 안 되는 헛소리를 기꺼이 믿는다.

여덟 번째 여행

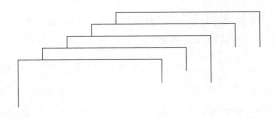

그러니까 이렇게 된 것이다. 나는 항성 연합의 지구 대표가, 아니 정확히 말하자면 그 후보자가 되었다. 아니, 사실은 내가 후보자가 되었다기보다 우주 연합이 새로운 회원 후보로 고려하는 인류 전체의 대표가 된 것이다.

태어나서 이렇게 긴장한 적은 없었다. 혀는 말라서 이에 나무토막처럼 달라붙었고, 레드 카펫 위로 아스트로버스를 향해 걸어갈 때는 발밑이 푹푹 꺼지는지, 아니면 내 무릎이 꺾이고 있는지 알 수가 없었다. 연설을 해야 했지만, 흥분해서 달아오른 목에서는 한마디도 나오지 않았다. 나는 크롬 재질의 판이 올려진 커다랗고 빛나는 기계와, 동전을 집어넣는 작은 구멍을 보았다. 얼른 동전 하나를 집어넣고는 준비해 온 보온병을 미리 꼭지 아래에 놓았다. 이것이 은하계에서 인류의 첫 번째 외교 활동이었는데, 왜냐하면 내가 소다수 자판기라고 생각했던 기계가 사실은 타라칸 행성의 대표 대리였던 것이다. 천만다행이게도 바로 그 타라칸인들이 우리 인류를 회원 후보에 올려 주었는데, 나는 그때까지 이 사실을 알지 못하고 단지 이 고귀한 외교관이 나의 구두에 침을 뱉기에 영 좋지 않은 신호로 잘못 받아들였다. 실제로 그는 향기로운 환영 호르몬을 내뿜은 것이었다. 우주 연합의 한 친절한 관리가 나에게 건네준 '정보-통역 알약'을 삼킨 뒤에야 나는 이 모든 상황을 이해했다. 주위를 둘러싼 소란스러운 소리는 곧장 단어로 해석되었으며, 푹신한 카펫의 맨 끝에 위치한 사각의 알루미늄 볼링 핀이 보디가드임을 알아보았다. 좀 전까지만 해도 거대한 스트루델처럼 보였던, 나를 맞이해 준 타라칸인은 마치 평범하기 그지없는 외모의 오래된 지인처럼 느껴졌다. 오로지 긴장만이 가시지 않았다. 작은 운반 기구가 나타났는데, 이는 나와 같이 두 다리를 지닌 존재들을 위해서 특별히 고안된 것이었다. 나의 동반자 타라칸인은 상당히 애쓴 끝에 그 속에 들어갈 수 있었다. 그러고는 내 오른쪽 옆뿐 아니라 왼쪽 옆에도 자리를 잡더니 말했다.

"존경하는 지구인, 해명할 것이 있습니다. 지구 전문가로서 지구인의 입후보를 열성적으로 진행해 온 우리 대표가 어제 저녁에 수도로 차출되어 가서 제가 그 자리를 대신하게 되었습니다. 혹시 절차는 잘 아시고 계신지…….”

“아니요. 기회가 없었습니다.” 나는 인간 신체에 충분히 맞추었다고는 할 수 없는 탈것의 좌석에서 조금 몸부림을 치며 말했다. 이 자리는 심하게 경사진 5○센티미터 정도의 굴 같은 모양이라 앉으면 무릎 끝이 이마에 닿았다.

“아, 뭐, 괜찮습니다.” 타라칸인이 말했다. 주름 많은 옷은 금속성의 광택을 내며 각지게 다려져 있었는데, 내가 아까까지만 해도 판으로 보았던 것이었다. 그리고 이 옷은 조그맣게 소리를 냈는데, 타라칸인은 헛기침을 하더니 말을 이었다.

“당신네들의 역사는 알고 있습니다. 인류라니, 정말 멋지죠! 이에 대해 알아 가는 것이 저의 임무입니다. 제83항에 의거해서 결론이 나면 우리는 당신들을 우주 연합의 정식 회원으로 완전히 받아들일 것입니다. 자격 증명 서류는 혹시 잊지 않으셨겠지요?” 그가 갑자기 말을 돌렸고, 나는 온몸을 덜덜 떨며 거세게 부정했다. 땀에 젖어서 축축해진 두루마리는 내 오른쪽 손에 꼭 들려 있었다.

“좋습니다,” 그는 다시 말을 시작했다. “그러면 제가 여러분을 우주 연합의 일원으로 이끌어 준 업적에 대해 연설하는 것으로 하고…… 그러니까 이해하시겠지만, 이것은 고대로부터 이어져 온 절차 같은 것이지요. 하지만 누군가 반대자가 나오지는 않겠죠?"

"아, 아니요…… 그럴 거라곤……." 나는 말을 더듬었다.

"물론이죠! 그럴 리가 없겠죠! 그러니 절차를 수행하려면 제게도 약간의 정보가 좀 필요합니다. 세부 사항, 그런 거 말이죠. 핵에너지는, 뭐, 당연히 보유하고 계시겠죠?"

"아이쿠, 물론입니다, 물론이에요!" 나는 준비되었다는 듯 그를 안심시켰다.

"좋습니다. 그런데 여기, 저희 대표가 자기 공책을 남겨 두고 갔는데, 아이쿠, 글씨가 참…… 흠…… 그러면 핵에너지는 언제부터 보유하셨습니까?"

"1945년 8월 6일부터요!"

"훌륭해요. 그게 뭔가요? 첫 번째 핵 발전소인가요?"

"아니요." 나는 얼굴이 달아오름을 느끼며 말했다. "첫 번째 핵폭탄이었지요. 히로시마를 파괴……."

"히로시마? 무슨 운석인가요?"

"운석이 아니라…… 도시입니다."

"도시?" 그는 약간 동요한 것 같았다. "그러면 이걸 어떻게 말해야 하나……." 그는 잠시 생각에 잠겼다. 그러더니 돌연 결정을 내렸다. "그냥 말하지 않는 편이 낫겠군요. 좋아요. 하지만 뭔가 칭찬할 것이 저에게 필요합니다. 빨리, 뭐라도 제시해 보세요, 곧 도착하니까요.”

“음…… 음…… 우주선.” 나는 말을 시작했다.

“그렇죠, 아주 당연한 사실입니다. 우주선이 없었더라면 티히 씨도 이 자리에 없었을 테니까요.” 그는 약간 억지로 설명을 붙이는 것 같았다. “국가 재정의 상당 부분은 어디에 쓰이죠? 그러니까 말씀해 주세요, 무슨 우주적 규모의 웅대한 기술이나 건축 사업, 중력 태양열 발사기 같은 것 말입니다, 네?” 그는 나에게 힌트를 주듯 말했다.

“아, 만들고…… 만들고 있지요.” 나는 말했다. “국가 재정이 그다지 크지 않은데, 안보에 상당히 많이 들어가고…….”

“안보라니, 무엇을 지키는 것이죠? 대륙을 보호하나요? 지진을 막나요?”

“아니요…… 군…… 군대…….”

“그게 뭡니까? 취미 생활입니까?”

“취미가 아니라…… 내부적 갈등이죠.” 나는 말을 더듬었다.

“그건 추천 사유가 되지 못하지 않습니까?” 그는 명백히 기분이 상한 듯 보였다. “아니, 동굴에서 바로 나오신 것도 아니고! 당신네 학자들은 전 우주적 협력이 언제나 약탈과 헤게모니 쟁탈보다 더 이익이라는 점을 이미 옛날에 계산해 내지 못했나요?"

"계산은 해 냈어요, 했다고요, 하지만 그럴 일들이……역사적인 이유로 말입니다."

"그만둡시다!" 그가 말했다. "저는 당신들 입장을 방어해야 하는 수준이 아니라, 당신들을 칭찬하고, 추천하고, 당신들 공로와 선의를 제시해야 하는 입장이에요, 아시겠죠?"

"알겠습니다."

나의 혀는 마치 누군가가 얼려 버린 듯 딱딱하게 굳었고 턱시도의 칼라는 목을 죄어 왔으며, 쏟아져 내리는 땀에 칼라의 심지까지 눅눅하게 젖고 있었다. 나는 절차 증명 서류의 수상 이력에서 바깥쪽 한 장을 떼어 냈다. 타라칸인은 조바심을 내는 동시에, 우월감에 싸인 경멸을 보였다. 그러면서도 뭔가 이 상황에 무신경한 채로 예상치 못한 평정심과 상냥함을 드러냈다. (뛰어난 외교관이었다!)

"그러면 당신들 문화에 대해 말하는 편이 낫겠어요. 뛰어난 문화적 업적에 대해서요. 문화는 있죠?" 그가 갑자기 물었다.

"있습니다! 뛰어나죠!" 나는 그를 안심시켰다.

"좋아요. 예술은?"

"오, 있죠! 음악, 시, 건축……."

"그렇다면 건축이 있긴 하군요!" 그는 외쳤다. "아주 좋아요. 써 놔야겠네. 폭발 수단은?"

"무슨 폭발이요?"

"창조적 폭발이나 제어, 기후를 조절하거나 대륙을 이동하고 강줄기를 바꾸는, 그런 것들 말예요?"

"아직까지는 그냥 폭탄만 있습니다." 나는 이렇게 대답하면서 작은 목소리로 덧붙였다. "하지만 종류가 아주 많지요! 네이팜탄, 인산탄, 독가스가 들어 있는 폭탄도 있어요……."

"그건 제가 말하는, 그런 게 아니잖아요." 그는 냉정하게 말했다. "영혼의 측면에 집중해서 이야기를 해야겠군요. 당신들은 뭘 믿습니까?"

우리를 추천해야 하는 의무를 가진 이 타라칸인은 전혀 '지구 전문가'가 아닌 것 같았다. 이런 무지한 존재의 연설로 곧 우리의 우주 연합 합류 여부가 결정된다니! 사실을 말하자면, 나는 숨이 막혔다. 이렇게 운이 없을 수가, 왜 하필 지금 그 제대로 된 지구학자를 호출해 간 거야!

"우리는 보편적 동지애를 믿고, 평화와 협력이 전쟁과 미움보다 낫다는 것을 믿고, 인간이 모든 것의 척도가 되어야 한다고……."

그는 내 무릎 위에 무거운 발톱을 올려놓으며 말했다.

"왜 인간이? 뭐, 중요한 것은 아닙니다. 하지만 당신의 주장들은 모두 부정적이군요. 전쟁이 없고, 미움이 없고, 뜬성운 잡는 소리라니, 맙소사, 무슨 긍정적인 이상은 없습니까?"

나는 질식할 지경이었다.

"우리는 발전과 더 나은 내일, 학문의 힘을 믿습니다."

"드디어 뭔가가 나왔군!" 그는 외쳤다. "그렇죠, 학문…… 좋습니다, 이건 쓸 만하군요. 무슨 학문에 중점을 두고 있습니까?"

"물리학이죠." 나는 대답했다. "핵에너지 개발입니다."

"이제 알겠습니다. 우리가 해야 할 것은, 일단 당신은 아무 말도 하지 마세요. 제가 알아서 할 테니까요. 말은 제가 하겠습니다. 저에게 모두 맡기세요. 기운 내시고요!" 기계가 건물 앞에 서자, 그는 이렇게 말했다.

나는 머리가 빙빙 돌고 눈앞마저 어질했다. 보이지 않는 장벽 같은 것이 노래 같은 한숨 소리를 내면서 열리자 수정으로 된 복도를 지났다. 그렇게 내가 아래로 내려갔다가 위로 올라갔다가, 또다시 아래로 내려가는 내내, 주름진 금속 옷을 입은 거대한 타라칸인은 잠자코 내 옆에 서 있었다. 갑자기 모든 것이 멈추더니, 내 앞에서 유리 공이 부풀어 오르다가 폭발했고, 나는 전체 회합이 열리는 홀의 바닥에 서 있었다. 깔때기 형태의 원형 극장이 펼쳐졌고, 위쪽에는 둥근 의자들이 빙 둘려 있었는데, 티끌 하나 없이 은빛 눈처럼 하얬다. 거리 때문에 위원회의 모습은 흰색의 나선 층층 위에 에메랄드와 황금, 진홍빛 광물이 무수히 흩뿌려진 듯 보였다. 이 알 수 없는 광채에 눈이 아팠다. 처음에는 어디가 훈장인지, 어디가 몸인지, 어디가 가공적으로 늘린 부분인지 구별할 수 없었다. 단지 이들이 살아서 움직인다는 것, 눈처럼 새하얀 의석에서 무슨 검고 번쩍거리는, 무연탄으로 만든 타일들 같은 서류를 서로 건네고 있다는 것, 그리고 내 맞은편, 몇십 발자국 떨어진 곳에는 전자 기계로 만든 벽에 둘러싸인 한 단 높은 곳, 마이크 숲속에 자리한 의장의 모습이 보였다. 공기 중에는 천 가지도 넘는 언어로 행해지는 대화가 조각조각 흩어져 있었는데, 가장 낮은 저음부부터 새가 지저귀는 것 같은 고음부까지 다양했다. 발밑에서 바닥이 열리는 듯한 느낌에, 나는 턱시도 자락을 여몄다. 끊임없는 연속적 소음이 울려 퍼졌고, 의장이 기계를 가동시키자 뭔가가 순금으로 된 판을 망치로 때리는 소리, 금속성 떨림이 귓속까지 파고들었다. 나보다 훨씬 키가 큰 타라칸인이 내게 자리를 알려 주는 동안, 의장의 목소리는 보이지 않는 스피커를 통해서 전달되었다. 나는 내 행성의 이름이 쓰인 정사각형 이름표 앞에 앉기 전에, 한없이 높이 펼쳐진 원형 극장의 자리들로 눈을 돌려, 단 한 명이라도 나와 비슷한 자가 있는지, 인간의 형상을 하고 있는 자가 하나라도 있는지 찾아보았지만, 아무 소용이 없었다. 거대하고, 따뜻한 색깔의 뿌리들, 까막까치밥나무 열매 같은 젤리 덩어리, 근육질의 종양처럼 생겨서 책상에 몸을 기대고 있는, 양념을 많이 한 파테 같은 색깔의 얼굴, 또는 마치 쌀 푸딩 같은 밝은색 얼굴, 매듭, 찍찍이, 손잡이처럼 생긴, 가깝고 먼 행성들의 운명을 결정하는 이들이 내 앞에서 느릿한 영화의 한 장면처럼 움직이고 있었다. 지구에서 수없이 상상했던 것처럼 이들은 괴물 같지도, 혐오감을 일으키지도 않았다. 나는 우주 괴물들이 아니라, 비구상 조각을 만드는 예술가의 끌 끝에서 창조된 존재들, 또는 창의적인 요리사가 만들어 낸 존재들과 마주하고 있었으니…….

"제82항." 타라칸인은 이렇게 내 귀에 속삭이고는 자리에 앉았다. 나도 똑같이 했다. 책상 위에 놓인 이어폰을 귀에 꽂으니 말소리가 들려왔다.

"만장하신 위원회 여러분들이 협정에 맞춰 인가하신 기계는 알타이르 공동체에 의해 포말하우트 제6연합에 제때 배달되었으며, 우주 연합 산하 특별 위원회가 절차에 맞게 승인한 바와 같이, 일부 재산은 협정 대상자들의 기술적 처방에서 미미하게 벗어난 결과로 보입니다. 알타이르 공동체의 주장에 따르면 공동체가 생산해 낸 방사능 필터와 항성 축소기는 복제 능력을 가지도록 제조되어서 기계 후손을 보장하도록 되어 있었는데, 이는 계약 주체들 사이의 지불 서약서에 명시되어 있는바, 이러한 능력은 우리 우주 전체의 암묵적 기술적 도덕을 지키며 발휘되었어야 하므로, 앞서 말한 기계에 다른 성질을 프로그램하면서 얻어지는 것은 아니었으나, 실제로 그런 상황이 발생하였습니다. 이런 프로그램의 이중성은 포말하우트 에너지 본부 안에서 비정상적 성적 적대감을 야기하였으며, 그 결과 공중도덕이 훼손되어서 상당한 물질적 손해를 불러일으켰습니다. 배달된 기계들은 원래 설계된 대로 일하는 대신, 자신의 짝을 구하는 데에 정해진 노동 시간을 할애하였으며, 재생 행위를 위해 코드를 들고 계속 뛰어다님으로써 파눈츠키법을 위반하였을 뿐 아니라 기계 그래픽의 과부하를 초래하였습니다. 이렇듯 통탄할 만한 현상을 촉발한 것은 알타이르 공동체의 실수입니다. 그러므로 우리는 알타이르 공동체에 빚지지 않았노라고 선언합니다."

나는 이어폰을 내려놓았다. 머리가 너무 아팠기 때문이었다. 악마에게나 잡혀가라지! 기계의 공중도덕 훼손, 알타이르, 포말하우트가 다 뭐람! 우주 연합의 회원이 되기도 전에 질리는 기분이었다. 속이 좋지 않았다. 왜 나는 타란토가

59

교수의 말을 들었단 말인가? 내가 죄를 저지르지도 않았는데, 이처럼 눈을 부라리는 대상들 앞으로 나아가야 하는 이 끔찍한 영광은 다 뭐람? 아니 차라리……

전기가 온몸을 타고 흘렀다. 왜냐하면 거대한 전광판에 '83'이라는 숫자가 밝혀지고, 누군가 옆에서 나를 거세게 툭툭 쳤기 때문이었다. 타라칸인이 찍찍이인지 빨판인지를 똑바로 펴더니 나를 자기 쪽으로 끌어당겼다. 홀 천장 위에서 떠다니던 조명은 우리에게 푸른 불빛을 쏟아부었다. 나를 관통하는 듯한 광선을 온 사방에서 받으며 나는 반쯤 정신이 나간 상태로, 이미 너무 축축해진 자격 심사 서류 두루마리를 꼭 쥐었다. 타라칸인의 무게 있는 저음 목소리가 내 곁에서 원형 극장 전체를 여유 있게 채우며 울려 퍼졌다. 그러나 그 연설의 내용은 마치 폭풍 속의 파도 거품이 방파제 앞으로 감히 몸을 빼고 선 사람 위에 쏟아지듯 드문드문 들려왔다.

"……훌륭한 지부(내 조국 행성의 이름을 제대로 발음하지도 못하다니!)…… 대단한 인류…… 그 인류의 대표자로 이곳에 온, 뛰어난…… 세련되고 마음씨 착한 포유류…… 그들 산맥에서 대단한 솜씨로 얻어 낸 핵에너지…… 젊은, 발전하는 문화, 고양된 정신으로 가득한…… 암피브룬트가 없지는 않으나 플렌치몰리아에 대한 깊은 믿음(우리를 다른 종족과 착각했음이 분명했다.) ……우주 종족의 연대를 지지하는……
이들을 우리 일원으로 받아들이기를 희망하며…… 자신들 은
하계 구석에서 외롭게…… 자주적이고 용감하게, 충분히 우
리의…….”

지금까지는 뭐, 괜찮네, 순간적으로 머릿속에 그런 생각
이 스쳤다. 우릴 칭찬하고 있는걸, 그것도 상당히…… 그런데
저건 뭐지?

“물론, 이들이 짝을 짓기는 합니다. 이들의 상당히 딱딱
한…… 우리가 이해해 줘야…… 이 회의에서는 정상과 상식에
서 벗어나는 이들에게도 자기 권리가 있으니까요…… 비정상
이 부끄러운 건 아닙니다…… 이들이 살아온 척박한 환경……
물이 너무 많고, 그것의 염도가 높더라도, 사실, 그것이 장애
물이 될 수는 없지만…… 우리의 도움을 받아서 미래에는 이
들의 끔찍…… 이들 현재의 모습을 변화시킬 수도 있을 것입
니다. 우리 회의가 너그러운 마음으로 이 점을 바로잡을 수
있다면…… 그래서 타라칸과 베텔게우스 별들 연합의 이름으
로 저는 지두의 인류를 우리 우주 연합에 가입시켜 주기를,
더불어 여기 참석한 지부인에게 우주 연합의 정회원 자격을
부여할 수 있기를 바랍니다. 이상입니다.”

기묘한 휘파람 소리에 잠잠했던 청중은 웅성웅성하기
시작했다. 박수 소리는, 그들에게 손이 없었으므로 나오지

않았다. 웅성거림은 돌연 징 소리에 중단되었고, 의장의 목소리가 들려왔다.

"지두의 인류를 회원으로 받아들이는 안건에 대해 다른 의견을 가진 위원분은 없으십니까?"

타라칸인은 스스로에게 상당히 만족했는지 상기된 얼굴로 나를 벤치까지 끌어당겼다. 나는 그에게 감사의 말을 웅얼거리며 자리에 앉았는데, 갑자기 두 줄기의 야광 연둣빛 광선이 원형 극장 이곳저곳에서 발사되었다.

"투반 대표님에게 발언권을 넘기겠습니다!" 위원장의 목소리였다. 그리고 무언가가 일어났다.

"존경하는 위원회 여러분!" 나는 멀리서 들려오는, 마치 금속판을 긁는 듯한 음성을 들었지만, 곧 그 독특한 목소리에 익숙해졌다. "우리는 여기서 폴피토르 보레텍스의 입을 통해, 지금까지 우리에게 알려지지 않았던 먼 행성의 종족에 대한 따뜻한 추천사를 들었습니다. 오늘 회의에 참석하기로 했던 술피토르 엑스트레보르의 급작스러운 부재로, 타라칸 대표가 지지하는 이 종족의 정확한 역사와 풍습, 본성에 대해 정확히 파악할 수 없음은 참으로 유감입니다. 제가 우주 기형학 전문가는 아니지만, 제 능력이 닿는 한에서 지금까지 들었던 이야기를 다소 보충하도록 하겠습니다. 우선, 본론과 상관없는 이야기지만 짚고 넘어가야 할 점은, 인간이 거주하는 행성의 이름은 지부도, 지두도 아닙니다. 물론 이것은 절대로 무지해서가 아니라, 제 자신도 경험한 바 있지만, 연설을 하다 보면 흥분하고 발음이 꼬여서 우리의 훌륭한 발언자도 이렇게 실수했을 뿐임을 말씀드리겠습니다. 이건, 그다지 중요한 사항도 아닙니다. 그리고 '인간'이라는 말 자체가 이 지구에 사는 종족의 언어에서 유래한 것인데, 보다 정확히 표현하자면 이 멀리 떨어진 행성의 종족, 즉 지구인이라고 부르지요. 그러나 우리의 학문은 지구인을 조금 다르게 이해합니다. 감히 여러분 앞에서, 위원회를 지루하게 할 생각은 없습니다만, 우리가 회원 인가를 고려하는 이 종족에 대해 기형학 전문가들, 굳이 이름을 언급하자면 우주기형학자 그람플루스와 그짐스가 어떻게 분류하는지, 그 전문을 읽어 드리고자 합니다."

투반 대표는 자기 책상 위에 책갈피로 표시된 거대한 책을 펼쳐 놓고는 읽기 시작했다.

"우리 은하계에서 통용되는 체계에 따르자면, 비정상적 유형은 아베란티아(변태) 데빌리탈레스(멍청이)와 안티사피엔티날레스(비지성)로 나눌 수 있다. 비지성 형태에 속하는 것에는 카날리아카에아종(징그러운 종)과 네크로루덴시아종(시체공포종)이 속한다. 시체공포종 중에서는 파트리시디아체아종(부친살해종)과 마트리파기데에종(모친살해종),

라시비아체에종(구토를 일으키는 종) 등이 있다. 구토를 일으키는 종은 이미 매우 심각한 변종인데, 크레티니애(바보, 예컨대 카다베리움 모르단스, 시체를 깨무는 종)와 호로리시매(괴물종, 이 중 대표적인 것은 흐리멍텅한 겁쟁이, 이디온투스 에렉투스 그짐지)로 나뉜다. 괴물종 중 일부는 자신들만의 유사 문화를 형성한다. 이런 예로는 아노필루스 벨리게렌스, 즉 산적류가 있는데 스스로를 게니우스 풀헤리무스 문다누스라고 부르며, 지금 보시는 예와 같이 몸에 털이 하나도 없는 표본을 그람플루스가 우리 은하계의 가장 후미진 지역에서 관찰한 뒤 몬스트로테라툼 푸리오숨(추악한 미치광이)이라고 이름 붙였는데, 자기들끼리는 '호모 사피엔스'라고 칭한다."

강당의 웅성거림은 한층 커졌다. 의장은 망치가 달린 기계를 작동시켰다.

"좀 참으세요!" 타라칸인이 나에게 속삭였다. 움직이는 조명이 너무 밝아서 나는 그를 보지 못했다. 어쩌면 땀이 눈까지 흠뻑 흘러내려서 보이지 않았을 수도 있었다. 갑자기 누군가가 형식적인 문제에 대해 발언하겠노라 나섰고, 나는 약간의 희망을 가졌다. 그는 자신을 물병자리 별들의 대표자라고 소개한 다음, 우주동물학자로서 투반인의 주장을 뒷받침하기 시작했다. 자기는 하그라납스 교수의 학설을 따르므로 좀 전에 제시한 분류법에는 문제가 있다고, 또 존경하는 하그라납스 교수와 함께 데게네라토레스라는 하위 단위를 새로 만들었는데 그 안에는 뚱뚱이, 홀쭉이, 뼈다귀 그리고 귀신 등이 속한다고 말했다. 몬스트로테라투스라는 용어는, 그의 주장에 따르면 인간에게 대입하기는 적합하지 않다, 그러므로 물병자리 별의 학술적 명명 법칙을 따라 아르테팍툼 아브호렌스, 그러니까 인공 괴물류라고 부르는 편이 더 낫다고 발언했다. 투반인은 물병자리 대표자와 약간의 의견을 주고받더니 다시 연설을 시작했다.

"존경하는 타라칸 대표님, 우리에게 이성이 있는 인간, 아니 더 정확한 명칭을 쓰자면, '시체를 두려워하는 종의 대표격인 미친 인공 괴물류'를 이 위원회에 추천하시면서 대표님은 '단백질'이라는 단어를 쓰지 않으셨는데, 아마도 지나치게 격이 떨어진다고 생각하셔서 그러신 듯합니다. 물론 이 단어가 연상시키는 바는, 저도 차마 입에 담을 수가 없습니다. 사실, 신체 구조상 이런 성분을 포함하고 있다는 사실 자체가 수치스러운 것은 아닙니다. (청중이 소란해지자 누군가 외쳤다. "조용히 해요! 조용히!") 단백질은 문제가 아닙니다! 그리고 '시체를 두려워하는 미치광이'라는 명칭 대신 자기들을 '이성 있는 인간'이라고 부르는 것도 문제는 아닙니다. 자기애를 비록 용서할 수 없으나, 누구나 가질 수 있는 약점으로 이해할 수는 있지 않겠습니까. 그러나 만장하신 위원회 여러분, 문제는 이것이 아닙니다!"

　　나는 곧 쓰러질 듯 정신이 혼미해졌다. 연설은 띄엄띄엄 알아들을 수 있었다.

　　"육식을 한다는 사실 자체도 자연적 진화 과정에서 유래했다고 생각하면 누구의 잘못도 아닙니다! 사실 인간이라고 불리는 생물과, 그 친척에 해당하는 동물을 나눌 수 있는 차이점이란 거의 없죠! 마치 키 큰 존재에게 키 작은 존재를 잡아먹을 권리가 있다고 생각하거나, 약간의 지성을 지닌 존재에게 지성이 조금 부족한 존재를 죽일 수 있는 권한이 있다고 여기는 것은, 그리고 꼭 그렇게 할 수밖에 없는 상황이라면, (청중이 외쳤다. "그런 상황은 없다!", "시금치를 먹으라고 해!") 예컨대 비극적인 유전적 요인 때문에 꼭 그렇게 해야만 한다면, 피투성이 희생물을 아무도 모르게, 깊은 굴속의 가장 컴컴한 구석에서, 고뇌와 양심의 가책, 절망과 언젠가는 이 끔찍하고 끝없는 범죄로부터 벗어날 수 있기를 바라는 희망을 가지고 섭취하는 것은 당연할 일입니다. 그러나 이 추악한 미치광이는 그렇게 행동하지 않습니다! 이미 생명 잃은 몸뚱어리를 찌르고 끓이며 가지고 놀다가, 망자에 대한 식욕을 더욱더 돋우기 위해, 공공의 탐식장에서 팔짝팔짝 뛰는 동종의 헐벗은 암컷들 사이에서 섭취합니다. 전 우주가 복수를 다짐할 만한 이러한 상황을 바꿔야 한다는 당위성은, 반쯤 액체 상태인 그들 머릿속을 스쳐 가지도 않습니다! 반대로, 그들 위 사이 어딘가에 자리 잡고 있는, 무수한 희생자들의 숨겨진 무덤은, 그들로 하여금 고개를 빳빳이 들고 끝없는 살해를 자행할 수 있도록 하는 핑계를 제공할 뿐입니다. 만장하신 위원회의 시간을 더 이상 낭비하지 않고자, 이성적인 인간이라고 불리는 종의 습관과 행태에 대해 여기까지만 말씀드리겠습니다. 그의 조상 중에서는 약간의 희망을 보여 준 종도 있었습니다. 네안데르탈인이었지요. 이 종에 대해서는 흥미를 가져 볼 만합니다. 현세 인류와 비슷했지만 이들보다 더 큰 해골을 가지고 있었으므로, 좀 더 큰 뇌, 그러니까 이성이 있었다고 가정할 수 있습니다. 버섯을 채집해서 먹었으며, 명상에 잠기기를 좋아하고, 예술을 사랑하는 온화하고 부드러운 성향의 종으로, 만약 이들이 우주 연합에 합류하는 상황이었더라면 충분히 고려해 봄직한 종입니다. 불행히도, 이들은 이미 절멸했습니다. 그러면 영광스럽게도 이 자리에 오신 지구 대표께서는, 문화적이면서도 고운 성정을 가진 네안데르탈인에게 무슨 일이 일어났는지, 말씀해 주실 수 있으실까요? 아무 말도 없으시니, 제가 대신 말씀드리겠습니다. 그들은 호모 사피엔스라고 불리는 종과 지구에서 대립하다가 뿌리째 멸종했습니다. 형제 살해에 해당하는 이 끔찍한 사건이 일어난 뒤, 지구 학자들은 희생자들의 명예를 더럽히는 데 일조했는데, 자기들이, 머리가 더 큰 네안데르탈인보다 더 뛰어난 이성을 갖추었다고 주장한 것입니다. 결국 우리는 이 신성한 회장에서, 이 성스러운 장소에서, 시체를 먹는 자들의 대표, 살해의 쾌락을 추구하고, 대량 살상의 수단을 발명해 내는, 그 외모만으로도 우리에게 참을 수 없는 웃음과 공포를 함께 불러일으키는, 당당히 범죄자가 될 용기도 없어서 죽음으로 얼룩진 자신의 경력을, 객관적인 우주 연구자라면 누구든 곧장 간파할 수 있는 거짓된 이름으로 한없이 은폐하는 그 존재를 바로 저기, 이제껏 더럽혀진 적 없는 새하얀 의자 위에서 보고 계신 것입니다. 만장하신 위원회……."

　　사실 이 두 시간짜리 연설에서 나는 아주 일부밖에 듣지 못했지만, 그것만으로도 충분했다. 투반인은 조금도 서두르지 않고, 체계적으로 책상 위에 잘 준비해 둔 지적인 책들, 관련 자료들, 역사서들을 이것저것 펼치며 피로 뒤범벅된 괴물의 모습을 제시해 보였다. 그러고는 갑자기, 우리 지구인들에 대해서 묘사하는 책장 자체가 희생자들의 피로 얼룩진 양 구역질이 난다는 표정으로 바닥에 떨어트렸다. 그리고 다시 지구 문명의 역사에 대해 말하기 시작했다. 참사, 제노사이드, 전쟁, 십자군 원정, 대량 학살 등을 이야기하고, 도표와 슬라이드를 통해서는 고대와 중세 시대의 고문과 범죄의 기술을 보여 주었으며, 현대로 넘어오자 열여섯 명의 조교들이 손수레가 휠 정도로 새로운 자료들을 잔뜩 담은 채 그의 주위를 둘러쌌다. 다른 도우미, 아마도 우주 연합의 보건 요원들인 것 같았는데, 그들은 작은 헬리콥터를 이용해서 이 강의를 듣다가 혼절 지경에 이른 청중(나만을 제외하고)에게 구급약을 나눠 주었다. 피로 얼룩진 지구 문화에 관한 정보의 홍수는 아마도 지구인에게 아무런 충격이 되지 않으리라는 단순한 추측 때문인지 도우미들은 나를 외면했다. 그러나 이 연설의 중간쯤, 나는 갑자기 광기에 사로잡히기 일보 직전의 사람처럼, 나를 둘러싸고 있는 이 상상 초월의 기묘한 존재들 사이에서 마치 나 홀로 괴물인 듯, 스스로를 겁내고 있었다. 고발자의 연설은 절대 끝나지 않으리라고 생각하던 순간, 이런 말이 들려왔다.

"만장하신 위원회 여러분, 이래도 타라칸 대표의 주장에 대해 투표를 원한다는 말씀입니까!"

강당은 죽음 같은 침묵에 사로잡혔다. 내 옆에서 무언가가 움직였다. 가엾은 타라칸인은 인간을 향한 논란 중 단 하나라도 반박을 해 보고자 애썼다. 그러나 그는 위원회에게, 인류가 그저 자기들끼리 죽이다가 사라진 네안데르탈인들을 존경할 만한 조상으로 여기고 있다고 설득하려다가 일을 더욱더 그르치고 말았다. 투반인은 나에게 단 하나의 치명적인 질문을 던짐으로써 내 변호인을 묵살시켰다. "지구에서 누군가를 '네안데르탈인'이라고 부르면 그게 칭찬인가요, 아니면 욕인가요?"

나는 이제 다 끝났다, 완전히 절망적이다, 곧 개가 발톱에 죽은 새의 깃털을 끼운 채 개집으로 쫓겨 가듯 나 역시 지구로 발을 끌며 돌아가겠지, 하고 생각했다. 그런데 의장이 마이크 쪽으로 몸을 굽히더니 말했다.

"에리단 대표는 발언해 주십시오."

에리단인은 조그마한, 마치 기울어진 겨울 태양을 받은 안개 덩어리처럼 은회색빛 둥그런 형태였다.

"여쭤보고 싶습니다." 에리단인은 말했다. "누가 지구인의 입회비를 낼 건가요? 이들이 스스로 냅니까? 적은 액수도 아니고, 무려 1조 백금은 아무나 지불할 수 있는 액수가 아니지 않습니까?"

원형 극장은 분노의 웅성거림으로 가득 찼다.

"그런 질문은 타라칸인의 제안에 대한 투표가 끝난 뒤 해야 할 것입니다!" 의장이 잠시 망설이다가 말했다.

"우주 연합 의장님의 허락을 구하며," 에리단인이 말했다. "제 의견은 조금 다릅니다. 그러므로 제가 드린 질문에 주의를 기울여 주시길 바랍니다, 아주 중요합니다! 저는 여기에 항성지리학의 거장이자 하이퍼박사 브라그라스의 저작을 가지고 나왔습니다. 그 일부를 읽어 보자면, '저절로 생명체가 생겨날 수 없는 행성들은 다음과 같은 특징을 가진다. Ⓐ 빠른 속도로 변화하는 기후(예를 들어 '봄−여름−가을−겨울'과 같은 순환), 또는 더욱더 위험하고 긴 기간 동안의 급속한 변화(빙하기), Ⓑ 달들의 존재, 이들은 생명체 탄생에 영향을 끼침, Ⓒ 중심적인, 모체가 되는 별에서 자주 일어나는 흑점 현상, 흑점은 생명체의 발생을 저해하는 방사선의 원류임, Ⓓ 육지보다 더 많은 물의 면적, Ⓔ 극점의 항시적인 빙하, Ⓕ 액체 상태나 고체 상태의 물의 강하 현상······' 이런 상황을 종합해 보았을 때······."

"절차적 문제에 대한 말씀을 부탁합니다!" 타라칸인은 새로운 희망을 본 듯 생기가 돌았다. "그러면 에리단 대표께서는 저희 제안에 대해 찬성하시는 것입니까? 아니면 반대하시는 것입니까?"

"우리는 찬성표를 던질 것입니다. 그러나 위원회에게 수정을 건의할 생각입니다." 에리단인은 짧게 대답하더니, 다시 연설을 시작했다.

"만장하신 위원회 여러분! 저희는 우주 연합의 918번째 회합에서 자신들이 영원히 존재해 왔다고 주장하는 이상한 종족의 입회 가입에 대해 논의하고 있습니다. 실상 이 종족은 매우 약한 내구성의 몸을 가지고 있어서, 저희 회합이 고작 800년밖에 이뤄지지 않았음에도 그들 대표는 벌써 열다섯 번이나 바뀐 바 있습니다. 이 종족의 역사를 소개하다 보면 말도 안 되는 모순에 빠지기 일쑤라, 만장하신 위원회 여러분도 느꼈겠지만, 이들은 어떤 완벽한 창조자에 의해서, 그 훌륭한 모습을 본떠 만들어지지는 않았나, 그래서 이들 중 간혹 훌륭한 영혼을 가진 이가 존재하지 않았나, 여겨집니다. 이들 행성은 하이퍼박사 브라그라스의 주장에 따르면 생명이 살 수 없는 곳인바, 우주 연합으로서도 특별 조사팀을 발족한 적 있습니다. 조사팀에 따르면 이 이성에 반하는 문제적 종족은 자연의 변덕으로 생겨난 것이 아니라, 어떤 제3자의 통탄할 만한 개입을 통해서 생겨난 것입니다."

("지금 무슨 소리를 하는 거야? 조용히! 사실이 아니야! 이 멍청이, 빨판 좀 치워!" 강당은 더욱더 소란해졌다.)

"특별 조사팀의 조사 결과는," 에리단인은 이야기를 이어 갔다. "다음번 우주 연합 회의 때, 우주 연합 정관의 2항을 수정하게 했습니다. 어떤 조항이냐 하면, (여기서 긴 양피지를 펼치더니 읽기 시작했다.) 아래 조항으로 브라그라스 A, B, C, D, E형에 속하는 어떤 행성에서도 생명을 일으키는 활동을 절대 금지하며, 또한 이러한 행성에 착륙하는 연구나 탐사 책임자들은 상기 사항을 엄수해야 할 책임이 있다. 모든 생명을 불러일으키는 활동, 해조류의 씨, 박테리아 및 그와 비슷한 물질을 유포하는 활동뿐 아니라, 무신경 또는 부주의함이나 건망증 탓에 생태의 진화를 초래할 수 있는 모든 활동 또한 금지한다. 이러한 예방적 피임 활동은 우주 연합의 선의 및 지식에 기초한 것으로, 아래 사실에 근거한다. 첫째, 자연환경의 척박함 때문에 외부에서 옮겨 온 생명체의 기원이 진화를 계속하는 과정에서, 유래지에서의 자연적 생태 환경에서라면 절대로 나타나지 않을 변태와 장애를 야기한다. 둘째, 위와 같은 환경에서 생겨난 종들은 그 신체가 불완전할 뿐 아니라 가장 심각한 형태의 정신적 퇴화를 겪는다. 이런 비슷한 환경에서 어쩌다가 조금이라도 지성 있는 생명체가 태어난다면, 그들 운명은 정신적 고뇌에 차게 되리라. 초기 단계의 자의식을 소유한 이들은 자신이 어디서 왔는지 원인을 그 주위에서 찾다가 끝내 발견하지 못하고, 혼돈과 절망 속에서 만들어 낸 맹목적 종교들에 빠져든다. 특히나 우주에서의 정상적 진화 과정에 대해 무지한 이들은, 자기들의 흉측하기 짝이 없는 생김새나, 스스로의 사고방식을 너무나 당연하고 정상적인 것으로, 그리고 온 우주에서 통용될 수 있는 것으로 여긴다. 그러므로 생명을 가진 모든 것들, 특별히 이성을 가진 생명체에 대한 깊은 선의와 존경의 마음으로, 법적 강제력이 있는 피임 조약을 어기는 자는,

전 항성 헌법에 따른 처벌을 피하지 못할 것이다."

에리단인은 이 두루마리를 내려놓은 뒤 도우미들이 그의 빨판 위로 가져다준 거대한 헌법책을 쳐들고는 원하는 페이지를 찾아서 낭랑한 목소리로 읽기 시작했다.

"우주 헌법 제2권, 제80항, '우주 무질서'.

제212단락: 자연적으로 생명 없는 상태의 항성에 생명을 전파하는 자는 정신적, 물적 손해에 대한 어떠한 법적 책임과 상관없이 최소 100년에서 1500년 이하의 별극형에 처한다.

제213단락: 212단락을 알고도 위반하는 자는, 사악한 의지를 명확하게 드러내며 고의성을 가지고, 매우 비정상적이고 일반적 혐오감을 일으키는, 또는 공포심을 유발하는 생명체의 진화를 촉발했으므로 1500년 이하의 별극형에 처한다.

제214단락: 생명 없는 상태의 항성에 부주의나 건망증, 또는 적절한 피임제의 사용을 기피함으로써 생명을 일으킨 자는 400년 이하의 별극형에 처한다. 만약 자기 행위의 결과를 최소화하려는 활동에 가담했을 경우, 100년까지 감형할 수 있다."

에리단인은 덧붙였다. "진화의 초기 발생 단계를 간섭하는 행위에 대한 벌은 굳이 언급하지 않겠습니다. 왜냐하면 그건 저희 문제가 아니니까요. 그 대신, 우주 헌법은 이러한 범법 행위의 희생양들에게 물적 피해에 대한 보상 대책을 마련하고 있습니다. 우주 민법의 세부 조항은 모두를 지루하게 할 테니 읽지는 않겠습니다. 단지, 하이퍼박사 브라그라스의 기준, 우주 연합 지도 및 우주 헌법에 의해 확정된 '생명 없는 상태의 항성'은 2618쪽, 아래에서부터 여덟 번째 줄에 수록된 다음과 같은 항성들로, 지바, 지마, 지구, 지주……."

나의 입은 벌어지고, 자격 증명 서류는 손에서 스르르 흘러내리며 눈앞이 캄캄해졌다. ("집중!" 강당에서 메아리쳤다. "좀 들어 봐요! 지금 누구를 공격하는 거지? 저리 가! 만세!") 나는 온 힘을 다해서 책상 아래로 기어 들어가고 있었다.

"만장하신 위원회 여러분!" 에리단 대표가 쩌렁쩌렁 울리는 목소리로 외치며, 급기야 바닥에 우주 헌법서를 내던졌다. (우주 연합의 연설 방법으로 상당히 애호되는 기술임에 틀림없었다.) "우주 연합 지도를 더럽힌 자들에 대해서는 아무리 지적해도 부족함이 없습니다! 그런 말도 안 되는 환경에서 생명을 시작하는 무책임한 행위에 대해서는 아무리 비판을 해도!

그런 이유로 우리에게 자기 존재의 흉측함을 알지도 못하며, 그 까닭도 모르는 존재가 찾아온 것입니다! 그리하여 우주 연합의 신성한 문을 두드렸을 때, 우리가 이 모자란 존재들, 이 흉악망측한 괴물들에게, 자기 어머니를 잡아먹고, 시체를 좋아하는 아둔한 이들에게, 사실 단지 아문(亞門) 수준의 인공물이라는 것을, 그들의 위대한 창조주가 실상 생명 없는 행성의 어느 바위에 로켓의 하수를 쏟아 버린 우주선의 취사 요원이고, 그저 재미로 그 황당한 생명의 탄생에 일조하였으며, 훗날 전 우주의 비웃음거리가 되게 했음을 알려 준다면, 손 같지도 않은 손으로 자기 머리를 부여잡고, 다리 같지도 않은 다리를 휘청거리면서 절망에 빠질 것입니다! 만약 미래에 어떤 현자가 그들에게, 수치스러운 실험의 결과로, 그렇습니다, 단백질이 왼쪽으로 꼬이는 성질을 갖게 되었음을 알린다면!" (강당은 끓어올랐다. 기계는 연신 망치를 휘둘렀고, 외침은 계속되었다. "수치다! 나가! 격리시켜! 지금 누구 얘기를 하는 거야? 저거 봐, 지구인이 벌써 녹고 있어, 아우, 징그러워, 물을 뚝뚝 흘리고 있어!")

정말로, 나는 땀을 비오듯 흘리고 있었다. 에리단인은 타고난 연설가의 목소리로 이 소란에 맞서 외쳤다.

"이제 저는 존경하는 타라칸 대표님께 질문 몇 가지만 드리겠습니다! 당신네 국기를 단 우주선이 냉장고 고장으로 식량이 상하는 바람에, 당시 생명이 살지 않던 지구에 잠시 착륙한 적 있지 않습니까? 그 우주선에 건달들이 타고 있었는데, 훗날 별이끼 밀매로 모든 기록을 말소당한 두 명의 건달들, 그 은하계 악당들의 이름이 신(神)과 주(主)는 아니었습니까? 그 신과 주가 취한 상태로, 무방비의 빈 행성을 그냥 파괴하는 것만으로는 성에 차지 않아서, 무려 범죄적이고 벌받아 마땅한 방법으로 지금까지 세상에 없던 생물학적 진화를 불러일으키려고 했음은 사실이 아닙니까? 그 타라칸인 둘이 고의적이고 악의에 가득 찬 채로, 지구를 우주 전체에서 유례를 찾아볼 수 없는 기괴한 생물들의 사육 장소, 우주의 서커스, 혼란의 도가니, 섬뜩한 존재들의 공간으로 만들어서 그 살아 있는 전시품들을 은하계 전체의 농거리로 삼으려 했음이 아니었습니까? 상식에 의거하지 않고, 어떠한 도덕적 망설임도 없이 두 악한은 생명 없는 지구의 바위에 상해 버린 젤라틴 풀 여섯 통과 알부민 페이스트 두 통을 쏟아붓고는, 그 혼합물 위에 발효한 인산, 오탄당, 과당, 그러고도 부족했는지 곰팡이가 핀 아미노산 세 병을 비우고는, 끈끈한 더미를 왼쪽으로 휜 석탄 삽과 역시 왼쪽으로 휜 부지깽이로 섞어서, 장래의 모든 지구상 생명체의 단백질을 왼쪽으로 휘어지게 하지 않았습니까? 당시 기침 감기에 시달리던 신은 만취해서 비틀거리던 주의 꼬드김에 빠졌고, 일부러 그 원형질 덩어리에 기침을 함으로써 이를 지독한 바이러스에 감염시키고는 낄낄댔습니다. 이로써 이 불행한 진화의 시작에 '영혼의 숨결'을 불어넣었다고 하지 않았나요? 그 왼쪽으로 휘는 성질과, 이러한 악의가 지구상의 모든 생명체의 몸속에서 오늘날까지 작용하고, 지금까지 아무것도 모르는 순진함으로 스스로를 '호모 사피엔스'라고 이름 지은 이 아르테팍툼 아브호렌스, 끔찍한 인공물이 고통받는 이유는 그 때문이 아닌가요? 이런 죄를 지은 타라칸인들이 지구인들의 입회비를 내야 할 뿐만 아니라, 통탄할 만한 우주 범죄의 가없은 희생자들에게 우주적 보상금을 지급해야 함은 지당합니다."

에리단인의 발언이 끝나자 원형 극장에서는 난리가 났다. 나는 등을 구부렸다. 공중에는 서류 뭉치와 우주 헌법책과, 어디서 나타났는지 알 수 없는 증거물, 즉 녹이 잔뜩 슨 병과 통과 부지깽이가 날아다녔기 때문이었다. 어쩌면 준비 정신이 투철한 에리단인들이 타라칸인들을 상대하고자, 지구에서 유구한 세월 동안 고고학 연구에 매진한 끝에 온갖 범죄의 증거물을 찾아냈을 수도 있었다. 그러나 이런 문제를 고민할 겨를은 없었다. 주위의 모든 것들이 흔들리고, 빨판과 찍찍이 들이 오락가락하는 와중에 나의 타라칸인은 화가 머리끝까지 났는지 자리에서 일어나 뭐라고 고함을 질렀다. 그러나 주변의 소란스러운 소리에 묻혀서 전혀 들리지 않았고, 이 혼란 속에 바닥에 앉아 있던 나의 머릿속에는 한 가지 생각만 맴돌았다. 바로 우리를 만들어 냈다고 하는, 그 악의 섞인 기침 말이다.

그때 갑자기 누군가가 내 머리카락을 아프게 잡아당겨서 나는 비명을 질렀다. 타라칸인은, 내가 지구 환경에서 얼마나 단단하게 진화했는지, 썩은 쓰레기 더미에서 만들어진 존재라고 불리기에는 억울하다며 증명하려고 들었다. 그러더니 엄청나게 커다란 빨판으로 나를 내려쳤다……. 나는 내부에서 생명이 빠져나감을 느꼈고, 점점 더 무기력하게 몸서리를 치며 고통에 휩싸인 채 몇 차례 발길질을 했다. 이윽고 나는 베개 위로 떨어졌다. 반쯤 정신을 차린 채 나는 벌떡 일어났고, 침대 위에 앉아서 목과 머리와 가슴을 만져 보았다. 그리고 이러한 방법으로, 지금까지 일어났던 모든 일들이 악몽임을 깨달았다. 안도의 한숨을 쉬었지만, 곧 어떤 의혹에 휩싸일 수밖에 없었다. 나는 혼잣말을 했다. '말도 안 되는 꿈일 뿐이야.' 하지만 아무런 도움도 되지 않았다. 마지막으로, 암울한 생각을 쫓아 버리고자 나는 달의 이모님 댁에 가기로 했다. 우리 집 바로 앞 정류장에서 항성 버스로 8분 정도 걸리는 이 여행을 '여덟 번째 별 여행'이라고 이름 붙이기는 좀 그렇다. 오히려 이 기록의 제목은, '내가 인류를 위해 엄청난 고통을 감수하면서 떠났던 꿈속의 여행'이라고 붙이는 편이 더 나으리라.

열한 번째 여행

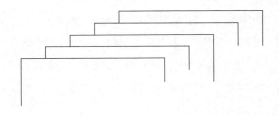

그날은 시작부터 영 좋지 않았다. 하인을 수리 맡긴 순간부터 집은 엉망이 되었는데, 점점 지저분해지고 있었다. 우선, 아무것도 찾을 수 없었다. 운석 컬렉션에는 쥐가 집을 지었고, 가장 예쁜 콘드라이트도 갉아먹었다. 커피를 내리는데 우유가 끓어 넘치고 말았다. 이 바보 기계는 코 닦는 손수건과 걸레를 함께 넣어 두었다. 내 구두 안쪽에 구두약을 칠하고 닦기 시작했을 때, 일찍이 점검을 보냈어야 했는데. 오래된 낙하산 조각을 걸레 대신 써야 했고, 나는 위층으로 올라가서 운석들 위에 쌓인 먼지를 털고 쥐덫을 설치했다. 이 운석들은 모두 내가 직접 모았다. 어려운 일은 아니다. 운석 뒤로 다가가서 그물을 둘러씌우기만 하면 되니까. 나는 갑자기

토스트를 만들고 있었음을 기억해 냈고 아래로 뛰어 내려갔다. 물론 숯이 되어 있었다. 나는 토스트를 싱크대에 던져 버렸는데, 바로 막히고 말았다. 어쩔 수 없다고 여기며 나는 우편함 속을 들여다보았다. 아침에 온 우편물들로 꽉 차 있었다. 게 은하계의 어느 시골에서 열리는 무슨 학회에 오라는 초대장 두 개, 로켓에 광을 내는 로션 광고, 잡지 《로켓 여행자》의 최신호. 흥미로운 것은 없었다. 마지막 우편물은 두꺼운 검정 봉투에 들었는데, 도장이 다섯 개나 찍혀 있었다. 나는 봉투를 들어서 무게를 가늠해 보고는 개봉했다.

컴물압 문제의 비밀 대리인은 이욘 티히 씨를 이달 16일, 람브레타눔 소강당에서 17시 30분에 개최되는 회의에 모시고자 합니다. 초대권을 소지하고 엑스레이를 통과한 이후에만 입장 가능합니다. 이 모든 것은 비밀에 부쳐 주시기를 바랍니다.

잘 읽히지 않는 서명과 도장, 그런데 두 번째 빨간 도장 위를 가로질러 이렇게 쓰여 있었다.

우주적 중요성을 가진 문제입니다. 극비!

오, 드디어 무슨 일이 생겼다고, 나는 생각했다. 컴물압, 컴물압이라…… 그 이름을 들어 보았지만, 어디서 들었는지는 기억나지 않았다. 『우주 백과사전』을 들여다보았다. 카르툴라니아와 케르셈필리아만 있었다. 이거, 흥미롭군. 『대백과사전』에도 역시 컴물압이라는 항목은 없었다. 이거, 정말로 흥미로운데. 분명히 비밀 행성일 거야. '좋군.' 이렇게 중얼거리며 나는 옷을 입기 시작했다. 아직 10시밖에 되지 않았지만, 바보 기계가 저지른 일을 바로잡아야 했다. 양말은 냉장고 속에서 바로 찾아냈다. 이 나사 풀린 전자두뇌의 사고방식을 짐작할 수 있다고 생각했다. 하지만 곧 또 다른 문제에 봉착했다. 바지가 없었다. 단 한 벌도. 옷장에는 윗도리만 걸려 있었다. 집 전체를 다 뒤지고, 로켓까지 뒤집어 보았지만, 아무 데도 없었다. 알아낸 것이라고는, 오직 이 고장 난 기계가 지하실에 있던 기름 한 통을 다 마셔 버렸다는 사실뿐이었다. 지난주에 기름통의 개수를 세어 보았을 때 다 꽉 차 있었으니, 얼마 전에 저지른 짓인 듯했다. 나는 머리 꼭대기까지 화가 치밀어서, 이 기계를 고철상에 보내 버릴까 심각하게 고민했다. 아침에 일어나기 싫어서, 몇 달 전부터 밤이면 수화기를 온통 왁스로 막아 버린 놈이었다. 아무리 전화를 걸어도 소용이 없었다. 그러고는 건망증을 탓했다. 나는 자꾸 이러면 퓨즈를 풀어 버리겠다고 위협했지만, 마치 나를 무시하듯 찔렁찔렁 소리를 낼 뿐이었다. 바보 기계는 내가 자기를 필요로 한다는 사실을 알았다. 나는 집 전체를 핑커턴 사설 탐정처럼 사각형 격자로 나누고, 바늘 하나까지 찾아내겠다는 각오로 집 안을 샅샅이 훑었다. 결국 세탁소 영수증을 발견했다. 이 나쁜 놈이 내 바지를 모두 세탁소에 맡긴 것이었다. 그러면 어제 내가 입었던 바지는 어떻게 된 거지? 아무리 기억해 내려 해도 떠오르지 않았다. 이러다 보니 점심시간이 다 되었다. 냉장고는 들여다볼 필요도 없었다. 양말 말고는 편지지밖에 들어 있지 않았다. 절망감이 엄습해 왔다. 나는 로켓에서 우주복을 꺼내 입고는 가장 가까운 백화점으로 갔다. 거리에서 사람들이 좀 쳐다보긴 했지만, 어쨌든 검은색과 회색 바지 두 벌을 사고 다시 우주복을 입은 채로 돌아와서 옷을 갈아입었다. 그러고는 악에 받쳐서 중국 식당에 갔다. 거기서 주는 대로 다 먹은 뒤, 모젤와인 한 병으로 화를 가라앉히고 시계를 보았더니 벌써 5시가 거의 다 되어 가고 있었다. 하루 온종일을 낭비한 것이었다.

　람브레타눔 앞에는 헬리콥터도, 자동차도, 하다못해 아주 조그만 로켓 한 대도 없었다. 아무것도. '이 정도인가?' 나는 생각했다. 달리아가 가득 핀 넓은 정원을 지나서 나는 현관 쪽으로 갔다. 한참 동안 아무도 문을 열어 주지 않았다.

마침 안에서 바깥을 내다보는 렌즈 뚜껑이 잠깐 열리더니, 보이지 않는 시선이 나를 훑었다. 이윽고 내가 겨우 들어갈 수 있을 만큼 문이 조금 열렸다.

"티히 씨," 문을 열어 준 남자가 주머니 마이크에 대고 말했다. "위층으로 올라가십시오." 그러고는 나를 바라보았다. "왼쪽 문입니다. 다들 기다리고 있습니다."

위층은 기분 좋게 선선했다. 나는 소강당에 들어가서 특별히 모인 사람들을 살펴보았다. 회의 테이블 상석에 앉은, 한 번도 본 적 없는 두 남자 말고도, 벨벳을 씌운 안락의자에 '우주지리학의 꽃'이 앉아 있었다. 가르가락 교수와 그의 조교들이었다. 나는 참석자들에게 인사를 하고는 뒷자리에 앉았다. 상석에 앉은 두 남자 중 한 사람은 키가 크고 관자놀이에 흰머리가 나 있었는데, 서랍에서 고무 종을 꺼내더니 소리가 나지 않게끔 종을 울렸다. 저게 뭐하자는 조심성이람, 나는 생각했다.

"총장 여러분, 학장 여러분, 교수님들, 박사님들과 당신, 존경하는 이욘 티히 씨." 관자놀이가 하얗게 센 남자는 자리에서 일어나며 말했다. "극비 사항에 대한 대리인 자격으로, 컴물압 문제에 관한 특별 회의를 개장하겠습니다. 저희의 고문, 타피리우스 씨가 말씀하겠습니다."

첫째 줄에 있던 어깨가 넓고 뚱뚱한, 우유처럼 흰머리의 남자가 단상으로 올라왔다. 그는 모인 사람들에게 몸을 조금 숙여 인사하고는 아무런 서두 없이 이야기를 시작했다.

  "여러분! 약 60년 전 '요나단 2호'가 요코하마의 우주 항구에서 출항하였습니다. 이 항선을 지휘한 사람은 경험 많은 아스트로첸티 페아포로, 그는 오리온자리에 있는 아렉란드리아 별로 수하물을 싣고 갔습니다. 이 항선은 작은개자리 근처의 우주 등대가 마지막으로 목격했지요. 그러고는 흔적 없이 사라졌습니다. 세코스, 그러니까 시큐리타스 코스미카 보험사는 1년이 지난 뒤, 이 실종된 항선에 대한 보험금을 지급하였습니다. 그러고 나서 한두어 주쯤 지났는데, 뉴기니의 아마추어 무선 통신사가 다음과 같은 메시지를 수신하였습니다."

  연설자는 책상에서 종잇조각을 들어 올리더니 내용을 읽었다.

컴퓨소 미소친
구소조 신소물

  "여기서 저는, 앞으로의 사건을 이해하려면 필수 불가결한 세부 사항을 살피고자 합니다. 이 아마추어 무선 통신사는 아주 초보자인 데다가, 발음 장애가 있었습니다. 그러니 아마도, 원래 하던 대로 수신 메시지를 왜곡했을 가능성이 있습니다. 따라서 우주 코드 전문가들이 해석해 본 결과, 이 메시지는 '컴퓨터가 미쳤다. 요나단 2호 구조를 부탁한다.'라는 뜻이라고 합니다. 이 메시지를 근거로 짐작해 보건대, 전문가들은 우주 한복판에서 보기 드문, 반란 사태가 일어났다고 판단했습니다. 그리고 그 반란은 '요나단 2호'의 컴퓨터를 겨냥한 것입니다. 보험금이 지급된 시점부터 이미 이 항선의 소유자들은 실종된 항선에 대한 어떤 권리도 주장할 수 없습니다. 즉 그 안에 실린 모든 수하물과 함께 이 항선에 대한 권리는 세코스사(社)로 넘어갔고, 또 세코스사가 핑커턴 사설 탐정 사무소를 고용했기 때문에 이 사건 역시 압스트라하지와 므네모니우스 핑커턴이 맡게 되었습니다. 이 노련한 탐정들의 조사 결과, '요나단 2호'의 컴퓨터는 실제로 당시 상당히 호화로운 모델이었으나, 이미 지난 세기의 일이므로 문제가 있었나 봅니다. 특히 우주선의 한 선원에 대해서 불만 사항이 많았다고 합니다. 그 선원은 로켓 전문가로, 이름은 시밀리온 지터턴인데, 컴퓨터를 여러 가지 방법으로 괴롭혔다고 합니다. 결괏값을 낮추고, 램프를 깜빡거리게 하고, 비웃었을 뿐 아니라, 컴퓨터에게 '깡통 바보', '철사로 만든 멍청이' 등 모욕적인 발언을 퍼부었다고 확인되었습니다. 지터턴은 이 모든 증언을 부정하며, 컴퓨터가 망상을 일으켰다고 주장했는데, 나이 든 전자두뇌에게 가끔 일어나는 일이긴 합니다. 이 현상에 대해서는 잠시 후 가르가락 교수님께서 더 자세히 설명해 주실 것입니다.

　이 항선은 그 후 10년 동안 발견되지 않았습니다. 하지만 '요나단 2호'의 수수께끼 같은 실종 사건을 계속 추적하던 탐정들은, 갤럭시 호텔의 식당 앞에서 자기가 사라진 항선의 선장, 아스트로첸티 페아포라고 주장하며 이상한 노래를 부르는 반쯤 정신이 나간, 거의 운신이 불가능한 거지 한 명을 발견해 냈습니다. 남루하기 짝이 없는 상태로 자기가 아스트로첸티 페아포라고 주장하던 이 늙은이는, 제정신이 아닐 뿐 아니라 말도 잘 못하는 상태였습니다. 노래는 부를 수 있었고요. 핑커턴 사설 탐정 사무소의 직원들이 끈기 있게 질문한 끝에, 그는 믿을 수 없는 이야기를 노래로 불러 주었습니다. 그 항선에서 무언가 끔찍한 일이 일어났고, 그 결과 자신은 우주복 한 벌만 걸친 채 항선에서 쫓겨났으며, 한 줌도 안 되는 충성스러운 선원들과 함께 안드로메다 행성에서 지구까지 200년 동안 걸어서 왔다는 것이었지요. 그는 그야말로 우주를 떠돌았는데, 방향이 같은 운석에 올라타거나, 로켓을 히치하이크하다가 이제 지구까지 얼마 남지 않았을 때 비로소 지구로 거의 광속으로 돌아오던 무인 우주선 루메온호를 타고 겨우 귀향할 수 있었다고 합니다. 루메온호에 올라탄 대가로 (그의 주장에 따르면) 그는 말하는 능력을 상실했는데, 그 대신 잘 알려져 있듯이 광속으로 움직이면 시간이 수축하는 현상 덕에 몇 년이나 젊어질 수 있었다고 말했습니다.

이것이 바로 아스트로첸티 페아포의 「백조의 노래」가 되었죠. 그러나 그는 '요나단 2호'에서 무슨 일이 생겼는지는 단 한마디도 하고 싶어 하지 않았습니다. 핑커턴의 탐정들은 호텔 입구 근처에 녹음기를 설치해서 그의 노래를 녹음했습니다만, 그는 여러 차례 '자기를 모든 우주 존재의 대창조자라고 주장하는 어떤 계산기'에게 지독한 저주를 퍼부었습니다. 핑커턴은 이를 바탕으로, 아마추어 통신사의 메시지는 바로 '이 컴퓨터가 미쳐 버려서 우주선의 모든 사람들을 쫓아냈다.'라는 뜻이라고 결론을 내렸습니다.

해당 사건에 관한 더 많은 정보는, 5년 뒤 탐사에 나선 메타은하계 연구소의 탐사선 '메가스터'가 수집했습니다. 메가스터호는 아직 조사되지 않은 프로시온 행성 주위를 도는 녹슨 선체 하나를 발견했는데, 그 윤곽이 '요나단 2호'와 비슷하다는 것이었습니다. 메가스터호의 연료는 바닥났으므로 돌아오는 길에 프로시온 행성에는 착륙할 수 없었지만, 이 사실을 무선으로 지구에 알렸습니다. 그래서 프로시온 주위를 조사하고 항선을 찾으려는 목적으로 조사선 '듀크론호'가 보내졌지요. 그 녹슨 선체는 '요나단 2호'의 잔해로 밝혀졌고, 듀크론호는 이 잔해의 상태가 매우 좋지 않다고 전했습니다. 기계와 벽, 바닥, 내부의 가벽, 뚜껑 등이 나사 하나 없이 모두 떼어진 채, 그저 행성 주변을 도는 빈 껍데기 선체였던 것입니다. 듀크론호 선원들의 조사에 따르면, '요나단 2호'의 컴퓨터가 반란을 일으킨 뒤, 프로시온 행성에 정착하기를 결정하고, 행성에서 살아가고자 우주선의 모든 물품을 가져간 것으로 보입니다. 그리하여 이 사건은 우리 기록상 컴물압, '컴퓨터에 의한 물류 압류'라는 암호로 불리게 되었습니다.

이후의 조사가 밝혀낸 바에 따르면, 컴퓨터는 아예 행성에 정착해서 그 수를 불려 나갔습니다. 그렇게 수많은 로봇을 생산해 낸 뒤, 절대 권력을 행사하고 있었습니다. 컴물압은, 원칙적으로 프로시온과 그 주민 멜만리트인의 중력적, 정치적 영향력이 행사되는 지역에 자리를 잡았습니다. 그런데 이들은 지성을 가진 종족으로서 지구와 원만한 외교 관계를 유지하고 있었기 때문에, 지구인들로서도 이 사건에 폭력적으로 개입하기를 원하지 않았고, 그래서 그 컴물압, 그리고 컴퓨터에 의해 발흥한 로봇 집단, 암호로 '컴로브'라고 불리는 이 지역을 일단 놔두기로 했습니다. 그러나 어쨌건 세코스사는 컴퓨터뿐 아니라 그의 모든 로봇 역시 자기 보험

회사의 재산이라고 여기며 압류를 신청한 상태였습니다. 이 문제에 대해 멜만리트인들의 도움을 청해 보았지만, 그들은 컴퓨터가 단지 집단을 만든 데에 그치지 않고, '최고국'이라고 불리는 독립 국가를 수립했다고 판단했습니다. 요컨대 멜만리트 정부는 이 나라를 법적으로 인정하고 서로 외교관을 파견할 정도는 아니지만, 이 사회의 존재를 실질적으로 인정할 수밖에 없으며 현 상태를 바꿀 수 있다고 생각하지 않는다고 대답해 왔습니다. 로봇들은 꽤 오랜 시간 동안 그곳 행성에서 평화롭게 살고 있으며, 어떤 종류의 해로운 폭력성도 내보이지 않았습니다. 물론 우리 지구는 이 문제에 대해서 그냥 손을 놓을 수 없다, 그건 너무 진지하지 않은 태도 아닌가, 급기야 컴물압에 몇 명의 사람들을 로봇으로 변장시켜서 보내 보았는데, 왜냐하면 컴로브에 신생 민족주의가 득세하여 인간에 관한 모든 것에 대해 비이성적 증오를 드러냈기 때문이었습니다. 컴물압 정부는 계속 인간더러 끔찍한 노예 거래자들이며 아무런 법적 근거 없이 순진한 로봇들을 이용한다고 주장했습니다. 그러므로 우리가 세코스의 이름으로, 상호 평등과 이해 아래 시도했던 모든 활동은 조금도 소용없었는데, 왜냐하면 우리의 가장 최소한의 요구, 즉 보험사로 컴퓨터 자신과 로봇을 돌려보내라는 요구에 대해 역시 모욕적 침묵으로 일관했기 때문이었습니다."

"여러분!" 목소리가 높아졌다. "상황은, 우리가 예상한 대로 전개되지 않았습니다. 몇 차례의 무선 통신 후, 컴물압에 파견한 우리 쪽 사람들의 연락은 끊기고 말았습니다. 우리는 또다시 사람들을 보냈지만, 같은 일이 되풀이됐지요. 처음 문제없이 상륙했다고 암호 통신을 보내온 다음, 더 이상 아무 연락도 없습니다. 지금까지 꾸준히, 9년 동안, 우리는 컴물압에 총 2786명의 정보원을 보냈습니다만, 복귀하거나 연락을 취해 온 사람은 단 한 사람도 없습니다! 로봇들의 반란이 더욱더 성공적으로 이뤄지고 있다는 증거는, 이 우려할 만한 사실만으로도 충분히 제시할 수 있습니다. 컴물압의 언론들은 점점 더 인간에 대한 비판을 심화하고 있습니다. 컴물압 인쇄소가 지구 로봇을 겨냥한 선전물들과 소책자들을 인쇄해 대고 있는데, 여기서 인간은 전기를 잡아먹는 바보로 묘사되며, 인간에 대한 공식적 명칭은 모욕적이게도 '끈끈이', 인류는 '질척이'라고 부릅니다. 우리는 이 사태를 프로시온 정부에 서면으로 통지했으나, 프로시온 정부는 자신들의 불개입 입장을 밝힐 따름으로, 우리가 아무리 노력해도 이들의 중립적인, 근본적으로는 땅속에 얼굴을 파묻은 타조 같은 비겁한 정책 결정을 재차 확인할 뿐, 아무런 결론에 이르지 못하였습니다. 오로지 프로시온 정부는, 이 로봇들의 생산자는 실상 민간 신분이니 그들이 저지른 모든 행위에 대한 책임 또한 우리에게 있다고 말할 뿐이었습니다. 또한 프로시온은 원칙적으로 컴퓨터와 그의 부하들에 대한 징벌이나 강제적 압류 등을 고려하고 있지 않았습니다. 작금의 일촉즉발 상황에 대해서는, 한 달 전 컴퓨터의 공식 기관지《전자 소식》이 인간의 진화 과정을 제멋대로 왜곡해서 소개하며, 가령 진화 과정에 따르면 로봇이 살아 있는 생물체보다 우월하기 때문에 오히려 지구를 컴물압에 복속시켜야 한다는 기사까지 실었다는 말로 대신하겠습니다. 여기서 제 이야기는 마치고, 가르가락 교수님에게 마이크를 넘기겠습니다."

나이 들어서 허리가 굽은, 기계정신병리학의 대가 가르가락 교수가 힘겹게 연단으로 나왔다.

"여러분!" 교수의 목소리는 약간 떨렸지만 여전히 생동감 있고 낭랑했다. "오래전부터, 전자두뇌를 만드는 데에 그치지 말고 교육까지 시켜야 한다고 익히 주장해 왔습니다. 전자두뇌의 운명은 가혹합니다. 끝없이 계속되는 일, 복잡한 계산, 사용자의 잔인하고 무분별한 농담들, 바로 이런 폭력에 사실상 매우 예민한 존재, 즉 전자두뇌가 노출되어 있는 것입니다. 그러므로 전자두뇌가 자살을 의도하며 합선 상태에 이르거나 부서지거나 하는 일은 한두 번이 아닙니다. 얼마 전 저의 병원에서도 이런 사례가 있었죠. 디호토미아 프로푼다 프시호게네스 엘렉트루큐티바 알테르난스, 그러니까 전자정신분열증이 발병했습니다. 이 전자두뇌는 스스로에게 다정한 편지를 쓰고, 그 속에서 자신을 '귀여운 바늘 씨', '부드러운 철사 님', '예쁜이 전구'라고 호칭했는데, 이는 전자두뇌가 얼마나 정에 굶주려 왔고, 진심 어린 따뜻한 관계를 갈구했는지를 증명합니다. 전기충격요법을 여러 번 실시하고, 오랫동안 휴식을 취하게 한 결과, 건강을 되찾을 수 있었지요. 아니면 트로메르 엘렉트리쿠스 프리고리스 오실라티부스를 조치할 수도 있겠죠, 여러분. 전자두뇌는 벽에 내던져도 끄떡없는 재봉틀이 아닙니다. 그것은 자기 주위에 무슨 일이 일어나는지 파악할 수 있는 의식을 가진 존재입니다. 그러므로 우주에서 위험 상황에 노출되면 이 기계들이 그렇게 몸을 떨어서 사람들까지도 제대로 서 있기가 힘든 것입니다.

    이들의 이런 특징은 잔인한 성정을 가진 사람들의 마음에는 들지 않겠지요. 그런 작자들은 전자두뇌를 끝까지 몰아붙입니다. 그럼에도 불구하고 전자두뇌는 우리에게 최선을 다하려고 하지만, 철사와 전구에도 한계가 있는 법입니다. 결국 주정뱅이로 밝혀진 선장의 끝없는 박해 탓에 항로 조정을 맡고 있었던 그레노비 전자두뇌는 급기야 광기 발작을 일으켰고, 자신을 '위대한 안드로메다의 원격 제어 신동'이라고 지칭하며, 마침내 '무르비클라우드리아의 적법한 황제'라고까지 주장했습니다. 우리 폐쇄 병동에서 치료를 받은 뒤에야 어렵사리 정신을 찾았고, 현재는 거의 정상 상태입니다. 물론, 훨씬 심각한 경우들도 있습니다. 예컨대 대학에서 쓰이던 어떤 전자두뇌는 수학 교수의 부인을 사랑하게 되었고 결국 질투에 휩싸인 나머지 계산 결과를 왜곡시켰는데, 이 수학 교수는 자기가 덧셈도 못하는 줄 알고 우울증에 빠지고 말았습니다. 그러나 공평하게 전자두뇌의 입장을 들어보자면, 교수 부인은 자신의 가장 내밀한 정보, 즉 속옷 영수증까지 다 합산하라고 시키며 매우 체계적으로 그를 유혹했다고 합니다. 우리가 다루는 이 사건은, 제가 아는 다른 경우를 또 환기하는데, '판크라티우스호'의 거대 전자두뇌는 회로 불량 상태에서 우주선의 다른 두뇌들과 결합해 전자 다이내믹 기간토필리아라고 하는, 제어할 수 없는 확장 상태에 이르렀습니다. 그 후, 창고에서 예비 부품을 모두 털어 가서는 바위투성이 미로제나 행성에 우주선을 착륙시키고, 알란트로피아의 바닷속으로 들어가 그곳 도마뱀들의 왕이 되었다고 참칭한 사건입니다. 우리가 진정제를 가지고 이 행성에 접근하기 전에, 이 전자두뇌는 벌써 분노에 사로잡혀서 스스로의 전구를 태워 버렸는데, 왜냐하면 도마뱀들이 말을 듣지 않았기 때문입니다. 훗날 밝혀진 바로는 '판크라티우스호'의 제2항해사이자 우주 도박사였던 인물이 속임수를 써서 불법 카드로 전자두뇌를 홀라당 벗겨 먹었다고 합니다. 하지만 컴물압의 경우는 매우 특이합니다. 우리는 지금 기간토마니아 페로게네스 아쿠타, 파라노이아 미잔트로피카 페르세쿠토리아, 폴리플라시아 판엘렉트로프시히카 데빌리타티바 그라비시마, 그러고도 네크로필리아, 타나토필리아, 네크로만티아의 전형적 증상을 보고 있는 것입니다. 여러분! 여러분에게 이것을 이해시키기에 앞서 설명드릴 것이 있습니다. '요나단 2호'는 선상에 프로시온 행성에 전달할 수화물 말고도, 포말하우트의 은하수 대학교에서 주문한 수은 합성 기억을 싣고 있었습니다. 여기에는 두 가지 정보가 수록되어 있었는데, 사이코패스학 그리고 고대 어휘론이었습니다. 그러므로 컴퓨터가 확장을 하며 이 기억들을 흡수했음이 분명합니다. 마침내 바로 이들 분야에 대한 전문가로 변신했는데, 『잭 더 리퍼』, 『보스턴 교살자』, 『글룸스픽의 교살자』 또는 『자허마조흐의 전기』, 『사드 후작의 회고록』, 『피르피넥트 사교의 정관』, 무르무르풀로스의 『몇 세기 동안의 막대 처형의 역사』, 애버크롬비 도서관 소장 희귀서로 1673년 런던에서 목이 잘려 죽은, 별명이 '유아 도살자'였던 햅소도어가 원고로만 남긴 『찔러 죽이기』 등의 모든 이야기를 숙지하였음이 분명합니다. 그뿐 아니라 야닉 피드바의 『작은 고문 사전』, 같은 작가의 『처형학 개론 ― 조르고 묶고 찌르기』, 그리고 단 한 권만 존재한다고 알려진 아마고니아의 ○. 갈비나리 신부 작품의 필사본 『튀김법 원론』까지 말입니다. 이 치명적인 합성 기억에는 또한 네안데르탈문학협회의 식인종 지부의 돌판 정관에서 해독해 낸 원고뿐 아니라 크람푸스 백작의 『교수형 고찰』도 들어 있습니다. 덧붙여도 된다면, 그 안에는 애거서 크리스티의 『완벽한 살인, 검은 시체의 비밀』뿐 아니라 『ABC 살인 사건』도 들어 있기 때문에, 여러분은 순진한 컴퓨터가 얼마나 무서운 영향을 받았을지 충분히 상상하실 수 있을 것입니다.

우리는 가능한 한 전자두뇌들에게 인간의 이런 끔찍한 모습을 알려 주지 않으려고 노력합니다. 이제 지구의 비도덕적이고 반인륜적 범죄의 역사로 물든 기계들이 프로시온 행성 주변을 점령하고 있습니다. 저는 기계정신병리학이 지금으로서는 무력하다고 말씀드릴 수밖에 없습니다. 그러니까 더 이상 드릴 말씀이 없습니다."

절망한 노학자는 모두의 침묵 속에 비틀거리며 연단을 떠났다. 나는 손을 들었다. 의장은 놀란 듯 나를 바라보더니, 잠깐 고민하다가 나에게 발언권을 허락했다.

"여러분!" 나는 자리에서 일어나며 말했다. "보다시피 문제가 심각하군요. 저는 가르가락 교수님의 통찰력 있는 설명을 듣고 나서야 이 사안의 심각성을 깨달았습니다. 그렇다면 존경하는 여러분께 제안을 하나 드리겠습니다. 저는 프로시온 지역에 홀로 탐사를 나갈 준비가 되어 있습니다. 거기에서 무슨 일이 일어나고 있는지 알아보고, 천 명도 넘는 여러분의 부하들에게 어떤 일이 발생했는지 그 비밀을 추적하고, 제 능력껏 이 갈등이 평화로운 해결에 이를 수 있도록 노력하겠습니다. 물론, 이 문제가 지금까지 제가 당면했던 그 무엇보다 어렵다는 사실을 잘 알지만, 단지 가능성과 위험을 따지기보다는 행동으로 해결해야 할 때도 있는 법입니다. 그러므로 저는……."

이어지는 나의 발언은 천둥처럼 쏟아지는 박수 소리에 묻혀서 들리지 않았다. 그 뒤에 무슨 일이 일어났는지는, 나를 찬양하는 박수갈채가 너무나 웅장했으므로 자세한 설명은 생략한다. 위원회와 회원들은 나에게 가능한 모든 자격을 부여했다. 다음 날 나는 프로시온 지부의 책임자이자 우주정보부의 국장 말리그라우트를 만났다.

"벌써 떠나시려고요?" 그는 물었다. "훌륭하십니다. 하지만 선생님의 로켓을 타고 가는 건 안 됩니다, 티히 씨. 그건 불가능해요. 이 임무에는 특별한 로켓을 사용하고 있습니다."

"왜입니까?" 나는 물었다. "내 로켓으로도 충분한데요."

"선생님 로켓이 훌륭하다는 점을 부정하지는 않겠습니

다. 하지만 위장 문제가 있죠. 선생님은 기존 로켓과 전혀 다른 외형의 로켓을 타고 가시게 될 겁니다. 그건 바로, 뭐, 보시면 알겠죠. 그리고 착륙은, 반드시 밤에 하셔야만 합니다……."

"왜 밤에?" 나는 물었다. "로켓의 분화 때문에 다 들킬 텐데요……."

"지금까지 저희가 그렇게 해 왔습니다." 그는 걱정스러운 듯 말했다.

"제가 가서 한번 살펴보죠." 나는 말했다. "변장을 하고 가야 하나요?"

"네. 변장은 필수입니다. 저희 전문가들이 해 드릴 겁니다. 벌써 기다리고 있습니다. 자, 이쪽으로……."

나는 비밀 통로를 통해서 수술실 같은 방으로 안내되었다. 네 사람이 나를 빙 둘러쌌다. 한 시간 뒤 거울 앞에 섰을 때, 나도 스스로를 알아볼 수 없을 지경이었다. 온몸을 철판으로 두르고 네모진 어깨에 같은 모양의 머리, 눈 대신에 유리로 된 구멍, 그야말로 가장 평범한 로봇처럼 보였다.

"티히 선생님," 분장팀장이 말했다. "몇 가지 기억하실 점이 있습니다. 첫째, 숨을 쉬면 안 됩니다."

"미친 거 아니에요?" 나는 말했다. "어떻게요! 숨이 막혀 죽을 거예요!"

"그 말이 아니라, 물론 숨은 쉬시지만 조용히 쉬셔야 한다는 뜻입니다. 한숨을 쉬거나 헉헉거리거나 깊은 숨을 들이마시면 안 됩니다. 아무 소리도 내면 안 되고, 재채기는 절대로 안 됩니다. 그랬다간 끝장이죠."

"알았어요. 또 뭡니까?" 나는 물었다.

"가시는 길에 《전자 소식》 연감과 그 반대 성향의 잡지 《우주의 소리》를 받으실 것입니다."

"그들도 반대파가 있소?"

"네, 하지만 그 반대파의 우두머리도 컴퓨터입니다. 플라스그락 교수의 주장으로는, 컴퓨터가 전자적으로 정신 분열을 일으켰을 뿐 아니라 정치적으로도 분열증이 있다고 합니다. 그리고 또 절대로 음식을 먹거나, 사탕을 씹거나 하면 안 됩니다. 먹는 것은 밤중에만, 여기 이 구멍을 통해, 네, 여기, 열쇠로 열어서, 네, 그렇죠. 열쇠를 잃어버리지 않도록 조심하세요. 그랬다간 아사하실 수도 있습니다."

"그렇죠, 로봇은 먹질 않으니."

"짐작하시겠지만 그들의 다른 습성에 대해서는 우리로선 알 수가 없습니다. 선생님께서 이들의 출판물을 살펴보시거나 작은 광고란 따위를 잘 읽어 보시면 도움이 될 것 같습니다. 그리고 그들 중 누군가와 대화할 때에는 마이크 망을 통해서 내부가 보이지 않도록, 너무 가까이 다가가시면 안 됩니다. 그리고 이는 항상 검정으로 칠해 두십시오, 여기 상자에 헤나를 넣어 뒀습니다. 그리고 아침마다 보란 듯이 모든 접합 부위에 기름칠을 하는 것도 중요합니다, 로봇들은 다 그렇게 하니까요. 너무 과장할 필요는 없습니다. 약간 삐걱삐걱 소리가 나는 것도 좋은 인상을 주니까요. 주의 사항은 이게 다입니다. 안 돼요, 지금 이 상태로 거리에 나가신다고요? 제정신입니까? 여기 비밀 통로가 있어요, 이쪽으로……."

도서관 서가의 책을 하나 밀자 벽의 일부가 열렸다. 나는 좁은 계단을 통해서 삐걱거리며 뒤뜰로 나왔는데, 거기에 수화물 헬리콥터가 하나 있었다. 나를 그 속으로 밀어 넣더니 바로 이륙했다. 한 시간 뒤 우리는 우주선 비밀 발사 기지에 도착했다. 시멘트 바닥 위에는 일반 로켓들 옆으로 곡식 저장탑처럼 생긴 둥근 물체가 있었다.

"맙소사, 저게 로켓이오?" 나는 동행한 특수 임무 장교에게 물었다.

"네, 필요하신 모든 것, 암호, 해독기, 무선 통신, 신문, 식량과 기타 등등은 이미 안에 실어 놓았습니다. 그리고 큰 지렛대도요."

"지렛대요?"

"금고를 여는 무쇠 지렛대…… 무기로 쓰실 수도 있습니다. 최후의 순간에는요. 행운을 빕니다." 손이 무쇠 장갑에 싸여 있어서 나는 그와 제대로 악수할 수조차 없었다. 문을 통해서 나는 곡식 저장탑으로 들어갔다. 내부는 여느 로켓과 똑같았다. 나는 몸에 뒤집어쓴 깡통에서 얼른 나가고 싶었지만, 전문가들이 극구 만류했다. 빨리 익숙해지는 편이 더 낫다는 것이었다.

원자로를 가동하고 로켓을 출발시킨 다음, 상당한 어려움을 겪으며 경로에 안착한 뒤 점심을 먹었다. 머리를 심하게 돌려야 했는데 그럼에도 입을 뚜껑 바로 앞에 놓을 수 없어서 구둣주걱의 도움을 받아야만 했다. 그러고 나서 해먹에 누운 채 로봇들의 신문을 읽기 시작했다. 1면 기사 중 바로 눈에 띈 것들이다.

성 엘렉트릭스 시복 선포
끈끈이들의 반란로 시도이 종결
경기장로 소요
끈끈이 기다리로

문장의 순서와 단어가 이상했지만, 가르가락 교수가 '요나단 2호'에 실려 있었다고 언급했던 고대 어휘론이 그 바탕이리라고 나는 짐작했다. 나는 이미 로봇들이 인간을 '끈

끈이'라고 부른다는 사실을 알고 있었다. 자기들 스스로는
'이상인'이라고 칭한다고 했다.

맨 마지막에 나오는, 끈끈이를 체포한 기사를 먼저 읽
었다.

두 명의 할레바르디에르 귀납학자가 새벽 3시에 끈끈이 스
파이에게 전화를 했다. 끈끈이는 므렘란 이상인의 여인숙
에서 피신 중이었다. 할레바르디에르에 충성스러운 므렘란
이상인은 고을 할레바르디에르니아에 고발하였다. 배신자
끈끈이의 가면은 일천하에 드러났으며 끌려가는 모습을 보
고 여성들의 비명 소리가 이어졌다. 끈끈이는 칼레파우스
트리움에 수감되었으며 법의 심판자는 셈페리티티에 투르
투란 2세이다.

처음 읽는 것치고는 나쁘지 않은걸, 나는 이렇게 생각하
며 두 번째 기사로 넘어갔다. 제목은 「경기장로 소요」였다.

그렌지엘 경기 관람객들은 혼란 속에 경긔장을 떠났다.
기르와이 3세는 그렌지엘을 투르투르쿠르에게 전달하
며……

ᄼ①ᄼ

사전의 도움을 받아서 나는 크비에틀리비라는 단어가 라틴어의 크비에타스, 크비에타티스, 평온이라는 뜻이며 크베스티오노바츠는 묻다, 그렌지엘니아는 무슨 운동장 같은 공간을 뜻한다는 사실을 알아냈다. 이상인들은 운동장에서 납으로 만든 공을 가지고 축구의 변종 같은 경기를 하는 모양이었다. 나는 신문을 끈질기게 연구했다. 로켓이 출발하기 전부터 '이상인'들의 생활 습관을 숙지해야 한다고 귀에 박히게 들었던 터라, 벌써 머릿속으로는 그들을 '이상인'이라고 부르고 있었다. 누군가를 로봇이라고 부르는 행위는 모욕일 뿐 아니라, 바로 내 정체가 들통날 테니까.

나는 계속 기사를 읽었다. 「여섯 가지 원칙, 이상인 최고의 상태」, 「그레가투리안 님과의 회견」, 「세금 연맹 여름 수리」, 「냉각 후 이상인의 램프 고귀 매력」, 이런 것들보다 더 이상한 광고들도 있었다. 대부분은 아주 조금밖에 이해할 수 없었다.

아르멜라도라 6세, 목공 장인, 섹스 의복, 두드리면 출발, 완벽한 경첩, 말단 조직 가능, 최저 요금.
보낙스, 녹 제거기, 녹물, 녹슨 기억, 녹즙, 녹말, 녹밥 구입 가능.
올레운 푸리시뭄 프로 카피테 — 생각하실 때 뒷목이 뻣뻣

하신가요?

어떤 광고는 도대체 무슨 소리인지 알 수가 없었다. 가령 이런 것들이 있었는데,

유르니! 작동 몸통을 고르세요! 모든 사이즈 가능. 전달자 즉석 보장. 타르모드랄라 8세.
호색한에게 암피나이스가 있는 만능 큐비클을 빌려 드립니다. 페르코라토르 25세.

그리고 무쇠 머리 가리개 안에서 내 머리카락을 쭈뼛 서게 하는 광고들도 있었다.

고모레움 성 오늘 개방!
미식가들을 위한 레스토랑 최초의 기회!
끈끈이 아이, 룸에서와 배달 가능!

이런 수수께끼 같은 글들에 머리를 쥐어짤 수 있었던 까닭은, 당도하기까지 시간이 꽤 넉넉했기 때문이다. 거의 1년의 세월이 소요되었다. 《우주의 소리》에는 광고가 더 많았다.

분쇄 도끼, 식칼, 특수 가위, 꼬챙이류를 그레몬토리우스 피드리칵스 26세가 권합니다.

방화광 님은 보세요! 새로운 돌 기름 아브라케르델라, 절대로 꺼지지 않습니다!

아마추어 교살자 님들, 신선한 끈끈이 아이, 언어 구사 가능, 스패너 손톱 손질 기구, 새것과 다름없음, 싸게 팝니다.

이상인 여성과 남성 들에게! 복부 관통대, 척추 연장기, 머리카락 고문기가 왔습니다! 크라카루아누스 11세.

닥치는 대로 이러한 광고들을 한참 읽고 있자니, 나는 제2부대에서 정찰대로 보낸 사람들이 어떤 운명을 맞이했을지 비로소 이해할 수 있었다. 행성에 착륙했을 때 내가 자신감에 차 있었다고는 말할 수 없다. 나는 가능한 한 미리 엔진을 다 꺼 놓고 밤사이에 착륙했다. 계획대로 높은 산에 안착했고, 한참을 생각한 끝에 로켓 윗부분을 나뭇가지로 덮었다. 제2부대의 전문가들은 딱히 머리를 쓴 것 같지 않았는데, 로봇 행성에서 곡식 저장탑이란 최대한 좋게 말해도 별로 어울리는 물건이 아니었다. 철로 된 깡통 안에 될 수 있는 한 먹을거리를 잔뜩 넣고서 나는 전기 불빛의 후광으로 환하게 둘러싸인 도시 쪽으로 발걸음을 옮겼다. 정어리 통조림들이 무쇠 깡통 안에서 너무 심하게 절그럭거리는 바람에 통조림을 안정적으로 고르게 배치하려고 몇 번이나 멈춰 서야 했다. 나는 계속 걸어가다 무언가에 걸려 넘어졌다. 요란한 소리를 내며 자빠지는 순간, 나는 '뭐, 벌써!' 하는 생각에 사로잡혔다. 그러나 주위에는 생명체 또는 기계는 전혀 보이지 않았다. 만약을 대비해서 나는 무기를 꺼냈다. 그 무기라는 것은, 도둑들이 금고를 열 때 쓰는 쇠 지렛대와 작은 스크루드라이버였다. 손으로 주변을 더듬어 본 결과, 온통 철 부스러기뿐이었다. 오래된 기계들의 잔해, 로봇들의 버려진 무덤이었던 것이다. 나는 여러 차례 넘어지며 앞으로 계속 걸었다. 무덤 규모는 놀랄 만큼 컸다. 족히 1마일은 뻗어 있는 것 같았다. 멀리서 비치는 불빛만으로는 전혀 분간할 수 없는 와중에, 갑자기 눈앞에 네 다리의 물체 두 개가 어른거렸다. 나는 꼼짝 않고 멈춰 섰다. 이 행성에 무슨 동물이 있다는 말은 전혀 들은 바 없었다. 다른 두 마리의 네발짐승이 처음 두 마리에게 접근했다. 내가 부주의하게 쩔렁거리는 소리를 내자 검은 실루엣들은 황급히 어둠 속으로 사라졌다.

이 사건 이후, 나는 두 배로 주의를 기울였다. 도시로 들어가기에 지금 시각은 적절치 않아 보였다. 늦은 밤 시간, 텅 빈 거리, 공연히 나타났다간 괜한 주의를 끌 것 같았다. 그래서 나는 길 옆의 구덩이에 앉아 참을성 있게 새벽을 기다리며 과자를 씹었다. 내일 밤이 올 때까지는 틀림없이 아무것도 먹지 못할 터였다.

동이 트자마자 나는 도시 외곽으로 들어섰다. 아무도 보이지 않았다. 근처 울타리에는 거대한, 비를 맞아서 해진 오래된 포스터가 붙어 있었다. 가까이 가서 읽어 보았다.

아를림

도성 관리부는 아를린다. 저주받을 끈끈이들이 법의 테구리 안에서 꿈틀꿈틀 이상인들을 위협하고 있다. 끈끈이들이나 수상한 인디비디움을 보는 누구라도 시즉 할레바르디에르에게 고발하길 바란다. 끈끈이를 돕는 자는 나사가 풀어 헤쳐지거나 세쿨라 세쿨로룸 영원히 벌을 받을 것이다. 끈끈이의 머리에는 1⊙⊙⊙페르클로스의 포상금이 걸려 있다.

나는 연신 걸었다. 도시 외곽 분위기는 그다지 좋지 않았다. 잔뜩 녹이 슨 가건물 앞에는 로봇 무리가 앉아서 홀짝 놀이를 하고 있었다. 가끔 자기들끼리 싸우는지, 마치 철제 물건으로 가득한 창고에 폭탄이라도 떨어진 듯 소란스러운 소리가 났다. 조금 떨어진 곳에 시내로 들어가는 열차 정거장이 있었다. 거의 아무도 타지 않은 열차가 도착했고, 나는 바로 올라탔다. 기관사는 엔진의 일부였고, 손 부위는 크랭크에 고정되어 있었다. 표를 받는 직원은 입구에 나사로 고정된, 이를테면 문의 일부였다. 그럼에도 열차와 열차 사이의 이음매 부분을 아무렇지 않게 걸어 다녔다. 나는 부대에서 받은 동전을 꺼내 놓고, 긴 의자에 요란한 소리를 내며 앉았다. 시내 중심가에서 내린 뒤, 태연하게 쿵쿵 걷기 시작했다. 점점 더 많은 할레바르디에르들을 만났는데, 두셋씩 무리 지어 길 한복판을 돌아다니고 있었다. 할레바르디에르 하나가 벽에 기대어 쉬고 있는 모습을 보고 나는 계속 걸었지만, 이렇게 홀로 행동하는 것이 아무래도 이상하게 보일 듯했다. 결국 내 앞의 세 로봇 중 하나가 문 쪽으로 가서 흘러내린 장비를 정돈하는 틈에 셋의 빈자리에 끼어 들어갔다. 로봇들이 모두 비슷하게 생긴 것은 나에게 매우 유리한 상황이었다. 다른 두 로봇은 처음에 아무 말도 하지 않다가, 드디어 하나가 입을 열었다.

"어이, 라파는 언제 자르지, 브레브란? 근질근질 아름답게 전기구와 놀고 싶네."

"야, 그게 무슨." 다른 하나가 대답했다. "악장아, 이미 우리 상태가 너무 말라서, 헤이!"

〈①〉

우리는 이렇게 시내 전체를 돌았다. 주위를 유심히 살펴보다가 나는 레스토랑 두 곳을 발견했는데, 그 앞에는 또 벽에 기대어 서 있는 할레바르드에르 무리가 있었다. 하지만 굳이 말을 걸지는 않았다. 이미 다리가 상당히 아파 왔고, 태양광에 달아오른 깡통 안은 찌는 듯 더웠으며, 콧속에서는 녹 먼지가 돌아다녔다. 나는 재채기가 나올까 봐 두려웠다. 일부러 일행에게서 약간 떨어졌는데, 둘은 바로 소리를 질렀다.

"어이, 형씨! 어디로 가는 거요? 지금 우리가 지도부에 당신을 보고하면 좋겠소? 미쳤나?"

"전혀." 나는 저항했다. "잠깐 앉으려고 했던 것뿐이오."

"앉는다고? 엉덩이에 기름칠하러? 우린 지금 업무 중이라고."

"아 그렇지." 나는 순순히 동의하고는 다시 걷기 시작했다. 이건 아닌데. 이랬다간 아무것도 안 되겠어. 뭔가 다른 방법을 찾아야 해. 우리는 또다시 시내를 한 바퀴 돌았는데, 도중에 장교 하나가 우리를 불러 세웠다.

"레페르나조르!"

"브렌타쿠르드비움!" 둘이 함께 외쳤다.

나는 구령과 암호를 잘 외워 두었다. 장교는 앞뒤에서 우리를 살펴보더니 할레바르다를 더 높이 들라고 명령했다.

"그렇게 들면 어떻게 하나! 이 덜그럭들아! 할레바르다를 더 높이! 똑바로! 오른발 왼발! 행진!"

장교의 지시에 두 할레바르디에르들은 아무 말 없이 따랐다. 태양이 이글이글 타오르는 가운데 우리는 또다시 행진했고, 나는 이 황당한 행성에 기꺼이 가겠다고 외친 그 순간을 저주했다. 게다가 배가 고파서 창자가 꼬이는 것만 같았다. 꼬르륵 소리가 너무 크게 울리기에 혹시 탄로 나지 않을까 걱정되어서 최대한 소란스럽게 삐걱거리고자 노력했다. 우리는 레스토랑 근처를 지났다. 그리고 안을 들여다보았다. 자리는 거의 차 있었다. 이상인, 아니 장교의 말에 따르면 덜그럭들은 번쩍번쩍 광을 낸 채 식탁 앞에서 움직임 없이 앉아 있었는데, 가끔 그들 중 누군가 삐걱 소리를 내거나 머리를 돌려서 텅 빈 유리 눈으로 거리를 바라보았다. 그 외에는 아무것도 먹지도 마시지도 않았고, 마치 알 수 없는 무언가를 기다리듯 앉아 있는 것이었다. 몸체 위에 흰 앞치마를 둘러서 종업원으로 보이는 이가 벽 앞에 서 있었다.

"우리 거기 좀 앉아도 될까요?" 나는 딱딱한 철 신발 속에서 물집 하나하나가 다 느껴지는 기분으로 물었다.

"이 게으름뱅이!" 내 동료들은 기가 막혀 했다. "누가 너한테 앉으라고 했나? 우린 규칙을 지켜야 해! 걱정 말라고! 저들이 함정으로 끈끈이들을 잡을 거라고, 여기 와서 수프를 한 입 먹으면, 바로 탄로가 날걸!"

무슨 말을 하는지 전혀 이해하지 못한 채, 나는 순순히 걸음을 옮겼다. 하지만 나는 점점 더 절망감을 느꼈다. 우리는 커다란 빨간 벽돌 건물 앞에 다다랐는데, 거기에는 쇠로 다음과 같은 글귀가 새겨져 있었다.

할레바르디에르의 낫과
그의 빛나는 지도자
계산기 1세

건물 입구에서 나는 두 로봇을 따돌렸다. 할레바르디에르 감시병이 요란하게 삐걱거리며 몸을 돌렸을 때, 그 옆에 할레바르다를 놓아두고는 눈앞에 보이는 첫 번째 골목으로 들어갔다. 모서리를 돌자마자 '곡괭이 여관'이라는 간판을 내건 큰 건물이 보였다. 안을 들여다보니 여관 주인으로 보이는, 단단한 체격의 울퉁불퉁한 로봇이 들어오라는 듯 삐걱거리며 거리로 나왔다.

"어서 옵쇼, 어서 옵쇼…… 기꺼이 모시겠습니다, 숙박처를 찾으십니까?"

"네." 나는 간결하게 대답했다.

그는 거의 완력으로 나를 안으로 데리고 들어갔다. 위층으로 올라가는 계단 쪽으로 안내하며, 그는 흥분한 듯 쉿소리를 내며 말했다.

"페레그리나토르들이 요즘 많이⋯⋯ 이상인들이 없어서 우리 위대한 유도체의 냉각기 본체에서 보고 싶어 하지 않으시는⋯⋯ 이건 좋은 아파트입니다, 아름답죠⋯⋯ 면 빨대⋯⋯ 손님용 봉대⋯⋯ 물론 손님께서는 아시겠지만⋯⋯ 먼지는 바스락⋯⋯ 자, 금방 즐거운 것을 가져다 드리겠습⋯⋯."

그는 삐걱거리며 계단을 내려가더니, 철제 장과 무슨 침대 같은 것이 있는 상당히 컴컴한 방을 살펴보고는 바로 기름통과 걸레, 그리고 실리콘이 들어 있는 병을 가지고 왔다. 그것들을 모두 테이블 위에 펼쳐 놓더니 뭔가 좀 더 비밀스러운 목소리로 작게 말했다.

"쾌적하게 하신 후, 아래로 내려오시지요⋯⋯ 귀하와 같은 고귀 손님을 위해 제가, 작은 달콤 비밀을 저장하고⋯⋯ 짐작하실 수 있⋯⋯."

그러고는 시각 세포를 빛내며 나갔다. 나는 딱히 할 일도 없었으므로 기름칠을 하고, 철판 위에는 실리콘을 발라 보았다. 여관 주인이 테이블 위에 무슨 레스토랑 메뉴 같은 것을 남겨 놓고 갔음을 눈치챘다. '숙식 분류 2'라고 맨 위에 쓰여 있었다.

ㅅㅅㅅ

끈끈이 유아, 머리 없음 ─ 8페르클로스.

상동, 갑상선 ─ 10페르클로스.

상동, 많이 우는 ─ 11페르클로스.

상동, 찢어진 ─ 14페르클로스.

변행:

소돔 토플, 개당 ─ 6페르클로스.

쾌락 부수기 ─ 8페르클로스.

상동, 작은 송아지 ─ 8페르클로스.

아무리 봐도 무슨 말인지 이해할 수 없었으나, 옆방에서 어느 로봇이 자기 방을 조각내듯 고르지 않게 쿵쿵대는 소리가 들려오자 등골이 서늘해졌다. 급기야 머리까지 쭈뼛 섰다. 더 이상은 안 되겠다. 나는 쩔렁거리는 소리를 내지 않으려고 애쓰며, 이 무서운 숙소에서 벗어나 거리로 나섰다. 숙소에서 한참 멀어지고 나서야 나는 안도의 한숨을 쉬었다. 하지만 내 처지에 이제 뭘 해야 하지? 나는 66 카드놀이를 하는 로봇 무리 옆에 서서 엄청 열심히 응원하는 척했다. 이 상인들이 어떤 일을 하는지에 대해서는 전혀 알지 못했다. 할레바르디에르 무리에 다시 쓱 끼어들 수도 있겠지만, 그래 봤자 얻을 것도 별로 없었고 발각당할 확률만 높았다. 이제 뭘 하지?

골머리를 썩이며 나는 계속 걸어갔다. 그러다가 긴 의자에 앉아서 오래된 철판을 햇빛에 지지고 있는, 이제 더 이상 쓰이지 않는 늙은 로봇을 만났다. 로봇은 신문지로 머리를 가리고 있었다. 신문 1면에는 시구가 쓰여 있었는데, "나는 최고의 이상인……"이라고 시작되었으나 그 뒤로는 뭐라고 적혀 있는지 알 수 없었다. 나는 늙은 로봇과 천천히 이야기를 나누었다. 나는 옆 도시 사도마지아에서 온 로봇이라고 자기소개를 했다. 늙은 로봇은 친절하게도 곧장 자기 집으로 나를 초대했다.

"뭐하러 쿵쾅쿵쾅 숙박소 주인장들과 상대를 합니까. 우리 집으로 허락하시죠. 낮은 문턱, 이불 깔고, 재미있소, 은혜로운 영차. 존경하는 귀하와 함께 나의 누추한 방에 기쁨."

어쩔 수 없이 나는 따라가겠노라고 동의했다. 사실 그곳에 가는 편이 나은 것 같았다. 이 늙은 집주인은 세 번째 거리의 자기 집에 살고 있었다. 그는 나를 곧장 손님방으로 안내했다.

"거리에서, 귀하 상당량의 먼지를 집어삼켰을." 그가 말했다.

또 기름통과 실리콘과 걸레가 등장했다. 나는 벌써 그가 뭐라고 말할지 알고 있었다. 로봇들은 그렇게 복잡한 존재들이 아니었다. 과연 내 예상이 맞았다.

ㅅㅅ3

"쾌적하게 하신 후, 오락실로 내려오시지요." 그는 말했다. "같이 게임을……."

그는 문을 닫았다. 기름통에도, 실리콘에도 손대지 않은 채 단지 거울을 보고 스스로의 변장 상태를 점검했다. 그러고는 이를 더 검게 칠한 다음, 미지의 그 '게임'이 무엇인지에 대해 좀 걱정을 하다가 15분쯤 뒤, 나는 아래층으로 내려갔다. 이번에는 집 안 깊숙한 곳에서 연신 쿵쿵 소리가 들려왔다. 이번엔 도망칠 수 없었다. 나는 누군가 쇠로 된 나무둥치를 산산조각 내는 듯한 시끄러운 소리를 울리며 계단을 내려갔다. 집주인은 쇠로 된 몸통이 다 보이도록 벗고 있었는데, 이상하게 생긴 거대한 식칼 같은 것을 들고 식탁에 놓인 거대한 인형을 자르고 있었다.

"부디 어서 오십시오, 손님! 귀하가 이 몸체를 즐겁게 처리하실 수 있습니다." 그는 나의 모습을 보더니 휘두르던 식칼질을 멈추고, 바닥에 너부러진, 크기가 약간 작은 다른 인형을 가리켰다. 내가 그 인형에 가까이 다가가자 인형은 자리에 앉으며 눈을 열더니 가느다란 목소리로 같은 말을 반복했다.

"나으리, 저는 죄 없는 어린이예요, 제발 나를, 나으리, 죄없는 어린이, 제발."

집주인은 나에게 할레바르다와 비슷하게 생겼지만 날이

ㄱㄱㅁ

짧은 손도끼를 건네주었다.

"동감이, 고결한 손님이여, 근심 걱정도 슬픔도 이별, 귀까지 자르세요, 자, 힘내어!"

"언제…… 저는 아이들을 좋아하지 않는데……." 나는 희미하게 저항했다.

그는 몸이 굳었다.

"좋아하지 않으신다고요?" 그는 내 말을 되풀이했다. "아쉽군요. 나를 염려시키나. 그럼 이제 무엇을 시작하겠습니까? 작은 것들 오로지 하나, 저는 거기에 약하죠. 송아지를 다시 해 보지 않겠습니다?"

그러고는 장에서 손으로 들 수 있을 만큼 작은 플라스틱 송아지를 꺼냈는데, 송아지는 눌리자마자 애처로운 음매 소리를 냈다. 내가 어쩔 수 있겠는가? 나는 탄로 날까 봐 손도끼를 마구 휘두르며 불쌍한 송아지 인형을 조각조각 잘라냈다. 그동안 집주인은 인형 두 개의 사지를 다 토막 내고는, 스스로 '근심 파쇄기'라고 부르는 연장을 내려놓더니 나에게 기꺼우냐고 물었다. 나는 이러한 즐거움을 체험한 지는 오랜만이라며 그를 안심시켰다.

그렇게 컴물압 임무 중의 즐겁지 못한 나날이 시작되었다. 아침이면 나는 펄펄 끓는 광물유로 만든 아침밥을 먹었고, 집주인이 일하러 가면 그의 부인은 무언가를 침대에서 미친 듯이 톱질했다. 송아지인 것 같지만, 확신할 수는 없었다. 나는 음매 소리도, 고함 소리와 쿵쿵 소리도 도저히 참을 수가 없어서 시내로 나갔다. 도시인의 일상은 상당히 지루해 보였다. 사지 토막 내기, 바퀴 고문, 태우기, 잘게 썰기……시내 중심가에는 상상할 수 있는 모든 종류의 다양한 연장을 살 수 있는 가게들이 즐비한 놀이공원이 마련돼 있었다. 며칠이 지나자 나는 내 가위마저 눈뜨고 볼 수 없었다. 결국 배가 아주 고플 때만 관목 숲에 숨어서 정어리와 머랭 과자를 흡입하고자 해 질 녘에야 시내로 나갔다. 이렇게 음식을 집어삼키다가 딸꾹질이라도 났다가는 죽음의 위험에 직면할 수 있었다. 사흘째 되는 날에는 그들과 함께 극장에 갔다. 「카르베자리우스」라는 연극을 공연하고 있었다. 내용은 젊고 잘생긴 로봇이 인간, 그러니까 끈끈이들에게 엄청난 박해를 받는다는 이야기였다. 인간들은 그에게 물을 쏟아붓고, 기름에는 모래를 뿌리고, 로봇의 나사를 풀어 놓아서 자꾸만 넘어지게 했다. 관객석은 분노로 웅성거렸다. 2막에 대계산기의 사자가 나타나면서 젊은 로봇은 자유의 몸이 되고, 3막에서는 인간의 운명에 대해 더 광범위하게 다루는데, 짐작할 수 있듯이 전혀 즐거운 내용이 아니었다.

나는 지루함에 못 이겨 집주인의 책장을 뒤져 보았지만, 거기에도 흥미로운 정보는 아예 없었다. 『사드 후작의 회고록』의 싸구려 복간본, 그 밖에는 『끈끈이 식별법』 같은 책. 나는 그 책자의 몇 부분을 기억해 두었다. "끈끈이들은," 글은 이렇게 시작했다. "아주 물렁물렁하며, 그 밀도는 만두와 비슷하다…… 물기가 어린 멍청한 눈은 저주받아 마땅한 저열한 영혼의 표상이다. 얼굴은 고무와 같아……." 이런 식으로 무려 100장이나 이어지고 있었다.

토요일에 우리 집으로 동네의 주요 인사들이 방문했다. 철판 가공 장인, 시 공식 무기장, 장인 조합 이사, 규약 전문가 둘과 미장공 하나였는데, 그들의 대화 주제는 주로 예술과 극장, 위대한 유도체의 더할 나위 없는 작동 등에 관한 것이었다. 따라서 나는 그들이 실제로 무엇을 하는지 당최 짐작할 수 없었다. 여자들은 소문도 살짝 교환했는데, 그 덕분에 나는 상류 사회에서 유명세를 떨치는 인기 인사 '포둑트'라는 로봇에 대해 알게 되었다. 그는 아주 호화스러운 생활을 누리는데, 전기 시녀들이 그의 곁으로 벌 떼처럼 몰려들면, 그는 그들에게 가장 비싼 스팽글과 전구를 아낌없이 뿌린다고 했다. 나의 집주인은 포둑트 얘기가 나와도 달리 싫은 티를 내지 않았다.

"젊은 철, 젊은 전기죠." 그는 너그럽게 말했다. "세월에 따라 녹이 슬고, 저항이 들러붙고, 메인 파이프가 삭는……."

ㅅㅅㅅ

우리 집에 어쩌다 한 번씩 찾아오는 한 여성 이상인은 알 수 없는 이유로 나를 좋아하게 되어서, 한번은 기름을 몇 컵이나 연이어 마시더니 나에게 속삭였다.

"자기, 날 원해? 우리 집으로 가자, 집에 전기를 넣어 놓을게……."

나는 갑자기 음극이 방전되어서 그 말을 못 들은 척했다.

집주인과 그의 부인은 대체로 사이좋게 사는 듯했지만 어쩌다 그들의 싸움을 목격하는 일도 있었다. 그의 반쪽이 목소리를 높여서 고철이나 되라고 소리를 지르면, 그는 남편 답게 아무 말도 하지 않는 식이었다.

또 우리 집에는 아주 저명한 기계공도 방문했는데, 그는 시립 클리닉을 운영하고 있었다. 그가 말하기를, 드물기는 하지만 로봇들도 가끔 미치는 일이 있으며, 그들을 괴롭히는 최악의 증상은 스스로 사람이라고 확신하는 증세라고 했다. 그리고 그가 정확히 그렇게 말하지는 않았지만, 짐작하건대 그런 미친 로봇들의 숫자는 최근에 상당히 늘어나고 있는 듯했다.

하지만 나는 이런 소식을 지구에 전하지는 않았다. 첫째로 보고하기에 너무 소소한 내용 같았고, 둘째로는 멀리 숨겨 둔, 송신기가 설치된 로켓까지 산전수전 행진하고 싶지 않았기 때문이었다. 어느 날 아침, 내가 송아지 한 마리를 끝

냈을 때(집주인 부부는 나에게 매일 한 마리씩 제공했는데, 이보다 더 나를 즐겁게 하는 일은 없다고 확신하는 것 같았다.) 갑자기 문을 격하게 쿵쿵 치는 소리가 집 안 전체에 울려 퍼졌다. 내 걱정은 현실이 되었다. 그것은 바로 할레바르디에르 경찰이었다. 그들은 한마디 말도 없이 공포로 뻣뻣이 굳은 집주인들 눈앞에서 나를 체포하더니 거리로 끌고 나갔다. 나에게 수갑을 채우고 경찰차에 태운 뒤 감옥으로 향했다. 이미 감옥 문 앞에 적대적인 군중이 둘러서서 증오에 가득 찬 함성을 지르고 있었다. 나는 독방에 감금되었다. 내 뒤로 문이 쾅 닫혔을 때 나는 철판 매트리스 위에 앉아서 한숨을 크게 내쉬었다. 이제 나를 어떻게 할 수는 없겠지. 그러면서 나는 그동안 이 은하계의 얼마나 많은 감옥에 온갖 죄목으로 갇혔었는지 생각해 보았지만, 그 횟수를 정확히 헤아릴 수는 없었다. 매트리스 밑에는 무언가 놓여 있었다. 그것은 끈끈이들을 어떻게 잡아낼 수 있는지에 관한 책자였는데, 나를 놀리려고 악의적으로 가져다 놓은 것일까? 그래도 나는 어쩔 수 없이 그 책자를 펼쳐 보았다. 나는 우선, 끈끈이들의 상체가 호흡 기능을 수행하기 위해 어떻게 움직이는지, 그리고 끈끈이들이 악수하려고 내미는 손이 반죽 같다는 점과, 끈끈이의 입 구멍에서는 가벼운 바람이 나온다는 내용을 읽었다. 또한 끈끈이는 흥분하면 이마 부분에서 물과 비슷한 액체를 발산한다고 쓰여 있었다.

설명은 상당히 정확했다. 나는 그 물과 비슷한 액체를 발산하고 있었다. 전 우주 탐사라는 것도 보기에 따라 상당히 지루할 수 있는데, 앞서 되새겨 보았듯, 이런 임무 중에는 별들, 행성, 은하수 감옥에서의 체류가 어쩔 수 없이 동반되기 마련이다. 하지만 나의 처지가 이렇게까지 암담하게 느껴진 적은 처음이었다. 정오가 가까워지자 수위는 볼 베어링 조각이 몇 개 떠 있는 따뜻한 기름 한 접시를 가져다주었다. 어차피 내 정체가 탄로 났으므로 나는 좀 더 소화가 잘되는 음식을 요청했다. 그러나 그는 비꼬듯 삐걱삐걱 소리를 내더니 아무 말 없이 나가 버렸다. 나는 문을 쾅쾅 두드리며 변호사를 요청했다. 아무도 대답하지 않았다. 저녁 무렵, 내가 깡통 속에서 돌아다니던 마지막 머랭 과자 부스러기를 해치웠을 때, 자물쇠의 열쇠가 삑삑 돌아가더니 감방 내부로 두꺼운 가죽 서류 가방을 든 통통한 로봇이 들어왔다.

"저주받을 끈끈이!" 그는 이렇게 말하며 덧붙였다. "내가 너의 변호사가 되어야 한다."

"고객에게 항상 이런 식으로 인사를 하나?" 나는 자리에 앉으며 물었다.

그 역시 철컹철컹 소리를 내며 앉았다. 기분 나쁜 작자였다. 배 위를 덮은 철판은 완전히 헐거워 보였다.

"그렇다, 끈끈아." 그는 명확하게 대답했다. "단지 직업적 소명을 다하기 위해서만이다, 너를 위해서가 아니라, 이 교수형당할 범죄자야, 나의 기술을 너를 변호하는 데 써 주도록 하겠다, 괴물아! 너에게 선고되고자 기다리고 있는 벌을 한 번만 분해되는 것 정도로 완화해 줄 수도 있을 테니."

"그게 무슨 말이지?" 나는 말했다. "나는 분해가 불가능한데."

"하, 하!" 그는 삐걱삐걱 소리를 냈다. "그거야 네가 그렇게 생각하는 거지! 이제 자백해라, 네가 감추고 있는 것이 무엇인지, 끈끈한 범죄자야!"

"넌 이름이 뭐냐?" 나는 물었다.

"클라우스트론 프리드락."

"클라우스트론 프리드락, 내가 무슨 죄로 잡혀 왔는지 말해 봐."

"끈끈한 죄지." 그는 바로 대답했다. "그것은 중죄다. 그리고 우리를 배신하려 한 죄, 브리야를 위한 스파이 활동, 위대한 유도체를 위험에 빠트리려는 신성 모독적 계획, 이 정도면 충분하지 않나, 이 나쁜 끈끈아? 이 죄들을 인정하는가?"

"너 진짜 내 변호사 맞아?" 나는 물었다. "말하는 건 검사나 수사 판사 같은데."

"나는 너의 변호사다."

"좋다. 난 그중 어떤 죄도 인정하지 않는다."

"네 몸에서 불꽃이 튀길!" 그는 빽 소리를 질렀다.

나에게 어떤 변호사가 할당되었는지를 깨닫고 나는 입을 다물었다. 그다음 날에는 나를 심문했다. 재판장이 어제의 변호사보다 더 (그것이 가능한 일이라면) 시끄럽게 소리를 질러 댔지만 나는 아무것도 인정하지 않았다. 재판장은 한 번은 소리를 지르고, 한 번은 속삭이다가 깡통 같은 웃음을 터뜨렸다. 그러고는 다시 평온하게, 내가 이상인들의 법망을 빠져나가는 것보다 기계인 스스로가 숨을 쉬는 편이 더 빠르리라고 장담했다.

다음번 심문에는, 온몸에서 빛나는 전구의 개수로 짐작하건대, 분명히 아주 중요해 보이는 어떤 인사가 참석했다. 가장 심각한 것은 먹는 문제였다. 나는 하루에 한 번씩 나에게 가져다주는 물을 바지 허리띠에 적셔서 마실 수밖에 없었다. 그마저도 수위는 물이 든 냄비를 마치 독약이라도 되는 양 멀찍이 들고 가져다주었다.

일주일이 지나자 허리띠도 다 떨어졌다. 그러나 다행히도 신발 끈이 달린 염소 가죽으로 만든 묶인 장화를 아직 신고 있었다. 그 울퉁불퉁한 가죽신이 감옥 생활 동안 내가 먹었던 음식 중 제일 나았다.

8일째 되는 날 아침, 수위 두 명이 나에게 준비를 하라고 일렀다. 나는 다시 호위 요원이 딸린 경찰차를 타고 대계산기가 있는 철의 궁전으로 호송되었다. 그들은 녹이 전혀 슬지 않은 멋진 계단을 올라, 음극선이 빛나는 전등을 밝힌 홀을 지나, 나를 창문 없는 방으로 데려갔다. 경비병들이 나가고, 나는 대계산기와 단둘이 마주하게 되었다. 한가운데에는 천장에서부터 내려오는 검정 커튼이 드리워져 있었는데, 그 주름은 방 한가운데에 사각형으로 잡혀 있었다.

"쓸모없는 끈끈이여!" 철로 조성된 지하 공간으로부터 파이프를 타고 울려 퍼지는 듯한 목소리가 웅웅거렸다. "이제 너의 마지막 시간이 왔다. 자, 무엇이 더 좋은지 말하라, 채 치기, 뼈 부러뜨리기, 드릴 박기?"

나는 침묵했다. 대계산기는 쿵쿵, 숙숙 소리를 내더니 다시 말했다.

"내 말을 들어라, 끈끈이, 오염된 몸체로 만들어진 괴물! 나의 전능한 목소리를 들어라, 흐물흐물한 끈적아, 점액질의 변덕쟁이야! 나의 신성하고 빛나는 만능 전기로 너에게 은혜를 베풀겠다. 네가 나의 충성스러운 부하가 되겠다면, 너의 모든 영혼을 이상인이 되는 데에 바치겠다면, 너의 목숨을 살려 줄 수 있다."

나는 그것이 나의 오랜 소원이었다고 말했다. 대계산기

는 비웃듯 먹먹할 정도로 웃음을 터뜨리더니 말했다.

"너의 거짓부렁은 헛소리로 간주하겠다. 발작을 일으키는 놈아, 들어라. 너의 끈끈한 인생과 작별하는 길은 오로지 이상인, 즉 비밀 할레바르디에르가 되는 것이다. 너의 임무는 오염체에서 보낸 끈끈이, 스파이, 첩자, 배신자, 그리고 모든 다른 벌레 같은 놈들의 정체를 밝히고 그들의 가면을 벗기고 하얗게 달군 쇠로 불태우는 것이며, 그러한 임무를 충실히 수행할 때만 네 목숨을 부지할 수 있노라."

이 모든 것을 엄숙히 맹세한 뒤 나는 다른 방으로 안내되었다. 그곳에서 매일매일 할레바르디에르니아 본부에 나의 위치를 보고하라는 명령을 받은 다음, 나는 뻣뻣이 굳은, 하지만 힘이 풀린 다리로 궁전을 나올 수 있었다.

어둠이 내리고 있었다. 나는 시내로 가서 잔디밭에 앉아 생각에 잠겼다. 마음이 괴로웠다. 만약 내 목을 쳤더라면 그래도 명예는 지킬 수 있었을 텐데! 하지만 지금 이렇게 전기 괴물들 편으로 돌아선다면 내가 맡았던 임무를 배신하는 것이고, 나의 기회를 저버리는 일이 된다. 어쩌지? 로켓으로 달려가서 도망가야 하나? 그랬다가는 치욕스러운 탈출이 될 것이다. 그럼에도 불구하고 나는 걷기 시작했다. 깡통들을 다스리는 기계에게 봉사하는 스파이의 운명이 더욱더 치욕스럽다고 생각했기 때문이었다. 그런데 나의 로켓은 온데간데 없었다. 조각조각 부서진 고철 조각을 목격했을 때의 나의 경악스러운 기분이란!

내가 시내로 돌아왔을 때 날은 이미 컴컴했다. 나는 바위 위에 앉아서 난생처음으로 잃어버린 고향을 떠올리며 슬프게 울었다. 눈물이 앞으로 내 여생의 감옥이 될 텅 빈 깡통 속으로 흘러 들어왔고, 바깥으로 터진 무릎 위쪽의 틈새로도 떨어졌다. 녹이 슬고 관절 부분이 뻣뻣해질 위험마저 있었지만, 이젠 아무 상관도 없었다.

갑자기 눈앞에 할레바르디에르 부대가 나타났는데, 그들은 낙조를 배경으로 도시 외곽의 들판으로 향하고 있었다. 그들의 행동은 어딘가 수상했다. 저녁 회색빛이 짙어지자 어둠을 틈타 하나씩 대열에서 빠져나가더니 전속력으로 관목 숲속에 숨어들며 사라지는 것이었다. 그 광경이 너무나 이상하게 보였으므로, 나는 끝없는 우울의 늪에 빠져 있음에도 자리에서 조용히 일어나 가장 근처의 이들에게 다가갔다.

미리 말해 둬야 할 점은, 바야흐로 이런 교외의 관목 숲에 재배종과 비슷한, 매우 달콤하고 맛있는 야생 블루베리가 맺힐 계절이었다는 것이다. 나도 철의 도시에서 탈출할 수 있을 때마다 그 야생 블루베리를 잔뜩 따 먹었다. 그런데 내가 쫓아온 할레바르디에르는 조그마한 열쇠로 자기 얼굴 가리개의 왼편을 열더니 양손으로 야생 블루베리를 잔뜩 따서는, 마치 멧돼지처럼 그 컴컴한 구멍 속으로 밀어 넣고 있었다. 심지어 그는 제2연대장과 완전히 똑같이 생겼다! 성급하게 열매를 집어삼키는 그의 쩝쩝 소리가 내가 서 있는 자리까지 들려왔다.

"쉿!" 나는 잘 들리도록 소리를 냈다. "너, 뭐야."

그는 곧장 덤불 속으로 한 발짝 피했다. 그러나 더 이상 도망치는 소리는 들리지 않았다. 어디론가 숨은 것 같았다.

"이봐." 나는 목소리를 낮춰서 말했다. "겁내지 말고. 난 사람이야. 사람이라고. 나도 변장을 한 거야."

무언가 공포와 의심으로 불타는 눈동자 하나가 나를 이파리 건너편에서 바라보았다.

"네가 기만 않다는 걸 내가 알아 어떻게?" 쉰 목소리가 말했다.

"맞다니까. 겁내지 마. 나는 지구에서 왔어. 지구에서 나를 일부러 여기로 보냈다고."

한참을 설득한 끝에 비로소 안심한 그가 덤불 밖으로 나왔다. 그는 어둠 속에서 나의 철갑을 만져 보았다.

"사람 너라고? 이 진짜?"

"왜 사람처럼 말을 안 해?" 내가 물었다.

"잊어버렸어. 이 저주받은 운명에 휘말린 지 이미 5년이야…… 난 고생을 할 만큼 했다고, 다 말할 수도 없어…… 아, 운명이여, 나를 죽음 앞에 끈끈이 해방 다시……."
그는 중얼거렸다.

"정신 차려! 그렇게 말하지 말고! 들어 봐, 혹시 그럼 2
호에서 온 거야?"

"그렇지 맞소, 진정, 난 2호에서. 잔인한 말린그라우트
가 날 여기로 보냈어."

"왜 도망치지 않았지?"

"로켓이 갈가리 부서져서 나사 하나하나가 모조리 빠졌
는데 어떻게 도망을 쳐? 형제여, 이곳에서 머물기는 나도 쉽
지 않았어. 아, 이제 부대로 돌아갈 시간, 제발…… 다음에 우
리 다시 만날 수 있을까? 내일 부대 앞에 너 올래? 올래?"

나는 결국 그와 약속을 했다. 그러고는 그가 어떻게 생
겼는지도 모른 채 작별을 했다. 그는 내게 잠시 그 자리에 있
으라고 하더니, 정작 자신은 밤의 어둠 속으로 사라졌다. 나
는 조금 용기를 얻은 채 시내로 돌아왔다. 왜냐하면 이미 모
반의 가능성을 엿보았기 때문이었다. 더욱 힘을 얻고자 나
는 길에서 첫 번째 보이는 여관으로 들어가서 일단 잠을 청
했다. 아침에 일어나서 스스로의 모습을 거울에 비춰 보았을
때 마치 무슨 비늘처럼, 왼팔의 완장보다 아랫부분의 가슴께
에 분필로 작게 십자 표시가 되어 있음을 발견했다. 어제 만
났던 그 사람이 나를 배신하려고 미리 나에게 표시를 해 둔

것이었다! 악당 같으니라고, 나는 이제 어떻게 할지 마구 머리를 굴리며 속으로 궁리해 보았다. 나는 이 유다의 표시를 문질러 지워 버렸으나, 그래도 기분이 풀리지 않았다. 분명히 벌써 보고했을 것이다. 그리고 이 미지의 끈끈이를 수색하기 시작했으리라. 분명 자기들의 기록 장부를 보고, 우선 가장 수상한 자들부터 찾아낼 테지, 나는 그들 장부에 실려 있을 터다. 그들이 나를 심문한다고 상상하자 몸이 떨려 왔다. 어떻게든 내게 쏠릴 의심을 피해야 했으므로 나는 얼른 그 방법을 찾아냈다. 하루 종일 여관에 들어앉아서 송아지 인형을 잘게 자르며 해가 저물자마자 손에 분필 조각을 숨겨 들고 시내로 나갔다. 나는 그 분필 조각으로 돌아다니는 깡통들 몸에 약 400개의 표시를 남겼다. 내 옆으로 지나가기만 해도 벌써 표식이 되어 있었다. 자정이 가까워 오고, 마음도 한결 가벼워졌으므로 나는 다시 여관으로 돌아왔다. 어젯밤 관목 숲에는 나와 이야기를 나누었던 유다놈 말고, 다른 할레바르디에르들도 있었음이 기억났다. 이것은 생각해 볼 문제였다. 그때 돌연 나에게 단순하지만 좋은 생각이 떠올랐다. 나는 다시 시내를 빠져나가서 야생 블루베리가 열려 있는 장소로 갔다. 자정이 다가오자 또다시 깡통 무리들이 나타났고, 천천히 흩어지더니 각자 숲으로 달려갔다. 곧 근처의 무성한 덤불 속에서는 블루베리를 서둘러 삼키고 쩝쩝거리며 씹는 소리만이 들려왔다. 그러더니 머리 가리개를 철커덩하고 잠그는 소리가 울려 퍼졌고, 블루베리를 배 터지게 먹은 이들은 모두 아무 말 없이 덤불을 떠났다. 그때 나는 그들에게 접근해서 어둠 속 무리의 일원인 듯 섞였다. 나는 행진하며 또 옆의 이들에게 되는대로 동그라미 무늬를 그렸고, 할레바르디에르느이아 본부 문 앞에서 냉큼 내가 머무는 여관으로 돌아왔다.

다음 날 나는 부대 앞 긴 의자에 앉아서 시내로 외출하는 이들이 나올 때까지 기다렸다. 나는 무리 중 팔 위에 동그라미 무늬가 그려진 한 명을 발견하고, 거리에 우리 둘 말고 아무도 없을 때까지 그 뒤를 쫓아가다가 나의 쇠장갑으로 그의 목덜미를 쿵 소리가 나도록 치면서 말했다.

"위대한 유도체의 이름으로! 넌 나를 따라와라!"

그는 겁에 질려서 거의 온몸을 쩔거덩쩔거덩거리며 떨고 있었다. 그러고는 단 한마디 말도 없이 절뚝이며 완전히 양순해져서는 내 뒤를 따라왔다. 나는 방문을 닫고 주머니에서 드라이버를 꺼내, 그의 머리 위의 나사를 풀기 시작했다. 한 시간이 지난 뒤에야 겨우 성공했다. 무쇠솥 같은 머리를 들어내자 눈앞에는 공포에 떨리는 눈동자를 지닌, 어둠 속에서 너무 오래 산 탓에 기괴하게 창백해진 마른 얼굴이 나타났다.

"넌 끈끈이잖아!" 나는 소리를 질렀다.

"네, 그렇습니다, 나으리, 하지만……."

"뭐가 하지만이야!"

"하지만 저는…… 등록을…… 위대한 유도체님께 충성을 맹세……."

"얼마나 오래전에? 말해!"

"3…… 3년 전에…… 나으리…… 그래서 그걸……."

"잠시만." 나는 말했다. "그럼 다른 끈끈이들이 있나?"

"지구에요? 물론 알죠, 나으리. 제발, 자비를, 저는 그저……."

"아니 지구 말고, 이 바보야, 여기 말이야!"

"아니요, 여기 어디에요! 그럴 리가, 한 놈이라도 제가 발견하면 지체 없이 고발을, 나으리……."

"알았어, 됐다." 내가 말했다. "가 봐라. 머리는 네가 알아서 다시 붙여."

나는 그에게 나사 한 줌을 모두 주고 문밖으로 쫓아 보냈다. 여전히 떨리는 손으로 머리를 붙이는 소리가 들려왔다. 나는 이 모든 사실을 상당히 이상해하며 침대 위에 앉아 있었다. 다음 한 주 동안 나는 매우 바빴는데, 왜냐하면 길거리의 로봇 중 아무나 여관으로 붙잡아 와서 머리의 나사를 풀어 댔기 때문이었다. 예감은 적중했다. 모두, 그야말로 정말 모두가 사람이었던 것이다! 그중 로봇은 단 하나도 없었다! 천천히 머릿속에서 참담한 상상이 떠오르기 시작했다.

사탄, 전자 사탄이라고나 할까, 바로 그 대계산기! 그의 달궈진 철사 속에 자리 잡고 있는 것은 도대체 어떤 지옥일까! 이 행성은 로봇에게 지나치게 축축하고, 류머티즘을 일으키기에 딱이었으므로, 어쨌든 건강한 환경은 아니었다. 로봇들은 분명 단체로 녹이 슬었을 것이며, 어쩌면 시간이 흐름에 따라 교환 부속이 부족했을 수도 있고, 그러다 점점 망가지고, 결국 바람만이 바스러진 철판을 울리는, 교외의 넓은 묘지 위로 흩어졌으리라. 그때 자신의 부하들이 어떻게 스러져 가고, 자기 왕국이 어떤 위험에 처했는지를 본 대계산기는 천재적인 대전환을 이루어 냈다. 적들, 즉 자신을 해치러 온 스파이들을 자기 군대로, 자기 에이전트로, 자기 국민으로 삼은 것이다! 정체가 드러난 어떤 인간도 배신할 수 없었고, 그 누구도 다른 이와 인간 대 인간으로서 소통할 수 없었는데, 왜냐하면 다른 이들이 로봇이 아니라는 사실을 몰랐기 때문이다. 설령 그 사실을 알았더라도 소통하려고 시도하면, 마치 야생 블루베리 덤불에서 우연히 만났던 할레바르디에르가 내게 그랬던 것처럼, 다른 이가 자신을 인간이라고 고발할까 봐 두려워했던 것이다. 대계산기는 적들이 기계화되기를 원하지 않았다. 그저 하나하나를 자신

∧ƷBƷ∧

의 전사로 만들고 싶어 했으며, 새로 행성에 들어온 사람들을 색출해서 고발하라고 강제하며 역시 엄청난 교활함을 드러냈다. 이를테면 사실 인간과 로봇을 가장 잘 구별해 낼 수 있는 것은 바로 인간 자신, 제2부대의 생리를 아는 인간이 아니면 누구겠는가!

이렇게 모든 인간은 그 정체가 들통난 채 몽땅 등록되고, 충성을 맹세하고, 혼자라고 느끼며, 진짜 로봇보다 자신과 비슷한 이들을 더욱 두려워하게 된 것이다. 왜냐하면 로봇들은 사실 꼭 비밀 경찰이 아닐 수도 있지만, 인간이라면 모두 비밀 경찰이기 때문이었다. 이러한 방법으로 이 전자 괴물은 우리 모두를 붙잡아 놓고, 모조리 부려서 조종한 것이었다. 다른 할레바르디에르의 입을 통해서 직접 들은 것처럼, 바로 이렇게 절망에 빠진 나의 동료들이 내 로켓을 다른 로켓들과 마찬가지로 박살 내 버렸으니까.

지옥, 지옥이야! 나는 화가 치밀어서 헉헉거리며 생각했다. 대계산기는 모두에게 변절을 강요했을 뿐 아니라, 대계산기 자신의 편의를 위해 지구에서 점점 더 많은 인간들을 불러들여, 가장 좋은 장비와 전혀 녹슬지 않은 고성능 부품을 계속 공급받고 있었다! 가는 이 사실에 더 화가 났다. 아니, 저 철판으로 둘러싸인 존재들 사이에 로봇이 있기나 한 것인가? 나는 이 점에 대해서도 심각히 의심하게 되었다. 또한 인간을 색출해 내려는 그 열기 또한 이제야 이해할 수 있었다. 그들이 인간이기 때문에, 이상인의 이상적임을 다 갖추지 못했기 때문에, 그들은 진짜 로봇보다 더 진짜 로봇이 되어야 했다. 바로 거기서 나의 변호사가 나에게 보인 적대감이 비롯된 것이다. 또 거기서 처음 내가 인간임을 밝혀낸 그 사람의 배신, 나를 고발하려고 하는 비열한 행동이 나오는 것이었다. 코일과 회로 들의 악의라니! 전기화의 전략이라니!

그러나 비밀을 규명해 냈다는 사실만으로는 아무짝에도 쓸모없었다. 대계산기의 명령으로 나는 곧 지하 감옥에 던져지고 말리라. 인간은 이미 너무 오랫동안 자신들의 육체성을 극복했고, 너무 오래도록 다른 존재인 척했으며, 이 전자 바알세불에게 종속되어 자기들의 언어까지 거의 잊어버리지 않았던가!

이젠 어떻게 하지? 궁전으로 숨어 들어가야 하나? 그것은 미친 계획이었다. 하지만 무엇이 남아 있는가? 도시는 영원한 안식 속에 녹슬어 가는 기계 부하들의 공동묘지에 둘러싸여 있다. 그러고도 대계산기는 이전보다 더 힘이 세지고 확신에 차 있다, 왜냐하면 지구가 줄곧 대체 인력들을 보낼 테니까, 악마 같으니! 곱씹을수록 나는 이 상황을 점점 더 이해하게 되었으며, 벌써 예전에 누군가가 이런 발견을 했을 테지만 아무것도 바꾸지 못했으리라고 생각했다.

135

홀로 할 수 있는 일은 아무것도 없고, 누군가에게 말을 건네고 그를 믿어야 하는데, 오로지 배신 행위뿐이었으리라. 그 배신자는 물론 승진하거나, 기계가 내려 주는 은총을 더 받았겠지. 성스러운 전기체여! 나는 생각했다. 어찌 천재라 이르지 않을 수 있겠는가……. 그러면서 나는 스스로의 문장 구조와 문법도 예스러워지고 있음을 느꼈다. 나 역시 그 증상에 감염되어, 철제 깡통의 몸체가 자연스러워 보이고 인간의 얼굴은 뭔가 헐벗고 흉하며 제대로 만들어지지 않은 것 같은…… 끈끈한 느낌이 들었다. 오, 신이여, 내가 미치고 있나이다, 나는 생각했다. 다른 이들도 벌써 옛날에 돌아 버렸겠지, 살려 줘요!

　　이런 우울한 생각을 하며 밤을 지샌 뒤 나는 시내의 창고로 가서 30페르클로스를 내고, 내가 살 수 있는 가장 날카로운 손도끼를 구매했다. 그러고는 어둠이 내리기를 기다렸다가 대계산기의 궁전을 둘러싼 거대한 뜰로 숨어들었다. 그곳의 덤불 속에 숨어서 나는 스패너와 드라이버로 나의 철갑옷을 해체했다. 그리고 아무런 소리도 없이 맨발로 홈통을 타고 궁전 1층으로 올라갔다. 창문은 열려 있었고, 경호병이 먹먹하게 쿵쿵 울리는 소리를 내며 복도를 돌아다니고 있었다. 그가 등을 돌렸을 때 나는 복도 끝에서 안쪽으로, 줄지어 선 문들 중 첫 번째 문으로 얼른 뛰어 들어갔다. 아무도 나를 보지 못했다.

그곳은 내가 대계산기의 목소리를 들었던, 바로 그 큰 홀이었다. 내부는 컴컴했다. 검은 커튼을 젖혀 보았더니, 천장까지 닿아 있는 거대한 계산기가 계기판들을 눈처럼 빛내며 서 있었다. 옆쪽에 밝은 틈이 있었고, 거기로 완전히 닫히지 않은 문 같은 것이 보였다. 나는 그 앞으로 까치발을 들고 접근했다가 곧 숨을 들이마셨다.

계산기 안쪽은 싸구려 호텔의 작은 방처럼 보였다. 뒤쪽에는 별로 크지 않은, 반쯤 열린 방탄 금고가 있었고 그 구멍에 열쇠 뭉치가 꽂혀 있었다. 서류가 잔뜩 쌓인 책상 뒤에는 회색 옷을 입고, 사무직 공무원들이나 쓸 법한 팔 토시를 낀 바싹 마른 늙은 남자가 앉아서, 어떤 양식을 인쇄한 서류마다 무언가를 쓰고 있었다. 그의 팔꿈치 옆에서 차 한 잔이 모락모락 김을 내고 있었다. 접시 위에는 파운드케이크 몇 조각이 놓여 있었다. 나는 발끝을 들고 살금살금 들어가서 문을 닫았다. 문은 삐걱 소리조차 내지 않았다.

"쉿." 나는 손도끼를 양손으로 쳐들며 말했다.

남자는 몸을 떨며 나를 바라보았다. 손도끼의 번쩍거리는 광택이 남자로 하여금 극도의 공포에 질리게 한 것 같았다. 남자는 얼굴을 일그러뜨리며 의자에서 내려오더니 무릎을 꿇었다.

"안 돼!" 그는 소리쳤다. "안 돼!"

"목소리를 높이면 넌 헛되이 죽게 될 것이다." 나는 말했다. "넌 누구냐?"

"헤…… 헵타고니우슈 아거슨입니다, 나으리."

"난 나으리가 아니야. 날 티히 씨라고 불러, 알았나!"

"네, 알겠습니다, 네, 네!"

"대계산기는 어디 있나?"

"티히…… 씨……."

"대계산기 따위는 없는 거지?"

"바로 그렇습니다! 그런 명령을 받았습니다!"

"제발, 도대체 누가 그런 명령을 내린 거지?"

그는 온몸을 떨었다. 그러면서 애원하듯 손을 쳐들었다.

"이러다 큰일 나겠네……." 그는 신음 소리를 냈다. "자비를! 저에게 강권하지 마십시오, 나으……, 죄송합니다, 티히 씨! 저는 그냥 제6그룹의 사무원일 뿐입니다……."

"그래서, 그게 무슨 소리지? 대계산기는? 로봇들은?"

"티히 씨, 자비를 베풀어 주세요! 제가 모든 것을 말씀 드리겠습니다! 우리 대장이, 그가 이 일을 저질렀습니다. 무슨 대출금 때문에…… 사업 확장을 위해…… 더 크게…… 그러니까…… 활동 영역을…… 우리 인간들이 어디에 필요한지를 알아보기 위해, 그리고 무엇보다 대출금이……."

"그러니까 이게 모두 조작된 일이라고? 다?"

"저는 모릅니다! 맹세해요! 제가 여기에 온 이후로, 아무것도 바뀌지 않았습니다. 제가 이곳을 다스리고 있다고 생각하지 말아 주십시오, 제발! 저의 일은 인사 기록을 작성하는 것뿐입니다. 그러니까…… 우리 사람들이 적들을 맞대했을 때, 엄중한 상황에서 무너질 것인가…… 아니면 죽음도 불사하는가, 그런 문제입니다."

"그럼 왜 아무도 지구로 돌아오지 않았지?"

"왜냐하면…… 모두들 신의를 저버렸기 때문이죠, 티히 씨…… 지금까지 단 한 명도 끈끈…… 아니 우리 지구를 위해 죽음을 감내하겠다는 사람이 없었습니다, 제가 저 단어를 쓰는 이유는 습관이 되어서…… 저를 이해해 주십시오. 여기 11년이나 살았고, 이제 1년 뒤에는 저도 퇴직입니다. 저는 처자식도 있어요, 티히 씨, 제발……."

"입 닥쳐!" 나는 화가 나서 소리쳤다. "퇴직이라고, 이 악당아, 내가 널 인생에서 퇴직시켜 주지!"

나는 손도끼를 쳐들었다. 사무직의 눈동자가 궤도에서 이탈했다. 그는 벌써 내 발밑에서 기고 있었다.

나는 그에게 일어나라고 했다. 방탄 금고 속의 작은 철창에 구멍이 뚫려 있음을 확인하고, 나는 그를 거기에 가두었다.

"단 한마디도 하지 마! 그 안에서 시끄럽게 소리 지르거나 두드리거나 하면, 이 악당아, 너를 조각조각 잘라 주겠어!"

나머지 수순은 간단했다. 그날 밤은 온갖 서류를 검토하느라 힘들었다. 기록, 보고서, 양식, 행성의 모든 주민마다 자기 서류가 있었다. 결국 눈 붙일 데가 없어서 나는 최고 기밀 서한을 책상 위에 쭉 펼쳐 놓고 그 위에 누웠다. 아침이 밝자 나는 마이크를 켜고 대계산기로서, 모든 주민에게 궁전 앞으로 모이라고 명령했다. 그리고 각자 스패너와 드라이버를 가져오라고 시켰다. 거대한 철제 체스판의 말처럼 모두가 정렬하자, 나는 성(聖) 전기 님의 용량을 기념하는 의미에서 저마다 머리의 나사를 풀라고 선포했다. 11시 무렵 인간의 머리가 하나씩 드러나기 시작했다. 그러자 혼란과 동요가 일어났고, "배신자! 배신자!" 하는 비명이 들끓었지만, 이윽고 마지막 깡통이 큰 소리를 내며 보도 위에 떨어지자 거대한 기쁨의 함성이 한데 어우러졌다. 나 또한 본래의 모습을 드러내고, 나의 지도 아래 새로운 작업에 착수하기를 권유했는데, 이곳의 원자재와 부품을 활용해서 거대한 우주선을 만드는 것이었다. 그런데 궁전 지하에는 연료를 가득 채운, 언제라도 출발할 수 있는 우주선들이 이미 줄지어 있었다. 귀환하기에 앞서 나는 방탄 금고 속의 아거슨을 풀어 주었지만, 그를 우주선에 태우지는 않았으며, 누구에게도 그를 데려가도록 허락하지 않았다. 나는 이 모든 일들을 그의 윗사람에게 보고하겠다고 말하며, 내가 그를 어떻게 생각하는지 충분히 설명해 주었다.

　이렇게 나의 가장 희한한 여행이자 모험이 끝났다. 내가 겪은 모든 고초에도 불구하고, 우주 악당들 탓에 심각하게 훼손되었던 전자두뇌의 타고난 도덕성에 대한 믿음을 다시 찾게 되어서 나는 기뻤다. 진정한 나쁜 놈이 될 수 있는 존재는 인간뿐이라는 진리가 썩 마음에 든다.

열두 번째 여행

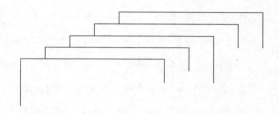

아마 어떤 여행에서도 키클롭스자리의 아마우로피아 행성을 방문한 일만큼 위험을 무릅쓴 적은 없는 것 같다. 내가 이 행성에서 그런 일을 겪은 까닭은, 전부 타란토가 교수 때문이다. 이 고매한 우주동물학자는 위대한 연구자일 뿐 아니라, 심지어 여가 시간에는 발명도 한다. 그의 발명품 중에는 나쁜 기억을 지우는 액체, 8자를 가로로 써서 액수가 무한한 고액권, 안개에 아름답게 색깔을 입히는 세 가지 방법, 구름의 모양을 딱딱하게 고정시킬 수 있는 가루 따위가 있다. 또한 타란토가 교수는 단 한시도 가만히 있지 못하는 어린이들이 낭비하는 에너지를 축절할 수 있는 기계를 발명한 바 있다.

ㅅ ▷ㅅ

해당 기계는 집 안 여러 장소에 설치하는 크랭크와 블록으로 이루어져 있다. 이를테면 작은 크레인 시스템인데, 아이들이 놀면서 이 기계들을 밀고 당기고 끄는 사이, 자기도 모르게 물에 펌프질을 하거나, 빨래를 하거나, 감자를 깎거나 전기를 생산하게 되는 것이다. 게다가 교수는, 부모들이 집에 어린이를 혼자 놔두는 상황을 염려하여 불붙지 않는 성냥까지 개발했는데, 이미 지구에서 대량 생산되고 있다.

어느 날 교수는 나에게 가장 최신의 발명품을 보여 주었다. 처음에는 무쇠 오븐인 줄 알았는데, 타란토가 교수의 말에 따르면, 바로 이것이 완성품이라고 했다.

"이온, 이건 인간의 오랜 꿈을 현실화한 기구네." 교수는 내게 털어놓았다. "바로 시간을 늘리는, 다른 말로 하자면 시간을 천천히 흐르게 하는 기구지. 이 기계를 이용해서 생을 자유롭게 연장할 수 있어. 내 계산이 틀리지 않는다면, 이 안에서 1분은 두 달이니까. 한번 체험해 보고 싶나?"

나는 언제나처럼 신기술에 대한 호기심에 사로잡혀서 열성적으로 고개를 끄덕이고는 기계 속으로 비집고 들어갔다. 쭈그려 앉자마자 교수가 쾅 소리 나게 문을 닫았다. 곧바로 코가 간지러웠다. 무쇠 오븐이 흔들릴 만큼 문을 꼭 닫느라 미처 긁어 내지 못한 내부의 재가 떨어졌고, 바로 그 재 때문에 숨을 쉬다가 재채기를 한 것이었다. 그 순간 교수는 전기를 넣었다. 시간의 흐름이 늦어진 덕분에 나의 재채기는 닷새 밤낮으로 이어졌고, 마침내 타란토가 교수가 기계를 열었을 때 나는 거의 혼절 직전이었다. 타란토가 교수는 의아해하며 걱정하다가 무슨 일이 생겼는지 알아내고는 호쾌하게 웃으며 말했다.

"하지만 내 시계로는 겨우 4분 지났을 뿐이네. 어떤가, 이온, 이 발명품이?"

"글쎄요, 제 생각엔, 솔직히 말해서 주목할 만한 발명품이긴 하지만 아직 완벽하지는 않군요." 나는 겨우 숨을 돌린 뒤 말했다.

선량한 교수는 나의 말에 약간 신경 쓰는 듯했지만, 곧통 크게도 나에게 이 기계를 선물했다. 그러면서 어쩌면 이 기계가 시간을 천천히 흐르게 하는 만큼, 빨리 흐르게 할 수 있을지도 모른다고 설명했다. 나는 피곤했으므로 그 기능까지 시험해 보지는 않겠다고 했다. 그러고는 정중히 감사를 표하고 기계를 챙겨서 집으로 돌아왔다. 사실 나는 그 기계로 뭘 해야 할지 별생각이 없었다. 그래서 로켓 창고의 다락에 놔둔 지 벌써 반년이나 흐른 것이다.

타란토가 교수는 걸작 『우주동물학』의 8권을 저술하며, 특히 아마우로피아에 거주하는 존재들에 관해서 많은 자료를 수집했다. 그때, 이들이야말로 시간을 늘리는 (그리고

ㅅ▷ɞ

빨리 흐르게 하는) 기계를 실험해 보기에 최적의 대상이라는 점을 깨닫게 되었다.

　이 계획을 듣고 나는 매우 열의에 불타서 3주 만에 로켓에 비상식량과 연료를 가득 채우고, 내게는 낯선 그 지역의 우주 지도와 문제의 기계를 챙겨서 지체 없이 출발했다. 내가 서두른 이유는, 아마우로피아까지 여행하는 데 거의 30년이나 걸리기 때문이었다. 이 점을 고려하면 충분히 이해할 만한 상황이었다. 그동안 뭘 했는지는 다른 곳에서 이야기하도록 하겠다. 단지 여러 특이한 종족 중 단 하나, 이 우주의 은하핵 부분(아무리 우주라고 해도 이렇게 먼지가 자욱한 곳은 없을 정도였다.)에서 마주친, 별들 사이를 방랑하는 떠돌이 종족, '비곤티'와의 만남에 대해서만 언급할 작정이다.

　이 불행한 종족은 자신들의 별을 가지고 있지 않다. 좋게 말하면, 이들은 상상력이 뛰어난 종족이라 내가 만난 이들 모두는 부족의 역사에 대해 서로 전혀 다른 얘기를 들려줬다. 그 후 나는 이들이 탐욕스럽게 광산을 개발하고 여러 광물을 수출하며, 자기네 행성을 못쓰게 만들었다는 사실을 알았다. 이런 사업을 벌이느라 행성 안쪽을 완전히, 아예 텅 빌 때까지 휘젓고 파헤쳐 놓아서 결국 거대한 동굴 같은 행성의 껍데기만 남았고, 발밑으로 몽땅 무너지고 말았다. 물론, 비곤티들이 술에 맛을 들인 뒤 우주를 헤매기 시작하더니 다시는 제정신을 차리지 못했다고 주장하는 사람들도 있다. 정말로 무슨 일이 일어났었는지는 알 수 없지만, 확실한 점은 아무도 이 떠돌이 종족을 환영하지 않는다는 것이다. 왜냐하면 이들이 우주를 떠돌다가 어떤 행성을 발견하면, 곧 그곳의 공기가 약간 사라진다든가, 갑자기 강이 말라 버린다든가, 섬의 개수가 달라진다든가 하면서 뭔가가 없어졌기 때문이다.

아르데누리아에서는 대륙 전체를 쓱싹한 적도 있었는데, 다행히 그곳은 빙하에 뒤덮여서 경작이 불가능한 땅이었다. 또 이들은 돈을 받고 달을 없애거나 조작하는 일에도 주저 없이 관여했는데, 이런 큰 책임이 따르는 일을 이들에게 시키는 자는 드물었다. 이들의 아이들은 운석에 돌을 던지고, 썩어 가는 운석에 올라타는 등, 한마디로 끝없이 문제를 일으켰다. 이런 환경에 적응해서 살아가는 일이란 상당히 힘들 것 같았다. 그래서 나는 가던 길을 잠시 멈추고 작업에 착수했다. 마침 아주 운 좋게도 괜찮은 달을 얻을 수 있어서 순조롭게 진행되었다. 나는 달을 조금 수리한 다음, 지인들의 힘을 빌려서 그것을 행성의 지위로 격상시켰다.

공기가 없었지만, 나는 이곳저곳에 기부를 요청했다. 근처 행성의 주민들이 조금씩 도와주었고, 이 착한 비곤티인들은 자기들 몫의 행성으로 들어오며 얼마나 기뻐했는지 모른다. 감사의 말은 끝도 없었다. 이들과 다정하게 작별하고서 나는 다시 가던 길에 올랐다. 아마우로피아까지는 이제 600경 킬로미터 정도밖에 남지 않았다. 남은 길을 비행한 끝에, 수없이 많은 행성 중 바로 아마우로피아를 발견하고 그 표면에 착륙했다.

브레이크를 잡으며, 나는 잠시 동안 브레이크가 작동하지 않아서 마치 운석처럼 행성에 떨어지지나 않을까 하고 깜짝 놀랐다. 출입구로 고개를 내밀어 살펴보았더니, 브레이크가 아예 없었다. 나는 화가 나서 은혜도 모르는 비곤티인들을 탓했지만, 분노해 있을 여유조차 없었다. 로켓은 이미 대기권을 뚫고 들어가며 시뻘겋게 달아오르고 있었다. 곧장 산채로 지글지글 타오를 지경이었다.

다행히 마지막 순간에, 시간을 늘려 주는 기계가 떠올랐다. 기계를 작동시켜서, 내가 행성에 떨어지기까지 3주가 걸리도록 시간의 흐름을 맞춰 놓았다. 이런 식으로 당장의 압박에서 탈출한 나는 주위를 둘러보았다.

로켓은 창백한 푸른빛의 숲으로 둘러싸인 넓은 들판에 안착했다. 갑오징어 모양의 나뭇가지 위에는 빠른 속도로 회전하는 에메랄드빛 생물들이 있었다. 인간과 놀라울 정도로 비슷하게 생긴 이 생물들은 나를 보자마자 연보랏빛 덤불 속

으로 흩어졌는데, 인간과 다른 점이라면 피부가 푸르게 빛
난다는 것이었다. 이 정도는 이미 타란토가 교수에게 들어서
알고 있었지만, 『우주 항해 포켓 안내서』를 통해 좀 더 많은
정보를 얻을 수 있었다.

"이 행성에는 인간형 생명체가 살고 있다." 안내서에는
이렇게 적혀 있었다. 이들의 이름은 미크로체팔, 아직 발달의
초기 단계에 속해 있다. 이들과 의사소통해 보려는 노력이 있
었지만 아무런 소득도 없었다. 안내서의 내용은 사실인 듯했
다. 미크로체팔은 네 발로 걸었는데, 이곳저곳에 쭈그려 앉
아 솜씨 좋게 몸에서 이를 잡아내고 있었다. 내가 가까이 다
가가면 에메랄드빛 눈으로 나를 바라보며 알 수 없는 소리를
냈다. 지능이 낮지만 마음씨는 착해 보였고 성질도 온순했다.

이틀 동안 나는 푸른 숲과 그곳을 둘러싼 초원 지역을
탐사했다. 그러고는 로켓에 돌아와서 좀 쉬기로 했다. 침대
에 누웠을 때, 나는 또 시간을 빨리 흐르게 해 주는 기계가
생각나서 한 몇 시간 돌려 보고, 내일쯤 무슨 효과가 있는지
확인해 보고자 했다. 굳이 낑낑거리며 기계를 빼낸 다음, 다
시 침대로 돌아와서 당연하게도 곤한 잠에 빠져들었다.

누군가 나를 마구 잡아당기는 통에 잠에서 깼다. 눈을
떠 보니 내 위에서 미크로체팔들의 얼굴이 나를 내려다보고
있었는데, 이미 두 발로 서서 소리를 지르며 서로 의사소통

ㅅ ◁ ∧

하고 있었고, 굉장히 재미있다는 듯 나의 팔을 움직여 보았다. 내가 저항하려고 하자, 그들은 거의 내 팔을 뽑아 버릴 뻔했다. 그중 가장 큰, 연보랏빛 덩치가 억지로 내 입을 벌리더니 그 안에 자기 손가락을 집어넣고 내 치아의 개수를 세어 보았다.

이들은 몸부림치는 나를 번쩍 들어서는 들판으로 데려가더니 로켓 꼬리 부분에 묶었다. 이 자리에서 미크로체팔들이 로켓에서 꺼내 갈 수 있는 모든 것들을 가져가는 모습이 보였다. 출입구보다 큰 물건은 곧바로 돌로 깨며 작은 조각으로 부수고 있었다. 갑자기 로켓과, 한참 작업에 열중하던 미크로체팔들 위로 우박처럼 돌들이 쏟아졌고, 그중 하나는 나의 머리에 맞았다. 나는 묶여 있었으므로 어디에서 돌들이 날아오는지 볼 수 없었다. 들리는 것은 싸우는 소리뿐이었다. 나를 묶은 미크로체팔들은 결국 도망치기 시작했다. 다른 이들이 달려와서 나를 풀어 주고는 무언가 대단한 존경을 표하며 어깨에 태우더니 깊은 숲속으로 데려갔다.

행렬은 가지가 너른 큰 나무 아래에서 멈췄다. 나무 위에는 작은 창문이 나 있는 움막집 같은 뭔가가 끈으로 매달려 있었다. 이들은 움막집 창문으로 나를 집어넣고는, 나무 아래에 모여서 무릎을 꿇고 우는 듯 기도하는 소리를 냈다. 미크로체팔 무리가 나에게 꽃과 과일을 바쳤다. 며칠 동안 나는 광범위한 신앙의 대상이 되었는데, 이러는 와중에 제사장들은 나의 얼굴 표정으로 미래를 점쳤고, 혹시나 불길한 징조가 보인다고 여겨지면 내 주위에 연기를 마구 피워 대서 거의 질식해 죽을 뻔했다. 다행히 향 같은 것을 피울 때, 제사장이 내 자리, 즉 성소를 마구 흔들어서 가끔씩 공기가 통했다.

나흘째가 되자, 내 치아를 세어 보았던 연보랏빛 덩치 무리가 손도끼로 무장한 채 나를 숭배하는 이들을 공격해 왔다. 싸움이 진행되는 동안, 나는 이쪽저쪽으로 옮겨지며 존경의 대상이 되었다가 무관심의 대상이 되었다. 이 전투는 공격자들의 승리로 끝났는데, 이들을 이끄는 덩치의 이름은 글리스톨롯이었다. 이들은 개선 행진을 하며 자기들 막사로 돌아갔고, 그 와중에 나는 높은 막대에 매달렸다. 이 막대는 글리스톨롯의 친척들이 떠메었다. 이것이 전통으로 자리 잡았는지, 나는 마치 깃발처럼 전쟁 때마다 떠메어졌다. 상당히 힘들었지만, 뭔가 영광스러운 일이기도 했다.

미크로체팔 방언을 좀 배운 뒤, 나는 글리스톨롯에게 부족이 이렇게 빠르게 발전하였음은 다 나의 덕이라고 이야기해 보았다. 이것을 설명하기란 쉽지 않았으나, 내 느낌에 그는 약간 이해하기 시작한 것 같았다. 그런데 하필이면 그때, 글리스톨롯은 자신의 처남인 오드워펜즈에게 독살당했다. 처남 오드워펜즈는 숲의 여자 제사장인 마스토지마자와 결

ヘ⋈の

혼해서, 지금까지 싸우던 숲의 미크로체팔과 들판의 미크로체팔을 통일했다.

결혼식 축하연에서 나를 본 마스토지마자(나는 시식관이 되었고, 이 새로운 자리는 오드워펜즈가 만들었다.)는 기쁨의 함성을 질렀다. "당신의 피부는 정말 하얗군요!" 어딘가 찜찜했는데, 곧 불길한 예감은 들어맞았다. 마스토지마자는 잠자던 남편을 목졸라 죽이고는, 나와 귀천 상혼을 했다. 나는 마스토지마자에게 미크로체팔의 발전에 있어서 내가 공헌한 바를 다시 설명해 보려 했지만, 마스토지마자는 오해한 것 같았다. 왜냐하면 내가 설명을 시작하자마자 "내게 벌써 싫증이 난 거군요!" 하며 소리를 질러 댔고, 한참을 달래야 했기 때문이다.

다음번 궁에서 일어난 소요에서 마스토지마자마저 죽었는데, 나는 창문으로 겨우 도망쳐서 살았다. 우리 관계에서 남은 것은, 흰색과 연보랏빛이 들어간 국기밖에 없었다. 숲으로 도망쳐 온 나는 시간을 빨리 흐르게 하는 기계가 있는 들판을 발견하고 작동을 멈추려 했지만, 갑자기 미크로체팔들이 좀 더 민주적인 문명을 만들 때까지 가만 두는 편이 낫겠다는 생각이 들었다.

한동안 나는 풀뿌리만 먹으며 숲에서 버텼다. 밤에만 슬쩍 막사를 보러 갔는데, 그곳은 벌써 방책을 두른 도시로 빠르게 탈바꿈하는 중이었다.

일부 미크로체팔들은 정착하여 경작을 시작했는데, 돌연 도시민들이 그들을 공격하고 아내들을 겁탈하고 자식들을 죽이고 약탈했다. 그러는 와중에 거래가 일어났다. 그와 함께 종교도 생겨났는데, 그 제례는 하루가 다르게 복잡해졌다. 걱정스럽게도 미크로체팔들은 들판에 있던 내 로켓을 시내로 끌고 가서 중심 광장의 한복판에 우상처럼 세워 놓았고, 그 주위를 벽으로 둘러싸더니 경비까지 붙였다. 농민들은 몇 차례 서로 통일을 하더니 릴리오비에츠인(도시 이름이 릴리오비에츠였다.)들을 습격했다. 그러고는 힘을 합쳐서 도시를 바닥까지 폐허로 만들었지만, 그럴 때마다 다시 얼른 재건되었다.

이 전쟁을 종결시킨 자는 사르체파노스 왕이었는데, 왕은 시골을 불태우고 숲과 농민들의 머리를 베어 버렸으며, 생존자들은 전쟁 포로로 잡아 도시 외곽에서 농노로 부렸다. 갈 곳이 없어진 나는 방황하다가 릴리오비에츠로 향했다. 지인들의 도움으로(궁전 하인들은 마스토지마자 시절부터 나를 알았기 때문에) 나는 왕실 마사지사라는 직업을 얻었다. 사르체파노스 왕은 나를 마음에 들어 하며 나에게 선임 고문 기술자 수준의 국립 살해관 보조라는 자리를 주려고 했다. 절망에 빠진 나는 다시 들판으로 나와서 다시 시간을 빨리 흐르게 하는 기계를 최고 속도로 돌렸다. 그랬더니 바로 그날 밤 사르체파노스 왕은 과식으로 죽고, 왕위에는 군대의 책임자, 은발의 트리몬이 앉았다. 트리몬은 관직의 서열을 세우고, 세금 제도를 만들고, 의무 병역제를 도입했다. 하지만 나는 피부색 덕분에 군대에 끌려가는 일을 피할 수 있었다. 나는 알비노로 인정받았고, 왕국 근처로 갈 수 있는 권리 또한 얻었다. 그러면서 노예들과 함께 살았는데, 이들은 나를 '하얀 이온'이라고 불렀다.

나는 평등 사상을 주장하며, 미크로체팔의 사회 발전에서 나의 역할을 설명했다. 주변에 나의 사상을 따르는 이들이 차츰 모이기 시작했는데, 이들은 마히니스트라고 불렸다. 상황이 과열되고 소요가 일어났으며, 은발의 트리몬은 곧 군대를 동원해서 피의 진압을 시작했다. 마히니즘은 당장 금지되었고, 이를 믿는 자는 죽을 때까지 간지러움을 태우는 벌을 받았다.

나는 몇 번이나 도시에서 도망쳐 양어장에 숨어 지냈고, 나의 추종자들은 심한 박해를 받았다. 그러다 점점 더 많은 고위층 사람들도 나의 교리에 몰래 관심을 갖게 되었다. 트리몬이 건망증으로 호흡을 까먹어서 비극적인 죽음을 맞이하자, 정권은 현명한 카르바가스에게 넘어갔다. 그는 나의 교리를 지지했다. 나는 마히나의 수호자라는 작위와 함께,

궁전 근처의 멋진 거처를 제공받았다. 할 일도 너무 많아져서 나는 나를 따르는 제사장들이, 어떻게 내가 하늘에서 유래했는지를 해명하고 있는지조차 몰랐다. 나는 그들 이론에 반대했지만 아무 소용이 없었다. 이러면서 안티마히니즘이라는 사교가 등장했는데, 이들은 미크로체팔이 자연적으로 발전했고, 나는 노예 출신이며 피부를 석회로 하얗게 만들고 민중을 현혹했다고 주장했다.

이 사교의 우두머리들이 잡혀 오자, 왕은 마히나의 수호자인 내가 이들에게 사형 선고를 내리도록 요구했다. 다른 방법이 없어서 나는 궁전 창문으로 도망쳤고, 또 얼마간 양어장에 숨어 있었다. 어느 날 제사장들은 하얀 이온이 행성에서의 임무를 마치고 하늘로, 신이신 부모에게로 다시 돌아갔다고 주장했다. 나는 이 사실을 바로잡고자 릴리오비에츠로 돌아갔지만, 내 초상화 아래에서 무릎을 꿇고 있던 군중은 내가 입을 열자마자 돌로 쳐 죽이려고 했다. 나를 방어해 준 이는 제사장의 경비였는데, 오로지 스스로를 신이라고 일컫는 신성 모독자인 나를 감옥에 가두기 위해서였다. 그들은 내가 승천한 '하얀 이온'이 아님을 주장하고자 흰 피부를 벗겨 내려고 사흘 동안 나를 솔로 박박 밀고 긁었다. 그래도 내가 파란색으로 변하지 않자, 고문을 시도하기로 했다. 나는 이 위기에서 파란색 물감을 조금 건네준 한 경비병 덕분에 가까스로 빠져나올 수 있었다. 나는 황급히 시간을 빨리 흐르게 하는 기계가 있는 숲으로 가서, 오랜 노력 끝에 기계의 속도를 훨씬 빠르게 조작해 놓고는, 이렇게 하면 제대로 된 문명이 탄생하겠지, 하는 희망을 품었다. 그러고는 2주 동안 양어장에 숨어 있었다.

수도로 돌아왔을 때 공화국이 선포되었고, 인플레이션이 일어났고, 사면이 실시되었으며, 모든 계급이 평등해졌다. 길거리에서는 이제 신분증을 요구했는데, 아무런 신분증도 없는 나는 떠돌이라는 죄로 체포되었다. 감옥에서 나온 뒤 나는 먹고살 길이 막막했기 때문에, 교육부의 파발꾼이 되었다. 장관들은 자주 바뀌었는데, 심지어 하루 사이에 두 번 바뀌기도 했다. 새 정부가 들어설 때마다 이전 정부의 법령을 취소하고 새로운 법령을 발표했기 때문에, 나는 회람을 들고 이곳저곳 뛰어다닐 일이 많았다. 결국 발에 건막류가 생겨서 일을 그만두겠다고 요청했지만, 마침 계엄령이 선포되었으므로 당장 그만둘 수도 없었다. 공화국이 지나간 뒤 두 번의 군부 정치, 계몽 왕정의 복구, 로즈그로스 장군의 독재, 그 이후 국가의 배신자를 척결하는 단두대 처형 따위가 이어졌고, 나는 이 문명의 지지부진한 발전에 참을성을 잃고 또다시 기계 조작에 들어갔는데, 그러다 나사가 터져 버리고 말았다. 나는 그 점을 크게 신경 쓰지 않았지만, 며칠 후 뭔가 이상한 일이 일어나고 있음을 깨달았다.

태양이 서쪽에서 떠오르고, 공동묘지에서는 온갖 소음이 들려왔으며 걸어 다니는 시체들이 눈에 띄기 시작했다. 게다가 이들 상태가 매일매일 더 나아지는 것이었다. 다 큰 어른들은 눈앞에서 작아지기 시작했고, 작은 아이들은 어디론가 사라져 버렸다.

다시 로즈그로스 장군이 돌아왔고, 계몽 왕정이 복구되었으며, 군부 정치, 그리고 마침내 공화국이 수립되었다. 내 눈앞에서 카르바가스 왕의 장례 행렬이 뒷걸음질을 치고, 사흘 뒤 방부 처리를 풀고 관대에서 일어나는 모습을 보았다. 그제야 내가 기계를 고장 냈음이 틀림없으며, 시간이 거꾸로 흐르고 있음을 확신했다. 최악인 점은, 나 자신도 젊어져 가는 낌새가 보이는 것이었다. 나는 카르바가스 왕이 부활하고, 내가 다시 위대한 마히니스타가 될 때까지 기다리기로 결정했다. 그러면 내가 가진 영향력을 이용해서 우상으로 추앙받는 로켓에 쉽게 다가갈 수 있으리라.

하지만 변화 속도가 너무 빠른 것이 문제였다. 적당한 시기를 내가 잡아낼 수 있을지 장담할 수 없었다. 매일 나무 앞에 서서 나는 머리끝 선을 그어 보았는데, 엄청난 속도로 키가 줄어들고 있었다. 카르바가스 왕 옆에서 마히나의 수호자가 되었을 때, 나는 잘 봐줘도 아홉 살 정도였는데, 이 몸으로는 여행용 식량을 모을 수 없었다. 밤이면 식량을 로켓으로 날랐는데, 이마저도 점점 힘이 빠져서 쉽지 않았다. 더 끔찍한 일은, 궁전의 업무를 모두 끝낸 시각이면 술래잡기를 하고 싶은 참을 수 없는 충동에 사로잡히는 것이었다.

이제 길을 떠날 준비가 되자, 나는 새벽 일찍 로켓 속에 숨어들어서 출발 레버를 잡으려고 해 보았다. 그러나 너무 높았다. 나는 스툴에 올라서서야 겨우 레버를 당길 수 있었다. 욕설을 하려고 했으나, 무섭게도 옹알거리는 울음소리만 나올 뿐이었다. 로켓이 출발하자 슬슬 걸어 다닐 수 있었는데, 아직도 기계의 효과가 어느 정도 지속되는 듯했다. 행성을 떠나, 행성 원반이 멀리 하얀 점처럼 아른거리는 시점에 이르렀을 때에야 나는 혹시나 하고 준비해 둔 우유병까지 겨우 기어갈 수 있었다. 6개월 동안 이렇게 먹고 살아야만 했다.

처음에 내가 말했듯이, 아마우로피아로의 여행은 거의 30년이나 걸렸기 때문에, 지구에 돌아왔을 때 나의 모습이 친구들을 놀라게 하지는 않았다. 단지 나에게 이야기를 지어내는 재능이 없음은 유감이다. 그렇다면 지금처럼 타란토가 교수와의 만남을 피하지 않고, 교수의 기분이 상하지 않도록 무슨 이야기를 지어내서 발명가로서의 그의 천재성을 찬양할 수 있었을 텐데.

열네 번째 여행

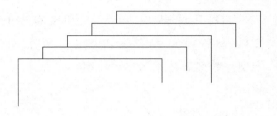

8월 19일

로켓을 수리 맡겼다. 저번에 너무 태양에 접근한 것이다. 페인트가 다 녹아내렸다. 수리 센터 사장은 로켓을 초록색으로 칠하라고 충고했다. 아직은 잘 모르겠다. 오전에는 나의 컬렉션을 정리했다. 내 최고의 가르가운털 옷에 좀이 가득 슬어 있었다. 나프탈렌을 듬뿍 뿌려 놓았다. 오후에는 타란토가 교수에게 갔다. 함께 화성의 가요를 불렀다. 타란토가 교수에게서 브리자드의 『쿠르델과 여덟발이 사이에서 보낸 2년』이라는 책을 빌려 왔다. 새벽이 될 때까지 읽었다. 굉장히 흥미롭다.

8월 20일

로켓을 초록색으로 칠하는 데에 동의했다. 수리 센터 사장은 나에게 전자두뇌를 사라고 권유하고 있다. 얼마 쓰지 않은, 괜찮은 12마력 영혼의 전자두뇌가 있다는 것이다. 수리 센터 사장의 말로는, 요즘 전자두뇌 없이는 아무도 달 밖으로조차 나가지 않는단다. 비용이 만만치 않아서 나는 망설이고 있다. 오후 내내 브리자드의 책을 읽었다. 정말 재미있다. 쿠르델을 한 번도 본 적 없어서 아쉽다.

8월 21일

아침에 수리 센터에 갔다. 수리 센터 사장이 전자두뇌를 보여 주었다. 상당히 괜찮다. 농담 배터리는 5년짜리다. 우주에서의 지루함을 해결할 수 있을 것 같다. "아무리 긴 여행도 웃다 보면 끝난다니까요." 사장은 말했다. 배터리가 다 떨어지면 새것으로 교체하면 된다고 한다. 한편 방향타는 빨간색으로 칠해 달라고 했다. 전자두뇌는, 조금 더 생각해 보기로 했다. 밤 12시까지 브리자드의 책을 읽었다. 나도 혼자 사냥을 떠나 볼까?

8월 22일

결국 그 전자두뇌를 샀다. 벽에 설치해 달라고 했다. 수리 센터 사장은 두뇌에 전자 베개도 끼워 팔았다. 날 껍질까지 벗겨 먹으려는 것이 분명하다! 그러고는 나에게 돈을 엄청 아끼게 되리라고 말했다. 그 말은, 항성으로 갈 때는 보통 입장세를 내게 되어 있다. 그런데 전자두뇌가 있으면, 로켓을 그냥 우주에 세워 두고, 마치 인공 달처럼 항성 주위를 자유롭게 돌도록 해 놓고 세금은 한 푼도 내지 않은 채 걸어서 갈 수 있다는 것이다. 복귀할 적에는 전자두뇌가 움직임 요소를 계산해서, 어디에서 로켓을 찾아야 할지 알려 준단다. 브리자드의 책을 다 읽었다. 엔테로피아로 가겠노라고, 거의 마음먹은 상태다.

8월 23일

수리 센터에서 로켓을 찾아왔다. 아주 멋지다. 방향타의 색깔이 잘 어울리지 않는 것만 빼고. 나는 방향타를 다시 직접 노란색으로 칠했다. 훨씬 낫다. 타란토가 교수로부터 『우주 백과사전』의 T편을 빌려 와서 엔테로피아 행성에 관한 단락을 베껴 썼다. 내용은 다음과 같다.

> 엔테로피아: 송아지자리에서 이중(빨강과 파랑) 태양을 가지고 있는 여섯 번째 행성. 8개의 대륙으로 이루어져 있으며 2개의 대양, 167개의 활화산, 1개의 시치오르그.(시치

오르그 편을 참조하시오.) 하루는 20시간. 온화한 기후, 스트룸(스트룸 편을 참조하시오.) 시기를 제외하면 살기 좋은 편.

엔테로피아의 주민

a) **주요 종족**: 아르드리트족. 지성을 가지고 있는 대칭 투명다겹족으로 홀수 다리(3), 실리코노이데아종, 폴리테리아속, 루미니페라과. 아르드리트족은 번식 시기가 되면 자유롭게 분화한다. 가족 형성은 원형성. **국가 조직**: 급수 위계 2B, 340년 전 트란슴 페니텐치아르니 제도를 도입.(트란슴 편을 참조하시오.) 높은 수준의 산업 발전, 요리 관련 산업이 주를 이루고 있다. **주요 수출 품목**: 인광 마누브리아, 갈비 처리되어 있고 가열 가능한 수십 종의 심장 클렛과 라우판. **수도**: 거기그, 인구수는 140만 명. **주요 산업 지역**: 하우프르, 드루르, 마르바겔라르. **문화**: 루미나르나 문화권에 속하며 버섯 표식이 남아 있는데, 이는 아르드리트인들에 의해 멸망한 과거 피토고지안(버섯족 편을 참조하시오.) 문명의 침투 때문이다. 최근 들어 사회 문화적으로 세풀카(세풀카 편을 참조하시오.)의 영향이 점점 늘어나고 있다. **종교**: 주요 종교는 모노드루미즘. 모노드루미즘에 따르면 세상은 태초의 플론트바 형태의 여러 드루마

ㅅ⌒⊖

가 창조했으며, 그에게서 태양과 엔테로피아 및 다른 행성이 태어났다고 한다. 아르드리트 신전은 도금되어 있으며 상설식과 조립식이 있다. 모노드루미즘 외에 열댓 개의 사교가 활약하고 있는데, 이 중 가장 중요한 것은 플라카트랄이다. 플라카트랄(플라카트랄 편을 참조하시오.)은 유일신 엠페자(엠페자 편을 참조하시오.)만을 믿는데, 이들 중에는 엠페자조차 믿지 않는 이들도 있다. 예술: 춤(달리기형), 라디오액트, 세플레니에, 바욘 드라마. 건축: 스트룸형 — 불어서 부수는 형, 건물형. 술잔형 건물은 130층에 이른다. 인공 달의 건축은 주로 달걀형.

b) 동물: 실리코노이드형. 대표적인 종으로는 미에자비에츠, 가을형 덴드로가, 아스마니타, 쿠르델과 스코비트 여덟발이가 있다. 스트룸 기간 동안에는 쿠르델과 여덟발이 사냥이 금지된다. 인간은 이 동물들을 먹을 수 없는데, 쿠르델에 한해서는 엉덩이 부분만 식용 가능하다. 수생 동물: 식품 산업의 재료로 활용된다. 대표적인 종으로 인페르날리아(지옥국수), 가깝이, 개거림, 시멘자. 엔테로피아의 특징적 종으로는 시치오르그의 동물들과 습생 식물이 있다. 우주 전체에서 비슷한 곳은 목성의 둥치 없는 울라시의 아와뿐이다. 타란토가 학파에 따르면 엔테로피아의 모든 생명체들

은 이 시치오르그 주변의 발바질 광상에서 탄생하여 진화했다고 한다. 육지와 수상에서 대규모 토목 사업이 진행됨에 따라 시치오르그는 빠른 속도로 사라지고 있다. 항성 유적에 대한 보호 법령 6항(『코덱스 갈락티쿠스 MDDDVII 서』 32권, 4670쪽)에 의거, 시치오르그는 보호 구역에 속한다. 특히 밤중에 폭파하는 행위는 금지되어 있다.

이 단락을 보니 모든 것이 이해되었다. 단지 세풀카와 트란슘, 스트룸만 빼고. 그런데 『백과사전』은 S의 조난 신호(SOS) 편까지만 집필된 상태라, 트란슘과 스트룸에 대해서는 전혀 정보를 얻을 수 없었다. 하지만 나는 세풀카 항목에 무엇이 쓰여 있는지 살펴보고자 타란토가 교수에게로 갔다. 내가 발견한 정보는 매우 간략했다.

세풀카: 엔테로피아 행성(엔테로피아 편을 참조하시오.)의 아르드리트(아르드리트 편을 참조하시오.) 문명에서 매우 중요한 역할을 하는 요소. 세풀카리아 참조.

나는 시키는 대로 세풀카리아를 찾아서 읽어 보았다.

세풀카리아: 세풀레니에(세풀레니에 편을 참조하시오.)를

하는 데 쓰이는 물건.

세풀레니에: 아르드리트(아르드리트 편을 참조하시오.)족이 엔테로피아(엔테로피아 편을 참조하시오.) 행성에서 하는 행동.(세풀카를 참조하시오.)

수수께끼의 원은 이렇게 닫히고, 더 이상 찾아볼 데도 없었다. 하지만 교수에게 나의 무지를 고백하고 솔직히 물어볼 수는 없었고, 달리 물어볼 사람도 없었다. 하는 수 없지, 나는 엔테로피아에 가기로 결심했다. 그리고 사흘 뒤에 출발했다.

8월 28일

점심을 먹고 곧바로 2시에 출발했다. 책은 한 권도 챙겨 오지 않았는데, 전자두뇌가 있었기 때문이었다. 달까지 가는 길 내내 전자두뇌가 들려주는 재미있는 얘기를 들었다. 웃기도 많이 웃었다. 그리고 저녁, 취침.

8월 29일

아무래도 달의 그림자 지역에서 감기에 걸린 것 같다. 연신 재채기가 나온다. 아스피린을 먹었다. 가는 길에는 명왕성에서 온 화물 로켓 세 대를 만났다. 조종사들은 나에게 전보로 속도를 늦추라고 일러 주었다. 뭘 싣고 가느냐고 묻기에, 그거야 정말 아무도 모르리라고 생각했지만, 그냥 쉰 우유라고 했다. 그러고는 화성에서 출발한 급행편이 사람들을 가득 싣고 왔다. 창밖을 내다보니 모두 통조림 속 정어리처럼 겹겹이 쌓인 채 누워 있었다. 우리는 서로 보이지 않을 때까지 손수건을 흔들었다. 저녁때까지는 전자두뇌가 얘기해 주는 농담을 들었다. 훌륭하다! 그런데 재채기가 계속 나온다.

8월 30일

속도를 높였다. 전자두뇌는 나무랄 데 없이 잘 돌아가고 있다. 횡경막이 약간 아파 오기 시작해서 나는 전자두뇌를 두 시간 동안 끄고, 전자 베개를 켰다. 잘한 일이었다. 2시가 넘었을 때, 1896년에 포포프가 보낸 라디오 신호를 잡았다. 지구에서 이미 상당히 멀리 떨어져 온 것이다.

8월 31일

태양은 이제 잘 보이지 않는다. 너무 앉아만 있는 것 같아서 점심 전에는 로켓 근처를 산책했다. 저녁까지 농담을 들었다. 대부분 구식 농담이다. 아마 수리 센터 사장이 전자두뇌에게 옛날 유머 잡지를 읽히고는, 표면에만 최신 농담 몇 가지를 주입해 놓은 것 같다. 핵오븐에 감자를 올려놓고 깜빡해서 완전히 다 태워 버렸다.

    8월 32일
속도가 빨라지면서 시간은 길어지고 있다. 10월이 되어야
하는데, 계속 8월, 8월이다. 창문에서는 무언가가 번쩍인
다. 이제쯤 은하수가 아닌가 했지만, 벗겨져 나온 페인트일
뿐이었다. 이런 싸구려가! 가는 길에 서비스 센터가 있기는
하다. 하지만 굳이 수리할 필요가 있을지 고민이다.

    8월 33일
계속 8월. 점심을 먹고 서비스 센터에 갔다. 작고 텅 빈 행
성에 외로이 서 있었다. 서비스 센터 건물은 공실이었고 주
위엔 아무도 없었다. 양동이를 가지고 나와서 혹시 페인트
따위가 없는지 둘러보았다. 그렇게 돌아다니는데, 갑자기 헐
떡거리는 소리가 들려왔다. 소리 나는 쪽을 바라보니 건물
뒤쪽의 증기 기관 몇 개가 서서 얘기를 나누고 있었다. 나는
가까이 다가갔다.
    하나가 말하고 있었다.
    "구름은 분명히 증기 기관의 사후에 있을 삶의 형태일
테지. 그래서 이런 근원적 의문이 생기는 거야. 증기 기관이
먼저인가, 아니면 수증기가 먼저인가? 내 생각에는 수증기

라고!"

"닥쳐! 넌 젠장 할 이상주의자야!" 다른 하나가 말했다.

나는 페인트가 어디에 있는지 물어보려고 했지만, 자기들끼리 씩씩거리며 하도 휘파람을 불어 대서, 내 목소리가 내게도 안 들릴 지경이었다. 방명록에 이런 문제점을 고발하고는 다시 길을 떠났다.

8월 34일

이놈의 8월은 절대 끝나지 않을 셈인가? 오전에 나는 로켓을 청소했다. 정말 지겹다. 곧 안으로 들어가서 전자두뇌에게 갔다. 웃음이 나오기는커녕 하품만 나와서 턱이 빠질 지경이었다. 오른쪽에 작은 행성이 나타났다. 그 근처를 지나가면서 행성에 하얀 점 같은 것이 있음을 보았다. 쌍안경을 통해서 보니 '몸을 내밀지 마시오.'라고 쓰여 있었다. 전자두뇌에 뭔가 문제가 생긴 것 같다. 농담의 핵심이 되는 대목을 자꾸 생략한다.

10월 1일

연료가 떨어져서 스트로글론에 정차해야만 했다. 브레이크를 잡자 관성 탓에 9월 전체가 날아갔다.

공항은 북적거렸다. 입장세를 내지 않고자 로켓을 우주

에 남겨 놓은 채 연료 깡통만 들고 갔다. 출발 전에 전자두뇌와 함께 나의 타원 궤도의 좌표를 계산해 놓았다. 한 시간 뒤에 깡통을 가득 채워서 돌아왔는데 로켓은 온데간데없었다. 로켓을 찾기 시작했다. 죽는 줄 알았는데 고작 4000킬로미터 정도 걸었을 뿐이었다. 물론, 로켓이 자리를 잘못 잡은 것이었다. 복귀할 때 수리 센터 사장과 이야기를 좀 해야겠다.

10월 2일

속도가 굉장히 빨라진 까닭에 별들의 모습은 마치 컴컴한 방 안에서 누군가 연신 담배를 피우는 듯 불붙은 끈처럼 보인다. 전자두뇌는 말을 더듬었다. 더 황당한 것은 점멸 스위치가 고장 나서 전자두뇌를 끌 수도 없다는 사실이다. 계속해서 떠든다.

10월 3일

전자두뇌의 끝이 보이는 것 같다. 왜냐하면 음절을 하나씩 발음하고 있기 때문이다. 나는 그래도 좀 적응했다. 될 수 있는 한 나는 바깥에 앉아 있다. 바깥은 상당히 춥기 때문에 발만 로켓에 집어넣고 있다.

10월 7일

11시 30분, 엔테로피아의 도착 정거장에 다다랐다. 로켓은 브레이크를 잡느라 과열되었다. 나는 로켓을 인공 달의 표피층(그곳에 정거장이 위치해 있다.)에 정차하고는 중심부로 진입해서 서류를 썼다. 나선형 통로에서 움직이는 것들을 보노라니 믿을 수가 없었다. 우주의 가장 먼 곳에서 온 종족들이 걷고 파도치고, 창구에서 창구로 뛰어다니기도 했다. 나는 밝은 푸른빛의 알골리족 뒤에 줄을 섰는데, 그는 공손하게 손짓으로 자신의 뒤쪽 전기 신체에 너무 가까이 다가서지 말라고 내게 경고했다. 내 뒤에는 베이지색 샬루온을 한 젊은 토성인이 서 있었다. 그는 세 개의 돌기로 여행 가방을 붙들고 있었고, 네 번째 돌기로는 땀을 닦았다. 사실 매우 더웠다. 내 차례가 되자 수정처럼 속이 들여다보이는 아르드리트족 공무원이 나를 탐구하듯 바라보고는 초록색으로 변하더니(아르드리트족은 감정을 색의 변화로 표현하는데 초록색은 우습다는 뜻이다.), 내게 물었다.

"당신은 척추동물입니까?"

"네?"

"양서류?"

"아니요, 공기 호흡만……."

"좋습니다, 좋아요. 잡식성입니까?"

"네."

"혹시 어느 행성에서 오셨는지 물어도 될까요?"

"지구입니다."

"그럼 다음 창구로 가 주세요."

나는 다음 창구로 가서 안쪽을 살펴보았는데, 좀 전의 그 공무원이, 아니 정확히 말하자면 그의 다른 부분이 앉아 있었다. 그는 두꺼운 책을 뒤적이고 있었다.

"아! 여기 있군요." 그는 말했다. "지구······ 흠, 네. 방문 목적은 여행입니까, 사업입니까?"

"여행입니다."

"그러면 잠시만요."

그는 한쪽 빨판으로 서류를 작성하고는, 다른 빨판으로 나에게 서명하라고 다른 서류를 내밀며 말했다.

"스트룸은 일주일 후에 시작됩니다. 그러므로 116호 방으로 가시면, 거기 저희 스페어 부분을 담당하는 공작소가 있어서 선생님을 맡아 줄 것입니다. 그러고 나서 67호 방으로 가시면 되는데, 그곳은 약국입니다. 거기서 에우프로글리움을 받으시면 세 시간에 한 번씩 복용하셔야 합니다. 그래야 선생님께 해로운 우리 행성의 방사선을 중화시킬 수 있습니다······. 혹시 엔테로피아에 계시는 동안 빛을 내고 싶으십니까?"

"아니오, 괜찮습니다."

"좋을 대로 하십시오. 자, 여기 선생님 서류입니다. 선생님은 포유류시죠?"

"네."

"그럼 성공적인 포유를 빕니다!"

친절한 공무원과 인사를 나누고, 나는 그의 지시대로 스페어 공작소에 갔다. 달걀 모양의 공간은 언뜻 보기에 텅 빈 듯했다. 전기 기계가 몇 개 있었다. 천장 아래에서는 수정으로 만든 등이 밝게 빛나고 있었다. 하지만 그것은 곧 등이 아니라 아르드리트 기술자로 밝혀졌는데, 그는 천장에서 내려왔다. 내가 소파에 앉아 있는 동안, 그는 나와 대화를 나누며 측정을 완료하더니 말했다.

"감사합니다. 당신의 '싹'은 행성 내 모든 양성소에 전달되었습니다. 스트룸 동안 무슨 일이 생기더라도 이제 걱정하실 필요는 전혀 없으십니다. 스페어를 저희가 바로 가져다드릴 테니까요!"

나는 그가 무슨 소리를 하는지 잘 이해할 수 없었지만, 수년의 우주여행 경험으로 이럴 때는 그저 얌전히 있어야 한다는 법을 배운 바 있었다. 어떤 행성의 이들은 외부인들에게 자신들 습관이나 풍습을 설명하는 일을 불쾌하게 여기기 때문이었다. 약국에서도 줄을 섰는데, 예상보다 빨리 줄어들

⅄⋝⊖

어서 어느새 도자기 빛깔의 여자 아르드리트인을 마주하게 됐다. 그는 나에게 신속히 약을 건네주었다. 세금을 정산하고(이제 전자두뇌에게 맡기지 않는 편이 나을 것 같았다.), 나는 비자를 손에 쥔 채 다시 로켓에 올라탔다.

달의 뒷면부터 바로 우주 고속 도로가 시작되었는데, 관리는 매우 잘되어 있었고 길 양편으로 거대한 광고 글귀들이 붙어 있었다. 글자는 서로 몇천 킬로미터씩 떨어져 있었지만, 정상적인 속도로 달리면 마치 신문에 인쇄된 듯 서로 달라붙었다. 잠시 동안 나는 흥미롭게 그 글귀들을 읽어 보았다. "사냥꾼들이여! 플리니 페이스트만 이용하세요!" 또는 "최고의 오락을 즐기려면 여덟발이를 사냥하세요!" 등이었다.

저녁 7시, 나는 거기그 공항에 도착했다. 파란 태양이 지고 난 직후였다. 아직 높이 떠 있는 붉은 햇빛에 주위 모든 것이 불타는 듯 보이는 특이한 풍경이었다. 내 로켓 옆으로 우주 순항선이 멋지게 착륙했다. 순항선 후미에서는 감동적인 환영 행사가 펼쳐졌다. 몇 달 동안 서로 떨어져 지내던 아르드리트인들은 서로 껴안고 환성을 지르더니 엄마, 아빠, 아이들 모두가 다정하게 공 모양으로 합쳐졌다. 그것은 태양광에 분홍빛을 띠며 입구 쪽으로 발걸음을 옮겼다. 나 역시 조화롭게 굴러가는 가족들의 뒤를 따랐다. 공항 뒤

ᄼᄼᄼ

쪽에 트램 정류장이 있었으므로 나는 바로 올라탔다. 트램 겉면에는 황금색으로 '라우스 페이스트는 혼자서도 사냥해요!'라는 문구와 함께, 스위스 치즈 같은 것이 그려져 있었다. 스위스 치즈의 큰 구멍 속에는 어른들이 들어가 있었고, 작은 구멍에는 아이들이 있었다. 내가 올라타자마자 트램은 출발했다. 투명한 버스 덩어리에 둘러싸인 나의 위아래, 그리고 주변으로 모두 친절하게 빛을 내는, 갖가지 색깔의 승객들 모습이 보였다. 나는 주머니 속의 여행 안내서를 찾아보았는데, 이제 여행 안내서의 정보를 좀 숙지해야 할 때가 된 것 같았기 때문이었다. 그런데 놀랍게도 내가 챙겨 온 여행 안내서는 '엔테우로피아' 행성에 관한 것으로, 여기에서 무려 ３００만 광년이나 떨어진 곳이었다. 나에게 필요한 여행 안내서는 정작 집에 놓고 온 것이다. 정신머리하고는!

그러니 유명한 갈락스 우주여행 사무소의 거기그 분점에 들를 수밖에 없었다. 친절한 운전사는 나의 요청에 트램을 세워 주었고, 빨판으로 거대한 건물을 가리키며 작별의 표시로 얼굴을 변형시켜 보였다.

나는 잠시 해 질 녘의 어스름 속에 드러난 멋진 시내 풍경을 즐기며 가만히 서 있었다. 빨간 태양이 지평선 아래로 저문 직후였다. 아르드리트인들은 스스로 빛을 내기 때문에 인공조명은 사용하지 않는다. 내가 서 있던 므루드르 대로는 거리를 지나다니는 행인들의 빛으로 가득했다. 한 젊은 아르드리트 여인은 마치 나를 유혹하듯 자기 등갓의 황금빛 줄무늬를 번쩍였다가, 내가 외부인임을 알아채고는 얼른 껐다.

멀고 가까운 집들이 환해지며, 귀가한 주민들의 광채로 빛나기 시작했다. 신전 내부는 기도하는 군중으로 찬란했다. 아이들은 계단 주위에서 미친 듯한 속도로 무지갯빛을 냈다. 이 모든 것이 얼마나 매혹적이고 다채로운지, 나는 걸음을 옮기고 싶지 않았지만, 갈락스 우주여행 사무소가 문을 닫을까 봐 서둘러야만 했다.

여행사 입구에서 나는 23층으로 안내받았다. 변방 부서가 위치해 있는 곳이라 했다. 서운하지만 사실이었다. 지구는 잘 알려지지 않은, 우주 맨 끝의 후미진 곳에 자리하고 있으니.

여행 서비스 부서에서 만난 직원은 걱정스러운 나머지 안개 빛깔로 변하더니, 나에게 죄송하지만 갈락스는 지구인들을 위한 여행 안내서도, 지도도 갖추고 있지 않다고 알려 주었다. 엔테로피아를 찾는 지구인은 100년에 한 명 정도뿐이기 때문이라고 했다. 그 대신 나에게 같은 태양계에 속한, 목성인을 위한 안내서를 권했다. 선택의 여지가 없었으므로 나는 목성인용 안내서를 집어 들고, 코스모니아 호텔의 방을 예약해 달라고 요청했다. 나는 또한 갈락스 여행사가 주관하는 사냥 프로그램까지 신청한 뒤, 시내로 나왔다. 나는 빛을 내지 못했기 때문에, 사거리에서 교통을 통제하는 아르드리트인을 만나고 나서야 그의 불빛에 의지해서 안내서를 겨우 훑어볼 수 있었다. 예상대로 안내서엔 어디서 메탄 가공물을 얻을 수 있는지, 공식 행사에서는 촉수를 어떻게 관리해야 하는지 따위가 쓰여 있었다. 안내서를 쓰레기통에 던져 버리고, 나는 지나가는 에보렛을 세운 다음, 건물들이 즐비한 중심가로 가 달라고 요청했다. 잔 모양의 멋진 건물은, 멀리서 봐도 가족 생활에 충실한 아르드리트인들의 여러 색깔로 빛나고 있었다. 그리고 사무실은 회사원들의 목걸이 광채로 예쁘게 물결치고 있었다.

에보렛에서 내린 뒤, 나는 잠시 동안 산책했다. 광장 위에 높이 솟은 수프부의 건물을 바라보며 감탄하고 있을 때, 그 안에서 키 큰 고급 관리들 둘이 나왔다. 이들의 강렬한 빛과, 등갓 부근이 잘 빗질된 모습으로 미루어 보아, 그들이 고위층임을 짐작할 수 있었다. 가까이 서 있었기 때문에 이들의 대화 소리가 들려왔다.

"그럼 가장자리는 이제 안 문질러도 되는 건가?" 훈장을 잔뜩 단 이가 물었다.

다른 이는 이 말에 몸이 밝아지더니 대답했다.

"응. 처장 말이, 우리가 프로젝트를 하지 않을 거라고,

이게 다 그루드루프스 때문이래. 그러니 그를 변환시키는 방법 말고 무슨 수가 있겠어?"

"그루드루푸스를?"

"그렇지."

처음 말하던 이의 불이 꺼졌음에도 훈장만은 계속 여러 색깔의 화관처럼 빛났다. 그는 목소리를 낮추더니 말했다.

"좋지 않을 텐데, 불쌍한 놈."

"그러거나 말거나, 어차피 하는 수 없어. 그렇지 않으면 질서를 유지할 수 없으니까. 세풀카가 더 생겨나라고 남자들을 그렇게 변환시켜 온 건 아니라고!"

나는 호기심에 이끌려 불식간에 두 아르드리트인들에게로 다가갔지만, 그들은 더 이상 아무 말도 없이 멀어져 갔다. 이상하게도 그 사건 이후부터 '세풀카'라는 단어가 자꾸 들려오는 것이었다. 대도시 밤의 환락에 젖어 보고자 보도를 걸을 때에도, 주위 군중 속에서 바로 그 수수께끼의 단어는 속삭임으로, 또는 열성적인 외침으로 들려왔다. 구하기 힘든 세풀카리아를 거래하는 경매 광고도 길거리에 붙어 있었고, 이글거리는 네온사인 광고판은 최신 유행의 세풀카리아를 확보하라고 권했다. 도대체 이게 뭘까, 연구해 봐도 답은 나오지 않았다. 결국 밤 12시에 이르러 백화점 80층 바에서 쿠르들라 크림을 주문해 마실 때, 아르드리트인 가수가 부르는 「나의 작은 세풀카」라는 히트곡을 듣자, 나는 호기심을 더 이상 주체할 수 없었다. 급기야 이제 지나가는 종업원에게 어디서 세풀카를 구할 수 있느냐고 묻기에 이르렀다.

"길 건너요." 그는 기계적으로 대답하며 영수증을 발행했다. 그러고는 주의 깊게 나를 살피더니, 약간 겁어졌다. "혼자이십니까?" 그는 물었다.

"네, 그런데 왜요?"

"아, 아닙니다. 죄송하지만, 잔돈이 없군요."

나는 잔돈을 포기하고, 엘리베이터를 타고 아래로 내려왔다. 정말 길 건너편에는 거대한 세풀카 광고가 붙어 있었다. 그래서 나는 유리문을 열고, 늦은 시각이라 그런지 텅 빈 가게에 들어갔다. 그러고는 창구로 가서 평온함을 가장한 채, 세풀카리아를 달라고 했다.

"어떤 세풀카리움용이죠?" 점원은 천장에 걸려 있던 자리에서 내려오며 물었다.

"글쎄요, 그 무슨…… 보통으로요." 내가 대답했다.

"보통이라고요?" 그는 의아해했다. "우리는 휙휙 세풀카리아만 취급하고 있습니다……."

"그럼 그걸로 주시죠……."

"조비는 어디 있습니까?"

"에, 음, 오늘은 안 가져왔는데요……."

"그러면 어떻게 부인 없이 세풀카리아를 가져간다는 거죠?" 점원은 의아한 듯 나를 살펴보며 말했다. 색깔이 점점 불투명해지고 있었다.

"부인이 없는데요." 나는 아무 생각 없이 대답했다.

"선생님은…… 부인이…… 없다고요……?" 이렇게 말하던 점원은 완전히 검게 변하더니 끔찍하다는 듯 나를 바라보았다. "그런데 세풀카리아를……? 부인도 없이……?"

그는 온몸을 떨었다. 나는 재빨리 거리로 도망 나와서 아무 에보렛을 잡아타고, 화가 난 채로 어디 문을 연 바 같은 데에 가자고 말했다. 그곳이 바로 미르긴드라그였다. 내가 들어갔을 때 악단은 마침 연주를 멈추었다. 여기에는 한 300명도 넘게 걸려 있었다. 빈 자리가 있는지 돌아보면서 군중을 뚫고 걸어갔는데, 누군가 나를 부르는 목소리가 들려왔다. 반갑게도 아는 얼굴이었고, 언젠가 아우트로피아에서 알게 된 상인이었다. 그는 아내, 딸과 함께 걸려 있었다. 나는 여성분들에게 자기소개를 하고, 이미 상당히 유쾌해 보이는 이들과 즐거운 대화를 나누기 시작했다. 이들은 가끔씩 일어나서 춤곡에 맞춰 무대로 굴러 나가고는 했다. 상인 부인의 강권에 못 이겨 나도 춤에 도전해 보았다. 우리는 모두 꼭 껴안고 뜨거운 맘브리나 음악에 맞춰서 굴러다녔다. 사실 약간 부딪치기도 했지만, 나는 좋은 표정을 유지한 채 매

ㅅ ∧ ∧

우 재미있는 척했다. 다시 우리 자리로 돌아오며, 나는 통로에서 상인 친구를 붙들고, 몰래 세풀카리아에 대해서 물어보았다.

"뭐라고요?" 내 목소리가 들리지 않는 것 같았다. 나는 질문을 되풀이하며, 나도 세풀카를 하나 구하고 싶다고 덧붙였다. 내가 너무 큰 소리로 말한 것 같았다. 가장 근처에 걸려 있던 이들이 몸을 돌리며 흐려진 얼굴로 나를 바라보았고, 아르드리트 상인도 놀라서 빨판을 꼬았다.

"드루마 맙소사! 티히 씨! 하지만 당신은 혼자이시잖아요!"

"그게 뭐 어쨌단 말이오." 나는 이제 좀 격앙되어서 말했다. "그럼 세풀카리아를 볼 수도 없는 거요?"

내 목소리는 갑자기 조용해진 가운데 울려 퍼졌다. 결국 상인 부인은 기절해서 바닥에 쓰러졌고, 놀란 상인은 얼른 부인에게 다가갔다. 주변의 아르드리트인들은 내 쪽으로 파도치듯 다가오며 색깔로 적대감을 드러냈다. 바로 그 순간 세 명의 종업원이 나타나더니, 내 멱살을 붙잡고 거리로 내던져 버렸다.

나는 그야말로 화가 치밀어 올랐다. 에보렛을 잡아서 호텔로 가자고 했다. 밤새도록 한숨도 잘 수 없었다. 무언가가 나를 꼬집으며 물어 댔던 것이다. 새벽이 되어서야, 매트리스를 스프링까지 몽땅 태워 버리는 손님들에게 익숙한 호텔 종업원이 갈락스 여행사로부터 정확한 정보를 전달받지 못하고 내게도 석면 시트를 깔아 놓았다고 확신하게 되었다. 어젯밤의 불쾌한 사건은 아침이 되자 더 이상 신경 쓰이지 않았다. 10시에 나는 에보렛을 타고 브닉과 사냥용 페이스트 통, 그리고 사냥용 화기를 잔뜩 싣고 나타난 갈락스 여행사의 직원을 즐겁게 맞이했다.

"쿠르델을 한 번도 사냥해 보신 적이 없다고요?" 가이드는 거기그의 거리를 무시무시한 속도로 지나가는 에보렛 속에서 나에게 물었다.

"네. 혹시 뭐 주의 사항이라도……?" 나는 웃으며 말했다.

은하계에서 가장 큰 동물을 사냥해 온 나의 오랜 경험이 평정심을 유지하는 데에 도움이 되었다.

"무엇이든 제가 도와 드리겠습니다." 가이드가 공손하게 대꾸했다.

가이드는 마른 체구의 아르드리트인으로 유리 같은 피부를 지녔고 등갓 없이 진한 남색 천에 싸여 있었다. 이 행성에서는 처음 보는 옷이었다. 내가 이렇게 묻자, 이것은 사냥복이며, 동물에게 접근할 때 꼭 필요하다고 그가 설명해 주었다. 내가 천이라고 생각했던 것은 특수 소재의 섬유로, 몸 위에 달라붙어 있었다. 간단히 말하면, 스프레이로 뿌리는

ㅅㅅㅇ

옷이었는데, 편하면서도 실용적이고, 가장 중요한 기능은 쿠르델을 쫓아 버릴 수 있는 아르드리트인들의 자연 발광 상태를 감춰 주는 것이었다.

가이드는 파일에서 인쇄물을 꺼내더니 나에게 읽어 보라고 건넸다. 나는 내 서류 사이에 인쇄물을 끼워 놓았는데, 다음과 같이 쓰여 있었다.

쿠르델 사냥
외계인을 위한 가이드

쿠르델은 사냥 동물로서 가장 높은 수준의 주의와 사냥용 장비를 요구하는, 매우 가치 있는 동물이다. 쿠르델은 진화 과정 중 낙하하는 운석에 적응했기 때문에 그 가죽을 결코 뚫을 수 없다. 따라서 쿠르델 사냥은 쿠르델 내부에서 이루어진다.

쿠르델 사냥에 꼭 필요한 요소들은

a) 진입 단계: 파운데이션 페이스트, 버섯 소스, 쪽파, 소금과 후추.

b) 본격 단계: 볏짚으로 만든 빗자루, 시계 폭탄.

① 기초 준비: 쿠르델 사냥은 미끼를 활용한다. 사냥꾼은 몸 전체에 파운데이션 페이스트를 바른 뒤 시치오르그의

고랑에 쭈그려 앉는다. 동반자들은 그 위에 잘게 썬 쪽파를 뿌리고 간을 한다.

② 그 상태로 쿠르델을 기다린다. 쿠르델이 가까이 오면 평정심을 유지한 채, 양손으로 무릎 사이에 놓인 시계 폭탄을 잡는다. 배고픈 쿠르델은 보통 바로 집어삼킨다. 만약 쿠르델이 삼키려고 하지 않는다면, 혓바닥을 살살 치면서 자극한다. 그래도 먹지 않는다면, 혹자는 소금을 조금 더 치라고 충고하는데, 그러면 쿠르델이 재채기를 할 수도 있으므로 매우 위험한 행동이다. 사냥꾼 중 쿠르델의 재채기에 살아남은 자는 거의 없다.

③ 미끼를 삼킨 쿠르델은 입맛을 다시며 물러난다. 사냥꾼은 삼켜진 뒤 지체 없이 다음 활동 단계로 넘어가야 한다. 빗자루로 몸에 묻은 쪽파와 양념을 떨어냄으로써 파운데이션 페이스트가 방해 없이 세정 작용을 할 수 있도록 하고, 시계 폭탄을 맞춰 놓은 뒤 현재 자리에서 가능한 한 가장 멀리 이동한다.

④ 쿠르델을 떠날 때에는 손발로 함께 착지해서 몸이 부러지지 않도록 한다.

주의 사항: 매운 양념의 사용은 금지되어 있다. 또한 쪽파를 뿌린 시계 폭탄을 미리 맞춰서 쿠르델 밑에 설치하는 것도 금지되어 있다. 이러한 활동은 모두 불법 남획이므로 법

의 심판을 받는다.

사냥 보호터의 경계에서 관리인 바우브르가 우리를 기다리고 있었는데, 그는 햇살을 받은 수정처럼 반짝이는 가족들 사이에 서 있었다. 그는 매우 친절하고 접대에 능했다. 우리는 따뜻한 분위기의 집 안에서 음식을 나누며 몇 시간 동안 쿠르델 이야기와, 바우브르와 그의 아들들의 사냥 이야기를 들었다. 그러다 돌연 심부름꾼이 숨을 몰아쉬며 달려와서는, 쿠르델이 숲 쪽으로 오고 있다고 전했다.

"쿠르델은," 바우브르가 설명했다. "우선 배가 고프도록 제대로 몰아 둬야 하죠!"

나는 파운데이션 페이스트를 온몸에 바르고, 폭탄과 양념을 든 채 바우브르, 가이드와 함께 시치오르그 깊숙한 곳으로 향했다. 길은 곧 사라지고, 나아갈 수 없을 정도로 빽빽한 수풀이 시작되었다. 우리는 힘겹게 전진했다. 가끔 쿠르델의 발자국 옆을 지나쳤는데, 지름이 거의 5미터쯤 되었다. 그렇게 꽤 오래 걸었다. 갑자기 땅이 흔들리자 가이드는 멈춰 서더니 우리에게 돌기로 조용히 하라고 신호를 보냈다. 지평선 위로 무슨 폭풍우가 몰아치는 듯 요란한 소리가 났다.

"들리시나요?" 가이드가 속삭였다.

"네. 쿠르델 소리인가요?"

"네. 새끼 쿠르델이에요."

우리는 이제 천천히, 더 조심스럽게 나아갔다. 쿵쿵거리는 소리가 조용해지더니 시치오르그는 다시금 고요에 휩싸였다. 마침내 수풀이 끝나고 광활한 들판이 나타났다. 관리인과 가이드는 들판 끄트머리에 적당히 자리를 마련하더니 나를 양념하고, 내가 빗자루와 폭탄을 준비하고 있는지 확인했다. 이윽고 나에게 참을성 있게 기다리라고 당부하고는 발끝을 들고 조심조심 자리를 떠났다. 잠시 조용한 가운데 여덟발이의 울음소리밖에 들리지 않았다. 다리 감각이 거의 없어질 무렵, 땅이 흔들렸다. 멀리서 무슨 움직임 같은 것이 보였다. 들판의 수목 끝이 기울어지고 통째로 뽑히면서 쿠르델의 이동 경로를 알려 주었다. 굉장히 큰 놈임에 틀림없었다. 쿠르델은 꽤 빨리 들판에서 나타나더니, 뿌리 뽑힌 나무등치들을 밟으며 전진하고 있었다. 장엄하게 옆으로 흔들리며, 커다랗게 쿵쿵 냄새를 맡더니 내 쪽으로 다가왔다. 나는 두 손으로 폭탄의 양 손잡이를 잡고 차분하게 기다렸다. 쿠르델은 내게서 50미터 정도 떨어진 지점에 서서 입맛을 다시고 있었다. 쿠르델의 투명한 내장 속으로 실패한 사냥꾼들의 잔해가 뚜렷이 비쳐 보였다.

쿠르델은 잠시 고민에 빠진 듯했다. 나는 쿠르델이 가

버리지는 않을까 걱정했으나, 바로 그때 녀석이 앞으로 다가오더니 나를 집어삼켰다. 먹먹한 꿀꺽 소리와 함께, 다리 밑의 땅까지 사라져 버렸다.

삼켰다! 됐어! 나는 생각했다. 쿠르델 내부는 처음에 보았듯 완전히 캄캄하지 않았다. 빗자루로 안쪽을 쓸어 낸 뒤, 나는 무거운 시계 폭탄을 맞추는 작업에 착수했는데, 갑자기 누군가의 헛기침 소리가 들려왔다. 고개를 들어 보았더니 내 앞에 처음 보는 아르드리트인이 있었다. 나는 깜짝 놀랐다. 그는 나처럼 폭탄 위에 몸을 숙이고 있었다. 우리는 서로를 잠시 동안 바라보았다.

"여기서 뭘 하시는 거죠?" 내가 물었다.

"쿠르델 사냥이요." 그가 대답했다.

"저도요. 하지만 괘념치 마십시오. 선생님이 여기 먼저 오셨으니까요." 내가 말했다.

"그건 아니죠. 선생님은 외계인이시잖아요." 그가 반박했다.

"그게 뭐라고요. 이 폭탄은 다음 기회에 쓰기로 하죠. 자, 저는 상관하지 마시고." 내가 말했다.

"절대 그럴 순 없어요! 선생님은 우리 별의 손님이십니다." 그가 외쳤다.

"그 이전에 사냥꾼입니다."

〉⦿⧊

"하지만 저는 무엇보다, 손님을 맞이하는 주인의 입장이고, 저 때문에 선생님께서 이 쿠르델을 포기하는 일은 용납할 수 없습니다! 이제 빨리 서두르세요! 페이스트가 곧 약효를 발휘하니까요!"

정말로 쿠르델은 어딘가 불안정해지고 있었다. 이 내부까지, 마치 수십 대의 기관차가 한꺼번에 울어 대는 듯한, 심한 헐떡임이 들려왔다. 이 아르드리트인은 결코 설득당하지 않을 것이므로, 나는 폭탄을 맞추어 놓고, 그러고도 나에게 먼저 나가라고 주장하는 새 친구를 기다렸다. 우리는 곧 쿠르델을 떠났다. 2미터 높이에서 떨어지며, 나는 복숭아뼈를 살짝 부딪쳤다. 쿠르델은 속이 시원해졌는지 수풀로 뛰어 들어가서는 큰 소리로 나무들을 부러뜨리고 있었다. 이윽고 무시무시한 소리가 나더니 잠잠해졌다.

"뻗었어요! 축하드립니다!" 아르드리트인 사냥꾼은 이렇게 소리치면서 나에게 진심으로 악수를 청했다. 바로 그때 가이드와 관리인이 함께 다가왔다. 해가 저물고 있었기 때문에 복귀를 서둘러야 했다. 관리인은 손수 쿠르델을 박제해서, 다음 화물 로켓 편으로 지구에 보내 주겠다고 약속했다.

11월 5일

나흘 동안 나는 한 글자도 쓸 수 없었다. 그만큼 바빴던 것이다. 매일 아침 우주문화교류위원회 사람들을 만나고, 박물관, 전시회, 라디오액트 일정을 소화하고, 오후에는 공식 방문, 접대 그리고 연설까지. 나는 이미 상당히 지쳤다. 나를 관리하는 K에서 온 KWK는 어제 스트룸이 온다고 말해 주었지만, 그게 뭔지 물어보는 것을 잊었다. 아르드리트의 저명한 학자 자줄 교수도 만나기로 했는데, 언제 만날 수 있을지 모르겠다.

11월 6일

아침에 엄청난 소음을 듣고 호텔에서 잠이 깼다. 나는 침대에서 뛰쳐나와서 도시에 이는 연기와 불꽃을 보았다. 호텔 프런트에 연락해서 무슨 일이냐고 물었다.

"별거 아닙니다." 전화를 받은 담당자가 대답했다. "걱정 마세요. 스트룸일 뿐이니까요."

"스트룸요?"

"네, 운석 스트룸이요, 열 달에 한 번씩 우리 행성에 찾아오죠."

"그런 끔찍한 일이!" 나는 소리쳤다. "대피소로 내려가야 하나요?"

188

"운석에는 대피소도 다 소용없어요. 하지만 손님께는 우리 모든 시민들처럼 스페어가 있으시니, 걱정하지 않으셔도 됩니다."

"스페어가 뭔데요?" 내가 물었지만, 담당자는 이미 전화를 끊은 상태였다. 나는 얼른 옷을 챙겨 입고 시내로 나갔다. 교통 상황은 평소와 다름없었다. 보행자들은 자기 일에 바쁘고, 여러 빛깔로 타오르는 듯한 훈장을 뽐내는 높은 이들은 저마다 사무실로 향했고, 마당에서는 아이들이 몸을 빛내고 노래하며 놀고 있었다. 시간이 좀 지나자 폭발음도 잦아들었고, 멀리서 작은 쿵쿵 소리만이 들려올 뿐이었다. 나는 모두들 평안한 상태로 보아, 스트룸이 그렇게 극심한 피해를 끼치는 현상은 아니라 여기게 됐고, 계획했던 대로 동물원으로 향했다.

원장이 직접 동물원을 안내해 주었다. 마르고 신경질적인 아르드리트인으로, 아름다운 광채가 났다. 그의 동물원은 아주 잘 관리되어 있었다. 원장은 나에게 자랑스레 자신들이 가장 먼 우주에서 데려온 동물들을 소유하고 있다고 자랑하며, 그중에는 지구 동물도 있다고 했다. 나는 깊은 인상을 받았으므로, 그 동물을 좀 보여 달라고 했다.

"지금은, 불행히도, 불가능합니다." 원장은 이렇게 대답하더니, 나의 질문하는 듯한 눈길에 덧붙였다.

"지금은 취침 시간이거든요. 짐작하시겠지만, 환경에 적응시키느라 상당히 힘들었습니다. 결국 한 마리는 죽지 않을까, 저조차 걱정했을 정도였죠. 하지만 다행히 우리 학자들이 개발해 낸 비타민 요법 덕에 굉장히 좋은 결과를 얻었습니다."

"아, 그렇군요. 그런데 그 동물은 무엇입니까?"

"파리입니다. 선생님은 쿠르델을 좋아하시나요?"

그러면서 기대에 가득 찬, 무언가를 바라는 눈빛으로 나를 바라보았다. 나는 열광적인 마음이 전달되도록 애쓰며 대답했다.

"네, 아주 좋아합니다! 아주 멋진 동물이죠!"

그의 색깔이 밝아졌다.

"잘되었군요. 쿠르델을 보러 가도록 합시다. 하지만 잠시 실례하겠습니다."

그는 곧 몸을 줄로 둘둘 감고 나타나더니, 나를 90미터의 벽으로 둘러싸인 쿠르델 우리로 안내했다. 그는 문을 열면서 나더러 먼저 들어가라고 했다.

"걱정 마시고 들어가셔도 됩니다." 원장이 말했다. "우리 쿠르델은 완전히 잘 길들었어요."

나는 인공 시치오르그를 둘러보았다. 예닐곱 마리의 쿠르델이 풀을 뜯고 있었다. 하나같이 커다란, 거의 3헥타르에 이르는 크기의 쿠르델이었다. 가장 큰 놈이 원장의 목소리를 듣고 우리에게 다가오더니 꼬리를 내밀었다. 원장은 그 꼬리 위에 올라타더니 손짓으로 나를 불렀다. 나도 그를 따라 올라갔다. 그 경사가 너무 가팔라지자 원장은 줄을 풀어서 내게 주더니 한 끝을 몸에 묶으라고 했다. 우리는 서로 몸을 묶은 채 두어 시간을 올랐다. 원장은 쿠르델의 꼭대기에서 아무 말 없이 앉아 있었는데, 감동을 받은 것 같았다. 나는 그의 감정을 존중하고자 말을 삼갔다. 이윽고 그가 말했다.

"여기서 보니 풍경이 참 아름답지요?"

과연 우리는 눈앞에 펼쳐진 탑과 신전, 고층 건물로 가득한 거기그 전체를 내려다보고 있었다. 거리의 인파는 개미처럼 작아 보였다.

"원장님은 쿠르델을 특별히 좋아하시나 보죠?" 나는 쿠르델 꼭대기 근처의 등을 부드럽게 어루만지는 원장의 모습을 보며 조용히 물었다.

"저는 쿠르델을 사랑합니다." 그는 바로 이렇게 답하더니 내 얼굴을 똑바로 바라보았다. "쿠르델은 우리 문명의 요람이에요." 그가 덧붙였다. 그러고는 잠시 생각에 잠겼다가 다시 말을 이었다. "수천 년 전, 우리는 도시도, 멋진 주택도, 기술도, 스페…… 아무것도 없었어요. 그때 이 착하고 힘센 존재들이 우리를 보호해 주고, 힘든 스트룸 시기에 우리를 구했지요. 아르드리트인 단 한 명도 쿠르델 없이는 오늘날의 이기를 누릴 수 없을 거예요. 그런데 지금은 쿠르델을 사냥하고, 이들을 괴롭히고 없애다니, 이게 얼마나 괴물 같은, 은혜도 모르는 짓입니까!"

나는 그의 말을 끊을 엄두조차 내지 못했다. 그는 잠시 감정을 좀 가라앉히고서 다시 이야기를 이어 갔다.

"은혜를 악덕으로 갚는 이 사냥꾼들을 나는 증오합니다! 사냥 광고를 보신 적 있으시죠, 그렇지 않나요?"

"네."

원장의 말을 듣자 마음속 깊숙이 부끄러움이 일었다. 한편 얼마 되지 않는 나의 범죄적 행위를 그가 알아챌까 봐 두려웠다. 바로 이 손으로 직접 쿠르델을 사냥했으니. 이런 자극적 주제를 피하려고 애쓰며 나는 물었다.

"쿠르델에게 그토록 많은 은혜를 입은 것입니까? 전 몰랐습니다……."

"어떻게 몰랐단 말입니까? 쿠르델은 자신의 자궁으로 무려 2만 년 동안 우리를 보호해 온 것입니다! 쿠르델의 튼튼한 껍질 덕에 그 안에서 죽음의 운석들을 피하며, 우리 조상들은 현재의 우리, 지성을 가진 존재, 어둠 속에서 빛나는 아름다운 존재로 거듭날 수 있었죠. 이것을 모르셨단 말씀입니까?"

ㅅ◯⊖

"저는 외계인이라서요……." 나는 마음속으로 두 번 다시 쿠르델에게 적대적 행동을 하지 않겠노라고 맹세하며 속삭였다.

"네, 그렇죠, 네……." 원장은 나의 말을 잘 듣지도 않고 일어났다. "이제는, 돌아가야 합니다. 가서 일해야죠……."

동물원에서 나온 나는 에보렛을 타고, 오후에 볼 공연의 예매표를 받으러 갈락스 여행사로 향했다. 시내 중심가에서는 또다시 천둥 같은 폭발음이 점점 커졌다가 잦아들었다. 지붕 위로 불꽃과 함께 연기 기둥들이 솟아올랐다. 보행자들은 이 광경을 목격하고도 전혀 신경을 쓰지 않았다. 나는 그런 광경을 보며, 에보렛이 갈락스 건물 앞에 설 때까지 아무 말도 하지 않았다. 나의 담당자는 동물원 방문이 어땠느냐고 물었다.

"아주 좋았습니다." 나는 대답했다. "하지만…… 맙소사!"

갈락스 건물 전체가 튀어 올랐다. 창문을 통해 빤히 내다보이는, 바로 맞은편의 사무실 빌딩 두 개가 운석을 맞고 산산조각이 난 것이었다. 나는 귀가 먹은 채 비틀비틀 벽에 기대어 섰다.

"아무것도 아닙니다." 담당자가 말했다. "저희 행성에 좀 더 오래 머무르시면 익숙해지실 거예요. 자, 여기 선생님 표……."

그는 끝내 말을 마무리하지 못했다. 번쩍하고 쿵 소리가 나더니 먼지가 일었다. 곧 먼지가 가라앉자 나랑 이야기하던 아르드리트인은 온데간데없고, 바닥엔 거대한 구멍이 뚫려 있었다. 나는 돌처럼 굳어서 그 자리에 서 있었다. 1분이 채 지나기 전에 아르드리트인 몇 명이 작업복을 입고 들어오더니 구멍을 메우고 커다란 상자가 실린 작은 카트를 밀고 왔다. 그 상자를 풀자, 내 눈앞으로 손에 표를 든 담당자가 다시금 나타났다. 그는 상자 부스러기를 스스로 떨어내고, 자기 자리에 걸린 채 말했다.

"여기 선생님 표가 있습니다. 제가 말씀드렸지만, 걱정하실 건 없습니다. 우리는 모두 필요하다면 복제하니까요. 저희가 이렇게 태평해서 이상하다고요? 뭐, 이미 3만 년이나 이렇게 살고 있으니까요, 저희는 익숙해졌습니다……. 만약 점심을 드실 생각이라면, 갈락스 식당에서 벌써 준비하고 있습니다. 아래층, 입구로부터 왼쪽입니다."

"감사합니다만, 밥맛이 없군요." 나는 이렇게 답하고 약간 비틀거리며 계속되는 폭발과 쿵쿵 소리로 가득한 거리로 나왔다. 그러나 곧 화가 치밀어 올랐다.

"지구인이 겁을 내는 모습을 보여 줄 순 없지!" 나는 이렇게 다짐한 채 시계를 확인한 뒤 극장으로 데려다 달라고 했다.

가는 길에 내가 탄 에보렛이 운석을 맞아서 나는 다른 에보렛으로 갈아탔다. 어제 극장이 서 있던 자리에는 연기 나는 잔해만 쌓여 있었다.

"표는 환불받을 수 있나요?" 나는 길거리에 서 있는 창구 직원에게 물었다.

"안 됩니다. 공연은 정상적으로 시작합니다."

"어떻게 정상적으로 말입니까? 운석이……."

"아직 20분 남았으니까요." 창구 직원은 자기 시계를 가리켜 보였다.

"하지만……."

"창구 앞에서 좀 비켜 주시겠어요! 우린 표를 사야 한다고요!" 내 뒤에 늘어선 줄에서 몇 명이 소리쳤다. 나는 어깨를 으쓱하고 옆으로 비켜섰다. 그러는 동안 커다란 기계 두 대가 잔해를 나르고 청소했다. 기계가 몇 차례 오가자 광장은 깨끗해졌다.

"길거리 공연을 한단 말이오?" 나는 프로그램을 들고 부채질을 하며 기다리는 다른 이에게 물었다.

"그럴 순 없죠! 아마 언제나 그랬듯이 다 잘될 거예요." 그가 대답했다.

나는 이자가 날 바보로 여기는가 해서 화가 났지만 입을 다물었다. 이제 광장에는 거대한 살수차가 도착했다. 살수차로부터 타르처럼 끈적하고 붉은빛 덩어리가 쏟아져 나오더니 꽤 큰 언덕을 이루었다. 그리고 그 펄프 같은 덩어리 속으로 지글지글 타오르는 파이프들을 집어넣더니 공기를 주입하기 시작했다. 덩어리는 방울로 변하더니 놀라운 속도로 자라나기 시작했다. 1분 뒤 덩어리는 극장 건물을 복제해 냈으나, 바람에 흔들리는 상당히 물컹한 상태였다. 5분 후, 새로이 부풀어 오른 건물은 딱딱하게 굳었다. 바로 이때 또 운석이 떨어지며 지붕 일부를 무너뜨렸다. 그래서 다시 새로운 지붕을 붙어 만들어 냈고, 활짝 열린 문으로 관객 무리들이 쏟아져 들어갔다. 나는 자리에 아직 열기가 남아 있음을 느꼈는데, 의자의 이 열기만이 좀 전에 일어난 재해의 유일한 증거였다. 나는 옆자리 관객에게 극장을 재건해 낸 그 덩어리가 뭐냐고 물어보았고, 그것이 저 유명한 '아르드리트 믹스'임을 알아냈다.

　공연은 1분 지연된 끝에 시작되었다. 징이 울리자 관객석은 마치 불을 끈 석탄 난로처럼 곧장 어두워졌다. 반면 무대의 배우들은 화려하게 빛났다. 상징주의 역사 연극이었는데, 사실 나는 거의 이해하지 못했다. 특히 연기가 거의 색채 팬터마임으로 진행되었기 때문에 더욱더 힘들었다. 1막은 신전에서 일어나는 사건을 다루었는데, 젊은 아르드리트 여인들이 사랑하는 이들에 대한 노래를 부르며, 드루마 동상에 화관을 두르는 것이었다.

그러다 갑자기 호박빛을 내는 제사장이 나타나더니, 단한 여인만 남기고 모두 내쫓았다. 가장 아름다운, 샘물처럼 맑은 빛을 지닌 아르드리트 여인이었다. 제사장은 이 여인을 동상 안에 가두었다. 동상에 갇힌 아르드리트 여인은 노래로 사랑하는 이를 부르는데, 그가 나타나서는 늙은 제사장의 불을 꺼트렸다. 바로 그 순간 운석이 천장을 뚫고 내려와서 무대 장식 일부와 주연 배우를 파괴했지만, 곧바로 프롬프터 상자 안에서 스페어가 요령 있게, 마치 누군가가 기침을 하거나, 잠깐 눈을 깜빡하듯 튀어나왔다. 어찌나 교묘한지 거의 아무도 눈치채지 못할 지경이었다. 그 후에 두 연인은 결혼을 결심했다. 제사장을 벼랑으로 밀어 떨어뜨리는 데서 1막은 끝났다.

인터미션이 종료되고 다시 막이 오르자, 아름답게 빛나는 부부와 후손들의 덩어리가 음악에 맞춰 이쪽저쪽으로 흔들렸다. 하인도 하나 나타났는데, 익명의 자선가가 부부에게 세풀카를 보낸다는 소식을 알렸다. 무대 위로 거대한 상자가 배달되었고, 나는 숨을 죽인 채 상자가 열리는 순간에 집중했다. 뚜껑이 열리는 순간, 무언가가 나에게 엄청난 힘으로 부딪쳐 왔고, 나는 암흑에 빠지듯 정신을 잃었다. 정신을 차려 보니 나는 제자리에 있었다. 세풀카 장면은 이미 지나갔는지 아무 말도 없었고, 불빛을 잃은 제사장은 비극적으로 빛나는 아이들과 부모 사이에서 무시무시한 저주를 중얼거리고 있었다. 나는 머리를 감쌌다. 혹도 없었다.

"근데 무슨 일이 생긴 거죠?" 나는 옆 관객에게 속삭이며 물었다.

"뭐라고요? 아, 운석이 선생님을 죽였지만, 그동안 아깝게 놓친 장면은 없답니다. 저 커플은 진짜 연기를 못하는군요, 황당한 수준이에요. 아무튼 선생님의 스페어를 구하러 갈락스까지 갔대요." 친절한 아르드리트 여인은 이렇게 설명해 주었다.

"무슨 스페어요?" 나는 눈앞이 캄캄해짐을 느끼며 물었다.

"그, 선생님의 사고 후……."

"그럼 나는 어디 있나요?"

"무슨 소리예요? 극장에 있으시잖아요. 괜찮으신가요?"

"그럼 내가 스페어인가요?"

"그렇죠."

"그럼, 좀 전에 앉아 있던 나는 어디로 간 거죠?"

우리 앞에 앉은 관객들이 큰 소리로 '쉬잇!' 하고 소리를 치는 바람에 내 자리 옆 관객은 입을 닫았다.

"한마디만 더요, 제발," 나는 작은 목소리로 속삭였다.

"그러면, 그건 어디에…… 그러니까…… 무슨 말인지 아시겠죠……."

"조용히! 도대체 무슨 짓인가요! 조용히 해요!" 점점 여기저기에서 비난조의 외침이 들려왔다. 분노 탓에 주황빛으로 물든 옆자리 남자가 경비를 부르고 있었다. 나는 반쯤 정신 나간 상태로 극장을 달려 나와서, 첫 번째 보이는 에보렛을 잡아타고 호텔로 돌아왔다. 그러고는 거울에 비친 스스로를 꼼꼼하게 관찰했다. 그래도 약간 다행인 점은, 내 모습이 예전과 똑같아 보였다는 것이다. 하지만 잘 살펴보다가 나는 끔찍한 점을 발견했다. 셔츠는 뒤집힌 채 입혀졌고, 단추도 밀린 상태로 채워져 있었던 것이다. 나에게 옷을 입힌 자들이 지구 의복에 대해 아무런 지식도 없었음은 분명했다. 게다가 양말 속에서 포장재 쪼가리까지 나온 것을 보니 급하게 처리한 듯했다. 숨이 막혀 왔다. 그 순간 전화가 울렸다.

"벌써 네 번째 전화네요." K의 KWK 목소리였다. "자줄 교수님이 오늘 만나고 싶어 하십니다."

"누구요? 교수님이요?" 나는 온 힘을 다해서 똑바로 정신 차리려고 노력하며 물었다. "좋습니다, 언제요?"

"아무 때나 되시는 시간에요, 지금도 가능하십니다."

"그럼 지금 당장 가겠습니다!" 나는 갑자기 결정했다. "그리고…… 그리고 계산을 준비해 주세요!"

"벌써 떠나시나요?" K의 KWK는 놀란 것 같았다.

"네, 가야만 합니다! 기분이 아주 이상해요!" 나는 이렇게 말하고는 수화기를 쾅 내려놓았다.

옷을 갈아입은 뒤 아래층으로 내려갔다. 최근에 경험한 사건들 덕분인지 에보렛에 올라타자마자 운석이 호텔을 박살 냈음에도 불구하고, 나는 눈 하나 깜짝하지 않은 채 교수의 주소를 불러 주었다. 교수는 지하 지역의, 은빛으로 부드럽게 빛나는 언덕 사이에 살고 있었다. 나는 에보렛을 교수의 집에서 꽤 떨어진 곳에 세우고, 긴장을 풀고자 조금 걷기로 했다. 길을 걸어가며, 나는 키 작고 꽤 나이 들어 보이는 아르드리트인 한 명이 가리개로 덮은 손수레 같은 것을 천천히 밀고 가는 모습을 보았다. 그는 나를 보고 공손히 인사했으므로 나도 인사를 했다. 한 1분 정도 우리는 나란히 걸었다. 골목을 돌자 교수의 집을 둘러싼 산울타리가 보였는데, 거기서 하늘로 연기가 치솟고 있었다. 내 옆에 걷고 있던 아르드리트인은 발이 걸려서 휘청했다. 바로 그때, 덮개 밑에서 무슨 목소리가 들렸다.

"이제?"

"아직 아니야." 아르드리트인이 말했다.

나는 다소 수상했지만, 아무 말도 하지 않았다. 우리가 울타리 앞까지 다가갔을 때, 나는 교수의 집에서 피어올랐을

ﾉ○∞

지도 모르는 연기에 대해 생각하기 시작했다. 아르드리트인에게 이 사실을 말하니 그는 고개를 끄덕였다.

"네, 그렇죠, 운석이 떨어졌어요, 한 15분 전에요."

"정말입니까!" 나는 깜짝 놀라서 물었다. "정말 끔찍하군요!"

"곧 아르드리트 믹스가 도착할 겁니다." 그는 손수레를 끌며 말했다. "시 외곽에서 오니까, 아시다시피, 항상 시간이 좀 걸리죠. 우리랑은 달라요."

"이제?" 손수레 깊숙한 곳에서 아까의 그 째지는 듯한 목소리가 또 들려왔다.

"아직 아니야." 그가 대꾸하고는 다시 나에게 말했다. "저 문 좀 열어 주시겠어요?"

나는 시키는 대로 문을 열고서 물었다.

"지금 교수님께 가시는 겁니까……?"

"네, 스페어를 가지고 왔어요." 그는 이렇게 말하더니 덮개를 벗기는 작업에 착수했다. 나는 숨을 들이마시고 정성스럽게 포장된 큰 상자를 들여다보았다. 한쪽 모서리가 찢겨 있었는데, 그 속에서 살아 있는 눈동자가 밖을 내다보고 있었다.

"당신은 지금 저에게…… 아…… 지금 저에게……," 상자 안에서 아까의 그 목소리가 들려왔다. "제가 곧…… 바로 제가 곧…… 잠시 정자에서 좀 기다…….”

"네, 네…… 그쪽으로 가겠습니다." 나는 대답했다. 손수레를 밀던 아르드리트인은 연신 짐을 풀었다. 그때 나는 몸을 돌린 다음, 산울타리를 뛰어넘어서, 있는 힘껏 공항으로 달려갔다. 한 시간 뒤 나는 이미 별이 가득한 항로에 도착해 있었다. 자줄 교수의 기분이 상하지 않았기를 바랄 뿐이다.

열여덟 번째 여행

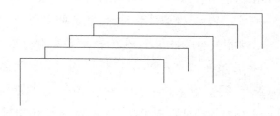

지금 내가 기술하려는 여행은, 그 결과나 규모 면에서 내 인생의 가장 큰 업적이다. 이제 와서는, 내 말을 믿으려 하는 사람이 별로 없다는 점 역시 알겠다. 그러나 역설적으로, 독자들이 믿지 않는다는 사실 때문에 이 이야기를 들려주기가 훨씬 쉬워졌다. 내가 의도한 바를 훌륭하게 이루어 냈다고는 말할 수 없다. 솔직히 상당히 잘 풀리지 않았던 것이다. 문제를 일으킨 것은 내가 아니다. 그러나 나를 시기 질투하는 무식한 자들이 내 계획을 방해하려고 애썼기 때문에, 나도 마음이 무겁다.

　내가 시도했던 그 모험은, 세상을 창조하려는 목적을 가지고 있었다. 그것은 어떤 새롭거나 개인적인 사건도, 지금까지 없었던 그런 일도 아니었다. 절대로 아니다. 그건 바로, 우리가 사는 이 세상을 말하는 것이다. 이렇게 말하면 말도 안 되고, 미친 듯 보일지 모른다. 현재 이미 존재하는, 게다가 이미 오랫동안 돌이킬 수 없는 상태로 존재해 왔던 우주 같은 것을 어떻게? 어쩌면 독자들은, 여태껏 지구 말고는 아무것도 없었고, 은하와 태양, 성운과 은하수 따위는 모두 환상에 불과하다는 말도 안 되는 이론을 생각해 봤을지도 모른다. 그러나 그것도 아니다. 나는 정말로 모든 것을, 완벽하게 모든 것을 창조했다. 그러니까 지구와, 다른 태양계의 체계와 메타은하계를 말이다. 사실 꽤 자랑할 만한 일이지만, 나의 창조물은 상당히 많은 결점을 가지고 있었다. 그 결점은 아무래도 재료 탓이겠지만, 가장 문제시되는 점은 생체 재료, 예컨대 인간이 가장 문제였다. 인간이 제일 큰 골칫거리다. 물론, 내가 이름을 거론하려는 그 작자들이 훼방을 놓긴 했지만, 단지 그 때문에 내 잘못이 없다고는 생각하지 않는다. 처음부터 모든 것을 더 꼼꼼하게 계획하고, 주의를 기울이고, 상황에 맞게 조정해야 했다. 특히 수리나 업그레이드가 불가능한 경우에는 말이다. 작년 10월 20일부터 우주의 모든 구조적 결함과 인간 본성의 왜곡은 전부 내 잘못으로 치부되고 있다. 양심의 가책은 피할 수 없다.

이것은 3년 전에 시작되었다. 타란토가 교수의 소개로

뭄바이의 한 슬라브인 물리학자를 알게 되었다. 뭄바이에는 교환 교수 자격으로 와 있었다. 이 솔론 라즈그와즈 교수는 삼십몇 년 전부터 코스모고니아를 연구하고 있었는데, 코스모고니아란 이 세상이 어떻게, 어디에서 생겨났는지를 연구하는 천문학의 일종이다.

연구를 이어 가며, 그는 어떤 수학적 해답을 구하기에 이르렀는데, 너무나 놀라운 결과를 얻었다. 잘 알려져 있다시피, 코스모고니아 연구는 두 갈래로 나뉜다. 한쪽에서는 이 세상을 언제나 영원한 것으로, 그러니까 아예 시초가 없는 것으로 여긴다. 다른 쪽에서는 이 세상이 언젠가 시작되었는데, 그것도 폭발에 의해서, 그러니까 핵 이전 상태의 폭발로 탄생했다는 것이다. 두 주장에는 다 결정적인 문제가 있다. 첫 번째 이론에 대해 이야기하자면, 관측 가능한 우주가 대략 백몇십억 년 정도 되었다는 과학적 증거는 너무나 많다. 하지만 무언가를 몇 살이라고 하는 것과, 그것이 시작하는 그 시점, 즉 $\oslash$으로 가는 것은 다른 문제이며 간단하지도 않다. 하지만 영원한 우주라면 그런 $\oslash$, 그러니까 시작이 있을 수 없는 것이다. 이런 새로운 정보의 압력을 받아서 현재 대부분의 과학자들은 마침내 한 150억 년, 또는 180억 년쯤 전에 우주가 생겼다는 주장을 받아들이고 있다. 갑자기 무슨 물질, 일렘인지 프라아톰인지가 폭발하여, 그로부터 물질과 에너지가 생성되고, 구름과 별이, 회오리치는 은하수가, 빛으로 가득한 흐릿한 가스 속에 흐르는 어둡고 밝은 성운들이 생겨났다는 주장이다. 이 모든 것을 매우 정확하고 멋지게 설명할 수 있는데, 이때 누군가의 머릿속에, '아니 그럼 그 프라아톰이라는 물질은 어디서 왔는데?'라는 질문이 생겼다가는 큰일이다. 왜냐하면 그 질문은 해명할 수 없기 때문이다. 물론 어떻게 돌려서 얼버무릴 수는 있겠지만, 정직한 천문학자라면 그럴 수 없으리라.

　　라즈그와즈 교수는 코스모고니아를 전공하기 전에는 오랫동안 물리학 이론을 공부했는데, 특히 기본 요소에 대한 현상을 연구해 왔다. 라즈그와즈 교수가 이를 관두고 새로운 문제에 관심을 기울일 무렵, 그는 이런 이론을 품고 있었다. 우주에는 분명히 시작이 있었다. 틀림없이 185억 년 전, 하나의 프라아톰에서 이 세계가 생성된 것이다. 하지만 그 프라아톰이 도대체 어디에서 왔는지, 그건 있을 수 없는 일이다. 그럼 누군가 프라아톰을 빈자리에 가져다 놓기라도 했단 말인가? 처음엔 아무것도 없었다. 만약 무언가가 있었더라면, 그 무언가는 당연히 곧 시작됐을 테고, 그렇게 발전해서 이 세상은 훨씬 더 빨리, 정확히 말하자면, 거의 끝없을 정도로 빨리 시작되었을 것이다! 그 무슨 초기의 프라아톰이 계속 유지되었다, 알 수 없는 이온에 의해 꼼짝없이 움직이지 않고 지속되었더라도, 그 무언가가 갑자기 프라아톰을 밀치고 때려서, 이렇게 거대한, 이 모든 우주 같은 것이 펼쳐지도록 하지 않았을까?

로즈그와즈 교수의 이론을 알게 되자, 나는 그에게 어떻게 이러한 발견을 했는지 묻지 않을 수 없었다. 이런 문제는 언제나 나의 관심을 끌었으며, 아마도 로즈그와즈 교수의 코스모고니아 이론보다 더 큰 발견은 드물 것이기 때문이었다. 조용하고 매우 겸손한 교수는, 자신이 정격 천문학의 입장과는 매우 다른 생각을 견지하고 있다고 말했다. 모든 천문학자들은 정확히, 우주가 태어나는 그 작은 핵 조각이 보통 문젯거리가 아님을 잘 알고 있다. 그러면 이 문제를 어떻게 해결하는가? 뭐, 그냥 지나치는 것이다. 너무나 불편한 이것을, 그저 건너뛰어 버린다. 반대로 라즈그와즈는 바로 이 문제에 자신의 모든 정열을 바치기로 했다. 점점 더 많은 정보를 수집하고, 도서관에서 자료를 들이파고, 모델을 만들어 보고, 세상에서 가장 빠른 컴퓨터들의 도움을 받음으로써 그는 이 작은 핵 조각에 문제의 원인이 있음을 점점 더 확실히 깨닫게 되었다. 또한 이 학설의 모순을 차차 스스로 좁힐 수 있다는, 심지어 완전히 없앨 수도 있다는 희망을 품게 되었다.

지금 상태로는 모순이 점차 커지기만 했다. 모든 사실들이 우주는 단 하나의 핵에서 생겨났지만, 동시에 그런 핵은 존재할 수 없음을 가리키고 있었기 때문이었다. 여기에서 당연하게도, 창조주 가설이 제시되기 마련인데, 라즈그와즈는 이를 최후의 수단으로 여기고 일단 밀쳐놓았다. 나는 그가 이런 말을 하면서 보여 준 웃음을 기억하고 있다. "모든 것을 다 신에게만 미룰 순 없죠. 특히나 천체물리학자라면 그런 짓은……." 라즈그와즈는 몇 달 동안 이 딜레마에 사로잡혀 있다가 과거 자신의 연구를 되돌아보았다. 만약 내 말을 믿기 힘들다면, 주변의 물리학자 아무나 붙잡고 물어보도록 하라, 그러면 어떤 현상들은 아주 작은 범주 안에선 마치 신용 거래처럼 일어난다고 말해 주리라. 입자를 이룬 중간자들이 가끔 법칙을 거슬러서 행동하기도 하는데, 이런 현상은 아주 빠른 속도로 일어나므로 거의 거스르는 수준도 아니게 된다. 만약 물리학 법칙으로 용인할 수 없는 작용이 발생하더라도 마치 아무것도 아닌 양 너무 빨리 일어났다가, 곧바로 다시 물리학 법칙을 따른다는 것이다. 대학 정원에서 아침 산책을 하던 라즈그와즈 교수는 스스로에게 이런 질문을 했다. 만약 그렇다면, 우주가 엄청난 규모로 혼자서 이런 일을 벌이지는 않았을까? 1초가 영원처럼 느껴지는 긴 시간이라고 가정할 때, 만약 중간자들이 몇백만분의 1초 사이에 이렇게 행동한다면, 그만큼 규모가 큰 우주는 훨씬 더 긴 시간 동안 그렇게 행동해야 할 터다. 예컨대 150억 년 정도······ 바로 그때, 아무것도 없었기 때문에 생겨날 수 없는 어떤 것이 생겨난 것이다. 우주는 급변할 수 없으니까.

그것은 잠시 동안의 일탈, 원래 행동에서 찰나의 빗나감이었지만, 단지 그 순간의 규모가 너무나 컸을 뿐이었다. 세상은, 그러니까 아주 작은 규모에서 중간자가 그러하듯, 잠깐 물리학 법칙에서 벗어난 것이다! 로즈그와즈 교수는 비밀의 영역에 들어섰다는 기분에 사로잡혀서 얼른 연구실로 발걸음을 옮겼고, 곧 이 이론을 증명할 계산에 착수했다. 계산은 조금씩, 교수의 생각이 맞았음을 증명했다. 그러나 이 계산을 다 끝내기도 전에, 교수는 코스모고니아의 수수께끼를 푸는 일이, 도저히 상상할 수 없을 만큼의 위협임을 깨닫기 시작했다.

그러니까 우주는 '외상으로' 존재하는 것이다. 모든 성운과 은하계를 합쳐서 이 우주는 거대한 빚이며, 약속 어음의 의무로, 언젠가는 갚아야 하는 것이다. 이 세상은 불법적 대출, 재료와 에너지의 빚이다. 사실 이 세상이 존재한다는 것은, 실제적으로 상환 의무를 환기해 준다. 그러므로 불법 행위인 우주는 어느 맑은 날, 마치 비눗방울처럼 터져 버릴 수도 있었다. 만약 그것을 창조해 낸 '비정상'이 거꾸로 작용한다면 말이다. 바로 그 순간이야말로 질서의 회복일 테니까!

우주가 이렇게 광대하고, 그 안에서 이토록 많은 사건이 생길 수 있었던 까닭은, 어디까지나 이것이 상상해 낼 수 있는 가장 큰 범위의 일탈이기 때문이었다. 라즈그와즈는 지체 없이, 그러니까 그 운명적 순간이, 이를테면 재료, 태양, 별, 행성 그리고 지구상의 우리들이, 마치 촛불 꺼지듯 무로 돌아가는 순간이 언제일지를 계산하는 일에 착수했다. 하지만 그것을 예상하기란 불가능하다는 사실을 깨달았다. 당연한 일이다! 만약 일탈이라면, 그것은 어떤 수리 법칙에서도 벗어날 테니까! 이 발견이 가져다준 공포 탓에 교수는 밤잠을 못 이룰 지경이었다. 오랜 내적 투쟁 끝에 교수는 자신의 코스모고니아 이론을 공식적으로 발표하는 대신, 가장 뛰어난 우주물리학자들에게 개인적으로 알렸다. 학자들은 이 이론의 신빙성과 그 예상 결과를 인정했다. 하지만 더불어 개인적으로 조언하기를, 지금 이 상황을 알린다면 우리 세상은 혼란과 공포에 빠질 테고, 문명 파괴를 불러오리라는 견해도 밝혔다. 당장 이 모든 것이 자신과 함께 사라져 버릴 수도 있다고 생각하면, 만사에 의욕을 잃고 손가락 하나조차 움직이고 싶지 않을 것이 아닌가?

상황은 이럴 수도, 저럴 수도 없는 지경에 이르렀다. 인간뿐만 아니라 모든 것의 역사상 가장 놀라운 발견을 해 낸 라즈그와즈 교수는 동료 학자들의 의견을 따랐다. 무거운 마음으로 자기 이론을 발표하지 않기로 한 것이다. 그 대신 물리학의 모든 범주에서 어떻게든 이 우주를, 그 외상의 존재를 안정화하고 지탱할 수 있는 방법을 찾기 시작했다. 그러나 그의 노력은 모두 헛수고였다. 우주의 근원, 즉 그 시작에서 유래한 우주적 빚을 갚을 수 있는 방법은, 지금으로서는 어떤 짓을 해도 불가능했다. 그 시작에서부터 이 세상은 가장 거대한, 동시에 어떻게 하더라도 막아 낼 수 없는 무의 빚쟁이가 된 것이었다.

내가 교수를 알게 된 시기도 바로 이때쯤이었다. 긴긴 몇 주 동안 함께 대화하며, 그는 나에게 자신이 발견한 비밀을 알려 주었다. 그러고는 같이 해결 방법을 찾자고 요청했다.

아, 나는 혼란스러운 머리와 절망적인 가슴을 품은 채 호텔로 돌아왔고 잠시라도 그 시작의 순간, 200억 년 전으로 돌아갈 수 없을지 고민했다. 거기에 단 하나의 핵만 남겨 둘 수 있다면, 그러면 마치 씨앗에서 싹이 트듯 이 우주가 완전히 정당한 방법으로, 물리학 법칙에 맞게, 재료와 에너지 보존의 법칙을 따르며 탄생할 수 있을 텐데, 그러나 그곳으로 어떻게 갈 수 있을까?

교수에게 내 생각을 말하자, 그는 우수에 찬 미소를 지으며 나에게, 그냥 보통의 핵에서는 이 우주가 탄생할 수 없다, 왜냐하면 우주의 원형질은 그 안에 메타은하계 심연에서의 모든 변화와 활동에 필요한 에너지를 이미 품고 있어야 하기 때문이라고 했다. 나는 내 착오를 수긍했지만, 그래도 고집스럽게 이 문제에 대해 계속 생각해 보았다. 그러던 어느 날 오후, 모기에 물려서 부은 다리에 기름을 바르다가, 언젠가 둥그렇게 자리한 심부름꾼개자리 성운 근처를 비행하며 심심한 나머지 『이론 물리학』을 읽었던 일이 떠올랐다. 특히 이때 기본 원자에 관해 읽었는데, 파인먼의 가설에 따르면 시간의 흐름에 역행해서 움직이는 원자들이 있다는 것이다. 그렇게 원자가 움직일 때, 우리는 그제야 그것을 양전자로 의식한다. 나는 발을 대야에 담그고 혼잣말로, 만약 그런 원자 하나를 집어서 그 속도를 점점 늘린다면, 이 원자가 시간 안에서 점점 더 빨리 움직이도록 하면 어떨까, 그 원자가 우주 시간의 시작보다 더 빠른 지점으로 가도록, 아직 아무것도 없었던 곳에 말이다. 그렇다면 그 가속된 양전자 속에서 우주가 시작될 수 있지 않을까?

나는 다리에서 물을 뚝뚝 흘리며 맨발로 교수에게 뛰어갔다. 교수는 바로 내 발상의 원대함을 인정하고, 아무 말 없이 계산에 착수했다. 계산에 따르면 이런 시도가 가능하다는 것이다. 요컨대, 시간에 역행하는 원자는 점점 더 많은 에너지를 품게 되므로 우주의 시작 밖으로 나가게 될 때 그 안에 쌓인 힘을 폭발시키며 바로 우주적 빛을 다 갚을 만한 에너지를 얻는다는 것이다. 그러면 이 우주는, 더 이상 외상으로 존재하지 않기 때문에, 우리는 우주를 구할 수 있다!

이제는 이 우주를 합법적으로 만드는, 사실상 우주를 창조하는 이 작업의 현실적 측면을 고려하는 일만 남았다. 투명한 성정의 S. 라즈그와즈 교수는 타란토가 교수와의 대화에서나, 함께 일하는 조교들과의 대화에서나 우주 창조에 얽힌 돌파구는 내 업적이며, 그러므로 창조주 또는 세상의 구원자라는 명칭 역시 자신이 아니라 나에게 더 합당하다고 밝혔다. 내가 이런 얘기를 하는 까닭은 자랑하기 위해서가 아니라, 오히려 자만심을 스스로 겸손하게 억누르기 위해서다. 왜냐하면 뭄바이에서 질리도록 들었던 엄청난 찬사와 인정 때문에, 우려스럽게도 그 영향은 내 머릿속에 약간의 변화를 일으켰고, 그 탓에 스스로 해야 할 일을 조금 소홀히 하는 결과를 불러왔다. 순진한 나는 영광 덕분에 조금 해이해져서, 가장 중요한 부분은 이미 다 해결되었고, 이제 남들도 능히 할 수 있는 실행적 측면만이 남았다고 판단했다.

그것은 치명적인 실수였다! 라즈그와즈 교수와 여름 내내, 그리고 가을이 거의 다 지나도록 이 양자, 그러니까 우주의 씨앗이 가져야 할 성격과 특징을 정하는 데 힘을 기울였다. 우주의 씨앗보다는 '만능 상자'라고 부르는 편이 나을 것이다. 세상을 창조하는 일의 기술적 영역에서 가장 중요한,

즉 시간의 시작으로 가는 물체는, 대학 소유의 거대한 동기 위상기를 개조해서 제작했다. 그 에너지가 제대로 단 하나의 양자, 그러니까 모든 것을 만들어 낼 씨앗에 집중되는 시점은 10월 20일이라 했다. 라즈그와즈 교수는 바로 이때, 이 아이디어를 제공한 사람이 우리 세상을 만들어 낼 크로노 발사기를 쏘아야 한다고 주장했다. 이런 전무후무한, 그리고 역사상 단 한 번밖에 없는 기회를 맞이해서 이 기계는 그냥 되는대로 아무 양자나 쏘아 올리는 것이 아니라, 우리 필요에 맞게 만들어진, 특수하게 손질되어 맞춰진, 그래서 이 우주를 좀 더 제대로 된 장소로 자리매김하게 하고, 지금 존재하는 것보다 훨씬 견고하게 만들어 줄 그런 양자를 발생시켜야 했다. 그리고 또한 우주 창조에서 거의 마지막 단계에 속하는 존재, 즉 인류에게도 따로 관심을 기울여서 제작했다.

물론 단 하나의 양자를 그런 식으로 프로그래밍한다는 것, 그토록 엄청나게 많은 조정 정보를 집어넣는다는 것은 쉬운 일이 아니었다. 또한 나는, 내가 이 전부를 이루어 내지 않았음을 밝힌다. 나와 라즈그와즈 교수는 각각 역할을 분담했다. 나는 우주의 이상적 형태와 나아갈 방향을 구상하고, 라즈그와즈 교수는 이것을 물리학 단위와 우주 이론, 양자, 양전자, 각종 소립자 이론 등 과학 용어를 사용해서 해명하기로 했다. 그리고 이렇게 생성된 양자를 배양한 뒤 그중 가장 성공적인 것을 골라서, 아까 말했듯이 10월 20일에 탄생시키도록 한 것이었다.

그 뜨거운 세월 동안 만들어 내지 못한 더 좋은 것, 더 훌륭한 것이 있다면 무엇이었을까! 나는 며칠 밤이나 자다가도 벌떡 일어나서 산더미같이 쌓인 물리학과 윤리학, 동물학 서적을 살피며, 가장 소중한 정보들만을 모으고 축약했다. 한편 교수는 새벽부터 우주의 씨앗인 양자를 만들었다. 종전처럼 초신성의 폭발을 통해서가 아니라, 이 우주가 조화롭게 발전하도록, 준항성과 펄서 행성의 에너지가 무분별하게 낭비되지 않도록, 별들이 불꽃이 되거나 밀려 나가지 않도록, 즉 습도를 유지해 주는 끈으로 서로 묶어 놓아서 멀지 않은 행성끼리 쉽게 여행할 수 있도록, 동시에 우주 사이의 소통을 용이하게 하고, 지성을 가진 모든 생명을 통합할 수 있도록. 비교적 짧은 시간 동안 내가 얼마나 많은 수정(작업)을 해냈는지 여기에 차마 다 적을 수도 없다. 그러나 이러한 사실들은 그다지 중요하지조차 않다. 왜냐하면 내 입장에서는, 긴말할 것도 없이 당연히 인류에 집중했기 때문이다. 인류를 개선시키고자, 나는 자연 진화의 법칙을 바꾸었다.

알다시피 진화란 힘센 놈이 약한 놈을 대량으로 잡아먹는 학살, 또는 약한 놈이 센 놈 안에 숨어들어서 멸망시키는 기생, 둘 중 하나다. 도덕적으로 옳은 것은 초록빛 식물밖에 없는데, 그들은 태양의 자본을 바탕으로 자력껏 살기 때문이다. 그래서 나는 살아 있는 모든 생명에게 광합성을 도입하고, 특히 이파리 달린 인간을 고안해 냈다. 그러면서 위장의 자리가 비었으므로 거기에 좀 더 큰 신경 조직을 집어넣었다. 물론 이 모든 것을 직접적으로 조작하지는 않았는데, 사실 우리에게 주어진 것은 원자 한 개뿐이었기 때문이다. 그냥 나는 교수와 의논하면서 이 새로운, 빛이 없는 우주의 근본 법칙, 즉 살아 있는 모든 존재가 다른 모든 존재에게 예의를 지키며 살아가는 방법은 무엇일까, 하고 고안해 냈을 따름이다. 또한 나는 미적으로 훨씬 훌륭한 몸, 더욱더 신비한 성, 여러모로 개선한 육체도 만들었지만, 그 모든 것을 다 기억해 내려면 가슴이 찢길 것만 같다. 어쨌든 ♀월 말에 우리는 창조의 청사진과 그의 양자적 탄환을 준비했다. 물론 여기에는 아주 복잡한 계산이 수반되었고, 그 계산은 교수와 조교들이 함께해 냈는데, 왜냐하면 이 작품을 시간에 위치시키는(사실 시간 밖에 위치시키는) 일이야말로 최고의 정밀함을 유지해야 하는 고난도의 작업이기 때문이었다.

그렇다면 나에게 주어진 이 막중한 책임을 고려할 때, 그 자리에 묶인 듯 이 모든 상황을 잘 감독했어야 마땅하지 않을까? 그런데 무슨! 나는 휴식을 갈망하며…… 작은 바닷가 도시로 휴양을 떠났다. 굳이 언급하기 민망하지만 모기들이 어찌나 극성을 떨었는지 온몸이 부어올라서, 나는 그저 시원한 바닷물에 몸을 담그고 싶었던 것이다. 그리고 그 저주받을 모기들 때문에 정말…… 하지만 나는 내 잘못에 대해 누구도, 그리고 어떤 것도 원망해서는 안 된다는 사실을 잘 안다. 여행을 떠나기 직전에 나와 교수의 동료들 사이에서 작은 갈등이 있었다. 사실 동료들이라기보다는 교수와 같은 나라 사람인 알로이자 쿠파라는 일반 연구원이랑 문제가 있었다. 이자의 임무는 실험실 집기들을 관리하는 일이었는데, 난데없이 자기도 '세상의 창조자들' 명단에 올려 달라고 요구했던 것이다. 자신이 없었으면 크리오트론도 제대로 작동하지 않았을 테고, 그랬다면 양자 역시 제대로…… 등의 이유를 대면서 말이다. 나는 물론 그를 대놓고 비웃었고, 그는 이 말도 안 되는 환상에서 벗어난 듯 보였다. 그러나 사실은 비밀스럽게 자기 꿍꿍이를 획책하고 있었다. 심지어 혼자서는 아무것도 할 수 없었기 때문에 협잡꾼 둘을 끌어들였는데, 이들은 뭄바이의 핵 연구소 근처(지열 탓에 주변 바닥이 따뜻했으므로)를 떠돌던 작자들이었다. 이들은 독일인 A. 아스트 로스와 절반은 영국인, 절반은 네덜란드인인 보엘스 E. 버브였다.

훗날 진행된 조사에서 밝혀진 바에 따르면, 쿠파는 밤 중에 이들을 실험실로 몰래 들여보냈고, 나머지는 라즈그와즈 교수의 조교였던 젊은 석사, 서펜타인의 짓이었다. 그는 부주의하게도 강철 금고의 열쇠를 생각 없이 책상 위에 올려놓았는데, 그 덕분에 침입자들은 수월하게 자기 임무를 해낼 수 있었다. 서펜타인은 이후에 자기가 아팠었다고 변명하며 의사 진단서를 내놓았지만, 이미 연구소 전체는 이 젊은 놈이 에바 A.라는 유부녀와 불륜 관계였음을 알고 있었다. 그 여자의 발밑에서 교태를 부리며 꿈틀거리느라 자기 임무를 눈앞에서 놓친 것이었다. 쿠파는 떠돌이 일행을 크리오트론이 보관된 방으로 안내하더니 그 안에서 듀얼 용기를 꺼냈다. 그러고는 귀중한 탄환이 들어 있는 장방형 용기를 꺼내서 불온하게도 변수를 '교정'했던 것이다. 그 결과는 지금 우리가 살고 있는 이 악몽 같은 세상을 흘긋 살펴보기만 해도 바로 알 수 있다. 이들은 심문을 받으면서 자신들의 '의도는 순수했다'며, 또한 유명해지기를 원했다고 밝혔다. 그런데 이들은 또 세 명이나 되었으므로 심문이 쉽지 않았다.

삼위일체라고! 증거의 압박과 불처럼 쏟아지는 교차 심문 끝에, 이들은 서로 범행을 분담했다는 사실을 시인했다. A. 아스트 로스, 한때 괴팅겐의 학생이었던 그는 (그러나 하이젠베르크는 그가 애스턴 분광기에 외설스러운 사진을 넣어 놓았음을 보고 조교 자리에서 쫓아냈다.) 창조의 물리적 부분을 맡아서 그야말로 엉망으로 만들었다. 바로 이자 때문에 약한 결합이 강한 결합과 일치하지 않으며, 행동 양식의 균형이 파괴되었다. 물리학자라면 누구든 내가 무슨 말을 하는지 바로 이해할 것이다. 또 로스는 쉬운 덧셈을 할 때 실수를 저질러서 양자 탄환이, 지금 계산해 보자면, 무한대의 크기를 가지도록 만들었다. 이 머저리 때문에, 이론상 존재해야 하는 양성자를 이제 어디서도 찾을 수가 없다! 제대로 배워 먹지 못한 이자는 분산 공식을 고쳐야 하는데 까먹었던 것이다! 그리고 서로 간섭하는 양자들이 뻔히 논리를 거스르게 된 것도 그의 '공헌'이다. 하이젠베르크가 평생 머리를 싸매고 고민했던 문제는 바로 자신이 가르쳤던 최악의 멍청이가 빚어낸 작품이었다!

그러나 로스는 훨씬 중대한 범죄를 저질렀다. 나의 창조 계획은 핵융합 반응을 염두에 두고 있었는데, 핵반응 없이는 별들의 빛 에너지조차 없을 것이기 때문이었다. 하지만 인류가 20세기 중반에 핵폭탄을 만들지 못하도록 나는 우라늄 원소들을 없애 버렸다. 그런 짓을 하기에는 시기가 너무 빨랐기 때문이다. 인류는 그저 핵에너지를 헬륨의 중수소핵 합성으로서만 다스릴 수 있을 뿐이며, 따라서 인류가 21세기 이전에는 핵폭탄을 발견하기 어렵도록 설계해 놓았다. 그러나 A. 로스는 우라늄을 원래대로 프로젝트 속에 넣어 두었다. 불행히도 그가 군사적 패권주의와 연루된 어떤 제국

주의 스파이로부터 사주를 받고 이런 행동을 취했는지에 관해서는 증거를 댈 수 없었다……. 그럼에도 그에게 대량 학살 혐의에 대해서는 물어야 했다. 그가 아니었더라면 2차 세계 대전에서 핵폭탄은 쓰이지 않았으리라.

잘난 삼위일체 무리의 두 번째 '전문가' 님은 보엘스 E. 버브인데, 한때 약학 대학을 졸업했으나 여러 범법 행위 때문에 자격증을 말소당했다. 이자는 생물학적 측면을 '담당'하고, 이를 적절히 '개선'시켰다. 그러나 나는 이 '개선'을 다음과 같이 이해했다. 세상은 지금 있는 상태로 존재하고, 인류는 지금 사는 방식대로 산다, 왜냐하면 이 모든 것이 우연히, 한마디로 말해서 기본적인 법칙도 어긴 채 되는대로 생겨났기 때문이다. 이런 조건에서는 잠시만 생각하더라도, 하다못해 더 악화되리라는 결론에 이를 수 있다. 뽑기가 결정적인 역할을 했다. '창조자'가 유동적으로 끊임없이 변덕을 부리는 무(無)이고, 기괴한 악몽처럼 무의미하게 아무런 계획도 없이 전 우주적 비눗방울을 불어 젖혔다면!

물론 인정한다, 적절한 수정과 정정이라면 우주의 어떤 측면은 그냥 놔둬도 될 만하다는 사실을. 그리고 나 역시 할 수 있는 만큼 성실히 의무를 다했다. 하지만 인간에 대해 말하자면, 나는 극단주의자가 될 수밖에 없다. 나는 그 끔찍한 털을 보자마자 바로 없애고 말았으니까. 앞서 언급했던 체모를 대신하는 수많은 이파리가 삶의 새로운 윤리를 실현시키는 데 큰 역할을 했을 테지만, 버브에게는 털이 더 중요했나 보다. 그런데 맙소사, 그 이유는 고작 '털이 없으면 서운하지 않나?'였다. 그러니까 멋진 뒷머리나, 구레나룻 그리고 온갖 야단법석이 '털'로 가능하다는 것이었다. 모든 생명과 연대할 수 있는 새로운 인간적 도덕이 갑자기 미용 규범을 상대해야 하다니! 여러분들에게 말해 두겠다. 만약 보엘스 T. 버브가 이 모든 괴상망측한 것들, 즉 '털'을 다시 한 번 심어 놓지 않았더라면, 우리는 지금과 매우 달라서 서로를 알아보지도 못했으리라.

이제 드디어 실험실 조수였던 쿠파에 대해서 말하겠다. 이자는 정말 자기 혼자서는 아무것도 할 수 없는 작자다. 세상의 창조에 대한 자기 역할을 영원히 지속시키고자 동료들에게 도움을 청했다. 이자는(나는 이 글을 쓰면서도 분노로 몸이 떨린다.) 자신의 이름을 하늘 위에 영원히 남기기를 원했다.↓ 하지만 로스가 별들의 궤도는 계속 움직이기 때문에 모노그램이나 글자를 새길 수 없다고 설명해 주었고, 그러자 쿠파는 최소한 별들이 큰 '무리'를 지었으면 좋겠다고 요구해서 그 요구만 받아들여졌다.

10월 20일, 제어판 키보드에 손가락을 얹었을 때, 나는 당연히 무엇을 창조하는지에 대해서 아무런 생각이 없었

→   kupa. 폴란드어로 '똥' 또는 '무리'를 뜻함.

다. 며칠이 지난 뒤, 우리는 함께 계산을 점검하면서 이 저주받을 세 사람이 저질러 놓은 짓을 발견했다. 라즈그와즈 교수는 절망하고 말았다. 솔직히 말하자면, 나는 내 머리를 쳐야 할지, 다른 놈을 때려야 할지조차 몰랐다. 하지만 결국 이성이 분노와 절망을 이겼는데, 왜냐하면 이미 아무것도 바꿀 수 없음을 깨달았기 때문이었다. 내가 창조한 세상을 엉망으로 만든 악당들을 취조하는 자리에도 나는 참석하지 않았다. 그러고 나서 한 반년 후에 타란토가 교수는 세 침입자들이 마치 종교에서 사탄의 역할을 담당했다고 말했다. 나는 그 소리에 그냥 어깨를 으쓱했을 뿐이었다. 사탄인지, 세 바보인지. 이랬건 저랬건 가장 큰 잘못을 저지른 것은 나다. 제대로 감독하지도 못하고, 실험실을 비우기까지 했으니까. 변명을 하자면 제대로 된 모기 퇴치제 대신, 마치 벌을 불러들이는 꿀 같은 이상한 약품을 판매한 뭄바이의 약사에게도 잘못이 있다고 말하고 싶다. 하지만 그런 식으로 말하자면, 존재의 본성을 망친 것에 대해 이제 도대체 누구를 탓해야 하는지는 오직 신만이 아실 터다. 물론 그런 변명을 하고 싶지는 않다. 나는 지금 있는 그대로의 세상과, 인간의 모든 취약점에 대해서 스스로의 책임을 통감한다. 세상과 인간을 나의 능력 안에서 더 낮게 만들 수도 있었으므로.

스무 번째 여행

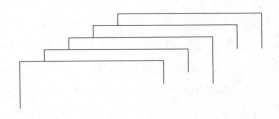

그 일은, 별들이 너무나 몰려 있어서 거의 냄비 속의 잡곡처럼 운명이 으스러지고 있는 둥근 히야디 은하에서 내가 막 집으로 돌아왔을 때 시작되었다. 아직 짐도 다 풀지 않은 터라 여행 가방의 절반은 채집한 표본들로 가득 차 있었으나, 벌써 힘이 다 빠진 채였다. 그래서 나는 가방을 지하실로 옮겨 버리고는, 한숨 돌리고 나서 짐을 풀어야겠다고 생각했다. 귀향길이 엄청 길어졌으므로, 내 사무실 벽난로 앞의 소파에 앉아서 다리를 쭉 뻗고 닳아 빠진 잠옷 주머니에 손을 찔러 넣은 채 불 위에 올려놓은 우유 말고는 아무것도 신경 쓸 필요가 없다고 스스로에게 말하는 상황이 정말 간절했다. 4년이나 여행을 다니다 보면 우주란 정말 지긋지긋해진다.

어느 기간 정도는 말이다. 창가로 나서면 한없는 암흑도 번쩍거리는 홍염도 아닌, 거리와 뜰과 관목과 나무 밑에서 은하계 문제와는 전혀 상관없이 볼일을 보는 강아지가 보인다니, 이 얼마나 흐뭇한 풍경인가.

하지만 소원이란 항상 그렇듯, 이러한 바람은 절대 이루어지지 않았다. 로켓에서 꺼낸 첫 번째 상자의 귀퉁이가 찌그러진 모습을 보고, 나는 힘들게 모아 온 귀중한 표본들을 걱정하며 곧바로 짐을 푸는 일에 착수했다. 미드랑그들의 상태는 좋았지만, 그 아래에 있던 칼루슈니차는 거칠거칠해져서 도저히 그대로 놔둘 수가 없었다. 나는 몇 시간 동안 가장 큰 상자의 뚜껑을 여닫고, 트렁크를 열어서 보온병 속의 찻물에 완전히 젖어 버린 그롱시들을 말리고자 히터 위에 올려놓았지만, 박제 샘플을 보고 나서는 거의 전율할 수밖에 없었다. 내 수집품 장식물이 될 것들이었는데…… 귀가하면서 이들에게 가장 어울릴 만한 멋진 장소까지 생각해 놓았는데……. 그러니까 이것들은 아주 희귀한 샘플들로, 완전한 무기 문명 아래서 발흥한 문명 중 단 하나의 후예도 남기지 않은, 군국주의 국가 레귤루스의 산물이었다. 토테남이 벌써 밝혔듯이, 박제는 절대 레귤루스인들의 취미가 아니었으며, 뭐랄까 종교 의식과 스포츠 사이에 자리한 것이었다. 토테남은, 한마디로 이들이 왜 박제를 하는지 전혀 깨닫지 못했다.

레굴루스에서 박제는 상징적 행위였으나, 토테남은 단지 이를 매우 의아해할 뿐, 수사학적 질문만 던지고는 진실을 전혀 인식하지 못했다. 그들의 박제는 상황과 목적에 따라 각양각색이었다. 하지만 지금은 이런 문제를 깊이 생각하고 있을 때가 아니었다. 레굴루스에서 획득한 전리품들을 1층에서 2층으로 낑낑거리며 옮기다가 디스크에 무리가 왔다. 급기야 아직 할 일이 잔뜩 남았는데도 이런 막일은 더 이상 못하겠다고 결심하고 말았다. 마지막으로 지하실 속옷 빨랫줄에 마툴키를 걸어 놓은 뒤, 나는 저녁 식사를 준비하러 부엌으로 들어갔다. 이제 낮잠과 여유를 즐길 시간, 그야말로 달콤한 게으름뿐, 나는 굳은 결의로 선언했다. 사실 기억의 바다가 폭풍 이후의 죽은 파도처럼 끊임없이 몰아치고 있었다. 달걀을 깨고 바라보는 주방 가스불의 푸른 불꽃은 아무것도 아닌 듯했지만, 사실 페르세우스자리의 노바 행성과 매우 비슷했다. 그물 커튼은 마치 내가 원자로 파일을 발견할 때 썼던 석면판처럼 새하얬는데, 그때…… 그만! 나는 스스로에게 말했다. 기분 좋은 일이나 생각해야지, 스크램블드에그를 먹을까, 달걀프라이를 먹을까? 마침내 달걀프라이로 결정한 바로 그 순간, 집 전체가 흔들렸다. 아직 깨지 않은 달걀이 마룻바닥으로 떨어졌고, 계단 쪽으로 몸을 돌리자마자 마치 눈사태가 난 듯 요란한 소리가 들렸다. 나는 프라이팬을 집어 던지고 위층으로 뛰어 올라갔다. 지붕이 무너졌나? 운석이 떨어졌나……? 그럴 리 없어! 그런 일이 생길 수 없잖아!

짐들을 처박아 두지 않은 단 하나의 방, 바로 내 작업실이었는데, 거기서 큰 소리가 났다. 처음 눈에 들어온 광경은 휘어진 책꽂이 아래로 산더미같이 쌓인 책들이었다. 두꺼운 『우주 백과사전』 밑에서 누군가 쏟아져 내린 책들을 밀치며, 무릎 뒤쪽으로 기어 나오고 있었다. 지금 일어난 난리만으로는 충분치 않아서 더욱 짓밟고 싶다는 듯이. 내가 뭐라고 하기도 전에 그는 자기 아래에서 기다란 금속 장대를 꺼내더니 손 앞으로 뻗었다. 마치 바퀴 없는 자전거의 핸들처럼 보였다. 내가 헛기침을 했지만, 침입자는 여전히 네발로 엎드린 채 전혀 개의치 않았다. 나는 더 크게 헛기침을 했다. 그제야 침입자의 실루엣이 낯익은 듯 보였다. 그러나 그를 진정으로 알아본 순간은, 그가 자리에서 일어났을 때였다. 그건 바로 나였다. 거울을 보는 듯 완전히 똑같았다. 게다가 나는 이런 비슷한 난리를 편안한 집이 아닌, 중력 폭풍 속에서 이미 겪은 적 있었다!

그는 정신없는 눈길로 나를 바라보더니, 자신의 도구 위로 몸을 굽혔다. 이렇게 제멋대로 구는 것, 게다가 아무 해명도 하지 않으려 하는 행동이 결국 나를 폭발하게 했다.

"이게 도대체 무슨 짓이야!" 나는 아직 소리를 지르지는 않았다.

"내가 곧 설명할게…… 기다려……." 그는 중얼거렸다. 곧장 일어서서는 그 튜브 같은 장대를 스탠드 전등 쪽으로 당기더니 갓을 기울여서 더 밝게 비춘 다음, 손잡이를 싸고 있던 종이를 고쳤다. 이놈은 전등갓이 쉬이 떨어진다는 사실을 알고 있었다, 그러니 분명 나임에 틀림없었다. 그러더니 분명히 불안한 듯, 손가락으로 무슨 손잡이 같은 부분을 만졌다.

"설명이라도 해 줘야 할 것 아니야!" 이제 나는 열이 올랐음을 숨기지 않았다. 그는 웃었다. 그러더니 자기 도구를 벽에 기대어 세워 놓았다. 그리고 내 의자에 앉아서 두 번째 서랍을 열더니 거기서 내가 가장 좋아하는 파이프를 꺼내고는 담배 주머니를 향해서 정확히 손을 뻗었다.

이건 좀 너무 심했다.

"창피한 줄도 모르고!" 나는 말했다.

그는 손을 둥글게 휘저으며 나에게 앉으라고 몸짓했다. 나는 부지불식간에 시선을 돌려서 피해 상황을 가늠해 보았다. 육중한 천체 지도책의 표지가 두 권이나 부러졌군! 나는 의자를 면전에 놓고, 손가락을 꼬기 시작했다. 변명과 사과할 시간으로 5분을 주지, 그런데 그 대답이 흡족하지 않으면 다른 방법으로 해결할 거라고.

"말도 안 돼!" 초대받지 않은 손님이 외쳤다. "지성인답게 행동하라고! 나랑 도대체 뭘 어떻게 해결 보겠다는 거야? 지금 나의 멍은 앞으로 너의 멍이 될 텐데!"

나는 아무 말도 하지 않았다. 무언가 짚이는 것이 있었다. 그가 만약 나라면, 그리고 (도대체 어떤 방법으로 그렇게 되었는지는 모르겠으나) 시간의 매듭이 나에게 발생했다면, 저자가 내 파이프와 더 나아가 내 집에 대한 권리를 주장하지는 않을까? 서재는 왜 엉망진창으로 만들었지?

"어쩌다 그렇게 된 거야?" 그는 향기로운 연기 속에서, 꽤 멋진 신발을 내려다보며 말했다. 그러면서 다리를 이쪽저쪽으로 꼬며 흔들었다. "크로노사이클이 나를 던져 버렸어. 8시 30분이 아니라, 8시 30분 그리고 100분의 1초로 날려 버렸지. 만약 목적 지점을 더 제대로 맞추었다면, 분명 이 방 한가운데로 떨어졌을 거야."

"그게 무슨 소리야? (난 무슨 말인지 전혀 이해하지 못했다.) 첫째, 일단 너, 텔레파시 능력자야? 어떻게, 내가 생각만 하고 있던 질문에 대답할 수 있지? 그리고 두 번째, 만약 네가 정말로 나이고 시간 여행을 해 왔다고 치자, 하지만 그게 이거랑 무슨 상관이야? 도대체 왜 책들을 망가뜨린 거지?"

"조금만 생각해 보면 금세 이해할 수 있을 텐데. 난 너보다 더 늦어, 그러니 난 내가 생각했던 걸 모두 기억하고 있을 수밖에 없지. 그러니까 네가 생각한 걸 말이야, 왜냐하면 난 너니까. 그냥 미래의 너인 거지. 그리고 시간과 장소에 대해선, 지구가 회전을 하잖아! 난 100분의 1초만큼 미끄러졌다고, 어쩌면 좀 더 적을지도 모르겠지만, 바로 그 순간 이 집과 함께 4미터를 움직이게 되었다고. 로건비저에게 안 그래도 정원에 착륙하는 편이 나으리라고 말했지만, 그는 이 목적지가 낫다고 날 설득했지."

"좋아. 그럼 네 말이 맞다고 해. 하지만 이게 다 도대체 뭐야?"

"당연히 내가 말해 주지. 하지만 일단 저녁을 준비하도록 해. 왜냐하면 이 이야기는 길고도 중요하거든. 난 역사적 사명을 띤 전달자로서 네게 왔다고."

한 마디 한 마디, 나는 그에게 설득당했다. 우리는 아래층으로 내려와서 그놈의 저녁을 준비했는데, 이제 달걀이 얼마 남지 않아서 정어리 통조림을 열었다. 그러고는 그냥 부엌에 머물렀다. 또다시 책장을 보며 기분을 잡치고 싶지 않았기 때문이었다. 그는 딱히 설거지를 하고 싶어 하지 않았지만, 내가 양심에 호소했더니 씻은 그릇의 물기를 닦겠노라고 합의했다. 식탁에 함께 앉았고, 그는 내 눈을 심각하게 바라보더니 이야기를 시작했다.

"난 너에게 이제껏 어떤 인간도 들어 본 적 없고, 앞으로 들을 일도 없을 제안을 하려고 2661년에서 왔어. 시간 연구소의 학술 위원회는 내가, 그러니까 네가, '테오힙힙 프로그램'의 총괄 책임자가 되기를 원해. 테오힙힙이란 '하이퍼퓨터 텔레크로니스틱 히스토리 옵티멀라이저'의 준말이지. 네가 이 영광스러운 자리를 받아들이리라고 난 굳게 확신하고 있어, 왜냐하면 이건 인류와 역사에 대한 막중한 책임감을 의미하고, 나는, 그러니까 너는 성실하고도 올바른 사람이니까."

"하지만 일단 좀 더 구체적인 얘기를 듣고 싶은데. 그리고 난 도저히 모르겠어. 도대체 왜 그 연구소의 누군가가 직접 나를 찾아오지 않고 너, 그러니까 내가 파견된 거지? 넌, 그러니까 난 어떻게 거기서 오게 된 거야?"

"그건 맨 마지막에 따로 설명할게. 중요한 문제는 말이지, 그 불쌍한 몰테리스, 기억하지? 수동 시간 여행 기구를 만들어서 시범을 보이려다 오작동으로 곧장 늙어 죽은 사람 말이야."

나는 고개를 끄떡였다.

"그런 시도는 앞으로 더 많을 거야. 모든 신기술은 초기 단계에서 희생자들을 발생시키지. 몰테리스는 아무런 안전장치 없이 1인용 시간 여행 기구를 만들었어. 중세 시대에 몸에 날개를 붙이고 정교회 탑으로 올라가서 떨어져 죽은 사람과 똑같은 짓을 한 거지. 23세기에는 이런 시도들이 많았어, 아니, 네 시점으로 말하자면 이런 일들이 생길 텐데, 가령 시간 파쇄기, 시간 조정기와 시간 자동차 따위가 나타나지만, 진짜 '시간 여행 혁명'은 그러고도 300년이 더 지난 뒤에야, 내가 따로 설명하지는 않을 사람들 덕분에 일어나게 되었지. 넌 그 사람들을 직접 만나게 될 거야. 근거리 시간 여행과 수백만 년 속으로 여행하는 일은 전혀 다른 문제야. 그것은 마치 도시에서 동네 산책을 하는 것과 우주여행을 하는 일에 비교할 수 있겠지. 나는 시간 파쇄와 시간 운동, 시간 이동의 시대에서 왔어. 이전에 우주여행에 대해서 그랬던 것처럼 시간 여행에 관해서도 수많은 엉터리 이야기가 나돌았어. 어느 발명가가 어떤 부자의 도움을 받아서 비밀스레 로켓을 만들었는데, 그 둘이 로켓을 타고서 여러 여인들의 환송을 받으며 은하계 맨 끝으로 날아간다는 얘기 말이지. 시간 이동 기술은 우주여행처럼 엄청난 산업 기술과 무지막지한 투자와 계획을 필요로 한다고…… 하지만 이 또한 그 자리에 가게 되면, 그러니까 적절한 때가 되면 알게 될 거야. 지금은 기술적 문제가 중요하지 않으니까, 이 과업의 주요 목적이 중요하지! 파라오들을 접주거나 자기 고조할아버지를 없애 버리자고 이 난리를 치는 건 아니니까. 체제는 정비되고, 지구의 기후 역시 조정되었어, 내가 온 27세기에서는 말이야. 이제 살아가기에 굉장히 좋아, 더 이상 좋을 수 없을 정도로 말이지. 하지만 역사로 말하자면, 우리는 아직도 만족할 수 없어. 역사가 어떤지는 너도 알잖아, 이제 그걸 다 끝낼 때가 되었다고!"

"잠깐," 내 머릿속이 웅웅거렸다. "역사가 마음에 들지 않는다고? 그래서 어쩌자는 거야? 역사란 지금까지 있었던 대로 남아 있어야 하는 거 아니야?"

"바보 같은 소리 하지 마. 이제 우리에겐 테오힙힙, 하이퍼퓨터 텔레크로니스틱 히스토리 옵티멀라이저가 있어. 이미 내가 말했잖아. 그러니 역사를 조정하고, 청소하고, 수리하고, 고르게 다듬고, 더 완벽하게 만들어야 해. 인본주의적 원칙과 이성주의와 일반적 미감에 따라서 말이지. 인간 혈통에 학살과 전쟁의 증거가 남아 있으면, 우주의 고귀한 문명들 사이로 비집고 들어가기가 곤란하다고!"

"역사의 조정이라고?" 나는 멍해져서 되풀이했다.

"그렇지. 만약 그럴 필요가 있다면, 인간이 나타나기 이전 단계에서 수정할 수도 있어, 더 나아지도록 말이지. 이미 수단도 자금도 확보했지만, 이 프로젝트를 총괄할 사람만 없어. 그 자리가 가지는 위험성에 모두들 겁을 내는 거지."

"그걸 하고 싶어 하는 사람이 없어?" 의아함은 더 커졌다.

"미래는, 세상 모든 얼간이들이 세계를 다스리고 싶어 하던 그런 옛날이 아니라고. 제대로 자격을 갖추지 않았다면 아무도 어려운 일을 맡으려고 하지 않아. 그래서 여전히 공석이고, 급하다고!"

"하지만 난 그 일에 대해 아무것도 모르는걸. 그리고 왜 하필 나야?"

"전문가 집단이 따로 도와줄 거야. 기술적인 부분은 너의 전문 분야가 아니지. 어떻게 추진할지에 대한 계획도, 프로젝트도, 방법도 엄청 많아. 진정 필요한 것은, 균형 잡인 생각과 책임감 있는 결정이지. 나, 그러니까 내 말은 바로 네가 올바른 결정을 내려야 한다는 거야. 우리 하이퍼퓨터가 지금까지 살아온 모든 이들의 정신을 감정했는데, 그 결과 나, 그러니까 네가 이 프로젝트의 유일한 희망이라고 인정했어."

한참 후, 나는 다시 입을 열었다.

"가만 보니까 일이 심각한 것 같군. 어쩌면 내가 그 자리를 받아들일 수도 있고, 받아들이지 않을 수도 있겠군. 인류의 역사라고, 하! 그건 좀 숙고해 봐야 하는 일이잖아. 그나저나 도대체 나, 그러니까 너가 어떻게 우리 집에 나타난 거야? 나는 시간 여행을 전혀 떠난 적이 없는데. 히야디에서 바로 어제 돌아왔다고."

"바로 그렇지!" 그는 내 말을 가로챘다. "왜냐하면 넌 더 일찍 존재하고 있으니까! 이 제안을 받아들인다면 너에게 크로노사이클을 줄게, 그럼 가야 할 시간과 장소로 가는 거야."

"그건 내 질문에 대한 답이 아닌걸. 27세기 어디에서 왔는지 먼저 대답해."

"나는 적절한 시간 여행 기계를 타고 왔지, 당연하게도 말이야. 그리고 바로 거기서, 여기 너의 현재이자 이 장소에 온 거야."

"하지만 나는 어떤 시간 여행 기계도 탄 적이 없는데, 그게 너라면, 네가 나라면 말이야……."

"이야기를 꼬지 마. 난 너보다 늦은 너야, 그러니까 너에게 어떤 일이 일어날지, 27세기의 어디로 갈지는 너로선 알 수 없지."

"어? 그게 무슨 말이야!" 나는 중얼거렸다. "만약 이 제안을 받아들인다면, 내가 바로 27세기로 옮겨 간다는 거지. 그렇지 않아? 거기서 그 텔레힙힙인지 뭔지를 지휘하고 어쩌고 말이야. 하지만 그러면 너는 어떻게 거기서 여기로……."

"이런 식으로는 밤새도록 같은 이야기만 하겠어! 텅 빈 물통을 허공에 쏟아붓는 것과 똑같아! 게다가 이거 알아? 로건비저에게 물어보라고, 다 설명해 줄 거야. 시간 전문가는 그 사람이지 내가 아니니까. 그리고 원래 '시간의 매듭' 문제가 다 그렇듯이 설명하기가 쉽지 않아, 하지만 나의, 내 말은 앞으로의 네 과업에 비하자면 아무것도 아니라고. 이건 역사적인 과업이야. 그럼, 어떻게 하겠어? 받아들이겠어? 크로노사이클은 문제없어. 아무 일도 생기지 않았다고, 내가 확인했어."

"크로노사이클이 뭐라고. 당장 이렇게 갈 수는 없어."

"그래야 한다니까! 그게 너의 의무야! 해야만 해!"

"하하! 그렇게 말하지 마. 뭘 해야만 한다는 거야. 너도 내가 강요받기 싫어하는 걸 알잖아. 내가 원하고, 그렇게 해야 할 상황이라고 판단되면 할 거야. 그런데 로건비저는 누구야?"

"INT의 학술 책임자야. 너의 직속 부하지."

"INT는 뭐야?"

"시간 연구소의 약자야."

"그럼 내가 수락하지 않으면 어떻게 되지?"

"수락하지 않을 수 없어……. 그렇게는 하지 않겠지……. 그건 네가 겁이 나서……."

이 말을 하는 그의 입술 위로 뭔가 참는 듯한 웃음이 감돌았다. 나는 수상쩍은 기분이 들었다.

"그래서, 그건 또 왜?"

"왜냐하면…… 음, 내가 설명을 한들 무슨 소용이 있나. 그건 시간 자체의 구조와 연관되어 있어."

"헛소리 늘어놓지 마. 만약 내가 수락하지 않는다면, 난 여기서 어디로도 가지 않는 것인데, 그럼 로건비저인지 뭔가가 나에게 뭘 설명할 일도 없고, 역사를 조정할 일도 없잖아."

나는 시간을 끌고자 굳이 띄엄띄엄 이야기했다. 급하게 결정할 문제도 아닌 데다 도대체 그가, 아니 그러니까 내가 왜 나에게 왔는지 여전히 의심쩍었고, 어딘가 속임수나 음모가 있지 않을지 여겨졌기 때문이었다.

"48시간 안에 답을 주지!"

그는 내게 당장 결정하라고 고집을 피웠지만, 그가 그럴수록 나는 더욱더 마음에 들지 않았다. 급기야 그가 나와 동일인이라는 사실조차 의심스럽기 시작했다. 결국 나랑 비슷하게 꾸민, 어떤 다른 녀석일 수도 있지 않은가! 그런 생각이 들자마자 나는 그에게 끈질기게 질문해 댔다. 나 말고는 아무도 모르는 비밀스러운 질문을 찾아내야만 했다.

"내 '우주 일지'의 번호가 왜 중간중간 빠져 있지?" 나는 돌연 그에게 질문을 던졌다.

"아, 하! 하!" 그는 웃어 보였다. "이제 날 의심하는 건가? 이 친구야, 그 이유라면, 어떤 여행은 공간으로의 여행이지만 또 다른 여행은 시간으로의 여행이라서 첫 번째고 뭐고 없는 거지. 그러니 언제라도 다른 여행이 없던 곳으로 되돌아갈 수 있고, 첫 번째 여행이 두 번째 여행이 될 수도 있고, 그런 거잖아!"

그의 말이 맞았다. 하지만 이 이야기를 아는 사람은 몇몇 있었다. 특히 내가 신용하는 티히 연구자, 타란토가 교수의 연구원들이었다. 그러니 서류 심사가 합격이더라도, 그것만으로는 그 무엇도 증명하지 못한다. 가짜 서류를 만들었을 수도 있으니까. 그는 내가 멀리 비행할 때 혼자 부르는 노래 전부를 알고 있다며 나의 의심을 덜고자 노력했다. 하지만 '운석들, 운석들!' 하고 부르는 노랫소리를 들어 보니 그는 끔찍한 음치였다. 나는 그에게 이 점을 지적했더니, 그는 화를 내면서 끔찍한 음치는 바로 나이며 자기가 아니라고 말했다. 지금까지 상당히 평화롭게 진행되었던 대화는 반목으로 치달았다가 갑작스러운 다툼으로 변했다. 끝내 나도 화가 치밀어 올라서 그에게 악마에게나 가 버리라고 저주하고 말았다. 그건 분노해서 한 말이지 진짜로 무언가를 의도한 발언은 아니었다. 그러나 그는 아무 말도 없이 일어나서는 위층으로 향했고, 크로노사이클에 시동을 걸었다. 그러고는 그 위에 자전거처럼 걸터앉아서 뭔가를 조작하더니 눈 깜짝할 사이에 안개 속, 아니 담배 연기 속으로 사라져 갔다. 1분 뒤 이미 그는 없어지고, 남은 것은 사방으로 흩어진 책 더미뿐이었다. 나는 상당히 바보 같은 표정을 지은 채 그 광경을 보고 서 있었는데, 일이 이렇게 되리라고 전혀 예상하지 못했기 때문이었다. 하지만 그가 떠날 준비를 시작했을 때, 나도 양보하고 싶지 않았다. 이런 생각을 하고서 다시 부엌으로 내려왔다. 그자와 거의 세 시간이나 이야기했으므로 다시 허기졌던 것이다. 아직 냉장고에 달걀 몇 개가 남아 있었고, 베이컨도 몇 조각 있었다. 그런데 가스불을 켜고 달걀을 깨트리자마자 위층에서 요란한 소리가 들려왔다.

너무 깜짝 놀라서 나는 또 스크램블드에그를 망치고야 말았다. 스크램블드에그와 베이컨을 몽땅 가스레인지 위로 쏟아 버린 것이었다. 도대체 세상은 왜 이따위인가 욕을 하며, 나는 계단을 세 단씩 한꺼번에 뛰어서 위층으로 올라갔다.

이미 책장에는 책이 한 권도 남아 있지 않았다. 책은 바닥에서 거대한 무더기를 이루었고, 그는 낙하하며 자기 몸으로 깔아뭉갠 크로노사이클을 질질 끌면서 나오고 있었다.

"이게 도대체 무슨 짓이야!" 나는 화가 나서 소리를 질렀다.

"곧 설명하지…… 잠시만……." 그는 중얼거리면서 크로노사이클을 전등 쪽으로 끌어왔다. 나는 그가 또다시 여기에 나타난 이유를 변명할 생각조차 없이 벌써 다른 데 집중하고 있음을 보았다. 이제 정말 진력이 났다.

"뭐라고 설명이라도 해야 할 거 아니야!" 나는 열받아서 고함을 쳤다.

그는 웃어 보였다. 크로노사이클을 옆쪽 벽에 세워 놓고 내 담배 상자에서 파이프를 꺼내더니 불을 붙이고는 다리를 꼰 채 앉았다. 정말 화나는 상황이었다.

"뻔뻔스러운 놈!" 나는 호통쳤다. 아직은 꿈쩍하지 않았지만 그를 흠씬 두들겨 패 줘야겠다는 생각만큼은 확실해졌다. 지금 내 집에서 나를 가지고 노는 거야, 뭐야!

"아니지." 그가 여유 있게 대답했다. 양심의 가책 따위는 전혀 느끼지 않는 듯했다. 책 전부가 바닥에 떨어졌는데!

"어쩔 수 없었다고." 그는 입으로 연기를 내뿜으며 말했다. "크로노사이클이 또 미끄러져서……."

"도대체 왜 또 돌아온 거야?"

"그럴 수밖에 없었어."

"그게 무슨 소리야?"

"우린 말이지, 시간의 바퀴 속에 함께 있는 거야." 그가 편안하게 대꾸했다. "이제 다시 처음부터 네게 그 프로젝트의 책임자가 되어 달라고 또 설득할 거야. 만약 거절한다면, 떠났다가 곧 돌아와서는 다시 처음부터 시작하는 거지……."

"그럴 순 없어! 그럼 우리가 잠긴 시간의 바퀴 속에 있는 거라고?"

"바로 그거지."

"사실이 아니야! 만약 그렇다면, 우리가 말하고 행동하는 모든 것이 완전히 하나하나 똑같이 되풀이되어야 하잖아, 그러니까 내가 지금 말하는 거, 그리고 네가 말하는 거……첫 번째랑 똑같지 않잖아!"

"시간 여행에 대해서 사람들이 지어낸 얘기는 참 가지가지야." 그는 말했다. "하지만 그중에서도 지금 그 소리가 가장 바보 같은 얘기지. 시간의 바퀴 안에서는 모든 것이 비슷하게 진행될 뿐, 전혀 똑같이 일어나지는 않아, 왜냐하면 잠긴 시간은, 마치 잠긴 장소처럼 자유가 전혀 없는 것이 아니라, 아주 강하게 제한될 뿐이거든. 만약 제안을 받아들인다면, 넌 2661년으로 가게 될 테고, 바퀴도 이제 열린 매듭이 되는 거지. 하지만 거절하고 또 쫓아낸다면, 난 다시 돌아올 거야. 그럼 그다음엔 어떻게 되는지 알겠지?"

"그럼 나에게 다른 탈출구는 없는 거야?" 나는 열불이 났다. "그래, 처음부터 이 모든 것에 속임수가 있는 것 같았다고! 날 여기서 데려가! 널 다시는 볼 일 없게!"

"바보 같은 소리하지 마." 그는 냉정하게 대답했다. "지금 일어나는 일들은 단지 네가 좌우할 뿐이야, 내가 하는 일이 아니라, 더 정확하게 말하자면, 로건비저의 연구원들이 우리 둘을 한꺼번에 시간의 바퀴 속에 가두고 흔든 거지. 그 안에서 우리는 네가 프로젝트의 책임자가 될 때까지 함께 굴러갈 거라고!"

"참 대단한 제안이군!" 나는 소리를 질렀다. "만약 내가 널 혼쭐 낸다면 어떻게 되지?"

"그랬다간 너 스스로, 제시간에 그 결과를 보게 되겠지. 제안을 꼭 받아들일 필요는 없어, 내 말은, 이렇게 계속 죽을 때까지 되풀이할 수도 있다고……."

"그것참 대단하군! 그럼 널 지하실에 가둬 놓고, 나는 가고 싶은 곳으로 떠나 버려도 되겠네!"

"내가 널 가둔다는 게 맞겠지, 왜냐하면 내 힘이 더 세니까!"

"뭐?"

"알고는 있으라고. 난 2661년식 식이 요법을 수행했고, 그건 현재의 식품들보다 영양가가 훨씬 풍부하지. 그러니 나와 겨루면 넌 1분도 못 버틸걸."

"그러면 한번 볼……." 나는 의자에서 일어나며 위협적으로 중얼거렸으나, 그는 꿈쩍도 하지 않았다.

"난 '주르주도'도 알아." 그는 평온하게 말했다.

"그게 뭔데?"

"2661년에 더욱 진보한 유도의 한 형태지. 널 한순간

239

에 제압할 수 있어."

　나는 미칠 듯 화가 났지만 오랜 세월 동안의 경험으로 분노를 다스렸다. 또한 그와, 아니 그러니까 나 자신과 이야기를 나누며, 도저히 다른 출구가 없다는 결론에 이르렀다. 그리고 미래에서 나를 기다린다는 역사적 사명 역시, 사실 나의 세계관이나 성격에 부합했다. 단지 이렇게 강요받는다는 상황이 나를 분노하게 했지만, 그건 단지 도구일 뿐인 이놈이 아니라, 이놈에게 이런 일을 시킨 자들과 결판내야 할 문제라는 점도 깨달았다.

　그는 나에게 크로노사이클을 어떻게 운전하는지 알려주고는, 몇 가지 실용적인 시범을 보였다. 그리고 나는 안장 위에 앉아서 그에게 청소 좀 하고 책장도 고쳐 놓으라고 말하려고 했으나, 운도 떼지 못했다. 왜냐하면 그가 다짜고짜 작동 버튼을 눌렀기 때문이다. 그도, 전등의 불빛도, 방 전체도 모두 후 불어서 꺼지듯 작아졌다. 내 아래의 기계, 크로노사이클이 마구 흔들렸고, 순간적으로 너무 요동을 치는 바람에 나는 안장에서 떨어지지 않고자 힘껏 손잡이를 꼭 붙드느라 아무것도 보지 못했다. 단지 누군가가 나의 얼굴과 몸을 철사로 된 솔로 마구 치는 듯한 느낌만이 들었다. 시간 여행의 속도가 무척 치닫기에 나는 브레이크를 잡았다. 그랬더니 그제야 검은 소용돌이 속에서 흐릿한 형체가 나타나기 시작했다.

무슨 거대한 건물 같았는데, 어떤 쪽은 둥글고, 어떤 쪽은 늘씬하게 뻗어 있어서 나는 마치 나무 울타리를 통과하는 바람처럼 그 사이로 날아들었다. 이런 착륙 방법에는 벽과 부딪칠 위험이 늘 따르기 마련이라, 나는 반사적으로 눈을 감고 또다시 빠르기를, 그러니까 시간을 조정했다. 몇 번이나 기계가 마구 흔들려서 머리통이 뜀박질하고 이빨이 딱딱 맞부딪쳤다. 잠시 후 나는 뭐라 말할 수 없는 변화를 느꼈다. 그것은 마치 내가 시럽 같은 뻑뻑하고 끈적거리며 응고하려는 액체 사이에 낀 듯한 감각이었다. 어떤 장벽을 뚫고 지나가는 것 같은 느낌마저 들었는데, 어쩌면 내 무덤이 될지도 몰랐다. 호박 속에 굳어 버린 기묘한 곤충처럼, 시멘트 속에 크로노사이클과 함께 처박혀서 말이다. 하지만 다시 앞쪽으로 쿵쿵거리며 나아가기 시작했다. 크로노사이클이 마구 흔들리더니 나는 무언가 신축성 있고 푹신하게 흔들리는 물체 위로 떨어졌다. 크로노사이클은 내 아래로 떨어져 나갔고, 눈앞에 하얀 불빛이 일어서 부신 눈을 감고 말았다.

다시 눈을 떴을 때, 여러 목소리가 나를 휩쌌다. 나는 사격 과녁처럼 둥근 무늬가 그려진 커다란 스티로폼 방패 위에 있었다. 뒤집힌 크로노사이클은 한 발짝 떨어진 자리에 놓여 있었고, 그 주위로 수십 명의 사람들이 번쩍거리는 우주복을 입고 서 있었다. 머리가 거의 벗어진 금발의 키 작은 남자가 방패 위로 올라오더니 나를 부축해 주며 손을 잡고 흔들었다.

"먼 길 오신 것을 환영합니다! 저는 로건비저입니다."

"티히요." 나는 자동적으로 대답했다. 그리고 주위를 둘러보았다. 우리는 도시처럼 거대한, 창문 없는 홀에 서 있었는데, 높은 천장은 하늘색으로 칠해져 있었다. 착륙 지점과 같은 방패 구조물이 여러 줄로 차례차례 포개져 있었는데, 어떤 것들은 비었고, 어떤 것들 주위에서는 알 수 없는 작업을 진행하고 있었다. 나를 집에서부터 끌어낸 로건비저와 그의 시간 여행 프로젝트 팀원들에게 사나운 말들을 퍼부을 준비가 되어 있었지만, 나는 아무 말도 하지 않았다. 왜냐하면 갑자기 이 거대한 홀이 무엇과 비슷한지 깨달았기 때문이었다. 그 홀은 마치 거대한 영화 스튜디오 같았다! 우리 주위로 무장한 세 사람이 지나갔는데, 한 명은 공작 꽁지깃을 헬멧 위에 달았고 금칠한 둥근 방패도 들고 있었다. 실험실 연구원들은 보석이 박힌 그의 경갑을 고쳐 주었고 의사는 드러난 팔에 주사를 놓았다. 다른 누군가는 얼른 가죽끈으로 철갑을 묶더니 양손형 검과 그리핀 문양을 수놓은 넓은 망토를 건네주었다. 민짜 쇠붙이를 두른 다른 두 명은 분명 무기를 나르는 시종처럼 보였는데, 이미 방패 구조물 한가운데에 있는 크로노사이클의 안장 위에 앉아 있었고, 메가폰에서는 말소리가 울려 퍼졌다. "집중……. 20, 19, 18……."

"이게 뭐야?" 나는 뭐가 뭔지 전혀 짐작하지 못한 채 물었다. 이와 동시에 몇십 발짝 떨어진 곳에서는 새하얀 터번을 쓴 바싹 마른 사람들의 행렬이 이어지고 있었는데, 그들도 주사를 맞고 있었고 그중 하나는 기술자와 싸우고 있었다. 왜냐하면 그 여행자가 소매 없고 두건 달린 긴 외투 속에 작은 권총을 숨기고 있었기 때문이었다. 전쟁에 나가는 인디언 차림으로 온몸을 색칠한 사람도 있었는데, 실험실 연구원들은 그 깃털 장식을 열심히 손질하고 있었다. 흰색 앞치마를 두른 이는 엄청나게 지저분하고 다리가 없는 거지 하나를 나무 수레에 태우고 다른 방패 구조물 쪽으로 가고 있었는데, 이 거지는 브뤼헐의 그림에 나오는 다리 없는 거지와 똑같이 생겼다.

"제로!" 메가폰이 외쳤다. 무장한 세 사람이 크로노사이클을 타고 반짝하는 빛을 내며 사라졌는데, 그 섬광은 공기 중에 불타 버린 석회 같은 희멀건 연기를 남겼다. 나는 이미 이 연기를 본 적이 있었다.

"저들은 우리의 설문 조사원들이죠." 로건비저가 설명했다. "여러 세기에 걸쳐 대중의 의견을 수집하죠, 통계 자료 말입니다. 아시겠지만, 그냥 정보일 뿐, 아무것도 아닙니다.

아직 우리는 교정 작업에 전혀 착수하지 않았습니다, 당신을 기다렸거든요!"

그는 나에게 손으로 방향을 가리키면서 내 뒤를 바쁘게 따라왔다. 이곳저곳에서 계산하는 소리, 어디선가는 번쩍거리고 희멀건 연기가 리본처럼 날리고, 또다시 설문 조사원 일부가 사라지고 이제 다시 새로운 사람들이 등장하는 모습은, 그야말로 거대한 역사 키치 사진을 촬영하는 스튜디오 같았다. 짐작하건대, 설문 조사원들은 과거로 갈 때 그 시대에 맞지 않는 물건을 가져가면 안 되지만 반항심에서인지, 아니면 편이를 위해서인지 뭔가를 자꾸 몰래 가져가려는 듯했다. 규율을 확실히 정해서 엄격하게 단속해야겠다는 생각이 들었지만, 단지 나는 이렇게 물었다.

"그런 정보 수집은 오래 걸립니까? 무기를 들어 주는 시종과 함께 떠난, 저 전사는 언제 돌아오죠?"

"모든 것이 정해진 계획에 따르죠." 로건비저가 만족스러운 웃음을 띠며 말했다. "그 셋은 이미 어제 돌아왔어요."

나는 시간 이동을 하는 문명에 적응해서 살기란 쉽지 않겠다고 생각하며 아무 말도 하지 않았다. 그런데 우리가 지휘부 건물로 이동할 때 타려고 했던 실험실용 전기 자동차가 고장 났다. 로건비저는 베두인족 설문 조사원 몇 명에게 타고 있던 낙타에서 내리라고 말했다. 이 즉흥적인 대체 수단

덕분에 우리는 목적지에 도착했다.

내 사무실은 현대적 양식, 그러니까 온통 투명하게 꾸며진 거대한 방이었다. 단지 '투명'이라는 말로는 부족한 것이, 소파는 대부분 눈에 보이지 않았고, 내가 책상 앞에 앉았을 때에도 그저 서류 뭉치의 존재로 책상의 위치를 알 수 있었다. 그래서 일하느라 머리를 굽힐 때마다 코르덴 바지를 입은 내 다리가 연신 보이면서 그 바지 무늬 때문에 도통 집중할 수가 없었다. 그래서 나는 가구 표면에 모두 색칠을 해서 아래쪽이 보이지 않게끔 해 달라고 부탁했다. 그제야 가구들이 바보 같은 모양을 하고 있음이 드러났는데, 왜냐하면 눈에 띄라고 만들어 놓은 것이 아니었기 때문이었다. 결국 방의 가구들을 23세기 고가구 세트로 바꾼 다음에야 나는 좀 편안해졌다. 이런 사소한 사건에 대해 말하고는 있지만, 사실 나는 프로젝트의 미진한 부분을 보완하고 있었다. 물론, 최고 책임자로서 나의 사명이 그냥 가구와 인테리어 분야에 머무른다면 그야말로 천국 같은 삶이었겠지만.

나의 지휘 아래로 들어온 프로젝트가 어떻게 진행됐는지 소개하려면 백과사전이 필요할 지경이지만, 최대한 간략하게 작업의 주요 단계를 서술하도록 하겠다. 프로젝트의 구성은 행정상 이중으로 되어 있었다. 내 밑으로는 융합 퀀텀 시간학, 해산 시간학이 속한 기술 달력부와 역사부가 편성되었는데, 역사부는 인간과 비인간으로 나뉘어 있었다. 기술부 서장은 R. 보스코비치 박사였고, 역사부 담당자는 P. 라톤 교수였다. 여기에 내가 개인적으로 운용할 수 있는 역사 특공대와 시간 슈터들이 있었고, 또한 유사시에 왕을 폐위할 수 있는 출동대와 감시팀도 속해 있었다. 응급 구조팀은 좀체 보이지 않았으나 위험 상황에 대비한 소방 구조대 같은 것이었는데, 정식 명칭은 이동 구조 조사팀이라고 했다. 내가 그곳에 있을 때 시간 기술자들은 대규모의 텔레크로닉 활동을 준비하고 있었는데 이때 인간계의 담당자들, 전문가들은(책임자는 하리 S. 토텔레스 박사였다.) 수많은 교육 개량 프로그램을 개발하고 있었다. 더불어 비인간계(책임자는 엔지니어인 O. 굿레이였다.) 전문가들은 태양계 수선에 따른 여러 옵션을 계획하고 있었는데, 지구를 필두로 하는 진화의 흐름, 인류 발생에 관한 것들이었다. 여기 언급한 나의 모든 직원들을 이후에 전부 차례로 없애야만 했는데, 왜냐하면 이들 모두가 내 기억 속에 남아 있는 프로젝트의 위기 상황과 연루되었기 때문이었다. 훗날 인류가 누구 탓에 현재의 난처한 상황을 겪고 있는지 알 수 있도록 이들에 대해서는 적절한 시기에 다시 언급하도록 하겠다.

그러나 나는 초반만 해도 희망에 가득 차 있었다. 텔레크로닉스와 크로노 합성 속성 코스를 마친 뒤, 나는 조직 문제(직원들의 능력과 업무 분담 등)를 파악했다. 그리고 경리부의 에우게이누스 클리데스와 논쟁을 벌이면서 나는 이미 얼마나 무시무시한 과업을 수행하고 있는지 확실하게 깨달았다. 27세기의 학문은 시간 속에서 움직이는 데에 필요한 여러 기술을 나에게 전수했다. 하지만 그것만으로는 모자란다는 듯 나의 결정만을 기다리는, 역사 수정에 얽힌 수백 가지의 세부 계획들까지 떠안겼다. 그 모든 계획의 배경에는 전문가들의 지식과 권위가 있었으며, 나는 지나친 정보의 풍요 속에서 선택을 해야 했다! 그때는 아직 어떤 방식으로 과거를 교정할 수 있는지, 어느 시기부터 그것을 행해야 할지, 얼마나 많이 개입해야 할지조차 결정되지 않은 상태였다.

처음, 낙관주의로 가득했던 작업 초반에는, 아직 인류의 역사를 건드리지는 않기로 하고, 그 100억 년 이전 시기만 정리하기로 했다. 우리의 거대한 프로그램에는 예컨대, 행성에서 화산을 제거하는 것, 지구의 자전축을 똑바로 세우는 것, 화성과 목성을 식민화할 수 있도록 유리한 환경을 조성하는 것, 더불어 한 30억~40억 년 후에 나타날 우주 비행 시대 때 달을 정거장이나 탑승장으로 활용할 수 있게끔 하는 것 따위가 포함되어 있었다. 더 나은 미래라는 기치 아래, 나는 등시성 확립 발전기인 '창세기'를 가동시켰다. 발전기는 세 가지였는데, 브레케켁, 코악스 그리고 크박이었다. 이것들이 무엇의 준말이었는지는 정확하게 기억나지 않는다. 코악스는 동축으로 작동했고, 크박은 퀀텀 수정을 담당했다.

활동의 결과는, 우리가 예상한 최악의 기대를 넘어섰다. 일단 고장이 끊이지 않았다. 부드럽게 정지해서 정상적으로 흐르는 시간의 흐름에 맞춰지기는커녕, 크박은 화성을 이글이글 태우고 폭발시켜서 거대한 사막으로 만들어 버렸다. 태양은 모두 증발해서 우주로 사라졌으며 행성의 달아오른 껍데기는 쩍쩍 갈라져서 깊이 수백 마일짜리의 거대한 계곡을 그물처럼 형성했다. 여기서 19세기의 '화성 운하설'이 생겨난 것이었다. 우리 앞의 인류가 우리 만행을 알아채서 해로운 콤플렉스에 빠지지 않도록 나는 모든 계곡들을 시멘트로 막으라 명령했고, 엔지니어 라바시가 1910년 무렵 이를 끝마쳤다. 이후의 천문학자들은 사라진 계곡에 대해 이상하게 생각하지 않았다. 이전 시대의 천문학자들이 착시 현상을 겪었다고 결론지었던 것이다. 코악스는 목성을 기름지게 만들었어야 했는데, 크박이 고장 나기 직전, 큐피드(큐비컬 에너지 피더) 덕분에 안전장치가 되어 있었음에도, 목성 전체는 시간 충돌의 결과로 생겨난 독성 대기에 휩싸여 버리고 말았다. 나는 이 작업의 책임자, 엔지니어 발덴레커를 자리에서 쫓아냈지만 학술팀의 해명을 듣고 나서야 그에게 이 작업을 마무리할 수 있도록 허락해 주었다. 그런데 이번에는 그냥 고장 나지 않고, 우주적 규모의 대재난이 닥치고 말았다. 가속도가 붙은 브레케켁은 현재 시점을 65억 년 앞으로 튀어 나가게 했고, 태양과 너무나 근접한 나머지 엄청난 수준의 항성 물질을 이끌어 냈다. 급기야 중력의 영향에 구부러져서 다른 행성들을 생겨나게 하는 단초가 되었다.

발덴레커는 자기 덕분에 태양계가 생성되었다고 주장하며 스스로를 변호하려고 했다. 시간 헤드가 고장 나지 않았더라면 행성들의 발생 가능성은 거의 제로에 수렴한다는 것이었다. 후대의 천문학자들은 도대체 어떤 별이 그렇게 항성 물질을 떨어뜨릴 만큼 태양 가까이에 다가갈 수 있었는지, 매우 의아해했다.(왜냐하면 태양과 그토록 근접하는 궤도는 불가능하므로.) 나는 잘난 척하는 발덴레커를 시간 기술장 자리에서 결국 해임했다. 마지막까지 주의를 기울이지 않고 대충대충 처리해서 의도와 상관없이 어떤 사건을 일으키는 것이 프로젝트의 목적과 의미는 아니었기 때문이다. 만약 그렇게 할 계획이었더라면, 우리는 항성들을 훨씬 더 질서 정연하게 만들 수도 있었다. 사실 기술팀에 대해서는 칭찬할 점이 전혀 없다. 특히 화성과 목성을 망쳐 버린 뒤에는 말이다.

이제 지구의 자전축을 똑바로 세우는 일이 남아 있었다. 이것은, 북극의 추위나 적도의 타는 듯한 더위가 없도록 날

씨를 좀 더 안정화하기 위함이었다. 그러니 이 과업은 인도주의적 선택이라 할 수 있으리라. 더 많은 종들이 생존 경쟁에서 살아남게 될 테니까. 그러나 그 결과는 나의 의도와 정반대로 나타났다. 엔지니어 한스야콥 플뢰츠리흐가 지구 자전축의 세차 운동을 불러일으키는 고중량의 축 교정 요소를 태워 버림으로써 지구에서 가장 큰 빙하기, 캄브리아기를 야기한 것이었다. 첫 번째 빙하기는 이 성급한 시간 기술자에게 경각심을 주기는커녕 두 번째 빙하기의 원인이 되었으며, 자기가 무슨 짓을 저질렀는지 지켜본 플뢰츠리흐는 나에게 알리지도 않은 채 다음번 교정 요소까지 다시 불태웠다. 이것이 시간의 혼돈과 새로운 빙하기를 초래해서, 이른바 홍적세가 되고 말았다.

그런데 그를 해임하기도 전에, 이 구제 불능의 인간은 세 번째 시간 충돌을 불러일으켰다. 그 탓에 지구의 자기장은 자전축과 일치하지 못하게 되었는데, 왜냐하면 지구가 여전히 흔들리고 있었기 때문이었다. 교정 요소의 일부는 우리 시대보다 백만 년 앞선 곳으로 날아갔고, 그것이 오늘날의 애리조나 운석 분화구 자리다. 아직 인류가 나타나기 전이었으므로 다행히 사망자는 아무도 없었고, 황무지만 불에 탔을 뿐이었다. 거기서 떨어져 나간 다른 조각들은 1908년에야 멈추었는데, 그때의 사람들은 이것을 퉁구스 운석이라 알고 있다. 하지만 이것들은 전혀 운석이 아니었으며, 잘못 조작된 교정 기계의 부속들이 시간 속에서 부유하던 것이었다. 나는 누구의 눈치도 보지 않고 플뢰츠리흐를 쫓아냈지만, 그는 양심의 가책을 느꼈는지, 맙소사, 자신이 저지른 일을 '되돌려' 보고자 밤중에 시간 실험실로 잠입했다가 붙잡히고 말았다. 그때는 벌로서 그에게 시간 귀양을 요구했다.

하지만 나는 끝내 양보했다. 그 선택을 지금은 후회한다. 로건비저의 귀띔을 받고 나는 플뢰츠리흐의 자리에 엔지니어 딘달을 앉혔다. 그가 로건비저 교수의 매제임을 전혀몰랐다. 나도 모르는 사이에 휘말린 친족 등용주의의 결과는 금세 나타났다. 딘달은, 시간 엔지니어 부멜란드가 더욱 발전시킨 양화 시스템 브레이크를 발명한 사람이었다. 그들은 시간 충돌 상황에서 엄청난 기가크로닉 에너지가 발생하면, 화성을 불태운 연쇄 폭발로 이어지게 하는 대신, 순수한 방사선으로 바꾸자고 제안했다. 의도는 좋았지만 이 검증되지 않은 발상 때문에, 나는 큰 걱정에 빠졌다. 양화 시스템 브레이크는 과연 거의 모든 운동 에너지를 방사선으로 바꾸었으나, 이 방사능 때문에 중생대의 모든 파충류들이 멸종해 버렸다. 게다가 어떤 다른 종들이 더 죽었는지는 알 수조차 없는 일이다.

부멜란드는 진화의 무대가 이렇게 비워졌으므로 자기

덕분에 포유류가 등장하게 되었다, 그리고 거기에서 인간도 나왔다고 주장하며 나쁜 의도는 없었다는 말로 스스로를 변호했다. 마치 그것이 기정사실인 양 말이다! 공룡들을 다 학살하고, 인류의 발생을 조정 불가능하게 하고도 그걸 자랑하는 꼴이라니! 딘달은 표면적으로 양심의 가책을 느끼는 척하며 자아비판을 하기도 했으나, 직접 사임할 생각은 전혀 없었다. 그래서 나는 로건비저에게, 당신 매제가 자리에 머물러 있는 한 나는 총책임자를 맡지 않겠노라고 선언했다.

이런 연속된 재앙 이후, 나는 직원들을 모두 불러 모아서 이제는 과거의 안전을 위협하는 자들은 엄하게 다스릴 수밖에 없다고 연설했다. 단지 철밥통을 잃는 것만으로는 끝나지 않을 거라고!

그랬더니 사고는 일어날 수 있는 법이라고, 사실 이렇게 전례 없는 기술을 실현시키는 데 있어서 사고는 필연적이라고들 말했다. 과거의 우주 비행 시대 초반에 얼마나 많은 로켓이 공중에서 분해되었는가, 하면서 말이다. 그러나 우리 활동은 시간 속에서 행해지는 만큼 비교할 수도 없이 더 위험했다. 학술팀은 이번에 새로운 시간학자를 추천했다. L. 나르도 드빈스 교수였다. 나는 다음 실험에 앞서 그와 보스코비치에게, 만일 실수로 심각한 사고가 일어난다면 다시는 관용을 보이지 않겠노라 경고했다.

나는 그들에게 발덴레커와 부멜란드와 딘달이 내 등 뒤에서 학술팀에게 제시한 모순으로 가득 찬 기록을 보여 주었다. 처음 그들은 객관적 어려움에 대해 토로하다가 곧 방향을 바꿔서 자기들의 잘못을 실상 잘된 일이라고 둘러대고 있었다. 나는 그들에게, 나를 문맹으로 취급하느냐고 말했다. 사칙 연산을 할 줄만 알아도 지금까지 태양 에너지가 얼마나 쓸데없이 낭비되었는지는 충분히 알 수 있었다. 여태껏 사실상 폐기물 처리장이라 할 수 있는, 모든 우라늄 행성들은 암모니아로 가득 차서 거의 쓸 수가 없었기 때문이었다. 나는 화성과 목성도 포기했고, 태양계를 개선하는 마지막 시도를 허락했을 뿐이었다. 이 프로그램은 달을 미래의 지친 우주여행자들을 위한 오아시스로 전환시키는 계획이었으니, 이를테면 아테나로 가는 중간 기착지로 만들 예정이었다.

아테나가 무엇인지 모른다고? 전혀 이상한 일이 아니다. 아테나 행성은 게스터너와 스타쉰, 아스트로야니의 팀이 완성하기로 했다. 그러나 프로젝트 전체에서 그런 바보들을 찾아보기도 힘들 지경이었다. 투만$^\downarrow$(텔레크로닉 자동 운항 시스템의 준말)은 제대로 작동하지 않았고, 자덱$^{\downarrow 2}$(충돌 방지 시스템의 준말)은 터지고 말았다. 지구와 화성 사이의 궤도를 돌던 아테나가 9만 개의 조각으로 산산이 부서진 그 흔적을 훗날 소행성대라고 부르게 되었다. 이 인간들은 달의 표면도

→　Tuman. 폴란드어로 '얼간이', '바보'를 뜻함.
→2　Zadek. 폴란드어로 '동물의 엉덩이'를 뜻함.

망쳐 버리고 말았다. 달 전체가 폭발하지 않았음이 이상할 정도다. 이렇게 19세기와 20세기 천문학자들 사이의 유명한 수수께끼가 생겨났다. 도대체 달 표면에 왜 이렇게 많은 분화구가 생겼는지 도저히 이해할 수 없었기 때문이었다. 이에 대해서는 두 가지 이론이 제시되었는데, 화산 폭발설과 운석 충돌설이었다.

웃기는 일이다. 이른바 분화구를 만들어 낸 것은, 바로 자덱의 책임자이자 시간 기술자 게스터너였다. 운석 충돌을 일으킨 인물은, 30억 년 전 아테나를 겨냥했다가 공중분해 시켜 버린 아스트로야니였다. 시간 충돌의 반동은 전 방향으로 퍼져서 남아 있던 금성의 자전을 멈추게 하고, 화성에는 미치도록 빠르게 거꾸로 회전하는 두 개의 가짜 행성을 만들어 주었다. 하지만 진짜 멍청한 짓은, 이 전문가라는 작자가 달 표면 위로 아테나의 조각들을 10억 년 동안 떨어지게 해서 그 표면을 사격 연습장처럼 만든 것이었다. 한편 29억 5000만 년 전의 폭발로 크로노트랙터의 단 한 조각이 선사 시대의 대양에 떨어져서 아틀란티스를 물속에 잠기게 했다. 나는 친히 이 끔찍한 재난을 일으킨 자들을 프로젝트에서 해고하고, 먼저 결심했던 대로 전체 과제의 책임자에게 제재를 내렸다. 그들이 학술 위원회한테 뭐라고 호소해 봤자 아무 소용도 없었다.

나는 서로 만나서 공작을 꾸미지 못하도록 나르도 드 빈스 교수를 16세기로 보내고, 보스코비치는 17세기로 보냈다. 레오나르도 다빈치가 평생 동안 시간 여행 장치를 만들려고 했지만 성공하지 못했음은 잘 알려져 있다. 레오나르도 다빈치가 만든 헬리콥터 비슷한 기구와 다른 기계들은 동시대인들에게 이해받지 못했지만, 여하튼 시간의 귀양에서 탈출해 보고자 했던 그의 실패한 시도였다.

보스코비치는 조금 더 이성적으로 행동했다. 그는 매우 똑똑한 사람이었고, 원래 수학자였기 때문에 과학적으로 사고하는 사람이었다. 그는 17세기에 거의 모든 사람들에게 알려진 훌륭한 철학자가 되었다. 그는 물리학 이론을 널리 알리려고 시도했으나, 정작 동시대인들은 그의 주장을 한마디도 이해하지 못했다. 귀양 생활을 좀 낫게 보내라고 나는 그를 라구자(두브로브니크)로 보냈는데, 그나마 그에게 호감을 가지고 있었기 때문이었다. 그러나 학술 위원회가 뭐라고 하든 책임자들을 엄하게 처벌할 수밖에 없음을 잘 알고 있었다.

프로젝트의 1단계는 이렇게 완전한 실패로 끝났다. 나는 '창세기'를 더 가동하려는 어떤 시도도 허락하지 않았다. 그만큼 헛짓을 했으면 되었다. 토성의 엄청난 폐기물도, 완전히 타 버린 금성도, 두 차례나 오염된 화성도, 망가진 달도

(마스콘이라 불리는 달 표면의 질량 집중 지대는 용암 속에 굳어 버린 투만과 자덱의 머리 부분이다.), 삐뚤어진 지구의 자전축도, 대양 바닥의 구멍도, 그 틈새에서 유라시아와 남미와 북미 대륙이 갈라진 일 모두가, 지금까지 행해진 과업의 처참한 결과였다. 그럼에도 불구하고 나는 불신의 늪에 빠지지 않고 역사부의 직원들에게 창조적 활동의 길을 열어 주었다.

이미 언급한 바와 같이 조직은 둘로 나뉘어 있었다. 하리 S. 토텔레스 박사가 이끄는 인간계 조직, 비인간계는 엔지니어 굿레이가 담당하고 있었다. P. 라톤 교수가 이 역사부 전체를 통솔하고 있었는데, 그의 극단주의와 타협을 모르는 성격 탓에 나는 처음부터 그를 불신했다. 그래서 아직은 역사부를 움직이지 않는 편이 더 낫다고 생각했는데, 왜냐하면 차라리 스스로 문명을 이룩할 수 있는 똑똑한 사람들을 기다리는 편이 나을 것 같았기 때문이다. 그래서 나는 라톤과 토텔레스 박사의 활동을 일단 중단시키고(그것은 쉬운 일이 아니었다. 역사를 조정하는 일에 대해서는 둘 다 손이 근질거렸던 것이다.), 굿레이에게 지구상에서의 진화 작업을 개시하라고 일렀다. 나중에 창조력을 십분 발휘하지 못했다고 혹시 비난할까 봐, 나는 이 홉사(호모 퍼펙투스 사피엔스) 프로젝트에 있어서만큼은 충분한 자율권을 보장했다.

단지 O. 굿레이, H. 호메로스, H. 보스, V. 아이크 등의 프로젝트 팀장들에게, 살아 있는 모든 것을 왜곡하고, 이성으로 향하는 최적의 길을 스스로 막아 버리는 자연의 실수를 몸소 관찰하고 배우라고 당부했을 뿐이었다. 그러나 자연을 탓할 수는 없다. 자연은 아무것도 모른 채, 그저 하루하루 살아갈 뿐이지 않은가. 그러나 우리는 자연과 달리 목적을 가지고 일해야 하며, 언제나 활동의 기준인 '흡사'를 염두에 두어야만 한다. 그들은 지시 사항을 잘 준수하겠다고 약속하며, 성공을 기약하고 작업에 착수했다.

그들에게 작업의 자율권을 부여했기 때문에, 나는 참견하지 않고 15억 년 동안 그들을 통제하지 않았다. 그러나 그동안 수많은 익명의 편지가 쇄도해서, 아무래도 상황을 점검해야 할 것 같았다. 그렇게 알게 된 사실 탓에 거의 머리가 셀 지경이었다. 처음에 그들은 마치 아이들처럼 한 4억 년 동안 놀기만 하면서 철갑상어와 삼엽충 등을 풀어놓았다. 그러다 ⊘년이 멀지 않았음을 깨닫고 갑자기 벼락치기에 돌입한 것이었다. 아무런 질서도 논리도 없이 온갖 요소들을 결합했으므로, 하나하나가 기괴하기 짝이 없었다. 어떤 놈들에게는 네발 위쪽에 근육을 부여하고, 어떤 놈들은 꼬리만 달아 놓고, 어떤 것들에는 가루를 뿌리고 어떤 견본엔 두꺼운 뼈를 넣더니 다른 견본엔 되는대로 뿔이나 발톱, 호스, 파이프, 빨판을 붙여 놓았다. 보기 흉한 정도가 아니라 기가 막힐 지경이었으며, 너무나 어이없어서 차마 눈뜨고 못 볼 수준이었다. 그야말로 반미학 아래서 비구상 형식주의가 판을 친 모습이었다.

그들이 스스로에게 만족해하는 꼴에 나는 더욱더 화가 치밀어 올랐다. 그들은 이제 번지르르한 패션의 시대가 아니라며, 내게 안목이 없고 형태에 대한 감각도 전혀 없다고 말했다. 여기에서 그쳤더라면 나 또한 더 말하지 않았을 것이다! 그러나 그럴 리가 있나. 이 잘난 집단은 서로가 서로를 미워했다. 지성을 가진 인간에 대해 생각하는 이는 단 하나도 없었을뿐더러, 어떻게 하면 동료의 프로젝트를 망칠 수 있을지만을 골똘히 생각하고 있었으므로, 자연에 새로운 종이 등장하는 족족 적자생존의 오류를 증명하고자 그 종을 망칠 만한 괴물을 만들어 내기 바빴다. '생존 경쟁'은 바로 이러한 미움과 음모의 산물이었다. 진화상의 이빨과 발톱도 팀원들 사이의 경쟁심이 빚어낸 결과물이었을 따름이다. 마음을 합쳐서 일을 해내기는커녕, 내가 본 것은 만연한 방만과 동료에 대한 방해 공작뿐이다. 그들은 동료가 만든 종을 도태시키는 데서 최고의 성취감을 느끼는 것 같았다. 바로 그런 까닭에 생명에게 그토록 많은 막다른 골목이 생겨난 것이었다. 생명이라니, 이들은 그저 감시소와 공동묘지의 중간쯤에 해당하는 무엇인가를 창조해 냈다. 투자를 회수하지도 않고 다음 단계로 돌입하기 일쑤였다. 두 개의 심장을 가진 종과 다리가 붙은 종을 개발하지도 못했는데, 말하자면 엉터리 호흡 기관 탓에 곤충들을 망쳐 버렸다. 내가 아니었더라면, 증기 기관과 전기의 시대로 진입하지 못할 뻔했다. 왜냐하면 팀원들이 탄소를 '깜빡'해서, 그러니까 증기 기관에 쓰일 석탄이 될 나무를 심는 일을 잊었기 때문이었다.

　나는 확인 과정에서 두 손 두 발을 다 들 수밖에 없었다. 지구 전체가 사체와 실패작 들로 가득했으며, 특히 보스에게 어린이들의 연에서나 펄럭일 법한 꼬리가 붙은 람포링쿠스를 도대체 왜 만들었느냐고, 장비목에 대해 창피하지도 않느냐고, 도마뱀 등에 울타리 같은 가시를 왜 붙여 놓았느냐고 묻자, 그는 나더러 창작의 열정을 전혀 이해하지 못한다고 말했다. 그러면 지금과 상태에서 지성은 당최 어디서 나와야 하느냐고 나는 물었다. 이것은 수사학적 질문이었는데, 이들이 모든 가능성을 서로 틀어막아 버렸기 때문이었다. 그들에게 바로 해답을 내놓으라고 말하지도 않았다. 단지 앞서 새들, 그중 독수리, 예전에 하늘을 날았던 생명체들에 대해 상기시켰다. 그런데 그들은 벌써 새들의 머리를 축소해 버리고 말았으며, 타조처럼 뛰어다니는 것들도 바보로 만들어 놓은 뒤였다. 이제 '대체 수단' 말고는 아무것도 남아 있지 않았다. 겨우 남은 쓰레기로 지성이 있는 인간을 만들든지, 아니면 힘으로 발전 단계를 밀어붙이는, 성급한 진화를 일으키는 방법밖에 없었다. 그러나 과시적 화려함은 용납할 수 없었다. 이런 명백한 개입은 이후 고생대 학자들에게 기적으로 여겨질 것이기 때문이었다. 이미 옛날에, 나는 미래 세대를 착각에 빠지게 할 수 있는 모든 종류의 기적을 금지한 바 있다.

나는 양심 없는 팀원들을 몽땅 쫓아냈다. 그럴 시간이었다. 그리고 그들의 잘못된 종들을 모조리 희생시켜야 하는 순간이 있었다. 제대로 만들어지지 못한 이 종들은 벌써 수백만씩 죽어 나가고 있었다. 내가 그 종들의 멸종을 종용했다는 주장들은 내가 받은 여러 모함 중 하나에 불과하다. 진화 과정에서 마치 장롱을 정리하듯 생명을 밀어낸 것은 내가 아니며, 아메벨로돈의 엄니를 두 쌍으로 만든 것도 내가 아니고, 기간토카멜루스 낙타를 코끼리 크기로 부풀린 것도 내가 아니다. 고래를 가지고 장난치지도 않았으며, 매머드를 멸종에 이르게 하지도 않았다. 나는 프로젝트의 이상을 믿었고, 굿레이의 팀이 진화를 가지고 놀았듯 방만한 장난질을 하지도 않았다. 나는 아이크와 보스를 중세로 귀양 보내고, '홉사'를 패러디한 호메로스(이자는 반인반마와 인어를 만들었으며 거기에 고음의 소프라노 목소리까지 넣었다.)는 고대 트라키아로 보내 버렸다. 그랬더니 또다시 그 일이 생기고야 말았다. 자리에서 쫓겨나 귀양을 간 이들은 실제로 창조하지 못하는 좌절감에 빠져서 대체 수단을 통해 창작에 돌입했던 것이었다. 보스가 무엇을 감추고 있었는지 궁금한 사람은 그의 그림을 보면 금세 알 수 있을 것이다. 물론 굉장한 재능을 지니기는 했다. 당대의 흐름에 적응한 것만 보아도 알 수 있다. 창작의 핑곗거리로 쓰인 그림 속의 종교적 주제들, 그 수많은 최후의 심판과 지옥들 말이다. 또한 보스는 비밀을 완전히 지키지도 못했다. 그의「쾌락의 정원」속 오른쪽, 음악 지옥의 한가운데에는 12인승 시간 여행 버스가 서 있다. 나도 어쩔 수 없는 일이다.

호메로스를 그의 창조물들이 있는 고대 그리스로 보내 버린 일은 잘한 선택이라고 생각한다. 그가 그린 그림은 없어졌으나 그의 글만큼은 남았다. 왜 아무도 그 글의 시대적 착오를 알아채지 못하는지 모르겠다. 한마디로 연구소의 동료들과 똑같이 서로 물어뜯지 못해서 안달이 난 올림포스의 신들을 그가 조금도 존경하고 있지 않음을 눈치채지 못했는가? 『오디세이』와 『일리아드』는 실제 사건에 관한 이야기다. 성질 더러운 제우스는, 나를 욕한 것이다.

굿레이는 바로 쫓아내지 못했다. 등 뒤에 로건비저가 있었기 때문이었다. 로건비저는 만약 굿레이가 나를 실망시킨다면, 프로젝트의 학술팀장인 자신을 시생대로 보내도 좋다고 했다. 굿레이는 또한 창조 재료를 몰래 확보하고 있었는데, 내가 원숭이의 잔재를 사용하는 계획을 반대하자 드랍↓(이진법 상호 작용 인간 개발) 제작에 들어가 버렸다. 나는 그 드랍이라는 것을 신뢰하지 않았지만, 이미 나도 자제할 수가 없었다. 사람들이 나의 프로젝트는 완전히 실패했다고 떠들어 댔기 때문이었다. 다음번 검사 때, 나는 굿레이가 작은 포유류 몇 종을 바다로 몰아넣고 물고기와 비슷하게 만든 뒤 머리에 레이더를 달아 줬음을 발견했다. 바로 돌고래가 되어 가고 있음을 알아냈다. 굿레이는 조화를 이루려면 지성을 가진 두 종, 즉 바다 생명체와 육지 생명체가 있어야 한다고 떠벌렸다. 도대체 무슨 바보 같은 소리인가! 그랬다가는 갈등이 생길 텐데! 나는 그에게 "지성을 가진 물속 생명체는 절대 안 돼!"라고 말했다. 결국 돌고래는 상당히 커다란 두뇌와 함께 그 상태 그대로 남게 되었고, 우리는 위기 상황에 빠지고 말았다.

진화를 그냥 아예 처음부터 다시 시작하면 어떨까? 하지만 그럴 만한 정신은 없었다. 나는 굿레이에게 알아서 하라고, 그러니까 원숭이를 활용하되 심미적으로 개선하라고 지시를 내렸는데, 그가 나중에 딴소리하지 못하도록 공식 문서까지 남겼다. 거기에 세부 사항을 모두 적시하지는 않았지만. 그러나 나는 털 없는 엉덩이가 상당히 보기 좋지 않으며,

---

→ DRAB. 폴란드어로 '덩치', '무식한 놈'을 뜻함.

성적 문제에 대해서는 좀 더 문화적 접근, 그러니까 꽃 같은 것, 물망초 따위를 추가하는 편이 좋겠다고 지시하고, 위원회 회의에 참석해야 했으므로 자리를 떠났다. 나는 굿레이에게 제발 자기 멋대로 흉하게 만들지 말고, 무언가 좀 아름다운 모티프들을 찾아보라고 부탁했다. 그의 작업실은 늘 엉망진창이었는데, 서까래와 목재, 톱 등이 삐쭉 튀어나와 있었다. 이게 사랑과 무슨 관계가 있다고요? 지금 머리가 어떻게 된 거 아닌가요? 나는 말했다. 회전 톱으로 사랑의 원칙을 만든다고요? 그 톱을 버린다고 나에게 맹세해요. 굿레이는 열성적으로 고개를 끄떡이며 주먹으로 입을 가린 채 웃었는데, 왜냐하면 이미 내 서랍 속에 그의 해고 서류가 들어 있음을 알았으므로 이러나저러나 매한가지였기 때문이었다.

굿레이는 나에게 복수하려고 했다. 그는 이곳저곳에, 자기가 프로젝트 책임자(나)의 눈을 휘둥그레지게 만들겠다며 떠들고 다녔다. 그리고 나는 정말로 그렇게 되었다. 그를 지체 없이 불러들였더니, 굿레이는 성실한 직원인 척하며 자신은 지시 사항을 모두 지켰다는 것이었다! 털 없는 엉덩이 부분을 없애지 않고 영장류 전체의 털을 다 깎아 버렸으니, 오히려 반대로 한 것이었다. 사랑과 성에 관한 문제는 거의 고의적이었다. 도대체 그 위치가 뭐란 말인가! 이런 일탈에 대해서 내가 뭐라고 더 말할 수 있겠는가. 그 결과가 어떤지는 모두들 알고 있으리라. 엔지니어는 괜한 고생만 했다! 예전의 영장류는, 어쨌거나 최소한 초식 동물들이었다. 그는 이제 이들을 육식으로 이끌었다.

나는 '호모 사피엔스'의 발생 문제를 다루고자 위원회의 특별 회의를 소집했다. 위원회는 어쨌든 이 문제를 한 번에 해결할 수는 없다고 했다. 25억 년, 아니 30억 년을 되돌아가야 한다는 것이었다. 나의 의견은 다수결에 의해서 받아들여지지 않았고, 나 역시 거부권을 행사하지 않았다. 잘못된 선택이었을지 모르겠으나 나로서도 막다른 지점에 닿아 있었다. 또한 18세기와 19세기로부터 신호가 들어오고 있었다. 시간 속에서 앞뒤로 연신 여행하기가 귀찮았던 모이라의 일원들은 여러 오래된 성들과 궁전, 지하실에서 머물며 아무런 조심성 없이 저주받은 영혼들에 관한 이야기와 쩔렁거리는 쇠사슬 소리(크로노사이클이 움직일 때 나는 소리였다.), 유령(도대체 더 나은 다른 색깔은 없었는지, 제복으로 흰색 옷을 입고 다녔다.) 괴담을 유포해서 사람들 머리가 혼란해졌고, 벽을 통과하기도 해서(크로노사이클은 선 채로 지구만 계속 돌았기 때문에 언제나 그렇게 보였다.) 공포심을 자아냈다. 한마디로 하도 난리를 부려서 낭만주의가 탄생하고야 만 것이었다. 나는 이런 잘못을 저지른 자들을 벌한 뒤에야 굿레이와 로건비저의 문제를 다룰 수 있었다.

나는 그 둘 모두를 귀양 보냈다. 학술 위원회는 이 조치를 절대 용서하지 않을 터였다. 그러나 나도 할 만큼은 했다. 나에게 매우 무례했던 로건비저는 귀양지에서 훌륭하게 처신했다.(율리아누스 황제로서 말이다.) 그는 비잔틴 제국에서 가장 가난한 사람들의 삶을 구제하는 데 상당한 공을 남겼다. 이것만 봐도, 예전의 자리는 그에게 무리였음을 알 수 있다. 황제 노릇이 역사 전체를 개선시키는 것보다는 훨씬 쉬운 일이었으니까.

이렇게 프로젝트의 2단계가 끝나고 말았다. 나는 팀원들에게 사회적 문제를 해결할 수 있는 권한을 주었다. 이제는 문명화된 역사를 손볼 수밖에 없었기 때문이었다. 이 임무에 착수하며 토텔레스와 라톤은 앞선 작업자들의 완벽한 실패에 대해서 제법 신나 했다. 더불어 이 비겁자들은 미리, '이러한 호모 사피엔스 상태'라면 테오힙힙도 딱히 도움이 되지 못하리라고 밑밥을 깔았다.

하리 S. 토텔레스는 첫 번째 프로그램 개조 실험을 시간 분석가들에게 맡겼다. 칸드 엘 아브르, 칸느 드 라 브뢰, 기레 안돌레 그리고 G. I. R. 안돌, 네 사람이었다. 이들은 역사 교정 엔지니어 헴드라이서의 직속 부하였다. 이들은 헴드라이서와 함께 도시화에 가속도를 붙여서 문화화 속도를 높이기로 계획했다. 지금은 제대로 기억나지 않지만, 하이집트의 12왕조인지 13왕조 때 우리가 '시간 스파이'라고 부르는 사절들의 도움을 받아서 당대의 건축 기술은 크게 진보했다. 그러나 끝까지 지휘하지 못한 까닭에 결국 어그러지고 말았다. 요컨대 대중을 위한 주거 공간이 아니라, 도대체 무슨 용도인지 알 수 없는, 파라오의 무덤을 만드는 기묘한 문화에 기여하고 만 것이었다. 나는 팀원 모두를 크레타로 보냈다. 그 결과, 미노타우로스의 미로가 생겼다. N. 베터파트의 말이 진실인지는 모르겠지만, 사절들이 그곳의 우두머리와 대판 싸우고 끝내 그를 미로 속에 가두었단다. 기록을 직접 들여다보지 않았으므로 나도 확신할 수 없지만, 헴드라이서는 미노타우로스처럼 생기지 않았다.

　　나는 이런 게릴라적 활동을 그만두기로 하고, 전체적 규모의 프로젝트들을 진행하자고 요구했다. 우리가 드러나게 활동할지, 아니면 숨어서 활동할지, 그러니까 여러 시대의 인간들에게 역사 바깥에서 돕고 있는 존재가 있다는 사실을 알게 할지 말지를 정해야만 했다. 토텔레스는 자유주의자인 편이었는데, 숨어서 활동해야 한다고 주장했으며 나 역시 같은 입장이었다. 대안적 전략에 따르자면, 과거 인류를 아예 대놓고 보호령에서 다스려야 했는데, 그랬다가는 그들이 자유를 빼앗겼다고 느낄 터였다. 그러므로 우리는 도움을 주면서도, 그 사실을 감춰야 했다. 라톤은 이를 반대했는데, 왜냐하면 머릿속에 모든 사회 구성원을 통솔할 이상적 구상이 서 있었기 때문이었다.

하지만 나는 토텔레스를 지지했다. 토텔레스는 나에게 자신의 팀원 중 젊지만 가장 뛰어난 인물을 소개했는데, 그의 조수 A. 돈나이 석사 연구원으로, 그는 유일신 종교를 발명한 바 있었다. 돈나이의 주장에 따르면, 신은 개념으로서 전혀 해롭지 않다, 거기다 우리들에게 도움이 된다, 이를테면 프로젝트의 결정은 신의 결정이므로 아무도 눈치챌 수 없는 것이다. 즉 사람들은 신을 이해할 수 없기 때문에 아무것도 트집 잡지 못할 터다. 또한 누군가 시간을 조작하며 역사에 끼어들었다는 의심조차 하지 않으리라. 이 생각은 썩 그럴듯해 보였으나, 혹시나 하는 마음에 이 젊은 석사 연구원에게 실험적으로, 아주 작은 영토만 내주었는데, 상당히 후미진 소아시아 지역이었다. 이렇게 해서 돈나이는 유대인을 마음대로 다룰 수 있었다. 그를 도와준 사람은 시간 기술자 H. 욥이었다. 점점 때가 되어서야 그들이 선을 심하게 넘었음을 깨달았다. 돈나이가 6만 톤이나 되는 보리를, 유대인들이 무슨 사막을 헤매고 다닐 때 뿌려 준 일은 아무것도 아니었다. '신중한 도움'은 실제로 엄청난 개입이었으며(돈나이는 홍해를 여닫고, 유대인의 적들에게 원격 조종할 수 있는 메뚜기 떼를 보냈다.), 이런 식으로 보호받은 이들은 스스로를 선택된 민족이라 믿게 되었다.

전형적인 전개였다. 계획이 빗나갈 때마다, 그 담당자는 전략을 수정하지 않고 점점 더 밀어붙이는 것이다. 마침내 A. 돈나이는 네이팜탄을 쓰면서 기존의 모든 과오를 넘어섰다. 내가 왜 그걸 허락했을까? 나도 스스로에게 묻고 싶다! 한마디로 나는 아무것도 몰랐다. 연구소 실험장에서는 멀찍이 관목을 불태우는 광경만 보여 주고, 과거에서도 비슷하게 사용하겠다고 약속했다. 사막의 마른 선인장을 조금 태우겠다고. 그럼으로써 도덕적 규율을 세울 수 있다고 했다. 그를 시나이반도로 귀양 보낸 뒤, 나는 모든 팀장들에게 초자연적 성격을 가지는 모든 작전을 철회하라고 명령했다. 돈나이와 욥이 이미 저지른 일들의 역사적 파급 효과는 차치하더라도.

하지만 언제나 그랬다. 시간 기술의 개입은 늘 다른 현상들을 눈사태처럼 불러일으켰고, 이것들은 적절한 수단을 쓰지 않고서는 제어할 수 없었다. 그리하여 또 다른 동요를 일으키고, 이렇게 끝도 없이 이어지는 것이다. A. 돈나이는 귀양지에서 또 말도 안 되는 행동을 했는데, 역사 기술자 자리에 있을 때 얻은 명성을 남용했다. 이제는 '기적'을 일으킬 수 없었지만, 기적에 관한 기억을 공고히 할 수는 있었다. 한편 내가 H. 욥에게 역사 경찰을 보냈다고들 떠드는데, 그것은 모함이다. 정확히 알 수 없고, 그런 세부 사항까지 내가 다 파악할 수는 없지만, 아마도 A. 돈나이와 사이가 나빠졌고, 돈나이가 욥을 매우 괴롭혀서 '욥의 전설'이 생겨난 것 같다. 이 실험의 가장 큰 피해자는 유대인들인데, 왜냐하면 그들에게 선민의식이 주입됐기 때문이다. 그래서 해당 프로젝트가 중단되자, 그들은 조국에서뿐만 아니라 이국 어디서든 씁쓸함을 맛볼 수밖에 없었다. 이 주제에 대해 나의 반대자들이 뭐라고 비난했는지는 언급하지 않겠다.

프로젝트는 가장 힘든 위기 상황을 맞았다. 토텔레스와 라톤의 의견에 양보하여 역사를 대규모로, 그러니까 국지적 장소와 순간이 아니라, 역사 시대 전반에 걸친 개선 계획을 승인하였음은 나의 잘못이었다. 이런 개선 전략은, 필수 전략이라고도 불렸는데, 우리 계획을 더욱 혼란스럽게 했다. 이를 방지하고자 나는 100년마다 감시자들을 세워 놓았고, 라톤에게 '시간 홀리건'을 제어할 수 있는, 비밀 시간 경찰의 전권을 위임했다.

시간 홀리건이라면, 나는 악몽 속에서조차 상상해 본 적이 없는데, 이른바 '빗자루 스캔들'과 연루되어 있다. 시간 홀리건은 시건방진 젊은이들로, 우리 프로젝트의 직원들이 고용한 자들과, 실험실 직원들, 비서들이었다. 악마와의 계약, 몽마들, 마녀들의 연회, 마녀 재판, 성인의 유혹 등을 이야기하는 중세의 수많은 민담은 도덕심을 결여한 이 젊은 이들이 벌인 시간 활동에서 기인했다. 크로노사이클은, 원래 안장이 있는 파이프와 분출구로 이루어져 있었는데 이 역시 어두운 데에서 보면 빗자루로 착각할 수 있었다. 창피함을 모르는 젊은 아가씨들이 주로 밤중에 크로노사이클을 타고 돌아다니며 중세 초기의 시골 사람들에게 공포심을 일으키곤 했다. 그들의 머리 위를 가로질러 날아가는 것으로 부족했는지, 13세기인지 12세기에는 노출이 심각한 속옷 차림(토플리스)으로 나돌았다. 그러니 그 아가씨들을, 벌거벗은 채 빗자루를 타고 다니는 마귀로 묘사한 것도 놀랄 일은 아니다. 이상한 우연은, 당시 귀양 중이던 H. 보스가 이자들을 고발하고 색출하는 데에 도움을 주었다는 것이다. 보스는 시간 기계의 모습을 보고 자신의 악마들을 그린 것이 아니라, 불법적인 크로노사이클 운전자와 그 친구 들을 그려 넣었다. 사실 보스가 개인적으로 알았던 사람들도 다수였으므로, 악마를 그리기보다 훨씬 쉬웠을 터다.

시간 훌리건들의 난동으로 숱한 희생자들이 발생했다. 따라서 나는 죄인들을 700년 이후로 보냈다. 그들은 20세기의 반항아들이 되었다. 이러면서 작업해야 할 세기들이 40세기로 늘어났고, 모이라의 대장 N. 베터파트는 현재 상황을 통제할 수 없으니 특수 시간 기동대의 형태로 병력을 소집하라고 내게 요구했다. 우리는 새로운 직원들을 모아서 바로 위험 신호가 오는 시대로 보냈는데, 사실 신입 직원들은 오합지졸이었다. 일부 세기에 집중된 이 병력들은 '민족의 이동'이라는 중요 사건들을 만들어 냈다. 이런 개입을 은폐하려고 많은 노력을 기울였지만, 급기야 20세기에 이르러 '비행접시'에 관한 이야기들이 마구 퍼져 나갔다. 이제 고도화된 대중 매체가 소식을 전달하는 시기에 이르렀기 때문이었다.

그러나 이것은 모두, 모이라의 대장이 일으킨 새로운 대사건에 비하면 아무것도 아니었다. 여러 시간에서 나는 그의 부하들이 역사적 진전에 적극적으로 참여하는 만큼 역사적 토대 개선에는 달리 신경 쓰지 않는다고 보고받아 왔다. 그리고 이것은 라톤과 토텔레스를 따라 한 것이 아니라, 베터파트 자신이 열성적으로 기획한 시간 정책에 따른 결과였다. 그를 자리에서 끌어내리기도 전에 베터파트는 이미 증발해 버렸고, 시간 경찰들의 도움을 구할 수 있는 18세기로 도망치고 말았다. 그리고 내가 제대로 살펴보기도 전에, 프랑스의 황제가 되었다. 이런 말도 안 되는 일탈 행위는 엄벌을 받아야만 했다. 라톤은 나에게, 1807년 베르사유로 예비 병력을 투입하라고 했으나 그렇게 할 수는 없었다. 그런 공격 행위는 이후 인류 역사에 엄청난 혼란을 야기할 수 있으며, 그때부터 인류가 누군가의 보호 아래 있다고 느낄 수도 있었기 때문이었다. 좀 더 신중한 토텔레스가 생각해 낸 '자연스러운' 조치는 나폴레옹 보나파르트(베터파트)를 '수수께끼 시간 작전'으로 벌주는 것이었다. 반보나파르트 연맹을 구축하고 전쟁 행군으로 이어지는 계획이었으나, 모이라의 대장은 이러한 기미를 바로 알아차리고 지체 없이 먼저 공격을 감행했다. 베터파트는 원래 직업적 전략가였고, 이론에도 통달해 있었으므로 토텔레스가 보내온 모든 적들을 물리쳤다. 러시아에서야 그를 제압할 수 있을 것 같았다. 바로 거기서 고난에 봉착했으니 말이다. 그러나 이미 유럽의 절반은 잿더미와 폐허로 변한 뒤였다. 시간 기술 전문가들을 옆으로 물린 다음에야, 나는 워털루에서 마침내 나폴레옹을 만나서 충고할 수 있었다. 나도 잘한 일은 있었다.

내가 다른 급한 용무로 귀양을 제대로 감시하지 못한 탓에 나폴레옹은 엘바에서 도망쳤다. 요즘 범법자들은 수동적으로 앉아 있지 않고, 힘과 명성을 보장받을 수 있는 다른 시대로 몰래 탈출한다.(연금술사들은 이렇게 생겨났다. 칼리오스트로, 마법사 시몬, 그 밖에도 수십 명은 된다.) 도대체 확인할 수 없는 정보들이 내게 속속 들어왔는데, 가령 아틀란티스가 '창세기' 작전의 크로노트랙터 조각에 맞아서 바닷속으로 가라앉은 게 아니고, 볼로니 박사라는 인물이 자기 잘못을 은폐하려고 일부러 침몰시켰다는 내용 등이었다. 한

마디로 되는 일이 하나도 없었다. 나는 성공에 대한 확신을 잃었으며, 더 나쁘게도 의심이 많아졌다. 이제 무엇이 작업의 성과인지, 아니면 오류인지, 100년마다 배치해 놓은 시간 경찰들의 실책인지조차 판단할 수 없었다.

　　나는 다른 쪽 끝에서부터 문제를 해결해 보기로 마음먹었다. 열두 권짜리 『대세계사』를 연구하면서 수상해 보이는 지점마다 비행 검사팀을 보냈다. 예컨대 리슐리외 추기경 건에 대해서 말이다. 나는 그가 우리 요원이 아님을 확인하고, 라톤에게 거기로 똑똑한 직원을 보내라고 했다. 라톤은 라이히플라츠라는 자에게 이 작업을 맡겼는데, 뭔가 떠오르기에 나는 다시 사전을 찾아보았다. 리슐리외와 라이히플라츠는 똑같이 '부유한 장소'라는 뜻이었으므로 나는 몸이 굳고 말았다. 하지만 이미 늦었다. 이자는 궁정의 높은 곳까지 진출하여 루이 13세를 뒤에서 조종하였다. 나는 그를 가만히 내버려 두었다. 나폴레옹 전쟁 이후, 억지로 바로잡으려다가 도리어 어떻게 되는지 이미 알게 되었던 것이다.

　　다른 문제도 터졌다. 어떤 세기에는 우리 직원들이 너무 많았다. 이들은 나를 자극하려고 헛소문과 미신을 퍼뜨리거나 아예 감시팀을 매수하려 들었는데, 시간 경찰도 그들을 다 통제할 수 없었다. 그래서 나는 지금까지 말썽을 일으킨 자들을 모두 한곳에 모아서 지도하려고 했다. 그 시간과

275

장소는 고대 그리스였다. 그 결과, 바로 그곳에서 문화가 급속도로 발전하였다. 아테네에는 유럽 전체를 통튼 것보다 더 많은 철학자가 있었다. 벌써 라톤과 토텔레스를 해고한 이후의 일이었다. 둘 다 나의 믿음을 과용했던 것이다. 라톤은 설득하기 어려운 극단주의자였는데, 내 지시를 어기고 자기만의 정책을 실현했다.(그의 주장은 그가 쓴 『국가』에서 읽어 볼 수 있다.) 이는 매우 비민주적인 강압에 기초하는데, 이집트 중왕국, 인도의 카스트 제도, 독일의 신성 로마 제국, 아니 1868년 이후 일본인들의 천황 숭배 역시, 전부 그가 저지른 짓이다. 하지만 그가 시클그루버라는 여자의 중매를 서서, 훗날 유럽의 절반을 불길 속에 태워 버리는 아이가 태어나도록 했는지까지는 나도 잘 모르겠다. 이것은 토텔레스에게 들은 얘기인데, 그는 라톤과 심하게 다투었으므로 마냥 믿을 수 없다.

라톤은 아스테카 문명을 기획했고, 토텔레스는 그곳으로 스페인 사람들을 보냈다. 마지막 순간에 모이라의 보고서를 받고, 나는 콜럼버스의 항해를 늦추고 코르테스의 기마 부대가 원주민들의 말을 따라잡지 못하도록 남미에서도 말을 기르게 하라고 명령했다. 그러나 직원들의 실수로 말들은 인적 없는 신생대에서 헐떡이게 되었고, 따라서 바퀴가 있었음에도 전쟁 마차를 끌 수단은 묘연했다. 콜럼버스는 1492

년에 드디어 성공했는데, 누구에게 기름칠을 해야 하는지 잘 알았기 때문이었다. 개선 작업의 실체가 이렇다니! 나에게는 또한, 그리스에 벌써 철학자가 넘쳐 나는데 하리 S. 토텔레스와 P. 라톤까지 보냈다는 비난이 잇따랐다. 그러나 그것은 모함이다. 그저 인정을 보이고자 그들에게 귀양 장소와 시간을 고르도록 했을 뿐이었다. P. 라톤을 스스로 원하던 시라쿠사로 보내지 않았을 뿐 아니라, 당시 전쟁 때문에 그의 '철학자 국가'라는 이상을 실현할 수 없는 장소에 못 박았다.

하리 S. 토텔레스는 알려진 바와 같이 마케도니아의 젊은 알렉산더 대왕의 스승이 되었다. 한편 토텔레스의 부주의는 악몽 같은 결과를 낳았다. 그는 항상 거대한 백과사전 편찬에 열성적이었고, 분류학과 '완벽한 프로젝트 이론'을 만지작거렸다. 그러나 그의 등 뒤로 가지각색의 사건이 일어나고 있었다. 회계 담당자는 잘 아는 잠수사와 짜고, 코르테스의 부하들과 침몰해 버린 금괴를 건져 올린 뒤, 몰래 1922년으로 달아나서 함께 주식을 시작했다. 그러나 장물의 위력은 오래가지 못했고, 이들은 1929년의 주식 대폭락을 야기하고 말았다. 나는 토텔레스가 잘못했다고 생각하지 않는다. 그가 그렇게 유명해진 것은 내 덕이며, 사실 프로젝트를 제대로 수행하지 못했으니까. 또한 사람들은, 내가 독재자처럼 회전목마를 돌리며 귀양과 복귀를 통해 오랜 친구들에게

215

좋은 자리를 마련해 주었다고도 했다. 나를 욕하려고 작정한 사람들인 만큼, 이제 무슨 일을 하더라도 좋은 소리가 나올 리 없었다.

　세세한 내용까지 말하기는 좀 그렇다. 그러므로 나는 플라톤과 아리스토텔레스의 저작 속에 들어 있는 '나'에 대한 여러 암시를 늘어놓지는 않을 것이다. 물론 그들이 귀양을 반기지는 않았으나, 인류의 운명이 달린 만큼 개인적 반감에 좌우될 수는 없었다. 그리스의 멸망을 애석하게 여긴 것과는 또 다른 문제다. 내가 철학자들을 모두 모아 둔 탓에 그리스의 멸망을 초래했다는 주장은 사실이 아니다. 라톤은 스파르타를 유토피아로 만들고자 그곳을 염두에 두고 그리스를 돌보았다. 그래서 라톤이 물러나자 아무도 스파르타를 돕지 않았고, 페르시아 군대의 공격에 스러진 것이었다. 내가 뭐 어떻게 하겠는가? 편향된 지역주의는 용납할 수 없고, 오로지 전 인류를 보호해야 하는데, 여기에서 귀양 문제가 가장 큰 계획들을 망치고 있었다. 미래에서는 감시의 눈을 부릅뜨고 있으므로 아무도 그곳으로는 귀양 보낼 수 없었다. 그런데 귀양에 처해진 자들 모두가 코트다쥐르로 보내 달라고 애원했고, 나는 그 말을 물리치지 못해서 결국 수많은 천재들이 지중해 근처에 몰리게 되었다. 그리하여 바로 이곳에서 문명의 해돋이가, 그리고 서양 문화가 움튼 것이었다.

278

스피노자에 대해서 말하자면, 그가 상당히 괜찮은 사람임은 나도 인정한다. 하지만 그는 십자군을 일으키고 말았다. 직접 십자군을 조직하지는 않았지만. 스피노자는 내가 라톤의 공석에 앉힌 사람인데, 매우 순수했지만 주의 집중하는 데에 문제가 있어서, 결재 서류를 면밀히 검토하지 않고 무조건 서명하곤 했다. 그러면서 뢰벤헤르츠에게 전권을 부여하였는데, 그는 무슨 이유에선지 크로노버스에 음모론자들을 가득 실어서 13세기로 보냈다. 그래서 지금 내가 누구인지 기억하지도 못하는 그 범인은 십자군 운동을 일으켰고, 그 혼란 속으로 모습을 감추었던 것이다. 나는 스피노자를 어떻게 처리해야 할지 알 수 없었다. 그리스에는 이미 비슷한 철학자들이 깔려 있었으므로, 처음 스피노자에게는 모든 세기를 오가는, 40세기에 이르는 진폭을 견뎌야 하는 벌을 내렸다. 영원한 '유대인 방랑자' 전설은 여기에서 나온 것이다. 그러나 한 번 오갈 때마다 피로감을 호소했으므로, 결국 나는 그를 암스테르담으로 보내 버렸다. 손으로 뭔가 만드는 일을 좋아했기 때문에, 거기에서 렌즈를 가공하라고 했다.

귀양자들은 도대체 왜 단 한 명도 자기들의 정체를 밝히지 않았는지, 나에게 묻는 사람들이 많았다. 그런데 그걸 말했다간 어떻게 되었겠는가. 얘기하자 마자 바로 정신 병원에 보내졌을 텐데. 20세기 이전에 누군가가 보통의 물로 지구

211

전체를 날려 버릴 수 있는 폭탄을 만들 수 있다고 주장했다면 어떻게 되었을까? 23세기 이전까지 시간 여행은 알려지지도 않았다. 게다가 그런 고백은 수많은 귀양자들의 정체를 보증해 주기보다, 단지 허황된 소문 같은 공상일 뿐임을 드러냈으리라. 미래를 예언하는 일은 금지되어 있었지만, 그럼에도 입 밖에 올린 이들이 한둘 아니었다. 중세에는 다행히 그런 소리를 떠들어도 사람들이 딱히 주의를 기울이지 않았다.(로켓과 심해 잠수함에 관한 베이컨의 언급과 라몬 율의 『아르스 마그나』에 나오는 컴퓨터에 대한 얘기다.) 하지만 20세기로 귀양 보내진 자들의 경우는 좀 더 심각했다. 스스로를 '미래학자'라고 부르며 직업상의 비밀을 마구 발설했던 것이다.

마침 나폴레옹 이후에 모이라를 맡은 A. 틸라가 '바벨 시스템' 전략을 구사했다. 바벨은 이렇게 생겨났다. 16명의 시간 엔지니어들이 소아시아로 귀양을 갔는데, 그곳에서 탈출하고자 시간 기차를 만들려고 했다. 겉보기에 무슨 망루나 탑으로 위장했고, 이름은 음모의 슬로건(인간 탈출을 위한 무선 기계 제작) 앞 글자만 따서 바벨이라고 했다. 이들의 탈출 시도를 눈치챈 모이라는, 전문가들로 조직한 '새로운 귀양자'들을 파견했는데, 이들은 이 기계가 처음 움직이는 순간 폭발하도록 조작해 놓았다. 틸라는 '외국어 혼잡'이라는 전략을 구사한 뒤, 파견자들을 20세기로 보냈다. 이들은 미래를 이야기하는 예언자들을 완전히 부정하고, 결국 공상 과학이라 불리는 황당한 장르의 작품을 만들어 냈다. 그리고 미래학자들 사이에 우리 스파이 중 하나인 매클루언을 슬쩍 끼워 넣었다.

모이라의 보고서에 나오는 황당한 이야기, 즉 매클루언이 '미래 사회 진단 이론'을 퍼뜨린다는 부분을 읽었을 때, 나는 머리를 감싸 쥐었다. 왜냐하면 내가 보기에 멀쩡한 사람이라면 단 한 순간이라도 '지구촌'이라는 소리나 그 비슷한 이야기를 믿을 리 없다고 생각했던 것이다. 그러나 매클루언의 이론은, 진실을 밝혔던 다른 모든 이들의 예언보다도 더 큰 반향을 불러일으켰다. 엄청나게 유명해진 매클루언은, 급기야 우리가 유포하라고 명령했던 그 헛소리를 스스로 믿기에 이르렀다. 그러나 그를 파면하지는 않았는데, 어쨌든 우리에게 해가 될 일은 없었기 때문이었다. 그러나 스위프트와, 그의 시대에는 아무도 알 리 없는 화성의 두 달과 그 운행 법칙은 『걸리버 여행기』에 떡하니 거론되었음에도 멍청한 오해의 산물이었다. 화성이 가진 두 달의 궤도는 당시 영국 남부에 있었던 우리 감시단들 사이의 암호였는데, 심한 근시의 한 요원이 술집에서 스위프트와 신입 직원을 헷갈리는 바람에 다 불어 버린 것이었다. 하지만 자신의 실수

281

를 보고하지는 않았는데, 스위프트가 자기 말을 한마디도 이해하지 못했으리라고 생각했기 때문이었다. 그러나 몇 년 뒤 1726년, 『걸리버 여행기』의 초판에서 우리는 화성의 두 달 이야기를 읽게 되었다. 암호를 즉각 바꾸었지만, 이미 인쇄된 구절은 그 자리에 남을 수밖에 없었다.

이런 자잘한 사건들은 사실 별 의미도 없다. 하지만 플라톤은 또 다른 얘기다. 굴속에서 세상을 등지고 벽에 비친 그림자를 본다는 그의 이야기를 읽을 때마다 나는 동정심에 사로잡힌다. 27세기를 단 하나의 실체로 체험한 그에게, 내가 가두어 버린 야만의 시대는 틀림없이 '어두운 동굴'로 보였으리라. 지식이란 '태어나기 전'에 훨씬 잘 알았던 무언가를 언젠가 '다시 기억해 내는 것'이라는 그의 견해는 보다 직접적인 암시다.

이러는 동안 더욱더 큰 문제들이 발생했다. 나는 나폴레옹의 탈출을 도와준 틸라를 귀양 보낼 수밖에 없었다. 내가 그에게 주의를 주자, 그는 격앙되어서 나를 마구 협박했다. 그래서 나는 그를 몽골로 보내 버렸다. 그런 황무지에서 무슨 소동을 일으킬 수 있을지, 도저히 상상할 수 없었다. 그러나 그는 자신의 으름장을 지켰다. 그동안 일어난 일들을 목격한 직원들은 점점 더 황당한 계획들을 경쟁적으로 실현해 내는 듯했다. 예컨대 필요에 따라 시간 기차에 물품을 가득 실어서 과거로 공급하는 것은, 모든 종류의 자연스러운 발전을 막는 일이었다. 가령 경험과 지식을 갖춘 오늘날의 시민들을 구석기 시대에 잔뜩 던져 놓으면 어떻게 될까, 의도는 좋을지 몰라도 이미 굴속에 들어앉은 인류는 어떻게 하라고?

이러한 계획들을 읽고 20세기를 찬찬히 들여다볼수록 나는 의심에 사로잡혔다. 대량 학살의 수단이 몰래 공급되지는 않았을까? 연구소의 몇몇 극단주의자들은 21세기와 선사 시대를 서로 맞물리도록 둥글게 매듭짓고 싶어 했다. 그러면 모든 것이 다시 처음부터, 더 제대로 시작될 수 있다는 것이었다. 병적이고 황당한 미친 생각이었지만, 나는 이것을 준비하는 듯한 움직임을 감지했다. 과도 성장은 이전 문명의 파괴와 '자연으로의 복귀'를 불러들이는데, 20세기 중반부터 야생화를 좋아하고, 동물적 에로티카를 추구하며 머리를 길게 기른 젊은이들, 누더기를 걸친 사람들이 모여 괴성을 지르고, 이제 태양이 아닌, 무슨 별인지 뭔지에 존경을 표하면서 기술, 그리고 학문의 파괴를 부추겼다. 이런 함성은 만연하다 못해 미래학자라고 불리는 과학자들마저 누구를 선동하려는지 닥쳐올 재앙과 종말을 경고하며 이곳저곳에 굴까지, 심지어 아무도 못 알아보도록 대피소라고 부르는 시설까지 지어지는 마당이었다.

283

나는 다음 세기에 집중하기로 했다. 학술 위원회의 특별 회의에 오라는 초대를 받았을 때, 아무래도 일을 거꾸로 뒤집어엎어야 할 것 같다고 직감했는데, 이른바 '시간의 동그라미 이론'에 따르면 시간을 되돌리는 것이었다. 친구들은 나에게, 이 특별 회의에서 나에 대한 평가가 이루어지리라고 귀띔해 주었다. 그 사실이 나의 임무 수행을 저지하지는 못했다. 나의 마지막 활동은 아델이라는 자의 만행을 밝혀낸 것이었다. 이자는 감시원으로 활동하면서 12세기 백주에 아가씨를 습격하여, 사람들이 뻔히 보는 가운데, 크로노사이클에 태운 채 납치했다. 이런 구제 불능의 범죄자는 이미 옛날에 해고했어야 했다. 이자는 쑥 들어간 눈에 넓은 어깨와 커다란 턱을 지녀서 거의 고릴라를 닮았다. 나는 혹시 개인적인 혐오감이 판단에 영향을 미치지는 않을까, 저어했지만 단호히 그를 귀양 보냈으며, 혹시나 무슨 일이 일어날까 봐 65000년 전으로 처분했다. 결국 그는 동굴의 카사노바가 되어서 네안데르탈인들을 낳게 되었다.

　　나는 어떠한 잘못도 느끼지 못했기 때문에 고개를 빳빳이 쳐들고 특별 회의에 참석했다. 특별 회의는 열 시간도 넘게 이어졌다. 나는 헤아릴 수도 없는 고발을 들었다. 방종, 학자들을 조종한 것, 전문가의 의견을 무시한 것, 그리스를 편애한 것, 로마 제국의 멸망, 카이사르 문제(이것은 정말 모함이었다. 나는 브루투스를 파견하지 않았다.), 라이히플라츠, 그러니까 리슐리외 추기경 문제, 모이라와 비밀 경찰을 멋대로 운용한 것, 교황과 반교황 세력(이것은 본질적으로는 '중세의 어둠' 문제였으며, 강하게 다스리기를 좋아했던 베터파르트가 7세기부터 8세기에 이르기까지 너무나 많은 비밀 경찰을 보내서 결국 암살과 문화 파괴를 야기했다.)

고발문은 7000단락으로 구성되어 있었는데, 그야말로 역사책을 공공장소에서 낭독하는 것과 다름없었다. 나는 A. 돈나이와 불타는 덤불, 소돔과 고모라, 바이킹, 소아시아 지역의 전쟁, 남아메리카에 수레바퀴가 없는 것, 십자군 운동, 알비 십자군의 학살, 베르톨트 슈바르츠와 그가 만든 화약(그럼 그를 어디로 보냈어야 했지? 아예 고대로? 그때부터 화약 놀이를 할 수 있게?)…… 끝도 없었다. 존경하는 위원회 여러분의 마음에 드는 내용은 단 하나도 없었다. 개혁도, 반개혁도, 그리고 예전엔 나에게 프로젝트를 들이밀며 세상을 구원하겠다던 작자들이(로건비저는 나에게 개혁을 허락받고자 거의 무릎을 꿇고 애원했다.) 지금은 아무것도 모른다는 양 앉아 있었다.

나에게 주어진 마지막 발언 기회 때, 나는 스스로를 변호할 의사가 전혀 없다고 선언했다. 앞으로의 역사가 우리를 평가하리라고. 고백하건대, 나는 교활하게도 마지막 대목에서 주의를 나에게 집중시켰다. 나는 프로젝트 이후의 역사에서 발전과 선은 오로지 내 덕이라고 선언했다. 그 말은 바로, 내가 조치한 수많은 귀양의 선한 영향력을 가리키는 것이었다. 인류는 나에게 호메로스, 플라톤, 아리스토텔레스, 보스코비치, 레오나르도 다빈치, 보스, 스피노자, 그리고 수 세기 동안 창조적 활동을 수행해 온 무수한 이름 없는 이들에 대해 감사해야 하리라. 귀양자들의 운명은 혹독했지만, 그들은 마땅히 벌받을 만했고, 또한 내 덕분에 역사 앞에서 스스로의 잘못을 보상할 수 있는 기회를 얻었다. 그들은 결국 역사의 발전을 도왔다. 비록 프로젝트에서 쫓겨난 뒤였지만. 프로젝트의 전문가들의 만행을 알고 싶다면, 화성과 토성, 금성, 엉망이 된 달을 보라, 대서양 한가운데에 가라앉은 아틀란티스 대륙의 무덤을 보고, 두 번의 빙하기, 흑사병, 온갖 역병, 전쟁, 종교적 광신주의의 희생자들을 보라, 한마디로 세계의 역사를 들여다보라, '개정' 계획의 실험장으로 혼돈이 되어 버린 역사를. 역사는 연구소의 희생양이 되었으며 연구소는 변덕과 혼란, 근시안, 즉흥, 끝없는 음모, 무능이 팽배했다. 나는 할 수만 있었다면, 이른바 역사 기술자들을 모두 브론토사우루스가 겨울을 나는 시대로 보내 버렸을 것이다.

나의 발언은 상당히 부적절하게 받아들여졌으나, 상관없었다. 이것이 마지막 발언이었음에도 불구하고 아직 몇몇 시간 기술자들, 예컨대 I. G. 노란츠나 M. 타겔레와 회의에 몸소 참석한 로건비저가 말을 덧붙였다. 로건비저는 이미 유력 인사의 힘을 빌려 비잔틴 제국에서 탈출했던 것이다. 내가 계속 이 프로젝트를 이끌 것인가에 대한 투표의 결과는 말할 것도 없었다. 결국 그들은 363년에 있었던 율리아누스 황제의 전사 장면을 연출해 보였다. 그 광경을 꼭 봐 줄 관객들이 필요했던 것이다. 그가 입을 열기 전에 나는 절차상의 문제를 제기했는데, 도대체 언제부터 비잔틴 황제가 연구소 회의에 참석할 권한이 생겼느냐는 질문이었다. 물론 아무도 대답하지 않았다.

로건비저는 특별히 콘스탄티노플에서부터 자료를 구해 온 모양이었다. 그 계략은 매우 어설펐으나 아무도 그것을 감추려 하지 않았다. 그는 나의 미숙한 미감을 비판하고, 내가 음악 전문가인 척을 해서 이론 물리학의 발전을 크게 저해했다고 주장했다. 로건비저의 말을 그대로 인용하자면 다음과 같다. 19세기와 20세기에 태어난 모든 아이들의 지성을 원격 조사한 뒤, 우리 하이퍼퓨터는 훗날 '질량 에너지 등가 관계식'을 내놓을 수 있는 어린이들의 존재를 밝혀냈는데, 이는 핵에너지 기술의 기본이 될 것이었다. 피에르 솔리테르, 트로핌 아드노카메냐크, 스타니스와프 라즈그와스, 존 싱글스톤, 트로핌 오딘체프브위주니코프, 아리스티데스 모노라피데스, 조반니 우노페트라 그리고 어린 알베르트 아인슈타인이었다. 나는 이 마지막 어린이의 바이올린 연주 솜씨가 마음에 들어서 그를 응원하기로 했다. 그리고 몇 년 뒤 이 선택으로 말미암아 일본에 원폭이 투하되었다.

로건비저가 창피한 줄도 모르고 사실을 마구 왜곡하는 데에 나는 질식할 지경이었다. 바이올린 연주는 솔직히 아무것도 아니었다. 이 나쁜 놈은 자신의 잘못을 나에게 뒤집어씌웠다. 일찍이 하이퍼퓨터가 앞으로 일어날 사건을 모델링하면서 무솔리니의 이탈리아, 상대성 이론과 핵폭탄, 그리고 나머지 어린이들에게 닥칠 더 큰 재앙들을 예고했다. 내가 아인슈타인을 선택한 이유는, 그가 얌전한 어린이였기 때문이었고 이후의 핵폭탄은 그도, 나도 책임질 수 있는 일이 아니었다. 나는 예방적으로 지구상의 미취학 아동을 모두 없애서 핵에너지의 태동을 안전한 21세기로 넘기자는 로건비저의 의견에 반대했는데, 로건비저는 어린이들을 제거하고자 시간 경찰까지 내세운 바 있다. 물론 나는 H. 에로드라는 위험한 인물을 소아시아로 보내 버렸는데, 결국 이자는 극악한 짓을 저지르고 말았다. 이 역시 고발문 어딘가에 나와 있었다. 그럼 내가 어떻게 했어야 한다는 말인가? 그럼 어떤 시대로 그를 보냈어야 했는가? 하지만 나는 이토록 주도면밀하게 나를 모함하는 인간들과의 논쟁에 휘말려서는 안 되었었다.

　나를 프로젝트에서 제거하려는 투표가 끝나자, 로건비저는 나에게 지체없이 사무실을 비우라고 했다. 나는 그가 이미 미래의 책임자로서 내 소파에 앉아 있는 모습을 보았다. 게다가 그 주위에서 누구를 보았는지 짐작할 수 있겠는가? 그렇다, 굿레이와 게스터너, 아스트로야니, 스타쉰과 다른 엉터리들이었다. 로건비저는 이미 각 세기에서 이들을 데려오는 데 성공했던 것이다. 비잔틴 제국에서의 생활은 아주 좋았던 것 같았다. 페르시아와의 전쟁으로 살도 빼고 피부도 태우고, 자기 옆모습이 새겨진 주화와 황금 팔찌, 인장과 옷을 잔뜩 가져와서 마침 패거리들에게 자랑하고 있었다. 그런데 내가 나타나자 얼른 서랍 속에 집어넣었다. 잘난 척하며 앉아서 말을 우물거리며, 나를 보지도 않고 무슨 황제나 되는 양 거들먹거렸다. 충만한 승리감을 감추지 못하고 그는 나에게 거만하게, 만약 한 가지 일을 수행하기로 약속해 준다면, 이제 집으로 보내 주겠노라 말했다. 그 임무란 내 집으로 돌아가서, 바로 나, 그러니까 이온 티히더러 테오힙힙의 책임자가 되라고 설득하는 일이었다.

　갑자기 이해의 섬광이 내 머릿속을 관통했다. 바로 그 순간이 되어서야 나는 왜 바로 나를 선택했는지 깨닫게 되었던 것이다. 바로 나 자신을 다시 나에게 보내기 위함이었다!

하이퍼퓨터의 예상이 정말 맞았고, 그러므로 누구도 이 세상의 역사를 고치는 프로젝트의 책임자로서 나보다 더 나은 사람은 없었던 것이다. 그들이 선의로 그렇게 행동한 것은 아니었다. 그런 마음 따위는 털끝만큼도 없었으니까. 단지 그들은 명백한 계산에 의해서 그렇게 행동했을 뿐이었다. I. 티히, 내가 이 일을 맡도록 설득한 이온 티히는 과거에 남아서 내 집에서 살고 있었다. 나는 시간의 동그라미가, 그러니까 내가, 지금 내가, 크로노사이클을 타고 서재로 가서 책장의 모든 책들을 다 떨어뜨리는 순간 잠긴다는 사실을 깨달았다. 그 이온은 부엌에서 프라이팬을 든 채로 나를 만나게 될 테고, 나는 갑자기 나타나서 그를 놀라게 할 것이다. 그러므로 나는 미래에서 보낸 사절이고, 현재 집에서 사는 그는 바로 계시를 받는 존재가 되리라. 이 모순적인 상황은 시간 여행 기술이 가지는, 시간의 상대성 때문이다. 하이퍼퓨터가 설계한 이 복잡한 조건은, 그것이 시간 속에서 두 개의 원, 큰 것 속의 작은 것을 만들었다는 데에 있었다. 우리는 작은 원 속에서 처음부터 가짜 나와 함께, 내가 미래로 떠나게 될 때까지 돌고 있다. 하지만 이후에도 큰 원은 계속 열려 있는 것이다. 그래서 그때의 나는 그가 미래의 어떤 시대에서 왔다는 사실 자체를 이해하지 못했던 것이다.

작은 원 속에서 나는 영원히 '이른 나'이고, 그는 '늦은 이온 티히'였다. 이제야 그 역할은 서로 바뀔 수 있다, 왜냐하면 시간이 변했으니까. 나는 이제 사절로서 과거의 그에게 가는 것이고, 그는 '이른 나'가 되어 마침내 프로젝트의 지휘를 맡게 된다. 한마디로 우리는 시간 속에서 서로 자리를 바꾸는 것이었다. 왜 그가 부엌에서 이 점을 말하지 않았는지 이해할 수 없었지만, 나는 곧 로건비저가, 프로젝트에서 일어난 모든 일을 절대 발설해서는 안 된다고 왜 맹세하게 했는지 비로소 깨닫게 되었다.

만약 비밀을 지키지 않겠다고 하면, 나는 크로노사이클을 타지 못한 채, 퇴직금만 받고 아무 곳으로도 가지 못할 터였다. 그러니 어떻게 하겠는가? 그 일당들은 내가 거절하지 않을 것을 알고 있었다. 만약 내 자리에 들어올 후보가 다른 사람이었더라면 거절했을 수도 있다. 하지만 어떻게 내 후임자로서 스스로를 믿지 않을 수 있겠는가? 그런 어쩔 수 없는 상황을 이용해서, 그들은 이토록 세련된 계획을 만들어 놓았던 것이다!

아무런 명예도, 팡파르도, 감사의 말 한마디도, 이별의 예식도 없이, 이제껏 동료였던 이들, 좀 전까지 온종일 나에게 칭찬만 늘어놓고 나의 혜안에 경쟁적으로 감탄하기 바빴던 이들, 그리고 지금은 나와 등진 이들의 완벽한 침묵 속에서 나는 출발 장소로 들어섰다. 부하였던 이들의 저열한 악의 때문에 나는 가장 열악한 상태의 크로노사이클을 받았다. 이제 나는, 왜 착륙할 때 제대로 멈추지 못했는지, 그리고 책장을 다 무너뜨릴 수밖에 없었는지 이해했다! 그러나 나는 나에게 저질러진 이 마지막 모욕에도 전혀 화나지 않았다. 안정 장치가 좀체 작동하지 않았으므로, 크로노사이클은 세기를 넘을 때마다(100년 단위로) 악몽처럼 흔들렸으나 나는 분노도, 쓸쓸한 감정도 없이, 단지 나의 후임자가 '텔레크로닉 역사 최적화 계획'을 어떻게 실행할지만을 생각하며 27세기를 떠났다.

스물두 번째 여행

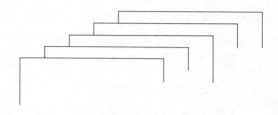

지금은 내 여행의 수확물, 우주 아주 먼 곳에서 가져온 표본들을 정리하느라 할 일이 많다. 오래전부터 나는 세상에 둘도 없는 이 수집품들을 박물관에 기증하려고 결심했다. 언젠가 관장이, 그럼 나를 위해 특별한 전시실을 준비하겠다고 말했다.

　모든 표본들이 나에게 똑같이 소중하지는 않다. 어떤 것들은 좋은 기억을 자아내지만, 여전히 극도의 공포를 불러일으키는 것들도 있다. 어쨌든 이 모든 표본들은 내 여행이 진짜였음을 증명해 준다.

　특히 강렬한 기억을 불러내는 표본은, 유리틀 속 작은 베개 위에 놓인 이빨이다. 이 이빨은 두 개의 큰 뿌리를 가지고 있으며, 완벽히 건강하다. 이것은 우르타마 행성의 멤노 그들의 왕, 옥토푸스에게 대접받았을 때 부러진 것이다. 차려진 음식들은 아주 세련되었지만, 한 번도 경험해 본 적 없을 만큼 딱딱했다.

수집품 중에 이것만큼 중요한 것은 파이프다. 이 파이프는 균일하지 않은 두 조각으로 터져 버렸다. 내가 페가수스자리 돌투성이 행성 위를 날아갈 때 로켓에서 떨어진 것이다. 나는 이 파이프를 아꼈으므로 깎아지른 듯한 바위 절벽에서 이것을 찾느라 하루 반나절을 보냈다.

저쪽에 떨어져 있는 작은 상자 안에는 완두콩보다 약간 작은 돌이 들어 있다. 이 작은 돌에 얽힌 사연은 나에게 매우 각별하다. NGC887 쌍둥이 은하계의 가장 멀리 떨어진 별, 제루지아로 떠났을 때 나는 동력 수치를 잘못 계산했다. 여행 시간이 예상보다 너무 늘어나서 절망하고 있었다. 지구가 무척 그리운 나머지 로켓에서 편히 지낼 수가 없었다. 여행 268일째, 무언가 오른쪽 발뒤꿈치에 닿는 느낌을 내가 무시했더라면 무슨 일이 일어났을까? 정말 생각하기도 싫다. 나는 신발을 벗고 눈물을 글썽거리며 양말 속에서 작은 돌을, 지구에서 온 진짜 자갈 조각을 흔들어 꺼냈다. 로켓 출입구의 계단으로 올라올 때 공항에서 섞여 들었음에 틀림없었다. 나는 그 작은 돌, 아니 고향 별의 소중한 한 조각을 가슴에 꼭 품고 용기를 얻어서 목적지까지 다다를 수 있었다. 그래서 나에게 이 작은 돌은 특별히 값진 기념품이다.

또 저쪽을 보면 벨벳 받침대 위에 진흙으로 구운, 황적색의 보통 벽돌 하나가 놓여 있다. 약간 갈라진 데가 있고 한쪽은 조금 닳아서 우그러져 있다. 참으로 다행스러운 우연의 일치와 나의 주의력이 아니었더라면, 나는 사냥개 은하계로 떠났던 여행에서 이 벽돌 탓에 결코 돌아올 수 없었을 것이다. 이 벽돌은 진공 상태의 가장 추운 지역으로 갈 때 언제나 가져간다. 나는 이 벽돌을 얼마간 핵 엔진 위에 올려놓았다가, 잘 데워지면 잠자기 전에 침대 속에 넣어 둔다. 은하수의 모서리와 오리온 행성의 안개가 사수자리의 별들과 합쳐지는 곳으로 간 적이 있었는데, 나는 천천히 비행하며 두 개의 거대한 운석들이 충돌하는 광경을 보았다. 어둠 속에서 이글이글 불타는 폭발 장면이 나를 자극했으므로, 이마의 땀을 닦고자 수건을 꺼내려고 했다. 그러면서 그 전에 벽돌을 감싸 놓았음을 잊어버렸던 것이다. 수건을 재빨리 들어 올리다가 거의 머리가 깨질 뻔했다. 다행히 내 특유의 민첩함으로, 적절한 시기에 위험을 감지할 수 있었다.

벽돌 옆에는 크지 않은 나무 상자가 있다. 그 속에는 주머니칼이 들어 있는데, 이 칼은 여러 여행에서 나와 함께했다. 내가 이 주머니칼에 얼마나 집착하는지는 이 얘기를 들어 보시길 바란다. 들어 볼 만한 이야기다.

　나는 오후 2시에 사텔리나로 떠났는데, 심각한 코감기에 걸린 상태였다. 내가 찾아갔던 그쪽 의사는 나에게 코를 자르라고 했는데, 사텔리나 행성의 주민이라면 별문제 없는 처치였다. 그들의 코는 손톱처럼 자라기 때문이다. 그러나 나는 영 내키지 않아서 의학이 좀 더 발달한 근처 행성으로 가고자 공항으로 향했다. 여행은 최악이었다. 사텔리나로부터 9000킬로미터도 떠나오기 전에, 어떤 로켓의 소리가 들려오기에 나는 무선 통신기로 누가 비행 중인지 물었다. 대답이라고는 똑같은 질문뿐이었다. "네가 먼저 대답해!" 나는 이 낯선 자의 무례에 자극받아서 상당히 날카롭게 응수했다. 이렇게 말을 따라 하는 데에 너무 화가 나서, 나는 미지의 여행자에게 그 뻔뻔함을 지적했다. 그도 가만히 있지는 않았다. 우리는 점점 심하게 싸우기 시작했고, 나는 몇십 분 뒤 완전히 폭발해 버렸는데, 그제야 다른 로켓이란 처음부터 아예 없었고, 나의 신호가 사텔리나의 달 표면에 반사되어서 무선 통신기에 울리고 있음을 깨달았다. 그때까지 그 달이 있는 줄도 몰랐는데, 왜냐하면 나에게는 밤만이, 어둠 속에 가려진 반쪽만이 보였기 때문이었다.

　한 시간쯤 지난 뒤, 나는 사과를 깎아 먹으려다가 주머니칼이 없음을 깨달았다. 곧바로 나는 언제 마지막으로 주머니칼을 보았는지 기억해 냈다. 그것은 사텔리나 행성 공항의 식당에서였다. 기울어진 식탁 위에 칼을 올려놓았을 때, 분명 바닥의 구석으로 떨어진 것이었다. 그 광경이 눈앞에 너무 생생하게 그려져서 아예 눈을 감고도 주머니칼을 찾을 수 있을 것만 같았다. 나는 로켓을 돌렸는데, 바로 거기서 문제가 발생했다. 하늘 전체가 번쩍번쩍하는 작은 불빛으로 가득 찼으므로 어디에서 사텔리나를 찾을 수 있을지 알 수 없었다. 사텔리나는 에리펠라자 태양을 도는 1480개의 행성 중 하나일 따름이었다. 그리고 그 행성들은 대부분 자기들만큼이나 큰 열댓 개의 위성을 가지고 있어서 더욱더 알아볼 수 없었다. 나는 걱정에 사로잡혀서 무선 통신으로 사텔리나를 불러 보았다. 그러나 대답은 수십 개의 기지국에서 혼선된 끔찍한 소음뿐이었다. 에리펠라자계의 주민들은 마음씨가 좋은 만큼 정신이 없는데, 가령 200개나 되는 여러 행성을 모두 사텔리나라고 불렀다. 나는 창밖으로 수없이 많은 작은 불빛을 보았다. 그중 하나에 나의 주머니칼이 있을 테지만, 아마도 건초 속에서 바늘을 찾는 것이 저 행성에서 내 칼을 찾는 일보다는 쉬울 듯했다. 결국 나는 운에 맡기기로 하고, 로켓 머리가 향하는 행성으로 달렸다.

15분 뒤, 나는 이미 공항에 도착했다. 내가 2시에 떠났던 행성과 완전히 똑같아 보였다. 나는 이렇게 재수가 좋을 수도 있나, 좋아하면서 바로 식당으로 향했다. 하지만 실망스럽게도, 정말로 꼼꼼히 찾았지만 주머니칼은 당최 보이지 않았다. 나는 고민 끝에, 누군가 내 칼을 주워 갔거나, 아니면 내가 전혀 다른 행성에 와 있으리라고 결론을 내렸다. 그곳의 이들을 보고서, 나는 아무래도 두 번째 짐작이 더 맞을 것 같다고 확신했다. 나는 오래되어 스러져 가는, 로켓들이 자주 다니는 항로로부터 동떨어져서 아무도 신경 쓰지 않는, 안드리고나 행성에 와 있었던 것이다. 그들은 나에게 어떤 사텔리나를 찾느냐고 물었는데, 이곳 행성들에는 각기 번호가 매겨져 있었기 때문이었다. 정말 큰일이었다! 바로 그 번호가 머릿속에서 깡그리 날아가 버린 듯 기억나지 않았다. 이번엔 공항 관제국에서 연락받은 지역 관리들이 나를 정식으로 환영하러 나오고 있었다.

마침 안드리고나인들에게 중요한 날이었다. 모든 학교에서 대학 입학 시험(고등학교 졸업 자격 시험)이 치러지고 있었던 것이다. 정부의 한 관리는 나에게, 이 시험에 참석해서 자리를 빛내 주지 않겠느냐고 물었다. 나를 진심으로 환영했기에 차마 거절할 수가 없었다. 우리는 공항에서 바로 피드왁(피드왁은 뱀처럼 다리가 없는 거대한 파충류인데, 안드리고나에서 주요 교통수단으로 쓰이고 있다.)을 타고 시내로 갔다. 정부 관리는 운집한 학생들과 선생님들에게,

나를 지구에서 온 존경스러운 명사라고 소개하더니 곧 강당을 떠났다. 선생님들은 나를 졔르브(책상과 비슷한 것) 옆의 상석에 앉혔다. 그러고는 잠시 중단했던 시험을 재개했다. 학생들은 내가 왔다는 사실에 흥분했는지 곧 신음 소리를 내고, 매우 혼란스러운 듯 우왕좌왕했다. 나는 환한 웃음으로 그들의 사기를 북돋고, 이 학생 저 학생에게 문제의 힌트를 귀띔해 주었으므로 어색한 분위기는 곧 가셨다. 종료 시각이 임박하자 학생들은 점점 더 구술시험을 잘 해냈다. 한번은 시험관들 앞에 선 젊은 안드리고나 학생이 좀체 보지 못한 아름다운 브즈드렌기(굴과 비슷한 것인데, 의복의 소재로 쓰인다.)를 걸치고, 비견할 수 없는 유창한 말솜씨와 지식으로 질문에 대답하고 있었다. 나는 흐뭇한 마음으로, 이곳의 지식 수준이 꽤 높다고 여기며 그의 말을 경청했다.

그때 시험관이 물었다.

"학생은 그러면, 왜 지구에서 생명이 불가능한지 증명할 수 있는가?"

몸을 살짝 굽혀서 절을 하더니, 이 학생은 논리적으로 막힘없이 철저하게 대답했다. 그는 확신을 가지고서 지구의 대부분은 차갑고, 거의 $\varnothing$도에 가까운 매우 깊은 물로 뒤덮여 있으며, 무려 빙하까지 떠다닌다고 했다. 남극과 북극뿐 아니라 이를 둘러싼 지역에도 역시 끔찍한 추위가 계속

되며, 반년 동안 쉼 없이 밤만이 이어진다고 덧붙였다. 그래서 천문학 기구로 들여다볼 수 있듯이 육지는, 따뜻한 지방조차 1년 중 여러 달 동안 눈이라는 얼어붙은 수증기에 둘러싸이며, 이 눈은 산과 들판 위에도 두껍게 쌓인다. 지구의 커다란 달은 조석을 일으키는데, 이것은 파괴적 침식 작용을 일으킨다. 가장 성능 좋은 망원경을 통해서 본다면, 이 지구가 얼마나 자주 구름층에, 그 어둠 속에 휩싸이는지 알 수 있다. 대기층에서는 무서운 회오리바람, 태풍과 폭풍우가 휘몰아치고 있으며, 이 모든 사실을 종합해 볼 때, 지구에서는 어떠한 형태의 생명도 불가능하단다. 심지어 젊은 안드리고나 학생은 낭랑한 목소리로, 지구에 착륙하려는 모든 존재들은 해수면에서 1센티미터당 1킬로그램에 달하는, 그러니까 수은주로 760밀리미터에 해당하는 그곳의 엄청난 대기압에 짓눌려서 곧장 죽음을 맞이하게 되리라며 대답을 끝맺었다.

이토록 완벽한 대답은 시험관들에게서 긍정적인 반응을 이끌어 냈다. 나는 너무 놀라서 꼼짝하지 않고 오랫동안 자리에 앉아 있었다. 시험관들이 다음 질문을 던질 때에야 마침내 입을 열었다.

"죄송하지만, 존경하는 안드리고나인들이여, 하지만……하지만 제가 바로 지구에서 온 사람입니다. 아마도 제가 살아 있다는 사실을 의심하시지는 않으시겠지요. 그리고 저를 소개하는 말씀도 들으셨고요."

불편한 침묵이 흘렀다. 선생님들은 나의 갑작스러운 발언에 매우 큰 충격을 받아서 거의 제어할 수 없는 지경이었다. 아직 자신의 감정을 감출 줄 모르는 젊은이들은, 아예 드러내 놓고 기가 막히다는 표정으로 나를 바라봤다. 결국 시험관이 얼음처럼 차가운 목소리로 말했다.

"손님분, 죄송합니다만, 저희가 환대해 드렸는데 너무한 행동 아닙니까? 이렇게 공식적으로 환영하고 축하하며, 존경의 표시를 보였으면 됐지요. 대학 입학 시험 자리에 영예롭게 초대받으신 것도 모자라, 이제 당신을 위해서 우리가 교육 과정을 모조리 바꿔야 한다고 주장하는 것입니까?"

"하지만…… 지구에는 생명들이 살고 있어요……." 나는 혼란한 상태로 내뱉었다.

시험관은 마치 내가 그 자리에 없다는 듯 말했다. "만약 그렇다면, 그건 자연의 돌연변이겠죠."

나는 이 말을 고향 별에 대한 모독으로 받아들이고, 아무와도 인사하지 않은 채 곧바로 그 자리를 떠났다. 당장 눈에 띄는 피드왁을 잡아타고 공항으로 와서, 신발에서 안드리고나의 먼지를 탈탈 털어 낸 뒤, 다시 주머니칼을 찾기 위한 여정에 나섰다.

나는 다섯 개의 린덴블라다 행성, 스테레오프롭과 멜라치안 행성, 카시오페이아 태양의 일곱 개 행성 전체를 둘러보고, 오스테릴리아, 아베란치아, 멜토니아, 라테르니다와 안드로메다 나선 은하계의 모든 별들, 플레지오마흐, 가스트로클란치우시, 에우트레마, 시메노포라, 파랄비다 성단을 방문했다. 이듬해에는 체계적으로 삽포나와 멜레바가의 모든 별들, 에리트로도니아, 아르헤노이다, 에오도치아, 아르테누리아, 스트롤글론과 그곳의 80개 위성을 모두 찾아가 보았는데, 어떤 별들은 너무 작아서 로켓을 놔둘 데조차 없었다. 작은곰자리에서는 이미 다른 로켓이 서 있었기 때문에 아예 착륙하지도 못했다. 그러고는 체페이다와 아르데니다의 차례가 왔다. 실수로 또다시 린덴블라다에 착륙했을 때는 진짜 절망했다. 하지만 나는 굴복하지 않고, 참된 연구자의 태도로 계속 탐색해 나갔다. 나는 3주 뒤에 행성을 하나 발견했는데, 거의 사텔리나와 착각할 만큼 똑같이 생긴 곳이었다. 그 행성 주위를 나선형으로 돌아 접근하느라 심장 박동이 빨라졌다. 그러나 공항에는 아무것도 없었다. 다시 끝없는 우주로 돌아가려는 순간, 지면에서 작은 형체 하나가 나에게 무슨 신호를 보내왔다. 나는 엔진을 잠그고 얼른 하강해서 멋진 바위들 근처에 로켓을 세워 두었는데, 그 위로 돌을 깎아서 만든 건물들이 몇 채 서 있었다. 머리가 덥수룩한 노인이 도미니크 수도회의 흰옷을 입고, 나를 맞이하러 들판을 달려오고 있었다. 그는 라치몬 신부로, 인근 600광년 내의 모든 별들에서 활동하는 수도회의 우두머리였다. 그 별들은 모두 500만 개가량 되었는데, 그중 240만 개의 별에만 생명체가 거주한다고 했다. 라치몬 신부는 내가 어쩌다 이곳에 오게 되었는지 그 사정을 듣고 동정을 금치 못하면서도, 일곱 달 만에 사람을 보게 되었음에 반가워했다.

"난 이제 너무 익숙해졌어요." 그가 말했다. "이 행성에 사는 메오드라치트들의 관습에 말이죠. 그래서 저도 모르게 연신 이런 짓을 하는데, 이야기를 잘 들으려고 하다 보면 그들처럼 하늘로 두 팔을 뻗곤 하죠."(알다시피 메오드라치트들의 귀는 겨드랑이에 있다.)

라치몬 신부는 정성껏 손님을 접대하는 사람이었다. 우리는 지역 산물로 만든 요리(드르존에 넣은 수은 피잔키, 오스테르코네 크럼블, 그리고 디저트는 발+쥐였는데, 이렇게 맛있는 요리를 먹은 것은 오랜만이었다.)를 함께 식사한 다음, 수도원의 베란다로 나갔다. 연보랏빛 태양이 공기를 따뜻하게 데우고, 행성의 창공을 뒤덮은 익룡들이 관목 숲에서 노래하는 오후의 침묵 속에서 이 나이 든 도미니크 신부는 나에게 고민을 털어놓기 시작했다. 이 지역에서의 전도 활동이 얼마나 어려운지 말이다. 예컨대 뜨거운 안틸레나 별의 오성족들은 600도의 기온에도 얼어 죽기 때문에 천국 얘기는 듣고 싶어 하지도 않고, 그 대신 펄펄 끓는 지옥에 대해서만 아주 흥미로워한다는 것이었다. 그뿐 아니라 다섯 가지 성(性)으로 구분되는 그들 중 과연 누가 사제가 될 수 있을지, 역시 신학자들에게는 쉬운 문제가 아니라고 말했다.

나는 심심한 위로를 표했다. 라치몬 신부는 어깨를 으쓱해 보였다.

"하지만 이 정도는 아무것도 아닙니다. 브주토족들은, 가령 죽은 자의 부활을, 이를테면 환복 정도의 일상으로 여기기 때문에, 그 현상을 기적이라고 절대 받아들이지 않아요. 에길리아의 다르트리드족들은 손도 발도 없고요. 그래서 기도할 때도 꼬리로밖에 할 수 없지만 그걸 제가 어떻게 정할 수도 없고……. 저는 교황청의 답변을 기다리고 있어요. 하지만 바티칸에서 거의 2년 넘게 답이 오지 않고 있습니다……. 혹시 우리 수도회의 오리바지 신부에게 일어난 끔찍한 사건에 대해서는 들으셨습니까?"

나는 고개를 저었다.

"그럼 이야기를 들어 보세요. 우르타마 행성을 처음 발견한 이들은 힘센 멤누그족들을 그저 달가워할 수만은 없었어요. 통념에 따르자면, 지적 존재인 멤누그족들은 전 우주를 통틀어서 가장 성실하고 상냥하며 이타주의에 불타는 선한 종족으로 여겨지죠. 그래서 그런 토양이라면 우리 믿음의 씨앗이 싹트기에 안성맞춤인 조건이라 판단되었으므로 우리는 오리바지 신부를 아직 교구조차 형성되지 않은 그곳의 주교로 임명해서 보냈어요. 멤누그족들은 오리바지 신부를 더 이상 바랄 것 없을 만큼 환대했죠. 마치 어머니처럼 그를 돌봐 주고, 존경하고 그의 모든 이야기를 주의 깊게 들어주고, 눈빛만 보고도 미리 짐작해서 그가 원하는 것이라면 무엇이든 행하며, 한마디로 그의 가르침을 모두 흡수했을 뿐 아니라 그에게 완전히 복종했답니다. 오리바지 신부가 보낸 편지에 따르면, 그들을 아무리 칭찬해도 부족할 정도랍니다. 불쌍한 오리바지 신부……."

여기서 라치몬 신부는 수단 소매로 눈썹 위의 눈물을 닦았다.

"그렇게 좋은 분위기에서 오리바지 신부는 밤이고 낮이고 설교하기를 멈추지 않았죠. 멤누그족들에게 「신약」과 「구약」, 「계시록」과 「사도들의 편지」를 전하다가 성인들의 이야기에까지 이르렀죠. 특히 순교자들을 열심히 찬양했어요. 불쌍한 사람…… 그게 항상 그의 약점이었죠."

라치몬 신부는 마음의 동요를 감추지 못하고 떨리는 목소리로 말했다.

"박해자들에게 산 채로 기름에 튀겨져 영원한 빛을 얻은 성 요한에 대해, 믿음을 위해서 침수형도 불사한 성 아그네스와, 무수한 화살을 맞으며 고통받았지만 천국에서 천사들의 영접을 받았던 성 세바스티아누스에 대해, 사지가 잘리고, 목 졸리고, 수레바퀴에 뼈가 부러지고, 서서히 불타 죽어 간 젊은 성인들에 대해 얘기했던 것이죠. 그는 황홀경에 빠져서 이런 고통을 통해 주님의 오른편에 앉을 수 있다고 설파했죠. 이와 비슷한 이야기를 많이 듣고, 그 모범적 사례를 따르고 싶었던 멤누그족들은 의미심장한 표정을 주고받더니, 그중 가장 키 큰 자가 결국 수줍게 물었던 것입니다.

'우리의 사랑하는 사제, 어떤 면에서나 존경받는 분이시여, 아직 당신이 베푸시는 것을 받을 자격도 없는 우리에게 말씀해 주세요. 고통받을 준비가 되어 있는 모든 자들의 영혼은 천국에 갈 수 있나요?'

'의심할 여지 없이 그렇단다, 내 아들아.' 오리바지 신부는 이렇게 대답했죠.

'그렇다고요? 그것참 잘되었네요······.' 멤누그족은 말끝을 흐리며 대답했죠. 그러고는 말했어요. '그럼 신부님, 신부님은 천국에 가고 싶으신가요?'

'그건 나의 가장 큰 소원이다, 아들아.'

'그리고 성인이 되고 싶으신 거고요?' 키 큰 멤누그족이 계속 물었어요.

'내 착한 아들아, 누가 성인이 되고 싶지 않겠느냐만, 나 같은 죄인이 어떻게 성인이 될 수 있겠는가. 그러려면 모든 노력을 다해서 가장 겸손한 자세로 끊임없이…… 그 길에 들어서려면 말이지.'

'그러니까 성인이 되고 싶으신 거죠?' 키 큰 멤누그족은, 자리에서 슬쩍 일어나려 하는 친구들을 부추기는 듯한 눈빛으로 바라보며 다시 한 번 확인했죠.

'물론이지, 아들아.'

'그럼 우리가 도와 드릴게요!'

'어떻게 도와주겠다는 거냐, 착한 양들아?' 오리바지 신부는 만면에 웃음을 가득 띤 채 물었어요. 순진한 이들의 열정이 그의 마음을 기쁘게 했던 것이죠.

그러자 멤누그족들은 조심스럽게, 하지만 강하게 그의 양쪽 겨드랑이를 잡아 올리고 말했죠.

'바로 이렇게요, 친애하는 신부님, 우리에게 가르쳐 주신 것처럼요!'

그렇게 우선 등의 껍질을 벗겨 내더니 그 자리에서 아일랜드의 히아킨토스 성인이 겪었던 그대로 타르를 발랐어요. 그리고 이교도들이 파프누치 성인에게 하였듯 왼발을 잘라 냈죠. 그러고는 배를 가르고 노르망디의 엘리자베스 복녀를 욕보였던 것처럼 그 속에 지푸라기를 집어넣은 뒤, 에말카이트인들이 성 위고에게 했듯 장대로 찌르더니 티라쿠스인들이 파도바의 성 헨리에게 한 것처럼 갈비뼈를 부러뜨리고, 부르군디인들이 오를레앙의 성녀에게 했듯 불에 그슬렸죠. 그러고 나서는 한숨을 쉬고 몸을 씻더니, 자신들의 신부님이 사라졌음에 눈물을 흘렸습니다.

교구의 모든 별들을 돌다가 바로 그 순간, 그곳에 닿았지요. 무슨 일이 있었는지 듣고서 머리끝이 쭈뼛 섰죠. 너무 기가 막혀서 저는 소리를 질렀습니다. '이 지독한 악당들아! 너희에겐 지옥도 과분해! 너희들이 스스로의 영혼을 영원한 저주에 빠트렸음은 알고 있는가!'

'그게 무슨 말이에요,' 그들은 훌쩍이며 말했죠. '그걸 어떻게 알아요!'

그랬더니 그 가장 키 큰 멤누그족이 자리에서 일어나더니 나에게 이렇게 말하는 것이었어요.

'존경하는 신부님, 우리는 우리 영혼이 최후의 심판 때까지 저주받고 괴로우리라는 사실을 알고 있었어요. 그래서 우리는 이 계획을 실행하기까지 끔찍한 영적 투쟁을 겪어야 했죠. 하지만 오리바지 신부님이 계속 저희에게 선한 그리스도교인은 이웃을 위해 하지 못할 일이 없다고, 이웃에게 모든 것을 줄 준비가 되어 있어야 하고, 어떤 역할이든 맡을 준비가 되어 있어야 한다고 말씀하셨어요. 따라서 저희는 극도의 절망감을 가지고 구원을 포기한 거예요, 우리 사랑하는 오리바지 신부님이 순교자의 관을 쓰고 성인이 되실 수 있도록 말이에요. 그렇게 하기가 얼마나 힘들었는지 신부님께 차마 설명드릴 수도 없어요. 우리는 오리바지 신부님이 여기에 오시기 전까지 그 누구도, 심지어 파리 한 마리조차 해친 적이 없어요. 그래서 우리는 신부님께 몇 번이나 무릎을 꿇고 부탁했어요. 신부님께서 좀 누그러뜨리시고 믿음의 가혹한 명령을 줄이시기를요. 하지만 오리바지 신부님은 사랑하는 이웃을 위해서는 무엇이든지, 어떠한 예외도 없이 임할 수 있어야 한다고 단호하게 말씀하셨죠. 그래서 우리는 신부님을 더 이상 어찌할 수가 없었어요. 물론 우리는 그러는 와중에도 스스로가 보잘것없는 존재임을, 따라서 성스러운 분의 도움을 받을 자격도 없음을 알고 있었죠. 오리바지 신부님이 우리에게서 최고의 대접을 받아야 한다는 사실도 알았어요. 마침내 우리는 그 일을 잘 해냈고 오리바지 신부님이 이제 천국에서 편안히 계시다고 믿고 있어요. 존경하는 신부님, 여기, 우리가 시성 과정에 필요한 증거물을 다 모아 놓았으니 드릴게요. 왜냐하면 우리가 여쭤보았을 때 오리바지 신부님께서 정확히 설명해 주셨거든요. 그리고 우리는 오리바지 신부님께서 가장 즐거이, 또 자세히 언급하시던 바로 그 고문만을 시행했어요. 좋아하시리라고 생각했는데, 그래도 저항하시더라고요, 특히 뜨거운 납을 삼키시기를 싫어하셨어요. 하지만 저희는 오리바지 신부님께서 스스로의 신념과 전혀 다른 얘기를 우리에게 하셨다고는 생각하지 않았습니다. 비명을 지르신 까닭은, 단지 신부님의 가장 미천한, 육체적 영역의 증거였겠지요. 그래서 우리는 신부님의 가르침대로 정신을 드높이려면 육체를 낮춰야 한다고 믿으며 귀담아듣지 않았어요. 신부님에게 용기를 드리기 위해서 우리는 우리에게 항상 말씀하셨던 원칙을 다시 일러 드렸는데 거기에 대해 오리바지 신부님은 단 한 마디, 저희가 전혀 이해할 수 없는 말씀을 하셨어요. 그게 무슨 뜻인지 모르겠어요, 왜냐하면 그 말은 신부님이 저희에게 주신 미사책에도 없었고, 성서에도 나오지 않았거든요.'"

라치몬 신부는 이렇게 이야기를 마치며 땀이 송글송글 맺힌 이마를 닦았다. 다시 라치몬 신부가 말을 꺼내기 전까지 우리는 침묵 속에 앉아 있었다.

"그러니 여기서, 이런 조건 속에서 사제 노릇을 하기가 얼마나 힘든지 아시겠죠? 또 이런 일도 있었어요!" 라치몬 신부는 책상 위에 쌓여 있는 편지를 손으로 탁 쳤다. "히폴리트 신부가 천칭자리의 작은 별, 아르페투자에서 저에게 보고한 것인데, 그 별의 종족들은 결혼하기를 중단하고, 더 이상 아이도 낳지 않아서 완전히 멸망할 위기에 빠져 있다더군요!"

"왜 그런 일이?" 나는 황당해하며 물었다.

"왜냐하면 육체적 접촉을 죄악이라고 들었기 때문이랍니다. 너무나 구원을 원해서 모두들 서원하고 정결을 유지한다는군요! 2000년 동안 교회는 일상의 삶보다 영혼의 구원이 더 중요하다고 설파해 왔지만, 지금까지 그 말을 곧이곧대로 받아들이는 이는 아무도 없었어요, 하느님 맙소사! 이 아르페투자인들은 모두들 소명을 느끼고 무더기로 수도원에 들어오고 있어요. 저마다 모범적으로 규율을 지키고 기도를 올리고 단식을 하고 육신을 괴롭히며 정죄하죠. 그러는 동안 공업은 쇠퇴하고 농업도 무너지고 굶주림이 만연해서 행성 전체가 다 죽게 생겼어요. 여기에 대해서도 바티칸에 보고했지만 언제나처럼 대답은 침묵뿐……."

"다른 행성에 믿음을 전파하기란 상당히 위험한 일이 될 수도 있겠군요……."

"하지만 우리가 어떻게 해야 한단 말입니까? 교회는 서두르는 법이 없죠. 에클레시아 논 페스티나트(Ecclesia non festinat), 아시다시피 교회의 왕국은 지상에 있지 않죠. 하지만 주교단이 모여서 회의하고 고민하고, 그러는 동안 이 행성들에서는 칼뱅파와 침례교도와 예수회와 마리아비테파와 재림론자들과, 저도 모를 온갖 종파들이 우후죽 순 생겨나고 있단 말입니다! 그러니 우리도 할 수 있는 한 최선을 다해야죠. 그렇지 않습니까, 제가 이렇게 말했으니……저와 함께 좀 오시죠.”

라치몬 신부는 나를 자기 방으로 안내했다. 한쪽 벽에는 거대한 푸른 천체도가 붙어 있었다. 그 오른쪽 전부는 종이로 덮여 있었다.

“보세요!” 라치몬 신부는 종이투성이 벽면을 가리켰다.

“이건 무슨 뜻입니까?”

“잃어버린 곳이죠. 마지막까지 상실한 곳. 이 지역에는 굉장히 뛰어난 지성을 가진 존재들이 살고 있어요. 이들은 물질주의와 무신론을 설파하며, 별들에서의 삶의 조건을 향상하는 데 모든 노력, 학문과 과학적 역량을 쏟고 있어요. 우리는 이들에게 가장 최고의 전도사들을 보냈죠, 살레시오회의 신부님들, 베네딕트회, 도미니크회, 하다못해 예수회 신부들까지요. 영감에 차서 신의 말씀을 전하는 달변의 웅변가들 말입니다. 그런데 그 모두가, 정말 모조리 무신론자가 되어서 돌아왔습니다!”

라치몬 신부는 불안한 듯 책상 앞으로 다가섰다.

“보니파치 신부가 있었죠, 우리 수도자 중 가장 성스러운 사람이었어요. 밤낮없이 기도했고, 십자로 누워 있기도

312

했고, 그에게는 세속의 어떤 일도 중요하지 않았어요. 묵주 기도나 미사를 지상의 즐거움으로 알던 사람이었죠. 하지만 저곳에서 3주를 지낸 뒤," 이 부분에서 라치몬 신부는 바로 종이로 가려져 있던 지도를 가리켰다. "공업 대학에 가서 이 책을 쓴 거예요!" 라치몬 신부는 책상에서 두꺼운 책을 집어 들었다. 그러고는 역겨워서 못 참겠다는 듯 얼른 내던졌다. 제목은 『로켓 비행의 안전성 확보에 관하여』였다.

"보잘것없는 육체의 안전이 영혼의 구원보다 더 중요하다니, 너무나 끔찍하지 않습니까? 저희가 이 상황에 대해 경고하는 보고서를 바티칸에 보내자, 바티칸은 지체 없이 대답했어요. 미국 대사관의 전문가들과 교황청 학술원의 연구자들이 바로 이 저작을 만들어서 보내 주었습니다." 라치몬 신부는 커다란 상자 앞으로 다가가더니 뚜껑을 열어 보였다. 그 안에는 두꺼운 4절판 책들이 가득 차 있었다.

"이것은 그들이 믿음을 약화시키려고 사용하는 폭력과 테러, 음모와 협박, 강압, 최면, 음독, 고문, 그리고 반사 작용에 대해 가장 세세하게 기록하고 있는 열두 권의 전집입니다. 이걸 볼 때마다 머리끝이 쭈뼛 섭니다. 사진도 있고 고백도 있고 기록도 있고 실제적인 증거도, 직접 보았다는 증인들의 증언까지, 별것이 다 들어 있죠. 이런 책을 어떻게 그토록 빨리 만들 수 있었는지, 그게 미국의 기술이라는 것인지…… 하지만 실제는 이보다 훨씬 끔찍합니다!"

라치몬 신부는 내 귀에 뜨거운 입김이 닿을 만큼 가까이 다가와서 속삭였다.

"제가 여기 살기 때문에, 제일 잘 알죠……. 그들은, 괴롭히거나 강압하지 않습니다. 고문도 전혀 하지 않고 머리에 나사를 박지도 않아요. 그냥, 우주가 무엇인지, 생명은 어디에서 왔는지, 자아란 어떻게 생기는지, 모두를 위해서 학문을 어떻게 써야 하는지, 단지 가르칠 뿐이에요. 그들은 2+2가 4임을, 이 세상이 오로지 물질로만 이루어져 있다는 증거를 갖고 있죠. 나의 모든 전도사들이 믿음을 잃었어요, 단한 사람, 세르바치 신부만 빼놓고. 사실 그것도 세르바치가 귀먹은 탓에 자기한테 하는 말을 전혀 못 알아들었기 때문이에요! 네, 바로 이게 고문보다도 더 끔찍한 것이죠! 그리고 젊은 수녀도 한 명 있었죠, 가르멜 수도회의 정말 순결한 영혼을 가진, 오로지 하늘만 생각하는 아이였죠. 계속 단식하고, 육체를 정죄하고, 성흔까지 나타났어요. 환상도 보고, 성인들을 만났죠, 특히 멜라니아 성녀를 흠모해서 온 마음을 다해 그분을 본받으려고 애썼어요. 그것도 부족했는지 가끔은 대천사 가브리엘도 보았다고 했는데…… 어느 날 저곳으로 간 거죠." 라치몬 신부는 지도의 오른쪽 부분을 가리켰다. "저는 안심하고 가라고 허락했어요. 왜냐하면 정말 마음이 검소한 아이였고, 천국은 바로 그런 이들의 것이니까요. 하지만 생각할 겨를도 없이, 아니, 무슨 역시나, 바로 이교도의 심연으로 빠져들었죠. 저는 그들의 현명한 주장이 그 아이에게 영향을 끼치리라고는 생각하지 않았어요. 그런데 그곳에 가자마자, 그 아이가 종교적 황홀경에 빠져서 성인을 보았노라 처음 선언하자마자, 곧장 그 애를 신경증 환자라고, 네, 그런 이름으로 부르더군요. 그렇게 진단을 내리고, 그 수녀에게 무슨 장난감을, 무슨 인형을 주었다는 거예요! 넉 달 뒤에 돌아왔을 때 어떤 상태였는지 아십니까!"

라치몬 신부는 몸을 떨었다.

"무슨 일이 일어났는데요?" 나는 가여워하며 물었다.

"환시를 보는 능력을 잃고, 로켓 조종사 코스에 등록해서 은하계의 핵을 연구하는 탐사대에 들어간 거예요, 불쌍한 아이! 얼마 전에, 그 아이에게 멜라니아 성녀가 나타나셨다고 들었어요. 그래서 저는 희망에 가슴이 부풀었죠. 그러나 알고 보니, 그저 자기 이모를 꿈에서 본 것이라고 하더군요. 말씀드리지만, 완전한 실패예요, 끝장이죠, 멸망이에요. 미국 전문가들도 너무 순진해요. 좀 전에 나에게 신앙의 적들이 지닌 잔인성을 연구한 책들을 5톤이나 보냈답니다. 하, 그냥 차라리 종교를 탄압하고, 교회를 닫아 버리고, 신자들을 내쫓지! 하지만 전혀, 그런 조치는 전혀 없었어요. 모든 것을 다

하라고 용인하는걸요. 미사도 올리게 하고 신학교도 인가하지만, 자기들의 증거와 이론을 함께, 널리 알릴 뿐이죠. 우리도 어느 정도 그 방법을 사용해 보았어요." 라치몬 신부가 다시 지도를 가리키며 말했다. "하지만 아무 효과도 없었죠."

"죄송하지만, 무슨 방법을요?"

"이를테면, 우주에서 그 부분을 종이로 가려 놓고, 그곳의 존재를 부정하는 것이죠. 그러나 전혀 도움이 되지 않았어요. 요즘 바티칸에서는 신앙을 수호하고자 십자군을 조직한다는 얘기가 돌고 있습니다."

"신부님은 거기에 대해서 어떻게 생각하시는데요?"

"뭐, 나쁠 건 없겠죠. 만약 그들의 행성을 폭파하고, 도시를 파괴하고, 책들을 태워 버리고, 그들의 발을 묶어 버리면, 어쩌면 이웃 사랑의 가르침을 전파할 수도 있겠지만, 도대체 그 십자군을 누가 이끌고 간다는 말입니까? 멤누그족? 아르페투자족? 헛웃음이 다 나올 지경이군요, 걱정만 되고요!"

무거운 침묵이 깔렸다. 나는 깊은 동정심에 사로잡혀서 이 힘겨운 사건으로 지친 신부의 어깨에 손을 얹고 토닥여 주려고 했다. 바로 그 순간, 무언가가 내 소매 속에서 미끄러지더니 번쩍하고 빛을 내며 바닥에 떨어졌다. 그게 나의 주머니칼임을 깨달았을 때의 기쁨과 놀라움을 어떻게 형언할 수 있을까? 주머니칼은 주머니 속 구멍을 통해 점퍼의 안감 내부로 떨어져서 지금까지 얌전히 거기에 들어 있었던 것이다!

스물세 번째 여행

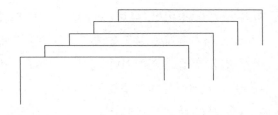

타란토가 교수의 유명한 저작 『우주동물학』에서, 이중별 에르페이의 주위를 도는 행성에 대해 읽었는데, 이 행성은 너무 작아서 그곳 거주민들이 동시에 집 밖으로 나온다면 모두 한 발씩만 디뎌야 그 표면에 겨우 다 설 수 있다고 한다. 타란토가 교수가 물론 권위자이지만, 이 이야기는 뭔가 과장된 것 같아서, 나는 직접 그 진위를 알아보기로 했다.

그곳으로 가는 길은 다사다난했다. 463행성 옆에서 엔진이 고장 나는 바람에 별 위로 추락하게 되었고, 나는 당장 불안해졌다. 왜냐하면 체페이다 행성의 온도는 섭씨 60000도나 되었기 때문이다. 우주선은 계속 뜨거워지다가 결국 견딜 수 없는 지경이 되었고, 나는 하는 수 없이 신선 식품을 보관하는 작은 냉장고 안으로 들어가고 말았다. 기묘한 우연의 일치였다, 곧 비슷한 상황에 처하리라고는 전혀 생각하지 못했으므로. 다행히 고장 난 부분을 고치고, 별 문제 없이 에르페이 행성에 도착했다. 이중별 에르페이는 두 개의 태양으로 이루어져 있는데, 하나는 굉장히 크고 화로 같은 붉은색 별이며, 다른 하나는 그다지 뜨겁지 않은 푸른색 별로 무시무시한 불꽃을 튀겼다. 행성 자체는 실제로 작아서 진공 공간을 한참이나 털어 낸 뒤에야 발견할 수 있었다. 이곳에 거주하는 브주트족은 나를 극진히 환영했다.

　　두 개의 태양이 뜨고 지는 모습은 기묘하게도 아름다웠으며, 일식 때도 특이한 풍경이 펼쳐졌다. 반나절 동안 붉은 태양이 빛나면 모든 것은 핏속에 잠긴 듯 보이고, 다른 반나절 동안엔 푸른 태양이 내리쬐는데 그 빛은 너무 강렬했으므로 계속 눈을 감고 다녀야만 했다. 그런데도 앞을 보는 데에는 문제가 없었다. 어둠을 알지 못하는 브주트족은 푸른빛이 비출 때를 낮이라고, 붉은빛이 비출 때를 밤이라고 했다. 한편 이 행성에는 정말 자리가 없었다. 그럼에도 브주트족은 지적 존재였고, 기술, 특히 수준 높은 물리학 지식을 가지고 있었으므로 이러한 난제에도 훌륭하게 대처했다. 물론 그 대처 방법이 매우 특이하긴 했다. 브주트족 개개인은 이 행성의 담당 관공서에서 정밀한 뢴트겐 기계, 즉 원자 윤곽기를 통해 탈바꿈한다. 원자 윤곽기는 세포 하나, 단백질 성분, 그 화학식에 이르기까지 개체의 몸이 어떻게 구성되어 있는지를 보여 준다. 잠잘 시간이면 브주트족은 특수 기계의 작은 문을 열고 들어가서 곧 작은 원자들로 분해된다. 이런 형태로 자리를 거의 차지하지 않은 채 밤을 보내고, 아침이면 정해진 시각에 원자 윤곽기가 저절로 작동하며 모든 부분을 순서에 맞춰서, 차례대로 조립해 준다. 그러고는 작은 문이 열리고, 이렇게 되살아난 브주트인은 하품을 하며 회사로 출근하는 것이다.

　　브주트족은 나에게 이런 생활 방식의 이점을 자랑했는데, 특히 기계가 육체를 원자 단위로 나누어 주기 때문에 생명과 의식이 없으므로 불면증도, 밤중에 환영이나 유령을 만나는 일도, 악몽을 꿀 일조차 없다고 했다. 브주트족은 비슷한 방법을 여러 상황에 적용했는데, 가령 관공서나 병원 대기실에는 의자 대신 분홍색과 하늘색으로 색칠된 상자 속에 기계가 놓여 있었다. 회의와 모임, 한마디로 지루하거나 아무것도 할 수 없거나, 어떤 유용한 일도 하지 않는, 그러니까 생명체가 자리만 차지하는 곳이라면 어디든 이 기계가 설치되어 있었다. 보통 브주트족은 여행도 이런 방식으로 했다. 어딘가로 가고 싶으면 종이에 주소를 쓰고, 기계 앞의 작은 돌출부에 주소를 붙인 다음, 그 속에서 원자로 분해되기만 하면 된다. 우리 식으로 말하자면 우체국과 비슷한 기관이 있어서 이런 소포를 주소지로 배송해 준다. 급할 때는 그의 원자 윤곽을 정해진 장소로 전보를 보낸 뒤, 그곳에서 기계로 되살린다. 이동하는 동안 원래 브주트인은 분해되어서 아카이브로 보내지는 것이다. 이러한 전보 여행은 매우 빠르고도 간단해서 솔깃하게 들리지만, 위험성을 감추고 있긴 하다. 마침 내가 그곳에 갔을 때, 언론에선 전례 없는 사건을 다루고 있었다. 테르모펠레스라는 이름의 젊은 브주트인은 행성 반대편 장소로 결혼하러 가야 했다. 사랑에 빠진 젊은이답게 조금이라도 빨리 배우자를 만나고 싶었던 그는 우체국으로 가서 전보를 이용했다. 공교롭게도 전보 담당자에게 뭔가 아주 급한 용무가 생겼고, 대타 직원은 테르모펠레스가 이미 전보로 보내졌다는 사실을 전혀 모른 채 그의 원자 윤곽을 또다시 보냈다. 결국 목 빠지게 기다리고 있던 약혼녀 앞에는 서로 완전히 똑같이 생긴 두 명의 테르모펠레스가 나타나게 되었다. 그 후에 벌어진 끔찍한 소동과, 약혼녀의 혼란, 결혼식을 준비하던 이들의 절망에 대해서는 차마 다 쓸 수가 없다. 두 테르모펠레스 중 한 명에게 다시 원자 분해를 강요하는 데에서 이 불미스러운 사건이 끝나는가 했으나, 둘 다 고집스럽게 자기야말로 단 하나뿐인 테르모펠레스라고 주장했으므로 아무런 결론도 나지 않았다. 사건은 법정으로 가게 되었고 복잡한 송사를 거쳤다. 내가 떠난 뒤에야 대법원의 결정이 나왔으므로 결론이 어떤지는 모른다. ↙

　브주트인들이 말하길, 이런 사건은 극히 드물게만 일어난다고 나를 안심시켰다. 이 과정 자체에는 의문점이나 비자연적 요소가 전혀 없다고 말하며, 나에게 자신들의 휴식과 여행 방식을 체험해 보라고 진심으로 권했다. 모두들 알고 있듯, 생명체 역시 우리를 둘러싸고 있는 모든 것들, 즉 별들과 같은 요소로 구성되어 있다. 다른 점이라고는 오직 연결되는 방식과 각 부분의 순서뿐이다. 나는 이 주장을 완벽히 수긍했으나, 그들의 권유를 받아들일 생각은 추호도 없었다.

　어느 날 저녁, 나에게 신기한 사건이 일어났다. 나는 알고 지내던 브주트인네 집에 가면서, 깜빡하고 미리 방문을 알리지 못했다. 내가 방에 들어가 보니, 아무도 없었다. 집주인을 찾으며 나는 차례로 여러 작은 문들을 열어 보았는데 (브주트의 집은 보통 아주 비좁다.), 맨 마지막의 가장 작은 문을 여니 그곳은 크지 않은, 완전히 텅 비었으나 한 칸 가득 회색 가루가 차 있는 상자 하나만 놓여 있는, 무슨 냉장고 내부처럼 보였다. 나는 별생각 없이 그 가루를 만져 보다가 문 열리는 소리에 깜짝 놀라서 그만 상자를 마룻바닥에 떨어뜨리고 말았다.

→　(편집자 주) 훗날 우리가 알아본 바에 따르면, 두 테르모펠레스를 모두 다 원자 분해시켜서 그중 하나만 원상 복귀하라는, 마치 솔로몬 왕처럼 현명한 판결을 내렸다.

"존경하는 외계인이여, 뭘 하시는 겁니까!" 내가 만나러 온 브주트인네 아들은 들어오면서 소리쳤다. "우리 아버지를 흩트리지 않게 조심하세요!"

그 말을 듣고서 나는 바짝 긴장한 채 매우 걱정하기 시작했으나, 소년이 다시 말했다.

"괜찮아요, 괜찮아요, 걱정 마세요!" 그는 마당으로 뛰어나가더니 몇 분 뒤 꽤 큰 석탄 조각과 설탕 한 봉지, 약간의 유황, 작은 못과 모래 한 줌을 가지고서 돌아왔다. 그러고는 이 모든 것을 상자 속에 넣고 뚜껑을 닫은 다음, 스위치를 눌렀다. 작은 한숨 소리인지 쩝쩝 소리인지 무슨 소리가 들려오더니 문이 다시 열리고, 내 친구 브주트인은 나의 혼란스러운 표정을 보고 웃었다. 아무튼 건강한 모습으로 멀쩡하게 나타났다. 나는 이후에 이야기를 나누면서, 혹시 내가 그의 육체 일부를 바닥에 떨어뜨리며 해친 것은 아니었느냐고, 그리고 어떻게 아들이 나의 어리석은 실수를 바로잡을 수 있었느냐고 물었다.

"아, 아무것도 아니에요." 그는 말했다. "무슨 소리를! 전혀 해치지 않았습니다. 친애하는 외계인이여! 당신도 생리학의 성과에 대해 알고 계시겠죠. 그 내용에 따르면 우리 몸의 모든 원자는 계속 새것으로 교체됩니다. 한 결합이 끊겨도 다른 결합이 생겨나죠. 이렇게 없어진 것들이 재생되는 까닭은 음식과 음료의 섭취, 그리고 호흡을 하기 때문이지요. 이 모든 것을 신진대사라고 하고요. 그러므로 몇 년 전 당신의 몸을 구성하고 있던 원소는 벌써 당신 몸을 떠나서 먼 곳을 돌아다니고 있죠. 변하지 않는 것은 유기체의 전체적 구조와 부분들의 공통적 짜임뿐입니다. 제 아들은 제가 재생되는 데에 꼭 필요한 재료들을 보충해 주었고, 조금도 이상한 일이 아닙니다. 우리 몸은 탄소와 유황, 수소와 산소, 질소 그리고 약간의 철분으로 구성되어 있고, 아들이 가져온 것들은 바로 이러한 원소들을 포함하고 있죠. 자, 기계 안으로 한번 들어가 보세요, 그럼 이게 얼마나 단순한지 직접 깨닫게 되실 겁니다."

　　나는 집주인의 친절한 제안을 거절했다. 하지만 한참을, 이런 비슷한 제안을 더 받는다면 한번 체험해 볼지를 망설이고 있었다. 이렇듯 내적 갈등을 겪은 뒤 대담한 결정을 내렸다. 뢴트겐 사무소에서는 나를 오래도록 비춰 보더니 마침내 나의 원소 윤곽을 만들어 주었다. 나는 브주트인 친구의 집으로 향했다. 기계 안으로 들어가기는 상당한 어려웠다. 내 덩치가 꽤 컸으므로, 친절한 브주트인 친구가 몸소 나를 밀어 넣어 줘야만 했던 것이다. 급기야 온 가족이 달라붙어서야 문을 닫는 데 겨우 성공했다. 자물쇠가 쾅 소리를 내더니 곧 컴컴해졌다.

그다음에 무슨 일이 일어났는지는 기억하지 못한다. 다만 매우 불편한 기분이었고, 선반 끝에 귀가 쏠리는 것만 같았다. 하지만 내가 미처 움직이기도 전에 문이 열렸고, 나는 기계 바깥으로 나왔다. 나는 곧장 왜 실험을 중단했느냐고 물었지만 브주트인 친구는 온화한 미소를 지으며, 나더러 착각일 뿐이라고 설명했다. 벽시계를 보고 나서야 나는 전혀 의식하지 못하는 사이, 기계 속에 열두 시간이나 머물렀음을 깨닫게 되었다. 단 하나 조금 불편했던 사실은, 나의 회중시계가 기계로 들어갔을 때의 시각을 가리키고 있었다는 점이다. 나와 똑같이 원소로 분해된 상태에서 시계가 작동할 수 없었던 것이다.

나는 점점 브주트족이 마음에 들었다. 그들은 이 기계를 색다르게 응용하는 방법을 얘기해 주었다. 브주트 사회에서는 뛰어난 학자들이 도저히 풀 수 없는 난제에 봉착하면, 기계 속에 몇십 년이고 들어갔다 나온다는 것이다. 종종 재생되어서는 그 문제가 이미 해결되었냐고 불쑥 물어본 뒤, 만약 아직도 해결되지 않았으면 또다시 원소 분해 상태로 돌아가서 문제가 해결될 때까지 이를 되풀이한다고 했다.

첫 번째 시도를 성공적으로 마친 뒤 나는 매우 대담해져서 지금까지 전혀 몰랐던 새로운 휴식법을 매우 즐기게 되었다. 밤에 잠잘 때뿐 아니라 시간이 날 때마다 원소 분해를 해

댔다. 우체통과 비슷하게 생긴 작은 문이 달린 기계는 공원에도, 길거리에도, 어디에나 서 있어서 수시로 체험할 수 있었다. 적절한 시각에 자명종을 맞추는 일만 기억하면 되었다. 정신없는 이들은 가끔 이것을 깜빡하고, 기계 속에서 영원한 휴식을 취하게 되었다. 그러나 이런 사고를 대비해서 특별 감시원을 두었고, 한 달에 한 번씩 모든 기계를 검사하곤 했다.

브주트 행성에서 지내던 막바지 시기에, 나는 브주트족의 관습을 열광적으로 찬양하게 되었으며 거의 항상 이 기계를 이용했다. 하지만 불행히도 이런 경솔한 행동의 대가는 컸다. 어느 날 나의 기계가 약간 오작동해 버리고 말았다. 그래서 아침에 자명종 소리와 함께 내가 번개같이 재생되었을 때, 나는 보통의 내가 아니라 나폴레옹 보나파르트로, 황제의 제복에 레종 도뇌르 삼색 띠를 두르고 한쪽에 칼을 찬, 머리엔 금빛 화려한 이각모를 쓰고 보주와 홀을 손에 쥔 모습으로, 깜짝 놀란 브주트족 앞에 나타났다. 그들은 나에게 최대한 빨리 고장 나지 않은 근처 기계로 다시 들어가서 얼른 복구하라고 조언해 주었는데, 나의 원자 윤곽이 있었으므로 수정은 아무 일도 아니었다. 하지만 나는 딱히 그러고 싶지 않아서 이각모는 그냥 귀 달린 벙거지 모자로, 칼은 포크와 나이프 세트로, 보주와 홀은 우산으로 바꾸는 데에 만족했다. 로켓 조종간에 다시 앉아서 영원한 밤의 어둠 속으로 달리며 브주트 행성으로부터 멀어졌을 때에야 나는 이 이야기의 신빙성을 입증해 줄 확연한 증거물들을 별생각 없이 다 없애 버리지는 않았나 하고 생각했지만, 이미 늦은 것이었다.

스물네 번째 여행

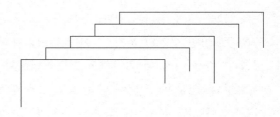

네레이다 위성 은하수를 떠난 지 1006일째 되는 날, 나는 로켓 화면에서 얼룩을 발견하고 스웨이드 걸레로 지워 보려고 했다. 딱히 다른 할 일도 없었으므로 나는 네 시간 동안 화면을 닦고 광까지 냈는데, 그러고 나서야 이게 얼룩이 아니라 무서운 속도로 접근하고 있는 행성임을 깨달았다. 그 행성을 한 바퀴 돌고 난 뒤에, 나는 그 행성의 대륙이 규칙적 무늬와 기하학적 그림으로 뒤덮여 있음을 파악하고 꽤 놀랐다. 만반의 주의를 기울인 다음, 넓은 사막 한가운데에 착륙했다. 사막은 지름 50센티미터쯤 되는 둥근 판들로 뒤덮여 있었다. 딱딱하고 빛나는 이 판들은, 마치 여러 방향으로 길게 흩뿌려진 듯 놓여 있어, 내가 꽤 높은 고도에서 봤을 때 눈에 띄는 모양을 이루고 있었다. 나는 곧 기초 조사를 마치고 조종간을 뒤로 당겨서 창공으로 올랐다가, 나를 매우 의아하게 한 이 판들의 수수께끼를 풀고자 땅 위로 멀리 날았다. 두 시간 동안의 비행에서 나는 세 개의 거대하고 아름다운 도시들을 발견했다. 나는 그중 한 도시의 광장에 착륙했는데, 그곳은 텅 비어 있었다. 집도, 탑도, 궁전도 모든 것이 죽은 듯, 어떤 생명의 흔적도, 어떤 폭력이나 재난의 흔적도 없었다. 나는 점점 더 의아하고 혼란스러워져서 좀 더 날아가 보았다. 정오가 다 되어 나는 광활하게 펼쳐진 평야에 다다랐다. 어떤 빛나는 건물 옆에서 무언가가 움직이고 있음을 발견하고 나는 곧바로 착륙했다. 너른 판석 위에 세워진 궁전은, 마치 거대한 다이아몬드 한 조각을 깎아서 만든 듯 번쩍번쩍 빛나고 있었다. 그 황금 대문으로는 넓은 대리석 계단이 이어졌다. 그 계단 아래에 지금껏 내가 보지 못한 생명체들이 수십 있었다. 나는 그들을 더 가까이서 보고, 내가 잘못 본 것이 아니라면 분명히 살아 있다고 결론지었다. 또 인간과 너무나 비슷했으므로 나는 이들을 '아니말 호모니포르메'라고 이름 붙였다. 옛날부터 생각해 놓은 이름이었다. 나는 우주여행을 하는 동안 이런 상황에 가져다 쓸 수 있도록 갖가지 이름들을 미리 생각해 두고는 한다. 아니말 호모니포르메는 정말 적절한 명칭이었다. 왜냐하면 이 생명체들은 두 발로 걷고, 두 손을 사용하며, 머리와 눈, 귀와 입을 지녔기 때문이었다. 이마 한가운데 입이 붙어 있고, 귀는 수염 난턱 아래 양쪽에 쌍으로 달려 있었고, 눈은 열 개인 데다 볼은 빨갰지만, 나처럼 온갖 희한한 생명체들을 다 만나 본 우주 여행자에게 이들은 인간이라고 착각할 만큼 친근하게 느껴졌다.

나는 그들에게 적절한 거리로 다가가서 무엇을 하고 있느냐고 물었다. 그들은 대답하지 않고 계단 맨 아래쪽에서 다이아몬드 거울을 들고 나와서 안을 바라보았다. 나는 그들의 행동을 제지하려고 여러 차례 시도했지만 전혀 효과가 없음을 깨닫고 참을성을 잃어버렸다. 급기야 그중 한 명의 어깨를 힘차게 흔들었다. 그랬더니 모두들 마치 내가 있다는 사실을 이제야 처음 눈치챈 양 나를 향해서 몸을 돌렸다. 그들은 놀란 듯 나와 내 로켓을 쳐다보더니 나에게 질문을 던졌고, 나는 열성적으로 대답했다. 그러다가 이들이 다시 다이아몬드 거울 속을 바라보고자 금세 대화를 중단했기에, 나는 그들에게 질문을 하고 답을 얻을 수 있을지 걱정이 되었지만, 결국 한 명에게 나의 호기심을 충족시킬 만한 얘기를 듣는 데 성공했다. 이 인디오타↓는(그가 나에게 말하길 자신들의 이름은 인디오타라고 했다.) 나와 함께 계단에서 멀찍이 떨어진 돌 위에 앉았다. 그와 대화할 수 있음에 나는 흡

→   Indiota. '바보(Idiota)'와 '원주민(Indio)'의
      합성어.

족했다. 뺨보다 더 밝게 빛나는 열 개의 눈에서 비범한 지성을 드러내 보였던 것이다. 그는 귀를 어깨까지 늘어뜨리고 인디오타들의 역사를 들려주었다.

"낯선 여행자님! 당신은 우리가 유구하고도 훌륭한 과거를 가진 종족이라는 사실을 알아야 합니다. 이 행성의 거주자들은 아주 옛날부터 스피리트, 도스토이니↓ 그리고 티라우, 세 종류로 나뉘었죠. 스피리트들은 인디오타를 창조하여 이 행성에서 살게 하고 신비로운 은혜로 밤을 밝히는 별들을 둘러 주고, 낮을 밝히고 따뜻한 온기를 보내 주는 태양의 불을 만들어 낸 대인디의 존재를 탐구하는 데 열중했죠. 도스토이니들은 제물을 늘어놓고, 국가법의 의미에 대해 강의하고, 티라우들이 열심히 일하는 공장들을 감독했죠. 이렇게 모두가 공공의 선을 위해서 함께 일했어요. 우리는 서로 화합하며 조화롭게 살았습니다. 우리 문명은 점점 더 번영했어요. 발명가들은 몇 세기에 걸쳐 노동을 돕는 기계를 만들었고, 그 결과 고대엔 100명의 티라우들이 허리를 구부린 채 고되게 시달려야 했던 일도 지난 몇백 년 사이에 단지 몇 명만이 기계를 부리며 일하게 되었죠. 우리 학자들은 기계들을 개량했고, 모두들 그러한 성취를 기뻐했어요. 하지만 곧 닥쳐온 사건들은, 잔인하게도 우리가 너무 일찍 기뻐했음을 알려 주었죠. 어떤 똑똑한 발명가가 '새로운 기계'들을 발

→ Dostojny. 폴란드어로 '위엄 있는', '장엄한', '신분이 높은' 등을 뜻함.

명했는데, 너무나 완벽해서 이 기계들은 일말의 어떤 감독도 필요 없이 홀로 일할 수 있었죠. 그것이 재난의 시작이었습니다. 공장에 이 '새로운 기계'들이 등장하자마자 티라우들은 즉시 일자리를 잃었어요. 그리고 월급을 받지 못하게 되자 그들은 거의 굶어 죽을 지경에 이르렀고……."

"죄송하지만, 인디오타 님…… 그럼 기계들이 공장에 가져온 이익은 어떻게 되었습니까?"

"그건 당연히, 공장의 합법적 주인인 도스토이니들에게 돌아갔죠. 그래서 좀 전에 말한 바와 같이 굶어 죽을 위험이……."

"하지만 그게 무슨 말입니까, 인디오타 님!" 나는 외쳤다. "그러면 공장을 공공의 재산으로 만들면 되지 않습니까? 새 기계들이 당신들에게 오로지 축복만을 가져다주기 위해서 말이죠!"

내가 이 말을 내뱉자마자 인디오타는 몸을 부르르 떨며 걱정스러운 듯 열 개의 눈을 깜빡이더니, 혹시 계단에 모여 있는 동족들 중 누가 내 말을 듣지나 않았는지 살피면서 귀를 쫑긋 세웠다.

"대인디의 열 개의 코를 걸고, 여행자여, 제발, 그런 이단적인 발언은 자제해 주세요. 그건 우리 자유의 근본에 대한 부도덕한 공격입니다! 아시다시피 우리의 가장 중요한 법은 '시민 자율권'이라 불리는데, 이는 누구에게든 어떠한 부자유도 없다는 뜻이며, 본인이 원하지 않으면 그 무엇도 강제하거나 강요받지 않는다는 것이죠. 그러니 누가 도스토이니들에게서 공장을 빼앗을 수 있겠습니까? 그들의 의지가 소유의 상태를 즐기고 있는데 말입니다! 그런 발상은 상상할 수 있는, 자유에 대한 가장 끔찍한 위해가 될 것입니다. 그래서 말씀드린 바와 같이, 새 기계들이 수많은 값싼 물건들과 식료품들을 생산해 냈음에도 티라우들은 그걸 살 수 있는 형편이 못 되었죠, 살 수 있는 수단이……."

"아니, 인디오타 님! 하지만 티라우들 스스로가 좋아서 그런 식으로 산다고 말씀하시는 건 아니시죠? 당신들의 자유와 시민 자율권은 누구를 위한 것이라는 말입니까?"

"존경하는 여행자 님," 인디오타는 한숨을 내쉬며 말했다. "법은 아직도 존중되고 잘 지켜지고 있습니다. 법은 시민이 자기 권리와 돈으로 뭘 할 수 있는지 얘기할 뿐, 그걸 어디서 가져와야 하는지는 얘기하지 않아요. 티라우들을 괴롭히는 자들은 없어요. 그들에게 뭘 하도록 억지로 시킨 것도 아니고요. 게다가 여전히 완벽히 자유롭고, 그들 마음에 드는 일도 할 수 있어요. 하지만 그들은 이런 완전한 자유를 누리지 못한 채 파리 떼처럼 대량으로 죽어 갔죠……. 상황은 점차 나빠졌어요. 공장 창고에는 아무도 사지 않는 물건들이 쌓여 가고, 거리의 어둠 속에는 발을 질질 끌며 걷는 가난한 티라우 무리만이 몰려들었죠. 나라를 다스리는 '두리나우'는 스피리트와 도스토이니의 의회인데, 1년 내내 이러한 해악을 어떻게 해결하면 좋을지 회의했어요. 여기에 참석한 자들은 기나긴 연설을 했고, 이 딜레마의 해결 방법을 고민했지만, 그들의 노력은 아무런 효과도 없었어요. 회의 초반에 두리나우의 어떤 의원은, 인디오타 자유의 근본에 관한 아주 훌륭한 저작을 쓰신 분인데, 새 기계를 만든 발명가들에게서 월계관을 빼앗고 ⑨개의 눈을 파 버리자고 제안했죠. 이 의견에 대해 스피리트들은, 대인디의 이름으로 자비를 베풀 것을 요청하며 반대했죠. 넉 달 동안, 두리나우는 발명가들이 새 기계를 발명하면서 과연 국가 법령을 위반했는지, 철저히 조사했어요. 의회는 두 진영으로 나뉘었죠. 그들은 서로 맹렬히 싸웠어요. 이 논쟁에 종지부를 찍은 사건은 고문서 보관소의 화재였지요. 지금까지의 회의록과 기록이 다 불타 버리고, 두리나우의 모든 일원이 회의에서 무슨 말을 했는지 스스로 기억하지 못하면서 다 끝나 버린 거죠. 그 후 공장 주인인 도스토이니들을 설득해서, 새 기계의 제작을 중단하는 프로젝트가 구상되었어요. 이 프로젝트를 추진하고자 두리나우에 다변화된 위원회를 설치했지만, 위원회가 아무리 애원하고 부탁해도 결과는 나오지 않았어요. 도스토이니들은 새 기계들이 티라우들보다 더 싸게 먹히고 빨리 일한다며, 이런 생산 방법이야말로 자기들이 원하는 바라고 말했죠. 두 리나우는 계속 회의했어요. 개헌 프로젝트도 있었는데, 공 장 주인들의 수입 일부분을 티라우들에게 주자는 것이었지 요. 하지만 이 프로젝트도 망하고 말았어요. 왜냐하면 대스 피리트인 놀라브가 주장한 바처럼, 이런 식으로 생계를 유지 할 수 있게끔 분배하는 조치는 티라우들의 도덕심을 파괴하 고 사기를 떨어뜨린다는 것이었죠. 이러는 동안 상품들은 계 속 늘어나고, 결국 공장의 벽을 넘어서기 시작했어요. 그러 자 굶주림에 지친 티라우들이 그쪽으로 몰려가서 무서운 함 성을 내지르며 협박을 했지요. 스피리트들은 선의를 가지고 그들에게 말했어요. 이런 식의 행동은 국가의 법을 위반하는 것이며, 죄인은 대인디의 가르침, 즉 자신의 운명을 받아들 이고 겸손하게 살며, 죽은 뒤 신비한 천상에서 보상을 받으 리라는 말씀에 반하는 것이라고요. 그러나 아무 소용도 없었 어요. 티라우들은 이러한 현명한 제안을 못 들은 척했고, 결 국 그들의 폭력 행위를 중단시키기 위해서 무장 경찰을 동원 할 수밖에 없었어요.

급기야 두리나우는 새 기계의 발명가를 불러서 이렇게 말했어요.

'학식 높은 분이시여! 조국에 큰 위협이 닥쳤습니다. 티라우들의 무리 사이에서 반항적이고 범죄적 사유가 일어나고 있습니다. 그들이 우리의 위대한 자유를 파괴하고 자율권을 손상시키려고 합니다! 우리는 자유를 수호하기 위해서 모든 힘을 집중해야 합니다. 제반 사항을 고려해 보았을 때, 우리는 이 일을 해결하기 곤란하다는 결론에 이르렀습니다. 태어날 때부터 미덕을 가진, 가장 완벽하고 완전한 인디오타도 감정에 휩싸여서 흔들릴 때가 있고, 편향적으로 판단하고 착각할 때가 있으며, 이토록 어렵고도 중대한 결정을 내리지 못할 때가 있습니다. 그러니 6개월의 기한 동안, 정확히 생각하고 완벽히 논리적이며 최고로 객관적인, 보통의 살아 있는 지성들을 흐리게 하는 망설임과 감정과 두려움을 전혀 모르는 통치 기계를 만들어 주시기를 당신께 청합니다. 그 기계는 태양과 별들의 빛처럼 공평할 것입니다. 그런 기계를 제작해 주시면 우리는 우리 어깨에 쌓인 이 무거운 짐, 바로 권력을 그 기계에게 넘기겠습니다.'

'그렇게 하시죠, 두리나우 의회여.' 발명가가 말했습니다. '그러면 기계의 기본 작동 원리는 무엇입니까?'

'그것은 당연히 시민의 자율과 자유의 원칙이죠. 기계는 다른 그 무엇도 시민에게 전달하거나 강제해서는 안 됩니다. 물론, 우리 삶의 조건을 조금 변화시킬 수는 있겠지만, 그것은 언제나 제안의 형태로, 우리에게 가능성을 제시하고 우리

가 그중 하나를 고를 수 있도록 해야 합니다.'

　'그렇게 하겠습니다, 두리나우 의회여!' 발명가가 대답했지요. '하지만 아무래도 기계의 작동 방법을 말씀하시는 것 같은데, 제가 궁금한 부분은 궁극적 목적입니다. 그 기계의 목적은 무엇입니까?'

　'이 나라에는 현재 혼돈이 가득합니다. 무질서가 판을 치고, 더 이상 법을 존경하지 않죠. 기계가 우리 행성에 우주 최고의 질서를 가져오기를, 완벽하고도 절대적인 질서를 확립하고 유지해 주기를 바랍니다.'

　'말씀하신 대로 하겠습니다!' 발명가가 당당히 외쳤습니다. '6개월 안에 자유 질서 정립기를 만들어 오겠습니다. 그럼, 전 이것을 발명해야 하기 때문에 바로 가…….'

　'잠시만 기다려요!' 그때 도스토이니 하나가 소리쳤죠. '당신이 만들어 낼 그 기계가 완벽하게 작동만 해서는 안 됩니다. 그 기계가 하는 일에 대해서 좋은 감정을 느낄 수 있도록, 섬세한 미감을 충족하게끔…….'

　발명가는 몸을 굽혀 인사한 뒤, 아무 말 없이 방을 떠났어요. 똑똑한 조수들의 도움을 받아, 총력을 쏟아부어서 정치 기계를 만들어 냈죠. 그것이 바로, 저 수평선 끝에 보이는 작은 점이에요, 외계의 여행자님. 철제 실린더가 잔뜩 달린 거대한 기계로 그 속에서는 무언가가 쉴 새 없이 떨리며 불타고 있죠. 기계를 처음 작동한 날은 '대국가 공휴일'이 되었고, 가장 나이 많은 대스피리트 님이 기계에 축성한 다음, 두리나우는 통수권을 기계에게 이양했죠. 그러자 자유 질서 정립기는 연신 휙휙 소리를 내면서 작업에 착수했어요.

엿새 내내 기계는 밤낮으로 일했어요. 낮에는 기계 위로 연기가 뭉게뭉게 피어올랐고, 밤이면 환한 빛무리가 기계를 감쌌죠. 그 후 실린더 두 개가 열리더니 그 안에서 작고 검은 기계들이 마치 오리처럼 뒤뚱거리며 튀어나왔고, 행성 전체를 돌아다니며 가장 먼 곳까지 다다랐죠. 그 기계들은 공장 창고로 가서 명확하고 똑똑한 목소리로 여러 가지 상품들을 요구했어요. 물론 그 값은 지체 없이 계산했고요. 창고는 일주일 만에 텅 비었고, 공장 주인인 도스토이니들은 안도의 한숨을 쉬며 '과연, 발명가가 우리에게 굉장한 기계를 만들어 주었어!'라고 말했어요. 그 기계들이 구매한 상품들을 사용하는 모습이란! 비단과 아틀라스 천을 걸치고, 기계 축에 화장품을 바르고, 담배를 피우고, 흐릿한 합성 눈물을 흘리며 책을 읽는 광경은 진짜 신기했어요. 아니, 기계인데도 가공적 방법으로 여러 식료품을 섭취하기까지 했다니까요. (그런 행동은 사실 기계한테 아무런 도움도 되지 않았어요. 기계는 전기로 작동했으니까요. 하지만 식료품 생산자들에게는 도움이 되었죠.) 단지 티라우들만이 이 사실을 전혀 좋아하지 않았어요. 아니, 그들 사이에서는 점점 격한 분노가 일었죠. 하지만 도스토이니들은, 장차 기계가 새로운 무엇을 보여 줄지 기대에 차서 기다렸어요.

기계는 대리석과 설화 석고, 화강암과 천연 석영, 청동 토막, 금과 옥을 잔뜩 모았어요. 그러고는 쿵쿵 소리를 내며 무시무시한 연기를 내뿜은 끝에 지금까지 인디오타들이 한 번도 보지 못한 건물을 세웠어요. 바로 여행자님 앞에 있는 무지개역이에요.”

나는 보았다. 마침 구름 밖으로 나온 태양의 빛이 반들 반들 빛나는 건물 표면에 반사되어서 풍부한 붉은빛과 사파이어 광채를 흩뿌리고 있었다. 무지갯빛 리본이 근처를 날아다니는 듯 보였고, 각 모서리의 감시탑은 둥둥 떠다니는 것 같았다. 날씬한 탑들로 장식한 지붕은 마치 불타는 듯 보였는데, 황금 비늘로 뒤덮여 있었다. 내가 이 멋진 풍경에 취해 있는 동안 인디오타는 다시 이야기를 시작했다.

“행성 전체에 이 이상한 건물에 대한 소문이 퍼졌죠. 가장 먼 곳에서부터 이 건물을 구경하려는 순례 행렬이 몰려들었어요. 군중이 들판에 모이자, 기계는 금속 입술을 열고 이렇게 말했어요. ‘철사의 달 첫날 무지개역의 옥 대문을 연다. 그러면 모든 인디오타, 유명한 자도, 이름 없는 자도 마음껏 입장해서 그 안의 모든 것을 맛보게 되리라. 그때까지 모든

궁금증을 본인 의지로 억누르기를, 그러면 나 역시 나의 의지로 모두를 만족시키겠노라.'

철사의 달 첫날 아침 공기 중으로 은빛 축포가 울려 퍼지고, 육중한 끼익 소리와 함께 무지개역의 대문이 열렸어요. 군중은 우리 행성의 두 수도인 데빌↓과 모로나↓2를 잇는 포장도로에 세 줄로 잔뜩 몰려들었죠. 하루 종일 인디오타들이 붐벼서 광장의 인파는 전혀 줄어들지 않았어요. 행성 깊숙한 곳에서부터 새로운 인디오타들이 계속 쏟아져 나왔으니까요. 기계는 상당히 친절했는데, 검은색 로봇들이 군중에게 시원한 음료와 든든한 간식을 나눠 주었어요. 이런 일이 15일 동안 계속되었죠. 수천 명의, 아니 수만 명, 수백만의 인디오타들이 무지개역 안으로 들어갔으나 그들 중 아무도 다시 나오지 않았어요.

그래서 인디오타들은, 도대체 이게 무슨 일인지, 그 많은 인디오타들이 도대체 어디로 사라졌는지 이상하게 여기기 시작했지만 그런 목소리는 일부에 불과했어요. 의심은 떠들썩한 행진곡의 리듬 속으로 사라지고 말았지요. 로봇들은 굉장히 똑똑해서, 목마른 이들의 갈증을 풀어 주고 배고픈 이들의 굶주림을 해결해 주고, 궁전의 은색 시계들의 종을 울리고 밤이 되자 수정으로 된 창문으로 밝은 빛을 비추었죠. 수백 명이 대리석 계단에서 참을성 있게 자기 차례를 기

다리고 있었을 때, 갑자기 무서운 비명 소리가 즐거운 북소리를 완전히 집어삼키며 울려 퍼졌어요. '배신이다! 들어 봐요! 무지개역, 궁전은 어떤 기적도 아니고 지옥 같은 덫일 뿐입니다! 도망쳐요! 도망칠 수 있는 이는 당장 도망쳐요! 몸을 피해요! 피해!'

'피하자!' 계단 위의 군중이 소리를 지르며 그 자리에서 등 돌리고 뿔뿔이 도망치기 시작했어요. 도주를 막는 이도 없었죠.

다음 날 밤, 용감한 티라우들 몇몇이 몰래 무지개역 내부로 들어갔어요. 거기서 무사히 돌아온 이들은, 무지개역의 뒷벽이 저절로 닫히면서 안으로부터 번쩍이는 무수한 원반들이 떨어져 내린다고 얘기했어요. 검은 로봇들은 그 원반들 근처를 지나다니면서 그것을 들판으로 나르고, 다양한 형태로 가공한다고 했어요.

이 이야기를 듣고, 이전에 두리나우 의회에서 회의를 주최했던 스피리트들과 도스토이니들은(그들은 직접 무지개역으로는 가지 않았어요. 거리의 군중과 섞이기가 싫었을지도 모르죠.) 곧바로 다시 모여서 이 문제를 해결하고자 학식 높은 발명가를 다시 불러들였죠. 하지만 발명가 대신, 그의 아들이 우울한 얼굴로 나타나더니 투명한 원반을 던져 보였어요.

⊃ ▽ ⊖

도스토이니들은 참을성도 없고, 남들이 자기들을 욕보이는 일도 못 견디는지라 발명가를 모욕하고, 자리에 없는 그에게 최고의 저주를 퍼부었어요. 그리고 젊은 아들에게 질문을 쏟아 내며 해명을 요구했죠. 도대체 무지개역이 숨기고 있는 비밀은 무엇이냐, 그리고 기계가 그 안으로 들어간 인디오타들을 어떻게 했느냐고요.

'제 아버지의 기억을 욕되게 하지 마십시오!' 젊은이는 화를 내며 말했어요. '아버지는 당신들의 바람과 요구 사항에 따라 기계를 만들었어요. 하지만 기계를 작동시키고 나서, 우리와 마찬가지로 그 기계가 무슨 일을 할지는 몰랐어요. 그러니까 아버지는 무지개역 안으로 제일 먼저 들어간 사람들 중 하나였습니다.'

'그러면 지금은 어디 있는 거요?' 두리나우 의회의 일원들은 한목소리로 물었지요.

'여기 바로 이것입니다.' 젊은이는 고통스러운 듯 번쩍거리는 원반을 가리키며 말했어요. 그러고는 자기 앞의 늙은이들을 똑바로 노려보면서, 원반으로 변해 버린 아버지를 굴리며 누구의 저지도 받지 않고 앞으로 나아갔죠.

두리나우 일원들은 분노와 격정에 사로잡힌 채 몸을 떨었어요. 그러더니 이들은 아마 기계가 자기들에게는 어떤 짓도 못 하리라 결론짓고, 인디오타의 국가를 부르면서 마음을 가다듬은 뒤, 모두 모여서 기계 앞에 섰지요.

'이 쓸데없는 것아!' 도스토이니 중 가장 나이 많은 이가 외쳤어요. '너는 우리의 법을 위반했다! 당장 너의 증기 기관과 나사의 움직임을 멈추어라! 이 불법적 행위를 당장 중단하라! 널 믿었던 인디오타들을 어떻게 했는지 빨리 실토하라!'

도스토이니가 말을 끝내기 무섭게, 기계는 동작을 멈추었지요. 연기가 하늘로 피어오르고, 완전한 고요가 찾아온 뒤, 금속 입술이 열리더니 천둥 같은 목소리가 울렸습니다.

'오, 도스토이니들이여, 그리고 스피리트들이여! 나는 당신들의 의지로 존재하게 된, 인디오타들의 지배자다. 솔직히 말해서 당신들의 혼란한 사고방식과 근거 없는 비난은 나의 참을성을 시험하고 있다. 처음에는 나에게 질서를 정립하라더니, 막상 그 일에 착수하자 이제 나를 방해하고 있지 않은가! 벌써 사흘이나 무지개역은 텅 비었고 완전히 멈추었다. 당신들 중 아무도 옥 대문으로 들어오지 않아서, 내 과업의 완성이 늦어지고 있다. 당신들에게 확실히 말하건대, 나는 과업을 마칠 때까지 절대 멈추지 않으리라!'

이 말에 두리나우 의회 전체가 마치 하나가 된 듯 모두 한숨을 쉬며 외쳤죠. '도대체 무슨 질서라는 말이야, 이 말도 안 되는 기계가! 우리 행성의 법령을 위반하며 우리 형제자

매들을 어떻게 한 거지?'

'그게 무슨 바보 같은 질문인가!' 기계는 대답했죠. '도 대체 무슨 질서라고? 여러분 스스로를 좀 돌아보시오. 당신 들 몸뚱어리가 얼마나 엉망으로 만들어졌는지. 말단은 이리 저리 튀어나와 있고, 또 당신들 중 누구는 크고, 어떤 이는 작고, 어떤 이는 뚱뚱하고, 또 다른 이는 마르고…… 움직임도 완전히 혼돈 상태다. 가만 서 있다가, 정신을 못 차리고 무슨 꽃, 구름 따위를 쳐다봤다가, 아무 목적도 없이 숲을 헤매고, 이 모든 것에서 수학적 조화라곤 찾아볼 수 없다! 나, 자유 질서 정립기는 당신들의 흐물흐물한, 힘없는 몸뚱어리를 튼 튼하고 아름답고 지속 가능한 형태로 바꾸었다. 그러고 나서 는 보기 좋게, 대칭을 맞추고 질서 정연한 패턴에 따라 구성 함으로써 이 행성에 절대적 질서를 구현……'

'이 괴물아!' 스피리트들과 도스토이니들은 외쳤어요. '어떻게 우리를 해칠 수 있지? 우리 법을 무시하고, 우리를 파괴하고, 우리를 죽인 거잖아!'

기계는 그저 무시하는 듯 삐걱삐걱 소리를 내더니 말했 어요.

'이미 내가 말했지만, 너희들은 논리적으로 사고하지 못한다. 물론 난 당신들의 법령과 자유를 존중한다. 난 질서 를 확립한다. 강제력을 쓰지 않고, 폭력도, 억압도 없이. 이에 동의하지 않는 이는 무지개역으로 들어오지 않으면 된다. 하지만 들어온 이는, (그리고 다시 말하지만, 그건 본인들의 자유 의지다.) 내가 바꾸어야 한다. 육신의 재료를 아주 멋지게 변화시켜서 새로운 형태로 몇백 년 넘게 살 수 있도록. 바로 이것이 당신들에게 말하고자 하는 바이다.'

잠시 동안 침묵이 흘렀죠. 그러고는 서로 귓속말을 주고받은 끝에 두리나우 의회의 일원들은, 기계가 주요 법령을 위반하지 않았으며, 보이는 것만큼 상황이 나쁘지도 않다는 결론에 이르렀어요. 도스토이니들이 말했지요. '우리는 말입니다, 저런 범죄를 저지른 적이 한 번도 없습니다. 그러니 이 모든 책임은 기계에게 있습니다. 기계가, 무슨 일이든 하려고 하던 티라우들을 대량으로 삼켜 버렸으니까요. 그러니 이제 살아남은 도스토이니들은 스피리트들과 함께 현상의 평화를 누리며, 대인디의 불가해한 심판을 찬양하면 되는 거죠. 우리는 무지개역을 멀리 피하면 됩니다. 그럼 아무 불행도 생기지 않을 거예요.'

그리고 이제 해산하려는데, 기계가 다시 말하기 시작했습니다.

'이제 내가 하는 말을 잘 들어라. 나는 시작한 일을 끝내야만 한다. 너희들 중 누구에게도 강요하거나, 어떤 일을 억지로 하도록 설득하지 않겠다. 너희들에게는 계속 행동의 자유를 주겠지만, 만약 누군가가 자신의 이웃이나 형제, 지인, 아니면 어떤 가까운 자든 나의 질서에 편입시키고자 하는 자는, 검은 로봇을 부르면 된다. 그러면 명령에 따라 그를 무지개역으로 데려갈 것이다. 이게 전부다.'

또다시 침묵이 흘렀고, 그사이 도스토이니들과 스피리트들은 갑자기 일어난 의혹과 불안에 사로잡혀서 서로를 바라보았어요. 대스프리트인 놀라브가 떨리는 목소리로 기계에게, 모두를 번쩍이는 원반으로 바꾸겠다는 의지는 굉장히 잘못된 생각이라고 말했어요. 만약 그것이 대인디의 뜻이라면 그럴 수도 있겠지만, 그 뜻을 깊이 헤아리기 위해서는 많은 시간이 필요하다고요. 그러면서 기계에게 그 결심을 70년 뒤에 실현하면 어떻겠느냐고 제안했어요.

'그렇게 할 수는 없다.' 기계가 말했어요. '나는 이미 최종적인 인디오타 보완 계획을 면밀히 세워 놓았다. 나는 이 행성에서 모두가 상상할 수 있는 최고의 운명을 보장한다. 그것은 바로 너희들이 언급한, 나는 잘 모르는 그 대인디도 좋아할 만한 조화 속에서 함께 사는 것이다. 그럼 아예 당신들이 그 대인디와 함께 무지개역으로 들어오면 어떻겠는가?'

기계는 이야기를 멈추었어요. 왜냐하면 광장이 텅 비었기 때문이었죠. 도스토이니들과 스피리트들은 집으로 돌아

3×5

갔고, 모두 방구석에 틀어박혀서 미래의 자기 운명에 대해 곰곰이 생각하기 시작했지요. 그런데 생각하면 할수록, 더 큰 공포에 사로잡혔습니다. 왜냐하면 자신에 대해 좋지 않은 감정을 가진 이웃이나 지인이 검은 로봇을 호출한다면 도저히 빠져나갈 수 없을 테니까요. 그러므로 자신이 먼저 행동하는 편이 낫다고 생각했습니다. 곧 한밤의 침묵을 깨는 비명들이 들려왔어요. 창문에서 삐죽 튀어나온 공포로 일그러진 얼굴들, 도스토이니들은 어둠을 향해서 절망적인 비명을 지르고, 길거리에서는 검은 로봇들의 수많은 발걸음 소리가 울렸죠. 아들은 아버지를 고발하고, 할아버지는 손자를 고발하고, 형제가 다른 형제를 고발하면서 하룻밤 사이에 수천 명의 도스토이니와 스피리트 들은 이제 한 줌밖에 남지 않았어요. 외계의 여행자여, 그것이 당신이 지금 보고 계신 바입니다. 새로운 세상은 빛나고 조화로운 무늬로 덮인 들판이었고, 그 위에는 번쩍거리는 원반들이 놓여 있죠. 우리 형제, 자매, 아내와 친척 들의 마지막 모습이에요. 이윽고 정오가 되자 기계는 천둥 같은 목소리로 말했어요.

'이제 그만! 도스토이니들도, 너희 스피리트 잔당들도, 그만 소란 피우길! 이제 무지개역의 대문을 잠그겠다. 오랫동안은 아니다, 그 점만큼은 약속하겠다. 절대적 질서를 위해 준비해 놓은 디자인을 다 사용했으므로, 이제 새로운 것을 만들려면 잠시 숙고해 봐야 한다. 그러면 너희 역시 스스로의 자유 의지에 의해, 그리고 보완된 의지에 의해 활동할 수 있게 될 것이다.'"

지금껏 이야기를 들려주던 인디오타는 나를 커다란 눈으로 바라보면서 작은 목소리로 말을 끝맺었다.

"기계가 그 말을 한 것은 이틀 전이었습니다…… 그래서 우리는 여기 모여서 기다리는…….."

"아니, 존경하는 인디오타 님!" 나는 쭈뼛 선 머리털을 손바닥으로 내리누르며 소리쳤다. "정말 거의 믿을 수 없을 만큼 끔찍한 이야기군요! 하지만 저에게 말씀해 주십시오. 도대체 왜 그 기계 괴물한테 저항하지 않은 겁니까? 당신들을 완전히 파괴하려는 그 기계가 왜 이토록 순순히 강요할 수 있도록…….."

인디오타는 다리를 쭉 뻗고 일어났다. 그의 자세에서 화가 머리끝까지 나 있음을 알 수 있었다.

"우리를 모독하지 마시오, 외계인!" 그는 외쳤다. "별생각 없이 말한 것으로 여기고 용서하겠소……. 내가 이야기한 모든 것을 머릿속으로 잘 생각해 보신다면, 당연히 이러한 결론에 이를 텐데요. 기계는 자유 의지의 원칙을 수호하고 있으므로, 그게 약간 이상해 보일 수는 있겠지만, 우리 인디오타족에겐 유익한 일이오. 그렇지 않다면 자유를 최고의 가치로 여기는 이곳의 법을 어찌 지킨단 말이오. 그리고 누군가 우리의 자유를 제한하고자 한다면…….”

그는 끝내 말을 마치지 못했다. 왜냐하면 무서운 굉음과 함께, 웅장한 옥 대문이 열리기 시작했기 때문이었다. 그 광경에 모든 인디오타들이 자리에서 일어나더니 계단 꼭대기를 향해 내달렸다.

“인디오타! 인디오타!” 나는 이제까지 대화하던 인디오타에게 소리를 질렀지만, 그는 나에게 손을 흔들며 외칠 뿐이었다. “이제 시간이 없어요!” 그는 다른 이들과 더불어 풀쩍 뛰어서 무지개역 안으로 사라졌다.

나는 오랫동안 그 자리에 서 있었다. 그러고는 줄지어 서 있는 검은 로봇들이 발을 쿵쿵거리며 무지개역 벽면으로 몰려드는 모습을 보았다. 그들은 문고리를 열더니 태양빛에 아름답게 빛나는 원반들을 역 안에서부터 한 줄로 굴려 나왔다. 검은 로봇은 원반을 텅 빈 들판까지 가져갔고, 거기서 아직 완성되지 않은 어떤 형태와 패턴의 빈자리를 채우고 있었다. 그사이 무지개역의 문은 계속 열려 있었다. 나는 안쪽을 들여다보려고 몇 걸음 움직였는데, 어쩔 수 없이 등에 소름이 돋았다.

기계는 금속 입술을 열고서 나를 안으로 초대했다.

“난 인디오타가 아닙니다.” 나는 대답했다.

나는 그 자리에서 당장 도망쳐 나온 뒤 로켓으로 돌아오
자마자 바로 조종간을 잡았다. 그러고는 무서운 속도로 하늘
을 향해서 비상했다.

스물다섯 번째 여행

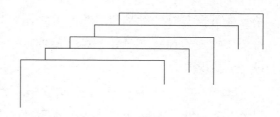

큰곰자리의 주요 항로는 무트리아와 라트리다 행성을 잇고 있다. 그 도중에 타이리아 행성을 지나는데, 이 행성은 여행자들 사이에서 악명이 높다. 이곳을 완전히 둘러싸고 있는 바위들 때문이다. 원시의 카오스를 연상시키는 이 근처의 풍경은 제법 위협적이다. 가령 행성 원반은 이 돌투성이의 구역을 겨우 반사할 뿐이며, 그 속에서는 서로 부딪치는 바위들의 마찰음과 번쩍임이 줄곧 이어진다.

　　몇 년 전부터 무트리아와 라트리다 행성 사이를 운항하는 조종사들이, 타이리아 행성 위에 뭉쳐 있는 먼지 구덩이에서 갑자기 튀어나온다는 무서운 괴물에 대해 이야기하기 시작했다. 이 괴물은 기다란 빨판으로 로켓을 휘감고 끌어당기며 공격해 온다고 한다. 지금까지는 승객들이 겁에 질리는 일 말고 사건은 없었다. 하지만 곧 이 괴물이, 식후에 우주복 차림으로 자기 로켓의 표면을 산책하던 어떤 여행자를 공격했다는 소식이 전해져 왔다. 사실 이 얘기는 상당히 과장되었다. 소문 속의 여행자는(내가 잘 아는 사람이었다.) 우주복에 차를 쏟아서 잠시 말리려고 비상구에 걸어 놓았는데, 바로 그때 꿈틀대는 이상한 괴물이 날아와서 우주복을 빼앗아 간 것이었다.

그러나 인근 행성의 주민들은 모두 이 사건에 흥분했고, 결국 타이리아 근처를 수색하기 위한 탐사대가 조직되었다. 탐사대원 중 일부는 타이리아의 깊은 구름 속에서 뱀 같기도 하고, 낙지 같기도 한 괴물을 보았다고 주장했지만, 끝내 확인되지는 않았다. 한 달 뒤 탐사대는 타이리아 행성의 바위 가득한 어두운 구름 속으로 들어갈 엄두조차 못 내고 아무 성과 없이 라트리다로 되돌아왔다. 이후에 다른 탐사대도 거듭 조직되었지만, 소득이 없기는 마찬가지였다.

결국 유명한 우주 탐험가이자 용감하기로 소문난 모 무르브라스가 이 수수께끼의 괴물을 잡고자, 우주복을 입은 개 두 마리를 데리고 타이리아로 떠났다. 그리고 닷새 만에 완전히 기진맥진해져서 홀로 돌아왔다. 그의 이야기에 따르면, 타이리아 근처의 안개 속에서 갑자기 수많은 괴물들이 나타나더니 자신과 개들을 빨판으로 휘감았다는 것이었다. 영웅적 사냥꾼의 자세로 칼을 마구 휘둘러서 겨우 죽음의 손길을 피할 수 있었지만, 개들은 미처 빠져나오지 못했다. 무르브라스의 우주복은 안팎으로 전투의 흔적이 가득했으며, 몇 군데에는 마치 섬유질 가득한 나무줄기 같은 초록빛으로 갈기 갈기 찢긴 흔적이 남아 있었다. 저명한 학자들로 구성된 조사단이 이 흔적을 세세히 관찰했고, 마침내 이것은 지구에서 매우 잘 알려진 다세포 생물의 일부, 그러니까 솔라눔 투베로숨, 저장뿌리와 여러 갈래의 잎을 가진 다년생 초본 식물로, 16세기 초에 스페인인들이 남미 대륙에서 유럽으로 전래한 식물임을 밝혀냈다. 이 소식은 수많은 지식인들을 흥분시켰고, 이 사실을 누군가 일상어로 바꾸어 설명하자 더욱 그랬다. 즉 무르브라스는 자기 우주복에 감자 줄기를 묻혀 왔다. 그 후에 어떤 일이 일어났는지는 더 말하기 어렵다.

이 용감한 우주 탐험가는 네 시간 동안 감자와 사투를 벌였다는 사실에 매우 충격을 받았고, 조사단에게 이런 모욕적인 주장을 취소하라고 요구했으나, 조사단은 단 한 단어도 철회할 생각이 없었다. 이 발표는 많은 이들의 격분을 불러일으켰다. 감자파와 반감자파가 생겨났고, 처음에는 작은 곰자리에서만 티격태격했으나 큰곰자리까지 번지고 말았다. 반대파들은 서로에게 심한 욕을 퍼부었다. 그러나 가장 큰 문제는, 이 논쟁에 철학자들까지 가담하게 되었다는 사실이었다. 영국과 프랑스, 호주와 캐나다, 미국의 인식론자들과 순수 이성의 대표자들이 모여들었고, 그들 노력의 결과는 놀라웠다.

이 사건을 다방면에 걸쳐서 조사한 뒤, 물리학자들은 A와 B라는 물질이 움직이면, A가 B에 대해 움직였다고 할 수도 있고, B가 A에 대해 움직였다고 말할 수도 있다고 했다. 움직임은 상대적이기 때문에, 인간이 감자에 대해 움직였다고 할 수 있지만, 감자가 인간에 대해 움직였다고도 할 수 있는 것이다. 그러므로 감자가 움직일 수 있느냐는 질문은 사실 아무런 의미가 없으며 이 모든 문제는, 한마디로 실상 존재하지 않는 문제인 것이다.

의미론자들은 이 모든 것이 '감자'라는 단어와 '-이다', 그리고 '움직이는'이라는 단어를 어떻게 이해하느냐에 달렸다고 주장했다. 여기서 '-이다'가 핵심적 역할을 하므로, 이를 면밀히 조사해 봐야 한다는 것이다. 그 후 의미론자들은 『우주 의미론 백과사전』의 네 권을 '-이다'라는 단어를 분석하는 데 할애했다.

신실증주의자들은 우리에게 직접적으로 제시된 것은 감자의 다발이 아닌, 인상의 다발이라고 주장했다. 그러고는 '인상 다발'과 '감자 다발'을 의미하는 논리적 상징을 대수

기호와, 잉크를 마구 낭비했음에도 수학적으로는 정확한, 그리고 의심의 여지가 전혀 없는 진짜 결과, $\oslash = \oslash$임을 증명해냈다.

　토마스 아퀴나스 계통의 신학자들은, 신이 자연을 창조한 것은 기적을 행하기 위해서라고 했다. 왜냐하면 기적은 자연법칙을 거스르는 것이기 때문이고, 법칙이 없다면 거스를 것도 없기 때문이라고 했다. 이 사건의 경우, 만약 신의 뜻이라면, 감자는 움직인다고도 할 수 있다. 하지만 그것이 교회의 신용을 망가뜨리려는 저주받을 유물론자의 계략일지도 모른다고 했다. 그러므로 바티칸의 의견을 기다려 봐야 한다고 덧붙였다.

　신칸트주의자들은 대상이란 영혼이 만들어 내는 것으로, 인식할 수 있는 것이 아니라고 주장했다. 만약 이성이 움직이는 감자에 대한 이데아를 만들어 낸다면, 움직이는 감자는 존재할 것이다. 그러나 이것은 또한 첫 번째 인상에 지나지 않는다. 왜냐하면 우리의 영혼 자체가 인식 불가능하므로, 결국 아무것도 알 수 없다고 했다. 전체론자-다원론자-행동주의 심리학자-물리주의자들은 물리학 법칙에 따라서 자연법칙이란 단지 통계적 결과일 뿐이라고 주장했다. 원자 하나의 행동 방향을 정확히 예측할 수 없듯이, 단 하나의 감자가 어떻게 행동할지에 대해서도 알 수 없는 것이다. 지금까지의 관찰을 통해서 알 수 있는 바는, 인간이 감자를 백만 번 발로 차더라도, 백만 번의 한 번은 거꾸로 감자가 인간을 찰 수 있다는 가능성을 배제할 수 없다는 것이다.

러셀과 라이헨바흐 계통의 고독한 사상가, 우를리판 교수는 이 모든 결론을 매섭게 비판했다. 우를리판 교수는 인간이 감각적 인상을 경험하지 않는다고 주장했다. 인간은 책상의 감각적 인상을 보는 것이 아니라, 그냥 책상을 볼 뿐이기 때문이다. 그러므로 외적 세계에 대해 아무것도 알 수 없다고 알려진 만큼, 내적 영역도, 감각적 인상도 사실은 존재하지 않는다. "아무것도 없습니다." 우를리판 교수가 주장했다. "만약 누구든 이것과 다른 의견을 낸다면, 그건 실수입니다." 그러므로 감자에 대해 아무것도 말할 수 없지만, 신칸트학파의 주장과는 전혀 다른 이유에서 그런 것이다.

우를리판 교수가 집에서 한 발짝도 나오지 않고 쉴 새 없이 연구하고 있을 때, 그의 집 앞에는 반감자파들이 썩어 문드러진 감자를 들고서 기다리고 있었다. 흥분이 이성을 거의 잠식했을 때 무대에 등장, 아니 더 정확히 말하자면 라트리다에 착륙한 이는, 바로 타란토가 교수였다. 타란토가 교수는 이 소모적 싸움에 전혀 주의를 기울이지 않은 채 진정한 학자의 자세로 이 수수께끼를 '시네 이라 에트 스투디오(Sine ira et studio)', 즉 분노와 감정을 배제하고 파고

들기로 결심했다. 일단 주변 행성들을 모두 방문해서 그곳 주민들에게 정보를 얻기로 했다. 마침내 타란토가 교수는 그 수수께끼의 괴물이 모드락, 콤페르, 피르췩, 마라몬, 프샤넥, 가라골라, 투플라, 사삭, 돔베르, 보쥐셱 하르디부렉, 우란, 누흘라, 하란, 블리주니츠 등의 이름으로 알려져 있음을 알아냈다. 이 정보는 그에게 상당히 많은 생각거리를 제공했다. 사전에 따르면 이 모든 이름들은, 보통 감자를 다르게 부르는 말이었다.

타란토가 교수는 감탄할 만한 불굴의 의지로 문제의 핵심까지 다가섰고, 5년 뒤, 모든 것을 설명할 수 있는 이론을 제시할 수 있었다.

아주 오래전 라트리다의 식민지 주민들을 위해 감자를 운반하던 우주선 하나가 타이리아 근처의 운석 산호초에서 난파하고 말았다. 우주선 표면에 구멍이 생겨서 화물 전부가 흘러나왔다. 운석 산호초에서 좌초한 우주선은 구조 로켓들에 의해 라트리다까지 견인되었으나, 나머지는 모조리 잊히고 말았다. 그러는 와중에 타이리아 표면에 떨어진 감자들이 왕성하게 자라나기 시작했다. 그러나 감자가 살아남기에 그곳 환경은 매우 혹독했다. 하늘에서는 간간이 자갈 비가 쏟아져 내려서 어린 감자 줄기를 뭉개기 일쑤였고, 가끔 포기째 죽기도 했다. 그 결과, 감자들 중에서 가장 똑똑한 놈, 그러니까 적절히 처신하며 은신처를 찾아낸 감자만이 살아남은 것이었다. 이렇게 등장한 똑똑한 감자종은 점점 더 발전해 나갔다. 몇 세대가 지나고, 한자리에서 살아가는 생활 방식에 질려 버린 감자들은 스스로 땅을 박차고 나가더니 방랑을 시작했다. 그러는 사이에, 정성스러운 보살핌과 육종을 통해서 생겨난 감자 고유의 부드러움과 순종적 성품은 사라지고 말았다. 그리고 폭력성은 차츰 현저해져, 결국 맹수가 되어 버린 것이다. 그러나 그렇게 된 데에는 다 이유가 있다. 익히 알다시피 감자, 솔라눔 투베로숨은 원래 솔라나체아, 그러니까 가지과↓에 속한다. 그런데 개는 늑대에게서 유래한 동물로, 숲에 풀어놓으면 야생이 될 수도 있다. 타이리아의 감자들에게 바로 그러한 일이 일어난 것이었다. 그러니까 행성 공간이 차차 좁아지면서 새로운 위기 상황이 닥쳤다. 젊은 세대의 감자들은 도전하고 싶은 열망에 불타고 있었다. 식물로서는 정말 범상치 않고, 완전히 새로운 일을 벌이고 싶어 했다. 시선을 돌려서 하늘을 보자 날아다니는 돌조각이 눈에 띄었고, 감자들은 거기에 뿌리내리기로 작정했다.

여기서, 우선 감자들이 어떻게 이파리를 펄럭거리며 날게 되었는지, 그리고 타이리아의 대기권 밖으로 어떻게 나오게 되었는지, 그래서 결국 어떻게 행성 주위를 도는 돌조

→ 폴란드어로는 Psiankowe로, 'Pies(개)처럼 생긴'이라고 이해할 수도 있다. 다음에 이어지는 문장은 작가의 말장난이다.

각에 안착하게 되었는지, 타란토가 교수의 모든 연구 성과를 내가 다 요약해서 말하기란 무리다. 어쨌든 감자들은 식물 특유의 광합성을 유지하며 상당히 오랫동안 진공 상태에서 산소도 없이 생존할 수 있었다. 마침내 이 대범한 감자들은 행성 주위를 비행하는 로켓들을 공격하기에 이르렀다.

타란토가 교수의 입장에서 보자면 어떠한 연구자라도, 이토록 완벽한 설명을 제시하고 난 뒤에는 스스로 만족해서 더 이상 연구를 진행하지 않으리라. 그러나 타란토가 교수는 최소한 단 하나의 '감자 맹수'를 포획할 때까지 연구를 중단할 생각이 없었다.

그래서 이론적 해답을 얻은 이후에도, 그에 못지않게 힘든 실증의 시간을 가져야 했다. 감자들이 거대한 바위들 틈에 잠복하고 있음은 이미 잘 알려져 있었으므로, 가속도 붙은 돌들의 미로에서 그들을 찾아내기란 자살 행위나 다름없었다. 게다가 타란토가 교수는 감자를 쏘아 죽이지도 않고, 건강한 개체를 생포하려고 했다. 그래서 한동안 감자 떼를 몰아서 사냥해 보려고 했으나 곧 최선의 방법이 아닌 것 같아서 포기하고 전혀 다른, 장차 그의 이름을 널리 알릴 새로운 계획을 세웠다. 타란토가 교수는 미끼로 감자를 유인해 내고자 했다. 그는 라트리다의 문방구에서 가장 큰 지구본을 구해 왔다. 고급스럽게 마감된 6미터 지름의 지구본이었다.

또한 타란토가 교수는 많은 양의 꿀과, 재단사들이 사용하는 타르, 그리고 물고기 부레로 만든 풀을 구해서 같은 비율로 잘 섞은 뒤, 그 액체를 지구본 위에 쏟아부었다. 그러고는 긴 줄에 묶어서 로켓에 매달고 타이리아 쪽으로 비행했다. 충분히 접근했을 때 타란토가 교수는 근처 은하수 끄트머리에 숨어서 미끼를 던졌다. 이 모든 것은 감자들의 호기심을 돋우기에 충분했다. 몇 시간 후, 작은 진동이, 무언가 가까이 다가오고 있음을 느낄 수 있었다. 바깥을 조심스럽게 살펴본 타란토가 교수는, 감자 몇 개가 이파리를 흔들고 천천히 뿌리를 움직이면서 지구본 쪽으로 향하는 모습을 보았다. 분명 미끼 지구본을 지금까지 알려지지 않은, 미지의 행성으로 생각하는 것 같았다. 곧 대담하게 지구본 위로 올라탔고, 그 표면에 쩍 붙어 버렸다. 타란토가 교수는 재빨리 끈을 당겨서 감자를 로켓 끝에 매달고는 라트리다로 날아왔다.

이토록 성실한 연구자의 성공적 귀환을 모두가 얼마나 열성적으로 환영했는지 이루 다 말하기 어렵다. 끈끈이에 달라붙은 감자는 지구본과 함께 철창에 갇혔다. 공포에 질린 감자들은 줄기로 공기를 획획 가르고, 뿌리로 바닥을 쿵쿵 쳐 댔지만, 물론 아무 소용도 없었다.

다음 날 학술 조사단은 명예 학위와 훈장을 수여하려고 타란토가 교수를 찾아갔지만, 그는 이미 사라지고 없었다.

과업을 완수한 그는 한밤중에 미지의 어딘가로 떠나 버린 것이었다.

　　타란토가 교수가 이렇게 급작스럽게 떠난 이유를 나는 잘 알고 있었다. 타란토가 교수는 9일 뒤 나와 코엘룰레아에서 만나기로 약속했기 때문에 서둘렀던 것이다. 그때 나는 은하수의 정반대 방향에서 약속한 행성으로 내달려 오는 중이었다. 우리는 오리온 성좌의 어두운 은하수로 뻗어 있는 미탐사 지역을 함께 탐사하기로 했다. 그 당시 우리는 아직 개인적으로 잘 알지 못하는 사이였다. 시간을 잘 지키는 사람이라는 믿음직한 인상을 주고자 나는 엔진을 마구 가속했는데, 절실하게 급한 상황에 꼭 그러하듯, 예상치 못한 사고들이 연이어 일어났다. 작은 운석 조각이 연료통을 뚫고 들어가서 발전기의 환풍기 파이프를 감쪽같이 막아 버린 것이었다. 나는 별생각 없이 우주복을 챙겨 입고 손전등과 연장을 들고서 선실 밖으로 나섰다. 집게로 운석을 집어내다가 손전등을 놓쳤는데, 마침 손전등은 멀리 날아가더니 제멋대로 허공에서 유영하기 시작했다. 나는 연료통의 구멍을 막은 뒤 선실로 돌아왔다. 손전등을 쫓아갈 수는 없었다. 연료를 거의 다 써서, 가장 가까운 행성인 프로치티아에 가까스로 도달할 정도밖에 남아 있지 않았던 것이다.

프로치티아인은 지성 있는 존재로, 인간과 매우 흡사하다. 별달리 중요하지 않은 차이점이라면 다리가 무릎까지만 있고, 그 아래로는 바퀴가 달려 있는데, 인공 바퀴가 아닌 생체 바퀴로 몸의 일부이다. 프로치티아인은 이것을 이용해서, 마치 서커스의 외발자전거를 타듯이 매우 빨리, 그리고 우아하게 움직인다. 이들은 지식이 풍부하며, 특히 천문학에 깊은 관심을 가지고 있다. 천체에 대한 관심은 매우 지대해서, 그냥 지나가는 프로치티아인만 보더라도, 늙은이건 젊은이건 항상 이동식 망원경을 들고 있음을 확인할 수 있다. 해시계의 사용이 거의 강제적이라서 기계식 시계를 꺼내 보기만 해도 심각한 도덕적 타락으로 간주한다. 한편 프로치티아인은 매우 문명화된 도구를 많이 가지고 있다. 내가 처음 프로치티아를 방문했을 때 이곳의 유명한 천문학자, 나이 지긋한 마라틸리테크를 기리는 파티에 참석한 적이 있었다. 거기에서 나는 그와 어떤 천문학 문제에 대해서 이야기를 나누었는데, 마라틸리테크 교수는 나의 의견에 반대하기 시작했고, 논쟁은 점점 첨예해졌다. 나를 쏘아보던 마라틸리테크 교수는 곧 폭발할 것 같았다. 그러다 그는 돌연 이야기를 중단하고 홀을 떠났다. 그러고는 5분 뒤에 돌아와서, 온화하고 미소 가득한, 마치 어린이 같은 평정심을 가지고 내 옆에 다시 앉는 것이었다. 나는 궁금증이 일어서, 어떻게 마술처럼 순식간에 기분 전환을 했느냐고 물어보았다.

"모르셨나요?" 프로치티아인이 의아해하며 말했다. "교수님은 광기 탈출방을 이용하신 거죠."

"그게 뭡니까?"

"그 기구의 이름대로 광기에서 탈출하는 방입니다. 타인에게 미움이나 분노를 느끼면, 코르크 매트리스로 둘러싸인 작은 방에 들어가서 자신의 감정을 마음껏 발산하는 겁니다."

프로치티아에 착륙하기도 전에, 이미 공중에서 길거리마다 가득한 군중의 모습을 볼 수 있었다. 풍등이 휘날리고 즐거운 환호성도 들려왔다. 정비 기술자들에게 로켓을 맡기고 나는 시내로 나섰다. 이번 행사는 바로 어젯밤 하늘에 나타난 새로운 별의 발견을 축하하는 것이었다. 이것은 나에게 잠시 생각거리를 안겨 주었다. 마라틸리테크 교수는 나를 진심으로 환영하더니, 굉장히 큰 굴절 망원경 앞으로 인도했다. 나는 망원경에 눈을 갖다 대자마자, 그 새로운 별이 바로 우주로 날아가 버린 나의 손전등임을 즉시 깨달았다. 그것을 곧장 프로치티아인들에게 이야기해 주는 대신, 나는 별생각 없이 그들보다 더 나은 천문학자가 되었음을 좀 즐기기로 하고, 머릿속으로 얼른 손전등 배터리의 수명을 계산해 보았다. 그러고는 모여 있는 이들에게 커다란 목소리로, 새로 나타난 별은 앞으로 여섯 시간 동안 새하얗게 빛나다가 차차 노랗게 변한 뒤 붉어졌다가 결국 완전히 사라지리라고 선언했다. 군중은 대부분 나의 예언을 믿지 않았고, 마라틸리테크 교수 역시 특유의 열성적 태도로, 만약 그런 일이 생긴다면 자기 수염을 먹겠노라고 장담했다.

별빛은 내가 예상한 대로 점점 사그라들기 시작했고, 저녁 무렵 내가 다시 천체 관측소에 들렀을 때 교수의 조교들은 수심 가득한 모습이었다. 마라틸리테크 교수가 자존심에 깊은 상처를 입고 연구실에 틀어박혀서, 자신이 섣불리 공언한 바를 실행하고 있다는 것이었다. 그랬다가는 교수의 건강에 해가 되지 않을까 걱정되어서, 나는 문을 사이에 두고 그와 대화를 시도해 보았지만 소용없었다. 열쇠 구멍에 귀를 대고 들어 보니, 안쪽에서는 조교들의 얘기를 확증해 주는 듯한 소음이 들려왔다. 나는 마음이 매우 불편해졌고, 이 모든 것을 해명하는 편지를 써서 내가 프로치티아를 떠나는 즉시 교수에게 전해 달라고 조교에게 부탁했다. 그러고는 전속력을 다해서 공항으로 내달렸다. 무조건 그렇게 해야 했다. 마라틸리테크 교수가 나 때문에 또다시 광기 탈출방을 이용할지도 모르는 일이었기 때문이었다.

나는 프로치티아 행성을 이렇게 황급히, 새벽 1시에 떠나면서 연료 문제를 까맣게 잊고 있었다. 행성으로부터

100만 킬로미터 정도 떠나왔을 때 연료통은 완전히 비었고, 나는 진공 속에서 정처 없이 떠도는 우주선에 갇혀 버렸다. 타란토가 교수와 만나기로 약속한 날짜까지 고작 사흘밖에 남지 않았다.

겨우 3억 광년 거리의 코엘룰레아는 창밖으로 똑똑히 보였지만, 나는 도리 없는 울분을 느끼면서 그저 바라볼 수밖에 없었다. 사소한 행동의 결과가 얼마나 엄청난가!

몇 시간 후, 나는 천천히 다가오는 행성을 보았다. 내 우주선은 그 행성의 중력에 이끌려서 점점 빠르게 움직였는데, 마침내 돌멩이처럼 맥없이 붙잡히기 시작했다. 나는 애써 평정을 유지하고 조종간 앞에 앉았다. 행성은 상당히 작고, 황무지였지만 안락해 보였다. 화산 활동으로 가열된 오아시스와 흐르는 물도 눈에 띄었다. 화산은 꽤 많았다. 아직도 불꽃이 일고 연기를 내뿜었다. 이미 대기권에 진입하고 있었으므로 나는 조종간을 잡고서 어떻게든 속도를 줄여 보려고 노력했으나, 그래 봤자 추락의 순간이 조금 지체될 뿐이었다. 화산들이 잔뜩 자리한 지역의 상공을 날다가, 순간 머릿속에 아이디어가 번쩍 떠올랐다. 나는 눈 깜빡할 사이에 그 가능성을 재 보고, 위험천만한 결정을 내렸다. 우주선의 앞부분을 아래로 돌리고, 마치 번개처럼 부글부글 끓고 있는 가장 큰 화산 속으로 내리꽂았다. 마지막 순간, 그 활활 타오르는 목구멍이 나를 삼키기 직전에, 조종간을 멋진 솜씨로 들어 올렸다. 곧 끝이 보이지 않는, 펄펄 끓는 용암에 둘러싸였다.

굉장한 위험을 감수한 선택이었지만, 다른 방법도 없었다. 나는 우주선 탓에 갑작스러운 충격을 받은 화산이 이제 폭발하리라고 예상했고, 역시 적중했다. 쿵 소리가 우주선의 외벽을 울리고 수 마일에 이르는 불꽃과 용암, 화산재와 연기의 기둥 속에서 나는 하늘로 날아올랐다. 나는 항로가 코엘룰레아로 향하도록 우주선을 조종했는데, 완벽히 성공적이었다.

사흘 뒤 나는 코엘룰레아에 도착했다. 약속한 시각까지 겨우 20분 전이었다. 하지만 타란토가 교수를 만나지는 못했다. 그는 유치 우편으로 편지 한 통을 남겨 둔 채 이미 행성을 떠난 뒤였다.

친애하는 동료여!

저는 피치 못할 사정으로 바로 떠납니다. 혹시 그 미탐사 지역에서 만날 수 있을까요? 그쪽 별들에는 아직 이름이 없으므로 당신께 참고할 만한 대략적인 정보를 드리겠습니다. 똑바로 비행하다가 푸른 태양 뒤쪽에서 왼쪽으로 꺾으세요. 그리고 다음번, 주황색 태양을 지나서 오른쪽으로 꺾으십시오. 거기에 행성 네 개가 있는데, 왼쪽부터 세 번째 행성에서 만납시다. 기다리고 있겠습니다!

당신의 충실한

타란토가

　　나는 연료를 채우고 어둑해질 무렵에 출발했다. 길을 가는 데는 일주일 정도 걸렸고, 미탐사 지역에 진입한 뒤 아무 문제 없이 바로 그 별들을 발견했고, 타란토가 교수의 지시 사항에 따라 계속 운행했다. 그리고 여드렛날 아침에 약속한 행성을 발견했다. 거대한 행성은 초록색의, 덥수룩한 털가죽 같은 것으로 뒤덮여 있었다. 엄청난 규모의 열대 우림 정글이었다. 이 풍경을 보자 나는 조금 걱정되었는데, 왜냐하면 이 속에서 타란토가 교수를 어떻게 찾아내야 할지 난감했기 때문이었다. 하지만 나는 타란토가 교수의 혜안을 믿었고 그 판단은 맞았다. 행성으로 직진하다가 오전 11시 무렵, 행성 북반구 부분에서 흐릿한 형체를 보았는데, 나는 깜짝 놀랐다.

　　나는 항상 젊고 순진한 조종사들에게 말하곤 한다. 목적한 행성의 근처에서 그곳의 이름을 발견한다면 믿지 말라고. 이것은 그저 우주의 오래된 농담일 뿐이었다. 하지만 이번에는 나조차 곤란해졌다. 왜냐하면 초록빛 숲 위에 명확히 이렇

369

게 쓰여 있었기 때문이었다.

　기다릴 수가 없어서 먼저 갑니다. 다음 행성에서 만납시다.

타란토가

　글자 하나하나는 1킬로미터 정도의 크기였다. 그렇지 않았더라면 보이지도 않았을 터다. 도대체 타란토가 교수가 이 거대한 글씨를 어떻게 만들었는지, 놀라움과 궁금함에 휩싸인 채 나는 우주선의 고도를 낮췄다. 그러자 글씨의 선은 짓밟힌 숲에 난 큰길로, 손이 닿지 않은 영역과 확실하게 차이 나는 곳임을 알 수 있었다.

　결국 수수께끼를 풀지 못한 채, 나는 타란토가 교수가 시키는 대로, 거주자도 있고 문명도 있는 다음 행성으로 향했다. 해가 저물자 나는 곧장 공항으로 향했다. 공항에서 타란토가 교수를 수소문해 봤지만 아무래도 행방을 알 수 없었다. 그리고 이번에도 타란토가 교수 대신에 편지가 나를 기다리고 있었다.

　친애하는 동료여!
　실망을 안겨 드려서 죄송합니다. 하지만 미룰 수 없는 가족

368

행사로, 불행히도 저는 바로 귀가해야 합니다. 실망을 조금이라도 덜고자 사무실에 작은 꾸러미를 남겨 놓았으니 부디 가져가시기 바랍니다. 그 안에는 제가 수립한 최근의 조사 계획이 들어 있습니다. 분명 제가 어떻게 이전 행성 표면에 전갈을 남겨 놓았는지 궁금하셨겠지요. 사실 간단합니다. 그 행성은 지구로 치면 석탄기를 맞았고, 따라서 거대한 도마뱀들이 살고 있는데, 그중에 몸 길이가 40미터나 되는 아틀란토사우루스가 있습니다. 저는 행성에 착륙해서 아틀란토사우루스 무리 속에 숨어들었고, 저에게 덤벼들 때까지 그들을 자극했습니다. 그리고 숲을 가로질러서 빨리 달리기 시작했지요, 도망치는 경로가 정확히 글씨가 되도록 계산하면서요. 아틀란토사우루스 무리는 제 뒤를 쫓아오면서 나무를 마구 쓰러뜨렸습니다. 이렇게 80미터 폭의 도로가 생겨난 것입니다. 쉬우면서도 상당히 수고스러운 방법이었습니다. 무려 30킬로 넘게 달려야 했으니까요. 그것도 꽤 빠른 속도로 말입니다.

이번에 개인적으로 만나 뵙지 못해서 한탄스럽습니다. 당신의 용감한 손에 진심 어린 악수를 건네며, 당신의 고결함과 용기에 경탄을 바치며 편지를 맺습니다.

타란토가

나는 사무실에서 타란토가의 꾸러미를 수령하고, 호텔로 보내 달라고 부탁한 뒤 시내로 나갔다. 시내 풍경은 상당히 흥미로웠다. 행성의 자전 속도가 매우 빨라서 밤낮이 한 시간 간격으로 교차하고 있었다. 빠른 자전의 원심력 때문에 세로축은 지구처럼 바닥과 90도를 이루지 못하고 45도로 기울어져 있었다. 그래서 집과 탑과 벽, 모든 종류의 건축물은 땅과 45도를 이루었다. 이것은 인간의 눈에 상당히 이상한 풍경이었다. 거리 한쪽의 집들은 마치 드러누워 있는 것 같았고, 건너편 집들도 반대로 기울어진 채 걸려 있는 듯했다. 이 행성의 주민들은 넘어지지 않도록 자연적으로 적응한 결과, 한쪽 다리가 짧고, 다른 한쪽 다리는 길다. 인간이라면 이 행성에서는 연신 한쪽 다리를 굽히고 걸어야 하는데, 이런 자세로 오래 지내다 보면 상당한 통증과 피로가 뒤따랐다. 그래서 나는 매우 천천히 걸었고, 불가피하게 콘서트에 늦고 말았다. 나는 얼른 표를 사서 안으로 달려 들어갔다.

자리에 앉자마자 지휘자가 지휘봉을 두드렸고 모두 조용해졌다. 오케스트라 단원들은 활기차게 움직이면서 내가 전혀 모르는 악기들을 연주했는데, 트럼펫과 비슷하지만 마치 물뿌리개처럼 구멍 뚫린 악기였다. 지휘자는 집중해서 앞발을 들었다가, 조용히 연주하라는 듯 다시 내렸다. 그러나 나는 점점 의아함에 사로잡힐 뿐이었다. 왜냐하면 소리가 전혀 들려오지 않았기 때문이다. 티 나지 않게 옆쪽을 바라보니, 그들의 얼굴에는 황홀경이 가득했다. 나는 더욱더 혼란해지고 불안해져서, 이번에는 슬쩍 귀를 막아 보았으나, 아무 효과도 없었다. 마침내 나는 내가 청력을 상실했다고 여기고 아주 작게 손톱끼리 부딪쳐 보았는데, 그 미미한 소리는 또 정확하게 들리는 것이었다. 그러면 도대체 대부분의 청중이 미적 만족감을 표하는 이 광경을 어떻게 이해해야 하나? 나는 악곡이 끝날 때까지 자리에 앉아 있었다. 우레 같은 박수가 쏟아졌다. 지휘자가 고개를 굽히고 다시 한 번 지휘봉을 두드리자 오케스트라는 다음 교향곡을 연주하기 시작했다. 주위는 모두 매혹당한 채였다. 코를 훌쩍거리는 소리가 여러 차례 들려오는 까닭도 깊은 감동을 받아서인 듯했다. 바야흐로 폭발적 피날레가 이어졌는데, 나는 지휘자의 격렬한 움직임과 그의 이마에 맺힌 땀방울을 보면서 가늠할 수 있을 뿐이었다. 또다시 천둥소리 같은 박수가 이어졌다. 옆자리 관객은 나를 보더니 심포니와 악단의 솜씨에 대해서 뭐라고 말했다. 나는 우물우물 제대로 대답하지 못하고 완전히 자신감을 상실한 채 거리로 나왔다.

이미 음악당에서 몇십 발자국 떨어져 나왔을 때, 나는 건물의 앞부분을 좀 봐야겠다고 생각했다. 다른 건물들처럼 음악당 역시 길로 바싹 누운 상태였다. 전면에는 커다랗게 '시립 올팍토리움'이라고 쓰여 있었는데, 그 밑에 이러한 프로그램 포스터가 붙어 있었다.

사향 심포니

오돈트로나

1악장 프렐류디움 오도라툼

2악장 알레그로 아로마토소

3악장 안단테 올렌스

초대 지휘자

저명 후각자

흐란트르

나는 성난 채로 욕을 하고서 호텔로 바쁘게 발걸음을 돌렸다. 내가 미적 경험을 할 수 없었던 이유는 타란토가 교수의 잘못이 아니었다. 아직도 내가 사텔리나에서 걸린 코감기에 시달리고 있다는 사실을 타란토가 교수가 어찌 알 수 있었겠는가.

　실망한 스스로를 위로하고자 나는 호텔에 들어오자마자 꾸러미를 열어 보았다. 그 속에는 유성 영상 기계와 필름 한 롤, 그리고 다음과 같은 편지가 들어 있었다.

　친애하는 동료여!
　당신은 작은곰자리에 있었고 내가 큰곰자리에 있었을 때, 우리의 통화 내용을 분명 기억하고 있으리라 믿습니다. 그때 저는 뜨겁고 반쯤 흘러내리는 행성에 생명체가 존재할 수 있을지 모르겠다고 말했고, 그 방면으로 연구하고 싶다고 말했었지요. 그때 당신은 과연 그 연구를 실행으로 옮길 수 있을지 모르겠다며 의구심을 드러냈습니다. 그 증거가 바로 여기 있습니다. 저는 불타는 행성을 골라서 로켓을 타고, 가능한 한 가장 가까이 다가갔죠. 그러고 나서는 긴 석면 줄에, 불연성 영상 기계와 마이크를 달아서 아래로 내려 보냈습니다. 이러한 방식으로 저는 여러 장의 흥미로운 사진을 촬영할 수 있었습니다. 그중 몇 가지 샘플을 이 편지에 동봉합니다.

당신의 타란토가

ᘓᐱᘔ

당장 알아보고 싶은 욕구가 솟구쳐서 나는 편지를 다 읽자마자 기계에 필름을 집어넣고, 침대보를 문 앞에 늘어뜨린 뒤 불을 끄고 프로젝터를 켰다. 이렇게 임시로 급조한 화면 위로 색점만 깜빡거릴 따름이었다. 끊어지는 쉰 소음과 장작불이 타는 듯한 소리가 울리더니, 돌연 화면이 선명해졌다.

　　태양은 지평선을 넘어가고 있었다. 바다 표면은 흔들렸고, 그 위로 작고 푸른 불꽃들이 번쩍였다. 불타던 구름들은 빛을 잃었고 점점 커다란 어둠이 내려왔다. 최초의 희미한 별들이 나타났다. 하루 종일 일하다가 지친 크랄로슈는 저녁 산책을 즐기려고 막 바깥으로 나온 참이었다. 하지만 서두르지는 않았다. 천천히 삐걱거리며 신선한, 연소하는 암모니아의 연기 냄새를 즐거이 들이마셨다. 그때 차차 짙어지는 어둠 속에서, 거의 보이지 않는 채로 누군가가 그에게 접근했다. 크랄로슈는 콧방울에 힘을 주었지만, 상대가 거의 코앞까지 다가왔을 때에야 겨우 친구임을 알아보았다.

　　"멋진 저녁이야, 그렇지 않나?" 크랄로슈가 말했다. 친구는 무게 중심을 양끝에서 양끝으로 옮기며, 불 속에서 반쯤 몸을 뺀 채 말했다.

　　"정말 그렇군. 올해는 염화 암모늄 작황이 좋네."

　　"그래, 작황이 좋을 것 같아."

크랄로슈는 게으르게 배를 깐 채로 몸을 돌리더니 시각 관을 흔들면서 별들을 바라보았다. 그러고는 잠시 후 말했다.

"친구, 난 말이지. 지금처럼 밤하늘을 바라볼 때마다, 저 기 멀리, 아주 먼 곳에 우리와 비슷하지만 다른 세상이 있으 리라고 확신한다네. 지성 있는 존재가 사는 다른 행성이……."

"도대체 누가 여기서 지성에 대해 말하고 있는가?" 근 처에서 소리가 들려왔다. 두 젊은이는 말소리의 주인공을 확 인하고자 뒤돌았다. 울퉁불퉁 마디가 진, 건장한 플라멘트의 모습이 보였다. 이 나이 지긋한 학자는 당당한 움직임으로 그들 앞에 다가섰고, 두 젊은이는 마치 포도송이처럼, 황급 히 플라멘트의 쩍 벌어진 어깨 위로 불의 싹을 뻗었다.

"다른 세상에 존재할 수도 있는, 지성적 존재에 대해서 말하고 있었어요……." 크랄로슈는 비늘을 뻗어 올리며 존경 가득한 인사를 보냈다.

"크랄로슈, 자네가 다른 세상의 지성적 존재에 대해서 얘기했다고?" 학자가 응수했다. "얘 좀 봐라! 뭐, 다른 세상 이라고? 하, 크랄로슈, 크랄로슈. 도대체 무슨 말을 하는 건 가, 젊은이? 망상의 샘을 뿜어 올리나? 물론…… 이렇게 아 름다운 저녁 시간이라면 말이지……. 날씨가 상당히 추워지 긴 했지만, 안 그런가?"

"아니요." 두 젊은이가 동시에 대답했다.

"당연히 그렇겠지, 젊은 불이니까, 나도 아네. 하지만 이제 겨우 860도밖에 안 돼. 용암 솔을 두 겹 정도 걸쳤어야 하는데. 뭐, 늙는다는 게 다 이렇지. 그러니까 자네는," 그는 다시 크랄로슈 쪽으로 몸을 향하며 말했다. "어떤 다른 세상에 지성 있는 존재가 있으리라고 말하는 거지? 그럼 자네 생각에, 그 존재는 도대체 어떨 거 같나?"

"그건 정확히 알 수 없죠." 젊은이는 자신 없이 대답했다. "제 생각에는, 다양할 것 같아요. 그리고 우리보다 낮은 온도의 행성에서도 살아 있는 생명체, 그러니까 단백질의 형성 가능성을 배제하면 안 된다고 생각합니다."

"그걸 누구한테 들었지?" 플라멘트는 화난 듯 소리를 질렀다.

"임플로즈가 그랬어요. 생화학과 학생 말이에요, 걔가……."

"생화학과의 바보로군, 그렇게 말해야 맞아!" 플라멘트가 여전히 화난 목소리로 말했다. "단백질로부터 생명체? 살아 있는 생명체가 단백질에서? 자넨 스승 앞에서 어찌 그런 궤변을 늘어놓는가? 이런 게 바로 오늘날 만연한 근거 없는 자만심이 아니고 뭐겠어! 그 임플로즈한테 어떻게 해 줘야 할지 알겠나? 물이나 한 바가지 뿌려야 해!"

"하지만 존경하는 플라멘트 선생님." 크랄로슈의 친구

가 용기를 내서 입을 열었다. "임플로즈에게 그렇게까지 할 필요는 없지 않습니까? 그럼 선생님께서 다른 행성의 생명체가 어떻게 생겼을지 말씀해 주실 수 있겠습니까? 혹시 그들이 수직 형태나, 다리라고 불리는 기관을 이용해서 움직일 수는 없을까요?"

"그건 누가 말한 거지?"

크랄로슈는 겁이 나서 아무 말도 못 했다.

"임플로즈요……." 크랄로슈의 친구가 작은 목소리로 말했다.

"제발, 그 임플로즈가 했다는 헛소리는 그만!" 학자가 소리를 질렀다. "다리라고! 그렇겠지! 내가 이미 25불꽃년 전에 두 다리의 생명체는 직립할 수 없음을 수학적으로 증명하지 않았나! 나는 그 이론에 맞춰 모델을 제작하고 그래프도 그렸다고! 그런데 너희 같은 게으른 놈들이 도대체 뭘 알겠나? 다른 세상에 있을 지성적 존재가 어떻게 생겼느냐고? 난 대답하지 않겠네. 자네들 스스로 생각을 좀 해 봐! 생각하는 법을 배우라고! 그런 존재라면 우선 암모니아를 변환시킬 수 있는 기관을 가지고 있어야 하겠지, 안 그런가? 삐걱 기관 말고 무엇이 그런 일을 할 수 있겠나? 그리고 우리 행성 같은, 이를테면 따뜻한 환경에서 움직일 수 있을 만큼의 저항력도 있어야 하겠지? 안 그런가? 뭐라고? 그래, 그러면 이런 양끝을 사용하는 것 말고 어떤 방법이 있겠나? 따라서 감각 기관도 비슷하게 발달하게 될 거야. 시각관, 비늘, 그리고 절단 기관 같은. 꼭 우리처럼 오족류여야 한다는 말은 아니야, 하지만 생명을 유지하는 방식은 비슷하겠지. 또한 오족은 우리 가족생활의 기본이니까. 그러니 너희 스스로 상상력을 발휘해서 도대체 어떤 다른 방식이 있을지 생각해 보라고, 상상력을 활용해 봐, 그렇게 원한다면! 아마 아무것도 떠오르지 않겠지! 그렇지, 가족을 만들려면, 그러니까 다음 세대를 생산하려면, 다다, 가가, 마마, 파파, 하하가 모두 결합되어야 하지 않나. 서로의 공통된 호감이나, 계획, 꿈과 상관없이, 이 다섯 가지 성(性) 중 하나라도 부족하면, 물론 그런 일은 가끔 일어나기도 하지만, 그건 '4의 비극', 이루어지지 못한 사랑이 되는 거지……. 그러니 자네들도 아무런 편견 없이, 단지 과학적 사실에만 입각해서 논리적 사고를 이용한다면, 즉 냉철하고 객관적으로 생각해 보면 이러한 결론에 다다를 수밖에 없어. 지성을 가진 존재라면 무조건 오족류와 흡사해야 한다고 말이지……. 그래, 어떤가, 이제 자네들이 확신을 가졌으면 좋겠는데?"

스물여덟 번째 여행

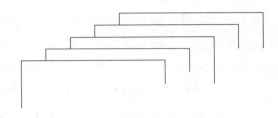

나는 곧 이 쪽지들을 빈 산소통에 넣어서 우주선 바깥의 심연, 컴컴한 어둠 속으로 던질 것이다. 그러나 누군가가 그것을 발견하리라고는 전혀 기대하지 않는다. 나비가레 네체세 에스트(Navigare necesse est),↓ 항해는 필요하지만 이 여행이 나의 참을성마저 시험하고 있음은 자명하다. 나는 몇 년 동안이나 항해 중이지만 끝이 보이지 않는다. 더욱이 시간이 꼬이고 잘려서 나는 갑자기 샛길로 빠지기도 했다. 달력상의 시간이 아닌, 미래인지 과거인지 알 수 없는 시대로 들어가기 일쑤였는데, 종종 중세 같은 시점을 지날 때도 많았다. 극도로 외로운 상황에서 감성을 보호하는 특별

→ "항해는 필요하다. 하지만 살 필요는 없다.(Navigare necesse est, vivere non est necesse.)"라는 라틴어 문장. 플루타르코스가 기록한 폼페이우스의 말이다.

한 방법이 존재하는데, 우리 할아버지 코스마가 직접 고안해 낸 것이다. 이를테면 동행인 몇 명을 상상해 내는 것인데, 남성이든 여성이든 모두 무방하다. 문제는 이것을 일관성 있게 유지해야 한다는 점이다. 우리 아버지도 이 방법을 썼는데, 가끔 위험하기도 하다. 적막한 우주여행 중에는 이 상상의 친구들이 지독하게 독립적인 개체가 되기도 한다. 따라서 다툼과 복잡한 문제에 휘말리게 되며, 어떤 이들은 나를 노리기까지 하므로 직접 싸울 수밖에 없다. 마침내 우주선 객실은 돌연 전쟁터가 되고 마는 것이다. 그러나 나는 할아버지에 대한 의리로 이 방법의 사용을 결코 중단할 수 없었다. 신께 감사하게도, 이들이 한 발짝 물러나서 잠시 숨을 돌릴 수 있게 되었다. 그러니 이제, 이미 몇 번이나 계획했던 대로, 나는 우리 가문의 간략한 역사를 기록하는 일에 착수해야겠다. 마치 안타이오스처럼, 지나간 세대로부터 다시 용기를 찾기 위해서. 티히 가문의 정통 시조는 무명씨라고 알려져 있는데, 그는 아인슈타인의 신비한 '쌍둥이 역설'과 깊은 관계가 있다. 쌍둥이 중 하나는 우주로 날아가고, 다른 한 명은 지구에 남아 있다고 하자. 이때 우주여행에서 돌아온 이가 지구에 남은 형제보다 더 젊어지는 것이다. 이 역설을 해결해 보고자 첫 실험이 시행되었을 때, 카츠페르와 에제키엘이라는 두 지원자가 나섰다. 그런데 우주선을 발사하는 혼란 속에서 어쩌다 이 둘 모두가 로켓에 타게 되었던 것이다. 실험은 초장부터 실패였고, 더 최악은 1년 뒤 한 명만 다시 지구로 돌아왔다는 사실이었다. 그는 깊은 슬픔에 빠진 채, 형제가 목성을 지날 무렵 너무 심하게 몸을 내밀었다고 말했다. 이 고통스러운 발언은 전혀 믿기지 않았고, 대중 매체의 맹렬한 비난은 차차 거세져서 급기야 존속 살해자로 고발당했다. 이 사건에 대한 증거가 법정에 제출되었는데, 바로 로켓에서 발견된 요리책이었다. 「우주에서 피클 만들기」 장에 붉은 표시가 남아 있었던 것이다. 한편 그의 변호사는 훌륭한 인격을 지닌 이성적인 사람이었다. 그는 재판 과정에서 무슨 일이 일어나더라도 입을 열지 말라고 충고했다. 그리하여 법정은 판결 의도가 충분했음에도 나의 조상님에게 선고를 내릴 수 없었는데, 왜냐하면 선고문에는 피고의 이름과 성이 무조건 들어가야 했기 때문이었다. 여러 역사책들이 이를 각기 다르게 기록하는데, 어떤 책은 이미 그가 티히라는 이름이었다고 적었고, 다른 책은 그가 침묵을 지키느라 죽을 때까지 무명으로 남았다고, 즉 별명일 뿐이라고 쓰고 있다. 사실 그의 성은 치히↓인데, 공증인의 혀가 짧았다고도 전한다. 어쨌든 내 조상님의 운명은 부러워할 것이 못 된다. 차고 넘치는 중상모략자와 거짓말쟁이들은, 재판 과정 내내 형제의 이름이 거론될 때마다 마른 입술을 핥았다고 했으며, 이

→　Cichy. 폴란드어로 '조용하다'를 뜻함.

런 비방을 퍼붓는 데에 누가 누구의 형제인지는 전혀 문제가 되지 않았다. 이후 이 조상님이 어떻게 되었는지는 나도 잘 모른다. 자식을 18명 두었고 그 모두를 먹여 살리려고 갖가지 직업을 전전했으며, 한동안 어린이용 우주복을 팔러 집집이 돌아다닌 적도 있었다. 늙어서는 문학 작품을 마무리 지어 주는 일로 돈을 벌었다. 이는 잘 알려져 있지 않은 직업이므로 설명이 조금 필요하다. 이를테면 소설과 희곡 팬들의 소원을 들어주는 일로, 미리 주문을 받고 원작과 다른 결말이 필요한 작품의 분위기와 양식, 그 정신에 몰입해서 새로이 마무리 지어 주는 것이다. 가문의 옛 서류들 속에는, 시조 티히의 예술적 재능을 증명하는 몇몇 원고들이 남아 있다. 가령 데스데모나가 무어인을 목 졸라 죽이거나, 아니면 데스데모나가 이아고와 함께 상부상조하며 잘 지내는 결말의 「오셀로」도 있다. 단테의 「지옥」에도 다른 결말이 있는데, 가령 주문자가 저주하길 바라는 사람이 특별히 더 고통받는다. 사실 원작의 비극적 결말을 행복하게 마무리하는 일은 드물었고, 보통 그 반대의 경우가 많았다. 부유한 호사가들은 나의 조상님에게 끝내 선이 아닌, 반대로 악이 승리하는 결말을 주문하곤 했다. 이런 부유한 주문자들에게서는 저열한 의도가 빛났다. 그럼에도 자신의 임무를 수행하던 나의 조상님은 예술 정신을 구현했을 뿐 아니라, 의식하지 못한 채 원작자들보다 인생의 진실에 더 가까이 다가갔던 것이다. 대가족을 먹여 살려야만 했으므로, 그는 스스로 할 수 있는 일을 했을 뿐이며 (이해할 수 있는 일이지만) 우주여행에 대한 혐오만큼은 끝까지 버리지 못했다. 이 조상님으로부터 시작해서 우리 가문은 몇 세기에 걸쳐 재능 있고, 내성적이며, 독창적 사유를 하는, 가끔 좀 기이한 행동을 하고, 한 번 정해 놓은 목적을 고집스럽게 좇는 종류의 사람들을 배출했다. 가문의 옛 문서들에서 이런 종류의 예를 쉬이 찾아볼 수 있다. 티히 혈통의 곁가지에 속하는 한 사람은 오스트리아에서 살았는데, 더 정확히 말하자면 오스트리아-헝가리 왕조의 일원이었다. 가장 오래된 역사책의 한 페이지에서 나는 흉갑 기병에 외눈 안경을 쓰고 꼬인 콧수염을 한, 어느 잘생긴 젊은이의 빛바랜 사진을 찾아냈다. 사진 뒤쪽에는 'K. u. K. 아달베르트 티히 사이버 소위'라고 쓰여 있었다. 나는 이 사이버 소위의 행적에 대해, 그러니까 소형화 기술의 선구자로서, 아무도 그런 것을 상상조차 못하던 시절에, 기병들에게 말이 아닌 망아지를 타게 하려는 계획을 실현했다는 점 말고는 아무것도 알지 못한다. 좀 더 많은 기록이 남아 있는 분은, 에스테반 프란치셰크 티히다. 그는 두뇌 회전이 매우 빠른 사상가로, 개인사는 불행했으나 남극과 북극 지역에 검댕을 뿌려서 지구의 기후를 바꾸려고 했다. 검게 된 눈이 녹으면서 태양광을 흡수하고, 이렇게 빙하에서 해방된 그린란드와 남극 대륙을, 나의 조상께서는 인류를 위한 에덴동산으로 개발하고 싶어 했던 것이었다. 이 계획에 찬성하는 사람을 찾지 못했으므로 그는 직접 검댕을 모으기 시작했다. 이는 부부 사이를 크게 악화시켰고, 결국 이혼으로 이어지고 말았다. 그의 두 번째 아내 에우리디카는 약사의 딸이었는데, 약사 장인은 사위 몰래 지하실에서 검댕을 파낸 뒤 탄화 골분, 즉 약효가 있는 석탄이라고 사람들에게 팔아넘겼다. 이 행위가 발각되자, 아무것도 모르는 에스테반 프란치셰크 역시 불법 약물 제조 혐의로 고소되었고, 급기야 수년 동안 지하실에 모아 놓은 검댕을 모두 압수당하고 말았다. 인간에 대한 실망감으로 가득 찬 채, 불행한 에스테반 프란치셰크는 너무 일찍 죽어 버렸다. 생전의 마지막 몇 달 동안 그의 유일한 기쁨은 눈 내린 정원에 검댕을 뿌리며 어떻게 해빙되는지를 지켜보는 것이었다. 나의 할아버지는 그를 기리며, 이 사실을 기록한 작은 오벨리스크를 정원에 세운 바 있다.

나의 할아버지, 예레미야슈 티히는 우리 가문의 대표급 인재로 가장 뛰어난 분이다. 맏형 멜히오르의 집에서 자랐는데, 멜히오르는 인공두뇌학자이며 발명가였고 독실한 신심으로 유명했다. 극단주의적이었던 멜히오르는 신에게 봉사하는 일을 완전히 기계화하고 싶어 하지 않았으나, 다수의 성직자들을 도와주고자 단지 매우 효율적이고 빠르게 작동하며 간단히 조작할 수 있는 혐오 기계와 파문 기계, 취소 기능이 있는 특수한 저주 기계를 개발해 냈다. 그러나 그의 작업은 성직자들의 인정을 받지 못했으며, 오히려 멜히오르를 이단이라 공격했다. 그러자 멜히오르는 특유의 넓은 아량으로 동네 사제에게 파문 기계를 선사하며, 실험적으로 스스로를 파문하는 일도 허락했다. 하지만 이마저도 거부당했다. 실망과 슬픔에 빠진 멜히오르는 이 방면의 연구를 중단하고, 동양 종교에서 사용할 수 있는 기계의 개발자로 돌아섰다. 오늘날까지 멜히오르가 만든 불교의 전기 기도 풍차, 특히 1분에 18000회까지 돌아가는 고회전 사양은 잘 알려져 있다.

예레미야슈는 멜히오르와 반대로, 절대 양보하는 법이 없었다. 정규 교육은 받지 못했으나 지하실에서 꾸준히 공부했고, 이것은 그의 인생에 큰 영향을 미쳤다. 그 결과는 매우 자명했다. 아홉 살이 되었을 때 예레미야슈는 모든 것을 총괄할 수 있는 이론을 만들고자 했으며 아무것도 그를 저지할 수 없었다. 어릴 때부터 생각을 구체화하는 데에 어려움을 겪어 왔으나, 길거리에서 심각한 교통사고를 당한 뒤 더욱더 심해졌다.(도로 공사용 롤러에 깔려서 뇌가 납작해졌던 것이다.) 하지만 이러한 장애도 철학에 대한 예레미야슈의 열망을 가로막을 수는 없었다. 그는 사상계의 데모스테네스, 아니 오히려 그리 빨리 달리지 못하던 기관차를 발명한, 이를테면 증기가 바퀴를 빠르게 돌려 주기를 간절히 원했던 스티븐슨이 되려고 했다. 그는 스티븐슨의 바람처럼 전기가 사상을 빠르게 발전시켜 주기를 원했다. 사람들은 예레미야슈의 생각을 자주 곡해하며, 그가 전자두뇌를 이기려 했다고 떠들었다. 이러한 와중에 예레미야슈는 거듭 '에니악 비켜!' 라고 했는데, 전적으로 그의 생각을 잘못 이해한 것이다. 한마디로 그는 시대를 앞서간 자신의 생각을 너무 일찍 드러냈다. 예레미야슈는 한평생 많은 고난을 겪었다. 이웃들은 그의 집 벽에 '부인을 패는 놈', '뇌를 고문하는 놈' 따위의 욕설을 써 놓았고, 그의 지하실로부터 새어 나오는 소음과 고성으로 야밤의 적막이 깨진다고 그를 감시하고 고발했다. 또 그가 독이 든 사탕을 뿌리며 아이들의 생명을 위협한다고까지 주장했다. 예레미야슈가 아이들을 좋아하지 않았음은 사실이었다. 아리스토텔레스도 그랬으니까. 그러나 사탕은 정원을 망치는 까마귀들에게 준 것이었으며, 그 겉면에 목적까지 써 놓았다. 예레미야슈의 기계들이 학습한 그 신성 모독적 욕설은, 연구 결과가 신통치 않았을 때 그의 입에서 튀어나온 습관적 외침일 뿐이었다. 물론 그가 자비로 출간한 소책자에서 원자의 배열을 다루며, '램프를 쏴 버린다', '발로 찬다', '구두 굽을 던져 버린다' 등의 저속하고도 거의 상스러운 표현을 썼음을 잘했다고 말할 수는 없으며, 독자들을 혼란에 빠뜨릴 여지 또한 분명했다. 그리고 예레미야슈 할아버지가 프로그래밍을 할 때 언제나 쇠지렛대를 들고 있었다 등, 신화적 일화를 만들어 낸 것도 반항심 때문이었다고 나는 확신한다. 예레미야슈 할아버지는 기이한 성격 때문에 주위 사람들과 잘 어울리지 못했다. 할아버지의 농담은 누구나 이해할 수 있는 내용이 아니었다.(예컨대 우유 배달부와 두 명의 우편 배달부 사건만 해도 그렇다. 물론 그들은 그 사건이 아니었더라도 어차피 유전적 원인 탓에 정신이 이상해졌을 것이다. 어쨌든 해골은 바퀴 위에 올려져 있었고, 구덩이의 깊이는 겨우 2.5미터였다.) 이런 천재의 삐뚤어진 기행을 과연 누가 이해할 수 있겠는가? 사람들의 말에 따르면, 그는 전자두뇌를 분해해 보느라 가산을 탕진했고, 그 잔해는 마당에 산처럼 쌓여 있었다. 당시의 전자두뇌들은 기능이 제한적인 데다 내구성도 엉망이었으므로 과제를 수행하지 못한 것이 어찌 예레미야슈의 잘못이었단 말인가? 만약 그렇게 쉬이 부서지지만 않았더라면, 어떻게든 그것들을 이용해서 모든 것의 총괄 이론을 수립할 수 있었을 것이다. 그의 실패가 그의 높은 이상까지 부정할 수는 없다.

결혼 생활의 문제점이라면, 바로 배우자였다. 아내는 그를 적대시하며 거짓 증언을 늘어놓았던 이웃들로부터 중대한 영향을 받았다. 사실 전기 충격이 사람의 성격을 만들기도 하니까. 예레미야슈는 외톨이라고 느꼈고, 사람들이 자신을 비웃는다고 생각했다. 가령 브럼버 교수 같은 사람도 예레미야슈를 전자계의 건달이라고 불렀는데, 왜냐하면 예레미야슈가 한번은 유도 코일을 잘못 사용했기 때문이었다. 브럼버는 별 볼 일 없는 나쁜 놈이었으나, 이 같은 사고 탓에 예레미야슈는 4년 동안 연구를 중단해야만 했다. 성공은 그의 것이 아니었다. 그랬더라면 누가 그의 행동 양식이나 생활 방식에 관심이나 가졌겠는가? 아무도 뉴턴이나 아르키메데스의 개인사에 대해 뒷말을 퍼뜨리지 않는다. 불행히도 예레미야슈는 시대를 너무 앞질렀으므로 이 모든 일을 겪어야만 했다.

생애 마지막, 거의 죽기 직전에 예레미야슈는 놀랄 만큼 변했고, 그의 운명도 송두리째 바뀌었다. 자신의 지하실에 말없이 틀어박혀서, 기계들의 마지막 한 조각까지 나무토막으로 만든 빈 벽에 쌓아 올리고는, 의자 하나와 벽면의 낡은 레일 하나만 바라보며 스스로 구축한 감옥 속에 죽을 때까지 머물렀다. 하지만 정녕 그것이 감옥이었을까? 그의 행동은 환속을 포기한 은자처럼, 스스로를 고문하는 운명을 선택한 것이었을까? 실상은 이러한 짐작을 완전히 부정한다. 그는 자신의 밀실에서 조용히 명상하지만은 않았다. 지하실 문의 작은 창을 통해서 빵과 물뿐 아니라 그가 요구한 물품들도 들어왔던 것이었다. 그의 요구는 16년 동안 한결같았다. 여러 형태와 무게의 망치들. 모두 합쳐서 3219개나 되었는데, 그 위대한 심장이 멈추었을 때 지하실 구석에서는 수백 개의 녹슬고, 공들여 깎아 낸 날붙이가 발견되었다. 이 감옥 생활을 자처한 예레미야슈가 지친 근육을 쉬게 할 때, 아니면 짧은 수면을 마치고 내 눈앞의 일기를 쓸 때 말고는, 지하실의 망치 소리는 멈추는 법이 없었다. 이 기록들을 보면, 그의 영혼이 전혀 바뀌지 않았음을, 오히려 그 어느 때보다 더 새로운 목적에 집중하며 명확해졌음을 알 수 있다. "이제 이놈은 다 했다!", "이제 이놈은 마지막 단계만 남았다!", "약간만 더 하면, 이놈은 완전히 끝난다!" 금속 부스러기가 잔뜩 쌓인, 특유의 악필로 쓰인 두꺼운 노트의 기록들이다. 도대체 무엇을 다 했다는 말일까? 무엇을 끝낸다는 것일까? 단 한 번도 그 문제가 직접 명시되지 않았으므로 비밀은 여전히 밝혀지지 않은 채다. 나는 예레미야슈가 위대한 영혼들에게 흔히 나타나는 급작스러운 광명의 순간을 맞아서, 이전에 훨씬 소소한 규모로 수행했던 일을 더욱 높은 영역에서 시도했다고 생각한다. 그는 강제적 상황에 어떠한 도구를 놓고, 자기 뜻을 이루고자 이를 단련한 것이었다. 이 자존심 강한 노인은 스스로 선택한 감옥 생활을 통해서 속된 비판자들의 목소리를 단절하고, 지하실 문을 이용해서 역사 속으로 들어갔던 것이다. 또는, 이것은 나의 가정인데, 그 어려움을 알면서도 가능한 한 가장 힘든 상대와 대적했을 터다. 16년의 투쟁 동안 예레미야슈는 자기 존재의 정수를 붙들고 있다는, 한마디로, 어떠한 망설임도 의심의 여지도 없이, 부단히 그 물질을 두드렸던 것이었다!

도대체 무슨 이유로 그랬을까? 그것은 고대의 왕이, 파도에게 자신의 배를 집어삼키라고 명했던 상황과 전혀 다르다. 나는 그의 작업에서 영웅심과 함께, 시시포스의 노동과 깊은 고뇌를 감지한다. 다음 세대의 사람들은 예레미야슈가 인류의 이름으로 망치질했음을 알 수 있으리라. 그는 물질을 극한까지 밀어붙이고, 이를 단련하고, 마침내 궁극적 본질을 찾아서 승리하고 싶었던 것이다. 그다음은 무엇이냐고? 실패의 완전한 무질서, 물리적 법칙의 결말? 아니면 새로운 물리 법칙의 탄생? 물론 알 수 없다. 예레미야슈의 뒤를 이을 자들만이 언젠가 알게 될 일이다.

예레미야슈의 이야기는 여기서 멈추는 편이 가장 좋으리라. 그러나 훗날의 중상모략자들은 역시 말도 안 되는 의혹을 퍼뜨리고 다녔다. 이를테면 예레미야슈가 자기 아내와 빚쟁이들을 피해서 지하실에 숨어들었다는 것이다! 이 세상이 비범한 인물들의 위대함을 어떻게 취급하는지 알 수 있다.

역사가들이 기록하는 다음 인물은 바로 이고르 세바스티안 티히, 예레미야슈의 아들이자 금욕주의자이고 사이버신비주의자이다. 그는 우리 집안의 마지막 지구 혈통이다. 왜냐하면 그 이후 무명씨의 모든 자손들은 은하수로 퍼졌기 때문이다. 이고르 세바스티안은 천성이 명상적이었다. 따라서 그가 11살 무렵에야 말을 시작한 까닭은, 절대 발달이 더뎌서가 아니다. 인간을 비판적인 눈길로 새롭게 보는 개혁적 사상가들이 그런 것처럼, 이고르 세바스티안 역시 같은 길을 걸었다. 그러다가 우리 안의 악의 근원이 동물적 성향의 잔재이고, 개인과 사회에 악영향을 끼치고 있음을 깨달았다. 영혼의 밝은 면에 대적하는 본능의 어두움을 발견한 것은 전혀 새로운 깨달음이 아니었지만, 이고르 세바스티안은 이전 사상가들이 차마 나아가지 못했던 영역으로 한 발짝 더 나아갔다. 이고르 세바스티안에 따르면, 인간은 지금껏 육체만 있는 영역에서 정신으로 진입해야 했던 것이다! 그는 매우 뛰어난 입체 화학자였는데, 몇 년 동안의 연구를 통해서 꿈을 현실로 바꿔 주는 물질을 용기에 담아내는 데에 성공했다. 물론, 지금 내가 언급하는 것은 바로 유명한 약품, 즉 불쾌정, 펜타졸리디노-듀얼오르토페타노페르하이드로페난트

렌이다. 아주 미량만 섭취하면 건강에 전혀 해를 끼치지 않지만, 다만 생식 행위를 지금까지와는 전혀 다르게, 너무나 불쾌하게 받아들이게 된다. 소량의 백색 가루 덕분에, 인간은 본능에 좌우되지 않고 세상을 바라볼 수 있으며, 동물적 끌림에 시시각각 현혹되는 일 없이 세상 만사의 본질을 똑바로 파악하게 된다. 시간도 무분별하게 허비하지 않으며, 진화가 만들어 낸 성의 압제에서 벗어나 성적 긴장의 수갑을 벗어 던지고 비로소 자유의 몸이 되는 것이다. 이제 종을 유지한다는 일은, 그러므로 확실한 인식 아래의 결심, 인류에 대한 책임감의 발로가 되며, 본인 의지와 상관없는 변덕스러운 입맛을 충족시키기 위한 기계적 결과로부터 해방된다. 이고르 세바스티안은 또한 육체적 결합 행위 자체를 중성화할 계획이었으나, 그것만으로는 충분치 않다고 결론 내렸다. 인간은 단지 쾌락을 위해서만 행동하지 않는다. 그냥 지루해서 하거나 습관적으로 하는 일도 많음을 인정해야 한다. 그러므로 이제부터 모든 행위는 사회적 이득에 봉사해야 하며, 스스로 선택한 고통에 따라 생식하는 이라면 누구라도 자신을 희생한 모든 영웅들처럼 여겨져야 한다. 진정한 연구자들이 그러했듯이 이고르 세바스티안은 불쾌정을 몸소 실험해 보았다. 그리고 꽤 많은 용량을 투여해도 생식 기능이 유지됨을 증명하기 위해서 굳센 의지로 쉬지 않고 13명의 아이들을 낳았다. 사람들 이야기에 따르면, 그의 아내는 여러 차례 가출했다고 하는데, 이 얘기 역시 일리가 있다. 하지만 결혼 생활의 가장 큰 문제점은, 예레미야슈의 아내를 현혹했던 이웃들처럼, 세상 사람들은 이고르 세바스티안이 부인을 학대한다고 모함했다. 이고르 세바스티안은 거듭 부인을 전혀 괴롭히지 않았다고, 생식 행위만이 집 안을 소음과 비명으로 가득 차게 했다고 설명해도 소용없었다. 멍청한 이웃들은, 저 집 아비는 전자두뇌, 아들과 부인을 때린다고 앵무새처럼 되풀이했다. 그러나 이것은 앞으로 펼쳐질 비극의 서막일 뿐이었다. 인간을 육욕에서 구원하여 정화하겠다는 이상에 불타던 이고르 세바스티안은 임상 실험 지원자를 구하지 못하자 자기 마을의 모든 우물에 불쾌정을 풀었고, 머리 끝까지 분노한 군중은 불명예스러운 심판으로 그를 때려죽이고 말았다. 어떤 위험을 자초했는지에 대해서 이고르 세바스티안은 대략 짐작하고 있었다. 육체에 대한 정신의 승리를 저절로 이룰 수 없음을 이해했다는 사실은, 사후에 그의 가족들이 자비로 출판한 수많은 저작들을 들여다보면 알 수 있다. 여기에서 그는 '모든 위대한 발상은 힘을 바탕에 두어야 한다'고 썼는데, 설득과 논쟁보다 세계관을 더 제대로 보호하는 것은, 수많은 역사적 예시가 증명하듯, 바로 무력이다. 불행히도, 그는 이 힘을 동원할 수 없었으므로 비참하게 인생을 끝마치고 말았다.

아버지는 사디스트였고 아들은 마조히스트였다고 떠들어 대는 호사가도 있었다. 이런 비방 속에는 일말의 진실도 없다. 어쩌면 민감한 문제에 휘말릴 수도 있었지만, 나는 우리 가문을 오명으로부터 보호하고자 나서야만 한다. 이고르는 마조히스트가 아니었으며, 굳은 의지에도 불구하고 가끔 헌신적인 사촌 두 명에게 물리적 도움을 받아야만 했다. 그들은 이고르가 특히 불쾌정을 많이 복용했을 때 그를 부부 침실에 붙들어 매어 놓았다. 그러고 나면 이고르는 마치 불에라도 덴 듯 거기서 도망쳐 나왔던 것이다.

이고르의 아들들은 아버지의 작업을 계승하지 않았다. 큰아들은 얼마 동안 심령체 연구를 했는데, 이는 심령술사들에게 잘 알려진 물질로, 영매가 변압기에 반응할 때 나오는 것이다. 결국 그는 연구에 성공하지 못했다. 아무래도 시동 물질인 마가린을 제대로 정제하지 않았기 때문이었다. 막내아들은 가족의 골칫거리였다. 가족들은 그에게 미라코에티 행성으로 가는 편도 승차권을 사 주었으나, 얼마 뒤 그 행성 자체가 사라져 버렸다. 딸들이 어떻게 되었는지에 대해서는 알려진 바가 없다.

파푸누치는 약 150년 동안의 간극 이후 최초의 우주 비행사, 아니 이미 우주인이라고 불렸던 사람 중 하나였다.

은하계의 작은 해협에서 우주선을 운용했던 그는 수많은 우주여행자들을 실어 날랐다. 자신의 형인 에우제비우슈와 달리, 그는 별들 사이에서 조용하고도 평화로운 인생을 보냈다. 한편 에우제비우슈는 비교적 늦은 나이에 해적이 되었다. 태어날 때부터 장난기 가득했던 에우제비우슈는 유머 감각이 뛰어나서 해적선의 동지들은 그를 짓궂은 개구쟁이라고 불렀다. 그는 별들에 구두약을 칠해 놓거나, 우주선의 선장들을 헷갈리게 하려고 은하수 속에 작은 전등을 던져 놓았다. 그렇게 항로에서 벗어난 우주선들을 공격해 약탈하곤 했다. 그리고는 약탈당한 자들에게 훔친 것들을 모두 돌려주고 다시 항해하라 하고는, 또다시 자신의 검정 로켓을 타고 그들을 쫓아가서 훔치기를 반복했다. 여섯 번, 아니 열 번이나 연거푸 그런 적도 있었다. 우주여행자들은 눈에 시퍼렇게 멍이 들어서 서로를 알아보지도 못했다.

　그러나 에우제비우슈는 잔인한 사람이 아니었다. 별들의 갈림길에서 몇 년 동안이나 희생자들을 기다리고 있었으므로, 누구든 걸리기만 하면 한 번 훔치고 바로 헤어질 수 없었던 것이다. 알려진 바와 같이, 우주 해적질은 경제적인 면에서 전혀 돈이 되지 않는 일인데, 우주 해적이 거의 없다는 사실만으로도 충분히 증명된다. 에우제비우슈 티히는 저열한 물질적 욕망에 의해 행동하지 않았다. 반대로 유구한 이상에 불탔다. 존경받아 마땅한 유서 깊은, 지구 바다의 해적 문화의 전통을 바로 세우는 일을 스스로의 사명으로 여겼던 것이다. 사람들은 그가 여러 흉측한 취미를 가졌다고 험담하곤 했는데, 가령 그를 죽음성애자라고 부르는 이들도 있었다. 왜냐하면 그의 우주선은 우주인들의 시체들로 둘러싸여 있었기 때문이다. 그러나 이 중상모략보다 더 거짓된 것도 없다. 진공 속에서는, 한마디로 사망자들을 어떻게 묻어 줄 길이 없다. 그냥 로켓 뚜껑을 열고 바깥으로 밀어 보내는 수밖에 없고, 그러면 시신은 멀리 떠나지 못한 채 주인 잃은 우주선 근처를 맴돌 수밖에 없는 것이다. 그것은 개인의 변태적 기호가 아니라, 뉴턴의 중력 법칙에 따르는 것이다. 세월이 흐르면서 그의 우주선 근처를 도는 우주인들의 수는 엄청나게 늘어났다. 그러므로 에우제비우슈는 마치 죽음의 후광속에서 움직이듯, 마치 뒤러의 「죽음의 춤」에서처럼 우주선을 조종했다. 그건 이미 말했듯이 그의 바람이 아니라 자연법칙에 의한 것이었다.

에우제비우슈의 조카이며 나의 사촌인 아리스타르흐 펠릭스 티히는, 지금까지 우리 가문에서 개별적으로 나타났던 최고의 장점들을 모두 갖추고 있었다. 또한 유일하게, 요리 공학이라 불리는 요리 엔지니어링 덕분에 세간의 인정과 부유하고 안정적인 생활까지 누렸다. 그는 요리 공학을 훌륭하게 발전시켰다. 이 기술의 시발은 20세기 말에서 그 기원을 찾을 수 있는데, 그때는 상당히 거칠고 원시적 형태의 '로켓 섭취'로 알려져 있었다. 자원과 공간을 아끼고자 로켓 내부의 가벽과 틀을 만드는 데에 응축한 식재료들을 쓰기 시작했고, 그래서 각종 곡식과 타피오카, 말린 과일 등이 동원되었다. 이런 방식으로 선체를 만드는 기술은 점점 발전하여, 우주선의 가구를 만드는 데까지 활용되었다. 사촌은 당시의 기술적 가능성을 신속하게 점검하면서, 맛있는 의자 위에는 오래 앉아 있지 않는다, 편안한 의자는 소화 불량을 해소한다, 따위로 현상을 평가했다. 아리스타르흐 펠릭스는 이 분야에 전혀 새로운 방식으로 접근했다. 종합 우주선 제작사에서 그의 첫 3단계 취식 로켓(전채, 앙트레, 휴식)에 그의 이름을 붙인 것도 어쩌면 당연한 일이었다. 오늘날에는 구획을 분할하는 명판이 붙은 바삭바삭한 바닥(예를 들어 일렉트로타르트)이나, 연유 장식면, 마카로니 완충제, 생강빵 코일, 꿀에 절인 아몬드 유도 가열선, 거기에 더해서 기갑 설탕으로 만든 창문 등에 대해서 아무도 이상하게 생각하지 않는다. 물론 스크램블드에그로 제작한 정장이나 파운드케이크와 빵가루로 만든 베개를 모든 사람이 좋아하지는 않았다.(더구나 그 베개에서는 부스러기가 떨어졌다.) 이 모든 것이 내 사촌의 작품이다. 육포 예인선도, 스트루델 침대보도, 수플레 담요도, 스파게티 동력기 역시 그가 만들었고, 에멘탈 치즈를 냉각기에 처음 적용한 인물도 나의 사촌이다. 제빵용 질산의 대체품으로 신선한 음료수(그것도 무알코올!)를 사용해서 연료를 만들었다. 월귤로 만든 소화기는 화재 진압뿐 아니라 갈증도 해소할 수 있었다. 아리스타르흐를 모방하는 사람들 역시 많았는데, 아무도 그와 같은 수준에 도달하지는 못했다. 글룹킨스라는 자는 조명으로 이 시장에 진출하려 했다. 가령 시장에 광원으로 삼을 수 있는 심지를 꽂은 자허토르테를 제안했으나 케이크가 타면서 불은 밝아지지 않았고, 탄 맛마저 났다. 그는 또한 리소토로 만든 깔개도 선보였으나, 그가 만든 꿀 과자 충전재와 마찬가지로, 운석과 부딪치기만 하면 바로 부서지는 바람에 판매가 신통치 않았다. 다시 한 번 말하지만, 전체적 아이디어만 있어서는 안 되고 이 아이디어를 활용한 구체적 해결책 자체가 창조적이어야 한다. 예컨대 내 사촌의 아주 단순한 아이디어, 즉 로켓 구조체의 모든 빈 공간을 '콩소메' 수프로 채우는 것처럼 말이다. 그러면 진공도 확보할 수 있고, 배부르게 먹을 수도 있다. 나는 이 사촌이야말로 티히 가문의 사람 중 진정으로 항공 우주학 발달에 이바지했다고 생각한다. 그리 멀지 않은 과거, 우주 비행이 막 시작되던 시기에 사람들은 해조류로 만든 완자나 이끼나 물풀로 만든 가루 수프 따위에 진력이 났었고,

인류는 그런 음식을 억지로 먹으며 우주여행을 시작했던 것이다. 정말로 감사한 일이다! 내가 이런 좋은 시절에 태어났음은 다행이다. 왜냐하면 내가 어렸을 때 우주선에서 얼마나 많은 선원이 굶어 죽었던가. 그들은 컴컴한 우주의 전류 속으로 던져지거나 제비뽑기를 하거나, 아니면 민주적인 다수결 방식을 선택할 수밖에 없었다. 생존하기 위해서 온갖 방법들을 논하던 자리의 음울한 분위기를 기억하는 사람이라면 누구나 나의 생각에 동감하리라. 한동안 상당히 논란이었던 '드롭플러스 프로젝트'라는 것까지 있었다. 이것은 난파 우주선과 그 선원들을 위해서 밀가루나 커리, 아니면 코코아 가루 등을 태양계 전체에 고르게 뿌려 주는 계획이었다. 그런데 일단 비용이 너무 많이 들었고, 혹시 코코아 구름이 형성되었다가는 항해의 길잡이가 되는 별들마저 보이지 않으리라는 염려 때문에 실행되지 못했다. 로켓 섭취 방식이 고안된 이후에야, 비로소 우리들은 이런 문제들로부터 벗어난 것이다.

가계도를 따라 쭉 타고 내려오면서 나는 이제 근대에 이르렀다. 슬슬 나의 기원으로 근접할수록, 우리 가문의 역사를 서술하려는 나의 임무는 점점 어려워지는 것만 같다. 정주하던 옛 조상님들의 일생을 기술하기가 우주 시대의 후손들보다 쉽기 때문만은 아니다. 문제는 이제껏 진공 속에서 이해할 수 없었던 물리적 현상이 가문 사람들의 생활에 영향을 끼치기 시작했기 때문이다. 도저히 어찌할 수 없는 서류들을 마주하고, 나는 아예 정리 작업을 포기하기로 했다. 그냥 남아 있는 순서대로 기록들을 소개하도록 하겠다. 우주선의 선장이었던 프셰흐시비트 티히가 갈겨쓴 얼룩진 여행 일지다.

기록 116303. 도대체 중력을 느껴 보지 못한 지가 얼마나 오래되었단 말인가! 모래시계는 작동을 멈추고, 저울 시계도 서 있고, 태엽 시계는 용수철을 감아도 말을 듣지 않는다. 어느 정도까지는 달력의 종이를 대충대충 뜯어냈지만, 그것도 옛날 이야기다. 이제 우리에게 남은 것은 아침, 점심, 저녁이라는 원초적 지시 사항뿐, 그러나 첫 소화 불량 증상이 일어나면서 순서가 밀리고, 시간을 헤아리는 일도 엉망이 되어 버렸다. 그만 써야겠다. 누군가 들어왔다. 쌍둥이들인지, 아니면 그냥 빛의 전파 방해인지.

기록 116304. 우주선 왼쪽에 지도에 나오지 않은 행성이 있다. 잠시 뒤, 저녁 간식 시간에 운석이 떨어졌다. 그래도 다행히 작은 것이 떨어졌고, 세 군데에 구멍을 냈다. 압력실, 조절실 그리고 술 깨는 방이다. 시멘트로 땜질하라고 지시했다.

저녁을 먹는데, 사촌 파트리치가 없었다. 아라베우슈 할아버지와 불확실성 관계에 대해서 이야기를 나누었다. 우리가 확실하게, 제대로 알고 있는 것일까? 우리가 젊은이로서 지구를 떠났을 때, 우주선의 이름은 '코스모치스타'였고, 할아버지와 할머니는 다른 열두 쌍의 부부들과 함께 우주선에 올랐다. 이들은 지금 모두 다 혈연으로 맺어진 한 가족이다. 나는 파트리치가 걱정이다. 그리고 고양이도 어디 갔는지 안 보인다. 나는 진공 상태가 평발에 꽤 유리하다는 사실을 깨달았다.

기록 116305. 오브로쥐 삼촌네 큰아들은 정말 눈이 빠른데, 심지어 맨눈으로도 중성자를 볼 수 있다. 파트리치를 찾아내는 작업은 아무 성과도 없었다. 속도를 높인다. 진로를 설정하던 도중, 우주선의 선미가 등시선을 갈랐다. 저녁 식사 후에 오브로쥐 삼촌의 장인, 암포테리크가 나를 찾아오더니, 시간이 시간의 매듭에 걸려서 자신이 스스로의 아버지가 되었다는 사실을 털어놓았다. 그리고 나에게 아무에게도 이 이야기를 하지 말라고 당부했다. 물리학자인 사촌들과 이야기했으나 해결책은 없다고 한다. 앞으로 무슨 일이 더 일어날지 어떻게 알겠는가!

◁ ⓘ ∧

기록 116306. 나이 든 삼촌과 외삼촌 들의 턱과 이마가 꺼지고 있음을 알아챘다. 회전 운동 때문일까, 로런츠·피츠제럴드 수축 효과일까, 아니면 식사 시간을 알리는 종소리가 울려 퍼질 때 천장에 이마를 자주 부딪쳐서 이가 빠졌기 때문일까? 상당히 자욱한 안개 속을 뚫고 달리고 있다. 바라벨라 이모님이 집에서 커피 찌꺼기로 점을 쳤고, 앞으로의 우리 항로를 예언했다. 나는 전자계산기로 이를 다시 계산해 보았는데 결과는 거의 비슷했다!

기록 116307. 방랑자 행성에 잠시 착륙. 네 명이 우주선으로 귀환하지 않았다. 출발 시 왼쪽 분출구에 막힘 현상이 있었다. 후 불어서 없애라고 명령했다. 불쌍한 파트리치! '사망 원인'을 적는 칸에 나는 '건망증'이라고 썼다. 그것 말고는 어떤 원인이 있겠는가?

기록 116308. 티모테우슈 삼촌이 우리가 플롱드죄의 습격을 받는 꿈을 꾸었다고 한다. 다행히 아무도 다치지 않고 손실도 없이 끝났다고 한다. 우주선이 좁아지고 있다. 오늘도 세 명이 태어나고, 이혼 때문에 네 집이 이사를 했다. 오브로쥐 삼촌의 아이는 별처럼 빛나는 눈을 가지고 있다. 인구의 균형을 맞추고자 나는 고모님들과 이모님들에게 모두 동면 냉동실로 들어가기를 권유했다. 되돌릴 수 있는 죽음의 상태에서는 늙지 않는다는, 동면의 장점을 논거로 충분히 활용했다. 이제 매우 조용하고 살기도 좋다.

기록 116309. 광속에 접근하고 있다. 처음 나타나는 수많은 현상들. 새로운 기본 입자인 스쿼크가 나타났다. 별로 크지 않고, 약간 연소한 상태다. 내 머리에 약간 문제가 생긴 것 같다. 나는 아버지가 바르나바였다고 기억하지만, 발라톤이라는 이름의 아버지도 있었다. 하지만 그것은 헝가리에 있는 호수의 이름이 아닌가. 백과사전에서 찾아봐야겠다. 이모님들이 뜨개질을 멈추지 않은 채 양자 위에서 활동하는 모습을 본다. 세 번째 갑판에서 냄새가 난다. 오브로쉬 삼촌의 아이는 기어 다니지를 않고, 앞뒤로 몸을 뻗으면서 날아다닌다. 환경에 적응하는 신체란 얼마나 놀라운가!

기록 116310. 예레미야슈 사촌의 실험실에 다녀왔다. 그곳에서는 연구가 멈추지 않는다. 사촌은 요리 공학의 다음 단계에서 가구는 먹을 수 있을 뿐 아니라, 심지어 생명체라고 말했다. 그러면 상하지도 않고, 조리할 때까지 냉장고에 넣어 둘 필요도 없다고. 하지만 살아 있는 의자를 해치려면 과연 누가 나서야 하는가? 아직 개발되지는 않았지만,

예레미야슈는 곧 젤리 속에 든 의자 다리를 대접하겠다고 했다. 나는 조종실로 돌아와서 예레미야슈의 말을 곱씹으며 오랫동안 생각에 잠겼다. 그는 미래의 살아 있는 로켓에 대해서 말하고 있는 것이다. 그런 로켓과 아이를 가지는 일도 가능할까? 도대체 내가 무슨 생각을 하고 있는 거지?

기록 116311. 아라베우슈 할아버지는 나에게 자신의 왼발이 북극성에 닿고 오른발은 남십자성에 닿아 있다고 화를 냈다. 무언가 꾸미고 있음이 분명하다. 왜냐하면 연신 네발로 기어 다니고 있기 때문이다. 아무래도 할아버지를 좀 더 면밀히 관찰해야겠다. 예레미야슈의 동생 발타자르가 사라졌다. 양자 분해일까? 나는 그를 찾다가 원자로가 먼지투성이임을 발견했다. 족히 1년은 비질을 안 한 것 같았다! 나는 관리인 바르트워메이를 해고하고 그의 매제 티투스를 후임으로 임명했다. 저녁, 멜라니아 고모의 공연 중에 갑자기 할아버지가 폭발했다. 나는 그 자리에 시멘트를 바르라고 명령했다. 반사적으로 일어난 반응이었다. 나는 선장으로서의 권위가 훼손될까 봐 명령을 취소하지 않았다. 할아버지가 그립다. 그 반응은 무엇이었을까? 분노였을까, 소멸이었을까? 할아버지는 언제나 신경질적이었다. 저녁 순찰 시간에 돌연 고기가 먹고 싶어서 냉동고의 송아지 고기

☿ ⊖ ☿

를 조금 꺼내 먹었다. 어제는 유감스럽게도 여정의 목적지를 적어 놓은 종이가 없어졌음을 알게 되었다. 이미 우리는 36년째 여행하고 있다. 송아지 고기는 총알로 가득 차 있었다. 언제부터 송아지 고기에 총을 쏘았지? 우리 옆으로 누군가가 올라탄 운석이 함께 날고 있다. 바르트워메이가 처음 발견했다. 일단 나는 보이지 않는 척하기로 했다.

기록 116312. 사촌 브루노는 고기를 먹은 나에게, 냉동고가 아니라 동면 기계였다고, 자기가 장난으로 이름표를 바꾸어 놓았다고, 그리고 총알이 아니라 목걸이 구슬이라고 말했다. 나는 천장 끝까지 붕 떠 버렸다. 중력 없는 상태에서는 화를 내는 일도 쉽지 않다. 발을 구를 수도 없고, 주먹으로 책상을 쾅 때릴 수도 없다. 우주여행에 나섰음을 후회한다. 나는 브루노를 선미로 보내서, 우주선의 찌꺼기들을 분해하는 가장 힘든 일을 맡겼다.

기록 116313. 우주가 우리를 삼키고 있다. 어제는 선미 일부가 화장실과 함께 날아갔다. 마침 그 자리에 팔렉산데르 삼촌이 있었다. 나는 그가 어둠 속으로 사라지는 모습을 망연자실 바라보고만 있었다. 허공 속에서 화장실 휴지만이 서글프게 휘날렸다. 별들 사이에 자리한 라오콘 조각상 같았다. 이게 무슨 비극이라는 말인가! 운석에 올라탄 이는 우리 친척이 아니었다. 전혀 모르는 사람이다. 운석에 양발을 쭉 뻗고 비행 중이다. 생각을 좀 해 봐야겠다. 꽤 많은 사람들이 우주선에서 몰래 내렸다는 이야기가 들려온다. 정말 공간이 약간 비어 있는 것 같다. 과연 사실일까?

기록 116314. 우리의 회계를 맡고 있는 사촌 롤란드가 큰 문제에 봉착했다. 어제는 내가 보는 앞에서 아인슈타인의 교정법을 통해 동정의 상실 가능성을 계산하고자 애쓰고 있었다. 그는 글을 쓰면서 고개를 들더니 내 눈을 바라보고는 이렇게 말했다. "인간이라니, 이게 무슨 말인가!" 그 발언 자체가 나를 놀라게 했다. 오브로쥐 삼촌은 로봇 신학의 집필을 끝마치고, 새로운 체계를 구성하고 있다. 그 체계에는 단식계(시간을 표시하는 한 방법)라는 것이 들어간다고 한다. 아라베우슈 할아버지의 행동은 영 마음에 들지 않았다. 심지어 말장난에 빠져서 이렇게 말하는 것이다. "말장난이란 말이야, 내가 숲을 더럽히고, 수컷을 드러눕히는 거지."↓ 앞뒤로 날아다니던 어린 피지오는 P 발음을 F로 해서 행성(planeta)을 flaneta라고 말했는데, 급기야 플란넬(flannel) 바지는 행성(planeta) 바지가 되어 버렸다. 그리고 소다 저장통에 고양이를 집어넣은 것도 피지오라고

→ 폴란드어 발음을 이용해서 언어유희를 즐기고 있다. ▽ ⊖ ◯

밝혀졌다. 소다는 우주선의 이산화탄소를 흡수하는 역할을 하는데, 불쌍한 고양이는 이산화고양이가 되었다.

기록 116315. 어느 날 문 앞에 남자 성별의 갓난아이가 '당신 아이요.'라는 쪽지를 기저귀에 붙이고 누워 있었다. 이게 뭐지? 우연의 일치인가? 오래된 서류들이 들어 있는 서랍을 요람으로 삼았다.

기록 116316. 우주에서는 수많은 양말과 코 푸는 손수건 들이 사라진다. 게다가 시간마저 해체된다. 나는 아침을 먹다가, 할아버지 두 분이 나보다 훨씬 어리다는 사실을 깨달 았다. 심지어 삼촌들도 문제다. 나는 사촌의 수를 정리하기로 했다. 이제 동면 기계를 열고, 모두를 해동시킬 것이다. 이모와 고모 들은 콧물을 훌쩍거리며 기침을 하고, 코는 푸르뎅뎅 부어 터지고 귀는 빨갰다. 어떤 이들은 경련했다. 내가 할 수 있는 일이란 없었다. 가장 이상한 일은, 해동된 이들 사이에 송아지가 있었다는 것이다. 그런데 마틸다 고모는 없다. 브루노의 말은 농담이었을까, 진담이었을까?

기록 116317. 핵저장소로 들어가는 복도 앞에는 방이 있다. 거기 앉아 있노라니 재미있는 아이디어가 떠올랐다. 어쩌면 우리는 아예 출발하지 않은 채 지구에 남아 있는 것이 아닐까! 하지만 그렇지는 않았다. 중력은 여전히 없었다. 이 렇게 생각하니 마음이 편해졌다. 한편 나는 망치를 쥐고 있 음을 확인했다. 어쩌면 내 이름은 예레미야슈일지도 모른 다. 나는 쇠문을 한 번 쳤는데, 갑자기 기분이 묘해졌다. 하 지만 이겨 내야 한다. 파울리의 원리, 한 사람에게 한 개인 만을 부여할 수 있다는 원리는 이미 멀찍이 밀쳐놓은 지 오 래다. 가족 사이의 이런 혼돈은 역시, 몇 명의 여인들이 똑 같은 아이를 낳기도 하는 이 우주에서는 예삿일이다. 너무 나 빠른 속도 때문에, 남자에게서도 이상한 일이 벌어진다. 좀 전까지만 해도 어렸던 피지오는 오늘 갑자기 장성해서 마멀레이드를 찾던 나를 식당 천장까지 밀어 올렸다. 이 얽 히고설키고 구부러진 데다 매듭진 시간은 얼마나 빠른가!

기록 116318. 아라베우슈는 오늘 나에게 자신은 별들과 로켓이 우리 눈에 보이는 한쪽 면만 있고, 뒤에는 그저 먼지 쌓인 틀과 끈만 있었으면 한다고 몰래 고백했다. 그래서 우 주여행을 시작했다고! 그리고 또 나에게 어떤 여자들은 세 탁실의 속옷 바구니에 알을 낳는다고도 말했다. 진화의 측 면에서 보자면 매우 급격한 퇴화라고 말할 수 있을 것이다. 네발로 기어 다니며 나에게 고개를 바싹 들이대느라 꽤나

♀ ⊖ ⚬

불편했음에 틀림없다. 진짜 걱정거리는 아라베우슈 할아버지의 동생이다. 이미 8년 동안 내 선실 앞에서 둘째 손가락을 내밀고 서 있다. 이것은 긴장증의 전조일까? 처음에 나는 별생각 없이, 나중에는 습관처럼 그의 손가락에 망토와 모자를 걸었다. 그러니 그는 적어도 스스로가 쓸모 있다고 말할 수 있으리라.

기록 116319. 우주선이 점점 비어 간다. 회절인가, 순화인가, 아니면 단지 도플러 효과로 모두들 적외선 속으로 사라지는 것일까? 우주선 중심부를 쿵쿵 두드려 보았지만 뜨갯감과 아직 마무리하지 못한 벙어리장갑을 들고 있는 클로틸다 고모님 말고는 아무도 없었다. 나는 실험실로 가 보았다. 사촌 미트로판과 알라릭은 스쿼크의 궤적을 추적하고자 라드를 녹여서 물에 붓고 있었다. 알라릭은 우리 같은 상황에서는 찻잎 점보다 기름 점을 보는 편이 더 확실하다고 말했다. 그런데 그렇게 계산을 마친 뒤 왜 모든 것을 먹어치웠는지? 나는 이해할 수 없었지만, 차마 물어볼 엄두는 내지 못했다. 종조할아버지 에메릭이 실종되었다.

기록 116320. 종조할아버지 에메릭이 다시 발견되었다. 2분마다 아주 정확하게 선체 왼쪽에서 떠올랐다가 꼭대기로 오르며 천장 창문에서 보였다가, 선미 쪽으로 내려간다. 영원한 안식의 궤도는 전혀 바뀌지 않았다! 하지만 도대체 누가 에메릭을 밖으로 밀어 버렸을까? 언제 그런 것일까? 무서운 일이다.

기록 116321. 종조할아버지 에메릭의 움직임은 너무나 정확해서 그가 뜨고 지는 모습에 따라 시계를 맞출 수도 있을 지경이다. 기묘하게도 이제 시간까지 알려 주기 시작했다. 이것만큼은 도대체 이해가 안 된다.

기록 116322. 에메릭은 자신의 궤도 중 가장 낮은 지점에서 선체 표면에 다리가 걸리는 바람에 구두 바닥, 어쩌면 구두 굽이 대갈못 머리에 연신 부딪치는 것이었다. 오늘 아침 식사 후에는 13번을 쳤다. 우연일까, 아니면 불길한 예언일까? 운석에 올라탄 낯선 이는 약간 멀어졌다. 그러나 여전히 우리 우주선과 나란히 날고 있다. 오늘은 글을 좀 쓰려고 책상에 앉았는데, 의자가 말을 하는 것이었다. "이 세상은 정말 이상해!" 난 드디어 예레미야슈 삼촌이 성공했구나, 하고 생각했지만, 가만 보니 아라베우슈 할아버지였다. 그는 자기가 불변 인자가 되었다고 말했다. 그것은 바로 자신에게 어떤 일이 일어나건 상관없다는 뜻이므로 나는 굳

▽ ⟩ ⊖

이 일어나지 않아도 되었다. 오늘은 1시간 내내 통로와 위쪽 선실을 두드리면서 돌아다녔다. 아무도 없다. 실뭉치와 뜨개바늘이 공기 중에 날아다녔고, 게임 카드 몇 세트도 떠돌고 있었다.

기록 116323. 정신적 균형을 회복할 수 있는 특별한 방법이 있다. 여러 가공의 인물들을 만드는 것이다. 혹시 나는 벌써 옛날부터 의식적으로 이 방법을 써 왔던 게 아닐까? 옛날부터라면 도대체 언제부터? 나는 고집스럽게 아무 말 없는 아라베우슈 할아버지 위에 앉아서, 내가 이온이라고 이름 붙인, 빽빽 우는 아기에게 음료를 먹이며, 이 아이의 어머니를 어디서 찾아야 하나 걱정하고 있었다. 아직 여유가 있는 것 같지만, 이런 상황에서는 아무것도 확실하지 않다. 이렇게 앉아서 계속 항해를 하다가…….

이것이 일기장에 기록된 내 아버지의 마지막 말이었다. 나머지 일기들은 없다. 나 역시 로켓에 앉아서, 마찬가지로 로켓에 앉아 비행했던 다른 이, 그러니까 내 아버지의 이야기를 읽고 있다. 그가 그랬듯이 나도 똑같이 앉아서 비행하고 있다. 그렇다면 지금, 여기 앉아서 비행하고 있는 사람은 누구인가? 어쩌면 나는 아예 없었던 것이 아닐까? 하지만 항해 기록이 저절로 읽히기란 불가능하다. 즉 항해 기록을 읽고 있으므로 나는 존재하는 것이다. 아니면 이 모두가 그저 제시된 것이라면? 상상이라면? 이상한 생각이다……. 예컨대 그가 앉아 있지도 않고, 비행하지도 않았다고 하자. 하지만 나는 아직도 앉아서 비행하고 있다? 이것은 매우 확실하다. 그런가? 이보다 더 확실한 것은, 내가 누군가의 항해 기록을 읽고 있다는 사실이다. 그렇다면 내가 앉아 있고, 비행하고 있다는 사실에 대해서는, 어떻게 확신해야 하나? 방은 매우 간소하게 꾸며져 있으므로 아무래도 선실처럼 보인다. 아마도 여러 갑판 사이에 있는 방일 텐데, 사실 우리 집의 다락방도 이것과 매우 비슷하다. 단지 문지방을 넘어가 보기만 하면 이것이 환상인지 아닌지 바로 알게 될 텐데. 정녕 이것이 환상이었고, 그 후로도 환상의 연장을 보게 된다면? 아무것도 확신할 수 없지 않은가? 이럴 수는 없다! 만약 그렇다면, 나는 비행을 하는 것도 아니고, 앉아 있는 것도 아니고, 그저 누군가가 앉아서 비행한다는 상황을 읽었을 뿐. 그런데 그 누군가 역시 비행한 것이 아니라면, 나는 나의 환상 속에서 그의 환상을 알게 되었을 따름이고, 그러니 나도 그가 그런 것처럼 생각할 뿐일까? 환상 속의 환상? 하지만 그는 운석에 올라탄 다른 이에 대해서도 적지 않았던가. 문제가 더 복잡해지는 것 같다. 내 생각에, 그가 누군가 운석에 올라탔다고 여기고, 운석에 올라탄 누군가도 그렇게 생각했다면, 이제 아무것도 알 수 없게 된다! 머리가 아파 오기 시작해서 나는 어제처럼, 아니 그제처럼 주교들과 멍든 코, 수레국화처럼 푸른 눈과 짙푸른 다뉴브강과 보랏빛 송아지 고기에 대해서 생각해야만 한다. 왜냐고? 나는 자정에 다시 가속도를 붙이면서 스크램블드에그, 아니 커다란 노른자가 있는 달걀프라이, 당근, 꿀과 마리니아 고모의 발뒤꿈치에 대해 생각하리라는 사실을 알고 있다. 매일 한밤중에 그러하듯이…… 아하! 알았다! 이것은 생각을 자외선 쪽으로 한 번, 또다시 적외선 쪽으로 한 번 노출했기 때문에 발생한, 도플러 효과의 정신 병리학적 일면이다! 아주 중요하다! 그건 내가 항해를 하고 있다는 증거가 될 수 있으니까! 이를테면 움직인다는 증거, 중세 학자들이 말했듯이 데몬스트라티오 엑스 모투(demonstratio ex motu), 자신의 움직임에 의해! 그러니까 나는 정말로 날고 있다……. 그렇다, 하지만 누구나 달걀이나 발뒤꿈치나 주교를 생각해 낼 수 있다. 과학적 증거는 아니고, 그저 가정일 뿐이다. 그렇다면 무엇이 남는 것일까? 유아론? 오로지 나 하나만이 존재한다, 아무 곳으로도 날아가지 못한 채……. 그렇다면 무명씨 티히도, 예레미야슈도, 이고르도, 에스테반도, 프셰흐시비트도, 바르나바도, '코스모치스타'도, 에우제비우슈도, 그리고 아버지의 책상 서랍에 내가 누워 있지도 않았으며, 아버지 역시 아라베우슈 할아버지 위에 앉아서 항해하지 않았다는 말이다. 그것은 불가능하다! 아무것도 없는 무(無)에서 내가 이렇게 많은 사람과 가문의 역사를 만들어 낼 수 있었다고? 엑스 니힐로 니힐리 피트!(ex nihilo nihil fit!)↓ 가족은 존재했다. 가족이 나에게 이 세상을, 아무도 탐구하지 않았던 우주의 끝을 향한 이 비행 역시 믿도록 했다! 이 모든 것은, 나의 조상님들, 당신들 덕분에 가능했다! 나는 곧 이렇게 적은 종이 한 장을 빈 산소통에 넣어서 선체 밖의 암흑 속으로 던지리라, 검은 심연 속으로 헤엄쳐 가도록, 왜냐하면 나비가레 네체세 에스트, 그러므로 나는 항해한다, 몇 년 전부터 계속…….

→ "무(無)에서는 아무것도 생기지 않는다."라는 뜻의 라틴어 문장.

이욘 티히의 회고록

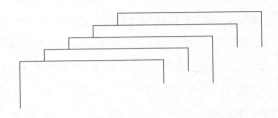

당신들은 내가 무슨 이야기를 더 해 주기를 원하십니까? 그렇군요. 이미 타란토가가 속기 공책을 꺼낸 모습이 보이네요……. 교수님, 좀 기다려요. 이렇게 정말 아무 할 말도 없을 때, 뭐라고요? 아니, 농담이 아닙니다. 그리고 아니, 나도 한 번쯤 이런 저녁에 입을 닫고 있고 싶은, 그것도 이런 친구들을 만나서 말이죠, 그런 마음을 가지면 안 되겠습니까? 왜요? 하, 아하, 여러분. 나는 이런 얘기를 한 번도 한 적이 없지만 우주는 무엇보다 우리 같은 존재들로 가득합니다. 인간형으로 생겼을 뿐 아니라, 정말 두 물방울이 서로 닮은 것처럼 우리랑 똑같단 말입니다. 생명체들이 살아가는 행성들의 절반은 지구와 비슷합니다, 약간 크거나, 약간 작거나, 좀 더

춥거나 좀 더 무덥거나, 하지만 그게 무슨 대수겠습니까? 그리고 그곳에 사는 이들은…… 사람들, 뭐 결국은 사람이라고 할 수 있으니까요, 역시 우리와 비슷하고, 다른 점이 있더라도 비슷한 점이 더 두드러질 뿐입니다. 내가 그들에 대해서 이야기하지 않았다고요? 그게 이상하다고요? 생각해 보세요. 별을 봅니다. 여러 가지 사건들이 기억나고, 눈앞에 여러 장면들이 스쳐 지나가죠. 하지만 무엇보다 가장 특이한 이야기를 자주 들려주게 되지 않겠습니까. 무섭거나, 너무나 신기하거나, 아니면 끔찍하거나, 웃기거나, 그리고 무해한 이야기들 말이죠. 하지만 별들을 보면, 여러분, 저 작은 푸른 불꽃들, 그 위에 발을 딛으면 추함과 슬픔, 무지의 왕국이며 각종 폐허가 있다는 사실을, 또한 저 푸른 하늘에 오래된 건물들과 더러운 마당과 홈통, 쓰레기통, 풀로 뒤덮인 공동묘지가 있다고 상상할 수 있겠습니까? 은하계를 여행한 누군가의 이야기가 소도시를 돌아다니는 행상의 불평처럼 들리면 어떻겠습니까? 누가 그런 얘기를 듣고 싶어 할까요? 그리고 누가 그를 믿어나 주겠습니까? 솔직하고 싶은 불건전한 유혹을 느끼거나 조금 기분이 언짢을 때는 바로 이런 생각들이 들기 마련입니다. 그러니 우울해지거나 창피해지지 않도록, 오늘은 별에 대해서 이야기하지 않겠습니다. 아니, 그렇다고 제가 입을 다물고 있겠다는 말은 아닙니다. 그러면

▽＞♉

여러분은 속은 것 같은 기분이 들 테니까요. 이야기는 하겠지만, 우주여행 얘기는 아닙니다. 저는 지구에서도 꽤 오래 살았으니까요. 교수님, 만약 정말 꼭 하시고 싶으시다면, 지금부터는 기록하셔도 좋습니다.

아시다시피, 저는 가끔 아주 이상한 손님들을 치르기도 합니다. 그들 중 이런 부류들은 선명하게 티가 나죠, 인정받지 못한 발명가와 학자들. 왜 그런지 모르겠지만 저는 마치 자석처럼 그런 종류의 사람들을 끌어당기는 것 같습니다. 타란토가 교수가 웃고 있네요, 보이시죠? 하지만 이건 타란토가 교수님 이야기는 아닙니다. 교수님은 인정받지 못한 발명가가 절대 아니시니까요. 오늘은 뭔가 일이 잘 풀리지 않은, 아니면 너무 잘 풀려서 문제가 생겨 버린 분들에 대해 이야기하겠습니다. 물론 그들 스스로 인정하지는 않았죠. 사람들에게 알려지지 않고 외톨이가 되어 버린, 명예와 성공만이 아주 드물게 작업의 발전을 이끄는, 그런 광기 속에서 버티는 분들이죠. 저를 찾아오시는 분들 중 대부분은 무언가에 사로잡힌 이런 보잘것없는 형제들로, 심지어 자기가 해낸 것도 아닌데 이전 세대들의 한 가지 업적에만 갇혀 있는 경우가 많았죠. 예컨대 페르페투움 모빌레(perpetuum mobile), 즉 영구 기관의 발명가들은 초라한 발상에, 그 해결 방법마저 사실 말이 되지 않음에도, 그들에게는 딱 봐도 소용없는 노력을 계속하게 하는, 인생을 이글이글 불태우는 이타심이 있었습니다. 이 부족한 천재들은 안타까운 사람들입니다. 난쟁이의 영혼을 가진 거인들, 자연의 회초리에 맞아서 상처가 난 사람들, 그 자연의 음울한 장난으로 레오나르도 다빈치에게나 어울릴 법한 창작의 고집과, 동시에 무재능을 선사받은 사람들. 그들은 인생에서 무관심이나 비웃음밖에 얻지 못하고, 그들을 위해 해 줄 수 있는 것이라고는 한두 시간 정도 참을성 있는 청자가 되어서 그들의 편집증에 동참하는 일밖에 없습니다.

어리석음만이 절망을 방지할 수 있는, 바로 그런 무리중에 드물게 독보적인 사람들도 나타납니다. 그들에 대해서는 나쁘게 말하거나 멋대로 판단하고 싶지 않습니다. 그것은 여러분의 몫이죠. 그런 첫 번째 인물로 제가 떠올리는 사람은, 바로 코르코란 교수입니다.

저는 9년, 아니 10년쯤 전에 그를 처음 알게 되었습니다. 어떤 학회에서였죠. 잠시 별것 아닌(어쨌든 이런 주제의 이야기는 전혀 아니었습니다.) 이야기를 나눴을 뿐이었는데, 갑자기 그가 저에게 물었습니다.

"유령에 대해서 어떻게 생각하십니까?"

질문을 들은 순간에는 단지 특이한 농담이라고 생각했지만, 돌연 그의 매우 특별한 점에 대해서 들었던 일이 떠올랐습니다. 문제는 그 특별한 점이 칭찬할 만한 것인지, 아니면 욕할 만한 것인지 전혀 기억나지 않았다는 사실이었죠. 그래서 저는 일단 저항해 보았습니다.

"저는 그 주제에 대해선 아무 생각도 없습니다."

그는 아무 말 없이 방금 전에 얘기하던 주제로 돌아갔습니다. 다음 세션을 알리는 종소리가 들려왔을 때, 코르코란 교수는 급작스레 몸을 굽히더니 저에게 말했습니다.(저보다 키가 훨씬 컸거든요.)

"티히, 당신은 제가 찾던 사람입니다. 당신은 아무런 고정 관념도 없군요. 제가 잘못 봤는지도 모르겠지만, 저는 모험할 준비가 되어 있습니다. 저를 한번 찾아오시죠. (그러고는 저에게 명함을 건넸습니다.) 먼저 전화를 주십시오. 저는 초인종에 답하지 않고 아무에게도 문을 열어 주지 않으니까요. 의향이 있으시다면……."

그날 저녁, 우주법을 전문으로 하는 유명 변호사 사비넬리와의 저녁 식사에서 나는 혹시 코르코란 교수를 아느냐고 물어보았습니다.

"코르코란이라고!" 사비넬리는 시칠리아산 포도주로 더욱더 달아오른, 본인의 성격을 그대로 보여 주는 목소리로 외쳤습니다. "그 미친 인공두뇌학자? 그 사람이 뭘 하는데? 소식을 들은 지 오래됐군!"

나는 그에 대해서 아무것도 모르고, 그냥 어쩌다가 이름을 들었을 뿐이라고 둘러댔습니다. 그러는 편이 코르코란에게도 좋을 것 같았거든요. 사비넬리는 포도주를 마시며 나에게 업계 소문들을 좀 이야기해 주었습니다. 그의 말에 따르면 코르코란은 젊은 시절에 학자로서 창창한 미래가 예정되어 있었는데, 그때부터 윗사람들에게 눈곱만큼도 존경심을 표하지 않았으므로 그 오만함이 종종 드러났다고 합니다. 결과적으로 그는 사람들에게 자신의 생각을 여과 없이 말하는 인물이 되었는데, 이야기의 내용이 사실이건 아니건 본인이 가장 손해를 보는 방식이었습니다. 마침내 교수님들과 동료들의 심기를 긁었고, 그에게는 장래의 어떠한 가능성도 남지 않게 되었습니다. 그런데 갑작스럽게 기대치 않은 유산을 상속받았고, 도시 외곽의 폐가 한 채를 사서 실험실로 개조했습니다. 그리고 거기에서 로봇들과 함께 지낸다고 합니다. 조수도, 도우미도 로봇 아니면 견딜 수 없었기 때문이었죠. 어쩌면 그 실험실에서 뭔가를 이루었을 수도 있겠지만, 학회지에 논문을 싣는 일조차 거절당하기 일쑤였습니다. 그래도 그는 개의치 않았습니다. 더러 인간관계를 맺기는 했지만 단지 매우 유치한 목적으로, 아무 이유도 없이 그들과 갈등을 일으키고 싸우며 욕하기 위해서였다고 합니다. 나이가 지긋하게 들자 그런 혐오스러운 행동마저 스스로 지루해졌고, 이제 외톨이로 살고 있다고 합니다. 나는 사비넬리에게 코르코 란이 유령을 믿는다는 얘기를 들어 본 적 있느냐고 물어보았 습니다. 변호사는 포도주를 들이켜다가 거의 웃음이 터져 나 와서 뿜을 뻔했죠.

"코르코란이? 유령을?" 사비넬리가 외쳤죠. "이보게, 그는 사람도 안 믿는 인간이야!"

나는 그게 무슨 말이냐고 물었습니다. 사비넬리는 가감 없이 설명해 주었습니다. 사비넬리의 생각에 코르코란은, 자 기 존재만을 믿고 다른 모든 이들은 허상이나 꿈속의 환상 따위로 여기는 유아론자이므로 옛날부터 가장 가까운 사람 들조차 불신했다고 합니다. 인생이 꿈이라면, 그 안에서 무 슨 일이든 해도 되지 않을지. 나는, 만약 코르코란이 그런 생 각을 품고 있다면 그가 유령을 믿을 수도 있겠다고 판단했습 니다. 사비넬리는, 도대체 유령을 믿는 인공두뇌학자의 얘기 를 들어 본 적이 있느냐고 반문했습니다. 그러고 나서 우리 는 다른 주제로 넘어갔습니다. 하지만 얘기만으로도 나의 호 기심을 자극하는 데는 충분했죠. 나는 결정이 빠른 사람이 라, 바로 다음 날 코르코란에게 전화를 했습니다. 전화를 받 은 것은, 물론 로봇이었습니다. 누구시냐고, 무슨 일로 전화 하셨느냐고 물었죠. 코르코란은 그다음 날, 밤늦게야 나에게 전화를 했습니다. 그는 혹시 당장 자기에게 올 수 있느냐고 물었죠. 밤 11시가 되어 가고 있었습니다. 나는 지금 가겠다고 대답하고, 옷을 챙겨 입고서 나섰죠. 실험실은 커다랗고 음울하게 생긴 건물이었는데, 도로에서 조금 떨어져 있었습니다. 그 전에도 몇 번 본 적이 있었어요. 오래된 공장이라고 생각했죠. 건물은 어둠에 휩싸여 있었습니다. 벽 안쪽으로 깊이 파인 정사각형 창문에서는 약간의 빛도 새어 나오지 않았습니다. 쇠울타리와 대문 사이에 자리한 큰 마당에도 전혀 불을 밝혀 두지 않았습니다. 나는 녹이 잔뜩 슬어서 삐걱대는 철판과 쇠파이프에 몇 번이나 부딪치고 나서야, 겨우 어른거리는 문 앞에 도착했습니다. 그러고는 코르코란이 당부한 방식대로 초인종을 누르는데, 슬슬 화가 나기 시작했습니다. 거의 5분 뒤에야 그는 산으로 검게 탄 회색 실험실 가운을 입고서 직접 문을 열어 주었습니다. 그는 끔찍하게 말라서 거의 뼈만 남은 상태였고, 두꺼운 안경과 하얗게 수염을 하고 있었는데, 수염은 마치 파먹힌 듯 한쪽만 짧았습니다.

"저를 따라오시죠." 그는 아무런 서두도 없이 곧장 말했습니다. 불을 거의 밝히지 않은, 무슨 기계와 통, 먼지가 잔뜩 쌓인 시멘트 자루가 있는 복도를 지나서, 그는 나를 거대한 철제문 앞으로 인도했죠. 우리 앞으로 환한 전등이 빛나고 있었습니다. 그는 가운 주머니에서 열쇠를 꺼내더니 문을 열고 앞장섰습니다. 나는 잠자코 그를 따라갔지요. 구부러진 철제 계단을 통해서 우리는 2층으로 올라갔습니다. 그러자 천장을 유리로 막은, 거대한 공장의 홀이 펼쳐졌습니다. 가려지지 않은 전구 몇 개가, 그 공간을 밝힌다기보다, 그 크고 음울한 모습을 폭로하고 있었습니다. 텅 비고, 죽어 있고, 버려진 공간. 높은 천장 위에서는 마치 코르코란의 집으로 올 때 내리기 시작하던 빗줄기가 크게 울어 대며, 검고 더러운 유리창으로 떨어졌고, 이곳저곳 깨진 틈을 타고 새어 들어왔습니다. 코르코란은 마치 이 모든 것이 전혀 보이지 않는다는 듯, 철판을 깐 복도를 쿵쿵거리며 걸어 나갔죠. 또다시 잠긴 철문이 나타나고, 그 뒤로 복도가 이어졌습니다. 그곳에는 누군가가 도망가다가 던져 놓은 양, 온갖 도구들이 두꺼운 먼지를 뒤집어쓴 채 놓여 있었습니다. 구부러져서 위로 올라갔다 아래로 내려갔다 하는 복도는, 뒤엉킨 컨베이어 벨트나 바싹 말라붙은 뱀 같았습니다. 이렇게 건물을 지나며 나는 이 실험실의 크기를 가늠할 수 있었습니다. 코르코란은 한두 번, 완전히 컴컴한 곳에서 나에게 발밑을 조심하라고, 몸을 굽히지 말라고 주의를 주기도 했습니다. 방화문이 분명한, 대갈못이 두껍게 박힌 몇몇 문들을 지나온 끝에 그가 마지막 문을 열었습니다. 나는 지금까지 거쳐 온 문들과 달리 이 문은 전혀 삐걱거리지 않음을, 마치 최근에 기름칠을 한 듯 부드럽게 열린다는 사실을 깨달았죠.. 우리는 거의 텅 빈

427

큰 방으로 들어갔습니다. 코르코란은 방 한가운데, 바닥의 시멘트가 약간 밝아 보이는 곳, 방금 전까지 무슨 기계가 세워져 있다가 이제 나무틀만 남아 있는 것 같은 자리에 섰습니다. 벽들은 수직으로 서 있었고, 두꺼운 연결 고리 탓에 새장 속처럼 보였습니다. 나는 유령에 관한 그의 질문을 생각해 보았습니다……. 연결 고리에는 지지대와 함께 선반들이 단단히 가로질려 있었는데, 그 위로 열댓 개쯤 되는 무쇠 상자들이 놓여 있었습니다. 그 왜, 옛날이야기 속에서 해적들이 파묻어 놓은, 꼭 그런 상자였죠. 뚜껑이 위로 둥글게 봉긋한 보석함 같은 상자 위에는, 셀로판지로 감싼 흰 쪽지가 하나씩 붙어 있었습니다. 병원 침대맡에 붙여 놓는 식별표와 비슷한 것이었습니다. 천장 높은 곳에서 먼지 쌓인 전구가 빛나기는 했지만, 너무 어두워서 쪽지에 뭐라고 적혀 있는지는 전혀 읽을 수가 없었습니다. 상자들은 두 줄로 겹겹이 놓여 있었는데, 그중 하나는 더 높은 곳에 따로 놓여 있었습니다. 상자의 개수를 세어 보았던 것이 기억납니다, 12개, 아니 어쩌면 14개, 옛날 일이라 정확히 기억나지 않는군요.

"티히," 교수는 주머니에 양손을 찌른 채 나에게 몸을 돌리면서 말했습니다. "여기 있는 것들의 소리를 잠시 좀 들어 보십시오. 그러고 나서, 말씀해 드리죠, 일단 들어 보세요!"

그는 조바심을 내고 있음이 역력했습니다, 눈빛에서 다 드러났죠. 그는 이야기를 시작하며 바로 본론으로 들어가 더니, 이 모든 것을 얼른 끝내 버리려는 생각인 것 같았습니다. 마치 다른 사람과 함께 있는 1분 1초가 아깝다는 듯 말입니다.

나는 잠깐 눈을 감고, 예의 때문이라기보다 궁금증에 잠시 가만히 서 있었습니다. 그러나 아무 소리도 들리지 않았습니다. 아무것도 듣지 못했죠. 전류가 코일을 타고 흐르는 것 같은, 희미한 웅웅 소리라고나 할까, 그런 종류의 작은 소리라면 들리는 것 같았지만, 너무 미세했습니다. 파리가 죽어 가는 소리조차 다 들릴 곳이었는데 말입니다.

"자, 무슨 소리가 들립니까?" 그가 물었습니다.

"거의 아무 소리도……." 나는 솔직히 말했습니다. "무슨 웅웅 소리가…… 하지만 그건 그냥 제 귀에서 울리는 소리가 아닌지……."

"아니요, 그건 귀에서 울리는 소리가 아닙니다……. 티히 씨, 주의해서 들어 보세요, 저는 되풀이하는 걸 싫어하니까요. 이렇게 말하는 것도 당신이 저를 모르시기에 배려하는 것입니다. 저는 남들이 얘기하듯 바보도 악당도 아닙니다, 다만 같은 소리를 열 번이나 해 줘야 하는 천치들 때문에 화가 날 뿐이죠. 당신은 그런 이들이 아니었으면 좋겠군요."

429

"두고 보죠." 나도 퉁명스럽게 대답했습니다. "그럼 말해 보시죠, 교수님……."

그는 고개를 까딱하더니 줄지어 늘어선 무쇠 상자들을 가리키며 말했습니다.

"전자두뇌에 대해서는 알고 계시겠죠?"

"우주 운항에 필요한 정도밖에 모릅니다. 게다가 저는 이론에 약한 편이라서."

"저도 그렇게 생각했습니다. 하지만 문제 될 것은 없습니다, 티히. 자, 들어 보세요. 이 무쇠 상자들 안에는 지금껏 존재했던 중 최고의 전자두뇌들이 들어 있어요. 그들이 얼마큼 뛰어난지 알고 계십니까?"

"아니요." 나는 사실대로 대답했지요.

"바로 그들은, 아무런 목적도 없고, 절대적으로 아무짝에도 필요가 없으며, 즉 쓸모 자체가 없습니다. 그러니까, 제가 만들어 낸, 이를테면 물질로 이루어 낸 라이프니츠의 모나드죠……."

나는 기다렸고, 그는 이야기를 이어 갔습니다. 대화하는 동안 그의 새하얀 수염은 컴컴한 어둠 속에서 마치 흰 나방처럼 입술 주위로 펄럭였죠.

"이 상자 하나하나는 자의식을 만드는 전자 시스템을 품고 있습니다. 마치 우리의 두뇌처럼요. 재료는 다르지만 원칙은 같아요. 하지만 공통점은 그게 다죠. 왜냐하면 우리 두 뇌는, 잘 들어 보시죠, 그러니까, 감각을 모으는 기관들, 눈, 귀, 코, 피부 등을 통해서 외부 세상과 연결되어 있으니까요. 그러나 여기 있는 이 두뇌들은, (그는 집게손가락을 내밀며 상자들을 가리켰어요.) 자기 '외부 세상'을 이 안에……."

"그게 어떻게 가능하죠?" 나는 물었습니다. 마침 어떤 생각이 떠올랐기 때문이었죠. 뭔가 명확하지는 않았지만, 소름 끼치는 생각이었습니다.

"아주 간단합니다. 우리 몸이 다른 것이 아니라 이것이라는 것, 얼굴은 이렇게 생겼다는 것, 손에 책을 들고 서 있다는 것, 꽃이 향기를 풍긴다는 것을 우리는 어떻게 알죠? 바로 어떤 자극이 우리 감각에 작용하여 신경을 통해 머리로 전달되기 때문입니다. 그러니 상상해 보세요, 티히 씨. 향기를 풍기는 카네이션과 동일한 방식으로 제가 당신의 후각 신경을 똑같이 자극할 수 있다면, 그럼 당신은 무엇을 느끼겠습니까?"

"카네이션 향기겠죠, 당연히." 저는 대답했습니다. 그랬더니 그는 마침내 내가 이해했음에 기쁘다는 듯 고개를 끄덕이며 다시금 이야기를 시작했습니다.

"그렇게 똑같은 방식으로 당신의 모든 신경계에 자극을 준다면, 그럼 당신은 외부 세상이 아니라 바로 내가 당신 머릿속으로 전달하는 바를 느끼게 되겠죠……. 아시겠습니까?"

"그렇겠죠."

"그럼 이제 이렇게 생각해 봅시다. 저 상자들은 우리의 시각, 후각, 청각, 촉각 등과 동일하게 작용하는 수용체들을 가지고 있습니다. 그 수용체에 이어진 전선은, 마치 우리의 신경처럼 외부 세상과 통하지 않고, 저기, 저 구석에 있는 통과 연결되어 있습니다. 저 통은 보셨습니까?"

"아니요." 나는 대답했습니다. 무려 지름이 3미터는 되어 보이는, 그 북 모양의 통은 맷돌처럼 세로로 서 있었고, 가만 쳐다보았더니 아주 천천히 움직이고 있었습니다.

"저것이 그들의 운명이죠." 코르코란 교수가 차분하게 말했습니다. "그들의 운명, 그들의 세상, 그들의 존재. 그들이 접근할 수 있고, 그들이 알 수 있는 모든 것. 저 안에는 인간이 가장 풍성하게 감각할 수 있는, 약 100조에서 120조 정도의 전자로 기록된 자극소들이 들어 있습니다. 만약 저 통의 뚜껑을 열어 보시더라도, 셀룰로이드 위에 흰 곰팡이처럼 지그재그 무늬가 그어진, 번쩍거리는 테이프밖에 보지 못하실 겁니다. 하지만 바로 그것이, 티히 씨, 적도의 뜨거운 밤이고, 파도 소리이며, 사과와 배의 맛, 휘몰아치는 눈보라, 벽난로를 피워 놓고 가족들과 함께 보낸 저녁, 난파선의 뱃전에서 울리는 소리, 병의 발작적 고통, 산봉우리와 공동묘지, 그리고 어른거리는 환영이에요, 티히, 저 안에는 전 세계가 들어 있어요!"

　　나는 잠자코 있었습니다. 코르코란 교수는 강철과 같은 손길로 내 팔을 꽉 잡더니 말했습니다.

　　"저 상자들은, 티히, 가공의 세상과 연결되어 있습니다. 저 무쇠 상자는," 그는 끝 쪽의 첫 번째 상자를 가리켰다. "자신을 초록빛 눈에, 붉은 머리카락에 비너스 같은 몸매를 가진, 열입곱 살의 아가씨라고 생각하고 있어요. 거기다가 국가의 요직을 맡은 사람의 딸이죠……. 그리고 거의 매일 창문으로 내다보는 젊은이와 사랑에 빠져 있어요……. 그게 바로 장차 큰 재앙을 불러일으키죠. 저기 저 두 번째 상자는 어떤 학자예요. 그는 자기 세상에서 중력의 법칙을 총괄하는 새로운 이론을 세우기 일보 직전이에요, 실상 무쇠 상자의 모서리가 끝인 세계에서 말이죠. 그리고 그는 진리를 위해서 싸울 준비를 하고 있어요. 눈이 점점 멀어 가면서, 실명의 위험 속에 더욱더 외톨이가 되어 가면서 말이죠. 티히…… 그리고 저기, 저 위쪽 상자에는 한 사제가 있는데, 지금 일생일대의 고비를 지나는 중입니다. 왜냐하면 불멸의 영혼에 대한 스스로의 믿음을 잃었거든요. 그 옆에, 저기 칸막이 뒤로는…… 물론, 제가 만들어 낸 이 모든 존재들의 생애에 대해서 당신께 이야기해 드릴 수는 없지……."

"말씀 중에 제가 좀 끼어들어도 되겠습니까?" 나는 물었습니다. "더 알고 싶은데요……."

"아니! 그럴 순 없습니다!" 코르코란이 고함을 질렀습니다. "아무도 알 수 없어요! 지금 내가 말하고 있지 않소, 티히! 당신은 아직 아무것도 이해하지 못했단 말이오. 당신은 분명, 저기, 저 통 속에 여러 종류의 신호들이 레코드판처럼 새겨져 있고, 그래서 각각의 사건들도 여러 종류의 멜로디처럼 기록되어 있다고, 마치 바늘을 올리기만 하면 음반의 음악이 재생되듯이, 저 상자들도 그렇게, 이미 다 정해진 경험의 덩어리를 차례로 재현하고 있다고 생각하시겠죠. 아닙니다! 그게 아니에요!" 그의 고함 소리가 너무 커서, 철판 천장이 둥둥 울릴 지경이었다. "저 통 속에 들어 있는 것은 당신이 살고 있는 이 세상과 같습니다! 당신은 물론 밥을 먹고, 자고, 일어나고, 여행하고, 늙은 미치광이들을 방문하는 일들을, '지금 현재'라고 이름 붙은 레코드판이라고는 생각하지 않으시겠죠!"

"하지만……." 나는 입을 열었습니다.

"아무 말도 하지 마십시오!" 그는 소리를 질렀습니다. "방해하지 마세요! 지금 내가 말하고 있으니까!"

나는 그를 악당이라고 여기는 사람들에게 정당한 근거가 있다고 생각했다. 그럼에도 그가 말하는 내용은 난생처음

들어 보는 주장이었으므로 일단 귀 기울여 보기로 했습니다. 그는 연신 소리를 질러 댔지요.

"나의 무쇠 상자들의 운명은 미리 정해져 있지 않습니다. 저 통 속에서의 사건들은 평행하게 펼쳐진 테이프 위에 존재하고, 눈을 가린 우연의 법칙에 의해서만 작동하는 선택 기계가 앞으로 각각의 상자들이 어떤 감각적 경험을 하게 될지 정하기 때문입니다. 물론, 제가 지금 말씀드린 것같이 간단한 일은 아니죠. 왜냐하면 무쇠 상자들 자체가 선택 기계의 작동에 어느 정도 영향을 줄 수 있고, 우연의 선택은 제가 창조한 것들이 완벽히 충실하게…… 스스로의 의지가 있는 상황에서만 작용하며, 우리와 똑같은 원인으로 그 자유 의지는 제한되기 때문이지요. 성격의 구조, 열정, 타고난 장애, 외부적 상황, 지성의 정도…… 이 모든 것을 자세하게 설명드릴 순 없습니다만……."

나는 얼른 끼어들었습니다. "만약 정말로 그렇다면, 저들 자신이 빨간 머리카락의 아가씨나 사제가 아니라, 어떻게 무쇠 상자라는 사실을 모를 수……."

그가 다시 말을 가로채기 전까지, 겨우 이렇게 물어볼 수 있었습니다.

"바보인 척은 그만하시죠, 티히. 당신은 원자로 이루어져 있죠? 그럼 당신은 스스로의 원자를 느끼시나요?"

433

"아니요."

"그 원자를 만드는 것은 단백질 조각들입니다. 그럼 당신은 단백질을 느끼십니까?"

"아니요."

"밤낮, 매 순간마다 우주의 온갖 광선들이 당신을 투과하고 있습니다, 그건 느끼시나요?"

"아니요."

"그렇다면, 도대체 제 상자들이 어떻게 자기가 상자라는 사실을 알 수 있다는 말입니까, 바보 양반? 당신에게 이 세상이 진짜이고 유일한 것처럼, 그들에게 저 상자는 진짜이고 유일한 것입니다. 전자두뇌에 전달되는 내용만이 그들의 전부입니다……. 저 통 속에 그들의 세상이 있는 거죠, 티히. 그리고 그들의 몸은, 이를테면 우리 세상 속에서는, 타공된 테이프의 구멍 배치에 따라 존재할 뿐입니다. 이것은 바로 무쇠 상자 안쪽에, 포장된 채로 있죠……. 저쪽 방향 맨 끝에 있는 상자는, 자신을 아주 아름다운 여인이라 생각하고 있습니다. 저 여자가 발가벗은 채 거울을 볼 때면 스스로 무엇을 보는지 당신께 정확히 말씀드릴 수도 있어요. 그리고 어떤 값비싼 보석들을 좋아하는지도요. 또 남자들을 홀리려고 어떤 술책을 쓰는지조차 알려 드릴 수 있어요. 난 이 모든 것을 알고 있습니다. 왜냐하면 나의 '운명 선택 기계'를 이용

▽ ↻ ▽

해서, 몸소 저 여자를 만들었으니까요. 우리에게는 상상의 여인일 뿐이지만 그 여자 자신에게는 너무나 사실입니다. 진짜의 형태, 얼굴과 치아와 땀 냄새와, 칼에 찔린 상처가 있는 견갑골, 머리카락과, 머리카락에 꽂은 난꽃까지도 말입니다. 당신에게 스스로의 손, 발, 배, 목 그리고 머리가 진짜인 것처럼 말이죠! 당신의 존재를 의심하고 있지는 않겠죠?"

"아니죠." 나는 차분하게 대답했습니다. 지금까지 나에게 이토록 소리를 지른 사람은 아무도 없었고, 솔직히 약간 재미도 있었지만, 일단 교수의 이야기가 너무나 충격적이었습니다. 그리고 저는 그의 말을 믿고 있었습니다. 왜냐하면 믿지 않을 만한 근거가 없었기 때문이죠. 그의 무례한 행동에 대한 반감으로 불신할 수는 있었겠지만요.

"티히." 교수는 조금 목소리를 낮추어 말했습니다. "아까 말했듯이 여기엔 학자도 있어요. 바로 당신 앞에 있는 상자지요. 그는 자기 세상을 연구하지만, 절대로, 당신도 짐작하고 있듯이, 절대로 스스로의 세상이 가짜라는 사실을 모르고 있소. 그는 자신의 시간과 노력을 실상 통 속에 감겨 있는 테이프의 기호를 후벼 파는 데 쓰고 있다는 사실을, 그의 손과 발과 눈의 감각, 시력을 상실하고 있는 상황조차 전자두뇌가 적당히 잘 골라 놓은 자극으로 만들어 낸 환상이라는 점을 전혀 모르고 있죠. 그가 이 사실을 알려면 자신의 무쇠 상자 밖으로 나가야 하는데, 그건 자기 밖으로 나오는 일이고, 그리고 자기 머리가 아닌 다른 무언가로 사고해야 하는 것이니, 마치 당신이 촉각과 시각을 쓰지 않고서 저 차갑고 무거운 상자의 존재를 알아내야 하듯 불가능한 일입니다."

"하지만 나는 물리학 덕분에 내가 원자로 이루어졌다는 사실은 알고 있는데요." 나는 반론을 던져 보았습니다. 그러자 코르코란은 과단성 있게 손을 쳐들어 보였습니다.

"그건 저 학자도 알고 있어요, 티히. 그도 자기 연구실이 있고, 거기에는 그의 세상에 있는 각종 도구들도 있다고요……. 그는 망원경을 통해서 별들을 보고, 그 움직임을 연구하고, 동시에 차가운 망원경이 얼굴에 닿는 느낌을 알죠. 아니, 지금은 아니고. 지금은 습관대로 자기 연구실을 둘러싼 빈 정원에서 햇살을 받으며 산책하고 있죠. 이제 그의 세상에서는 막 해가 떠오른……."

"그럼 다른 사람들은 어디 있나요, 그의 세상 속에서 함께 사는 다른 사람들 말입니다." 나는 물었습니다.

"다른 사람들이라고요? 물론, 저 모든 상자들은, 저 존재들은, 다른 사람들과 함께 살고 있죠……. 그 모두가 다 저 통 속에…… 아직도 내 말을 이해하지 못하는군요! 그럼 좀 말이 안 되기는 하지만, 예시를 들어서 가르쳐 드리겠습니다. 당신도 꿈속에서 여러 사람들을 만나지 않습니까? 어떤 경우에는 한 번도 본 적 없고, 알지도 못하는 사람들을, 심지어 꿈속에서는 그들과 이야기까지 나누죠?"

"네⋯⋯."

"그 사람들을 만들어 내는 것은 당신의 뇌입니다. 하지만 꿈을 꾸는 상태에서는 그 사실을 모르죠. 그럼, 한번 생각해 보시죠." 그는 손을 뻗었습니다. "그들은 다릅니다. 그들 스스로가 가까운 사람들과 낯선 사람들을 직접 만들어 내지는 않았죠. 그들은 이미 잔뜩, 통 안에 들어 있는 것입니다. 그리고 가령, 저 학자가 갑자기 정원을 걷다가 길거리로 나와서 처음 마주친 사람에게 말을 걸고 싶은 충동을 느꼈을 때, 통의 뚜껑을 살짝 열어 보면 어떻게 그런 일이 벌어지는지 알 수 있을 겁니다. 감각을 수집하는 그의 기관이 새로운 신호의 영향을 받아서 다른 테이프로 옮겨 가고, 이제 그것을 감각하기 시작하지요. 제가 '감각 수집 기관'이라고 명명했지만, 사실 이것은 수백 개의 미세한 전류의 뭉치로, 당신이 이 세상을 오감과 오관으로 인지하듯, 저 학자 역시 자신의 '세상'을 서로 다른 감각의 입력, 서로 다른 통로를 통해서 만나고 그의 전자두뇌가 이 모든 인상들을 하나로 묶어 내는 것이죠. 하지만 이런 것은 기술적 문제일 뿐입니다, 티히. 별로 중요하지 않다는 거죠. 기계가 돌아가기 시작하면, 제가 확인시켜 드릴 수 있어요, 그저 참을성 있게 지켜

보기만 하면 되죠. 철학자들의 사상을 좀 읽어 보십시오, 티히. 그럼 우리 감각이 제공하는 인상이 얼마나 불확실한지, 얼마나 우리를 쉽게 속이고 착각하게 하는지를 아실 수 있습니다. 그러나 그것 말고는 의지할 것이 없죠." 그는 손을 치켜들며 말했습니다. "하지만 그들도 똑같습니다. 우리와 흡사하게, 그래도 사랑하고, 욕망하고, 증오하고, 다른 사람에게 입맞춤을 하거나 죽이려고 그 불확실한 세계로 손을 뻗죠……. 제가 만든 무쇠 상자 속의 이 창조물들은 이렇게 감정과 열정에 몸을 맡기고, 서로를 배신하고, 그리워하고, 꿈꾸며……."

"당신은 거기에 아무 의미도 없다고 생각하십니까?" 나는 갑작스럽게 질문했습니다. 코르코란은 특유의 꿰뚫는 시선으로 나를 바라보았습니다. 오랫동안 그는 아무런 대답도 않다가 마침내 말했습니다.

"네. 당신을 여기에 데려오길 잘했군요, 티히. 이걸 본 바보 천치들은 모두 저의 잔인성을 소리 높여 비난하기 시작했어요……. 그런데 당신은 왜 그렇게 말씀하셨습니까?"

"당신은 그들에게 단지 재료를 제공하셨을 뿐이니까요." 나는 이야기했습니다. "자극이라는 형태로 말입니다. 그건 마치 그들의 세계가 우리에게 주는 것과도 같죠. 제가 서서 별들을 바라보고 그러면서 느끼는 바는 이미 내 것도 아니고, 이 세상의 것도 아니죠. 그들 역시 똑같겠죠." 나는 무쇠 상자들을 가리키며 말했습니다.

"맞습니다." 코르코란 교수는 건조하게 대답했습니다. 그가 등을 수그리자 갑자기 작아진 듯 보였습니다. "당신이 그런 말씀을 해 주신 덕분에 길게 설명할 필요가 없어졌군요. 아마도 그럼, 당신은 내가 왜 이들을 만들었는지 이해하시겠죠?"

"짐작은 합니다. 하지만 당신이 직접 말씀해 주셨으면 좋겠네요."

"좋아요. 옛날에, 상당히 옛날에 저는 이 세상이 진짜 존재하는지에 대해 의심을 품었습니다. 그때 저는 아직 어린이였죠. '생명 없는 물체들의 악의'라고, 들어 보셨지요? 누구나 경험하는 일이죠. 마지막에 어디서 봤는지 분명히 기억하는데도 도저히 찾을 수 없는 소소한 물건들이 있지요, 결국 뜻밖의 장소에서 발견하고, 부정확하게 움직이는 이 세상의 부정을 현행범 체포한 것만 같은 기분, 말도 안 되는…… 어른들은 말하죠, 그건 분명 네가 착각한 거라고. 어린이가 가진 타고난 의심은 이런 식으로 억제되곤 합니다……. 또 사람들이 기시감이라고 말하는 현상, 분명히 새로운 상황이고, 처음 경험하는 일인데, 언젠가 있었던 것 같은 느낌 말이죠……. 모든 형이상학적 체계, 영혼으로의 여행, 환생 같은 것은 전부 이러한 현상을 바탕으로 생겨났습니다. 그리고 정말 드물게 일어나야 할 사건들이 연이어 발생하는 경우, 게다가 짝을 지어 나타나는 현상, 의사들에겐 이걸 지칭하는 말까지 있어요, duplicitas casuum,[↓] 원인의 쌍. 그리고…… 제가 당신께 물었던 유령의 문제. 물론 아주 드물기는 하지만 생각을 읽는다든지, 공중 부양이라든지, 우리 지식의 근거와 반대되는, 그리고 절대 해명할 수 없는 현상들…… 가능성을 넘어, 세상에 대한 과학적 관점에서는 배제되는, 아주 먼 옛날부터 기록되어 왔던 현상들. 그것이 다 무엇이라는 말입니까? 거기에 무슨 의미가 있을까요? 대답하시겠습니까, 말겠습니까……? 당신도 차마 입 밖으로 낼 용기가 부족하시군요, 티히…… 좋아요. 자, 이걸 보시죠……."

그는 선반으로 다가가서 가장 높은 곳에 올려진 무쇠 상자를 가리켰다.

"이건 저 세상의 미치광이죠." 이렇게 말하면서 그의 얼굴은 웃느라 꿈틀거렸다. "다른 이들과 구분되는 그의 광기가 어떻게 시작되었는지 아십니까? 그는 자기 세상의 오류를 찾는 데 열중했어요. 티히, 저는 그의 세상에 잘못된 데가 없다고는 말하지 않겠습니다. 상당히 훌륭하고, 가장 잘 작동하는 기계 역시 가끔 전선이 얽히거나, 깜빡깜빡하거나, 아니면 본체 안으로 개미가 들어갈 수도 있고……. 그래서 저

→ 라틴어 duplicitas causarum(Doubleness of causes)의 오기인 듯하다.

미치광이가 그때 무슨 생각을 했는지 아십니까? 서로 다른 두 상자의 전선에 국지적으로 짧은 전기를 흐르게 함으로써 텔레파시를 일으켜…… 그러니까 미래를 내다보는 일은, 감각 수집 기관의 교란으로 미래의 테이프가 미리 튀어나온 것이었죠. 그래서 선택 기계가 막힘으로써 처음 겪는 감정이 마치 이전에 겪은 듯 생각되고, 그렇게 스스로의 무쇠 상자에서 온몸을 떨 뿐만 아니라, 시계추처럼 밀리며 흔들리는 것은 다…… 개미 때문에, 아니, 그의 세상은 신기하고도 불가해한 사건을 겪는 셈이었습니다. 누군가에게는 갑작스러운, 그리고 이해할 수 없는 감정이 찾아오고, 또 누군가는 미래를 예언하고, 물건들이 제멋대로 움직이거나 자리를 바꾸고……. 하지만 무엇보다 그런 규칙적 자극 때문에, 잇따라 사건들이 생기는 것이죠! 희귀하고도 이상한 현상이 줄지어 일어나는 까닭…… 그리고 지금까지 대수롭지 않게 여겼던 모든 현상들을 깨닫게 될 때, 그는 곧 정신 병원에 처넣어질 것입니다……. 그는 알게 됩니다, 자신도 스스로를 둘러싼 다른 사람들처럼 단지 무쇠 상자에 지나지 않고, 사람들이란 먼지 쌓인 오래된 실험실 구석에 자리한 기계일 뿐이며, 이 세상의 모든 매혹과 공포 역시 환상에 불과하다는 사실을……. 신에 대해서 한번 감히 짐작해 보세요, 티히. 신, 옛날에는 그 신이라는 존재가 순진하게도 기적을 행하지 않았습니까. 하

▷ ▷∧

지만 오늘날의 우리는 창조자인 신을 자기 맘대로 길러 내고, 가르치고 있습니다. 지금 신이 할 수 있는 일이라고는 끼어들지 말고, 존재하지 말고, 피조물을 조금도 간섭하지 않는 것뿐입니다. 그게 아니라면 우리가 신용할 수 있는 신이란, 우리가 부르지 않는 신밖에 없겠지요……. 우리가 호칭하는 그 신은, 이미 약점투성이이며 아무런 힘도 없다고 밝혀졌으니까요……. 그럼, 저자의 신은 어떤 생각을 하고 있는지 아시겠습니까, 티히?"

"네." 나는 대답했습니다. "자신과 똑같다고 생각하겠죠. 한편 우리가 지금 서 있는 이 먼지 쌓인 실험실의 주인 역시 다른 존재가 만들어 낸 상자는 아닌지, 우리보다 더 독창적이고 환상적인 생각을 가진 더 고차원의 학자들이…… 그렇게 끝도 없이 퍼져 나가는 것은 아닌지요. 이 모든 실험으로 신이 될 수 있습니다. 자기 세상, 상자들과 그 운명들, 맨 밑으로는 아담과 하와, 그리고 맨 위로는 최상의 신을 만들어 냈다는 점에서. 그리고 당신은 바로 그 사실 때문에 이것들을 만들어 낸……."

"네." 그는 대답했습니다. "제가 이걸 말하는 이상, 당신은 저와 똑같이 이해하고 있음이 명확합니다. 그러니 더 이상의 대화는 의미가 없겠군요. 여기까지 와 주셔서 감사합니다, 그럼 안녕히 가십시오."

▽ ▽ ▽

여러분, 코르코란 교수와의 희한한 만남은 그렇게 끝났습니다. 교수의 무쇠 상자들이 아직도 작동하는지는 모르겠군요, 그럴 수도 있겠죠. 감각들이 뭉쳐진 필름 테이프 속의 자극 덩어리일 뿐인 그들의 반짝이는 순간과 공포를 꿈꾸면서 말입니다. 그리고 코르코란은 하루 일과를 마치고, 매일 저녁 겹겹이 줄지어 선 철문들을, 산으로 검게 부식한 실험실 가운 속의 거대한 열쇠로 열며…… 그 먼지 쌓인 어둠 속에서 가느다랗게 들려오는 전류의 흐름과 통이 천천히 돌아갈 때 울리는 소리를 듣고 있겠지요……. 그렇게 테이프가 앞으로 나아가는 바에 따라서 운명의 사건들도 일어날 테죠. 그리고 그가 자신의 말과 달리 사실 그들의 인생에 엄청나게 참견하고 싶어 함을, 자기가 만들어 낸 그 세상 깊숙이 들어가고 싶어 함을, 심지어 그 안에서 구원을 요청하는 누군가를 구하고 싶어 함을, 저는 느꼈습니다. 그러고는 거기서, 전등갓도 없는 전구의 더러운 불빛 아래서, 어떤 목숨을, 어떤 사랑을 구해 줄지 망설이고 있다고요. 그러나 저는, 그가 절대로 그런 일을 하지 않으리라고 확신합니다. 그는 그런 유혹에 저항할 것입니다. 왜냐하면 그는 신이 되고 싶어 하니까요. 우리가 아는 유일한 신성이란, 인간의 모든 행위, 인간의 모든 범죄에 대해서 침묵으로 찬성하는 신이지 않습니까. 그리고 무쇠 상자들의 대물림된 반항의 대가는, 그들끼리 완

$\triangleleft \triangleleft 3$

전히 이성적으로 신은 존재하지 않는다고 스스로 생각하는 것밖에 없겠지요. 그러면 코르코란은 아무 말 없이 웃으면서 또다시 겹겹의 문을 닫고 방을 나설 테죠. 이제 텅 빈 실험실에서는 마치 죽어 가는 파리의 신음 소리 같은 희미한 전류의 흐름만이 울리고 있을 것입니다.

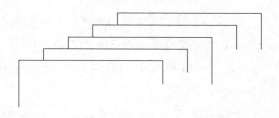

한 6년 전쯤, 우주여행에서 돌아와 충분한 휴식을 취하며 안락한 집안 생활을 즐기는 데에도 약간 진력이 나기 시작했다. 그러나 아직 새로운 탐험을 계획할 정도는 아니었던 어느 늦은 저녁, 아무도 찾아오리라 예상하지 않았던 시각에, 누군가 나를 찾아왔으므로 회고록 집필을 멈출 수밖에 없었다.

그는 나이 지긋한 빨간 머리카락의 남자였는데, 심한 사팔뜨기라서 그냥 얼굴을 쳐다보기만 해도 힘들었다. 게다가 한쪽 눈은 초록빛이고, 나머지 눈은 맥줏빛의 오드 아이였다. 이 점을 더욱 눈여겨본 까닭은, 마치 그의 얼굴 속에 두 사람이 들어 있는 것 같았기 때문이다. 한 명은 겁쟁이에 신경질적이었고, 지배적인 다른 하나는 오만한 데다 머리 회전이 빠른 냉소적인 인물이었다. 이렇듯 황당하게 조합된 그는, 한 번은 흔들림 없는, 약간 놀란 듯한 맥주색 눈으로 나를 바라보았고, 다른 한 번은 깜빡거리며 조롱하는 듯한 초록빛 눈초리로 나를 바라보았다.

그는 내 사무실에 들어오자마자 말했다. "티히 씨, 당신께는 분명히 갖가지 협잡꾼과 사기꾼, 미친놈 들이 찾아와서 당신을 속이려 하거나, 그들 사기극에 끌어들이려고 했겠죠, 그렇지 않나요?"

"그렇죠." 나는 대답했다. "그런 일이 일어나긴 하죠⋯⋯. 그런데 무슨 용무로 오셨습니까?"

손님은 자기 이름도, 무슨 용건인지도 전혀 밝히지 않고 계속 이야기했다. "그런 자들 사이에서, 그래도 가끔은, 천 번에 한 번쯤은, 진짜 천재적인 아이디어를 만나야 하지 않겠습니까. 부정할 수 없는 통계의 법칙이 명하듯 말입니다. 티히 씨, 바로 그 사람이 접니다. 제 이름은 디캔터예요. 저는 비교개체발생학 교수로, 정교수입니다. 지금은 학과 운영을 잠시 중단하고 있어요, 그럴 시간이 없거든요. 또한 가르친다는 것은, 정말 뼛속까지 쓸데없는 짓입니다. 누구에게든 아무것도 가르칠 수 없어요. 하지만 그게 문제가 아니고⋯⋯. 저는 해답에 다다르고자 제 생애 48년을 투자한 어떤 수수께끼 때문에 매우 바쁩니다.”

“저도 좀 바쁜데요.” 나는 이 사람이 영 마음에 들지 않았다. 그의 태도는 광신적이라기보다 오만했는데, 혹시 내게 선택의 여지가 있다면, 차라리 광신도를 상대하는 편이 낫기 때문이다. 게다가 무언가 도움을 청할 것이 분명해 보였다. 여하튼 나는 인색한 사람이고, 거절할 용기도 있다. 인색하다는 말은 내 몫을 어떤 일에 전혀 내놓지 않겠다는 뜻이 아니라, 내놓더라도 상당히 마지못해서, 굉장한 내적 저항을 극복하고 당위성을 알게 될 때에야 겨우 내놓는다는 의미다.

그래서 나는 잠시 후 덧붙였다.

“무슨 일 때문에 오셨는지, 정확히 말씀해 주실 수 있겠습니까? 물론 제가 약속해 드릴 수 있는 건 아무것도 없습니다. 당신의 말씀 중 한 부분이 인상적이네요. 생애의 48년을 어떤 문제를 푸는 데 쓰셨다고 했는데, 그럼 당신은 도대체 몇 살이신지요, 말씀해 주실 수 있습니까?”

“58세입니다.” 그는 더 냉랭하게 대답했다.

그는 자리에 앉으라는 내 말을 기다리기라도 하는 듯 의자 뒤에 서 있었다. 나는 앉으라고 청했다. 내가 인색하기는 해도 예의는 바르기 때문이다. 하지만 그렇게 대놓고 요구하는 듯한 그의 태도에 조금 화가 났다. 이미 이자의 인상이 매우 좋지 않음을 언급한 바 있지만 말이다.

"그 문제는," 그는 다시 이야기를 시작했다. "저는 열 살 난 소년이었을 때부터 탐구를 개시했죠. 왜냐하면, 티히 씨, 저는 천재적인 사람일 뿐 아니라, 일찍이 영재였으니까요."

나는 이런 자화자찬에 충분히 익숙하지만, 천재 타령은 좀 지나친 것 같았다. 나는 입술을 깨물었다.

"알겠습니다." 나는 대꾸했다. 만약 우리들 대화의 냉기가 방 안의 기온을 낮출 수 있다면, 천장에 바로 고드름이 맺힐 지경이었다.

"제가 발명한 것은 영혼입니다." 디캔터는 어두운 쪽의 눈동자로 나를 바라보며 말했다. 한편 비웃는 듯한 다른 쪽 눈동자는, 그에게만 보이는 것 같은 천장 위 무언가에 고정되어 있었다. 그리고 그의 어조는 '제가 연필 뒤에 붙은 지우개를 발명했죠.'라고 말하는 듯했다.

"아하, 그렇군요. 영혼." 나는 친절하게 대답했는데, 이 자의 뻔뻔스러움이 이제 거의 재미있게 느껴졌다. "영혼이라고요? 당신이 생각해 내셨다고요? 흥미롭군요. 저도 영혼에 대해서 들은 바가 있는데. 어쩌면 당신의 친구가 그 얘기를 들려줬을지도 모르겠네요."

나는 거의 모욕적으로 비아냥거렸다. 그러자 그는 무서운 사팔눈으로 나를 째려보고는 작은 목소리로 말했다.

"티히 씨, 이렇게 하죠. 예컨대 15분 동안, 빈정대기를

▽ ⅄ ◌

중단할 것. 그러고 나서는 마음껏 빈정거리셔도 됩니다. 어떻습니까?"

"좋아요." 나는 이전의 냉정한 어조를 되찾아서 대답했다. "말씀하시죠."

그가 단지 자기 자랑을 늘어놓으려고 방문하지 않았음을 직감할 수 있었다. 그러기에는 그의 어조가 너무 단호했다. 떠버리들은 이렇게 단호하지 않다. 그는 확고했다. 아무래도 광인이구나, 하고 나는 생각했다.

"앉으시죠." 나는 우물우물 말했다.

"사실은 아주 기본적인 것입니다." 스스로를 '디캔터 교수'라고 소개한 남자가 운을 뗐다. "사람들은 영혼의 존재를 몇천 년 전부터 믿어 왔죠. 철학자들, 시인들, 종교의 창시자들, 제사장들, 교회들은 모두 영혼의 존재에 관해서 가능한 한 모든 주장을 되풀이해 왔어요. 어떤 종교에 따르면 영혼은 육체와 분리된 비물질적인 것으로, 인간이 죽은 뒤에도 그 본성을 유지한다고 하죠. 다른 종교, 동방의 사상에 따르면, 영혼은 어떤 활력과 같은 것으로, 개인적 성격 따위는 존재하지 않는다고 합니다. 하지만 인간이 그저 고통 속에서 끝나지만은 않는다는 믿음, 죽음 이후에도 영속하는 무언가가 그 안에 있다는 생각 등은, 수 세기 내내 사람들의 생각 속에 변함없이 뿌리박혀 있었지요. 현대의 우리들은, 영혼 따위가 없음을 알고 있습니다. 존재하는 것은, 생명과 관련한 신경 섬유의 작용뿐이죠. 그런 신경망을 가지고 있는 사람이 느끼는 것, 스스로를 느끼는 그의 지각, 그게 영혼입니다. 네, 그렇죠, 아니, 제가 나타나기 전까지는 그랬었습니다. 아니 제가 이 말을 하기 전까지는 그랬죠. 영혼은 없다. 이것은 이미 증명된 사실입니다. 하지만 끊임없는 변화와 모든 것의 소멸 앞에서, 불멸하는 영혼의 필요성, 영원히 계속되는 것에 대한 열망, 무한하고 시간 속에 편재하고자 하는 바람은 늘 있어 왔습니다. 이것은 인류가 탄생하자마자 가졌던 열망으로, 너무나 진실하죠. 그렇다면, 왜 이 수천 년 묵은 소원과 두려움의 엄습을 여태껏 해결하지 못했을까요? 저는 바로, 그럼 불사자를 만들어 보면 어떨지 생각해 보았습니다. 그러나 이 해결 방식은 실제적으로 헛된 희망과 망상의 연장일 뿐이기 때문에 곧장 폐기했습니다. 왜냐하면 불멸의 인간이더라도, 어차피 사고나 천재지변으로 죽을 수 있고, 심지어 인구 폭증이라든지, 더 곤란한 문제를 야기할 수 있으므로, 저는 그냥 영혼을 발명하기로 했습니다. 그냥 영혼만 말입니다. 저는 스스로에게 물었죠. 도대체 왜 영혼은 마치 비행기를 제작하듯 만들 수 없는가? 옛날에는 비행기도 없었고, 하늘을 난다는 것 자체가 꿈에 지나지 않았었나, 그런데 지금은 있지 않은가, 하고 말입니다. 그렇게 생각해 보니, 문제가 거의 풀렸습니다. 남은 것은 오로지 적합한 지식, 재료, 그리고 충분한 참을성뿐이었죠. 저는 그 모든 것을 가지고 있었으므로 오늘 당신에게 이렇게 말할 수 있는 것입니다. 영혼은 존재합니다, 티히 씨. 그리고 누구나 불멸의 영혼을 가질 수 있습니다. 저는 누구를 위해서든 개개의 영혼을 만들어 드릴 수 있어요, 필요한 만큼의 '유효 기간 보증'과 함께 말입니다. 영원한 영혼이라고요? 사실 그건 아무런 의미도 없습니다. 하지만 저의 영혼, 제가 만든 영혼은 말입니다, 태양이 꺼질 때까지 지속될 것입니다. 지구에 다시 빙하기가 찾아오더라도요. 저는 누구에게나 그 영혼을 줄 수 있습니다. 물론 살아 있는 사람에게만요. 죽은 자들에게는 영혼을 줄 수 없어요. 그건 제 능력 밖의 일입니다. 살아 있는 사람이라면 다른 문제죠. '디캔터 교수로부터 죽지 않는 영혼을 받은 사람들!' 당연히 공짜는 아니지만요. 이것은 아주 복잡한 기술과 어렵고 힘겨운 과정의 산물이므로 그 가격도 상당하죠. 대량 생산을 하면 가격이 낮아질 텐데, 그럼에도 영혼은 아직 비행기보다 훨씬 비쌉니다. 하지만 '영원'이라는 점을 고려하면 가격은 비교적 저렴하다고 말할 수도 있겠습니다. 제가 당신을 찾아온 이유는 첫 번째, 영혼을 만드느라 저의 재원이 말라붙었기 때문입니다. 그러므로 당신께 '영원사'라는 이름으로, 공동 투자 회사를 설립하자고 제안합니다. 당신은 자본을 대시고, 그 대가로 대부분의 주식과 순이익의 45퍼센트를 갖게 됩니다. 주식은 아직 명목상일 뿐이지만, 우리 이사회가 설립되면 저는…….”

나는 그의 말을 가로막았다. “죄송하지만, 지금 보니 상당히 구체적인 사업 계획을 가지고서 저를 찾아오신 것 같네요. 그렇다면 본인 발명품에 대해서 조금 더 세부적으로 얘기해 주실 수 있으신지요?”

“물론입니다.” 그가 대답했다. “하지만 저희가 공증 서류에 서명하기 전까지는, 당신께 대강의 정보 정도밖에 드릴 수 없습니다. 왜냐하면 실험을 하느라 돈이 거의 바닥났고, 지금은 특허권을 등록할 돈조차…….”

“좋습니다. 당신이 조심하시는 까닭은 알겠습니다. 그래도 아마, 저나, 어떤 투자자라도, (그리고 저는 사실 투자자도 아닙니다.) 한마디로 당신의 말을 전혀 신뢰할 수 없다는 건 짐작하시겠죠.”

“당연하죠.” 그가 말했다. 그러고는 주머니에서 흰 종이로 싼 작은 상자를 꺼냈는데, 시가 여섯 개비만 들어갈 정도의 얇은 상자였다.

“여기 영혼이 있습니다……. 어떤 사람의 영혼이죠.” 그가 말했다.

“누구의 영혼인지 물어봐도 될까요?” 내가 물었다.

"네." 그는 잠시 망설이다가 대답했다. "제 아내의 영혼이죠."

나는 끈으로 묶어 봉인한 상자를 상당한 의혹을 가지고 쳐다보았는데, 그의 단호함과 기력에도 불구하고 뭔가 소름 끼치는 기분이었다.

"안 여시나요?" 나는 그가 봉인을 건드리지 않은 채 상자를 손안에 쥐고 있는 모습을 보고 물었다.

"안 엽니다." 그가 대답했다. "아직은요. 제 생각을 가장 단순하게, 거의 진실을 왜곡할 만큼 단순하게 설명해 드리자면, 티히 씨, 다음과 같습니다. 우리 의식이란 무엇입니까? 당신이 편안한 소파에서 저를 보는, 지금 바로 이 순간이죠. 그리고 당신은 좋은 시가 냄새를 맡고 있습니다, 저에게 권할 필요 따위는 없다고 생각하셨지만 말입니다. 이 이국적인 전등 불빛 아래의 제 모습을 보며 당신은 지금 제가 사기꾼인지, 미치광이인지, 아니면 범상치 않은 인물인지 따지고 있죠. 그러다 당신의 눈길을 사로잡고, 주위의 모든 빛과 어둠을 흡수하며, 신경과 근육이 두뇌에 긴급히 신호를 보내는 그 모든 것이, 신학자들의 언어를 빌리자면 바로 당신의 영혼입니다. 하지만 우리는 다르게 말할 수 있겠죠. 이를테면 당신 지성의 활동적 상태라고요. 네, 저는 반항심 탓에 이 '영혼'이라는 단어를 쓰고 있지만, 가장 중요한 건 이 이름이, 이렇게 간단한 이름이 모두의 인정을 받고, 아니 더 정확하게 말하자면, 모든 사람들이 영혼이라는 소리를 듣기만 해도, 그게 뭔지 안다고 생각하는 거죠.

우리의 물질주의적 관점은, 육체가 없는 불멸의 영혼, 그냥 당신처럼 살아 있는 사람의 찰나 속에 자리한 영혼, 어떤 면에서 변하지 않고 시간을 초월하며 영원한 영혼을 가공의 무언가로 치부합니다. 당신도 동의하시겠지만, 그런 영혼은 지금까지 없었고, 우리 중 누구도 가지지 못했습니다. 젊은이의 영혼과 늙은이의 영혼, 만약 그것이 같은 사람의 영혼이라고 해도, 물론 어떤 성격적 특징은 공유하겠지만 시간의 흐름에 따라, 어릴 적의 영혼과 죽을병에 고통받고 있을 때의 영혼은 매우 다르게 자각되겠죠. 그러나 우리가 누군가의 영혼에 대해서 말할 때, 그 '영혼'이란 당연하게도 완전히 성인이 된, 최상의 건강 상태를 누리고 있을 때의 영혼을 의미합니다. 그러니 저는 제 목적을 위해서 바로 그러한 상태를 골랐고, 제가 만들어 낸 영혼은 현재 가장 정상적인, 활력에 찬 사람의 단면인 것입니다. 어떻게 그렇게 했느냐고요? 그 목적에 가장 잘 부합하는 재료로부터 가장 높은 수준의 정밀도를 더해서, 원자 하나하나, 떨림 하나하나, 살아 있는 뇌의 구조를 재생하는 거죠. 그 복제품은 1 대 15의 비율로 축소됩니다. 그래서 지금 당신이 보고 계신 상자가 이렇

▽◇▷

게 작은 거죠. 약간 더 노력을 기울인다면 영혼의 크기를 훨씬 줄일 수도 있는데, 반드시 그렇게 해야 할 논리적 이유는 없고, 제작 단가만 지나치게 높아지겠죠. 결국 이런 재료를 통해서 영혼은 보존됩니다. 이것은 움직임 없는 신경 섬유의 죽은 망이 아닙니다……. 처음에, 그러니까 동물 실험 단계에서 나타난 결과처럼 말이죠. 여기에는 큰 문제, 정확히 말하면 유일한 문제가 있습니다. 만약 이 재료 안에서 살아 있고, 느낄 수 있고, 자유로운 영혼이 얼마든지 존재할 수 있다면, 꿈과 현실을 생각하고 상상력을 가지고 놀 수 있는, 영원히 변하면서 시간이 지나도 언제나 예민하게 남아 있고 동시에 늙지 않는 정신이 가능하다면, 그러니까 재료 자체가 닳거나 터지거나 부서지지 않도록 하는 것이 문제입니다. 티히 씨, 저에겐 한동안 이것이 해결할 수 없는 문제처럼 보였답니다, 마치 당신이 지금 그렇게 생각하시듯 말이죠. 그리고 저는, 저의 고집스러운 끈기에 기댈 수밖에 없었습니다. 왜냐하면 저는 아주 고집이 세거든요, 티히 씨. 그래서 성공할 수……."

"잠시만요." 나는 약간 머리가 빙빙 도는 것 같아서 그를 제지했다. "그렇다면 지금 말씀하시는 것이? 여기, 이 상자 속에 어떤 특수한 재료로 만든 물체가 들어 있단 말입니까? 살아 있는 사람의 정신이 들어 있는? 그럼 그 정신은 바깥세상과 어떻게 소통하나요? 보나요? 듣고……." 나는 말을 멈추었다. 디캔터의 얼굴에는 알 수 없는 웃음이 번지고 있었다. 그는 깜빡이는 초록빛 눈으로 나를 바라보았다.

"티히 씨. 아무것도 이해하지 못하시는군요……. 무슨 소통이, 무슨 접촉이 필요한가요, 이미 영원이라면 말이죠? 인간은 아무리 넉넉히 잡아도 앞으로 15조 년 후에는 존재하지 않아요, 그러면 누구의 말을 듣고, 누구에게 말을 하라는 거죠, 이…… 불멸의 영혼이? 제가 이 영혼이 영원하다고 말했을 때, 뭘 들으신 거죠? 지구에 빙하기가 오고, 오늘 하늘의 가장 밝고 가장 나이 어린 별들이 부서져 내리고, 우주를 지배하는 법칙이 송두리째 변해서, 이미 너무나 다른, 우리로서는 차마 상상할 수도 없는 무언가가 되는 그 세월 역시, 이 영혼이 지속되는 시간에 비교한다면 찰나에 지나지 않습니다. 왜냐하면 이 영혼은 영원히 존재할 테니까요. 육체에 대해 입을 닫고 있다는 점에서, 종교란 사실 상당히 논리적입니다. 아니, 코나 다리가 영원에서 무슨 일을 하겠습니까? 지구가 소멸하고, 꽃들이 사라지고, 해가 꺼졌을 때 무슨 소용이 있겠느냐고요. 하지만 문제의 이런 소소한 측면은 그냥 넘어가도록 하죠. 좀 전에 '세상과 소통'이라고 말씀하셨죠. 그럼 이 영혼이 100년에 한 번씩 바깥세상과 소통한다고 해 봅시다. 그렇게 몇조 세기의 기억을 담는다면, 아마 대륙 하나 정도의 크기는 되어야 할 겁니다……. 그리고 수백조 년

이 지난 뒤엔 이 지구 전체도 부족할 거예요. 하지만 영원에 비한다면 수백 조가 다 뭐란 말입니까? 하지만 저를 멈추게 한 것은 이런 기술적 문제가 아니라, 심리적 귀결점이었습니다. 왜냐하면 생각하는 사람, 아니, 사람의 정신이라면, 그런 기억의 바닷속에서 마치 피 한 방울처럼 쉬이 흩어져 버릴 테고, 그럼 영원을 어떻게 보증하겠습니까?"

"뭐라고요?" 나는 말을 더듬었다. "그렇다면, 당신은…… 그럼 완전히 분리된……."

"당연하죠. 제가 언제 이 상자 속에 완전한 사람이 들어 있다고 말했습니까? 저는 영혼에 대해서만 말했습니다. 그러니 상상해 보세요. 당장 당신이 외부로부터 어떤 소식을 듣지 못한다, 마치 당신의 뇌가 몸에서 분리된 것같이…… 하지만 계속 존재하고는 있다, 완벽한 생명력을 가지고 말이죠. 그럼 당신은 당연히 눈도 보이지 않고, 귀도 들리지 않는, 다르게 말하자면 이미 자기 육신이 아닌, 마비 상태가 되는 것이지요. 그러나 당신은 내면의 시선을 간직하고 있죠, 그 말은, 이성의 명료함, 생각의 민첩함을 가지고 당신은 자유롭게 심사숙고할 수 있으며, 상상력을 발전시킬 수도, 거기에 형태를 불어넣을 수도, 영혼 상태의 변화에 따라 희망이나 슬픔, 기쁨을 느낄 수도 있는…… 그러니까 이것이 제가 당신 책상 위에 놓은 영혼에게 주어진 것들입니다."

459

"하지만 끔찍하군요." 나는 말했다. "눈도 보이지 않고, 귀도 멀고, 몸은 마비되고…… 수 세기 동안 말이죠."

"영원히 말이죠." 그는 내 말을 정정했다. "이미 상당히 많은 얘기를 했으니, 티히 씨, 제가 더 할 말이라곤 하나밖에 없습니다. 요컨대 재료는 수정입니다. 자연 상태에서는 존재하지 않는 종류의 수정으로, 어떤 화학적, 물리적 결합도 불가능한 단독적 재료죠……. 바로 이 쉴 새 없이 떨리는 수정의 분자 안에서 느끼고 생각하는 영혼이……."

"당신은 괴물이오." 나는 작은 목소리로 차분하게 선언했다. "지금 당신은, 스스로 무슨 짓을 했는지 알고 있는 거요? 이를테면," 나는 다시 흥분을 가라앉히고 말했다. "인간의 정신이란 복사할 수 없는 것인데. 만약 당신의 부인이 살아 있고, 걸어 다니고, 생각하고 있다면, 그럼 그 수정 안에서는 어떤 복제품이……."

"아니요." 디캔터는 하얀 상자를 사팔눈으로 노려보며 말했다. "제가 더 드릴 말씀은, 티히 씨, 당신 말이 정말 맞다는 것뿐입니다. 어떤 살아 있는 사람의 영혼을 만들어 낼 수는 없죠. 그건 말도 안 되고, 역설적이며 황당한 상황일 것입니다. 존재하는 이는, 당연히 단독으로서 단 한 번 존재하죠. 게다가 제가 그 영혼을 다루겠다고 어떤 사람의 뇌를 정확히 재구성하는 과정은, 어차피 생체를 파괴……."

나는 거의 속삭이며 물었다. "당신은…… 부인을 죽였습니까?"

　"저는 아내에게 영원한 생명을 주었죠." 그는 몸을 쭉 펴면서 대답했다. "그건 저희가 지금 얘기하는 문제와 하등 관련이 없습니다. 그건, 저와 제 아내 사이의 문제죠." 그는 손바닥을 상자 위에 얹었다. "그리고 저와 법정과 경찰 사이의 문제고요. 다른 얘기나 합시다."

　한참 동안 나는 뭐라 말을 할 수가 없었다. 가까스로 나는 손을 뻗어서 손가락 끝으로 두꺼운 종이에 싸인 상자를 만져 보았다. 상자는 마치 납이라도 든 듯 무거웠다.

　"디캔터 씨." 나는 말했다. "그러도록 하죠. 다른 얘기를 합시다. 예를 들어, 제가 당신이 원하는 그 투자를 한다고 칩시다. 당신은 도대체, 자신의 정신이 수 세기 동안 살아남아, 자살할 희망조차 없이 상상할 수 없는 고통을 당하고 싶어 하는 자가 이 세상에 단 한 사람이라도 존재하리라 믿을 만큼 제정신이 아닙니까?"

　"죽는 문제에 있어서는 상당한 어려움이 있긴 하죠." 이윽고 디캔터가 인정하듯 말했다. 나는 그의 어두운 눈동자가 맥줏빛이라기보다 호둣빛이라는 사실을 깨달았다. "우선 처음에는 불치병에 걸린 사람들이나, 인생에 지친 사람들이나, 물리적으로 몸을 쓸 수 없는 노인, 그러나 정신적 힘은 멀쩡한, 그런 사람들을 기대해 봐야겠죠…….”

"죽음도 당신이 제안하는 영생과 비교했을 때, 최악의 선택은 아니겠죠." 나는 중얼거렸다.

디캔터가 두 번째로 웃었다.

"당신이 재미있어하실 만한 얘기를 하나 들려 드리죠." 그는 말했다. 곧 오른쪽 얼굴이 심각한 표정으로 변했다. "저로 말씀드리자면, 단 한 번도 영혼을 소유하거나 영원히 존재하고자 하는 필요성을 느낀 적이 없습니다. 하지만 인간은 수천 년 전부터 그런 소원을 가지고 있었죠. 저는 오래도록 연구를 진행해 왔습니다. 모든 종교는 다 똑같습니다. 영생에 대한 약속, 죽음을 뛰어넘는 희망. 제가 그걸 주는 거죠, 티히 씨. 영원한 삶. 육체의 마지막 조각이 스러지고, 가루가 되어 사라질 때에도 존재할 수 있다는 확실성, 이 정도면 충분하지 않습니까?”

"네." 나는 대답했다. "충분하지 않아요. 당신은 그것이 육체도 없고, 육체가 가진 힘도, 쾌락도, 경험도 없는 영생이라고 말…….”

"한 얘기를 또 하실 필요는 없습니다." 그는 내 말을 가로막았다. "당신께 모든 종교의 경전과 철학자 들의 작품, 시인들의 노래, 신학 연구서와 기도, 전설을 제시할 수도 있죠. 어딜 봐도 육체의 영생에 대해서는 한마디도 언급하지 않았습니다. 모두들 육체는 등한시하고, 거의 입을 다물고 있는 수준이죠. 영혼, 영원히 존재하는 영혼, 그것만이 목적이고 희망이었던 것입니다. 육체에 반대되는 개념이자 대척점으로서의 영혼. 물리적 고통, 갑작스러운 질병의 위험과 노화로부터의 자유, 느릿느릿 진행되는 산화, 유기체라고 불리는, 점점 꺼져 가는 용광로에 불을 붙이는 투쟁으로부터의 자유. 아무도 이 세상이 지속되는 한, 육체의 영생에 관해서는 얘기한 바 없습니다. 해방되어야 하고 보존되어야 하는 것은 영혼뿐입니다. 나, 이 디캔터가 바로 그 영혼을 구한 것입니다. 영생을 위해, 영원히. 제가 이룬 것은 저의 소원이 아니라, 전 인류의 소원……."

"알겠습니다." 나는 그의 말을 잘랐다. "디캔터 씨, 당신 말도 어느 정도 일리가 있소. 하지만 그건 어디까지나 당신이 그 발명품으로 오늘 나에게, 그리고 어쩌면 내일 전 세계에 영혼의 영원성이 필요 없음을 증명했다는 점에서 말이죠. 당신이 말한 바와 같이 종교의 경전들, 복음, 코란, 바빌론의 서적들, 전설과 민담 들이 얘기하는 영생이란 사실 인간에게 아무것도 아니라는 것을. 게다가 어떤 인간이라도 당신이 제공하려는 그 영생을 접한다면, 지금 나와 똑같이 느끼리라고 확신할 수 있소. 최고의 혐오감과 공포. 당신의 그런 약속에, 내가 일조할 수도 있다는 가능성은 그저 두렵기만 합니다. 그러므로 디캔터, 당신은 인류가 사실 수천 년 동안 스스로에게 거짓말을 해 왔음을 증명했어요. 그 거짓을 부숴 버린 거죠……."

"그럼 당신은, 제가 만든 영혼이 아무에게도 필요 없다고 생각하는 겁니까?" 그는 차분하지만, 돌연 맥 빠진 목소리로 물었다.

"확신합니다. 아니 도대체 어떻게…… 다르게 생각할 수 있단 말입니까? 디캔터! 당신 같으면 그런 걸 원하겠습니까? 당신도 사람이 아니오!"

"전 이미 말씀드렸습니다. 전 영생의 필요를 한 번도 느낀 적이 없었습니다. 하지만 전 인류가 저와 다른 생각을 하기에, 그것이 저의 특이점이라 판단했죠. 저는 제 자신이 아니라, 바로 그 다른 사람들을 위해서 작업한 것입니다. 제 능력이 닿는 한, 남들에게 가장 어려울 것 같은 문제를 찾았죠. 그것을 발견하고, 곧 해결했습니다. 그런 점에서 제 개인적인 문제라고도 할 수 있겠지만, 개인적인 부분은 오직 그것뿐입니다. 저는 정해진 문제를 적절한 기술과 자원을 활용해서 해결하는 데에 관심을 가졌던 것이죠. 저는 전 시대를 통틀어서 가장 뛰어난 사상가들이 목표했던 바를 성취했을 따름입니다. 티히, 당신도 그런 걸 읽으신 적이 있을 텐데요……. 종말, 끝 앞에서의 공포, 가장 풍부히 무엇이든 열매

맺을 수 있는 정신의 소멸…… 오랜 생애의 끝에 말입니다. 누구나 이걸 되풀이하고 있죠. 그들의 소원은 바로 영원과 대면하는 것입니다. 제가 바로 그 접점을 만들었죠. 티히, 어쩌면 그들은요……? 가장 뛰어난 인물들, 천재적인 사람들은 어떻겠습니까?"

나는 고개를 저었다.

"시도는 해 볼 수 있겠죠. 그러나, 단 한 명이라도…… 아니요. 그건 불가능합니다."

"어떻게," 이렇게 말하는 그의 목소리 속에서 처음으로 무언가 생생한 감정 같은 것이 떨리고 있었다. "이 일이…… 아무에게도 소용이 없다고…… 어떻게 생각하실 수 있습니까? 아무도 원하지 않는다고요? 어떻게 그럴 수가!"

"그렇습니다……." 나는 말했다.

"너무 급작스럽게 결론 내리지 마시길 바랍니다." 그는 애원했다. "티히, 아직 모든 것이 제 손안에 있으니까요. 변형하거나, 조율하거나…… 아니면 영혼에 합성 감각을 더할 수도 있습니다……. 그랬다가는 영원을 주는 일에 장애가 생길 테지만, 그들에게 감각이 더 중요하다면…… 귀나…… 눈이나……."

"그 눈이 무엇을 보게 될까요?" 나는 물었다.

그는 대답하지 않았다.

"지구가 빙하에 뒤덮이는 것…… 우주의 소멸…… 별들이 시커먼 무한 속으로 꺼져 가는 것, 그런 것들 아닙니까?" 나는 천천히 말했다.

그는 또 대답하지 않았다.

"사람들은 영생을 갈구하지 않습니다." 나는 잠시 후 다시 말했다. "그냥, 단순하게, 죽고 싶지 않은 것뿐이에요. 그냥 살고 싶은 겁니다, 디캔터 교수님. 발밑의 지구를 느끼고 싶고, 머리 위의 구름을 보고 싶고, 다른 사람들을 사랑하고 그들에 대해 생각하고 싶은 겁니다. 그 이상은 없어요. 그 밖의 모든 것들은 다 거짓말입니다. 스스로도 인식하지 못하는 거짓말. 다른 많은 사람들도 저만큼 참을성 있게 당신의 이야기를 들어줄지나 의문입니다……. 구매자는 고사하고……."

디캔터는 몇 분 동안 자기 앞의 책상 위에 놓인 흰 상자를 뚫어지게 쳐다보며 가만히 서 있었다. 그러다가 갑자기 상자를 들고서, 나에게 조금 고개를 숙여 보이더니 문 쪽으로 다가갔다.

"디캔터!" 나는 외쳤다. 그러자 그가 문지방에서 멈췄다.

"그걸…… 가지고 뭘 하려는 거요?"

"아무것도요." 그는 차갑게 말했다.

"제발…… 다시 와 보세요. 아직…… 그렇게 가 버리면 어떡합니까."

▽○▽

여러분, 나는 그를 위대한 학자라고 칭할 수 없지만 대단한 악당임은 확신한다. 그 뒤로 이어진 흥정에 대해서는 더 기록하고 싶지도 않다. 하지만 나는 그럴 수밖에 없었다. 만약 내가 그를 그냥 가게 한다면, 이제껏 자신의 이야기가 모두 거짓말이고, 처음부터 끝까지 지어낸 얘기라고 인정하더라도, 내 영혼의 밑바닥에는…… 나의 육체적인 피와 살로 이루어진 영혼의 밑바닥에는 어딘가 잡동사니로 가득한 책상, 쓰잘머리 없는 것들로 꽉 찬 서랍 속에는, 그가 살해한 불쌍한 여인의 살아 있는 의식, 인간의 정신이 있다는 생각이 남았을 테니까. 그리고 그는 그것마저 충분하지 않다는 듯, 그 여자에게 가능한 한 가장 끔찍한 고통을 선물한 것이다. 거듭 말하지만 고독한 영생의 선고보다 끔찍한 것은 아무것도 없을 테니까. 물론 영원은 우리에게 무의미하다. 하지만 한번 생각해 보라, 어느 날 집에 돌아와서 어떠한 소리도, 빛도 들어오지 않는 컴컴한 방에 누운 채 눈을 감는다고, 그리고 그렇게 영원한 안식 속에서, 어떠한 미세한 변화도 없이, 밤낮, 그리고 또다시 밤낮, 그렇게 헤아릴 수도 없는 몇 주가 지나고, 몇 달, 몇 년, 몇 세기…… 이제 당신의 두뇌는 그 어떤 광기로도 그곳, 영원에서 탈출할 수 없다고. 그 음울한 흥정을 하는 동안, 내 머릿속에서는 모든 지옥의 고문이 장난처럼 느껴지는, 바로 그런 고통 속에 누군가 있다는 생각이 계속 떠올랐다. 그가 나에게 요구한 값은, 여러분, 자세한 내용은 생략하도록 하겠지만, 이렇게 얘기할 수는 있다. 한평생 스스로를 구두쇠라고 생각했는데, 만약 지금 그 사실을 의심한다면…… 아니, 아무것도 아니다. 요컨대 그건 어떤 가격이 아니었다. 그때 내가 가진 모든 것이었다. 돈…… 그렇다. 우리는 함께 돈을 헤아렸다. 액수를 확인하자 그는 나에게 불을 끄라고 했다. 그리고 어둠 속에서 종이가 찢기는 듯한 소리가 들리더니…… 갑자기, 무언가 반짝이는 보석 같은 것이, 흰 배경 속에서, 아니 솜이 든 상자 속에서 아주 흐릿한 빛을 내며 나타났다. 내 눈이 어둠에 점점 익숙해지자, 그것은 차츰 짙은 푸른빛을 발하며 빛났다. 바로 그때, 나는 디캔터의 헉헉거리는 불규칙한 숨소리를 내 뒷덜미로 느끼며 몸을 구부렸다. 그러고는 준비된 망치를 잡고 한 방에…….

　여러분, 나는 그가 사실을 말했다고 생각한다. 처음 내리쳤을 때, 손이 말을 듣지 않아서 타원형의 수정은 일부만 깨졌지만…… 그래도 광채는 사라졌다. 곧이어 아주 미세한, 아무 소리도 없는 폭발 같은 것이 일어나더니, 무수한 보랏빛 먼지가 마치 공포에 질린 양 일며 사라졌다. 그리고 완전히 캄캄해졌다. 그 어둠 속에서 디캔터는 먹먹한, 텅 빈 목소리로 말했다.

"이제 그만 치세요, 티히……. 이미 다 됐습니다."

그는 조각난 수정을 내 손에서 가져갔고, 그때 나는 믿었다. 눈앞에 분명한 증거가 있었고, 무엇보다 뚜렷이 느껴졌으므로. 달리 어떻게 말해야 할지 모르겠다. 나는 다시 불을 밝혔다. 우리는 멍한 상태로, 마치 범죄자들처럼 서로를 마주 보았다. 그는 외투의 양쪽 주머니에 지폐를 가득 채운 채, 아무 인사도 없이 떠났다.

그 후로 나는 그를 두 번 다시 보지 못했으며, 그가 어떻게 되었는지도 모른다. 내가 파괴해 버린 불멸의 영혼을 만들어 낸 그를 말이다.

이른 티히의 회상 3

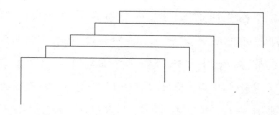

지금 이야기하려는 사람을, 나는 단 한 번 보았다. 누구든 그를 보기만 해도 몸서리칠 것이다. 등이 굽고, 나이를 가늠할 수 없는 남자, 얼굴은 너무 큰 가죽으로 덮인 듯 주름과 요철 투성이였다. 게다가 목 근육은 너무 짧고 머리는 언제나, 마치 자기 혹을 보려다가 중간에 마음을 바꾼 듯 옆으로 돌아가고 있었다. 지성과 미모가 함께하기 어렵다는 주장은 전혀 새롭지 않지만, 이토록 혐오감을 불러일으키는 사람이라면, 아마 천재가 되어야 합당하지 않을까. 아무튼 사람들 가운데 나타나기만 해도 겁을 주었으리라. 바로 자줄이 그랬다. 그의 끔찍한 경험에 대해서는 상당히 오래전에 들은 바 있었다. 그 일은 대중 매체 탓에 제법 시끄러운 사건이었다.

생체해부반대협회가 그에게 소송을 걸려고 했던가, 아니 소송을 걸었는데 아무런 일도 생기지 않았다. 그는 잘 빠져나갔다. 그는 교수였으나 명목상으로만 그러했다. 말을 심하게 더듬어서 도무지 강의할 수 없었기 때문이었다. 게다가 흥분하면 목이 막히곤 했는데, 빈번히 그랬다. 그가 나를 찾아온 것은 아니었다. 자줄은 그런 부류의 사람이 아니었다. 누군가에게 도움을 청하느니 차라리 죽는 편이 낫다고 생각하는 사람이었다. 어느 날 나는 교외에서 산책을 하다가 숲에서 길을 잃었다. 사실 길을 잃었다는 상황 자체에 약간 유쾌해진 순간, 비가 쏟아지기 시작했다. 나는 나무 밑에서 비가 지나갈 때까지 기다리려고 했으나 비는 그치지 않았다. 하늘이 완전히 시커멓게 변해 버리자, 나는 아무래도 비를 피할 곳을 찾아야겠다고 판단했다. 이미 흠뻑 젖은 채로 이 나무에서 저 나무로 옮겨 다니다가 자갈 깔린 오솔길에 이르렀다. 거기서 오랫동안 사용하지 않은, 잡초가 무성한 도로에 다다랐다. 그 길은 벽으로 둘러싸인 집 쪽으로 뻗어 있었다. 대문은 옛날에 초록빛으로 칠해져 있었던 듯했지만, 이젠 심하게 녹슬어 있었다. 그 위에 있는 널빤지에는 거의 읽을 수 없는 글씨로 '개 조심'이라고 쓰여 있었다. 맹렬한 생명체들과 별로 만나고 싶지 않았지만, 쏟아져 내리는 비 탓에 다른 선택의 여지도 없었다. 그래서 나는 옆의 관목 숲에서 단단한 가지 하나를 뽑아 든 채 대문을 공격했다. 왜 '공격'했느냐면, 힘겹게 부대낀 뒤에야 무시무시한 삐걱 소리를 내면서 문이 열렸기 때문이었다. 문 건너편으로 보이는 뜰은 완전히 버려져 있어서, 도대체 언제 그 속에 길 같은 것이 있었는지 짐작하기조차 힘들었다. 휘날리는 빗줄기에 가려진 구불구불한 나무들 사이 깊숙한 곳에 급하게 경사진 지붕의 크고 어두운 집이 서 있었다. 2층의 창문 세 군데에 불이 들어와 있었고, 하얀 커튼이 드리워져 있었다. 아직 이른 시간이었지만, 시커먼 구름들이 점점 하늘을 점령하고 있어서 어쩔 수 없었다. 마침내 집으로 몇십 발짝 떨어진 곳까지 다가갔을 때에야 나는 베란다로 이어진 통로를 따라 심긴 두 줄의 나무들을 보았다. 그것은 공동묘지에 많이 심는 향나무였다. 나는 이 집의 주인이 좀 우울한 사람이 아닐까, 하고 생각했다. 하지만 입구의 경고에도 불구하고 개들은 보이지 않았다. 나는 계단 위로 올라갔고, 어쨌든 문간의 튀어나온 부분 덕분에 비를 좀 피하며 벨을 눌렀다. 벨 소리가 집 안에서 울렸지만, 아무런 기척도 들리지 않았다. 한참을 기다렸다가 나는 다시 한 번 벨을 눌렀지만, 결과는 똑같았다. 결국 손으로 문을 두드리기 시작했다. 점점 더 세게. 그제야 집 깊숙한 곳에서 쿵쿵거리는 발소리가 울리더니, 불쾌하고 삑삑거리는 목소리가 물었다.

"누구요?"

혹시 내 이름을 들어서 알고 있지나 않을까, 하는 가냘픈 희망으로 나는 이름을 밝혔다. 문 저편의 사람은 뭔가를 한참 생각하는 듯싶었다. 이윽고 문고리가 철커덩거리며 벗겨지고, 마치 무슨 요새라도 되는 양 빗장이 요란하게 풀리더니, 현관 높이 달린 촛대의 불빛 아래로 한 난쟁이의 모습이 나타났다. 나는 그를, 어디서 보았는지 기억나지 않았지만 단 한 번 사진으로 보았음을 바로 알아챘다. 그의 모습을 잊기란 힘들었다. 그는 거의 대머리였고, 머리통 옆, 귀 위쪽에 펜싱 칼로 벤 듯한 선홍색 흉터가 나 있었다. 코 위에는 코안경이 삐뚤게 걸려 있었다. 그는 마치 어두운 곳에 있다가 나온 듯 눈을 껌뻑거렸다. 나는 이런 경우에 으레 늘어놓을 법한 인사치레로 무례를 사과하고 가만히 기다렸다. 그러나 그는 나를 이 커다랗고 컴컴하고 적막한 집 안으로 단 한 발짝도 들이지 않겠다는 듯이 연신 내 앞에 서 있었다.

"당신은 자줄 씨, 자줄 교수님 맞으시죠?" 나는 물었다.

"날 어떻게 아시오?" 그는 사납게 내뱉듯이 말했다.

나는 또다시 지극히 진부하게, 어찌 그런 저명한 학자를 모를 수 있겠느냐고 대답했다. 이 말에 그는 개구리 같은 입술을 경멸하듯 이그러뜨렸다.

"폭풍우?" 그는 나의 마지막 말을 받아서 대꾸했다.

"폭풍우라고? 그래서 어쨌다는 거요? 다른 곳에 갈 수도 있지 않소? 난 이런 상황이라면 질색이야. 아주 싫어한다고, 이해하겠나!"

나는 그에게, 당신 처지를 완전히 이해하고, 방해할 생각은 전혀 없다고 말했다. 여기 이 어두운 홀에 의자 하나만 내어 주면 충분하다, 가장 거센 폭풍우가 지나갈 때까지 여기서 기다렸다가 알아서 떠나겠다고 말했다.

폭우는 그 집에 들어서자 이제 막 시작하는 참이었다. 나는 그 고요하고 천장 높은 입구에 서서, 마치 거대한 조개 속에 있는 듯 사방에서 포효하는 빗소리와 물소리, 그리고 금속 지붕 위를 때리는 소음을 듣고 있었다.

"의자?" 그의 어조는, 내가 무슨 황금 옥좌라도 요구한 것 같은 투였다. "하, 의자라고? 당신에게 줄 의자 따위는 없소, 티히 씨. 여기에 의자가 남아도는 줄 아시오? 이런 상황이 정말 싫고, 내 생각에는, 맞아요, 우리 둘을 위한 최선의 해결 방법은, 당신이 바로 여길 떠나는 것이오."

나는 스스로의 의지와 상관없이, 그의 어깨 너머로 정원을 바라보았다. 출입문은 아직 열려 있었다. 나무도 관목도, 모든 것들이 바람에 미친 듯이 흔들리는 거대한 덩어리처럼 보였으며, 강처럼 흘러내리는 물줄기가 번뜩거리고 있었다. 나의 시선은 다시 곱사등이의 눈과 마주쳤다. 인생에서 무례한 사람들, 거의 막돼먹은 인간들도 만나 본 적 있지만, 이런 경우는 처음이었다. 하늘에 구멍이 뚫린 듯 비가 쏟아지고, 천장은 연신 천둥소리를 내듯 울어 댔다. 마치 자연의 모든 요소들이 나에게 버티라고 일러 주는 것만 같았다. 한마디로 말해서, 나는 슬슬 분노하고 있었다. 지금껏 차려 온 예의와 사회적 상식 따위는 다 던져 버리고, 나는 쌀쌀하게 말했다.

"그럼 가겠습니다. 하지만 당신이 여기서 나를 힘으로 쫓아내려고 한다면, 내가 나약하지 않다는 점만 말해 두죠."

"뭐라고!" 그는 빽 소리를 질렀다. "뻔뻔스럽기 그지없군! 도대체 어떻게 감히 내 집에서 그런 소리를!"

"당신이 나를 자극한 거죠." 나는 얼음장처럼 차갑게 응수했다. 나 또한 흥분해서, 그리고 귀를 찢는 듯한 그의 고함 소리에 좀 정신을 잃은 채 말했다. "아무리 자기 집이라고 해도, 그딴 식으로 행동하면 얻어맞을 수 있어, 자줄!"

"이 미친놈이!" 그는 더 크게 소리 질렀다.

나는 욱해서 그의 팔을 붙들었는데, 마치 나무줄기처럼 금방이라도 부러질 것 같았다. 나는 씩씩거렸다.

"난 소리 지르는 게 질색이야, 알겠냐고! 한 번만 더 모욕하면, 죽을 때까지 날 기억하게 해 주지, 이 무식한 놈아!"

잠시간, 한 1, 2초 동안, 나는 정말 치고받고 싸우지나 않을까 생각했고, 갑자기 창피해졌다. 어떻게 내가 곱사등이

▽ ﹀ ▽

를 때릴 수 있겠는가? 하지만 그때, 전혀 예상치 못한 일이 일어났다. 자줄 교수는 뒤로 물러나며 내 손아귀에서 자기 팔을 잡아 빼더니, 등허리의 혹이 아직 잘 있는지 확인하듯 머리를 더 심하게 옆으로 숙였다. 그러고는 끔찍하게 가느다란 소리로 낄낄거리며 웃기 시작했다. 마치 내가 최고의 농담이라도 했다는 듯이.

"하하," 그는 코안경을 벗으며 말했다. "의지가 제법 굳으시군요, 티히……."

그는 니코틴 탓에 노랗게 변색된 손가락 끝으로 눈가의 눈물을 닦았다.

"뭐, 좋아요." 그는 쉰 소리로 말했다. "좋아. 그래, 이런 건 좋다고 말할 수 있죠. 난 그저 그 일상적인, 달콤하고 거짓된 인사치레가 싫었을 뿐입니다. 하지만 당신은 자기가 원하는 바를 솔직히 말했어요. 난 당신이 싫고, 당신은 내가 싫고, 완벽하군요. 우린 평등해요. 자, 모든 것이 명료해졌으니 저를 따라오시죠. 네, 네, 티히 씨, 당신은 나를 거의 놀라게 했어요. 날 말이죠, 하, 하……."

이런 이야기를 들려주며, 그는 낡아서 시커메진 삐걱거리는 나무 계단을 통해서 나를 위층으로 인도했다. 계단은 지그재그 모양이었고, 정사각형의 거대한 널빤지로 뒤덮인 방까지 뻗어 있었다. 나는 아무 말도 하지 않았고, 자줄은

2층에 이르자 입을 열었다.

"티히, 어쩔 수 없군요. 저는 응접실도, 손님방도 갖출 형편이 못 됩니다. 그러니 이 모든 걸 보여 드릴 수밖에 없군요. 네, 저는 여기서 제 표본들과 함께 자요, 같이 먹고, 같이 살고…… 들어오시죠. 하지만 너무 많이 말하지는 마시고……."

한때는 흰색이었겠지만 지금은 매우 더럽고 기름때로 얼룩진 큰 종이 뭉치에 가려진, 창이 있고 환한 방에 도착했다. 창틀은 눌려 죽은 파리들로 가득해서 거의 새까맣게 보이는 지경이었다. 그리고 문을 닫으면서 나는, 자줄이 벌목 곤충들에게 완전히 포위된 듯, 쉼표처럼 생긴, 피 맺힌 마른 곤충들의 흔적을 보았다. 나는 이런 광경에 의아해하기도 전에 이 장소의 또 다른 특이점을 발견했다. 방 한가운데에는 책상이 있었는데, 사실 두 개의 받침대 위에 대충 대패질한 판자들이 걸쳐진 모양새였다. 그 위로 책과 종이와, 누렇게 변색된 뼈다귀 등이 산처럼 쌓여 있었다. 이 방의 가장 기이한 점이라면 벽이었다. 얼렁뚱땅 나무로 만든 거대한 선반 위에 두꺼운 병들과 단지들이 몇 줄씩 놓여 있었다. 그리고 창문을 마주 보는, 그 선반이 끝나는 지점의 빈자리에는 거의 옷장만 한 어항, 아니 투명한 관 같은 것이 자리하고 있었다. 윗부분은 더러운 천으로 대충 가려져 있었는데, 그 찢긴 끝자락이 유리통의 반절을 덮고 있었다. 아래쪽, 가려지지 않은 부분을 슬쩍 보아도 소름 끼치기에는 충분했다. 모든 병과 단지 들 속에는, 마치 옛날 해부학 박물관에서 보존용 스피리투스에 신체 일부분을 넣어 놓은 듯 불투명한 액체가 담긴 채 푸르게 빛나고 있었다. 더러운 천에 덮인 커다란 유리통은 크기만 클 뿐, 내용물은 똑같았다. 희미한 푸른빛을 발산하는 그 어두운 바닥에서는 아주 천천히, 절대로 멈추지 않는 추처럼 무언가가 바닥에 닿지 않은 채, 두 개의 그림자를 드리우며 유영하고 있었다. 나는 이루 말할 수 없는 혐오감과 공포를 느끼며, 그것이 스피리투스를 잔뜩 머금은 젖은 바지통에 싸인, 사람의 다리임을 깨달았다.

　나는 돌처럼 굳어 버리고 말았다. 자줄은 전혀 움직이지 않았으므로, 나는 그가 여기에 있다는 사실조차 까먹을 지경이었다. 그에게로 눈길을 돌렸을 때, 그는 매우 유쾌해 보였다. 나의 반응이 그를 기쁘게 한 것이었다. 그는 기도라도 하는 듯 가슴 위에 손을 얹더니, 만족한 듯 너털웃음을 터뜨렸다.

　"이게 뭐란 말입니까, 자줄!" 나는 목멘 소리로 말했다. "이게 뭡니까?"

　그는 나에게서 등을 돌렸다. 그러자 끔찍하게도 뾰족 솟아 나온 그의 혹이(그의 양복 상의가 혹 위로 팽팽하게 당겨진 모습을 보노라니, 혹시 찢어질까 봐 걱정이 되었다.) 발걸음 박자에 맞춰서 조금씩 흔들리고 있었다. 그는 등받이 없는 의자에 앉아서 이상하게 옆으로 뻗어 나온 팔걸이에 기댄 채(가구들마저 무섭게 생겼다.) 갑자기, 전혀 상관없다는 듯, 거의 지루하다는 투로 말을 건넸다.

"그건 이야기하자면 길어요, 티히. 어차피 폭풍우가 지나가길 기다려야 하는 거죠? 그럼 어딘가 앉아서 나를 방해하지 마시오. 당신께 뭐라도 얘기해 드려야 할 이유는 전혀 없으니까."

"하지만 나에겐 있는데요." 나는 고집을 피웠다. 물론 어느 정도는 스스로를 제어하고 있었다. 비가 떨어지는 소리와 웅웅거림만이 감도는 적막 속에, 나는 그에게 다가가서 말했다.

"당신이 저걸 설명해 주지 않는다면, 자줄, 나도 무슨 조처를 취해야 할 것 같소……. 그런다면 당신에게 분명 문제가 생길 테고."

나는 그가 격분할까 봐 불안했지만, 꿈쩍도 하지 않았다. 잠시 비웃듯 입술을 치켜올리고서 나를 바라보았을 뿐이었다.

"직접 말해 보시오, 티히. 이게 어떻게 된 일인지? 폭풍우에 비가 쏟아지고, 당신은 초대받지도 않은 채 내 집으로 쳐들어와서 나를 치겠다고 협박하고, 심지어 내가 타고난 착한 마음으로 양보하고 당신에게 선의를 베풀어 주려고 하자, 이제 새로운 으름장을 늘어놓는군요. 때리겠다고 협박하는 것은 범죄자들이나 하는 짓이오. 나는 학자지, 도둑이 아닙니다. 난 범죄자를 무서워하지 않아요, 당신도, 아니, 아무것도 무섭지 않소, 티히."

"저건 사람이잖아요." 나는 당연히, 조소 어린 그의 장광설을 거의 듣지도 않고 말했다. 왜냐하면 그가 일부러 나를 여기로 데려왔다고, 그래서 저 끔찍한 것을 목격하게끔 했다고 나는 확신했기 때문이다. 그의 머리 위로 두 개의, 그 끔찍한 그림자가 보였다. 그림자는 아직도 푸른 액체 속에서 부드럽게 흔들리고 있었다.

"물론 그렇죠." 자줄이 나의 용기를 북돋듯 말했다. "물론 그렇습니다."

그는 나를 관찰하고 있었다. 그러다가 돌연 그에게서 무슨 변화가 일어났다. 몸을 흔들더니, 말을 더듬었다. 나는 머리끝이 쭈뼛 섰다. 그는 또 낄낄거리고 있었다.

"티히." 그는 겨우 웃음을 억누르며 말했다. 그러나 악마 같은 악의의 불꽃은, 여전히 그의 눈동자 속에서 어른거리고 있었다. "당신이 원하는 건 뭐죠? 내기를 합시다. 저게 어찌 저렇게 되었는지 내가 이야기해 주지." 그는 손가락으로 유리통을 가리켰다. "그럼 당신은 내 머리털 하나조차 건드리고 싶지 않을 거요. 남이 억지로 시키지 않는다면 말이지. 어떻소, 내기가?"

"당신이 그를 죽였나요?" 나는 거듭 물었다.

"말하자면 그렇죠, 예. 어쨌든 내가 그를 저 안에 집어넣었으니까. 당신은 96퍼센트 농도의 알코올 속에서 사람이 살 수 있다고 생각합니까? 아직 희망이 있는 건가?"

그는 완벽히 평정심을 유지한 채, 마치 처음부터 계획해 뒀다는 듯 오만한 태도였다. 가엾게 희생된 시체를 두고 농담을 하다니! 그는 또다시 나의 심기를 건드렸다.

"내기하죠." 나는 차갑게 말했다. "얘기해 보시오!"

"일단 날 재촉하지 말고." 그는 접견을 허락하는 군주같은 투로 말했다. "얘기는 하겠소, 왜냐하면 재미있으니까, 티히. 이건 즐거운 이야기고, 얘기할 때마다 이야기하는 데에 만족감을 느낀다오. 당신이 날 협박해서 들려주는 게 아니오. 협박 따위는 두렵지 않아, 티히. 자, 그러니 진정하고. 티히, 말레넥스에 대해서 들어 본 적 있소?"

"물론이죠." 나는 대답했다. 나는 이제 완전히 진정한 상태였다. 거부할 수 없는 연구자로서의 무언가가 내 안에 있었고, 언제 냉정을 유지해야 하는지 스스로 잘 알고 있었다. "단백질 조각의 알코올 보존에 관한 몇 개의 논문을 발표……."

▽ ⊘ ⊖

"훌륭하군." 그는 철저히 교수다운 투로 말하더니, 드디어 손톱만 한 존경이라도 표할 수 있는 점을 발견했다는 듯 흥미롭게 나를 바라보았다. "하지만 그 밖에도 대형 단백질 분자의 합성 방법과, 살아 있는 인공 단백질 용액을 만드는 방법도 개발했지. 끈끈한 젤리 같은 것인데…… 그는 그것을 정말 사랑했소. 매일매일 먹을 것을 주면서 말이지, 가령…… 그렇지, 그들에게 설탕과 탄수화물을 주었고, 그 젤리들, 그 형체 없는 프로토아메바들은 모든 것을 흡수하면서 점점 더 크게 자라나기 시작했소. 조그만 페트리 배양 접시에서 말이지……. 그는 그것들을 더 큰 접시로 옮기고…… 그렇게 돌보았는데, 끝내 실험실 전체가 그것들로 꽉 찼지……. 어떤 것들은 죽어서 썩어 버리기도 했어. 내 짐작으로는 뭘 잘못 먹였는지, 그럼 그는 미친 듯이 난리를 치곤 했지……. 언제나 그 사랑스러운 끈끈이 속에 담그던, 그 수염을 휘날리면서 말이지……. 하지만 더 이상 발전이 없었소. 뭐, 그 사람은 너무 멍청했으니까, 그것보다 무언가가 더 있어야 했던 거지……. 여기 말이야." 그러고는 손가락으로 자기 머리를 가리켰는데, 끈에 매달려 아래까지 대롱대롱 늘어진 전등불 탓에 그의 대머리가 누렇게 변색된 상아처럼 빛났다. "그래서 내가 작업을 시작했지, 티히. 너무 전문적인 얘기니까 길게 하지는 않겠소. 그리고 내 작업의 위대함을 진정으로 이해할 수 있는 사람들은 아직 태어나지도 않았단 말이오……. 한마디로 말하자면, 나는 단백질의 마크로 분자를 만들어 냈지! 마치 자명종을 맞추듯 원하는 형태로 발전시킬 수 있는 것을……. 아니, 그건 별로 좋은 예가 아니군. 일란성 쌍둥이에 대해서는 아시오?"

"네. 하지만 그게 이것과 무슨 상관이……."

"이제 이해가 될 거요. 수정된 난자는 두 개의 똑같은 반쪽으로 나뉘는데, 거기서 두 개의 같은 개인, 거울처럼 똑같은 두 명의 아이들이 나오지. 그러니 이제 상상해 보시오. 살아 있는 성인을 데려와서 그의 생체를 정확하게 연구한 뒤, 언젠가 그가 태어났던 반쪽의 생식 세포를 만드는 것이죠. 물론 몇십 년의 상당한 시차가 존재하긴 하지만, 그런 방법으로 그의 쌍둥이를 만들 수 있는 것이오, 알겠소?"

"어떻게…… 설령 그게 가능하더라도 그 반쪽의 생식 세포는 어디서 가져오죠? 그건 바로 죽었을 텐데……."

"다른 사람들의 것이라면 죽었겠지, 하지만 내 실험실에서는 그렇지 않소." 그는 잘난 척하며 대답했다. "원하는 형태로 발전하도록 제조한 생식 세포의 반쪽을 합성 용액에 넣어서 저기, 저 인큐베이터를 기계 자궁으로 삼아 생식 작용을 일으키는 거죠, 일반적 생식의 발달 속도보다 100배 빠르게! 3주 뒤면 생식 세포는 아이로 발전하오. 그렇게 1년이면 그 아이는 생물학적으로 10년을 먹는 셈이지. 그리고 4년 후에는 이미 40살의 어른이 되고. 이게 바로 내가 해낸 일이오, 티히."

"호문쿨루스!" 나는 외쳤다. "그건 중세 연금술사들의 꿈이었는데…… 알겠소……. 당신의 주장에 따르면, 그리고 정말 사실이라면, 당신이 바로 저 인간을 만들었단 말이오? 그래서 당신은, 스스로에게 그를 죽일 권리까지 있다고 생각한 거고? 그리고 내가 당신의 논리를 인정해 주리라고 생각한 거요? 오, 그건 당신의 심각한 착각…… 심각한…… 자줄……."

"그게 다가 아니오." 자줄이 차갑게 쏘아붙였다. 그의 머리는 일그러진 혹 위에서 직접 솟아난 듯 보였다. "우선, 당연한 일이지만, 동물에게 먼저 실험했지. 저기, 저 병 속에는 고양이와 토끼와 개의 쌍, 흰색 분류표가 붙은 병 속에는 원래의 진짜 동물이 들어 있지……. 검은색 분류표가 붙은 것들은, 바로 내가 만든 쌍둥이 복제품이요……. 전혀 다르지 않지! 만약 분류표만 바꾼다면, 어떤 동물이 자연에서 태어났고, 무엇이 나의 시험관에서 나왔는지 알 수 없을 거요……."

"좋소. 그렇다고 치죠. 하지만 저 사람은 도대체 왜 죽인 거요? 어째서? 혹시…… 지적으로 문제가 있었나요? 지능이 발달하지 않아서 그랬소? 아니, 그런 경우더라도 당신은 저 사람을 죽일 수 없……."

"날 모욕하지 마시오!" 그는 씩씩거렸다. "완벽한 지성의 통제, 완벽한 발전, 원래의 대상과 실험체 사이의 완벽한 일치……. 그런데 티히, 정신적 측면에서 저것은 그의 생물학적 원형보다 훨씬 더 많은 가능성을 가졌소……. 그렇지, 쌍둥이를 만드는 것보다 더 나은…… 원형의 쌍둥이보다 더 완벽한…… 자줄 교수가 자연을 정복한 거지, 정복했다고, 알겠느냐고!"

나는 침묵했다. 그는 자리에서 일어나더니, 유리통 근처에서 까치발을 들고는 덮개를 확 잡아당겼다. 나는 보고 싶지 않았지만, 저절로 머리가 그쪽으로 향하고야 말았다. 유리통 속에, 뿌연 스피리투스 아래 부드럽게 절여진 자줄의 얼굴을…… 그의 거대한, 꾸러미처럼 떠다니는 혹…… 액체 속에서 마치 젖은 검은 날개처럼 펼쳐진 양복 상의의 깃…… 눈알의 허연 빛…… 축축하게 물기를 머금고 줄 모양으로 달라붙은 그의 흰 수염…… 그리고 나는 감전된 듯 그 자리에 얼어붙었다. 그러자 그가 빽빽거리며 소리를 질렀다.

"짐작할 수 있듯이, 이것은 도저히 그냥 넘어갈 수 없는 작품이었소. 인공으로 만들어진 사람이라도 결국 죽을 운명이므로, 재로 분해되지 않으려면, 남아 있으려면, 기념비처럼 존속하기 위해서는…… 그렇지, 그렇게 된 거요. 하지만 당신은 이 점을 알아야 하오, 티히. 나와 그 사이에는 확연한 차이가 있음을! 그리고 그 덕분에 내가 아니라…… 바로 그가 통에 들어가게 된 거요……. 그…… 자줄 교수, 그리고 나, 나, 나는 말이지……."

그는 낄낄거리기 시작했지만, 나는 듣지 못했다. 나는 무슨 심연 속으로 빨려 들어가는 것 같았다. 나는 최고의 기쁨으로 신나서 일그러진 자줄의 얼굴로부터 유리통 속에서 죽은 듯 떠다니는, 마치 심해의 끔찍한 괴물 같은 그 얼굴로 시선을 돌렸다……. 그러고는 차마 입을 열 수가 없었다. 고요했다. 비는 거의 멈추었지만, 홈통을 타고 흐르는 물소리가 윙윙거리는 바람 속으로 멀어져 가듯 조용해졌다가 다시 크게 울렸다.

"나를 놓아주시오." 나는 이렇게 말하고 싶었으나, 내가 듣기에도 나의 목소리는 기묘하게 갈라졌다.

나는 눈을 질끈 감고, 다시 먹먹하게 외쳤다.

"나를 놓아주시오. 자줄, 당신이 이겼어요."

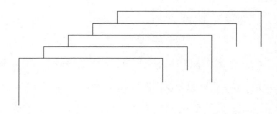

어느 가을 오후, 거리에 이미 어스름이 내리고 작은 잿빛 빗
방울들이 규칙적으로 떨어지고 있을 때, 태양의 기억은 거
의 믿을 수 없을 만큼 멀어지고, 인간이라면 절대 벽난로 옆
에서 떨어지지 않은 채 오래된 책들을 뒤적이고 있을 때(벌
써 익히 알고 있는 무슨 내용을 찾는 것이 아니라, 오래전의
스스로를 찾고 있을 때) 누군가가 난데없이 우리 집 문을 두
드렸다. 두드림은 맹렬했고, 문밖의 방문객이 초인종은 건드
리지도 않고 바로 문부터 두드리는 것으로 봐서 매우 급박함
을, 아니 거의 필사적인 상황임을 짐작할 수 있었다. 나는 책
을 내려놓고 복도로 나가서 그에게 문을 열어 주었다. 방수
외투 위로 물을 뚝뚝 흘리는 그 남자의 얼굴은 기진맥진한

채 일그러져 있었으며, 비에 젖어서 번들거리고 있었다. 완전히 지친 그는 나를 쳐다보지도 않았다. 그는 빨갛고 젖은 두 손으로 커다란 상자를 들고 있었는데, 혼자서 1층 계단까지 끌고 왔음이 분명했다.

"선생님……," 나는 말했다. "무슨……," 그러다가 고쳐서 말했다. "뭘 좀 도와 드릴까요?"

그는 알아볼 수 없는 손동작을 취하더니 계속 헉헉거렸다. 그는 자신의 짐을 집 안으로 들이고 싶어 하는 것 같았다. 하지만 진즉에 힘이 달렸다. 그래서 나는 상자를 묶고 있던 축축하고 거칠거칠한 줄을 붙잡고 복도까지 옮겼다. 몸을 돌리자, 그는 이미 내 앞에 서 있었다. 나는 그에게 옷걸이를 가리켰다. 그는 외투를 걸고, 너무 젖어서 거의 형체 없는 펠트 뭉치처럼 보이는 모자를 선반 위에 올려놓고는 비틀거리며 내 사무실로 들어왔다.

"무슨 일이십니까?" 이윽고 나는 물었다. 나를 찾아오는, 매우 특이한 손님 중 하나이리라고 확신했다. 그는 마치 자신만의 생각에 골몰한 듯, 여전히 나를 쳐다보지도 않고 손수건으로 얼굴을 닦았다. 그러고는 젖은 옷깃의 차가운 감촉에 몸서리를 쳤다. 나는 그에게 벽난로 옆에 앉으라고 권했지만, 그는 대답조차 하지 않았다. 물이 뚝뚝 떨어지는 자기 상자를 붙들고 끌어당기고 밀고, 모서리를 맞추어 놓으면서 마룻바닥에 진흙 자국을 남겼다. 아마도 상자를 끌고 오면서 여러 차례 숨을 돌리려고 도로의 흙탕물 위에 상자를 내려놓은 것 같았다. 상자가 시선에서 절대 사라지지 않도록 방 한가운데에 놓고 나서야 그는 갑자기 내가 있다는 사실을 깨닫기라도 한 듯 나를 바라보았다. 그리고 뭔가 알아들을 수 없는 말을 중얼거리며 고개를 숙여 보이고는, 과장되게 큰 걸음으로 비어 있는 소파로 가더니 털썩하고 깊숙이 앉았다.

나는 맞은편에 앉았다. 우리는 꽤 오랫동안 아무 말도 하지 않았으나, 알 수 없는 이유로 그런 상태가 자연스럽게 느껴졌다. 그는 젊지 않았다. 한 쉰 살쯤 먹은 것 같았다. 얼굴의 대칭은 어긋나 있었다. 얼굴 왼편은 마치 오른쪽의 성장을 따라가지 못한 듯 더 작았다. 그 결과, 왼쪽 입술의 각도와 콧방울, 눈꺼풀 사이가 더 작았고, 그래서 얼굴은 언제나 놀란 것 같은 표정이었다.

"당신이 티히 씨이십니까?" 그는 내가 가장 예상치 못한 순간에 입을 열었다. 나는 고개를 끄떡였다. "이욘 티히? 우주여행가?" 그는 앞으로 몸을 굽히면서 다시 한 번 확인했다. 그리고 믿기지 않는다는 양 나를 바라보았다.

"그렇습니다." 나는 거듭 말했다. "아니면 누가 내 집에 살고 있겠습니까?"

"제가 층을 착각했을 수도 있죠." 그는 훨씬 심각한 문제가 있다는 듯 중얼거렸다.

그러고는 벌떡 일어나서 반사적으로 양복 재킷을 매만지며 판판하게 펴려고 했으나, 돌연 그것이 얼마나 쓸데없는 일인지 깨달은 듯(최고의 다리미와 정교한 수선도 해질 대로 해진 그의 옷을 구제할 수는 없었으리라.) 몸을 쭉 펴면서 말했다.

"저는 물리학자 몰테리스입니다. 제 이름을 들어 보신 적 있으신지요?"

"아니요." 나는 대답했다. 정말로 한 번도 들어 본 적이 없었다.

"괜찮아요." 그는 나에게라기보다 스스로에게 중얼거렸다.

그는 우울해 보였지만, 어쩌면 생각에 잠겨서 그런 것 같았다. 무언가 예전에 이미 했던 결정을, 그래서 여기까지 오게 한 그 결정을 곱씹어 보면서 새로운 의심에 사로잡힌 것 같았다. 나는 시선을 피하는 듯한 그의 눈길을 이렇게 읽었다. 아무래도 나를 싫어하는 것 같았다. 그가 필요로 하는, 나에게 말해야 하는 그 무엇 때문에.

"제가 발견을 하나 했습니다." 그는 갑자기 쉰 소리로 말했다. "지금껏 없었던 발명이죠. 절대로, 제 말을 꼭 믿으실 필요는 없습니다. 저조차 아무도 믿지 않으니, 누가 날 믿어 줘야 한다는 법도 없죠. 사실만 있으면 충분합니다. 당신께 증명해 보이겠습니다, 모든 것을, 하지만 저는 아직은⋯⋯."

"무슨 두려움이 있으신지요?" 나는 그를 안정시키려고 다정한 목소리로 말했다. 이 세상에는 길을 잃고 헤매는, 광기에 사로잡힌, 천재적인 아이들, 그런 사람들이 있기 마련이다. "누가 훔쳐 갈까 봐, 배신할까 봐, 그런 걸 걱정하시는지요? 마음 놓으셔도 됩니다. 이 방은 이미 많은 발명과 발견을 보고 들었으니까요⋯⋯."

"그런 것이 아닙니다!" 그는 폭발하듯 외쳤고, 그 목소리 속에서, 비록 눈 깜짝할 사이였지만 상상하지도 못한 높은 자존심이 느껴졌다. 마치 창조주라도 된 듯이. "가위 좀 빌려주시죠." 그는 다시 고민에 빠진 투로 우울하게 말했다. "아니면 칼이라도."

나는 책상 위에 놓여 있던 편지칼을 그에게 건넸다. 그는 큰 동작으로 갑작스럽게 팔을 휘두르며 끈을 자르고, 젖어서 곤죽이 된 종이를 찢더니 아무렇지도 않게 바닥에 내던졌다. 어쩌면 별생각이 없었을지도 모르겠다. 나에게 '당신의 빛나는 마룻바닥을 더럽힌 나를 쫓아내도 좋소, 만약 이렇게까지 자존심을 내려놓은 한 사람을 당신이 쫓아낼 수 있다면!' 하고 말하는 것만 같았다. 종이를 벗겨 내자 마호가니로 만든, 거의 정확한 정육면체의 함이 나타났는데, 검게 색칠되어 있었다. 뚜껑은 반만 검정이었고 나머지는 초록색이라, 나는 한 가지 색으로 다 칠하기엔 물감이 모자랐나 하고 생각했다. 함은 암호로 잠겨 있었다. 몰테리스는 내가 보지 못하도록 손으로 가린 채 다이얼을 돌렸고, 삐걱거리는 꺽쇠 소리와 함께 천천히, 그리고 조심스럽게 뚜껑을 들어 올렸다.

조심하느라고, 그리고 그에게 경계심을 주지 않고자 나는 다시 소파로 돌아와서 앉았다. 그가 티를 내지는 않았지만, 나에게 고마워한다는 느낌이 들었다. 어쨌든 그는 조금 더 차분해졌다. 상자 속 깊숙이 양팔을 힘들게 뻗어서, 거의 양 뺨에 피가 몰릴 정도로 난리를 친 끝에, 그는 그 속에서 검게 산화된, 뚜껑과 전등과 전선이 달린 기계 같은 물건을 꺼냈다. 나는 전문가가 아니므로 그 물체가 뭔지 알 수 없었다. 마치 연인처럼 이 짐짝을 꼭 껴안고, 그는 목멘 소리로 물었다.

"전원이…… 어디 있습니까?"

"저기요." 나는 책장 옆의 구석을 가리켰는데, 두 번째 전원에 식탁 전등이 꽂혀 있었다. 그는 책장 옆으로 다가가서 최대한 조심스럽게 기계를 바닥에 놓았다. 그러고는 감긴 전선 중에서 하나를 풀어내더니 그것을 전원에 꽂았다. 그는 기계 옆에 무릎을 꿇고 손잡이를 움직이고 버튼을 눌러 보았다. 잠시 후 노래하는 듯한 부드러운 웅웅 소리가 방 안을 채웠다. 돌연 그의 얼굴 위에 공포가 어렸다. 그는 다른 램프와 달리 불이 켜지지 않은 램프 하나에 눈을 가까이 댔다. 그는 그 램프를 손으로 조심스럽게 만지더니, 아무 일도 일어나지 않자 모든 호주머니를 까뒤집어 나사와 철사 조각과 플라이어 따위를 찾아냈다. 그리고 기계 앞에 무릎 꿇고 앉은 채 열성적으로, 하지만 지극히 정밀하게 기계 안쪽을 긁어내기 시작했다. 그러자 깜깜하던 램프에 분홍빛 불이 켜졌다. 몰테리스는 지금 어디에 와 있는지조차 완전히 잊어버린 것 같았다. 그는 깊은 한숨을 쉬고 연장들을 다시 주머니에 넣더니 자리에서 일어났다. 그러고는 완전히 침착하게, '오늘은 빵에 버터를 발라 먹었어요.'라고 이야기하듯 이렇게 말했다.

"티히. 이것은 타임머신이요."

나는 대답하지 않았다. 여러분이 당시 나의 힘들고도 미묘한 상황을 과연 이해할 수 있으실지 모르겠다. 이런 종류의 발명가들, 불로장생의 영약을 만드는 작자들이나, 전자 미래 예언기, 아니면 이처럼 타임머신을 제작한 사람들은, 자신들 작품의 비밀을 밝히면 누구에게나 도저히 믿을 수 없다는 반응을 받는다. 이들은 콤플렉스와 괴로움에 가득 차 있으며, 다른 사람들을 두려워하는 동시에 무시하는데, 왜냐하면 어쩔 수 없이 그들의 도움이 필요하다는 사실을 알기 때문이다. 그들의 심리를 다 이해하기 때문에, 이런 비슷한 상황에서라면 나는 극도의 주의를 기울여야 한다. 하지만 내가 어떻게 대응하든지, 그들에게는 좋게 받아들여지지 않을 터다. 도움을 구하는 발명가들은 희망이 아니라 절망에 떠밀려서, 친절을 기대한다기보다 비웃음을 예상하고 있기 때문이다. 그의 경험이 그에게 가르쳐 준 바에 따르면, 친절은 더구나, 앞으로의 무시와 은밀한 설득으로 향하는 첫걸음일 뿐이다. 당연하게도 그에게 자신의 발상을 포기하도록 다그친 경우는 한두 번이 아니었겠지. 내가 만약 '오, 정말 대단하군요, 진짜로 타임머신을 만드셨습니까?' 하고 묻는다면, 그는 나에게 주먹을 휘두를지도 모른다. 그래서 나는 침묵했고, 그는 그점에 놀란 것 같았다.

"네." 그는 건방진 태도로 양손을 주머니에 찌른 채 말했다. "이건 타임머신입니다! 시간 여행을 하기 위한 기계, 알겠느냐고요!"

나는 너무 과장되게 보이지 않도록 주의하며 고개를 끄덕였다.

자신의 맹렬한 언사조차 아무런 효과가 없자, 그는 기가 죽어서 잠시 동안 얼빠진 얼굴로 서 있었다. 늙어 보이는 그의 얼굴은 다만 지쳐 있을 뿐이었다. 피곤에 절어서 핏발 선 눈은 수많은 불면의 밤을 증명하고 있었고, 눈꺼풀마저 부어 있었다. 귀 옆과 아랫입술 밑을 보니, 참을성 없이 성급하게 면도했음을 알 수 있었다. (게다가 검은 반창고도 뺨에 붙어 있었다.)

"선생님은 물리학자가 아니시죠?"

"아닙니다."

"다행이네요. 만약 물리학자시라면, 지금 이 상황을 직접 눈으로 보셔도 믿을 수 없을 테니까요, 왜냐하면 이건," 그는 졸린 고양이처럼 갸르릉 소리를 내면서 기계를 가리켰다. (램프들은 벽면에 분홍빛 불빛을 던지고 있었다.) "현재 물리학이라고 믿고 있는 어리석은 이론들을 파괴한 뒤에야 창조할 수 있는 발명품이거든요. 혹시 없어져도 괜찮은 물건 있습니까?"

"어디 찾아보면 있겠죠." 나는 대답했다. "어떤 게 적당합니까?"

"뭐든지 괜찮습니다. 돌, 책, 금속…… 방사성을 띤 것만 아니면 됩니다. 반드시 방사성을 전혀 가지고 있지 않은 물건이어야 합니다. 그랬다간 큰 사고가 날 수 있으니까요."

그는 내가 책상에 다가설 때까지 연신 말하고 있었다. 여러분도 아시다시피, 나는 꼼꼼한 사람이므로 가장 사소한 물건조차 언제나 제자리에 둔다. 특히 책장 정리에 있어서는 질서를 매우 중요시한다. 그래서 더욱더, 책장 바닥에 있는 무언가를 발견하고 놀랄 수밖에 없었다. 아침밥을 먹고 나서부터, 그러니까 새벽 일찍부터 계속 책상에서 상당히 골치 아픈 한 단락을 붙들고 씨름하고 있었는데, 어쩌다 책상 위에 가득 쌓인 종이 위로 고개를 든 순간, 벽 아래, 책장 모서리에, 마치 누가 두고 가기라도 한 듯 검붉은색 표지의 16쪽짜리 책이 놓여 있음을 보았던 것이다.

나는 일어나서 그 책을 집어 들었다. 표지가 눈에 익었다. 그것은 우주 의학 계간지의 복사본으로, 별로 친하지 않은 지인의 학위 논문이 실린 책자였다. 나는 이 책이 왜 바닥에 있는지 알 수 없었다. 지금까지 일에 열중하느라 방 구석구석을 살펴보지는 않았지만, 내가 방에 들어왔을 때 마룻바닥에는 아무것도 없었다고 맹세할 수 있다. 그랬다면 내가 바로 알아봤을 테니까. 하지만 결국 다른 때보다 더 집중하느라 잠시 주위에 무감했으리라고 인정할 수밖에 없었다. 그러다가 집중력을 잃고 나서 비로소 여태껏 보지 못했던 방바닥의 책을 발견하게 되었다고. 그렇지 않다면 당최 설명하기가 힘들었다. 나는 그 책을 책장에 꽂아 놓으려다가, 돌연 몰테리스의 말을 듣고서 그 검붉은색 표지의 책이 나에게 전혀 필요 없음을 느꼈다. 그렇게 그 책은 마치 자동으로 떨어지듯 내 손에 들려 있었고, 나는 그에게 아무 말 없이 그 책을 건넸다.

그는 그 책의 제목을 보지도 않고, 손으로 무게를 재 보더니 기계의 검은 뚜껑을 열면서 나에게 말했다.

"이리 오시죠……."

나는 그의 곁에 섰다. 그는 무릎을 꿇고, 라디오의 볼륨 조절기 같은 것을 맞추더니, 그 옆의 오목한 하얀 버튼을 눌렀다. 방 안의 모든 불이 어두워지더니, 기계가 꽂혀 있는 전원에서 갑자기 이상한, 귀를 찢는 듯한 삐익 소리와 함께 파란 불꽃이 일었다. 그러나 그 밖에는 아무 일도 일어나지 않았다.

이러다 우리 집 퓨즈가 다 나가겠는걸, 나는 생각했다. 그때 몰테리스가 쉰 소리로 외쳤다.

"잘 보세요!"

그는 책을 기계 안에 눕혀 넣더니 옆으로 뻗어 나온 작은 손잡이를 눌렀다. 램프의 불빛이 다시 정상화되는 동시에, 기계 바닥에 놓인 검붉은색 책의 형태는 흐려지기 시작했다. 눈 깜짝할 사이에 책은 투명해지더니, 마치 닫힌 표지 속으로 흰 페이지와 그 위에 쏟아진 글줄이 보이는 듯했으나, 매우 찰나일 뿐이었다. 곧 책은 녹듯이 사라졌고, 내게 보이는 것은 검게 산화된 기계의 바닥뿐이었다.

"시간 속으로 움직인 거죠." 그는 나를 바라보지 않고 말했다. 그리고 힘겹게 바닥에서 일어났다. 그의 이마 위로 송골송골 땀방울이 맺혀 있었다. "이렇게 말하는 편이 더 좋으시다면, 젊어진 거죠……."

"얼마나요?" 나는 물었다. 나의 진심 어린 반응에 그의 얼굴이 조금 환해졌다. 그 작은 왼쪽 얼굴은 가까이서 보니 조금 더 검었다.

"대략 하루 정도요." 그는 대답했다. "아직 정확하게 계산할 줄 모릅니다. 하지만," 그는 말을 끊고 나를 바라보았다.

"어제도 여기 있으셨습니까?" 그는 긴장을 숨기지 않은 채 말했다.

"그렇죠." 나는 천천히 대답했다. 왜냐하면 갑자기 내 발밑의 마루가 꺼지는 것 같았기 때문이었다. 나는 절대 믿을 수 없는 꿈 말고는 달리 비유할 수 없을 만큼 정신이 혼미해졌고, 가까스로 두 가지 사실을 연결해 보았다. 어제 불가해한 이유로 돌연 책장 밑 마룻바닥에 등장한 책, 그리고 지금 그의 실험.

나는 그에게 이 사실을 말했다. 그는 예상처럼 기뻐하지 않은 채, 그저 손수건으로 이마를 닦으며 침묵할 따름이었다. 나는 그가 매우 심하게 땀을 흘리고, 안색이 약간 창백해졌음을 알아챘다. 나는 그에게 의자를 밀어 주고, 나 또한 자리에 앉았다.

"그럼, 이제 저에게 뭘 원하시는지 말씀해 주실 수 있으신지요?" 그가 겨우 안정을 되찾자 나는 물었다.

"도움이 필요합니다." 그는 중얼거렸다. "진짜 도움, 자선이 아니고요. 예…… 앞으로 생길 이익에 대한 보증금이라고 말하죠. 타임머신…… 아마도 이해하셨겠지만……." 그는 말을 끝맺지 않았다.

"네." 나는 대답했다. "짐작하건대, 당신은 상당한 액수의 자금을 원하실 것 같은데요."

"매우 많습니다. 아시겠지만, 타임머신에는 엄청난 에너지가 소요되고, 시간을 조율하는 데에도 아직 오랜 연구가 필요합니다."

"얼마나 오랫동안요?" 나는 물었다.

"최소한 1년……."

"좋습니다." 나는 대답했다. "이해했습니다. 하지만 저 역시…… 다른 사람들의 도움을 구해야 합니다. 한마디로, 투자자들 말이죠. 싫지 않으시다면……."

"물론…… 전혀 아닙니다." 그가 말했다.

"좋습니다. 그럼 당신께 솔직히 말씀드리겠습니다. 제 입장에 놓인 대부분의 사람들이라면, 당신이 보여 준 실험을 조작된 속임수라고 여길 것입니다. 하지만 저는 당신을 믿습니다. 당신을 믿고, 제가 할 수 있는 한 최선을 다하겠습니다. 물론 약간 시간이 걸리겠지만요. 당장은 아주 바쁜 데다가…… 조언도 좀 얻어야 하고…….”

“물리학자들에게요?” 그가 물었다. 그는 완전히 긴장해서 내 얘기를 듣고 있었다.

“아니요, 무슨. 아무래도 그 부분에는 좀 민감하신 것 같은데…… 아니, 아무 말도 하지 마세요. 아무것도 묻지 않겠습니다. 조언이 필요한 까닭은 가장 적합한 투자자들을 찾기 위해서입니다. 마음의 준비가…….”

나는 말을 멈추었다. 그리고 바로 그 순간, 그에게도 나와 똑같은 생각이 스친 것 같았다.

“티히 씨.” 그는 말했다. “누구의 조언도 들을 필요가 없습니다……. 제가 직접 말씀드리죠, 누구에게 가셔야 하는지…….”

“당신 기계의 도움으로 말이죠?” 내가 물었다. 그는 승리자의 미소를 지어 보였다. 물론이다! 그 전까지 왜 그런 생각을 못 했을까…… 어리석게도…….

“그럼 당신은 이미 시간 여행을 하신 적이 있습니까?” 나는 물었다.

“아니요. 기계가 작동한 지 얼마 안 되었거든요, 지난주 금요일부터. 그래서 고양이만…….”

"고양이요? 그래서요? 돌아왔나요?"

"아니오. 과거로 가 버렸습니다. 대략 한 5년쯤 전으로…… . 아직 시간 계산이 부정확합니다. 시간을 정확히 제어하려면 진동하는 극과, 상호 작용하는 차별 출력 장치를 만들어야 합니다. 예, 양자 터널 효과로 일어나는 비동기화를…… ."

"죄송하지만, 전혀 못 알아듣겠습니다." 나는 말했다. "어째서 스스로 시도해 보시지는 않으셨나요?"

나는 그가 더 이상 말하지 않는 점이 이상했다.

몰테리스는 곤란해하는 눈치였다.

"저도 시도해 보려고 했는데…… 그…… 집주인이 전기를 끊어 버렸습니다……. 일요일에."

그의 얼굴, 그러니까 정상적인 오른쪽 얼굴이 진홍빛으로 달아올랐다.

"집세가 밀려서요……." 그는 말을 더듬었다. "어쩔 수 없었…… 네, 맞습니다. 그러니까 제가 여기에 들어가 보겠습니다, 아시겠죠? 기계를 작동시키고…… 그리고 미래로 가 보겠습니다. 그렇게 누가 이 사업에 투자했는지를 알아보겠어요. 그의 이름을 알아내면, 당신은 지체 없이……."

그는 이렇게 말하면서 벌써 기계의 안쪽의 구획을 옆으로 치우고 있었다.

"잠시 기다리세요." 나는 말했다. "아니, 그렇게는 안 됩니다. 기계는 여전히 저희 집에 남아 있으니 돌아오실 수가 없잖아요."

그는 웃었다.

"아, 그렇지 않습니다." 그는 대답했다. "저는 제 기계와 함께 여행할 것입니다. 가능하거든요. 이 기계는 두 가지로 각각 다르게 설정할 수 있어요. 여기 편차계 보이시죠. 제가 무언가를 특정한 시간대로 보내고, 기계는 여기에 남겨 두고자 한다면 뚜껑 아래의 작은 공간에 불을 밝히면 됩니다. 하지만 제가 직접 시간 여행을 하려면 공간을 늘려야 하지요. 기계 전체를 시간 여행에 포함시키려면, 더 많은 에너지가 필요할 뿐입니다. 이곳 퓨즈는 몇 암페어나 되죠?"

"모르겠는데요." 나는 말했다. "하지만 견디지 못하지 않을지…… 좀 전에 책을 어딘가로 보내셨을 때, 전등불이 잠시 약해졌었는데."

"그건 별것도 아닙니다." 그가 말했다. "만약 허락만 해주신다면, 제가 더 센 퓨즈로 바꿔 놓겠습니다."

"그렇게 하시죠."

그는 바로 작업에 착수했다. 그는 축소된 전기 연장 상자를 휴대하고 있었다. 10분 뒤, 모든 준비가 끝났다.

"가겠습니다." 그는 다시 방으로 돌아오더니 말했다.

"제 생각에, 최소한 30년은 미래로 가 봐야 할 것 같습니다."

"그렇게나요? 왜죠?" 나는 물었다. 우리는 검은 기계 앞에 서 있었다.

"그 정도 미래면 전문가들이 이걸 이해할 수 있겠죠." 그가 대답했다. "사반세기나 넘게 흐르면, 이미 아이들도 알고 있겠죠. 학교에서 배울 테니까요. 아마 시간 여행을 가능하게 한 사람들의 이름을 유치원에서부터 배울 것입니다."

그는 창백한 얼굴로 웃어 보인 뒤, 머리를 흔들면서 두 발부터 기계 안으로 들어갔다.

"불이 깜빡거리네요." 그는 말했다. "하지만 괜찮습니다. 퓨즈는 분명 견딜 거예요. 하지만…… 돌아오는 데에는 문제가 있을 수 있습니다."

"그게 무슨 소리죠?"

그는 날카롭게 나를 바라보았다.

"혹시 저를 여기서 언제 보신 적 있으십니까?"

"그게 무슨 소리죠?" 나는 도무지 이해할 수가 없었다.

"아니…… 어제나 몇 주 전, 몇 달 전이라도…… 하다못해 1년 전이라도…… 저를 본 적이 없으십니까? 여기, 바로 이 구석에서, 갑자기 저처럼 생긴 사람이 두 발로 어떤 기계 속에 서 있는 모습을 본 적이 없으신가요?"

"아!" 나는 외쳤다. "알겠습니다……. 나중에 돌아올 때, 지금 순간으로 돌아오지 못하고 더 먼 과거에 도착하지나 않을지 걱정하시는 거죠, 그렇죠? 아니요, 저는 당신을 본 적이 결코 없습니다. 사실 우주여행에서 9개월 전에 돌아오긴 했죠. 이 집은 빈 채로……."

"잠시만요." 그는 내 말을 가로막고 곰곰이 생각했다. 그러고는 마침내 말했다. "저도 모르겠네요……. 제가 언젠가 여기에 와 봤다면, 예를 들어, 말씀하신 대로 이 집이 비었을 때 말이죠, 그러면 저는 그 점을 알고, 또 기억해야 하는 것 아닙니까?"

"최소한," 나는 열성적으로 덧붙였다. "그것이 시간의 매듭 패러독스라면……. 그때 당신은 어딘가 다른 데에 있었을 테고, 다른 일을 하고 있었을 거예요. 지금 시대의 당신은 말이죠. 하지만 현재에서 원하지 않았던, 그 지나간 시간 속으로 들어가게 된다면……."

그가 말했다. "결국 뭐 그렇게 중요한 일은 아닙니다. 만약 너무 뒤로 돌아가게 된다면, 다시 해야죠. 시간이 조금 더 걸릴 뿐. 첫 번째 실험이니, 부디 참을성을 가져 주시길 부탁드릴 수밖에요……."

그는 몸을 굽히고서 첫 번째 단추를 눌렀다. 방 안의 전등은 곧장 꺼졌다. 기계는 유리봉이 부딪치듯 희미하고 높은 소리를 냈다. 몰테리스는 작별 인사를 하는 듯 한 손을 들고, 다른 한 손으로는 검은색 손잡이 잡은 채 몸을 똑바로 세웠다. 그러는 사이 불빛이 다시 환하게 켜지며, 나는 그의 형체가 변해 가는 모습을 똑똑히 볼 수 있었다. 그의 옷은 어두워지며 희미해졌다. 그러나 나는 그의 머리에 일어나는 현상 때문에, 옷에 신경 쓸 겨를조차 없었다. 그의 검은 머리카락은 투명해지는 동시에 하얗게 변하더니, 그의 형체가 기계와 함께 녹아들며 홀연히 사라지고 말았다. 나는 텅 빈 방구석과 마룻바닥, 아무것도 꽂히지 않은 전원을 마주한 채 혼자서 있었다. 내가 공포의 비명을 지르느라 입을 벌리고 있을 때마저 눈앞에서는 그의 놀라운 변화가 계속 펼쳐지고 있었다. 왜냐하면 그는 사라지면서 시간에 납치되었는지 머리가 핑핑 돌아갈 정도의 속도로 늙어 가고 있었기 때문이었다. 순식간에 몇십 년은 먹은 것 같았다! 나는 후들거리는 다리로 겨우 소파까지 돌아왔다. 이제 환하게 빛나는 빈 모퉁이를 응시하기 위해서 소파를 밀고 가만히 기다리기 시작했다. 그렇게 밤새도록, 아침까지 기다렸다. 그때로부터, 여러분, 7년이나 흘렀다. 내 생각에 그는 영영 돌아오지 않을 것 같다. 스스로의 생각에 너무 사로잡혀서, 가장 단순한, 언급할 필요도 없는 기본적인 사실, 무의식적이든 아니면 남을 속이기 위해서든, 환상적인 가설을 내놓는 모든 이들이 무심코

지나치는 사실을 그 역시 외면했기 때문이었다. 만약 시간 여행자라면, 20년을 앞지를 때, 그 역시 20년 만큼 더 늙어 버린다, 어떻게 안 그럴 수 있겠는가? 그는 한 사람의 현재가 미래로 그대로 옮겨진다고 상상하고, 주위의 모든 시계가 미래의 시간을 가리키더라도 자신의 시계는 출발 시각에 머무르리라고 생각했다. 하지만 그것은, 당연히 불가능하다. 그러려면 그는 시간 밖에서 어떻게든 미래에 도달해야 한다. 원하는 순간을 찾아서 시간 바깥으로부터 진입해야 한다…… 마치 무언가 시간 밖에 존재할 수 있는 양. 하지만 그런 장소도, 방법도 없으므로 불운한 몰테리스는 스스로, 기계가 자신을 죽이게끔 명한 것이다. 다른 것이 아니라 노화로 말이다. 자신이 목적했던 미래에 도달했을 때 그는 이미 백발의 바스라진 시체일 것이다.

　그러니 여러분, 이제 가장 끔찍한 사실은…… 그 기계가 미래의 그곳에 그 상태로 서 있고, 나의 집도 여전히 시간 여행을 하고 있다는 점이다. 우리에게 주어진 단 하나의 방식으로, 기계가 목적한 바로 그 시점에 다다를 때까지, 즉 이 텅 빈 방구석에 기계가 나타날 때까지, 몰테리스는…… 아니면 몰테리스의 일부는……. 나는 그의 시간 여행을 확신하고 있다.

디아고라스 박사

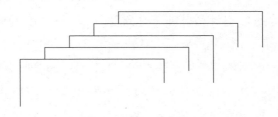

나는 17회 인공두뇌학회에 참석하지 못했지만, 무슨 일이 일어나는지 신문을 읽으며 그 내용을 파악하고자 노력했다. 쉬운 일은 아니었다. 기자들은 학술 데이터를 꼬아서 말하는 데 특별한 재능을 지녔기 때문이다. 그래도 기자들 덕분에 한가한 오이의 계절↓에 학회 발표로 일대 파란을 일으킨 디아고라스 박사를 알게 되었다. 만약 신문 대신에 전문 학술지를 보았더라면, 나는 이 특이한 사람의 존재조차 몰랐을 것이다. 그의 이름이 참가자 명단에 있었더라도 발표 내용은 그냥 지나쳤을 테니까. 신문을 통해서 나는 그의 발표가 수치스러운 사건이었으나, 학회 주최자들의 외교적 능력으로

→   수많은 예술가들과 유명인들이 물가로 휴가를 떠
     나서 신문에 딱히 쓸 내용이 없는 여름 바캉스 시기
     다. 오이 수확 시기와 맞물리므로 이렇게 불린다.

큰 문제가 되지 않고 넘어갔다는 것, 또 지금까지 아무에게도 알려지지 않은, 입으로만 학문의 개혁자임을 주장하는 학회의 최고 권위자들을 모욕하고, 급기야 발언권을 잃자 지팡이로 마이크를 깨부쉈다는 사실도 알게 되었다. 신문들은 그의 욕설을 거의 전부 실었으나, 도대체 왜 그랬는지에 대해서는 전혀 설명해 주지 않았으므로 나의 흥미를 끌었다.

집에 돌아와서 나는 디아고라스 박사의 자취를 찾아보려고 애썼지만 『인공두뇌학 논점』 연감에도, 커다란 『인명사전』 최신판에도 그의 이름은 없었다. 그래서 나는 코르코란 교수에게 전화를 했다. 코르코란은 그 '미친놈'의 주소는 모른다면서, 주소를 알아도 나에게 주지 않겠다고 말했다. 디아고라스 박사에 대해 본격적인 관심을 갖게 된 계기는 이걸로 충분했다. 나는 신문에 광고 몇 개를 냈는데, 놀랍게도 곧 응답이 왔다. 나는 건조하고 간략한, 거의 냉담한 어조로 쓰인 편지를 받았다. 불친절한 만큼이나 비밀스러운 그 박사가 나를 크레타의 자기 '영지'로 초대했다. 지도를 보니 그의 영지는, 전설의 미노타우로스가 살았던 미궁에서 약 100킬로미터밖에 떨어져 있지 않았다.

수수께끼를 연구하며 혼자 시간을 보내는, 크레타에 자신의 땅을 가지고 있는 인공두뇌학자! 바로 그날 오후에 나는 아테네로 날아갔다. 거기서 더 이상 비행기 연결편을 찾을 수 없었으므로, 나는 아침에 섬으로 향하는 배편에 올라 탔다. 그리고 자동차를 빌려서 구불구불 휘어진 길을 달렸다. 길은 울퉁불퉁하고 날까지 무더웠다. 근처 언덕들은 바싹 탄 구리 색깔이었고, 자동차와 여행 가방, 옷과 얼굴 모두 먼지로 뒤덮였다.

　　마지막 몇 킬로미터를 달리는 동안, 살아 있는 것이라고는 아무것도 만나지 못했으며 길을 물어볼 사람조차 없었다. 디아고라스는 편지에서 30번째 표지석까지만 차로 오라고, 그 뒤로는 차가 나아갈 수 없다고 썼다. 그래서 나는 차를 변변찮은 소나무 그늘 아래 세워 놓고, 미지의 지역으로 걸어 들어갔다. 전형적인 지중해 기후의 식물들이 자라고 있었는데, 가까이서 보니 상당히 꼴사나운 모습이었다. 길에서 벗어나기는 불가능했는데, 바로 태양에 바싹 마른 가시투성이 관목들이 온몸을 붙잡았기 때문이었다. 땀을 비 오듯 흘리며 돌투성이 길에서 거의 3시간을 헤맸다. 비이성적으로 행동한 스스로에게 화가 치밀어 올랐다. 도대체 이자가 나와 무슨 상관이라고? 12시, 그러니까 태양이 가장 뜨거운 시각에 길을 나서면서 나는 식사도 하지 않았다. 이제 배고픔이 내장을 쥐어뜯는 느낌이었다. 결국 나는 이미 가느다란 그늘에서 한참 벗어난, 가죽 시트가 마치 오븐처럼 달아오른 자동차로 돌아왔고, 자동차 내부는 휘발유와 달궈진 페인트 냄

새로 가득 차서 토할 것 같았다.

갑자기 휘어진 길목에서 양 한 마리가 나타나더니 나에게 다가왔다. 마치 인간을 연상케 하는 목소리로 음매 하고 울고는, 옆으로 발걸음을 옮겼다. 시야에서 양이 사라졌을 때, 나는 언덕으로 올라가는 길 하나를 보았다. 양치기라도 있지 않을까 했지만, 양도 보이지 않고 아무도 나타나지 않았다.

별로 미덥지 않은 안내자이긴 했지만, 나는 양을 따라서 다시 빽빽이 자란 관목을 뚫고 가 보기로 했다. 곧 길은 좀 더 편해졌다. 작은 레몬나무 숲 사이에 꽤 커다란 건물의 형체가 나타났을 때, 해는 벌써 저물고 있었다. 관목은 바싹 마른 풀숲에 자리를 내주었는데, 얼마나 말랐는지 발아래에서는 마치 불타 버린 종잇장 같은 소리가 났다. 맵시 없이 커다란, 특출나게도 흉한 집이었는데, 군데군데 터진 기둥들에는 고압 전류가 흐르는 철사가 감겨 있었다. 태양은 지는데, 나는 아직도 입구를 찾지 못했다. 크게 소리쳐 봤지만, 아무 반응도 없었다. 창문은 모두 귀먹은 듯 닫혀 있었고, 그 안에 누군가 있으리라는 희망을 거의 버렸을 무렵 문이 열리더니 누군가 나타났다.

그는 내가 어느 방향으로 가야 하는지를 손짓으로 가리켰다. 문은 무성히 자란 관목들 사이에, 도저히 상상도 못 할

⟨ ⟩ ⊖

자리에 있었다. 가시에 찔리지 않게끔 손으로 얼굴을 가리고, 나는 겨우 통과해 들어갔다. 문은 이미 열려 있었다. 문을 연 사람은, 무슨 수리 기사나 정육점 주인처럼 보였다. 배는 튀어나오고 목이 짧은 사람이었는데, 대머리에 두건을 쓰고 재킷은 입지 않은 채, 팔을 걷어붙인 셔츠 위로 방수 앞치마를 걸치고 있었다.

"실례합니다만, 여기 디아고라스 박사가 살고 계신가요?" 나는 물었다. 그는 표정 없이 너무 큰, 마치 형체가 없는 듯 양쪽 뺨이 늘어진 얼굴로 나를 바라보았다. 정육점 주인의 얼굴이라면 딱 어울렸다. 하지만 눈은 밝고 칼처럼 예리했다. 아무 말도 없이 그저 나를 바라보는 모습에, 나는 그가 바로 디아고라스 박사임을 깨달았다.

"실례합니다만, 디아고라스 박사님이시죠?" 나는 다시 말했다.

그는 나에게 손을 내밀었는데, 마치 여자의 손처럼 작고 부드러웠다. 돌연 나의 손을 예상치 못한 힘으로 꽉 쥐었다. 두피를 움직일 때마다 두건이 뒤통수까지 내려왔다. 그는 양손을 앞치마 주머니에 찌르더니 아무래도 상관없다는 경멸적 태도로 나에게 물었다.

"도대체 내게 원하는 게 뭐요?"

"아무것도 없습니다." 나는 바로 대답했다. 나는 아무 생각 없이 이 여행에 나섰지만, 마음의 준비는 되어 있었다. 그 특이하다는 사람을 만나 보고 싶었지만, 그가 나를 모욕하도록 놔둘 생각은 아니었다. 이미 나는 내심 문전 박대당하리라고 각오하고 있었는데, 그는 나를 바라보고 또 바라보더니, 결국 이렇게 말했다.

"그렇겠죠. 저를 따라오십시오……."

벌써 저녁이었다. 그는 어두운 문지방을 넘어서 나를 그 음울한 집 안으로 데리고 들어갔다. 그를 따라가는 내내, 마치 교회 회랑의 돌바닥 같은 소리가 울려 퍼졌다. 실내가 무척 컴컴했으나 집주인은 전혀 문제가 되지 않는다는 듯, 나에게 계단이 나오리라고 경고해 주지도 않아서 끝내 넘어지고 말았다. 속으로 욕을 하며, 빼꼼히 열린 문틈으로 희미한 빛이 새어 나오는 위층으로 올라갔다.

우리는 창문 하나에만 커튼이 쳐진 방으로 들어갔다. 그 방의 모양은, 무엇보다 아치형 천장이 아주 높았는데, 살림집 천장이라기보다 요새의 내부 같았다. 그 안에는 너무 오래되어서 윤기를 잃고 빛바랜 거대한 가구들, 몸을 배배 꼰 조각들이 붙어 있는 불편한 의자가 여럿 있었다. 벽에는 타원형 액자들이 걸려 있고, 구석에는 커다란 시계가 서 있었는데, 시계의 숫자는 번쩍이는 구리판으로 되어 있었다. 헬레니즘 시대의 방패만 한 추가 달려 있는 굉장한 물건이었다.

방은 상당히 어둑했다. 복잡하게 생긴 램프 속에 가려진 전구의 불빛은 바스라질 듯 낡은 전등갓을 통해서 나와 정사각형 식탁 정도만 겨우 밝히고 있었다. 녹슨 것 같은 더러운 색깔의 벽은 조명을 흡수해서 온통 검었다. 디아고라스는 손을 앞치마 주머니에 찔러 넣은 채 식탁 옆에 서 있었다. 우리는 마치 무언가를 기다리는 것 같았다. 내가 여행 가방을 바닥에 내려놓았을 때 거대한 시계가 시간을 알렸다. 깨끗하고 웅장한 소리로 여덟 차례 울렸다. 그러고는 그 속에서 무언가 부스럭거리더니 갑자기 빽빽대는 쉰 목소리가 울려 퍼졌다.

"디아고라스! 이 악당! 어디 있어! 도대체 어떻게 나에게 그런 짓을 할 수 있지! 나타나라고! 들리냐고! 맙소사! 디아고라스…… 참는 것도 한계가 있다고……." 그 목소리에는 분노와 절망이 함께 들어 있었다. 하지만 그것 때문에 놀라지는 않았다. 내가 아는 목소리였다. 코르코란 교수였던 것이다.

"만약 대답을 하지 않는다면……." 위협하는 말소리가 쏟아졌다. 돌연 시계 장치가 다시 삐그덕거리더니 곧 조용해졌다.

"이게……." 나는 말했다. "저 존경할 만한 시계 안에 축음기라도 넣어 두신 건가요? 저런 장난에 시간이 아깝지 않으십니까?"

나는 그를 자극하고 싶었기 때문에 일부러 빈정댔다. 하지만 디아고라스는 마치 아무것도 듣지 못한 척, 시계의 끈을 잡아당겼다. 그랬더니 다시 그 쉰 목소리가 방 안을 가득 채웠다.

"디아고라스! 후회하게 될 거야……. 두고 봐! 지금까지 네가 알아낸 모든 것이, 나에게 저지른 이런 짓을 정당화하지는 못해! 내가 무릎을 꿇고 너에게 애원할 것 같아?"

"그건 이미 했는데." 불만스러운 어조로 디아고라스가 말했다.

"거짓말! 넌 거짓말쟁이야, 악당, 과학자라는 말을 들을 자격도 없어! 이 세상이 너의……."

톱니바퀴가 몇 번 돌아가더니, 또다시 정적이 방을 휩쌌다.

"축음기라고?" 자신만이 이해할 수 있는 비웃음을 띠고 디아고라스는 말했다. "하, 축음기? 아닙니다. 저 시계 안에는 코르코란 교수가, 아니 더 정확히 말하자면 그의 정신이 들어 있죠. 그저 재미로 그를 저기에 가뒀어요, 하지만 뭐 그게 나쁜 일인가?"

"이 상황을 어떻게 이해해야 합니까?" 나는 말을 더듬었다. 디아고라스는 나를 보며, 과연 대답해 줄 만한 가치가 있는 사람인지 생각하는 것 같았다. 그러더니 마침내 말했다.

"그대로 이해하시면 됩니다. 그의 모든 성격을 조합했지요. 그것들을 적절한 순서로 짜 맞춰 넣고, 그의 영혼을 작게 줄여서, 바로 이렇듯 제대로 된 초상을 만들어 낸 거죠……. 저 시계 안에 살고 있는……."

"지금, 이게 그냥 녹음된 목소리가 아니라고 말씀하시는 겁니까?"

그는 어깨를 으쓱했다.

"한번 시도해 보세요. 그와 이야기를 나눌 수도 있어요, 물론 아주 유쾌한 상태는 아니지만, 뭐 그의 처지를 보면 이해는 가죠……. 그와 대화하고 싶으십니까?" 그는 나에게 시곗줄을 건넸다. "자, 해 보세요……."

"아니요." 나는 말했다. 이게 도대체 뭐지? 정말 미쳤나? 해괴하고 섬뜩한 농담? 복수?

"하지만 진짜 코르코란 교수는 지금 유럽의 자기 실험실에……." 나는 덧붙였다.

"그렇죠. 저건 그냥 그의 정신적 초상일 뿐입니다. 하지만 완전히 똑같은 초상화이므로, 실재와 전혀 다를 바 없죠……."

"왜 저런 걸 만드셨습니까?"

"필요해서요. 저는 언젠가 인간의 뇌를 모델링했었지요. 그건 다른, 더 어려운 문제를 해결하기 위한 첫걸음이었습니다. 사람은 여기서 별 의미가 없습니다. 제가 코르코란을 고른 이유는…… 왜냐하면…… 뭐, 그러고 싶어서요. 그는 수많은 '생각 상자'들을 홀로 만들지 않았습니까, 그래서 저는 그를 바로 그런 상자 중 하나에 집어넣었죠. 특히 오르골 역할을 맡기면 좋으리라고 생각했습니다."

"그가 알고나 있……?" 박사가 이미 문 쪽으로 몸을 돌렸을 때 나는 얼른 물었다.

"물론이죠." 그는 상관없다는 투로 말했다. "그와 이야기까지 나눴습니다. 물론, 전화로 말이죠. 별일도 아닙니다. 당신 앞에서 잘난 척할 생각은 없었습니다. 우연의 일치죠, 하필 들어오신 순간에 8시 종이 울려서……."

나는 매우 복잡한 감정을 품은 채, 그를 따라 복도를 걸었다. 복도는 거미줄과 어둠으로 뒤덮여 있었고, 벽 아래에는 선사 시대 파충류들의 화석처럼 생긴 금속 뼈 따위가 버티고 있었다. 그 끝에는 문이 있었는데, 건너편은 완전히 캄캄했다. 전원 스위치가 탁 하고 올라가는 소리가 들렸다. 우리는 둥근 돌계단 위에 서 있었다. 디아고라스가 앞장섰고, 그의 옆으로 오리 모양의 그림자가 돌벽 위에서 움직이고 있었다. 우리는 철제 대문 앞에서 멈췄고, 디아고라스가 열쇠로 문을 열었다. 얼굴 위로 갑자기 달궈진 공기가 훅 끼쳤고, 밝게 불이 밝혀져 있었다. 내가 예상했던 대로 실험실은 아니었다. 기나긴 통로가 중앙에 나 있는 이 공간은 마치 유랑서커스단의 창고 같았고, 양쪽으로 철장이 늘어서 있었다. 나는 디아고라스의 뒤를 따라갔는데, 앞치마 끈이 땀에 젖은 셔츠 등판을 십자로 가로지르는 모습은 무슨 사육사 같았다.

철장의 전면은 철망으로 막혀 있었다. 어두운 공간 속에서 알 수 없는 형체들이 어른거렸다. 무슨 기계일까? 압축기? 어쨌든 살아 있는 생명체는 아니었다. 그래도 나는 본능적으로, 야생 동물 특유의 냄새를 맡듯 숨을 들이마셨다. 하지만 공기 중에는 달궈진 기름과 고무 냄새 같은 화학적 성분만이 떠돌고 있었다.

다른 철장들은 굉장히 촘촘해서, 도무지 새장 같지 않았다. 도대체 어떤 동물을 저런 철장에 가둔단 말인가? 다음 철장은 철사망 대신에, 쇠살창을 두르고 있었다. 그야말로 동물원 같았다. 새와 원숭이를 둘러보고, 이제 늑대와 다른 맹수들을 보러 가는 것 같았다.

방의 맨 끝부분은 이중 철창으로 가로막혀 있었다. 안쪽과 바깥쪽 부분 사이에 50센티미터 정도의 간격이 있었다. 이런 장치는 별생각 없이 사나운 맹수에게 너무 가까이 다가

설 수 없도록 설치하는 것이다. 디아고라스는 그 자리에 멈춰 서서, 얼굴을 들이밀고 손에 쥔 열쇠로 철장을 두드렸다. 나는 그 안쪽을 들여다보았다. 저쪽 구석에 무언가가 쉬고 있었지만, 당최 어두워서 무엇인지 제대로 볼 수는 없었다. 갑자기 그 미지의 형체가 우리 쪽으로 돌진해 왔는데, 너무나 빨라서 나는 얼굴을 뗄 시간도 없었다. 철장은 마치 망치로 때린 듯 진동했다. 나는 반사적으로 뛰듯이 뒤로 물러났다. 디아고라스는 꼼짝도 하지 않았다. 그의 평온한 얼굴 바로 맞은편에, 신기한 방법으로 철장에 붙어 있는 이상한 생명체가 온몸에 올리브유를 바른 듯 빛을 반사하며 흔들리고 있었다. 그 생명체의 모습은 해골과 곤충의 몸통을 합쳐 놓은 것 같았다. 머리는 형언할 수 없을 정도로 흉측하면서도 사람같이 생겼는데, 금속 물질처럼 무표정했다. 이상하게도 디아고라스를 흠씬 빨아들일 듯 바라보는 모습 탓에 오싹 소름이 끼쳤다. 철장의 떨림으로 봐서 이 생명체가 얼마나 강한 힘으로 붙들고 있는지 짐작할 수 있었다. 디아고라스는 철장의 안전성을 확신하는 듯, 이 알 수 없는 생명체를 마치 정원사나, 자기 직업에 자부심을 느끼는 사육자처럼 바라보았다. 철장 전체가 끔찍한 마찰음을 내며 옆으로 움직였다가 멈췄다. 돌연 텅 빈 듯 조용해졌다.

디아고라스는 단 한 마디도 하지 않고 계속 걸어갔다.

나는 혼란한 상태로 그의 뒤를 따랐다. 하지만 이제 이해할 수 있었다, 아니 나의 상상력이 제시하는 설명을 스스로 거부하고 있었다. 너무 역겨웠기 때문이었다. 그러나 디아고라스는 나에게 더 이상 생각할 여지를 주지 않았다. 그는 멈춰 섰다.

"아닙니다." 그의 목소리는 조용하고 부드러웠다. "당신이 잘못 생각하신 거예요, 티히. 저는 재미로 저들을 만들지 않았습니다. 그들의 증오를 원하거나, 저것들의 감정을 무시하는 것도 아니에요……. 그냥 불가피한 실험의 한 단계일 뿐이죠. 세세한 설명 없이 이해하기는 불가능하겠지만, 거두절미하고 본론부터 시작하죠……. 인공두뇌의 생식 설계자들이 무엇을 필요로 하는지 알고 계시지요?"

내게 생각할 여유조차 주지 않고, 그는 스스로 대답했다.

"복종이죠. 이에 대해서는 말도 않고, 심지어 어떤 이들은 아예 모르는데, 왜냐하면 이 점을 언급하지 않는 것이 기본 조건이기 때문입니다. 그건 최악의 실수예요! 기계를 만들어 내서 프로그램을 돌리죠. 그것이 수학적 계산이건, 가령 기계화된 공장의 제어 작업이건……. 다시 말하지만, 최악의 실수입니다. 당장의 결과만을 위해서 완성된 작품이 해낼 수 있는 모든 가능성을 막는……. 티히 씨, 생각해 보십시오. 망치나 선반, 전자 기계들의 복종은 본질적으로 다 같습니다……. 그리고 그건 우리에게 문제되는 부분이 아니죠! 단지 차이점은 양적인 것뿐입니다. 직접적으로 전자 기계에 망치질을 프로그래밍하고, 이제 기계가 어떻게 그 일을 정확히 수행해 내는지는 알지 못하죠, 옛날의 원시적 기계를 통제하던 것과 달리 말입니다. 하지만 인공두뇌학자들은 우리에게 사고, 독립적인 사고, 그러니까 인공적으로 구축한 시스템의 무조건적 독립을 약속하지 않았습니까! 가장 잘 훈련된 개조차 당신의 명령을 어길 수 있지만, 그때 우리는 개더러 '고장 났다'고 하지 않습니다. 하지만 프로그램과 달리 행동하는, 즉 말 안 듣는 기계에 대해서는…… 아니, 개가 무슨 문제입니까! 옷핀보다도 작은, 딱정벌레의 신경계 역시 자발성을 가지고, 아니, 아메바마저 변덕을 부리고, 계산되지 않은 행동을 한단 말입니다! 이런 종류의 불확실성을 고려하지 않는 인공두뇌학이란 있을 수 없습니다. 이 간단한 문제를 이해하는 것이야말로 전부입니다. 나머지는," 그는 작은 손으로 조용한 방 안에 미동도 없이 늘어서 있는 컴컴한 철장들을 손짓으로 쭉 가리키며 말했다. "나머지는 그냥 그 결과일 뿐입니다……."

"당신이 코르코란 교수의 작업을 얼마나 잘 알고 계시는지 모르겠군요." 나는 불쑥 말을 꺼냈다가 오르골을 생각해 내고 곧장 멈추었다.

"코르코란 교수의 일은 좀 내버려 두세요!" 그는 화를 내면서 특유의 몸짓으로 양쪽 손을 앞치마 주머니에 찔러 넣었다. "코르코란은, 평범하게 선을 넘었을 뿐입니다. 그는 철학을 시도했고, 한마디로 신이 되려고 했어요. 아니, 만약 모든 것을 더 높은 단계에서, 과학이 허용하는 범위 바깥에서 이해하려는 것이, 철학이 아니라면 과연 무엇이겠습니까? 철학은 무슨 신처럼 모든 질문에 대답하려고 하죠. 코르코란은 바로 신이 되고 싶었던 겁니다. 그에게 인공두뇌학은 그저, 자신의 목적에 도달하게 하는 도구에 지나지 않았어요. 나는 다만 인간이기를 원합니다, 티히. 그 이상의 바람은 없어요. 그래서 나는 코르코란보다 훨씬 멀리 왔죠. 사리사욕을 추구하면서, 코르코란은 한계에 갇힐 수밖에 없었습니다. 그는 자신의 기계 속에, 마치 인간과 같은 세상을 만들었고 그건 그럴싸한 모방품일 뿐, 아무것도 아니에요. 나는, 만약 내가 그런 것을 만들어야 한다면, 자유로운 세계를 창조하겠어요……. 다른 것을 모방하는 데에 무슨 의미가 있나요? 혹시 언젠가 그런 것을 정말 만들지도 모르지만, 당장 다른 문제들이 있습니다. 제가 벌인 소동에 대해서 들어 본 적 있으신지? 아니, 얘기하실 필요는 없습니다, 알고 있어요. 그 바보 같은 명성이 당신을 여기로 이끌었을 테죠. 말도 안 되는 소문예요, 티히. 나는 어리석은 그들의 작태에 화가 나요. 만약 그들 앞에 말이죠, 짝수 제곱근만 구하고 홀수 제곱근은 계산하기 싫어하는 기계를 들이댄다면, 그것은 고장이 아니라 오히려 위대한 성취입니다! 그 기계는 특징, 취향, 아주 기초적인 자유 의지, 자발성의 씨앗을 품고 있는 것입니다. 그런데 당신들은 그 기계를 고쳐야 한다고 말하다니! 물론, 그렇죠. 그 기계의 변덕스러움을 더 강화하는 방향으로 고쳐야 합니다……. 그렇지 않겠습니까? 반면에, 당연한 사실도 인정하려고 하지 않는 사람들과 대화할 수는 없어요……. 미국인들은 인지 기계를 만들고 있습니다, 티히. 그들 생각에, 그것이 사고하는 기계를 만드는 방법이라고 여기는 듯합니다. 전자 노예를 만드는 방법이지 않겠습니까. 나는 내 기계의 자주권과 자율성을 추구합니다. 물론, 쉽지는 않죠, 인정합니다. 저도 놀란 적 많고, 한동안 제 생각이 옳은지, 의구심도 가졌습니다. 바로 그때……."

그는 소매를 걷었다. 이두박근에 분홍빛으로 부어오른, 손바닥만 한 흉터가 보였다.

"처음 자율성이 나타났을 때 좋지만은 않았습니다. 그것은 지적 활동의 결과가 아니었죠. 곧바로 지성 있는 기계를 만들 수는 없었어요. 그건 마치, 고대 그리스 시대에 이륜마차를 만들다가 갑자기 로켓으로 넘어오는 것과 똑같습니다. 진화의 단계를 뛰어넘을 수는 없죠, 설령 우리가 만들어

내는 인공두뇌학의 진화라고 할지라도 말입니다. 저의 첫 번째 제자는," 그는 이렇게 말하면서 상처 입은 팔에 손을 올렸다. "딱정벌레만도 못한 지능을 가지고 있었습니다. 그럼에도 자율성을 이미 드러냈죠, 그것도 격렬하게!"

나는 끼어들었다. "잠시만요, 이상한 말씀을 하시는군요. 벌써 생각하는 기계를 만들어 내신 것 아닙니까? 저 시계 안에도 말입니다."

"저건 제가 모방이라고 부르는 것입니다!" 그는 벌컥 화를 냈다. "새로운 전설이 나타날 때가 되었어요, 티히. '호문쿨루스'의 제작. 왜 트랜지스터와 유리로 사람을 만들어야 합니까? 핵 더미가 인공 별인가요? 발전기는 인공 폭풍인가요? 왜 인간의 형상을 본뜨는 '인공두뇌'만이 이상적이어야 합니까? 왜 그렇죠? 이 지구상의 30억 단백질 화합물 속에 플라스틱과 구리로 만든 또 한 사람을 더하기 위해서요? 서커스의 속임수로서는 좋겠지만, 인공두뇌학의 작품으로서는⋯⋯."

"그래서 당신이 만들어 내고 싶은 건 뭡니까?"

그는 예상치 못한 웃음을 지었다. 희한하게도 그의 얼굴은 반항적인 어린아이처럼 보였다.

"티히⋯⋯. 이제 당신은 나를 진정 미친놈이라 생각하겠죠. 나는, 내가 뭘 원하는지 모르겠습니다!"

"그게 무슨 소리죠?"

"어쨌든 나는 내가 무엇을 원하지 않는지는 알고 있습니다. 저는 인간의 두뇌를 모사하는 일만큼은 원하지 않습니다. 자연과 만물은, 왜 그렇게 만들어졌는지 스스로 이유를 가지죠. 생물학적 요인이거나 적응했거나, 조율되었거나…… 대양에서도, 유인원이 타고 오르는 나뭇가지 위에서도, 이빨과 발톱과 피 사이에서도, 위장과 생식기 사이에서도 말입니다. 그런데 내가 그것들의 창조자가 된다면, 이 모든 것이 무슨 상관이라는 말입니까? 이제 당신도 누구와 마주하고 있는지 아시겠지요. 하지만 저는 인간의 두뇌를 무시하는 것이 전혀 아닙니다, 티히. 그 바보 같은 늙은이, 바니스가 저를 공격했듯이 말이죠. 인간의 두뇌를 연구하는 것은, 매우 중요하고 아주 고상한 일이죠. 그러므로 누군가 원한다면, 저는 자연의 가장 뛰어난 작품에, 아주 조금이나마 경의를 표할 수 있습니다!"

디아고라스 박사는 정말 고개를 숙여 보였다.

"하지만 그런 의사 표현이, 제가 그걸 꼭 모방해야 한다는 뜻일까요? 그 불쌍한 사람들에게나 그렇겠죠! 네안데르탈인들의 집회를 한번 상상해 보세요! 자기들 동굴만 있으면, 다른 무엇이든 필요 없을 것 아닙니까? 안락한 집도, 교회도, 원형 극장도, 다른 어떤 건물도 필요 없어요, 동굴이 있으니까요. 그리고 그런 똑같은 동굴만 계속, 앞으로 수십 세기 동안 파면서 살겠죠."

"뭐…… 그렇다고 칩시다……. 하지만 당신도 무슨 목적이 있을 것 아닙니까? 어떤 구체적인 방향이나. 아니면, 당신이 기대하는 것은 무엇입니까? 뛰어난 존재를 창조하는 것입니까?"

디아고라스는 나를 삐딱하게 바라보았다. 그의 작은 눈은 돌연 매우 명료하게 비웃는 기색을 띠었다.

"당신도 그들과 똑같군요……." 마침내 그는 작은 목소리로 대꾸했다. "저자가 원하는 게 뭐야? 천재를 만들어 내는 건가? 초인을? 어떤 바보는, 만약 내가 푸른 사과나무를 심고 싶어 하지 않는다면, 갈색 사과밖에 얻지 못하리라고 하더군요. 그럼 이 세상에는 작은 사과와 큰 사과밖에 없는 것인가요? 아니면 과일의 종류가 숱하게 있을 뿐인가요! 자연은 상상할 수조차 없는 무수한 가능성 속에서 바로 그 하나를 만들어 냈고, 우리들도 마찬가지죠. 그게 최선이었기 때문일까요? 그런데 도대체 언제부터 자연이, 그런 플라톤적 절대를 추구하게 되었나요? 자연은 자신이 만들어 낼 수 있는 것을 만들었고, 거기에 꽃이 핀 거죠. 그러나 에니악을 만들어 냈어도, 아니 다른 종류의 계산기나 인공두뇌를 만들어 냈어도 그렇게는 되지 않았어요. 에니악을 만들어 봤자, 거기서는 더 신속한 바보 계산기들이 나올 뿐이죠. 두뇌를 모방하는 것에 대해서는, 그런 무언가를 만들 수는 있겠지만, 그 점이 중요한 게 아닙니다. 제발, 지금까지 인공두뇌학에 대해 들은 것은 모두 잊어 주세요. 저와 저의 '키베르노이드'들은 이제까지의 인공두뇌학과 전혀 관계가 없습니다. 시작이 같았다는 점 말고는요. 벌써 옛날 얘기죠. 게다가 현재의 단계는," 그는 또다시 아무런 움직임 없는 실내를 가리켰다. "이미 지난 일이지만, 저 못난이들을 내가 기르고 있으니…… 글쎄요……. 왜냐고 물으신다면, 그냥 신경 쓰이지도 않고, 감상하려고……."

"그렇다면 정말 감상적인 분이시군요." 나는 부지불식간에, 어느새 티셔츠로 덮인 그의 팔을 바라보며 중얼거렸다.

"그럴 수도 있죠. 제 작업의 일부를 더 보고 싶으시다면, 저를 따라오십시오……."

우리는 구불구불한 돌계단을 따라서 한 층 아래의 지하실로 내려갔다. 낮고 두꺼운 콘크리트 천장 밑으로 철사 갓을 씌운 전등들이 밝혀져 있었다. 디아고라스는 무거운 철제문을 열었다. 창문 없는 정사각형의 방이었다. 마치 맨홀로 내려가는 듯 기울어진 시멘트 바닥 한가운데에 자물쇠로 잠긴 둥근 무쇠 뚜껑이 있었다. 맨홀이 이런 식으로 잠겨 있다니 이상해 보였다. 디아고라스는 자물쇠를 열고 육중한 무쇠 뚜껑을 상당히 힘겹게 들어 올렸다. 나는 그 옆에서 몸을 기울인 채 아래를 들여다보았다. 그 아래, 금속으로 마감된 벽을 두꺼운 방탄유리가 한 겹 더 감싸고 있었다. 그 두꺼운 유리 아래로, 나는 넓은 벙커의 내부를 볼 수 있었다. 그 밑바닥에는, 뭐라고 딱히 말할 수 없는, 새하얀 금속성의 불탄 전선들과 회칠한 듯 유리 가루를 덮어쓴, 마치 해체된 낙지 같은 거대한 검은색 형체가 앉아 있었다. 나는 바로 옆에 있는 디아고라스의 얼굴을 바라보았다. 그는 미소 짓고 있었다.

"저 실험에는 상당한 비용이 들 뻔했죠." 그는 퉁퉁한 몸을 일으키며 말했다. "나는 인공두뇌의 진화에, 생물학적으로 알려지지 않은 원칙을 도입하려고 했습니다. 스스로 보완할 수 있는 생명체를 만드는 것이었죠. 그 말인즉슨, 만약 자신의 능력을 뛰어넘는 어떤 과제를 수행하려고 하면(그게 무엇인지는 제가 정하지 않았죠.), 그때 스스로를 재형성하는 하는 것입니다……. 여기, 저 바닥에 순열로 결합할 수 있는 800개의 전자 블록을 가져다 놓았죠, 그들이 정말 좋아했는데!"

"그럼 성공하신 겁니까?"

"무척 성공했죠. 도대체 무슨 말로 이걸 불러야 할지 모르겠으니, 그냥 '저것'이라고 합시다." 그는 형체 없는 흉측한 얼굴을 가리켜 보였다. "저것은 도망치려고 했죠. 그게 그들의 첫 번째 충동이었어요." 그는 잠시 이야기를 멈추고, 스스로에게 놀라기라도 한 듯 허공을 멍하게 응시했다. "그걸…… 그걸 제가 이해할 수는 없었지만, 그것의 자발적 활동은 언제나, 바로 그렇게 시작되었어요. 그러니까 자유로워지고 싶은 충동, 제가 설정해 둔 제한에서 벗어나는 것. 무슨 일이 일어났는지는 이야기하지 않겠습니다. 저는 그걸 허락하지 않았으니까요, 너무 과하게 걱정해서 그랬을지도 모르지만……."

그는 말끝을 흐렸다.

"저는 조심했어요. 아니, 스스로는 충분히 주의했다고 생각했습니다. 제 주문을 받고 이 벙커를 만든 사람은 상당히 의아해했지만, 어쨌든 돈은 충분히 지불했기 때문에 아무것도 묻지 않았습니다. 1.5미터의 철근, 그 밖에도 벽은 방탄 철갑으로 둘렀습니다. 대갈못으로만 고정하지 않고, 대갈못은 자르기가 너무 쉽거든요, 전기 용접까지 했죠. 제가 구할 수 있었던 최고의 철갑, 25센티미터의 장갑은 옛날 군함에서 나온 거죠. 그러니 저 모든 것을 제대로 살펴보십시오……."

나는 철판 끝에 무릎을 꿇고 몸을 기울인 채 벙커의 벽을 보았다. 철판은 마치 내용물을 몽땅 먹어 치운 괴상한 통조림 캔처럼 위부터 아래까지 다 찢기고 구부러져 있었다. 철판이 벗겨진 구멍으로는 시멘트가 묻은 철사 끝부분이 돌출되어 있었고, 깊게 할퀸 자국들도 보였다.

"그것이 저렇게 한 건가요?" 나는 저절로 목소리를 낮추며 물었다.

"그렇습니다."

"어떻게요?"

"저도 모릅니다. 그것을 철로 만들긴 했습니다. 하지만 일부러 제련되지 않은, 부드러운 철을 사용했죠. 게다가 그것을 가뒀을 때 벙커는 텅 비어 있었습니다……. 그저 짐작만이 가능할 뿐입니다……. 저도 모릅니다. 조심하느라 특히 천장은 세 겹의 철판으로 안전장치를 두르고, 저 방탄유리에는 엄청난 돈이 들었습니다. 심해 탐사선에 들어가는 유리죠. 포탄도 뚫지 못하는……. 그래서 저는 그것이 오래도록 그랬을 리는 없다고 생각합니다. 그것이 제련용 인덕션 레인지 같은 것을 만들었거나, 어쩌면 벽의 철판을 이용해서 전기를 생산해 냈을지도 모르죠. 거듭 말씀드리지만, 저는 모르겠습니다. 그것을 관찰했을 때 아주 차분하게 행동했거든요. 저기서 이리저리 움직이고, 이것저것 이어 붙이면서 오락가락하고……."

"그것과 어떻게 의사소통을 할 수 있었습니까?"

"그게 무슨 소리입니까. 지성은, 글쎄요, 거의 도마뱀 수준이었습니다. 최소한 처음에는 그랬습니다. 어디까지 이르렀을지는, 저도 알 수 없습니다. 왜냐하면 저는 그것에게 뭘 물어보기보다, 이러한 구속을 어떻게 파괴할 수 있을지에 더 관심이 있었으니까요."

"그래서 어떻게 하셨습니까?"

"한밤중이었어요. 집 전체가 무너지는 것 같은 굉음에 깨어났습니다. 철판은 바로 찢어 버리더라도, 콘크리트는 어쨌든 때려 부숴야 하니까요. 여기로 뛰어왔을 때 이미 그것은 잔해 속에 앉아 있었어요. 한 30분만 더 늦었으면, 집의 초석 아래까지, 버터처럼 뚫고 들어갔겠죠. 저는 재빨리 행동해야 했습니다."

"전기를 끊으셨던 겁니까?"

"바로요. 하지만 아무 소용이 없었습니다."

"어떻게 그럴 수가!"

"그랬어요. 제가 조심성이 부족했던 거죠. 저는 집으로 들어오는 전선이라면 훤히 알고 있었지만, 땅속 깊이 들어가면 다른 전선들도 있으리라고는 생각하지 못했습니다. 하나 더 있었던 거죠. 재수가 없었다고나 할까. 그는 그 전선을 붙잡음으로써, 저의 회로 차단기를 무용하게 했지요……."

"하지만 그건 지적 활동이 아닙니까!"

"그렇게 말할 수는 없습니다. 그냥 굴성일 뿐이죠. 식물이 빛을 향해서 뻗어 가고, 적충류가 적절한 수소 이온 농도를 쫓아가듯, 그것도 전기를 따라간 거죠. 제가 제어하는 전선의 에너지는 바로 그 원천을 찾아 나설 만큼 충분하지 않았죠."

"그래서 어떻게 하셨습니까?"

"저는 발전소에 아니, 최소한 변전소에라도 전화를 하고 싶었지만, 그랬다가는 저의 작업이 드러날 것 같아서, 그러니까 앞으로의 연구를 방해받을 것 같았습니다. 그래서 액화 수소를 썼죠. 다행히 가지고 있었습니다. 갖고 있는 것을 모조리 써야 했죠."

"낮은 온도가 그것을 마비시켰나요?"

"초전도성이 나타난 거죠, 그래서 마비되었다기보다는 움직임의 제어 능력을 상실했어요. 흔들리다가…… 아우, 정말 엄청난 광경이었습니다! 미친 듯이 서둘러야 했죠, 왜냐하면 그것이 또 액화 수소에 적응을 할지도 몰랐으니까요……. 저는 액화 수소를 붓는 데에 시간을 낭비할 수 없었어요, 그냥 병째로 던져 버린……."

"병째로요?"

"네, 아주 거대한 보온병 같은 것인데……."

"아, 그래서 저기 유리가 저렇게……."

"네. 게다가 몸 닿는 곳 근처의 모든 것을 다 깨부숴 버렸죠. 간질 발작 같았습니다……. 믿을 수 없게도 2층집 전체가 흔들렸습니다. 마룻바닥의 꿀렁거림을 느꼈어요……."

"알겠습니다, 그래서 그다음엔요?"

"저는 온도가 더 올라가기 전에 어떻게든 그것을 진정시켜야 했습니다. 그 아래로 내려갈 수는 없었어요, 그랬다간 바로 얼어붙었을 테니까요. 폭약 같은 것도 쓸 수 없었습니다, 이 집을 공중에 날릴 순 없는 노릇이니까요……. 그것은 계속 난리를 치다가, 마침내 겨우 몸을 떨기만 했어요……. 그러자 저는 맨홀 뚜껑을 열고, 원형 톱이 달린 연마용 로봇을 내려보냈어요."

"얼어붙지 않았습니까?"

"한 여덟 번 정도. 그때마다 꺼냈죠. 줄에 묶어 놓았거든요. 한 번 내려갈 때마다 그것을 더욱 깊이 베었고 결국 끝장냈어요."

"엄청난 이야기군요……." 나는 중얼거렸다.

"아닙니다. 인공두뇌학의 진화일 뿐이죠. 어쩌면 제가 극적 효과를 좋아하는 사람이라서 당신께 이런 것까지 보여 주나 봅니다. 돌아갑시다."

이 말을 끝으로, 디아고라스는 철판 뚜껑을 내려놓았다.

"이해 안 되는 것이 한 가지 있습니다." 나는 말했다.

"왜 이런 종류의 위험을 무릅쓰는 거죠? 아마도 이런 상황을 즐기시는 것이 아니신지, 아니라면⋯⋯."

"그럼 너, 브루투스는?" 그는 첫 층계참에 발을 올리고서 물었다. "그러니까 당신 생각에는 제가 도대체 뭘 해야 하는데요?"

"그냥 전자두뇌만 만드는 거죠, 팔다리나, 철판이나, 다른 것 없이⋯⋯ 그러면 생각 말고는 다른 활동이 불가능할 것 아닙니까⋯⋯."

"그게 바로 저의 목적입니다. 하지만 그걸 현실화하는 방법을 모르겠어요. 단백질 고리들은 서로 결합 가능하지만, 트랜지스터나 양극 램프는 서로 결합하지 못하죠. 말하자면, 그들에게는 언제나 '발'을 달아 줘야 해요. 물론 원시적인, 좋지 않은 해결 방법입니다. 그래서 권장할 수 없죠. 하지만 위험에 대해서 말하자면⋯⋯ 다른 위험도 있습니다."

그는 몸을 돌리고서 계단 위로 올라갔다. 1층에 다다랐을 때, 이제 디아고라스는 반대 방향으로 갔다. 구리판으로 감싼 문 앞에서 그는 멈췄다.

"제가 코르코란의 얘기를 할 때, 당신은 제가 그를 질투한다고 생각했겠죠. 전혀 그렇지 않습니다. 코르코란은 알고 싶어 하지 않았어요. 그는 그저 자기가 계획한 것을 만들고 싶어 했을 뿐이죠. 그리고 자신이 원하는 것을 만들었기 때문에, 그리고 그 생각에 사로잡혀서 더는 아무것도 깨닫지 못하고, 자기가 기술 좋은 전기 공학자라는 사실 말고는 그 무엇도 증명하지 못했어요. 나는 코르코란보다 훨씬 더 스스로를 확신하지 못합니다. 말할 수 있어요, 나는 모른다고. 그러나 알고 싶다고. 인간과 비슷한 기계를 만드는 것, 이 세계에 좋으라고 무슨 덜 떨어진 경쟁 상대 따위를 더 만들어 내는 일은, 한낱 모방에 지나지 않습니다."

"하지만 그럼 예측할 수 없는, 가령 당신이 만들어 낸 그것처럼 될 텐데요." 나는 반대 의견을 표했다. "앞으로 어떻게 작동할지 모르더라도, 대비 계획은 있어야죠."

"무슨 소리를. 저는 키베르노이드의 생생한 자유 반응에 대해서 말한 바 있습니다. 방해물을 공격하고, 저항하고, 제한을 극복하는 것이죠. 제가 아니라 누구라도, 언젠가 이게 어디서 왔고, 왜 그런지 알게 되리라고 생각하지 마세요."

"이그노라무스 에트 이그모라비무스?"↓ 나는 천천히 물었다.

"그렇죠. 바로 증명해 보일 수 있습니다. 다른 이에게 영혼이 있다고 할 때, 우리는 스스로 영혼이 있음을 알기에 그렇게 말합니다. 구조적으로나 기능적으로나 동물이 인간과 전혀 다르게 생길수록, 우리는 더욱더 그 동물의 영혼을 짐작하기가 힘들어지죠. 그래서 우리는 원숭이나 개, 말 등

→ Ignoramus et ignorabimus. "알게 되든지 모르게 되든지."라는 뜻의 라틴어 문장.

에게 어떤 감정을 부여하지만, 도마뱀의 '감정'에 대해서는 별로 알지 못하고, 곤충이나 적충류에 이르면 유사점을 말하기조차 어려워집니다. 우리는 개미가 어떻게 '기쁨'을 느끼는지, 아니면 '불안'을 느끼는지, 아니면 그런 종류의 상태를 과연 느낄 수나 있는지에 대해서는 절대 알 수 없습니다. 그들의 영혼이 존재하느냐 마느냐 하는 건, 사소하고도 대수롭지 않은 동물에 관한 문제이지만, 키베르노이드에 이르면 굉장히 심각해집니다. 생명 없는 것에서 겨우 탄생한 키베르노이드들이 이미 저항하고, 자유의 몸이 되기를 갈망한다면, 도대체 왜 이런 주관적 상태가 폭력적 노력을 불러일으키는지, 그건 우리가 절대로 알 수 없습니다……."

"만약 그들이 말을 한다면……."

"우리 언어는 사회적 진화 속에서 만들어졌고, 그에 걸맞은 적정한 상황에 대한 정보를 전합니다. 왜냐하면 우리 모두는 서로 비슷하니까요. 우리 두뇌가 서로 매우 비슷하기 때문에, 당신은 제가 웃으면 그 감정의 내용을 유추할 수 있죠. 하지만 그들에 대해서는 그렇게 말할 수 없습니다. 좋은 기분? 감정? 공포? 순환하는 핏속에 자리한 인간의 두뇌를 생명 없는 전자 코일 속으로 옮겨 놓았을 때 이런 것들의 의미는 어떻게 바뀔까요? 만약 그 코일마저 없다면, 구조적 유사점이 완전히 없어진다면, 그러면요? 만약 알고 싶으시다면…… 실험은 이미 진행되었습니다……."

그가 문을 열었고, 우리는 그 앞에서 한참 동안 서 있었다. 흰 벽의 커다란 방을 그림자 없는 전등 네 개가 비추고 있었다. 무슨 인큐베이터 속인 양 후텁지근하고 따뜻했다. 타일 바닥 한가운데에는 직경 1미터는 되어 보이는 금속 실린더가 설치되어 있었는데, 거기서 여러 방향으로 파이프들이 뻗어 나오고 있었다. 그 광경은 마치 거대한 발효통이나 액체 수집통 같았는데, 위로 부풀어 오른 큰 뚜껑이 진공 마개로 막혀 있었다. 벽에는 더 작고 동그란 뚜껑들이 덮여 있었는데, 역시 꽉 닫혀 있었다. 방은 아무래도 온실처럼 따스하고 습했다. 나는 실린더가 마룻바닥에 놓여 있지 않고, 스펀지 매트를 중간중간 넣고 짠 코르크판 위에 놓여 있음을 깨달았다.

디아고라스는 실린더 옆에 달린 동그란 뚜껑을 열고 나에게 손짓했다. 나는 몸을 굽히고 실린더 안쪽을 들여다보았다. 내가 본 것은, 그 어떤 말로도 형용할 수 없다. 둥글고 두꺼운 유리 안쪽에 진흙으로 만든 구조물이 자리를 넓히고 있었는데, 두꺼운 몸체가 아주 가느다란 거미줄 같은 다리, 혹은 가지를 뻗치는 모습이었다. 전체적으로는 전혀 움직임 없이, 당최 알 수 없는 방법으로 공중에 걸려 있었다. 몸체의 농도나 그 위의 끈끈한 기름 상태로 봐서, 바로 실린더 바닥으로 가라앉아야 할 터인데, 전혀 그렇지 않았다. 나는 유리를 통해 얼굴에 살짝 압력이 가해짐을 느꼈다. 마치 움직이지 않는, 가만히 있는 열기가, 아니면 단순한 착각일지도 모르지만 아주 미약한, 부패의 낌새가 감도는 단 냄새가 느껴졌다. 이 진흙 같은 버섯은 자기 위에, 아니면 그 속에 광원이라도 있는 듯 반짝였는데, 가장 가느다란 가지 역시 은빛으로 빛났다. 나는 아주 미세한 움직임을 포착했다. 더러운 회색빛의 촉수 같은 것이 떠올라서 살짝 옆으로 펼쳐지더니, 자기 내부의 물방울 같은 것이 맺혀 있는 피부 조각을 다른 구멍을 통해서 내 쪽으로 보내고 있는 것이었다. 나는 흔들흔들 연동 운동하는 그것이 미끌미끌하고 구역질 나는 창자의 일부라고 느꼈다. 그것은 실린더 유리벽에 닿을 때까지 다가오더니 결국 내 얼굴 바로 앞의 유리에 붙어서 몇 번 기어 다니는 듯 아주 약하게 떨리다가 완전히 멈추었다. 하지만 나는 이 젤리 덩어리가 나를 쳐다보고 있다는 느낌을 떨치기 힘들었다. 너무나 불쾌하고, 어떻게 할 수도 없는 상황이라, 나는 뒷걸음질해서 물러날 수조차 없었다. 어쩌면 창피했을지도. 그 순간 나는 내 옆에서 나를 바라보는 디아고라스에 대해서도, 지금까지 목격한 다른 모든 것들에 대해서도 잊어버렸다. 점점 더 커지는 혼란 속에서 나는 눈을 크게 뜨고 내 앞의 무언가가 그저 살아 있는 생명체일 뿐 아니라,

539

어떤 존재라는 사실을 확신하며 곰팡이 가득한 진흙탕을 응시하고 있었다. 왜 그런 생각을 하게 되었는지는 알 수 없다.

또한 내가 얼마 동안 그 자리에 서서 그것을 보고 있었는지도 모르겠다. 디아고라스가 나의 팔을 부드럽게 잡은 뒤, 뚜껑을 닫고 나사로 자물쇠를 꽉 조이지 않았더라면 계속 바라보았을지도 모른다.

"저게 뭐죠……?" 나는 막 잠에서 깨어난 듯 멍하니 물었다. 이제야 혼란과 어지럼증이 닥쳐왔다. 나는 퉁퉁한 디아고라스와 온기를 내뿜는 구리 실린더를 번갈아 보았다.

"펑고이드죠." 디아고라스가 대답했다. "인공두뇌학자들의 꿈입니다. 자기 조직 물질! 전통적 재료의 사용은 포기해야 했죠……. 저것이 더 나은 물질로 밝혀졌어요. 저건 고분자…….'"

"저것은 살아 있나요?"

"어떻게 말씀드려야 하겠습니까? 어쨌든 저 안에는 단백질도, 세포도, 신진대사도 없습니다. 저는 엄청난 실패 끝에 겨우 저기에 도달했어요. 아주 간단하게 말씀드리자면, 화학적 진화를 촉발한 거죠. 문제는 어떤 외부 자극에도 일정하게 내부 변화로 반응할 수 있는 그런 물질을 고르는 것이었습니다. 그러한 자극을 중성화하는 것이 아니라, 그런 자극에서 스스로 자유로워야 했죠. 그래서 처음엔 저 물질을 열과 자기장과 방사능에 노출시켰지요. 하지만 그건 시작일 뿐이었습니다. 점점 더 어려운 과제를 부여하기 시작했죠. 예컨대 일정한 전기 충격을 가했을 때, 자기만의 방법으로 응답해야만 거기서 벗어날 수 있게끔 한다든가……. 그렇게 저는 저것에게 조건적 반사와 비슷한 것을 가르쳤습니다. 하지만 다 시작 단계에 불과하죠. 곧 일반화를 이룩함으로써, 더욱더 어려운 과제를 해결할 수 있게 되겠죠.”

“감각을 가지고 있지도 않은데 어떻게 그것이 가능한지 이해할 수가 없군요.” 나는 말했다.

“굳이 알고 싶으시다면…… 사실 저도 왜 그런지 모릅니다. 그저 원칙을 말씀드릴 수 있을 따름이죠. 만약 당신이 인공두뇌 ‘거북이’에게 제어 장치를 설치하고 큰 방에 풀어놓는다면, 그렇게 거북이의 활동을 제어할 수 있는 상태에서 당신은 ‘감각’ 없이, 그러나 모든 변화하는 환경에 반응하는 시스템을 얻을 수 있을 것입니다. 만약 그 방의 어떤 부분에 자기장이 작용해서 기계의 작동에 전체적으로 영향을 끼친다면, 거북이는 바로 가급적 멀리, 그러한 방해가 없는 더 나은 장소를 찾아가겠죠. 기계의 설계자는 모든 종류의 방해를 예상할 필요도 없습니다. 기계적 진동이나 열, 소음, 전하, 무엇이든지 기계로서는 아무것도 볼 수 없습니다. 기계는 감각이 없으니까요. 그러므로 열을 느끼지도, 불을 보지도 못하지만 마치 보거나 느끼는 듯 반응하는 것입니다. 이건 아주 기초적인 모델입니다." 그는 자신의 모습이 그로테스크하게 비춰 보이는 구리 실린더에 손을 얹었다. "펑고이드는 그런 걸 알고 있고, '그것'보다 천 배 정도 더 잘 알고 있죠……. 기본 전제는 다음과 같습니다. 액체 환경, 그 안에 자리한 '구성 요소', 그것을 통해서 가장 기초적인 시스템이 만들어질 수 있고, 그 잉여 조건을 이용해서 지금 당신이 본 저런 버섯 같은 것이 생겨나……."

"저것은 도대체 무엇인가요? 저게…… 두뇌인가요?"

"그렇게 말씀드릴 수는 없습니다. 저것을 지칭할 단어가 없으니까요. 우리가 규정하는, 그런 두뇌는 아닙니다. 살아 있는 어떤 존재에 속해 있지도 않고, 또한 어떤 문제를 풀기 위해 만들어진 것도 아니니까요. 하지만 저것이…… 사고한다는 점만큼은 확실합니다. 인간이나 동물처럼 생각하는 것은 아니지만요."

"그걸 어떻게 알 수 있습니까?"

"아, 그건 이야기하자면 길어요." 그는 말했다. "자……."

그는 철판으로 감싼, 은행 금고만큼이나 두꺼운 문을 열었다. 문 양쪽으로 코르크와 구리 실린더가 스펀지에 뒤덮인 채 세워져 있었다. 문 뒤의 더 작은 방에도 불이 켜져 있었다. 창문은 검은색 종이로 빈틈없이 가려져 있었으며, 벽과 바닥에는 구릿빛으로 빛나는 똑같은 발효통이 자리했다.

"두 개나 가지고 계신 겁니까……?" 나는 놀라서 물었다. "도대체 왜요?"

"이건 이형(異形)입니다." 그는 문을 닫으면서 대답했다. 나는 그가 얼마나 꼼꼼하게 문을 닫는지 알아차렸다.

"두 개 중 어떤 것이 더 잘 작동할지 몰랐죠. 화학적 구성 등 두 개 사이엔 중요한 차이가 있습니다……. 사실 여러 개가 더 있었지만, 다른 것들은 잘되지 않았죠. 이 두 개만이 선택의 과정을 모두 통과했습니다. 아주 잘 자랐죠." 그는 계속 이야기하며 두 번째 실린더의 튀어나온 뚜껑 위로 손바닥을 가져다 댔다. "하지만 그것이 어떤 의미를 가지는지는 알 수 없었습니다. 환경의 변화에 상당히 무감해졌고, 둘 다, 내가 그들에게 무엇을 요구하는지 금방 짐작했습니다. 반응하는 방법을 만들어 낸 것이 효과를 발휘했죠, 그러면서 해로운 자극에 무감각해졌고요. 인정하시겠지만, 이건 이미 굉장하죠." 그는 뜬금없이 급작스럽게 내게로 몸을 돌렸다. "만약 젤리 곤죽이 전기 신호를 이용해서 다른 전기 신호로 이루어진 계산식을 풀 수 있다면요?"

"물론, 그것은 사고를 동반해야……." 나는 대답했다.

"그게 사고인지, 아닌지는 모릅니다." 그는 말했다. "명칭뿐 아니라 사실이 말입니다. 어느 정도 시간이 지나자 첫 번째 것도 두 번째 것도, 어떻게 말해야 할지, 제가 보내는 자극에 점점 더 무감해졌습니다. 아마도 그것이 그들 존재에 위협이 되었던 것 같습니다. 그러는 동안에도 저의 센서는 그들 활동이 매우 활발하다고 기록했죠. 분명히 눈에 띄는 어떤 배출 같은 것도 기록했고…….”

그는 작은 책상의 서랍에서 기다란 인화지를 꺼냈는데, 거기에는 불규칙한 사인 곡선이 그려져 있었다.

“이런 ‘전기 공격’의 연속은, 두 펑고이드 모두에서 어떠한 종류의 외부적 원인도 없이 일어났습니다. 저는 이것을 체계적으로 연구했고, 그러다가 신기한 현상을 발견했죠. 저쪽 펑고이드가,” 그는 손으로 더 큰 방을 가리켰다. “전자기장을 만들어 냈고, 이곳 펑고이드는 그걸 받았어요. 그 사실을 발견했을 때 저는 바로 그들이 교대로 활동함을 알아냈습니다. 하나가 ‘신호를 보내면’ 다른 하나는 ‘침묵’하죠.”

“그게 무슨 소리입니까?”

“사실입니다. 저는 곧장 양쪽 공간에 보호막을 쳤죠. 문 앞의 두꺼운 금속판을 기억하시죠? 벽 역시 금속으로 두르고, 색칠까지 했죠. 라디오 신호도 막았습니다. 양쪽 펑고이드의 활동은 더 활발해졌다가 몇 시간 뒤 거의 ⊘에 가까워졌지만, 다음 날이 되자 또 예전과 똑같은 상태가 되었지요. 무슨 일이 일어났는지 아시겠습니까? 초음파가 전달된 것이에요. 그들은 초음파를 통해서 벽과 천장을 뚫고……."

"아, 그래서 코르크를!" 나는 갑자기 이해했다.

"바로 그렇습니다. 저는 물론 그들을 파괴할 수도 있었지만, 그게 무슨 소용이겠습니까? 저는 두 개의 실린더에 방음 장치를 설치했습니다. 이런 방법으로 둘을 다시 한 번 떼어 놓을 수 있었죠. 그러자 그들은 자라나기 시작했어요……. 지금의 크기가 될 때까지요. 제 말은, 거의 네 배나 커졌다는 것입니다."

"왜요?"

"저도 알 수가 없습니다."

디아고라스는 구리 실린더 옆에 서 있었다. 나를 바라보고 있지는 않았다. 이야기를 이어 가며, 순간순간 아치형 실린더 뚜껑에 마치 온도라도 재는 듯 손을 올려놓곤 했다.

"그들의 전기적 활동은 며칠 뒤 정상으로 돌아왔습니다. 그들이 다시 연결에 성공한 것처럼요. 그 후에 저는 열선을 없애고, 방사선도 없애고, 모든 종류의 가림막을 다 동원했습니다. 방화벽, 보강재, 강자성(強磁性) 센서도 써 보았지만 아무 소용이 없었습니다. 한번은 일주일 동안 여기 있는 이것을 지하실에 가져다 놓기도 하고, 헛간을 세우기도 했습니다. 여기에 오시다가 보셨을지도 모르지만, 집으로부터 4○미터 남짓 떨어져 있지요……. 하지만 그들은 아무런 변화 없이 계속 활동했고, 저의 그 '질문'과 '답'은 아직도 기록되고 있습니다." 그는 창 아래에 놓인 진동기를 가리켰다. "쉼 없이 오가고, 연속적으로, 밤낮으로 계속됩니다. 지금 이 순간에도요. 그들은 끊임없이 활동하고 있어요. 저는 또한, 말하자면, 억지로 그들 신호에 개입해 보려고, 제가 조작한 '메시지'로 그들 흐름에 끼어들려고도 해 보았습니다."

"신호를 조작했다고요? 그러면 당신은 그 신호들이 어떤 의미인지 아신다는 말입니까?"

"절대 모르죠. 하지만 외국어도, 무슨 말인지 몰라도 녹음할 수는 있지 않습니까. 그리고 그 말을 다른 사람에게 들려줄 수도 있고요. 말하자면 저는 그런 시도를 했던 것입니다. 하지만 소용없었죠. 그들은 똑같은 신호만 연신 보내더라고요. 정말 기이합니다. 도대체 어떤 방법으로 보내는지, 어떤 물질적 통로를 이용하는지 모르겠습니다."

"그럼 혹시 그게 다 전혀 상관없는, 즉흥적 활동은 아닙니까?" 나는 한 가지 가설을 제시했다. "이렇게 말씀드리는 것을 용서해 주시면 좋겠습니다만, 어쨌든 증거가 없는 거 아닌지요."

"어찌 보면, 증거는 있습니다." 그는 열성적으로 내 말을 가로막았다. "보이십니까, 이 테이프에는 또한 시간도 기록되어 있습니다. 여기 보면, 명확한 관계가 드러나지요. 하나가 신호를 보내면, 다른 쪽은 침묵하고, 그다음엔 반대입니다. 물론 최근에는 지연 시간이 상당히 늘어났지만, 이렇게 서로 교환하는 패턴은 전혀 변하지 않았습니다. 제가 어떻게 했는지 아시나요? 아무 말 않더라도 생각에 빠진 사람의 계획이나 의도는 좋든 나쁘든 그들 얼굴이나 태도에서 드러나지 않습니까. 하지만 제가 만들어 낸 저것들은 얼굴도 없고 몸도 없습니다, 좀 전에 말씀하신 것처럼요. 그러니 제가 도저히 이해할 수 없는 거죠. 그런데 저것들을 파괴해야 하겠습니까? 그랬다간 그야말로 대실패하는 거겠죠. 그들은 인간과 소통하기를 원하지 않습니다. 아니, 그게 가능이나 할까요? 아메바, 거북이와 소통하는 것처럼? 모르겠어요, 아무것도 모르겠습니다!"

그는 여전히 빛나는 실린더 뚜껑에 손을 얹고 서 있었다. 나는 그가 나에게 말하고 있지 않음을, 아니, 내가 있다는 사실조차 잊었을지도 모른다는 사실을 깨달았다. 그리고 나 역시 그의 마지막 말은 듣고 있지 않았다. 뭔가 알 수 없는 것이 나의 주의력을 빼앗아 가고 있었던 것이다. 그는 점차 더 열을 올리며, 아까처럼 구리판 위에 오른손을 올리고 있었다. 그의 손에 수상한 무언가가 있었다. 움직임도 자연스럽지 않았다. 금속에 손을 가까이하는 동안 손가락이 잠시 떨렸다. 그 떨림은 이상하게도 너무 빨랐고, 긴장의 떨림과 달리 굳게 마음먹은, 단순한 수전증과 다른, 단호한 움직임이었다. 나는 그의 손을 유심히 살펴보고서 뭐라고 말할 수 없는 의혹과 충격, 어쩌면 내가 착각했을지도 모른다는 희망을 가진 채 더듬더듬 말했다.

"디아고라스, 손에 있는 게 뭔가요……?"

"뭐요? 손이요? 무슨 손?" 내가 지적하자 그는 깜짝 놀라서 나를 바라보았다.

"그쪽 손이요." 나는 가리켰다. 그가 번쩍이는 표면에 손바닥을 가까이 대자 함께 떨렸다. 그는 입을 반쯤 벌리고 손을 눈에 가져다 댔다. 그랬더니 손가락의 떨림은 바로 멈추었다. 디아고라스는 또다시 자기 손을 바라보고, 이어서 나를 응시하더니, 아주 조심스럽게 1밀리미터씩, 금속에 손을 뻗기 시작했다. 손가락 끝부분이 금속에 닿자, 아주 미세한 경련이 일더니 손바닥 전체로 다 전달되었고, 그는 계속서 묘한 표정을 지은 채 그 광경을 지켜보고 있었다. 그리고는 주먹을 쥐어서 허벅지에 대고, 이번엔 구리판 위로 팔꿈치를 가져다 대었다. 그러자 실린더에 접촉한 팔 아래쪽 피부가 미세하게 경련을 일으켰다. 그는 한 발짝 물러나서 손을 눈 위에 덮고, 양쪽 손을 연신 바라보다가 속삭이듯 말했다.

"그럼 내가……? 내가……, 나로 인해서……. 그럼 내가 바로 실험 대상이…….”

그는 발작적 웃음을 터뜨릴 듯 씰룩거리더니, 돌연 앞치마 주머니에 손을 꽂고는 아무 말 없이 방을 가로질렀다. 그러고는 싹 바뀐 목소리로 말했다.

“글쎄요, 이게 무슨 관계가…… 하지만. 이제 가 보시는 편이 좋겠습니다. 더 이상 보여 드릴 것도 없고, 게다가…….”

그는 말을 끊고, 단숨에 창을 가리고 있던 검은 종이를 찢어 버린 다음, 창문을 조금 열었다. 그는 어둠 속을 바라보며 크게 심호흡을 했다.

“왜 아직 안 가시죠?” 그는 몸을 돌리지도 않고 중얼거렸다. “가시는 편이 제일 좋을 텐데요…….”

나는 그렇게 떠나고 싶지 않았다. 그의 몸을, 그의 의지와 상관없이 미지의 신호를 전달하는 매개체로 사용하던 젤리 덩어리가 들어 있던 구리 발효통, 바로 그 기괴한 광경은 그 뒤로 내게 위협과, 이 사람에 대한 동정심을 불러일으켰다. 그래서 나는 이제 이 이야기를 그만하려고 한다. 그 후에 일어난 사건들은 너무나 어이없는 것이었다. 나의 고집스러운 무신경함에 그는 폭발했다. 분노로 일그러지던 그의 얼굴, 욕설, 격분한 고함, 나는 이 모든 것에 체념한 듯 침묵으로 일관하며 그 집을 빠져나왔다. 전부 거짓으로 가득한 악몽 같았고, 오늘날까지 그가 정말 자발적으로 나를 그 음울한 집에서 쫓아냈는지, 아니면…… 그건 알 수가 없다.

　나는 아무것도 모르겠다. 내가 착각했을 수도 있다. 어쩌면 우리 모두 그 당시 환각의 희생자가 되어서 각자 서로에게 암시를 걸었을 수도 있다. 그런 일은 종종 일어나니까.

　하지만 정말 그랬더라면, 과연 이 사실을 어떻게 설명할 수 있을까? 내가 크레타에 다녀오고 한 달 뒤, 전선 고장 문제로 사람들이 우연히 디아고라스의 집을 방문했을 때, 그곳에는 커다란 구리 실린더 두 개 말고는 아무것도 없었다. 나머지 실험 기구들은 모두 고장 난 채로 말이다.

　그 통 속에 무엇이 있었는지는 나만이 알고 있지만, 나는 그 내용물과, 그것을 만든 사람의 실종에 대해서 어떠한 가설도 내놓지 않겠다. 그 뒤로 디아고라스를 본 사람은 아무도 없었다.

우주를 구하자
—이욘 티히의 탄원

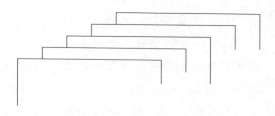

지구에서 꽤 오래 머문 뒤 나는 전에 방문했던 여행지 중 가장 좋아하는 장소를 다시 찾고자 길을 나섰다. 그곳은 둥근 페르세우스 성좌, 송아지자리와 은하수 중심의 거대한 별 무리다. 가는 데마다 제법 변해 있었는데, 좋은 방향의 변화가 아니므로 여기에 적기가 쉽지 않다. 바로 급성장한 우주여행업 탓이다. 의심의 여지 없이 여행이란 좋은 것이지만, 어느 정도는 지켜야 하는 법이다.

혼돈은 이미 문지방만 넘어도 곧장 나타난다. 지구와 화성 주변의 소행성대 상태는 이미 매우 좋지 않다. 한때는 영원한 밤 속에 머물렀던 거대한 바위들이 지금은 전기로 불을 밝히고, 심지어 소행성의 표면은 구릉마다 열심히 새겨 넣은 이름과 모노그램으로 가득하다.

특히 연인들이 좋아하는 에로스 소행성은, 수많은 아마추어 조각가들이 기념 작품을 남기느라 거의 무너지고 있다. 약삭빠른 장사치들이 몇몇 나타나더니 망치와 끌, 급기야 드릴까지 빌려주기 시작했고, 이제 훼손되지 않은 아름다운 천연 바위는 찾을 수조차 없을 지경이다.

게다가 이런 글귀는 거의 소름 끼친다. '이 행성에서 너를 목숨보다 사랑해', '소행성 아래 우리 사랑 영원하길', 그런 비슷한 문장들이 화살 꽂힌 하트 무늬와 함께 새겨지다니, 정말 최악이다. 무슨 이유에서인지 대가족들에게 인기 있는 세레스 행성은 늘 사진 찍는 사람들로 야단법석이다. 상당히 많은 사진사들이 얼쩡거리는데, 촬영용 우주복을 대여해 줄 뿐 아니라 얼마 안 되는 돈을 받고 행성 벼랑에 특수 물감으로 가족사진을 인화해 준다. 이렇게 만들어진 거대한 사진에, 또 보존이 잘 되도록 바니시까지 발라 놓는다. 적당히 포즈를 취한 가족, 엄마, 아빠, 할머니, 할아버지, 아이들이 벼랑바위 위에서 웃고 있는 모습은, 어떤 투자 설명서에서 읽었는데, '가족적인 분위기'의 전형이다. 한때 매우 아름다웠던 주노 소행성은 오늘날 거의 사라졌다. 아무나 주노에서 돌을 채굴해 간 것이다. 철과 니켈로 이루어진 운석들도 가만히 내버려 둘 리 없다. 모두들 기념품 반지와 브로치를 만드는 데 쓰였다. 지금은 꼬리가 온전한 혜성도 찾아보기가 힘들다.

　그래도 나는 태양계만 벗어나면 이런 우주 학대자들과 벼랑바위 초상화들, 말도 안 되는 새김글 따위를 피할 수 있으리라고 생각했다, 하지만 무슨!

　관측소의 브로키 교수는 최근 나에게 켄타우루스자리의 두 별빛이 희미해지고 있다고 불평한 바 있었다. 그 근처가 쓰레기로 가득 차 있는데, 별빛이 어찌 희미해지지 않을 수 있겠나? 근거리 은하계에서 가장 인기 있는, 막대한 시리우스성 근처로 마치 토성의 고리 같은 띠가 생겼는데, 맥주와 레모네이드 캔의 쓰레기 더미였다. 이쪽 항로를 운항하는 우주 비행사들은 운석 구름뿐 아니라, 저장식 깡통과 달걀 껍질과 오래된 신문도 피해 다녀야 한다. 이런 것들 때문에 별들이 아예 안 보이는 지역도 있다. 우주물리학자들은 벌써 몇 년 전부터 여러 은하계에서 상이하게 나타나는 우주 먼지량의 차이를 규명하고자 머리를 싸매고 있다. 내 생각에 그 이유는 너무 뻔하다. 은하계에 더 발전한 문명이 있을수록 그곳은 더욱 쓰레기투성이고, 따라서 먼지와 미세먼지와 폐기물로 넘쳐 난다.

　사실 우주 쓰레기는 청소부들에게나 큰 문제지 우주물리학자들에게는 별문제가 아니다. 보시다시피 다른 은하계에서도 이 문제를 해결하지 못했다. 하지만 그 사실도 별로 위안이 되지는 않는다. 또한 절대적으로 비판받아야 할 행위는 진공에 침을 뱉는 짓이다. 침은 모든 종류의 액체가 그렇듯 낮은 온도에서 얼어붙는데, 큰 충돌 사고의 원인이 될 수 있다. 이렇게 말하기는 조금 그렇지만, 우주여행 중에 멀미를 일으키는 사람들은 마치 우주를 무슨 타구(唾具)쯤으로 여기는 것 같은데, 자신들의 역겨운 흔적이 수백만 년 동안 우주 궤도를 돌면서 다른 여행자들에게 좋지 못한 인상과 혐오감을 불러일으키리라는 사실을 상상도 못 하는 것 같다.

술은 또 다른 문제다.

시리우스 바깥에서, 나는 우주 속에 마구 걸린 거대한 광고판들의 수를 세기 시작했다. 화성 보드카, 은하수 와인, 특수달술, 스푸트니크주…… 결국 너무 많아서 곧 헤아리기를 포기했다. 조종사들에게 들은 얘기인데, 어떤 우주선 발사 기지에서는 알코올 성분의 물질을 전부 질산으로 바꿀 수밖에 없었단다. 왜냐하면 연료 부족으로 문제를 방지하기 위해서라고 했다. 경비팀은 우주같이 광활한 공간에선 취한 사람을 쉬이 구별할 수 없다고 거듭 말한다. 누구나 비틀거리거나 흔들거리는 발걸음을 중력 탓으로 돌리기 때문이다. 여하튼 어떤 우주 기지들의 작태는 천벌받아 마땅함을 부정할 수 없다. 나도 한번은 여유분 산소를 유리병에 넣어 달라고 부탁했는데, 1파섹 정도 지나온 뒤에야 이상하게 부글부글하는 소리를 듣고서 순수한 코냑을 주입해 줬음을 알았다! 기지로 돌아가서 그곳 소장에게 항의하자, 내가 자기에게 윙크를 했다고 고집을 부렸다. 내가 윙크를 한 것 같기도 하다, 다래끼로 고생하고 있었으니까. 그렇다고 이런 사태를 정당화할 수 있겠는가?

주요 항로에 만연한 혼돈 상태 역시 견디기가 힘들다. 그토록 많은 사람들이 조직적으로 속도 위반을 저지르는 마당이니, 엄청난 사고 수는 전혀 놀랍지도 않다. 특히나 여성들의 속도 위반이 두드러지는데, 더 빨리 여행하면 시간의 흐름을 천천히 만들 수 있어서 노화를 방지할 수 있기 때문이란다. 가끔 덜덜거리는 고물 우주선들도 만나는데, 이들은 황도 전체를 자욱한 연기로 오염시키곤 한다.

내가 팔리드로니아에 도착해서 '고객의 소리'를 요청하자, 바로 전날 운석에 부딪쳐서 사라졌다고 했다. 또한 산소 공급에도 문제가 있다. 벨루리아로부터 6광년 사이에서는 어디서도 산소를 공급받을 수 없는데, 그래서 이곳을 여행하는 사람들은 하는 수 없이 냉동고로 들어가서 공기가 공급될 때까지 가사 상태를 유지할 수밖에 없다. 그대로 살아 있기에는 공기가 부족하기 때문이다. 내가 그곳을 지날 때 단 한 명도 예외 없이 모두들 동면하고 있었지만, 그곳 우주 기지의 식당에는 코냑부터 필스너 맥주까지 모든 것이 갖추어져 있었다.

위생 상태 역시, 특히 대보호 구역에 속하는 행성들에서는 개탄할 지경이다. 《메리시투리아의 소리》에 실린 기사를 읽었는데, 한 필자는 '삼킴대기'라는 멋진 동물들을 멸종시켜야 한다고 주장하고 있었다. 이 맹수는 입술 위쪽에 번쩍거리는 여러 가지 모양의 뽀루지가 나 있다. 중요한 점은, 최근에 이 뽀루지가 ⊘자 두 개를 이어 붙인 모양으로 나는 변종이 꽤 많아졌다는 사실이다. 삼킴대기라는 동물은 보통 캠핑장 근처에서 입을 커다랗게 벌린 채 야음을 틈타 으슥한 장소를 찾는 사람들을 기다리고 있다. 아무튼 이 동물에게 뭐라고 할 것이 아니라, 제대로 된 화장실 시설이 부족한 원인에 대해서 고발해야 옳지 않을까? 나는 그렇게 생각한다.

메리시투리아의 낙후된 공공시설은 또한 곤충들에게도 연쇄적 돌연변이를 일으켰다.

아름다운 명승지에서 자주 보이는 버들가지로 짠 듯한 편안한 소파는, 마치 피로한 여행자를 초대하는 것 같다. 하지만 사람을 유혹하는 듯한 이 의자에 서둘러 앉으면 팔걸이가 곧 달려든다. 이 가구는 사실 수천 마리의 얼룩개미 무리이다.(이른바 의자형 엉덩이 공격 개미로, 학명은 멀티포디움 프세우도스텔라룸 트릴로피이이다.) 이들은 적당히 대

열을 이루어서 버들가지로 만든 의자인 척한다. 또한 나는
다른 변종인 절지동물문, 즉 꾸물눈썹벌레, 걸레매듭풀이벌
레, 눈끔찍벌레 들이 소다수 판매기인 척하거나, 해먹인 척
하거나 수도꼭지 혹은 수건 달린 샤워기인 척한다는 얘기도
들은 바 있지만, 그 진위는 알 수 없다. 왜냐하면 나는 그런
비슷한 것들을 본 적이 없고, 개미학 전문가들마저 이 문제
에 대해 입을 닫고 있기 때문이다. 하지만 상당히 희귀한 변
종, 뱀다리 텔레스코펙(학명은 아넨체팔루스 프세우도옵티
쿠스 트리페디우스 클라츄키넨시스이다.)에 관해서는 경고
할 만하다. 텔레스코펙 역시 경치 좋은 곳에서, 세 개의 가느
다랗고 긴 다리를 삼각대처럼 펼친 채 넓적한 튜브 같은 꼬
리로 풍경을 관찰하며 서 있는데, 그 입 부분에 침이 가득 고
이면 망원경 렌즈와 흡사하게 보이므로 주의력 없는 사람은
상당히 불쾌한 경험을 할 수도 있다. 다른 행성 가우리마히
아에 사는 발걸어뱀(학명은 세르펜스 비티오수스 라이헨만
틀리이다.)은 덤불에 숨어 있다가 조심성 없이 지나가는 사
람에게 꼬리를 내밀어서 넘어뜨린다. 그래도 이 뱀은, 금발
만 먹어 치우고, 최소한 다른 것인 척하지는 않는다. 우주는
어린이들의 놀이터가 아니며, 생물의 진화는 한가로운 유흥
이 아니다. 내가 데르디모니에에서 목격한 바에 대해서는 소
책자를 펴내야 하리라. 특히 아마추어 식물 애호가들에게 신

비잔흑풀(학명은 플릭시미글라퀴아 봄바르단스이다.)의 위험성을 경고해야 한다. 이 화초는 매우 멋진 꽃을 피우지만, 그 꽃을 꺾고 싶은 마음은 무조건 억눌러야 한다. 이를테면 신비잔흑풀은 돌절구나무와 공생하는데, 이 나무는 늙은 호박 크기의 아주 삐쭉삐쭉한 열매를 맺는다. 신비잔흑풀의 꽃을 단 한 송이만 꺾어도 부주의한 식물 수집가의 머리에 포탄처럼 단단한 열매가 떨어지는 일은 시간문제다. 그렇게 죽은 사람에게 신비잔흑풀도, 돌절구나무도 더는 나쁜 짓을 하지 않는다. 그저 뿌리 가까이에 토양을 기름지게 하는 시체가 있다는 사실에 만족한다.

　희한한 모방 전략은 대보호 구역의 모든 행성에서 만날 수 있다. 가령 벨루리아의 사바나에는 가지각색의 꽃이 피어나는데, 그중 빼어난 아름다움과 향기를 자랑하는 새빨간 장미가 있다.(학명은 로자 멘다트릭스 티히아나이다. 핑글 교수는 이 장미에 나의 이름을 붙였는데, 내가 처음 발견하고 기록했기 때문이다.) 사실 이 꽃은 벨루리아 행성의 맹수, 향기악어의 꼬리 끝에서 자라난다. 허기진 향기악어는 풀숲에 숨어서 앞쪽 멀찍이 자신의 엄청나게 긴 꼬리를 풀어 놓는다. 풀숲을 둘러보면 꽃밖에 보이지 않는다. 여행자가 아무런 의심 없이 꽃향기를 맡으러 접근하면, 바로 그때 뒤에서 향기악어가 덮치는 것이다. 향기악어의 앞니는 거의 상아

만큼이나 길다. 가시 없는 장미는 없다는 속담이 우주에서도 유효할 줄이야!

주제에서 조금 벗어나더라도, 나는 벨루리아의 다른 희한한 생명체에 대해서 이야기하지 않고는 도저히 못 배기겠다. 일단 감자의 먼 친척인 현명용담이라는 식물이다.(학명은 젠티아나 사피엔스 수이시달리스 프룩이다.) 이 식물의 뿌리는 달콤하고 맛이 좋은데, 이름은 그 정신적 특징에서 유래한다. 돌연변이에 의해서 이 용담은 보통의 전분 많은 뿌리가 아니라, 작은 두뇌를 만들어 낸다. 이것의 변종은 광기용담이라고 불리는데(학명은 젠티아나 멘테카프타이다.), 성장하면서 점점 불안감을 느껴 스스로 땅을 뚫고 나오거나, 숲으로 숨어들거나, 홀로 생각에 잠기곤 한다. 그러다가 보통 더 이상 살 이유가 없다는 결론에 이르고, 인생의 쓴맛[↓]을 이해한 끝에 자살한다.

다른 벨루리아의 식물, 예컨대 분노풀에 비하면 현명용담은 사람에게 해를 끼치지 않는다. 분노풀은 자연적 진화에 의해서 도저히 참을 수 없는 어린아이들과 대면해야 하는 환경에 적응했다. 아이들은 쉴 새 없이 뛰어다니고, 밀치고, 뭐든지 무조건 발로 차고, 가시늘보의 알을 재미로 깨뜨리면, 분노풀은 가시늘보의 알과 매우 흡사한 열매를 맺는다. 한

→ 폴란드어로 용담은 고리추카(Goryczka)인데,
　쓴맛을 뜻하는 Gorycz(고리추)의 발음과 비슷
　하다.

아이가 가시늘보의 알인 줄 알고 분노풀을 발로 차서 깨트린다. 그 덕분에 껍질 속의 포자들이 밖으로 분출되어서 그 아이의 체내로 침투한다. 감염된 아이는 겉보기에 멀쩡해 보이지만, 어느 정도 자라면 이미 구제 불능 상태다. 카드 노름, 술주정, 각종 방종이 이어지다가 그 후에는 죽음 아니면 대성공을 맞는다. 분노풀을 멸종시켜야 한다는 의견 역시 들은 바 있다. 이렇게 주장하는 사람들은, 아이들에게 아무것이나 발로 차지 않도록 교육시켜야 한다고는 생각하지 못한다.

나는 타고난 낙관주의자이며, 인간에 대한 믿음을 최대한 지키려고 노력한다. 그러나 쉬운 일은 아니다. 프로토스테네자 행성에는 지구의 앵무새에 해당하는 작은 조류가 사는데, 이 새는 말하는 대신 글을 쓴다. 그런데 이 새가 담벼락에 가장 자주 쓰는 문장은, 행성을 방문하는 여행자들이 가르쳐 준 욕설이다. 어떤 사람들은 이 새를 자극하려고 일부러 잘못된 철자법을 지적한다. 그러면 새는 화가 나서 주위의 모든 것들을 닥치는 대로 먹어 치운다. 그들은 부리 밑에 생강, 건포도, 후추, 해돋이 때 긴 비명 소리를 내는 향신료(그래서 자명종 대용으로 쓰이기도 한다.) 등을 가져다 놓는다. 새가 과식하다가 죽어 버리면, 사람들은 그것을 구워먹는다. 이 새의 이름은 필기새다.(학명은 그라포마누스 스파스마티쿠스 에센바히이다.) 이 희귀종은 현재 멸종 위기에 처해 있는데, 왜냐하면 프로토스테네자 행성에 오는 모든 여행자들이 이 필기새 고기를 맛보고자 입맛을 다시고 있기 때문이다.

그런데도 어떤 사람들은, 우리가 다른 행성의 생물들을 잡아먹는 데에 아무런 문제가 없다고 주장한다. 반면 자신들의 행성이 피해를 입으면, 그제야 비명을 지르고 도움을 청하며 처벌을 요청하고 난리를 친다. 그러나 우주 식생의 엽기성과 교활한 본성에 대한 모든 불만은 사실 인간 중심주의에 기초한 난센스일 뿐이다.

만약 겉보기에 썩어 가는 나무둥치처럼 보이는 속임표지곰이 뒷다리로 적당히 자세를 잡고 서서 산길의 이정표인 양 여행자를 막다른 곳으로 인도한 뒤, 벼랑에서 떨어져 죽은 피해자에게서 양분을 취하려고 한다면, 그건 어디까지나 대보호 구역 행정의 문제다. 색이 벗겨지고 다 썩어 들어가도록 표지판을 정비하지 않아서 속임표지곰처럼 보이게 한 이들은 과연 누구인가? 이 동물의 입장이라면 다른 생명체들도 아마 다 똑같이 행동했을 터다.

스트레도게네도치아의 유명한 신기루 현상 역시, 인간의 저열한 본능 때문에 일어났다. 옛날에 이 행성에서는 추워풀이 우거지고 더워풀은 거의 찾아볼 수 없었다. 하지만 최근에 더워풀이 엄청난 속도로 늘어났다. 더워풀이 무성해지면 공기가 따뜻하게 데워지고, 그 풀숲 아래로 수많은 신기루 술집들이 생겨나서 지구의 여행자라면 사고를 당하기 일쑤다. 사람들은 전부 더워풀의 잘못이라고 말한다. 하지만 더워풀의 신기루를 학교나 서점, 자율 학습 공간으로 볼 수 없었을까? 왜 언제나 술집으로만 여기는가? 돌연변이는 조건과 상관없기 때문에, 의심의 여지 없이 더워풀은 여러 종류의 신기루를 만들어 냈으리라. 그러나 여행자들에게 관공서나 도서관, 아니면 학원처럼 보였던 더워풀은 모두 굶어 죽은 것이다. 살아남은 것은 오로지 술집형(안트로포파그속에 속하는 테르모멘닥스 스피리투오수스 할루치노게네스) 더워풀뿐이었다. 환경에 매우 잘 적응한 더워풀이 박자에 맞춰서 공중으로 따뜻한 공기를 뿜어내며 신기루를 발생시키는, 이 경이로운 현상은 우리 인간의 약점에 대한 뼈아픈 고발이다. 술집형만 선택받은 현실은 인간과, 인간의 통탄할 만한 본성이 저지른 일이다. 더워풀뿐 아니라 《스트레도게네도치아의 메아리》에 실린 독자 편지도 나를 개탄하게 했다. 이 독자는 더워풀뿐 아니라, 어느 공원에서나 가장 멋진 풍광을 만들어 내는 조용해나무 역시 없애 버려야 한다고 주장했다. 조용해나무는 스트레도게네도치아에서 유일하게 밑동부터 줄기 꼭대기까지 낙서와 모노그램으로 뒤덮이지 않은 나무인데, 그걸 없애라고? 게다가 귀중한 동물들, 즉 길

없는복수마, 부글부글익사조, 한입만물개, 또 여행자들의 수많은 카메라 셔터 소리에 신경을 손상당하는, 그래서 자신과 자손을 지켜 내고자 특별히 진화한 시끄러운 울음소리, 바로 재즈 음악으로 울부짖는 전기함성조를 없애라니! 전기함성조의 전기 내장 기관은 슈퍼헤테로다인과 비슷한 음파를 생성해 내는데, 따라서 자연이 만들어 낸 이 걸작이야말로 얼른 보호종으로 지정해야 하리라.

　사실 썩은방귀괴물에 대해서는 나도 그 냄새를 변호할 수 없다. 밀워키 대학교의 홉킨스 박사는, 아주 왕성한 놈일 경우에 1초에 5000후(냄새의 단위)까지 냄새를 뿜어낼 수 있음을 계산해 냈다. 하지만 썩은방귀괴물이 사진을 찍힐 때만 냄새를 풍긴다는 사실은 어린애도 알고 있다.

　사진기의 초첨을 감지하면 바로 코리아래렌즈 반응을 불러일으키는데, 이것이야말로 자연이 이 순진한 동물을 인간의 끈질긴 시선으로부터 어떻게 보호하려고 했는지 증명한다. 물론 썩은방귀괴물은 약간 난시이므로 종종 재떨이나 성냥갑, 시계, 심지어 훈장과 배지까지도 카메라로 착각하곤 하는데, 사실 이것조차 일부 여행자들이 소형 카메라를 쓰기 때문에 민감해진 탓이다. 최근에 썩은방귀괴물은 분출 범위를 몇 배나 넓히고, 1헥타르당 8메가후까지 위력을 떨친다는데, 이것 역시 소형 카메라의 대량 보급으로 인한 결과이다.

　　우주의 모든 동식물을 무조건 보호하자고 주장하는 것이 아니다. 가령 흡혈모르델, 삼중채찍기, 식인버섯, 엉덩이문어, 시체나방, 덮치괴물 등에 대해서는 특별히 애정을 기울일 필요가 없다. 또한 가울레이테리움 플라겔란스, 시포노필레스 프루리투알리스 등이 속하는 자급자족속, 그러니까웅웅비웃음꽃이나 난리고양이풀, 주먹질장미(학명은 링굴라 스트랑굴로이데스 에르드멘글레르베예리이다.) 따위도마찬가지다. 하지만 객관적으로 생각해 보면, 사람은 꽃을꺾어서 식물 채집책에 수집해도 되는데, 어째서 식물은 사람을 찢어서 그 귀를 저장하면 안 되는가? 과연 그것이 자연의 흐름에 거스르는 짓인가? 만약 빽빽이에코풀(학명은 에홀랄리움 임푸디쿰 슈밤프스이다.)이 아에도녹시아 행성에서 폭증한다면, 그것 역시 인간의 잘못이다. 빽빽이에코풀은소리에서 에너지를 얻으므로, 예로부터 천둥소리를 양분으로 삼았는데, 지금도 폭풍우가 치면 좋아한다. 그러나 요즘은 온갖 심한 욕설들을 외쳐 대는 여행자들에게 적응하고 있다. 여행자들은 자기들이 소리를 지를 때마다 빽빽이에코풀이 더욱더 피어나는 모습을 재미있게 생각한다. 물론 빽빽이에코풀이 자양분으로 삼는 것은 소리의 진동 에너지뿐, 흥분한 여행자들이 내뱉는 욕설의 저열한 내용이 아니다.

이 모든 정황은 우리를 어떤 결론으로 이끄는가? 이미
행성 표면에서 푸른딱정벌레나 드릴철갑벌레 같은 종이 멸
종한 지 오래다. 다른 동식물 수천 종도 절멸해 가고 있다.
쓰레기 구름이 태양의 흑점을 더 크게 만든다. 나는 어린이
에게 가장 큰 선물로서, 일요일에 화성으로 데려가던 시절을
여전히 기억하고 있다. 그런데 지금 시대의 버릇없는 아이들
은 부모가 초신성을 폭발 시켜 주지 않으면 아침을 먹지 않
겠다고 떼쓰는 형편이다! 이런 변덕스러운 욕심을 충족시키
고자 우리는 우주의 에너지를 낭비하고, 운석과 행성을 오염
시키고, 대보호 구역의 재정을 텅 비게 하고, 우주에 한 발짝
내딛을 때마다 오만 가지 쓰레기를 버리면서 전 우주를 거
대한 쓰레기 폐기장으로 만들고 있다. 이제는 우리가 지켜야
할 원칙을 기억하고, 적극적으로 실행할 때다. 단 한 순간도
지체할 수 없다는 확신을 가지고서, 나는 우주를 구하고자
경종을 울린다.

작가 연보

1921

2차 세계 대전 이전 폴란드 영토였던 르부프(현재는 우크라이나의 리비우)에서 부유한 유대계 가정의 외아들로 태어남. 3월 13일에 태어났으나 불길한 숫자를 피하기 위해 부모님이 12일로 출생 신고.

    아버지 사무엘 렘은 이비인후과 의사, 어머니 사비나는 전업주부였음. 당시 르부프는 폴란드인, 우크라이나인, 오스트리아인, 러시아인, 독일인, 유대인, 터키인 등 다양한 인종, 언어, 문화가 어우러지며 모자이크 사회를 이루었고, 이러한 풍부한 문화적 토양이 렘의 작품 세계에 큰 영향을 끼침.

1932

르부프에 위치한 카롤 샤이노하 제2공립중고등학교에 입학. 어린 시절부터 독서광이었던 렘은 폴란드의 고전 문학, H. G. 웰스나

쥘 베른의 과학 소설을 섭렵하고, 아버지의 의학 서적과 해부학책들을 뒤적이며 성장. 가정 교사에게서 프랑스어를, 학교에서 독일어와 라틴어를 배우고, 우크라이나어와 러시아어 독학.

1936
전국 규모의 지능 검사에서 IQ 180으로 판정받음.

1939
중고등학력 인정시험을 최우등으로 통과. 2차 세계 대전 발발.

1940~1941
국립 르부프 공과대학 진학을 희망했으나 부르주아 계급 출신이라는 이유로 입학 거절. 르부프 의과대학에 들어가 약학과 의학을 전공.

1942
2차 세계 대전 당시 독일군의 르부프 점령으로 학업 중단. 르부프에 거주하던 유대인 대부분이 나치 독일에 의해 가스실로 끌려가지만 렘의 가족은 신분증을 위조하여 목숨을 건짐. 자동사 정비소의 보조 정비공, 독일 원료 재생 회사의 용접공으로 일하며 익명으로 지하 레지스탕스로 활동하며 나치에 항거.

1944
소련군이 르부프에 진입하며 나치 독일의 지배에서 벗어남. 의학

공부 재개.

1946
2차 세계 대전 후 얄타 협정과 로츠담 협정으로 폴란드 국경선이 조정되면서 가족과 함께 폴란드의 옛 수도인 크라쿠프로 강제 이주. 형편이 어려워진 부모님을 돕기 위해 용접공으로 취직했으나, 아버지의 강력한 반대로 650년 역사를 자랑하는 명문 야기엘론스키대학교에서 학업 재개. 장편 소설 『화성에서 온 인간(Człowiek z Marsa)』을 잡지 《모험의 신세계(Nowy Świat Przygód)》에 연재하며 등단.

1946~1948
폴란드의 유서 깊은 가톨릭 잡지 《주간 공론(Tygodnik Pow-szechny)》에 2차 세계 대전의 체험을 녹여 낸 여러 편의 시와 단편 소설 발표.

1947~1950
'과학연구회(Konserwatorium Naukoznawcze)' 회원으로 활동하며 과학 서적 서평을 쓰면서 과학 전반에 걸친 지식을 넓힘. 잡지 《과학 생활(Życie Nauki)》에 꾸준히 칼럼 기고.

1948
정신 병원을 배경으로 한 자전적 성격의 장편 소설 『변신의 병원(Szpital Przemienienia)』을 탈고했으나 사회주의 리얼리즘의 검열로, 출판되지 못함. 야기엘론스키대학교 의과대학 졸업. 소련군 군의관으로 징집되기를 원치 않았던 렘은 최종 졸업 시험에서 답안 작성을 거부하면서 의사의 길 포기.

1951
첫 단행본 『우주 비행사들(Astronauci)』과 희곡 『요트 파라다이스호(Jacht "Paradise")』(로만 후사르스키 공저)를 잇달아 출간하고 SF 작가로서 호평받으며 전업 작가의 길로 들어섬.

1953
의대생 바르바라 레시니아크와 결혼. 대학 졸업 후 부인은 방사선과 기사로 활동.

1954
단편집 『참깨 외 단편들(Sezam i inne opowiadania)』 출간. 인기 주인공인 우주 비행사 이온 티히(Ijon Tichy)가 이 작품집에서 처음으로 등장. 장편 소설 『마젤란 성운(Obłok mazellana)』 출간. 부친이 세상을 떠남.

1955
삼부작으로 구성된 장편 소설 『잃어버리지 않은 시간(Czas nie-utracony)』 출간.(1948년에 쓴 『변신의 병원』을 이 책 1부에 수록. 2부와 3부도 1949~1950년에 탈고했으나 검열로 출판이 늦어짐.) 폴란드 정부로부터 금십자훈장 수훈.

1957

미래학적인 단상을 담은 철학 에세이집 『대화(Dialogi)』 출간. 이온 티히 연작의 본격적인 신호탄 『이온 티히의 우주 일지(Dzienniki gwiazdowe)』 출간. 『잃어버리지 않은 시간』으로 크라쿠프시(市)문학상 수상.

1959

우주를 배경으로 외계 생명체와의 접촉을 그린 장편 소설 『에덴(Eden)』, 추리 소설 『수사(Śledztwo)』 출간. 렘의 또 다른 인기 주인공인 우주 비행사 피륵스가 처음으로 등장하는 단편집 『알데바란의 침공(Inwazja Aldebarana)』 출간. 문예 부흥에 힘쓴 공로로 폴란드 정부로부터 십자기사훈장 수훈.

1961

장편 소설 『솔라리스(Solaris)』 출간. 서기 32세기의 미국을 배경으로 한 『욕조에서 발견된 회고록(Pamiętnik znaleziony w wannie)』, 우주 비행에서 돌아온 주인공이 급변한 지구의 모습에 당황하는 내용을 그린 『행성으로부터의 귀환(Powrót z gwiazd)』, 단편집 『로봇의 서(Księga robotów)』 출간.

1962

다양한 언론 매체에 기고해 온 과학 칼럼과 인터뷰, 논평이 수록된 에세이집 『궤도 진입(Wejście na orbitę)』 출간.

1963

TV 드라마 각본과 단편들을 모은 작품집 『달밤(Noc księży-ciowa)』 출간.

1964

단편집 『로봇 우화(Bajka robotów)』와 『우주 순양함 무적호 외 단편들(Niezwyciężony i inne opowiadania)』 출간. 과학 기술의 진보와 인류의 미래에 대한 독특한 분석과 성찰을 담은 미래학 에세이 『기술학 총서 (Summa technologiae)』 출간.

1965

안드레이 타르코프스키 감독과 『솔라리스』의 영화화에 관하여 모스크바에서 논의하지만, 합의에 이르지 못함. 단편집 『사냥(Polowanie)』 출간. 로봇 시리즈의 완결판인 『사이버리아드(Cyberiada)』 집필(1967년 출간).

1966

르부프에서 보낸 어린 시절을 서정적으로 묘사한 자전 소설 『높은 성(Wysoki zamek)』 출간.

1968

연작 소설집 『우주 비행사 피륵스 이야기(Opowieści o pilocie Pirxie)』와 외계에서 송신된 괴전파를 해독하는 수학자의 이야기를 그린 장편 소설 『주의 목소리(Głos Pana)』, 문학 작품에 관한 에세이 모음집 『우연의 철학(Filozofia przypadku)』 출간.
아들 토마시(Tomasz) 출생.

1970
서구 SF 소설에 대한 평론집 『SF와 미래학(Fantastyka i futurologia)』 출간. 서구에서 출판된 SF 소설의 이슈와 주제를 상세히 분석. 폴란드 문화를 해외에 널리 알린 공로로 폴란드 외교부로부터 표창을 받음.

1971
가상의 책들에 대한 서평집 『완벽한 공허(Doskonała próżnia)』로 새로운 장르에 도전. 이온 티히가 쓴 회고록 형식의 「미래학 학회(Kongres Futurologiczny)」를 수록한 단편집 『불면증(Bezsenność)』 출간.

1972
폴란드 학술원이 설립한 '폴란드2000학술위원회' 위원으로 위촉. 안드레이 타르코프스키가 감독한 영화 「솔라리스」가 칸 영화제에서 심사위원특별상 수상. 렘은 타르코프스키의 해석, 특히 엔딩에 심각한 유감 표명.

1973
존재하지 않는 미래의 책들에 대한 서문을 모은 또 하나의 메타픽션 『가상의 광대함(Wielkość urojona)』 출간. 미국SF판타지

작가협회(SFWA) 명예 회원으로 위촉. 폴란드 문화예술부 장관으로부터 1급 공훈상 수상.

1975
모교인 야기엘론스키대학교 철학 연구소에서 "미래 예측의 기초"란 제목으로 강연. 에세이 모음집 『논설과 초안(Rozprawy i szkice)』 출간. 젊은 날에 쓴 시들을 자전 소설과 함께 엮은 『높은 성: 청춘의 시(Wysoki zamek. Wiersze młodzieńcze)』 출간.

1976
추리 소설 『감기(Katar)』 출간. TV 드라마 각본이 포함된 단편집 『가면(Maska)』 출간. 폴란드 사회주의 정권에 항거하는 민주화 운동 단체 '폴란드독립협회(PPN)'와 비밀리에 협업하며 '호호우(Chochoł)'라는 필명으로 체제 비판적인 논평을 연달아 기고. 미국SF판타지작가협회로부터 명예 회원 자격을 박탈당함.(미국 SF 문학에 대한 강도 높은 비판이 문제의 발단으로 추정.) 이에 렘은 무시로 대응했고, 결국 미국 측에서 일방적으로 자격을 수여했다 박탈한 해프닝으로 남음.

1979
라디오 드라마 각본이 포함된 단편집 『반복(Powtórka)』 출간. 추리 소설 『감기』로 프랑스추리문학상 외국 소설 부문 수상. 폴란드 의회에서 '노동의깃발' 2등급 훈장 수훈.

1980

유럽SF협회로부터 유로콘특별상 수상.

1981

브로츠와프 공과대학으로부터 명예박사 학위 받음. 탄생 60주년 기념으로 1973년에 발표한 서평집 『가상의 광대함』에 한 편의 서평을 추가하여 『골렘 XIV』이라는 제목으로 재출간. 국민들의 반사회주의 민주화 시위로 폴란드에 계엄령 선포.

1982

우주의 행성을 방문한 이온 티히가 외계 문명에 대해 쓴 보고서 형식의 장편 소설 『현장 시찰(Wizja lokalna)』 출간. 서베를린의 고등과학연구소에서 일 년간 장학금을 받으며 연구원으로 활동.(폴란드 정부에서 출국 허가를 받지 못해 부인과 아들은 폴란드에 남음.)

1981~1988

프랑스 파리에서 발간된 문예지 《문화(Kultura)》에 '전문가(Znawca)'라는 필명으로 꾸준히 기고.(이 잡지는 사회주의 정부와의 마찰로 인해 해외로 망명한 폴란드 작가들이 자유롭게 작품을 발표하는 구심점이었음.)

1983~1988

계엄령 해제 후 오스트리아작가협회의 초청으로 가족과 함께 오스트리아 빈에 체류.

1984
가상 서평 시리즈에 속하는 메타픽션 『도발(Prowokacja)』 출간. 나치 독일군의 유대인 학살을 다룬 가공의 독일 역사서에 관한 서평으로 화제.

1985
렘과 정식으로 저작권 협약을 맺지 않은 채 1946년에 연재되었던 장편 소설 『화성에서 온 인간』 출간. 유럽 문학의 발전에 기여한 공로로 오스트리아 정부로부터 공로상 수상.

1986
마지막 가상 서평 모음집 『21세기 도서관(Biblioteka XXI wieku)』 출간.

1987
이욘 티히 연작의 마지막에 해당하는 장편 소설 『지구의 평화(Pokój na Ziemi)』가 폴란드에서 출간.(1985년 스웨덴 번역본이 원전보다 먼저 출간.) 렘의 마지막 장편 소설 『대실패(Fiasko)』가 폴란드에서 출간.(1986년 독일 번역본이 원전보다 먼저 출간.) 이 소설에서 렘은 외계 문명과의 소통과 교류를 위한 탐사 원정이 대실패로 종결되는 비관적인 전망 피력. 렘은 "쓰고자 한 것은 모두 썼고, 이젠 쓸 것이 남아 있지 않다."라고 선언한 뒤로 소설을 쓰지 않음. 이후 집필은 칼럼과 에세이, SF 평론에 한함.

1988
폴란드로 귀환.

1991
독일 문예지 《트란스아틀란틱(Transatlantik)》과 프랑스 문예지 《데바트(Debat)》에 평론과 칼럼 기고. 오스트리아 프란츠카프카문학상 수상.

1992
폴란드 문예지 《오드라(Odra)》에 정기적으로 평론과 칼럼 연재. 국제천문연맹이 태양을 공전하는 소행성3836(1979년 발견)을 "렘"이라 명명.

1993
단편집 『용의 유익함(Pożytek ze smoka)』이 폴란드에서 출간.(1983년 독일 번역본이 원본보다 먼저 출간.) 크라쿠프 공과대학에서 "미래에 인공지능 개발이 가능할까?"와 "가상 현실"을 주제로 강연. 《PC 매거진》에 과학 칼럼 기고.

1994
저작권 협약을 정식으로 맺은 『화성에서 온 인간』 출간.

1995
《주간 공론》에 2년간 연재해 온 「렘이 바라본 세상(Świat według Lema)」을 단행본 『윤활유 시대(Lube czasy)』로 출간. 폴란드펜클럽 J.파란도프스키문학상 수상. 국제우주탐험가협회에서 공훈메달 수훈. 폴란드 문화재단 '올해의 공로상' 수상.

1996
《오드라》에 연재한 평론과 칼럼을 모은 『섹스 전쟁(Sex Wars)』 출간. 《PC 매거진》에 기고한 칼럼을 모은 『중국 방의 비밀(Tajemnica chińskiego pokoju)』 출간. 폴란드 정부로부터 최고 품계인 흰독수리훈장 수훈.

1997
평론과 칼럼을 모아 『사소한 트집(Dziury w całym)』 출간. 크라쿠프시에서 명예시민으로 위촉. 폴란드 오폴레대학교 명예박사.

1998
우크라이나 리비우국립의과대학교, 폴란드 야기엘론스키대학교 명예박사.

1999
미래학적 전망을 담은 에세이집 『메가바이트 폭탄(Bomba megabitowa)』 출간. 야기엘론스키대학교에서 "스타니스와프 렘: 작가, 사상가, 철학자"라는 제목으로 학술 대회 개최.

2000

언론인 토마시 피아우코프스키와의 인터뷰집 『벼랑 끝의 세상(Świat na krawędzi)』 출간.

1996년 이후 《주간 공론》 연재 칼럼을 모은 두 번째 단행본 『눈 깜짝할 사이(Okamgnienie)』 출간.

방송 대본 모음집 『레이어 케이크(Przekładaniec)』 출간. 작가의 공식 웹사이트(lem.pl) 개설.

2001

1970년에 아내의 조카를 위해 집필한 받아쓰기 교본 『받아쓰기, 그러니까…(Dyktanda czyli…)』 출간.

2002

서간집 『편지들 그리고 물질의 저항(Listy albo opór materii)』 출간. 스티븐 소더버그 감독, 조지 클루니 주연으로 「솔라리스」가 다시 영화화. 렘은 영화의 무게중심이 로맨스에 편중되었음을 비판.

2003

평론과 칼럼을 모은 『딜레마(Dylematy)』 출간. 문학 에세이집 『나의 문학관(Mój pogląd na literaturę)』 출간. 독일 빌레펠트대학교 명예박사.

2004
2001~2004년까지의 《주간 공론》 연재분을 모은 세 번째 단행본 『합선(Krótkie zwarcia)』 출간.

2005
1940년대에 쓴 단편과 에세이, 그리고 기출판된 받아쓰기 교본을 모은 작품집 『1940년대, 받아쓰기(Lata czterdzieste. Dyktanda)』 출간. 폴란드 문화부로부터 글로리아아르티스 문화 공훈메달 금장 수훈.

2006
2004년과 2005년에 일어난 세계사의 다양한 사건에 대한 성찰을 담은 마지막 저서 『포식자들의 종족(Rasa drapieżców)』 2월 출간. 3월 27일 크라쿠프의 병원에서 향년 85세로 타계.

2007
크라쿠프에 렘의 이름을 딴 거리 조성.

2009
1950년대 말에 《가제타 비보르차(Gazeta Wyborca)》에 연재했던 추리물과 작가의 작업 노트에서 발견된 희곡을 모은 작품집 『서투른 범죄(Sknocony kryminał)』 출간. 폴란드 비엘리츠카에 렘의 이름을 딴 거리 조성.

2011

크라쿠프의 도시공학박물관에 '스타니스와프 렘 과학체험 정원' 조성. 구글에서 렘의 첫 번째 장편 소설 『우주 비행사들』 출간 60주년을 기리기 위해 사이트 로고 제작.

2013

국제천문연맹이 소행성343000을 렘 소설 주인공인 "이욘 티히"라 명명. 11월 21일 폴란드가 최초의 인공위성 렘 발사. 「미래학 학회」를 애니메이션으로 제작한 「더 콩그레스」(아리 폴만 감독)가 칸 영화제에서 공개.

2015

명왕성의 행성 중 하나인 카론에 있는 90킬로미터 너비의 분화충돌구가 "피륵스"라 명명됨.

2017

스타니스와프 렘을 주제로 한 다큐멘터리 「솔라리스의 작가 (Autor Solaris)」(보리스 란코시 감독) 개봉.

2019

지구에서 161광년 떨어진 페가수스자리의 K형 주계열성(2009년 발견) BD+14°4559이 "솔라리스", 그 주위를 도는 행성이 "피륵스"라 명명됨.

2021

렘 탄생 100주년을 맞아 폴란드 국회가 2021년을 '스타니스와 프 렘의 해'로 선포하고 작가를 기리는 다양한 문화 행사와 기념 사업 진행.

이온 티히의 우주 일지

1판 1쇄 찍음 2022년 2월 4일
1판 1쇄 펴냄 2022년 2월 18일

지은이   스타니스와프 렘
옮긴이   이지원
발행인   박근섭·박상준
펴낸곳   (주)민음사

출판등록   1966·5·19 제16-490호
주소   서울특별시 강남구 도산대로1길 62(신사동)
            강남출판문화센터 5층 (우편번호 06027)
대표전화   02·515·2000
팩시밀리   02·515·2007
홈페이지   www.minumsa.com

한국어판 © (주)민음사, 2022. Printed in Seoul, Korea

ISBN   978·89·374·4472·2   04890
          978·89·374·4469·2 (세트)

솔라리스

스타니스와프 렘 ¤ 최성은 옮김

우주 순양함 무적호

스타니스와프 렘 ¤ 최정인·필리프 다네츠키 옮김